早く見つかる！正しい！身につく！

日本語文法百辭典

U0080545

N1,N2,N3,N4,N5 文法辭典

吉松由美、田中陽子、西村惠子、千田晴夫、大山和佳子、林勝田、
山田社日檢題庫小組 合著

山田社

QR Code
線上下載學習更方便

從零開始
到考上 N1，
翻轉人生！

轟動全場的《絕對合格 全攻略！》系列文法書重磅出擊！
感謝大家的熱情支持！
我們特別推出了超強 5 合一文法「百科」，
讓您在日檢通關的路上輕鬆自如，
像喝水一樣簡單！

日檢考生的福音！
從零基礎到 N1，
所有文法難題一網打盡！
從此飛黃騰達！

這本書適合誰？

★新手小白：從零開始，系統學習，輕鬆從基礎到高階；
★重修大軍：重新鞏固基礎，穩步進入中、高階；
★中階戰士：提升文法水平，邁向巔峰；
★流利達人：解決表達困難，輕鬆說日語；
★快速閱讀者：短時間內掌握高階文法，快速閱讀新聞和雜誌；
★翻譯夢想家：找到理想的文法指南。

5 大必殺技，全面提升文法應用力：

★文法情境大師：將枯燥文法變成生活大片，聯想力炸裂！
★關鍵字記憶寶藏：濃縮精華成膠囊，考試瞬間解鎖記憶寶庫！
★多義全疊打：多角度理解文法，在「5W+1H」情境下自由揮灑！
★文法雙胞胎捕手：對比易混文法雙胞胎，高分不再是夢！
★學完即測驗：讀完馬上披上戰袍大顯身手，強化記憶軌跡，輕鬆過關！

5 大魔法，讓您在學習文法的道路上如魚得水、平步青雲：

1 文法情境大師：功能化分類文法，想像使用情境，快速上手！

還在死記硬背嗎？真實讀者回饋：「零散的文法太難記，一整類捆綁記憶後效率驚人！」我們將文法按時間、目的、可能、程度等章節進行分類，系統化統整，讓您一次掌握所有生活中的文法。遇到相似場景時，大腦自動觸發連鎖記憶，迅速激活相關用法，成為應用達人、考場陷阱獵人，大放異彩。

② 精要膠囊：關鍵字濃縮，短小精悍，威力無窮！

說得多不如說得巧！繁複的文法說明讓人抓狂？我們設計了簡短的關鍵字，像小標籤一樣簡化大量資料，濃縮文法精華成膠囊，讓您用最少時間抓住重點，刺激聯想，達到長期記憶效果！擺脫金魚腦，快速掌握重點！

① 【樣子】表示帶有某種樣子、傾向、心情「かわいげ」（討人喜愛）與「かわいそう中文意思是：「…的感覺、好像…的樣子

關鍵字

③ 多義大滿貫：細分「5W+1H」情境，生動還原生活場景！

學日語文法，要讓日文成為您的一部分！我們逐一列出同一文法的不同含義，豐富例句涵蓋人事時地物「5W+1H」等要素，讓您了解每一文法的使用場景，擺脫死記硬背，變成實用知識！

意思

① 【樣子】表示帶有某種樣子、傾向、心情及感覺。書寫語氣息較濃。但要注意「かわいげ」（討人喜愛）與「かわいそう」（令人憐憫的）兩者意思完全不同。中文意思是：「…的感覺、好像…的樣子」。如例：
- 美加ちゃんはいつも恥ずかしげだ。
  美加小妹妹總是十分害羞的模樣。
- あやしげな男が、私の家の近くに住んでいる。
  有個形跡可疑的男人就住在我家附近。
- 公園で、子ども達が楽しげに遊んでいる。
  公園裡，一群孩童玩得正開心。
- 国のニュースを聞いて、彼は不安げな顔をした。
  一聽到故鄉的那椿消息，他臉即露出了憂愁的神色。

④ 雙胞胎糾察隊：辨異文法雙胞胎，掃清盲點，駕馭自如！

日文文法難在哪？翻成中文意思一樣，到底哪裡不同？我們整理出易混淆文法項目，通過"比一比"方式歸類，細細分析意義、用法、語感、接續等微妙差異，讓您不再左右為難、一知半解，一看題目就能迅速找到答案，教學、翻譯、日常應用無往不利！

比較

っぽい〔…的傾向〕「げ」表樣子，是接尾詞，表示外觀上給人的感覺「好像…的樣子」；「っぽい」表傾向，是針對某個事物的狀態或性質，表示有某種傾向、某種感覺很強烈，含有跟實際情況不同之意。

5 必勝實戰：立驗成果小練習，找出盲點再進化！

　　每讀完一個單元，就進入文法練
習，記憶猶新時回憶所學，深化記憶。
幫助您學習完文法概念後實際應用！
豐富的實戰演練，讓文法變得像喝水
一樣簡單！

4 聽力大挑戰：專業錄製東京腔，完備出國、考試聽力技能！

　　豐富的例句饗宴，由日籍教師親錄標準東京腔，發音、語調、速度均符合
日檢各級聽力考試情境。初學者不必擔心語速過快，高階學習者也能滿足高難
度需求。線上音檔方便隨時隨地掃碼聆聽，一邊學文法，一邊熟悉情境例句，
眼耳並用，全面提升聽說讀寫能力！

線上音檔

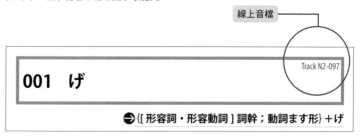

　　換個方式學日語，讓本書成為您的最佳夥伴，準備好大顯身手了嗎？一同迎接成
功的未來！

N5

01 格助詞的使用（一）⋯⋯⋯⋯⋯⋯⋯⋯⋯⋯⋯⋯⋯⋯⋯⋯⋯008
02 格助詞的使用（二）⋯⋯⋯⋯⋯⋯⋯⋯⋯⋯⋯⋯⋯⋯⋯⋯⋯017
03 格助詞的使用（三）⋯⋯⋯⋯⋯⋯⋯⋯⋯⋯⋯⋯⋯⋯⋯⋯⋯026
04 副助詞的使用⋯⋯⋯⋯⋯⋯⋯⋯⋯⋯⋯⋯⋯⋯⋯⋯⋯⋯⋯⋯035
05 其他助詞及接尾語的使用⋯⋯⋯⋯⋯⋯⋯⋯⋯⋯⋯⋯⋯⋯⋯047
06 疑問詞的使用⋯⋯⋯⋯⋯⋯⋯⋯⋯⋯⋯⋯⋯⋯⋯⋯⋯⋯⋯⋯060
07 指示詞的使用⋯⋯⋯⋯⋯⋯⋯⋯⋯⋯⋯⋯⋯⋯⋯⋯⋯⋯⋯⋯071
08 形容詞及形容動詞的表現⋯⋯⋯⋯⋯⋯⋯⋯⋯⋯⋯⋯⋯⋯⋯077
09 動詞的表現⋯⋯⋯⋯⋯⋯⋯⋯⋯⋯⋯⋯⋯⋯⋯⋯⋯⋯⋯⋯⋯089
10 要求、授受、提議及勸誘的表現⋯⋯⋯⋯⋯⋯⋯⋯⋯⋯⋯103
11 希望、意志、原因、比較及程度的表現⋯⋯⋯⋯⋯⋯⋯111
12 時間的表現⋯⋯⋯⋯⋯⋯⋯⋯⋯⋯⋯⋯⋯⋯⋯⋯⋯⋯⋯⋯⋯119
13 變化及時間變化的表現⋯⋯⋯⋯⋯⋯⋯⋯⋯⋯⋯⋯⋯⋯⋯⋯126
14 斷定、說明、名稱、推測及存在的表現⋯⋯⋯⋯⋯⋯⋯135

N4

01 助詞⋯⋯⋯⋯⋯⋯⋯⋯⋯⋯⋯⋯⋯⋯⋯⋯⋯⋯⋯⋯⋯⋯⋯⋯142
02 指示詞、句子的名詞化及縮約形⋯⋯⋯⋯⋯⋯⋯⋯⋯⋯⋯150
03 許可、禁止、義務及命令⋯⋯⋯⋯⋯⋯⋯⋯⋯⋯⋯⋯⋯⋯⋯160
04 意志及希望⋯⋯⋯⋯⋯⋯⋯⋯⋯⋯⋯⋯⋯⋯⋯⋯⋯⋯⋯⋯⋯170
05 判斷及推測⋯⋯⋯⋯⋯⋯⋯⋯⋯⋯⋯⋯⋯⋯⋯⋯⋯⋯⋯⋯⋯180
06 可能、難易、程度、引用及對象⋯⋯⋯⋯⋯⋯⋯⋯⋯⋯⋯190
07 變化、比較、經驗及附帶狀況⋯⋯⋯⋯⋯⋯⋯⋯⋯⋯⋯⋯200
08 行為的開始與結束等⋯⋯⋯⋯⋯⋯⋯⋯⋯⋯⋯⋯⋯⋯⋯⋯⋯208
09 理由、目的及並列⋯⋯⋯⋯⋯⋯⋯⋯⋯⋯⋯⋯⋯⋯⋯⋯⋯⋯217
10 條件、順接及逆接⋯⋯⋯⋯⋯⋯⋯⋯⋯⋯⋯⋯⋯⋯⋯⋯⋯⋯224
11 授受表現⋯⋯⋯⋯⋯⋯⋯⋯⋯⋯⋯⋯⋯⋯⋯⋯⋯⋯⋯⋯⋯⋯233
12 被動、使役、使役被動及敬語⋯⋯⋯⋯⋯⋯⋯⋯⋯⋯⋯⋯246

N3

01 時間的表現⋯⋯⋯⋯⋯⋯⋯⋯⋯⋯⋯⋯⋯⋯⋯⋯⋯⋯⋯⋯⋯258
02 原因、理由、結果⋯⋯⋯⋯⋯⋯⋯⋯⋯⋯⋯⋯⋯⋯⋯⋯⋯⋯266
03 推測、判斷、可能性⋯⋯⋯⋯⋯⋯⋯⋯⋯⋯⋯⋯⋯⋯⋯⋯⋯277
04 狀態、傾向⋯⋯⋯⋯⋯⋯⋯⋯⋯⋯⋯⋯⋯⋯⋯⋯⋯⋯⋯⋯⋯287
05 程度⋯⋯⋯⋯⋯⋯⋯⋯⋯⋯⋯⋯⋯⋯⋯⋯⋯⋯⋯⋯⋯⋯⋯⋯⋯296
06 狀況的一致及變化⋯⋯⋯⋯⋯⋯⋯⋯⋯⋯⋯⋯⋯⋯⋯⋯⋯⋯301
07 立場、狀況、關連⋯⋯⋯⋯⋯⋯⋯⋯⋯⋯⋯⋯⋯⋯⋯⋯⋯⋯308
08 素材、判斷材料、手段、媒介、代替⋯⋯⋯⋯⋯⋯⋯⋯317

09 希望、願望、意志、決定、感情表現 ·········· 324

10 義務、不必要 ··········· 334

11 條件、假定 ··········· 340

12 規定、慣例、習慣、方法 ··········· 348

13 並列、添加、列舉 ··········· 353

14 比較、對比、逆接 ··········· 361

15 限定、強調 ··········· 372

16 許可、勸告、使役、敬語、傳聞 ··········· 382

N2

01 關係 ··········· 398

02 時間 ··········· 410

03 原因、結果 ··········· 420

04 條件、逆說、例示、並列 ··········· 431

05 附帶、附加、變化 ··········· 439

06 程度、強調、相同 ··········· 448

07 觀點、前提、根據、基準 ··········· 457

08 意志、義務、禁止、忠告、強制 ··········· 470

09 推論、預料、可能、困難 ··········· 483

10 樣子、比喻、限定、回想 ··········· 494

11 期待、願望、當然、主張 ··········· 503

12 肯定、否定、對象、對應 ··········· 511

13 值得、話題、感想、埋怨 ··········· 519

N1

01 時間、期間、範圍、起點 ··········· 528

02 目的、原因、結果 ··········· 542

03 可能、預料外、推測、當然、對應 ··········· 556

04 樣態、傾向、價值 ··········· 564

05 程度、強調、輕重、難易、最上級 ··········· 572

06 話題、評價、判斷、比喻、手段 ··········· 584

07 限定、無限度、極限 ··········· 596

08 列舉、反覆、數量 ··········· 610

09 附加、附帶 ··········· 620

10 無關、關連、前後關係 ··········· 630

11 條件、基準、依據、逆接、比較、對比 ··········· 643

12 感情、心情、期待、允許 ··········· 656

13 主張、建議、不必要、排除、除外 ··········· 669

14 禁止、強制、讓步、指責、否定 ··········· 681

索引 ··········· **697**

格助詞の使用（一）

格助詞的使用（一）

001　が

➡ {名詞}＋が

| 類義表現 | 目的語＋を 對象 |

| 意思 |

① 【對象】「が」前接對象，表示好惡、需要及想要得到的對象，還有能夠做的事情、明白瞭解的事物，以及擁有的物品。如例：

◆ この　パーティーは　お金(かね)が　いりません。
這場派對是免費參加。

◆ 私(わたし)は　日本語(にほんご)が　わかります。
我懂日語。

② 【主語】用於表示動作的主語，「が」前接描寫眼睛看得到的、耳朵聽得到的事情等。如例：

◆ 庭(にわ)に　花(はな)が　咲(さ)いて　います。
庭院裡開著花。

◆ 冷蔵庫(れいぞうこ)に　バターが　ありますよ。
冰箱裡有奶油喔！

| 比較 |
　　　　目的語＋を〔對象〕這裡的「が」表示
對象，也就是愛憎、優劣、巧拙、願望及能力等的對象，後面常接「好き／喜歡」、「いい／好」、「ほしい／想要」、「上手(じょうず)／擅長」及「分(わ)かります／理解」等詞；「目的語＋を＋他動詞」中的「を」表示對象，也就是他動詞的動作作用的對象。

002　場所＋に

➡ {名詞}＋に

| 類義表現 | 場所＋で 在… |

| 意思 |

① 【場所】「に」表示存在的場所。表示存在的動詞有「います（在）、あります（有）」，「います」用在自己可以動的有生命物體的人，或動物的名詞。中文意思是：「在…、有…」。如例：

◆ 教室に　学生が　います。
教室裡有學生。

◆ 私の　両親は　韓国に　います。
我的父母在韓國。

㊟ 〔いますか〕「います＋か」表示疑問，是「有嗎？」、「在嗎？」的意思。中文意思是：「在…嗎、有…嗎」。如例：

◆ 学校に　日本人の　先生は　いますか。
學校裡有日籍教師嗎？

㊟ 〔無生命－あります〕自己無法動的無生命物體名詞用「あります」，但例外的是植物雖然是有生命，但無法動，所以也用「あります」。中文意思是：「有…」。如例：

◆ 机の　上に　カメラが　あります。
桌上擺著相機。

| 比較 | 場所＋で〔在〕「に」表示存在的場所。後面會接表示存在的動詞「います／あります」；「で」表示動作發生的場所。後面能接的動詞很多，只要是執行某個行為的動詞都可以。 |

003　到達點＋に

➡ {名詞}＋に

類義表現

離開點＋を 從…

意思

① 【到達點】表示動作移動的到達點。中文意思是：「到…、在…」。如例：

◆ 東京駅に 着きました。
とうきょうえき　つ
抵達了東京車站。

◆ 飛行機に 乗ります。
ひこうき　の
搭乘飛機。

◆ ここに 座って ください。
すわ
請坐在這裡。

◆ この 大学に 入りたいです。
だいがく　はい
我想上這所大學。

比較

離開點＋を〔從…〕「に」表示動作移動的到達點；「を」用法相反，是表示動作的離開點，後面常接「出ます／出去；出來」、「降ります／下（交通工具）」等動詞。
で
お

004　時間＋に

➡ {時間詞}＋に

類義表現

までに 在…之前

意思

① 【時間】寒暑假、幾點、星期幾、幾月幾號做什麼事等。表示動作、作用的時間就用「に」。中文意思是：「在…」。如例：

◆ 朝 7時に 起きます。
早上 7 點起床。

◆ 日曜日に 映画を 見ました。
在星期天看了電影。

◆ 私は 3月に 生まれました。
我是在 3 月出生的。

◆ 昼休みに 銀行へ 行きます。
要利用午休時段去銀行。

比較　　　　までに〔在…之前〕「に」表示時間。表示某個時間點；而「まで
　　　　　　に」則表示期限，指的是「到某個時間點為止或在那之前」。

Track N5-005

005　時間＋に＋次數

➡ {時間詞}＋に＋{數量詞}

類義表現　　　數量＋で＋數量 共…

意思

① 【範圍內次數】表示某一範圍內的數量或次數，「に」前接某時間範圍，後面則
為數量或次數。中文意思是：「…之中、…內」。如例：

◆ 一週間に 2回、プールに 行きます。
每週去泳池游泳兩次。

◆ 一日に 5杯、コーヒーを 飲みます。
一天喝 5 杯咖啡。

◆ 半年に 一度、旅行に 行きます。
每半年旅行一次。

◆ 1時間に 1回 熱を 測って ください。
請每小時量一次體溫。

比較　　　　數量＋で＋數量〔共…〕兩個文法的格助詞「に」跟「で」前後
　　　　　　都會接數字，但「時間＋に＋次數」前面是某段時間，後面通常
　　　　　　用「～回／…次」，表示範圍內的次數；「數量＋で＋數量」是
　　　　　　表示總額的統計。

006　目的＋に

➡ {動詞ます形；する動詞詞幹} ＋に

類義表現　目的語＋を 表示動作的目的或對象

意思

① 【目的】表示動作、作用的目的、目標。中文意思是：「去…、到…」。如例：

◆ 郵便局へ　切手を　買いに　行きます。
要去郵局買郵票。

◆ 台湾へ　旅行に　行きました。
去了台灣旅行。

◆ フランスへ　料理の　勉強に　行きます。
要去上法國菜的烹飪課。

比較　目的語＋を〔表示動作的目的或對象〕「に」前面接動詞ます形或サ行變格動詞詞幹，後接「來、去、回」等移動性動詞，表示動作、作用的目的或對象，語含「為了」之意；「を」前面接名詞，後面接他動詞，表示他動詞的目的語，也就是他動詞動作直接涉及的對象。

007　對象（人）＋に

➡ {名詞} ＋に

類義表現　起點（人）＋から 由…

意思

① 【對象－人】表示動作、作用的對象。中文意思是：「給…、跟…」。如例：

◆ 弟に　辞書を　貸します。
把辭典借給弟弟。

◆ 友達に　日本語を　教えます。
　　（ともだち）（にほんご）（おし）
教朋友日文。

◆ 家族に　会いたいです。
　　（かぞく）（あ）
想念家人。

| 比較 | 起點（人）＋から〔由…〕「對象（人）＋に」時，「に」前面是動作的接受者，也就是得到東西的人；「起點（人）＋から」時，「から」前面是動作的施予者，也就是給東西的人。但是，用句型「～をもらいます」（得到…）時，表示給東西的人，用「から」或「に」都可以，這時候「に」表示動作的來源，要特別記下來喔！ |

Track N5-008

008　對象（物・場所）＋に

➡ {名詞}＋に

| 類義表現 | 場所＋まで 到… |

| 意思 |

① 【對象－物・場所】「に」的前面接物品或場所，表示施加動作的對象，或是施加動作的場所、地點。中文意思是：「…到、對…、在…、給…」。如例：

◆ コップに　お茶を　入れます。
　　　　　　（ちゃ）　（い）
把茶水倒進杯子裡。

◆ 花に　水を　やります。
　（はな）（みず）
澆花。

◆ ここに　名前を　書いて　ください。
　　　　　（なまえ）（か）
請在這裡寫上大名。

| 比較 | 場所＋まで〔到…〕「に」前接物品或場所，表示動作接受的物品或場所；「まで」前接場所，表示動作到達的場所，也表示結束的場所。 |

009 目的語＋を

➜ {名詞}＋を

| 類義表現 | 對象（人）＋に 給… |

| 意思 |

① 【目的】「を」用在他動詞（人為而施加變化的動詞）的前面，表示動作的目的或對象。「を」前面的名詞，是動作所涉及的對象。如例：

◆ シャワーを　浴びます。
沖澡。

◆ ネクタイを　します。
繫領帶。

◆ コーヒーを　2杯　飲みました。
喝了兩杯咖啡。

| 比較 | 對象（人）＋に〔給…〕「を」前接目的語，表示他動詞的目的語，也就是他動詞直接涉及的對象；「に」前接對象（人），則表示動作的接受方，也就是A方單方面，授予動作對象的B方（人物、團體、動植物等），而做了什麼事。|

010 ［通過・移動］＋を＋自動詞

➜ {名詞}＋を＋{自動詞}

| 類義表現 | 到達點＋に 到… |

| 意思 |

① 【移動】接表示移動的自動詞，像是「歩く（走）、飛ぶ（飛）、走る（跑）」等。如例：

◆ 毎朝　公園を　散歩します。
每天早上都去公園散步。

② 【通過】用助詞「を」表示經過或移動的場所，而且「を」後面常接表示通過場所的自動詞，像是「渡る(越過)、曲がる(轉彎)、通る(經過)」等。如例：

◆ 交差点を 右に 曲がります。

在路口向右轉。

◆ 駅の 前を 通って 学校へ 行きます。

去學校要經過車站前面。

比較	到達點＋に〔到…〕「を」表示通過的場所，不會停留在那個場所；「に」表示動作移動的到達點，所以會停留在那裡一段時間，後面常接「着きます／到達」、「入ります／進入」、「乗ります／搭乘」等動詞。

Track N5-011

011 離開點＋を

➡ {名詞}＋を

類義表現	場所＋から 從…

意思

① 【起點】動作離開的場所用「を」。例如，從家裡出來，學校畢業或從車、船及飛機等交通工具下來。如例：

◆ 毎朝 8時に 家を 出ます。

每天早上8點出門。

◆ 私は アメリカの 大学を 卒業しました。

我從美國的大學畢業了。

◆ 次の 駅で 電車を 降ります。

在下一站下電車。

◆ 映画が 終わって、席を 立ちました。

看完電影，從座位起身了。

比較	場所＋から〔從…〕「を」表示起點。表示離開某個具體的場所、交通工具，後面常接「出ます／出去；出來」、「降ります／下(交通工具)」等動詞；「から」也表示起點，但強調從某個場所或時間點開始做某個動作。

練習　文法知多少？

▼ 答案詳見右下角

☞　**請完成以下題目，從選項中，選出正確答案，並完成句子。**

1　兄は　バイク（　　）好きです。

　　1. が　　　　　　　　2. を

2　変な　人（　　）、さっきから　ずっと　私の　方を　見て　います。

　　1. が　　　　　　　　2. は

3　明日　10時（　　）会いましょう。

　　1. に　　　　　　　　2. で

4　山本さんは、今　トイレ（　　）入って　います。

　　1. を　　　　　　　　2. に

5　休みの　日は　図書館や　公園など（　　）行きます。

　　1. で　　　　　　　　2. へ

6　いつ　家（　　）着きますか。

　　1. に　　　　　　　　2. を

格助詞の使用（二）

格助詞的使用（二）

Lesson 02

Track N5-012

001　場所＋で

➡ {名詞}＋で

| 類義表現 | 通過＋を＋自動詞 表示經過或移動的場所 |

| 意思 |

① 【場所】動作進行或發生的場所，是有意識地在某處做某事。「で」的前項為後項動作進行的場所。不同於「を」表示動作所經過的場所，「で」表示所有的動作都在那一場所進行。中文意思是：「在…」。如例：

◆ 海で　泳ぎます。
　在海裡游泳。

◆ 喫茶店で　働いて　います。
　在咖啡廳工作。

◆ 北海道で　スキーを　しました。
　在北海道滑了雪。

◆ ここで　ちょっと　休みましょう。
　在這裡稍微休息一下吧。

| 比較 |　通過＋を＋自動詞〔表示經過或移動的場所〕「で」表示場所。表示所有的動作都在那個場所進行；「を」表示通過。只表示動作所經過的場所，後面常接「渡ります／越過」、「曲がります／轉彎」、「歩きます／走路」、「走ります／跑步」、「飛びます／飛」等自動詞。

002 ［方法・手段］＋で

➡ {名詞}＋で

| 類義表現 | 對象（物・場所）＋に 對… |

| 意思 |

① 【手段】表示動作的方法、手段，也就是利用某種工具去做某事。中文意思是：「用…」。如例：

◆ ボールペンで 名前を 書きます。
用原子筆寫名字。

◆ スマートフォンで 動画を 見ます。
用智慧型手機看影片。

| 比較 | 對象（物・場所）＋に〔對…〕「で」表示動作的方法、手段；「に」則表示施加動作的對象或地點。 |

② 【交通工具】表示使用的交通運輸工具。中文意思是：「乘坐…」。如例：

◆ 自転車で 図書館へ 行きます。
騎腳踏車去圖書館。

◆ エレベーターで 5階に 上がって ください。
請搭電梯到5樓。

003 材料＋で

➡ {名詞}＋で

| 類義表現 | 目的＋に 去… |

| 意思 |

① 【材料】表示製作什麼東西時，使用的材料。中文意思是：「用…」。如例：

◆ 肉と 野菜で カレーを 作ります。
用肉和蔬菜做咖哩。

◆ この 人形は 古い 着物で 作りました。
這個人偶是用舊和服布料做成的。

◆ 日本の お酒は 米で できて います。
日本的酒是用米釀製而成的。

| 比較 | 目的＋に〔去…〕「で」表示製作東西所使用的材料；「に」表示動作的目的。請注意，「に」前面接的動詞連用形，只要將「動詞ます」的「ます」拿掉就是了。 |

⊕ 〔詢問－何で〕詢問製作的材料時，前接疑問詞「何＋で」。中文意思是：「用什麼」。如例：

◆ 「これは 何で 作った お菓子ですか。」「りんごで 作った お菓子です。」
「這是用什麼食材製作的甜點呢？」「這是用蘋果做成的甜點。」

Track N5-015

004 理由＋で

➡ {名詞}＋で

| 類義表現 | 動詞＋て 因為… |

| 意思 |

① 【理由】「で」的前項為後項結果的原因、理由，是一種造成某結果的客觀、直接原因。中文意思是：「因為…」。如例：

◆ 雪で 電車が 止まって います。
電車因為大雪而停駛。

◆ 風邪で 学校を 休みました。
由於感冒而向學校請假了。

◆ 車の 音で 寝られません。
被車輛的噪音吵得睡不著。

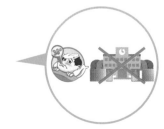

◆ 勉強と 仕事で 忙しいです。

既要讀書又要工作，忙得不可開交。

比較 ⬤ 動詞＋て〔因為…〕「理由＋で」、「動詞＋て」都可以表示原因。「で」用在簡單明白地敘述原因，因果關係比較單純的情況，前面要接名詞，例如「風邪／感冒」、「地震／地震」等；「動詞＋て」可以用在因果關係比較複雜的情況，但意思比較曖昧，前後關聯性也不夠直接。

Track N5-016

005 數量＋で＋數量

➡ {數量詞}＋で＋{數量詞}

類義表現 ⬤ も（數量）竟…

意思

① 【數量總和】「で」的前後可接數量、金額、時間單位等表示數量的合計、總計或總和。中文意思是：「共…」。如例：

◆ この 花は 3本で 500円です。

這種花每 3 枝 500 圓。

◆「カラオケ、2時間で 1000円。」

「只要1000圓就能唱兩小時卡拉OK！」

◆ この 仕事は 100人で 1年 かかりますよ。

這項工作動用了100人耗費整整一年才完成喔！

◆ 一人で 全部 食べて しまいました。

獨自一人全部吃光了。

比較 ⬤ も（數量）〔竟…〕「で」表示數量總和。前後接數量、金額、時間單位等，表示數量總額的統計；「も」表示強調。前面接數量詞，後接動詞肯定時，表示數量之多超出預料。前面接數量詞，後接動詞否定時，表示數量之少超出預料。有強調的作用。

006 ［狀態・情況］＋で

➡ ｛名詞｝＋で

| 類義表現 |
が 表主語

| 意思 |

①【狀態】表示動作主體在某種狀態、情況下做後項的事情。中文意思是：「在…、以…」。如例：

◆ 大きな 声で 話して ください。
請大聲講話。

◆ この 部屋に 靴で 入らないで ください。
請不要穿著鞋子進入這個房間。

㊙〔數量〕也表示動作、行為主體在多少數量的狀態下。如例：

◆ 40歳で 社長に なりました。
40歳時當上了社長。

◆ 家族で 旅行しました。
全家人去了旅行。

| 比較 |
が〔表主語〕「で」表示狀態。表示以某種狀態做某事，前面可以接人物相關的單字，例如「家族／家人」、「みんな／大家」、「自分／自己」、「一人／一個人」時，意思是「…一起（做某事）」、「靠…（做某事）」；「が」表示主語。前面接人時，是用來強調這個人是實行動作的主語。

007 ［場所・方向］＋へ（に）

➡ ｛名詞｝＋へ（に）

| 類義表現 |
場所＋で 在…

意思

① 【方向】前接跟地方、方位等有關的名詞，表示動作、行為的方向，也指行為的目的地。中文意思是：「往…、去…」。如例：

◆ 先週、大阪へ　行きました。
上星期去了大阪。

◆ 交差点を　右へ　曲がります。
在路口向右轉。

比較

場所＋で〔在…〕「へ（に）」表示方向。表示動作的方向或目的地，後面常接「行きます／去」、「来ます／來」等動詞；「で」表示動作發生、進行的場所。

㊐ 〖可跟に互換〗可跟「に」互換。如例：

◆ 先月、日本に　来ました。
在上個月來到了日本。

◆ 夏休みは、国に　帰ります。
將於暑假時回國。

008　場所＋へ（に）＋目的＋に

Track N5-019

➜ {名詞}＋へ（に）＋{動詞ます形；する動詞詞幹}＋に

類義表現

ため（に）以…為目的

意思

① 【目的】表示移動的場所用助詞「へ」（に），表示移動的目的用助詞「に」。「に」的前面要用動詞ます形。中文意思是：「到…（做某事）」。如例：

◆ 電気屋さんへ　パソコンを　買いに　行きました。
去了3C賣場買電腦。

◆ 今度、うちへ　遊びに　来て　ください。
下次請來我家玩。

◆ 京都へ 桜を 見に 行きませんか。

要不要去京都賞櫻呢？

| 比較 |

ため（に）〔以…為目的〕兩個文法的「に」跟「ため（に）」前面都接目的語，但「に」要接動詞ます形，「ため（に）」接動詞辭書形或「名詞＋の」。另外，句型「場所＋へ（に）＋目的＋に」表示移動的目的，所以後面常接「行きます／去」、「来ます／來」（來）等移動動詞；「ため（に）」後面主要接做某事。

㊟〔サ変→語幹〕遇到サ行變格動詞（如：散歩します），除了用動詞ます形，也常把「します」拿掉，只用語幹。如例：

◆ アメリカへ 絵の 勉強に 行きます。

要去美國學習繪畫。

Track N5-020

009 や

➡ {名詞}＋や＋{名詞}

| 類義表現 |

名詞＋と＋名詞 …和…

| 意思 |

① 【列舉】表示在幾個事物中，列舉出 2 、 3 個來做為代表，其他的事物就被省略下來，沒有全部說完。中文意思是：「…和…」。如例：

◆ 机の 上に 鉛筆や ノートが あります。

桌上有鉛筆和筆記本。

◆ デパートで ネクタイや 鞄を 買いました。

在百貨公司買了領帶和公事包。

◆ 図書館で 本や 雑誌を 借ります。

要到圖書館借閱書籍或雜誌。

◆ 財布には お金や カードが 入って います。

錢包裡裝著錢和信用卡。

| 比較 | 名詞＋と＋名詞〔…和…〕「や」和「名詞＋と＋名詞」意思都是「…和…」，「や」暗示除了舉出的2、3個，還有其他的；「と」則會舉出所有事物來。 |

010 や～など

➜ {名詞}＋や＋{名詞}＋など

| 類義表現 | も（並列）…也… |

| 意思 |

① 【列舉】這也是表示舉出幾項，但是沒有全部說完。這些沒有全部說完的部分用副助詞「など」（等等）來加以強調。「など」常跟「や」前後呼應使用。這裡雖然多加了「など」，但意思跟「や」基本上是一樣的。中文意思是：「和…等」。如例：

◆ りんごや みかんなどの 果物が 好きです。
我喜歡蘋果和橘子之類的水果。

◆ 駅前には パン屋や 本屋、靴屋などが あります。
車站前開著麵包坊、書店以及鞋鋪等等商店。

◆ スポーツの 後は、お茶や ジュースなどを 飲みましょう。
運動完，喝茶或果汁之類的飲料吧！

◆ ここに 名前や 住所、電話番号などを 書きます。
請在這裡寫上大名、住址和電話號碼等資料。

| 比較 | も（並列）〔…也…〕「や～など」表示列舉，是列舉出部分的項目來，接在名詞後面；「も」表示並列之外，還有累加、重複之意。除了接在名詞後面，也有接在「名詞＋助詞」之後的用法。 |

練習　文法知多少？

▼ 答案詳見右下角

☞　請完成以下題目，從選項中，選出正確答案，並完成句子。

1 手紙（　　）小包を　送りました。（指寄了信和包裹這兩件時）

　　1．も　　　　　　　　　　2．や

2 駅から　学校まで　バス（　　）行きます。

　　1．で　　　　　　　　　　2．に

3 学校（　　）家へ　帰ります。

　　1．を　　　　　　　　　　2．から

4 地震（　　）電車が　止まりました。

　　1．で　　　　　　　　　　2．て

5 昨日は　デパートへ　買い物（　　）行きました。

　　1．を　　　　　　　　　　2．に

6 私の　兄は　来月から　郵便局（　　）働きます。

　　1．で　　　　　　　　　　2．へ

格助詞の使用（三）

格助詞的使用（三）

Track N5-022

001　名詞＋と＋名詞

➡ {名詞} ＋と＋ {名詞}

| 類義表現 | 名詞／動詞辭書形＋か …或… |

| 意思 |

① 【名詞的並列】表示幾個事物的並列。想要敘述的主要東西，全部都明確地列舉出來。「と」大多與名詞相接。中文意思是：「…和…、…與…」。如例：

◆ 卵と　牛乳を　買います。
たまご　　ぎゅうにゅう　　か
要去買雞蛋和牛奶。

◆ ノートと　鉛筆を　出して　ください。
えんぴつ　　だ
請拿出筆記本和鉛筆。

◆ 中国語と　フランス語が　できます。
ちゅうごく ご　　　　　　　ご
我懂中文和法文。

◆ 電車と　バスで　大学へ　行きます。
でんしゃ　　　　　　だいがく　い
搭電車和巴士去大學上課。

| 比較 | 名詞／動詞辭書形＋か〔…或…〕「名詞＋と＋名詞」表示並列。並列人物或事物等；「名詞／動詞辭書形＋か」表示選擇。用在並列兩個（或兩個以上）的例子，從中選擇一個。 |

Track N5-023

002　名詞＋と＋おなじ

➡{名詞}＋と＋おなじ

[類義表現] 名詞＋と＋ちがって 與…不同…

[意思]

①【同樣】表示後項和前項是同樣的人事物。中文意思是：「和…一樣的、和…相同的」。如例：

◆ あの　人と　同じものが　食べたいです。
我想和那個人吃相同的東西。

◆ この　町は　20年前　と同じです。
這座城鎮和20年前一樣。

[比較] **名詞＋と＋ちがって**〔與…不同…〕雖然「と同じ」和「と違って」都用在比較兩個人事物，但意思是相反的。而且「と同じ」在「同じ」就結束說明，但「と違って」會在「て」後面繼續說明。如果「と同じ」後面有後續說明的話，要改「と同じで」；相反地，如果「と違って」後面沒有後續說明的話，要改「と違います」。

[補]〘N と N は同じ〙也可以用「名詞＋と＋名詞＋は＋同じ」的形式。中文意思是：「…和…相同」。如例：

◆ 私と　美和さんは　同じ　中学です。
我跟美和同學就讀同一所中學。

◆ 「なぜ」と「どうして」は　同じ　意味ですか。
「為何」與「為什麼」是相同的語意嗎？

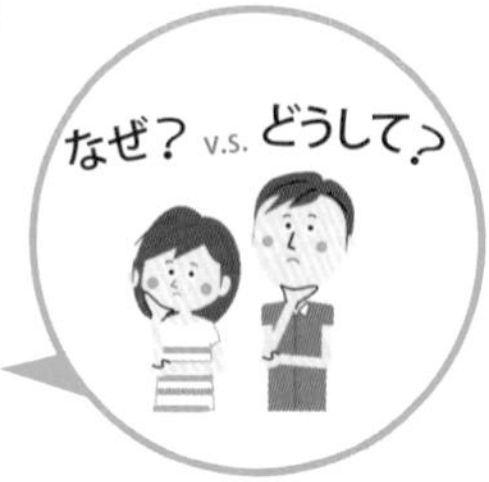

Track N5-024

003　對象＋と

➡{名詞}＋と

| 類義表現 | 對象（人）＋に 跟… |

| 意思 |

① 【對象】「と」前接一起去做某事的對象時，常跟「一
緒に」一同使用。中文意思是：「跟…一起」。如例：

◆ 妹と　いっしょに　学校へ　行きます。
和妹妹一起上學。

◆ 犬と　いっしょに　写真を　撮りました。
和小狗一起拍了照片。

補 『可省略一緒に』 這個用法的「一緒に」也可省略。中文意思是：「跟…（一起）」。
如例：

◆ 友達と　図書館で　勉強します。
要和朋友到圖書館用功。

補 『對象＋と＋一人不能完成的動作』「と」前接表示互相進行某動作的對象，後
面要接一個人不能完成的動作，如結婚，吵架，或偶然在哪裡碰面等等。中
文意思是：「跟…」。如例：

◆ 大学で　李さんと　会いました。
在大學遇到了李小姐。

| 比較 | 對象（人）＋に〔跟…〕前面接人的時候，「と」表示雙方一起
做某事；「に」則表示單方面對另一方實行某動作。譬如，「会
います／見面」前面接「と」的話，表示是在約定好，雙方都有
準備要見面的情況下，但如果接「に」的話，表示單方面有事想
見某人，或是和某人碰巧遇到。 |

Track N5-025

004　引用內容＋と

➜ {句子}＋と

| 類義表現 | という＋名詞 叫做… |

[意思]

①【引用內容】用於直接引用。「と」接在某人説的話，或寫的事物後面，表示説了什麼、寫了什麼。中文意思是：「説…、寫著…」。如例：

- 朝(あさ)は「おはよう　ございます」と　言(い)います。
  早上要説「早安」。
- 先生(せんせい)が「明日(あした)　テストを　します」と　言(い)いました。
  老師宣布了「明天要考試」。

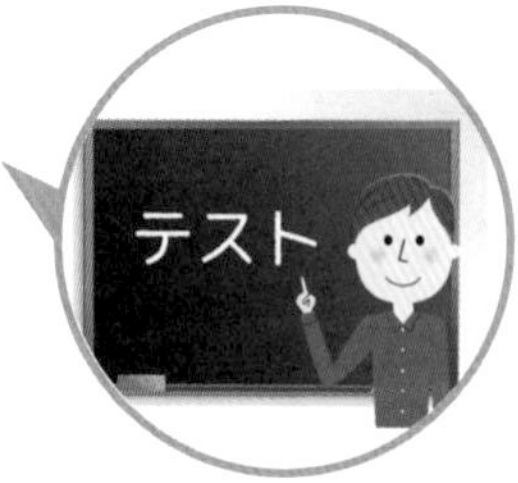

- 女(おんな)の子(こ)は　「キャー」と　大(おお)きな　声(こえ)を　出(だ)しました。
  女孩「啊！」地大聲尖叫起來。
- 先生(せんせい)に　「今日(きょう)　休(やす)みます」と　電話(でんわ)しました。
  打了電話報告老師「今天要請假」。

[比較] という＋名詞〔叫做…〕「と」用在引用一段話或句子；「という」用在提示出某個名稱。

005　から～まで、まで～から

Track N5-026

➔{名詞}＋から＋{名詞}＋まで、{名詞}＋まで＋{名詞}＋から

[類義表現] や～など …和…等

[意思]

①【距離範圍】表示移動的範圍，「から」前面的名詞是起點，「まで」前面的名詞是終點。中文意思是：「從…到…」。如例：

- うちから　駅(えき)まで　歩(ある)きます。
  從家裡走到車站。

[補]〘まで～から〙表示距離的範圍，也可用「まで～から」。中文意思是：「到…從…」。如例：

- 台湾(タイワン)まで、東京(とうきょう)から　飛行機(ひこうき)で　4時間(よじかん)くらいです。
  從東京搭乘飛機到台灣大約需要4個小時。

② 【時間範圍】表示時間的範圍，也就是某動作發生在某期間，「から」前面的名詞是開始的時間，「まで」前面的名詞是結束的時間。中文意思是：「從…到…」。如例：

◆ 仕事(しごと)は　9時(くじ)から　3時(さんじ)までです。

工作時間是從 9 點到 3 點。

[補]〘まで～から〙表示時間的範圍，也可用「まで～から」。中文意思是：「到…從…」。如例：

◆ 試験(しけん)の　日(ひ)まで、今日(きょう)から　頑張(がんば)ります。

從今天開始努力用功到考試那天為止。

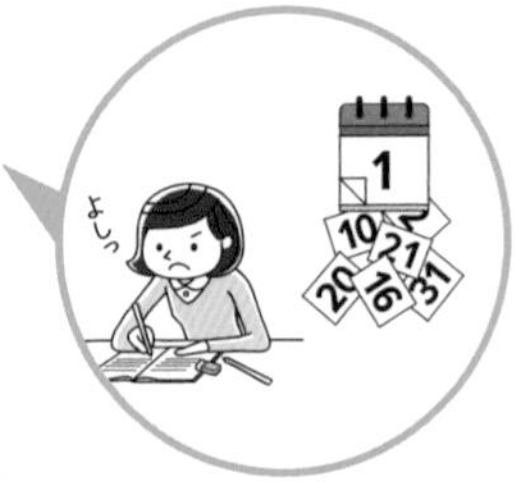

[比較] **や～など**〔…和…等〕「から～まで」表示距離、時間的起點與終點，是「從…到…」的意思；「や～など」則是列舉出部分的項目，是「…和…等」的意思。

Track N5-027

006　起點（人）＋から

➔ {名詞} ＋から

[類義表現] **離開點＋を** 從…

[意思]

① 【起點】表示從某對象借東西、從某對象聽來的消息，或從某對象得到東西等。「から」前面就是這某對象。中文意思是：「從…、由…」。如例：

◆ 友達(ともだち)から　CD(シーディー)を　借(か)ります。

向朋友借CD。

◆ その　話(はなし)は　誰(だれ)から　聞(き)きましたか。

那件事是聽誰說的？

◆ 会社(かいしゃ)から　電話(でんわ)ですよ。

公司有人打電話找你喔！

◆ 父(ちち)から　時計(とけい)を　もらいました。

爸爸送了手錶給我。

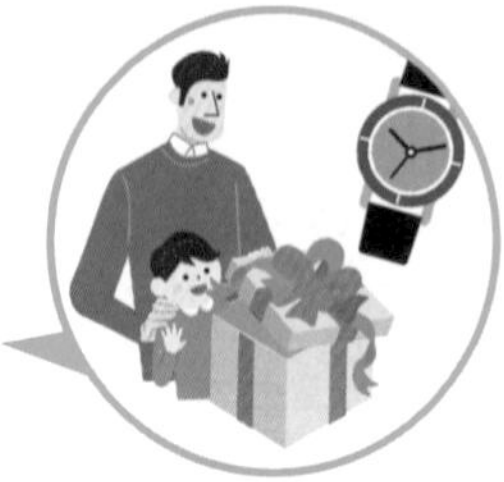

Track N5-028

| 比較 | 離開點＋を〔從…〕「から」表示起點。前面接人，表示物品、信息等的起點（提供方或來源方），也就是動作的施予者；「を」表示離開點。後面接帶有離開或出發意思的動詞，表示離開某個具體的場所、交通工具、出發地點。 |

007 名詞＋の＋名詞

➡{名詞}＋の＋{名詞}

| 類義表現 | 名詞＋の 表示小主語 |

意思

① 【所屬】用於修飾名詞，表示該名詞的所有者、內容說明、作成者、數量、材料、時間及位置等等。中文意思是：「…的…」。如例：

◆ これは　私の　鞄です。
這是我的皮包。

◆ それは　日本語の　ＣＤです。
那是日語CD。

◆ 母の　料理は　おいしいです。
媽媽做的菜很好吃。

◆ 牛肉と　トマトの　カレーを　作ります。
用牛肉和番茄煮咖哩。

| 比較 | 名詞＋の〔表示小主語〕「名詞＋の＋名詞」表示所屬。在兩個名詞中間，做連體修飾語，表示：所屬、內容說明、作成者、數量、同位語及位置基準等等；「名詞＋の」表示句中的小主語。和「が」同義。也就是「の」所連接的詞語具有小主語的功能。例如：「あの髪の（＝が）長い女の子は誰ですか／那個長頭髮的女孩是誰？」。 |

008　名詞＋の

➡{名詞}＋の

| 類義表現 | 形容詞＋の 替代名詞 |

| 意思 |

① **【省略名詞】** 準體助詞「の」後面可省略前面出現過，或無須說明大家都能理解的名詞，不需要再重複，或替代該名詞。中文意思是：「…的」。如例：

◆ その　コーヒーは　私(わたし)のです。
　　那杯咖啡是我的。

◆ この　パソコンは　会社(かいしゃ)のです。
　　這台電腦是公司的。

◆ あの　カレンダーは　来年(らいねん)のです。
　　那份月曆是明年的。

◆ この　傘(かさ)は　誰(だれ)のですか。
　　這把傘是誰的呢？

| 比較 | **形容詞＋の〔替代名詞〕** 為了避免重複，用形式名詞「の」代替前面提到過的，無須說明大家都能理解的名詞，或後面將要說明的事物、場所等；形容詞後面接的「の」是一個代替名詞，代替句中前面已出現過，或是無須解釋就明白的名詞。 |

009　名詞＋の

➡{名詞}＋の

| 類義表現 | は 表示主題 |

① **【修飾句中小主語】** 表示修飾句中的小主語，意義跟「が」一樣，例如：「あの背の（＝が）低い人は田中さんです／那位小個子的是田中先生」。大主題用「は」表示，小主語用「の」表示。中文意思是：「…的…」。如例：

◆ 母の 作った 料理を 食べます。

我要吃媽媽做的菜。

◆ これは 友達の 撮った 写真です。

這是朋友拍的照片。

◆ 先生の 書いた 本を 読みました。

拜讀了老師寫的大作。

◆ ここは 兄の 働いて いる 会社です。

這是哥哥上班的公司。

は〔表示主題〕「の」可以表示修飾句中的小主語；「は」接在名詞的後面，可以表示這個名詞就是大主題。如「私は映画が好きです／我喜歡看電影」。

名詞

項目	說明	例句
定義	名詞是指事物、人物、地點、時間、抽象概念等名稱的詞。	猫
種類	專有名詞、普通名詞、形式名詞。	專有名詞：東京
		普通名詞：本
		形式名詞：こと
構成	單純名詞、複合名詞。	單純名詞：木
		複合名詞：電車
文法功能	作主語、受詞、補語等。	主語：彼は学生です。
		受詞：私は本を読む。
		補語：彼は医者です。

練習 文法知多少？

▼ 答案詳見右下角

☞ 請完成以下題目，從選項中，選出正確答案，並完成句子。

1 ここは 私（ わたし ）（　　）働いて いる 会社です。

    1．の　　　　　　　　　　2．は

2 その 靴（くつ）は 私（わたし）（　　）です。

    1．の　　　　　　　　　　2．こと

3 妹（いもうと）が 好（す）きな 歌手（かしゅ）は、私（わたし）（　　）です。

    1．と同（おな）じ　　　　　2．と違（ちが）って

4 これは 台湾（タイワン）（　　）バナナですか。

    1．か　　　　　　　　　　2．の

5 銀行（ぎんこう）は 9時（くじ）から 3時（さんじ）（　　）です。

    1．から　　　　　　　　　2．まで

6 去年（きょねん）、友達（ともだち）（　　）いっしょに 海（うみ）へ 行（い）きました。

    1．は　　　　　　　　　　2．と

答案：(1) 1　(2) 1　(3) 1　(4) 2　(5) 2　(6) 2

副助詞の使用

副助詞的使用

Lesson 04

Track N5-031

001　は～です

➡{名詞}＋は＋{敘述的內容或判斷的對象之表達方式}＋です

[類義表現] は～ことだ 也就是…的意思

[意思]

①【提示】助詞「は」表示主題。所謂主題就是後面要敘述的對象，或判斷的對象，而這個敘述的內容或判斷的對象，只限於「は」所提示的範圍。用在句尾的「です」表示對主題的斷定或是說明。中文意思是：「…是…」。如例：

- 私(わたし)は　学生(がくせい)です。
  我是學生。
- 今日(きょう)は　暑(あつ)いです。
  今天很熱。
- この　映画(えいが)は　有名(ゆうめい)です。
  這部電影很著名。

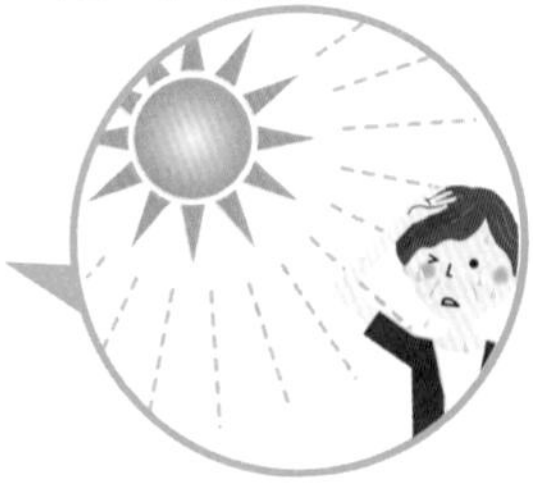

[比較] **は～ことだ**〔也就是…的意思〕「は～です」表示提示。提示已知事物作為談論的話題。助詞「は」用在提示主題，「です」表示對主題的斷定或是說明；「は～ことだ」表示說明。表示對名稱的解釋，例如「TVはテレビのことです／所謂TV也就是電視的意思」。

[補]〔省略「私は」〕為了避免過度強調自我，用這個句型自我介紹時，常將「私(わたし)は」省略。如例：

- （私(わたし)は）李芳(リーファン)です。よろしく　お願(ねが)いします。
  （我叫）李芳，請多指教。

002　は〜ません

➡ {名詞} ＋は＋ {否定的表達形式}

| 類義表現 | 動詞（現在否定）否定人或事物的存在、動作、行為和作用 |

| 意思 |

① 【動詞的否定句】表示動詞的否定句，後面接否定「ません」，表示「は」前面的名詞或代名詞是動作、行為否定的主體。中文意思是：「不…」。如例：

◆ ジョンさんは　英語を　話しません。
約翰先生不會講英語。

◆ 趙さんは　お酒を　飲みません。
趙先生不喝酒。

| 比較 | 動詞（現在否定）〔否定人或事物的存在、動作、行為和作用〕「は〜ません」是動詞否定句，後接否定助詞「ません」，表示「は」前面的名詞或代名詞是動作、行為否定的主體；「動詞（現在否定）」也是動詞後接否定助詞「ません」就形成了現在否定式的敬體了。 |

② 【名詞的否定句】表示名詞的否定句，用「は〜ではありません」的形式，表示「は」前面的主題，不屬於「ではありません」前面的名詞。中文意思是：「不…」。如例：

◆ 私は　アメリカ人では　ありません。
我不是美國人。

◆ 明日は　暇では　ありません。
明天沒空。

003　は〜が

➡ {名詞} ＋は＋ {名詞} ＋が

主題＋は～です 表示主題就是後面要敘述的對象

意思

① 【話題】表示以「は」前接的名詞為話題對象，對於這個名詞的一個部分或屬於它的物體（「が」前接的名詞）的性質、狀態加以描述。如例：

◆ 弟は 背が 高いです。
弟弟個子很高。

◆ 今日は 天気が いいです。
今天天氣晴朗。

◆ この 店は 魚料理が 有名です。
這家餐館的魚料理是招牌菜。

◆ 私は 新しい 靴が 欲しいです。
我想要一雙新鞋。

比較 主題＋は～です〔表示主題就是後面要敘述的對象〕「は～が」表示對主語（話題對象）的從屬物的狀態、性質進行描述；「主題＋は～です」表示提示句子的主題部分，接下來一個個說明，也就是對主題進行解說或斷定。

Track N5-034

004 は～が、～は～

➡ {名詞}＋は＋{名詞です（だ）；形容詞・動詞丁寧形（普通形）}＋が、{名詞}＋は

類義表現 は～で、～です 是…，是…

意思

① 【對比】「は」除了提示主題以外，也可以用來區別、比較兩個對立的事物，也就是對照地提示兩種事物。中文意思是：「但是…」。如例：

◆ 王さんは 台湾人ですが、林さんは 日本人です。
王小姐是台灣人，而林小姐是日本人。

◆ 掃除は　しますが、料理は　しません。
我會打掃，但不做飯。

◆ 英語は　できますが、フランス語は　できません。
我會說英語，但不會說法語。

比較

は～で、～です〔是…，是…〕「は～
が、～は～」用在比較兩件事物；但「は～で、～です」是針對
一個主題，將兩個敘述合在一起說。例如：「これは果物で有名
です／這水果，享有盛名」。

補 〖口語－けど〗在一般口語中，可以把「が」改為「けど」。中文意思是：「但
是…」。如例：

◆ ワインは　好きだけど、ビールは　好きじゃない。
雖然喜歡喝紅酒，但並不喜歡喝啤酒。

005　も

類義表現

か …或是…

意思

① 【並列】{名詞}＋も＋{名詞}＋も。表示同性質的東
西並列或列舉。中文意思是：「也…也…、都是…」。
如例：

◆ 父も　母も　元気です。
家父和家母都老當益壯。

② 【累加】{名詞}＋も。可用於再累加上同一類型的事物。中文意思是：「也、
又」。如例：

◆ マリさんは　学生です。ケイトさんも　学生です。
瑪麗小姐是大學生，肯特先生也是大學生。

③ 【重覆】{名詞}＋とも＋{名詞}＋とも。重覆、附加或累加同類時，可用「と
も～とも」。中文意思是：「也和…也和…」。如例：

◆ 私は　マリさんとも　ケイトさんとも　友達です。

瑪麗小姐以及肯特先生都是我的朋友。

比較

か〔…或是…〕「も」表示並列，或累加、重複時，這些被舉出的事物，都符合後面的敘述；但「か」表示選擇，要在列舉的事物中，選出一個。

⑪〔格助詞＋も〕{名詞}＋{格助詞}＋も。表示累加、重複時，「も」除了接在名詞後面，也有接在「名詞＋格助詞」之後的用法。如例：

◆ 京都にも　大阪にも　行ったことが　あります。

我去過京都也去過大阪。

Track N5-036

006　も

➡ **{數量詞}＋も**

類義表現　　ずつ　毎

意思

① 【強調】「も」前面接數量詞，表示數量比一般想像的還多，有強調多的作用。含有意外的語意。中文意思是：「竟、也」。如例：

◆ この　映画は　3回も　見ました。

這部電影我已經足足看過3遍了。

◆ 家から　大学まで　2時間も　かかります。

從家裡到大學要花上兩個鐘頭。

2時間

◆ 日本語の　本を　5冊も　買いました。

買了多達5本日文書。

◆ 風邪で　10人も　休んで　います。

由於感冒而導致多達10人請假。

比較　　**ずつ**〔每〕兩個文法都接在數量詞後面，但「も」是強調數量比一般想像的還多；「ずつ」表示數量是平均分配的。

007 には、へは、とは

➡ {名詞} ＋には、へは、とは

| 類義表現 | にも、からも、でも 表示強調 |

| 意思 |

① 【強調】格助詞「に、へ、と」後接「は」，有特別提出格助詞前面的名詞的作用。如例：

◆ この 部屋には 大きな 窓が あります。
這個房間有一扇大窗戶。

◆ 直子さんには 友達が たくさん います。
直子小姐有很多朋友。

◆ この 電車は 京都へは 行きません。
這班電車不駛往京都。

◆ 鈴木さんとは 昨日 初めて 会いました。
我昨天才第一次見到了鈴木小姐。

| 比較 | にも、からも、でも〔表示強調〕「は」前接格助詞時，是用在特別提出格助詞前面的名詞的時候；「も」前接格助詞時，表示除了格助詞前面的名詞以外，還有其他的人事物。 |

008 にも、からも、でも

➡ {名詞} ＋にも、からも、でも

| 類義表現 | なにも、だれも、どこへも 表示全面否定 |

| 意思 |

① 【強調】格助詞「に、から、で」後接「も」，表示不只是格助詞前面的名詞以外的人事物。如例：

◆「お茶を 一杯 ください。」「あ、私にも ください。」

「請給我一杯茶。」「啊，也請給我一杯。」

◆教室から 富士山が 見えます。私の 部屋から
も 見えます。

從教室可以遠眺富士山。從我的房間也可以看得到。

◆これは インターネットでも 買えます。

這東西在網路上也買得到。

比較	**なにも、だれも、どこへも**〔表示全面否定〕格助詞「に、から、で」後接「も」，表示除了格助詞前面的名詞以外，還有其他的人事物，有強調語氣；「も」上接疑問代名詞「なに、だれ、どこへ」，下接否定語，表示全面的否定，如果下接肯定語，就表示全面肯定。

009　か

Track N5-039

➡ {名詞}＋か＋{名詞}

類義表現	**か～か（選擇）**…或是…

意思	

① 【選擇】表示在幾個當中，任選其中一個。中文意思是：「或者…」。如例：

◆犬か 猫を 飼って いますか。

家裡有養狗或貓嗎？

◆バスか 自転車で 行きます。

搭巴士或騎自行車前往。

◆英語か 中国語で 話して ください。

請用英文或中文表達。

比較	**か～か（選擇）**〔…或是…〕「か」表示在幾個名詞當中，任選其中一個，或接意思對立的兩個選項，表示從中選出一個；「か～か」會接兩個（或以上）並列的句子，表示提供聽話人兩個（或以上）方案，要他從中選一個出來。

010 か〜か〜

➜ {名詞}＋か＋{名詞}＋か；{形容詞普通形}＋か＋{形容詞普通形}＋か；{形容動詞詞幹}＋か＋{形容動詞詞幹}＋か；{動詞普通形}＋か＋{動詞普通形}＋か

| 類義表現 | か〜ないか〜 是不是…呢 |

意思

① 【選擇】「か」也可以接在最後的選擇項目的後面。跟前項的「か」一樣，表示在幾個當中，任選其中一個。中文意思是：「…或是…」。如例：

◆ あの 人が この 学校の 先生か 生徒か、知りません。
我不知道那個人是這所學校的老師還是學生。

◆ 暑いか 寒いか、言って ください。
請說清楚你到底覺得熱還是冷！

◆ 参加するか しないか、決めて ください。
請做出決定究竟要參加還是不參加！

② 【疑問】「〜か＋疑問詞＋か」中的「〜」是舉出疑問詞所要問的其中一個例子。中文意思是：「…呢？還是…呢」。如例：

◆ 海か どこか、遠いところへ 行きたいな。
真想去海邊或是某個地方，總之離這裡越遠越好。

| 比較 | **か〜ないか〜**〔**是不是…呢**〕「か〜か〜」表示疑問並選擇；「か〜ないか〜」表示不確定的內容，例如：「おもしろいか おもしろくないか、分かりません／我不知道是否有趣」。 |

011 ぐらい、くらい

➜ {數量詞}＋ぐらい、くらい

類義表現	ごろ、ころ 大約

意思	

① 【時間】用於對某段時間長度的推測、估計。中文意思是：「大約、左右、上下」。如例：

◆ もう　20年ぐらい　日本に　住んで　います。
已經住在日本大約20年。

◆ 毎朝　1時間くらい　散歩します。
每天早上散步一個鐘頭左右。

比較	**ごろ、ころ**〔大約〕表示時間的估計時，「ぐらい、くらい」前面可以接一段時間，或是某個時間點。而「ごろ、ころ」前面只能接某個特定的時間點。在前接時間點時，「ごろ、ころ」後面的「に」可以省略，但「ぐらい、くらい」後面的「に」一定要留著。

② 【數量】一般用在無法預估正確的約略數量，或是數量不明確的時候。中文意思是：「大約、左右」。如例：

◆ この　お皿は　100万円くらい　しますよ。
這枚盤子價值大約100萬圓喔！

㉔ 〔程度相同〕可表示兩者的程度相同，常搭配「と同じ」。中文意思是：「和…一樣…」。如例：

◆ 私の　国は　日本の　夏と　同じくらい　暑いです。
我的國家差不多和日本的夏天一樣熱。

Track N5-042

012　だけ

➡ {名詞（＋助詞＋）}＋だけ；{名詞；形容動詞詞幹な}＋だけ；
{形容詞・動詞普通形}＋だけ

類義表現	まで 到…

① 【限定】表示只限於某範圍，除此以外沒有別的了。用在限定數量、程度，也用在人物、物品、事情等。中文意思是：「只、僅僅」。如例：

◆ 午前中だけ 働きます。

　只在上午工作。

◆ 箱が きれいなだけです。箱の 中は 安い物です。

　盒子外觀漂亮而已，盒子裡面裝的只是便宜貨。

◆ 見るだけですよ。触らないで ください。

　只能用眼睛看喔！請不要伸手觸摸。

比較　　　まで〔到…〕「だけ」用在限定的某範圍。後面接肯定、否定都可以，而且不一定有像「しか＋否定」含有不滿、遺憾的心情；「まで」表示範圍的終點。可以表示結束的時間、場所。也可以表示動作會持續進行到某時間點。

013　しか＋否定

➡ {名詞（＋助詞)}＋しか〜ない

類義表現　　だけ 只

意思

① 【程度】強調數量少、程度輕。常帶有因不足而感到可惜、後悔或困擾的心情。中文意思是：「僅僅」。如例：

◆ テストは 半分しか できませんでした。

　考卷上的題目只答得出一半而已。

② 【限定】「しか」下接否定，表示對「人、物、事」的限定。含有除此之外再也沒有別的了的意思。中文意思是：「只」。如例：

◆ ラフマンさんは　野菜しか　食べません。

拉夫曼先生只吃蔬菜。

◆ この　車は　4人しか　乗れません。

這輛車只能容納4個人搭乘。

比較

だけ〔只〕兩個文法意思都是「只有」，
但「しか」後面一定要接否定形。「だけ」後面接肯定、否定都
可以，而且不一定有像「しか＋否定」含有不滿、遺憾的心情。

Track N5-044

014　ずつ

➡ {數量詞}＋ずつ

類義表現

數量＋で＋數量 共…

意思

① 【等量均攤】接在數量詞後面，表示平均分配的數量。中文意思是：「每、各」。
如例：

◆ お菓子は　一人　3つずつ　取って　ください。

甜點請每人各拿3個。

◆ 一日に　10個ずつ　新しい　言葉を　覚えます。

每天背誦10個生詞。

◆ では、一人ずつ　部屋に　入って　ください。

那麼，請以每次一人的順序進入房間。

◆ 空が　少しずつ　暗く　なって　きました。

天色逐漸暗了下來。

比較

數量＋で＋數量〔共…〕「ずつ」前接
數量詞，表示數量是等量均攤，平均分配的；「で」的前後可接
數量、金額、時間單位等，表示總額的統計。

練習　文法知多少？

▼ 答案詳見右下角

☞　請完成以下題目，從選項中，選出正確答案，並完成句子。

1 来週（　　）再来週、お金を　返すつもりです。

1. か　　　　　　　　　　2. も

2 この　スマホは　20万円（　　）します。

1. ずつ　　　　　　　　　2. も

3 あれは　自転車の　かぎ（　　）ありません。

1. です　　　　　　　　　2. では

4 平野さんとは　会いましたが、山下さん（　　）会って　いません。

1. とは　　　　　　　　　2. とも

5 花子（　　）が　来ました。

1. しか　　　　　　　　　2. だけ

6 明日、時間が　ある（　　）ない（　　）まだ　わかりません。

1. か／か　　　　　　　　2. と／と

その他の助詞と接尾語の使用

其他助詞及接尾語的使用

001 が

➡ {句子} ＋が

類義表現

けれど（も）、けど 雖然

意思

① 【前置詞】在向對方詢問、請求、命令之前，作為一種開場白使用。如例：

◆ 失礼ですが、山本さんの 奥さんですか。
不好意思，請問您是山本夫人嗎？

◆ もしもし、高木ですが、陳さんは いますか。
喂，敝姓高木，請問陳先生在嗎？

◆ 今度の 日曜日ですが、テニスを しませんか。
下個星期天，要不要一起打網球呢？

◆ すみませんが、パスポートを 見せて ください。
不好意思，請出示護照。

比較

けれど（も）、けど 〔雖然〕「が」與「けれど（も）、けど」在意思或接續上都通用，都表示為後句做鋪墊的開場白。但「けど」是口語表現，如果是文書上，使用「が」比較適當。

002 が

➡ {名詞です（だ）；形容動詞詞幹だ；形容詞・動詞丁寧形（普通形）} ＋が

| 類義表現 | から 因為… |

| 意思 |

① 【逆接】表示連接兩個對立的事物，前句跟後句內容是相對立的。中文意思是：「但是…」。如例：

◆ 外は 寒いですが、家の 中は 暖かいです。
　雖然外面很冷，但是家裡很溫暖。

◆ この アパートは、古いですが 広いです。
　這棟公寓雖然老舊，但很寬敞。

◆ 練習しましたが、まだ 上手では ありません。
　雖然練習過了，但還不夠純熟。

◆ 英語は できますが、中国語は できません。
　雖然懂英文，但是不懂中文。

| 比較 | から〔因為…〕「が」的前、後項是對立關係，屬於逆接的用法；但「から」表示因為前項而造成後項，前後是因果關係，屬於順接的用法。 |

003 疑問詞＋が

➡ {疑問詞} ＋が

| 類義表現 | 疑問詞＋も 都（不）… |

| 意思 |

① 【疑問詞主語】當問句使用「だれ、どの、どこ、なに、どれ、いつ」等疑問詞作為主語時，主語後面會接「が」。如例：

◆「教室に　誰が　いますか。」「誰も　いません。」

「有人在教室裡嗎？」「沒人在。」

◆ どの　映画が　面白いですか。

哪種電影比較有趣呢？

◆ 右の　絵と　左の　絵は、どこが　違いますか。

右邊的圖和左邊的圖有不一樣的地方嗎？

◆「何が　食べたいですか。」「お寿司が　食べたいです。」

「你想吃什麼？」「我想吃壽司。」

比較	疑問詞＋も〔都（不）…〕「疑問詞＋が」當問句使用疑問詞作為主語時，主語後面會接「が」，以構成疑問句中的主語。回答時主語也必須用「が」；「も」上接疑問詞，下接否定語，表示全面的否定。

Track N5-048

004　疑問詞＋か

➜ {疑問詞}＋か

類義表現	句子＋か …嗎

意思

① 【不明確】「か」前接「なに、いくつ、どこ、いつ、だれ、いくら、どれ」等疑問詞後面，表示不明確、不肯定，或沒必要說明的事物。如例：

◆ 何か　食べませんか。

要不要吃點什麼？

◆ これから　いくつか　質問を　します。

接下來想請教幾個問題。

◆ どこか　静かなところで　話しましょう。

我們找個安靜的地方講話吧。

◆ 誰か 助けて ください。

救命啊！

比較 **句子＋か**〔…嗎〕「疑問詞＋か」的前面接疑問詞，表示不明確、不肯定，沒有辦法具體說清楚，或沒必要說明的事物；「句子＋か」的前面接句子，表示懷疑或不確定。用在問別人自己想知道的事。

005 句子＋か

➡ {句子}＋か

類義表現　　**句子＋よ** …唷

意思

① 【疑問句】接於句末，表示問別人自己想知道的事。中文意思是：「嗎、呢」。

如例：

◆ あなたは　アメリカ人ですか。

請問您是美國人嗎？

◆ 学校は　楽しいですか。

學校有趣嗎？

◆ 台湾料理は　好きですか。

喜歡吃台灣菜嗎？

◆ 海を　見たことが　ありますか。

曾經看過海嗎？

比較　　**句子＋よ**〔…唷〕終助詞「か」表示懷疑或不確定，用在問別人自己想知道的事；終助詞「よ」用在促使對方注意，或使對方接受自己的意見時。

006 句子＋か、句子＋か

➡ {句子}＋か、{句子}＋か

| 類義表現 | とか～とか …啦…啦 |

| 意思 |

① 【選擇性的疑問句】表示讓聽話人從不確定的兩個事物中，選出一樣來。中文意思是：「是…，還是…」。如例：

◆ ジャンさんは　アメリカ人ですか、ブラジル人ですか。
傑先生是美國人呢？還是巴西人呢？

◆ この　お菓子は　台湾のですか、日本のですか。
這種甜點是台灣的呢？還是日本的呢？

◆ 明日は　暑いですか、寒いですか。
明天氣溫是熱還是冷呢？

◆ 今日の　テストは　簡単ですか、難しいですか。
今天的測驗簡單嗎？還是困難呢？

| 比較 | とか～とか〔…啦…啦〕「か～か」會接句子，表示提供聽話人兩個方案，要他選出來；但「とか～とか」接名詞、動詞基本形、形容詞或形容動詞，表示從眾多同類人事物中，舉出兩個來加以說明。

007 句子＋ね

➡ {句子}＋ね

| 類義表現 | 句子＋よ …喔 |

① 【認同】徵求對方的認同。中文意思是：「…都、…喔、…呀、…呢」。如例：

◆ 疲れましたね。休みましょう。

累了呢，我們休息吧。

比較 | **句子＋よ**〔…喔〕終助詞「ね」主要是表示徵求對方的同意，也可以表示感動，而且使用在認為對方也知道的事物；終助詞「よ」則表示將自己的意見或心情傳達給對方，使用在認為對方不知道的事物。

② 【感嘆】表示輕微的感嘆。中文意思是：「…啊」。如例：

◆ 健ちゃんは いつも 元気ですね。

小健總是活力充沛呢。

③ 【確認】表示跟對方做確認的語氣。中文意思是：「…吧」。如例：

◆ 土曜日、銀行は 休みですよね。

星期六，銀行不營業吧？

◆ この 部屋、ちょっと 暗いですね。電気を
点けますね。

這個房間有點暗喔，我們開燈吧！

④ 【思索】表示思考、盤算什麼的意思。中文意思是：「…啊」。如例：

◆ 「そうですね…。」

「這樣啊…」

⊕ 〔**對方也知道**〕基本上使用在說話人認為對方也知道的事物。如例：

◆ だんだん 寒く なって きましたね。

天氣越來越冷了。

Track N5-052

008 句子＋よ

➡ {句子}＋よ

類義表現 | 句子＋の …嗎

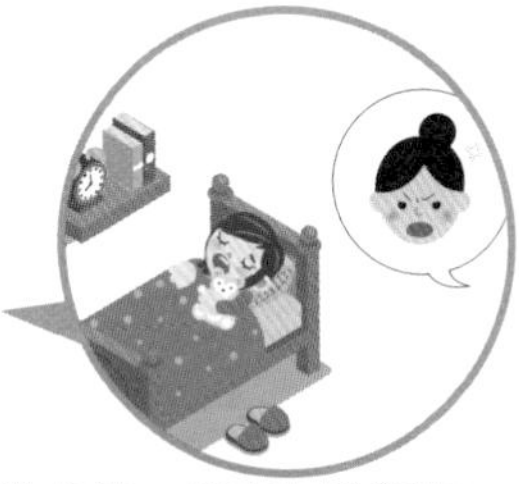

[意思]

①【注意】請對方注意。中文意思是：「…喲」。如例：

◆ もう　8時(はちじ)ですよ。起(お)きて　ください。

已經8點囉，快起床！

②【肯定】向對方表肯定、提醒、說明、解釋、勸誘及懇求等，用來加強語氣。中文意思是：「…喔、…喲、…啊」。如例：

◆「お元気(げんき)ですか。」「ええ、私(わたし)は　元気(げんき)ですよ。」

「最近好嗎？」「嗯，我很好喔！」

◆ 遅(おそ)いから、もう　帰(かえ)りましょうよ。

時間不早了，我們回家吧!

[補]〔對方不知道〕基本上使用在說話人認為對方不知道的事物，想引起對方注意。如例：

◆ この　店(みせ)の　パン、おいしいですよ。

這家店的麵包很好吃喔！

[比較] 句子＋の〔…嗎〕「よ」表示提醒、囑咐對方注意他不知道，或不瞭解的訊息，也表示肯定；「の」表示疑問或責問，例如：「誰(だれ)が好(す)きなの／你喜歡誰呢？」、「どこへ行(い)ったの／你上哪兒去了？」。

Track N5-053

009　じゅう

➔{名詞}＋じゅう

[類義表現] ちゅう 正在…

[意思]

①【時間】日語中有自己不能單獨使用，只能跟別的詞接在一起的詞，接在詞前的叫接頭語，接在詞尾的叫接尾語。「中(じゅう)」是接尾詞。接時間名詞後，用「時間＋中(じゅう)」的形式表示在此時間的「全部、從頭到尾」，一般寫假名。中文意思是：「全…、…期間」。如例：

◆ あの 子は 一日中、ゲームを しています。
　這孩子從早到晚都在打電玩。

◆ 今日中に 返事を ください。
　請於今天之內回覆。

② 【空間】可用「空間＋中」的形式，接場所、範圍等名詞後，表示整個範圍內出現了某事，或存在某現象。中文意思是：「…內、整整」。如例：

◆ この 歌は 世界中の 人が 知って います。
　這首歌舉世聞名。

◆ 山本先生の 声は 学校中に 聞こえます。
　山本老師的聲音傳遍整座校園。

| 比較 | ちゅう〔正在…〕「じゅう」表示整個時間段、期間內的某一時間點，或整個區域、空間；「ちゅう」表示動作或狀態正在持續中的整個過程、動作持續過程中的某一點，或整個時間段。 |

010　ちゅう

→ ｛動作性名詞｝＋ちゅう

| 類義表現 | 動詞＋ています 正在… |

| 意思 |

① 【正在繼續】「中（ちゅう）」接在動作性名詞後面，表示此時此刻正在做某件事情，或某狀態正在持續中。前接的名詞通常是與某活動有關的詞。中文意思是：「…中、正在…、…期間」。如例：

◆ 課長は 今、電話中です。
　科長目前正在通電話。

◆ 食事中に 携帯電話を 見ないで ください。
　吃飯時請不要滑手機。

◆ 「勉強中、静かに。」
　「正在讀書，請保持安靜！」

◆ これは 旅行中に ロンドンで 撮った 写真です。
りょこうちゅう　　　　　と　　　　　しゃしん

這是我在倫敦旅行時拍的照片。

比較	**動詞＋ています**〔正在…〕兩個文法都表示正在進行某個動作，但「ちゅう」前面多半接名詞，接動詞的話要接連用形；而「ています」前面要接動詞て形。

Track N5-055

011　ごろ

➡ **{名詞}＋ごろ**

類義表現	ぐらい 大約

意思

① 【時間】表示大概的時間點，一般只接在年、月、日，和鐘點的詞後面。中文意思是：「左右」。如例：

◆ 今日は 昼ごろから 雨に なります。
きょう　　ひる　　　　　　あめ

今天從中午開始下起雨來。

◆ 金さんは 3月ごろに この 町に 来ました。
キム　　　　さんがつ　　　　　　まち　き

金女士曾於 3 月份左右造訪過這座小鎮。

◆ 2010年ごろ、私は カナダに いました。
にせんじゅうねん　　わたし

2010 年前後，我去過加拿大。

◆ この 山は、毎年 今ごろが 一番 きれいです。
やま　　まいとし　いま　　　いちばん

這座山每年這個時候是最美的季節。

比較	**ぐらい**〔大約〕表示時間的估計時，「ごろ」前面只能接某個特定的時間點；而「ぐらい」前面可以接一段時間，或是某個時間點。前接時間點時，「ごろ」後面的「に」可以省略，但「ぐらい」後面的「に」一定要留著。

012 すぎ、まえ

➡ {時間名詞} ＋すぎ、まえ

| 類義表現 | 時間＋に 在… |

| 意思 |

① 【時間】接尾詞「すぎ」，接在表示時間名詞後面，表示比那時間稍後。中文意思是：「過…」。如例：

◆ 毎朝 8時過ぎに 家を 出ます。
まいあさ はちじ す いえ で

每天早上8點過後出門。

| 比較 | 時間＋に〔在…〕「すぎ、まえ」是名詞的接尾詞，表示在某個時間基準點的後或前；「時間＋に」的「に」是助詞，表示某個時間點。

② 【年齡】接尾詞「すぎ」，也可用在年齡，表示比那年齡稍長。中文意思是：「…多」。如例：

◆ 30過ぎの 黒い 服の 男を 見ましたか。
さんじゅう す くろ ふく おとこ み

你有沒有看到一個30多歲、身穿黑衣服的男人?

③ 【時間】接尾詞「まえ」，接在表示時間名詞後面，表示那段時間之前。中文意思是：「差…、…前」。如例：

◆ 2年前に 結婚しました。
に ねんまえ けっこん

我兩年前結婚了。

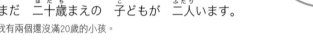

二年前

④ 【年齡】接尾詞「まえ」，也可用在年齡，表示還未到那年齡。中文意思是：「…前、未滿…」。如例：

◆ まだ 二十歳まえの 子どもが 二人います。
はたち ふたり

我有兩個還沒滿20歲的小孩。

013　たち、がた、かた

➡ {名詞} ＋たち、がた、かた

| 類義表現 | 彼 ＋ ら 他們 |

| 意思 |

① **【人的複數】** 接尾詞「たち」接在「私」、「あなた」等人稱代名詞的後面，表示人的複數。但注意有「私たち」、「あなたたち」、「彼女たち」但無「彼たち」。中文意思是：「…們」。如例：

◆ 私たちは　日本語学校の　生徒です。

我們是這所日語學校的學生。

| 比較 |
彼＋ら〔他們〕「たち、がた、かた」前接人物或人稱代名詞，表示人物的複數；但要表示「彼」的複數，就要用「彼＋ら」的形式。「ら」前接人物或人稱代名詞，也表示人物的複數，但説法比較隨便。「ら」也可以前接物品或事物名詞，表示複數，如「これらは私のです／這些是我的」。

㊟ 〖**更有禮貌－がた**〗接尾詞「方」也是表示人的複數的敬稱，説法更有禮貌。如例：

◆ あなた方は　台湾人ですか。

請問您們是台灣人嗎？

㊟ 〖**人→方**〗「方」是對「人」表示敬意的説法。如例：

◆ あの　方は　大学の　先生です。

那一位是大學教授。

㊟ 〖**人們→方々**〗「方々」是對「人たち」(人們) 表示敬意的説法。如例：

◆ 留学中は、たくさんの　方々に　お世話に　なりました。

留學期間承蒙諸多人士的關照。

014 かた

→ {動詞ます形} ＋かた

| 類義表現 | ［方法・手段］＋で 用… |

意思

① 【方法】表示方法、手段、程度跟情況。中文意思是：「…法、…樣子」。如例：

◆ この 漢字の 読み方を 教えて ください。

　請告訴我這個漢字的讀音。

◆ 料理の 作り方を 母に 聞きます。

　向媽媽請教如何做料理。

◆ 駅までの 行き方を 地図に 書いて あげました。

　畫了前往車站的路線圖給他。

◆ それは、あなたの 言い方が 悪いですよ。

　那該怪你措辭失當喔！

| 比較 | ［方法・手段］＋で〔用…〕「かた」前接動詞ます形，表示動作的方法、手段、程度跟情況；「[方法 手段]＋で」前接名詞，表示採用或通過什麼方法、手段來做後項，或達到目的。 |

文法小祕方

名詞

項目	說明	例句
形式名詞	こと、もの、ところ、はず、わけ、ため、まま、つもり等，通常用於抽象概念或補充說明。	こと：勉強することが大事だ。 もの：これは大事なものだ。 ところ：ここは私の好きなところだ。 はず：彼が来るはずだ。 わけ：彼が来ないわけがない。 ため：健康のために運動する。 まま：そのままにしておく。 つもり：明日行くつもりだ。

練習　文法知多少？

▼ 答案詳見右下角

☞ 請完成以下題目，從選項中，選出正確答案，並完成句子。

1 授業（じゅぎょう）（　　）は、携帯（けいたい）の　電源（でんげん）を　切（き）って　ください。

1．ちゅう　　　　　　　2．して　います

2 野菜（やさい）は　嫌（きら）いです（　　）、肉（にく）は　好（す）きです。

1．が　　　　　　　　　2．で

3 この　車（くるま）は、すてきです（　　）、あまり　高（たか）く　ありません。

1．が　　　　　　　　　2．から

4 忙（いそが）しい　毎日（まいにち）でしょう（　　）、どうぞ　お体（からだ）を　大切（たいせつ）に　して　ください。（致老師）

1．が　　　　　　　　　2．けど

5 今日（きょう）は　水曜日（すいようび）じゃ　ありませんよ、木曜日（もくようび）です（　　）。

1．よ　　　　　　　　　2．か

6 私（わたし）は、2時間（にじかん）（　　）銀行（ぎんこう）を　出（で）ました。

1．あと　　　　　　　　2．で

答案：(1)1　(2)1　(3)1　(4)1　(5)1　(6)2

059

疑問詞の使用

疑問詞的使用

Track N5-059

001 なに、なん

→ なに、なん＋{助詞}

| 類義表現 | なに＋か 什麼 |

| 意思 |

① 【問事物】「何（なに、なん）」代替名稱或情況不瞭解的事物，或用在詢問數字時。一般而言，表示「どんな（もの）」（什麼東西）時，讀作「なに」。中文意思是：「什麼」。如例：

◆ 休みの 日は 何を しますか。
假日時通常做些什麼？

◆ 朝ご飯は 何を 食べましたか。
早餐吃了什麼呢？

休日？ …

| 比較 |

なに＋か〔什麼〕「なに、なん」表示
問事物。用來代替名稱或未知的事物，也用在詢問數字；「なに＋か（は、が、を）」表示不確定。不確定做什麼動作、有什麼東西、是誰或是什麼。「か」後續的助詞「は、が、を」可以省略。

㊙ 〔唸作なん〕 表示「いくつ／多少」時讀作「なん」。但是，「何だ」、「何の」一般要讀作「なん」。詢問理由時「何で」也讀作「なん」。如例：

◆ 今、何時ですか。
現在幾點呢？

㊙ 〔唸作なに〕 詢問道具時的「何で」跟「何に」、「何と」、「何か」兩種讀法都

可以，但是「なに」語感較為鄭重，而「なん」語感較為粗魯。如例：

◆「何(なに)で　行(い)きますか。」「タクシーで　行(い)きましょう。」

「要用什麼方式前往？」「搭計程車去吧！」

002　だれ、どなた

Track N5-060

➡だれ、どなた＋{助詞}

[類義表現] だれ＋か 某人

[意思]

①【問人】「だれ」不定稱是詢問人的詞。它相對於第一人稱，第二人稱和第三人稱。中文意思是：「誰」。如例：

◆あの　人(ひと)は　誰(だれ)ですか。

那個人是誰？

◆この　手紙(てがみ)は　誰(だれ)が　書(か)きましたか。

這封信是誰寫的？

[比較] だれ＋か〔某人〕「だれ」通常只出現在疑問句，用來詢問人物；「だれ＋か」則是代替某個不確定，或沒有特別指定的某人，而且不只能用在疑問句，也可能出現在肯定句等。

[補]〖客氣－どなた〗「どなた」和「だれ」一樣是不定稱，但是比「だれ」說法還要客氣。中文意思是：「哪位…」。如例：

◆あの　方(かた)は　どなたですか。

那一位該怎麼稱呼呢？

◆これは　どなたの　お荷物(にもつ)ですか。

請問這是哪一位的隨身物品呢？

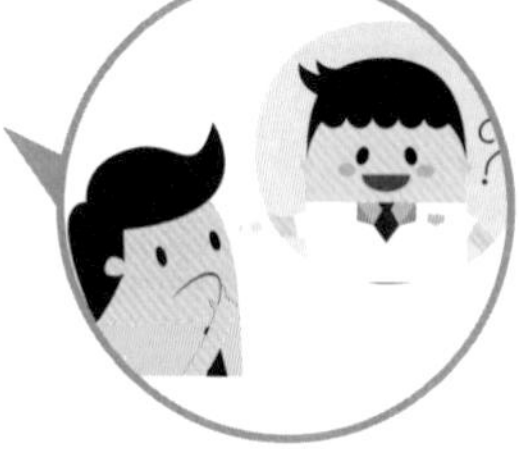

003　いつ

➡ **いつ＋ {疑問的表達方式}**

類義表現	いつ＋か 不知什麼時候

意思

① 【問時間】表示不肯定的時間或疑問。中文意思是：「何時、幾時」。如例：

◆ いつ　日本へ　行きますか。
　ほん　　い
什麼時候要去日本呢？

◆ いつ　先生に　会いましたか。
　せんせい　あ
什麼時候見過老師的呢？

◆ あなたの　誕生日は　いつですか。
　たんじょうび
你生日是哪一天呢？

◆ 学校は　いつまで　休みですか。
　がっこう　　　　　やす
學校放假到什麼時候呢？

比較	いつ＋か〔不知什麼時候〕「いつ」通常只出現在疑問句，用來詢問時間；「いつ＋か」則是代替過去或未來某個不確定的時間，而且不只能用在疑問句，也可能出現在肯定句等。

004　いくつ

➡ **{名詞（＋助詞)}＋いくつ**

類義表現	いくら 多少

意思

① 【問個數】表示不確定的個數，只用在問小東西的時候。中文意思是：「幾個、多少」。如例：

◆ 卵(たまご)は　いくつ　ありますか。

蛋有幾顆呢？

◆ 新(あたら)しい　言葉(ことば)を　いくつ　覚(おぼ)えましたか。

已經背下幾個生詞了呢？

[比較] **いくら**〔多少〕兩個文法都用來問數字問題，「いくつ」用在問東西的個數，大概就是英文的「how many」，也能用在問人的年齡；「いくら」可以問價格、時間、距離等數量，大概就是英文的「how much」，但不能拿來問年齡。

②【問年齡】也可以詢問年齡。中文意思是：「幾歲」。如例：

◆「美穂(みほ)ちゃん、いくつ。」「三(みっ)つ。」

「美穗小妹妹，妳幾歲？」「3歲！」

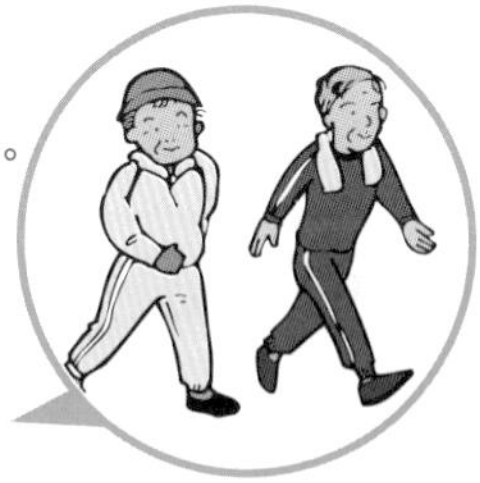

[補]〘お＋いくつ〙「おいくつ」的「お」是敬語的接頭詞。如例：

◆「お母様(かあさま)は　おいくつですか。」「母(はは)は　もう　90(きゅうじゅう)です。」

「請問令堂貴庚呢？」「家母已經高齡90了。」

Track N5-063

005　いくら

➔ {名詞（＋助詞）}＋いくら

[類義表現] どの（れ）ぐらい 多（久）…

[意思]

①【問價格】表示不明確的數量，一般較常用在價格上。中文意思是：「多少」。如例：

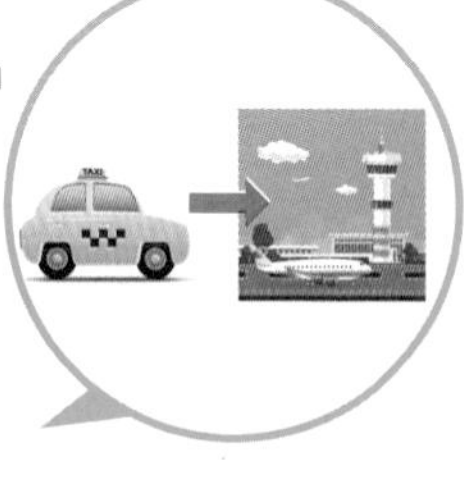

◆ この　鞄(かばん)は　いくらですか。

請問這個包包多少錢呢？

◆ 空港(くうこう)まで　タクシーで　いくら　かかりますか。

請問搭計程車到機場的車資是多少呢？

② 【問數量】表示不明確的數量、程度、工資、時間、距離等。中文意思是：「多少」。如例：

◆ 東京から　大阪まで　時間は　いくら　かかりますか。
　從東京到大阪要花多久時間呢？

◆ 荷物の　重さは　いくら　ありますか。
　行李的重量是多少呢？

比較	どの（れ）ぐらい〔多（久）…〕「いくら」可以表示詢問各種不明確的數量，但絕大部份用在問價錢，也表示程度；「どの（れ）ぐらい」用在詢問數量及程度。另外，「いくら」表示程度時，不會用在疑問句。譬如，想問對方「你有多喜歡我」，可以説「私のこと、どのぐらい好き」，但沒有「私のこと、いくら好き」的説法。

Track N5-064

006　どう、いかが

➡ {名詞}＋はどう（いかが）ですか

類義表現	どんな 什麼樣的

意思

① 【問狀況等】「どう」詢問對方的想法及對方的健康狀況，還有不知道情況是如何或該怎麼做等，「いかが」跟「どう」一樣，只是説法更有禮貌。中文意思是：「怎樣」。如例：

◆ 「旅行は　どうでしたか。」「楽しかったです。」
　「旅行玩得愉快嗎？」「非常愉快！」

◆ 「お食事は　いかがでしたか。」「おいしかったです。」
　「餐點合您的口味嗎？」「非常好吃。」

◆ 「これは　どうやって　開けますか。」「ここを　押します。」
　「這東西該怎麼打開呢？」「把這裡按下去。」

② 【勸誘】也表示勸誘。中文意思是：「如何」。如例：

◆「コーヒーは いかがですか。」「いただきます。」

「要不要喝咖啡？」「麻煩您了。」

比較 **どんな**〔什麼樣的〕「どう、いかが」主要用在問對方的想法、狀況、事情「怎麼樣」，或是勸勉誘導對方做某事；「どんな」則是詢問人事物是屬於「什麼樣的」的特質或種類。

Track N5-065

007 どんな

➡どんな＋{名詞}

類義表現 どう 如何

意思

①【問事物內容】「どんな」後接名詞，用在詢問事物的種類、內容。中文意思是：「什麼樣的」。如例：

◆女の子は どんな 服を 着て いましたか。
女孩那時穿著什麼樣的衣服呢？

◆あなたの お母さんは どんな 人ですか。
請問令堂是什麼樣的人呢？

◆どんな 仕事が したいですか。
您希望從事什麼樣的工作呢？

比較 **どう**〔如何〕「どんな」後接名詞，用在詢問人物或事物的種類、內容、性質；「どう」用在詢問對方對某性質或狀態的想法、意願、意見及對方的健康狀況，還有不知道情況是如何或該怎麼做等。

008　どのぐらい、どれぐらい

➡どのぐらい、どれぐらい＋｛詢問的內容｝

類義表現　どんな 什麼樣的

意思

① 【問多久】表示「多久」之意。但是也可以視句子的內容，翻譯成「多少、多少錢、多長、多遠」等。「ぐらい」也可換成「くらい」。中文意思是：「多（久）…」。如例：

◆「駅まで　どのぐらい　ありますか。」「歩いて　5分ですよ。」
「請問到車站要多久呢？」「走過去5分鐘吧。」

◆「日本語は　どれぐらい　できますか。」「日常会話くらいです。」
「請問您的日語大約是什麼程度呢？」「日常會話還可以。」

◆仕事は　あと　どれぐらい　かかりますか。
工作還要多久才能完成呢？

比較　**どんな**〔什麼樣的〕「どのぐらい、どれぐらい」後接疑問句，用在詢問數量，表示「多久、多少、多少錢、多長、多遠」之意；「どんな」後接名詞，用在詢問人事物的種類、內容、性質或狀態。也用在指示物品是什麼種類。

009　なぜ、どうして

➡なぜ、どうして＋｛詢問的內容｝

類義表現　どうやって 怎樣（地）

意思

① 【問理由】「なぜ」跟「どうして」一樣，都是詢問理由的疑問詞。中文意思是：「原因是…」。如例：

◆ 昨日は　なぜ　来なかったんですか。

昨天為什麼沒來？

⑪〔口語－なんで〕口語常用「なんで」。如例：

◆ なんで　泣いて　いるの。

為什麼在哭呢？

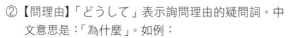

② 【問理由】「どうして」表示詢問理由的疑問詞。中
文意思是：「為什麼」。如例：

◆ どうして　何も　食べないんですか。

為什麼不吃不喝呢？

⑪〔後接のです〕由於是詢問理由的副詞，因此常跟請求說明的「のだ、のです」
一起使用。如例：

◆ どうして　この　窓が　開いて　いるのですか。

這扇窗為什麼是開著的呢？

| 比較 | どうやって〔怎樣（地）〕「なぜ」跟「どうして」一樣，後接疑問句，都是詢問理由的疑問詞；「どうやって」後接動詞疑問句，是用在詢問做某事的方法、方式的連語。 |

Track N5-068

010　なにも、だれも、どこへも

➡ なにも、だれも、どこへも＋{否定表達方式}

| 類義表現 | 疑問詞＋が 作疑問詞的主語 |

| 意思 |

① 【全面否定】「も」上接「なに、だれ、どこへ」等疑問詞，下接否定語，表示
全面的否定。中文意思是：「也（不）…、都（不）…」。如例：

◆ この　男の　ことは　何も　知りません。

關於那個男人的事我一概不知！

◆ デパートへ　行きましたが、何も　買いませんでした。

雖然去了一趟百貨公司，但是什麼也沒買。

◆ 時間に　なりましたが、まだ　誰も　来ません。

約定的時間已經到了，然而誰也沒來。

◆ 昨日は　どこへも　行きませんでした。

昨天哪裡也沒去。

比較 疑問詞＋が〔作疑問詞的主語〕「も」上接「なに、だれ、どこへ」等疑問詞，表示全面肯定或否定；「が」表示疑問詞的主語。疑問詞作為主語時，主語後面會接「が」。回答時主語也必須用「が」。

011　なにか、だれか、どこか

➡なにか、だれか、どこか＋{不確定事物}

類義表現 なにも、だれも、どこへも 表示全面否定

意思

① 【不確定】具有不確定，沒辦法具體說清楚之意的「か」，接在疑問詞「なに」的後面，表示不確定。中文意思是：「某些、什麼」。如例：

◆ 「何か　食べますか。」「いいえ、今は　けっこうです。」

「要不要吃點什麼？」「不了，現在不餓。」

◆ 木の　後ろに　何か　います。

樹後面躲著什麼東西。

② 【不確定是誰】接在「だれ」的後面表示不確定是誰。中文意思是：「某人」。如例：

◆ 誰か　助けて　ください。

快救救我啊！

③ 【不確定是何處】接在「どこ」的後面表示不肯定的某處。中文意思是：「去某地方」。如例：

◆ 携帯電話を　どこかに　置いて　きて　しまいました。

忘記把手機放到哪裡去了。

なにも、だれも、どこへも〔表示全面否定〕「か」上接「なに、だれ、どこ」等疑問詞，表示不確定。也就是不確定是誰、是什麼、有沒有東西、做不做動作等；「も」上接「なに、だれ、どこへ」等疑問詞，表示全面肯定或否定。

012 疑問詞＋も＋否定

➡ {疑問詞}＋も＋～ません

類義表現 | 疑問詞＋か …嗎

意思

① 【全面否定】「も」上接疑問詞，下接否定語，表示全面的否定。中文意思是：「也（不）…」。如例：

◆ この 部屋には 誰も いません。
這個房間裡沒有人。

◆ 朝から 何も 食べて いません。
從早上到現在什麼也沒吃。

② 【全面肯定】若想表示全面肯定，則以「疑問詞＋も＋肯定」形式。中文意思是：「無論…都…」。如例：

◆ 木村さんは いつも 忙しいです。
木村小姐總是忙得團團轉。

◆ この 店の 料理は どれも おいしいです。
這家餐廳的菜每一道都很好吃。

比較 | **疑問詞＋か**〔…嗎〕「疑問詞＋も＋否定」上接疑問詞，表示全面的肯定或否定；「疑問詞＋か」上接疑問詞，表示不明確、不肯定，沒有辦法具體説清楚，或沒必要説明的事物。

練習　文法知多少？

▼ 答案詳見右下角

☞ **請完成以下題目，從選項中，選出正確答案，並完成句子。**

1 明日は（　　）曜日ですか。
　　1. 何　　　　　　　　　　2. 何か

2 クラスの　中で（　　）が　一番　歌が　うまいですか。
　　1. 誰か　　　　　　　　　2. 誰

3 （　　）から　日本語を　勉強して　いますか。
　　1. いつ　　　　　　　　　2. いつか

4 あそこで（　　）光って　います。
　　1. 何が　　　　　　　　　2. 何か

5 この　絵は（　　）描きましたか。
　　1. 誰か　　　　　　　　　2. 誰が

6 （　　）花が　好きですか。
　　1. どんな　　　　　　　　2. どれ

指示詞の使用

指示詞的使用

Track N5-071

001　これ、それ、あれ、どれ

類義表現　この、その、あの、どの　這…；那…；那…；哪…

意思

① 【事物－近稱】這一組是事物指示代名詞。「これ」（這個）指離說話者近的事物。
中文意思是：「這個」。如例：

◆ これは　あなたの　本ですか。

這是你的書嗎？

② 【事物－中稱】「それ」（那個）指離聽話者近的事物。
中文意思是：「那個」。如例：

◆ それは　平野さんの　本です。

那是平野先生的書。

③ 【事物－遠稱】「あれ」（那個）指說話者、聽話者範圍以外的事物。中文意思是：
「那個」。如例：

◆ 「あれは　何ですか。」「あれは　大使館です。」

「那是什麼地方呢？」「那是大使館。」

④ 【事物－不定稱】「どれ」（哪個）表示事物的不確定和疑問。中文意思是：「哪
個」。如例：

◆ 「あなたの　鞄は　どれですか。」「その　黒いのです。」

「您的公事包是哪一個？」「黑色的那個。」

この、その、あの、どの〔這…；那…；那…；哪…〕「これ、それ、あれ、どれ」用來代替某個事物；「この、その、あの、どの」是指示連體詞，後面一定要接名詞，才能代替提到的人事物。

002 この、その、あの、どの

➡ この、その、あの、どの＋{名詞}

類義表現

こんな、そんな、あんな、どんな 這樣；那樣；那樣；哪樣

意思

① 【連體詞－近稱】這一組是指示連體詞。連體詞跟事物指示代名詞的不同在，後面必須接名詞。「この」(這…)指離說話者近的事物。中文意思是：「這…」。如例：

◆ この お菓子は おいしいです。
這種糕餅很好吃。

② 【連體詞－中稱】「その」(那…)指離聽話者近的事物。中文意思是：「那…」。如例：

◆ その 本を 見せて ください。
請讓我看那本書。

③ 【連體詞－遠稱】「あの」(那…)指說話者及聽話者範圍以外的事物。中文意思是：「那…」。如例：

◆ あの 建物は 何ですか。
那棟建築物是什麼？

④ 【連體詞－不定稱】「どの」(哪…)表示事物的疑問和不確定。中文意思是：「哪…」。如例：

◆ どの 席が いいですか。
該坐在哪裡才好呢？

こんな、そんな、あんな、どんな〔這樣；那樣；那樣；哪樣〕

「この、その、あの、どの」是指示連體詞，後面必須接名詞，指示特定的人事物；「こんな、そんな、あんな、どんな」是連體詞，後面也必須接名詞，表示人事物的狀態或指示人事物的種類。

003　ここ、そこ、あそこ、どこ

Track N5-073

類義表現

こちら、そちら、あちら、どちら　這邊…；那邊…；那邊…；哪邊…

意思

① 【場所－近稱】這一組是場所指示代名詞。「ここ」指離說話者近的場所。中文意思是：「這裡」。如例：

◆ どうぞ、ここに　座って　ください。
　　請坐在這裡。

② 【場所－中稱】「そこ」指離聽話者近的場所。中文意思是：「那裡」。如例：

◆ お皿は　そこに　置いて　ください。
　　盤子請擺在那邊。

③ 【場所－遠稱】「あそこ」指離說話者和聽話者都遠的場所。中文意思是：「那裡」。如例：

◆ 出口は　あそこです。
　　出口在那邊。

④ 【場所－不定稱】「どこ」表示場所的疑問和不確定。中文意思是：「哪裡」。如例：

◆ エレベーターは　どこですか。
　　請問電梯在哪裡？

004 こちら、そちら、あちら、どちら

| 類義表現 | この方、その方、あの方、どの方 這位；那位；那位；哪位 |

| 意思 |

① 【方向－近稱】這一組是方向指示代名詞。「こちら」指離說話者近的方向。也可以用來指人，指「這位」。也可以說成「こっち」，只是前面說法比較有禮貌。中文意思是：「這邊、這位」。如例：

◆ こちらは　田中先生です。

　　這一位是田中老師。

② 【方向－中稱】「そちら」指離聽話者近的方向。也可以用來指人，指「那位」。也可以說成「そっち」，只是前面說法比較有禮貌。中文意思是：「那邊、那位」。如例：

◆ そちらの　椅子に　お座りください。

　　請坐在這張椅子上。

③ 【方向－遠稱】「あちら」指離說話者和聽話者都遠的方向。也可以用來指人，指「那位」。也可以說成「あっち」，只是前面說法比較有禮貌。中文意思是：「那邊、那位」。如例：

◆ あちらを　ご覧ください。

　　請看一下那邊。

④ 【方向－不定稱】「どちら」表示方向的不確定和疑問。也可以用來指人，指「哪位」。也可以說成「どっち」，只是前面說法比較有禮貌。中文意思是：「哪邊、哪位」。如例：

◆ お国は　どちらですか。

請問您來自哪個國家呢？

| 比較 |

この方、その方、あの方、どの方〔這位；那位；那位；哪位〕

「こちら、そちら、あちら、どちら」是方向指示代名詞。也可以用來指人，指第三人稱的「這位」等；「この方、その方、あの方、どの方」是尊敬語，指示特定的人物。也是指第三人稱的人。但「こちら」可以指「我，我們」，「この方」就沒有這個意思。「こちら」等可以接「さま」，「この方」等就不可以。

| 文法小祕方 |

代名詞

項目	說明	例句
定義	代名詞是用來代替名詞的詞，指代事物、人物、場所等。	彼
種類	人稱代名詞、指示代名詞、疑問代名詞、反身代名詞。	人稱代名詞：私 指示代名詞：これ 疑問代名詞：誰 反身代名詞：自分
人稱代名詞的用法	用來代替具體的人物，分為第一人稱、第二人稱、第三人稱。	第一人稱：私は学生です。 第二人稱：あなたは先生ですか？ 第三人稱：彼は友達です。
指示代名詞的用法	用來指示具體的事物、地方、方向等，分為近稱、中稱、遠稱。	近稱：これは本です。 中稱：それはペンです。 遠稱：あれは山です。
疑問代名詞與反身代名詞	疑問代名詞用於提問，反身代名詞用於指代自己。	疑問代名詞：誰が来ましたか？ 反身代名詞：自分でやります。
代名詞的轉用	代名詞可以用於非本來的用途，具體根據上下文決定。	事物轉為人：これ（指某個人）。 事物轉為時間：それは昨日のことです。 方位轉為人：ここにいる人。（"ここ"代指在場的人） 方位轉為事物：あれは難しい問題です。 方位轉為場所：あそこに行きたい。 場所轉為時間：そこは昔のことだ。 場所轉為事物：ここが私の家です。 場所轉為狀態：それは良い考えです。

練習　文法知多少？

▼ 答案詳見右下角

☞　**請完成以下題目，從選項中，選出正確答案，並完成句子。**

1 私が　買ったのは（　　）です。

　　1．これ　　　　　　　　2．この

2 （　　）へどうぞ。

　　1．ここ　　　　　　　　2．こちら

3 （　　）いすは、あなたのですか。

　　1．この　　　　　　　　2．どこ

4 受付は（　　）ですか。

　　1．どちら　　　　　　　2．どの

5 （　　）を　ください。

　　1．あれ　　　　　　　　2．この

6 すみませんが、（　　）を　とって　ください。

　　1．その　　　　　　　　2．それ

形容詞と形容動詞の表現

Lesson

08

形容詞及形容動詞的表現

Track N5-075

001 形容詞（現在肯定／現在否定）

類義表現

形容動詞（現在肯定／現在否定）說明事物狀態；前項的否定形

意思

① 【現在肯定】{形容詞詞幹}＋い。形容詞是說明客觀事物的性質、狀態或主觀感情、感覺的詞。形容詞的詞尾是「い」，「い」的前面是語幹，因此又稱作「い形容詞」。形容詞現在肯定形，表示事物目前性質、狀態等。如例：

◆ 今年の 夏は 暑いです。
今年夏天很熱。

◆ この 牛乳は 古いです。
這瓶牛奶已經過期了。

② 【現在否定】{形容詞詞幹}＋く＋ない（ありません）。
形容詞的否定形，是將詞尾「い」轉變成「く」，然後再加上「ない（です）」或「ありません」。如例：

◆ 川の 水は 冷たくないです。
河水並不冰涼。

③ 【未來】現在形也含有未來的意思。如例：

◆ 明日は 暑く なるでしょう。
明天有可能會變熱。

比較

形容動詞（現在肯定／現在否定）〔說明事物狀態；前項的否定形〕形容詞現在肯定式是「形容詞い」，用在對目前事物的性

質、狀態進行說明。形容詞現在否定是「形容詞い→形容詞くないです（くありません）」；形容動詞現在肯定式是「形容動詞だ」，用在對目前事物的性質、狀態進行說明。形容動詞現在否定是「形容動詞だ→形容動詞ではない（ではありません）」。

002　形容詞（過去肯定／過去否定）

| 類義表現 | 形容動詞（過去肯定／過去否定）說明過去的狀態；前項的否定形 |

意思

① 【過去肯定】{形容詞詞幹}＋かっ＋た。形容詞的過去形，表示説明過去的客觀事物的性質、狀態，以及過去的感覺、感情。形容詞的過去肯定，是將詞尾「い」改成「かっ」再加上「た」，用敬體時「かった」後面要再接「です」。如例：

　◆ ごちそうさまでした。おいしかったです。
　　謝謝招待，非常好吃！

　◆ 駅は　人が　多かったです。
　　當時車站裡滿滿的人潮。

② 【過去否定】{形容詞詞幹}＋く＋ありませんでした。形容詞的過去否定，是將詞尾「い」改成「く」，再加上「ありませんでした」。如例：

　◆ パーティーは　あまり　楽しく　ありませんでした。
　　那場派對不怎麼有意思。

㊙ 〖くなかった〗{形容詞詞幹}＋く＋なかっ＋た。也可以將現在否定式的「ない」改成「なかっ」，然後加上「た」。如例：

　◆ コーヒーは　甘く　なかったです。
　　那杯咖啡並不甜。

| 比較 | 形容動詞（過去肯定／過去否定）〔說明過去的狀態；前項的否定形〕形容詞過去肯定式是「形容詞い→形容詞かっ |

た」，用在對過去事物的性質、狀態進行說明。形容詞過去否定是「形容詞い→形容詞くなかった（くありませんでした）」；形容動詞過去肯定式是「形容動詞だ→形容動詞だった」，用在對過去事物的性質、狀態進行說明。形容動詞過去否定是「形容動詞だ→形容動詞ではなかった（ではありませんでした）」。

---

003 形容詞く＋て

➡ {形容詞詞幹}＋く＋て

| 類義表現 | 形容動詞で 因為… |

| 意思 |

① 【停頓】形容詞詞尾「い」改成「く」，再接上「て」，表示句子還沒説完到此暫時停頓。中文意思是：「…然後」。如例：

◆ 彼女は 美しくて 髪が 長いです。
かのじょ　　うつく　　　　　かみ　　なが

她很美，然後頭髮是長的。

② 【並列】表示兩種屬性的並列（連接形容詞或形容動詞時）。中文意思是：「又…又…」。如例：

◆ この 部屋は 広くて 明るいです。
　　　へや　　ひろ　　　あか

這個房間既寬敞又明亮。

◆ 白くて 軽い 靴を 買いました。
しろ　　かる　　くつ　　か

買了雙白色的輕量鞋。

③ 【原因】表示理由、原因之意，但其因果關係比「から」、「ので」還弱。中文意思是：「因為…」。如例：

◆ この ラーメンは 辛くて、食べられません。
　　　　　　　　　から　　た

這碗拉麵太辣了，我沒辦法吃。

◆ 暑くて、気分が 悪いです。
あつ　　　き ぶん　　わる

太熱了，身體不舒服。

004 形容詞く＋動詞

➡ {形容詞詞幹}＋く＋{動詞}

類義表現 形容詞く＋て 又…又…

意思

① 【修飾動詞】形容詞詞尾「い」改成「く」，可以修飾句子裡的動詞，表示狀態。中文意思是：「…地」。如例：

◆ 明日は 早く 起きます。
明天要早起。

◆ 野菜を 小さく 切ります。
把蔬菜切成細丁。

◆ ここを 強く 押します。
請用力按下這裡。

◆ もう 少し 大きく 書いて ください。
請稍微寫大一點。

比較 形容詞く＋て〔又…又…〕形容詞修飾動詞用「形容詞く＋動詞」的形式，表示狀態；「形容詞く＋て」表示並列，也表示原因。

005 形容詞＋名詞

➡ {形容詞基本形}＋{名詞}

| 類義表現 | 名詞＋の …的 |

| 意思 | |

① 【修飾名詞】形容詞要修飾名詞，就是把名詞直接放在形容詞後面。注意喔！因為日語形容詞本身就有「…的」之意，所以不要再加「の」了喔。中文意思是：「…的…」。如例：

◆ 赤い　鞄を　買いました。
あか　　かばん　　か
買了紅色包包。

◆ 熱い　お風呂に　入ります。
あつ　　ふ　ろ　　はい
泡熱水澡。

◆ 新しい　友達が　できました。
あたら　　ともだち
交到了新朋友。

| 比較 | 名詞＋の〔…的〕「形容詞＋名詞」表示修飾、限定名詞。請注意，形容詞跟名詞中間不需要加「の」喔；「名詞＋の」表示限定、修飾或所屬。 |

② 【連體詞修飾名詞】還有一個修飾名詞的連體詞，可以一起記住，連體詞沒有活用，數量不多。N5 程度只要記住「この、その、あの、どの、大きな、小さな」這幾個字就可以了。中文意思是：「這…」等。如例：

◆ 公園に　大きな　犬が　います。
こうえん　　おお　　　いぬ
公園裡有頭大狗。

006　形容詞＋の

Track N5-080

➡ {形容詞基本形} ＋の

| 類義表現 | 名詞＋な |

| 意思 | |

① 【修飾の】形容詞後面接的「の」是一個代替名詞，代替句中前面已出現過，或是無須解釋就明白的名詞。中文意思是：「…的」。如例：

◆ お茶は 温かいのを ください。

茶請給我熱的。

◆ 私は 冷たいのが いいです。

我想要冰的。

◆ もう 少し 大きいのは ありますか。

請問有稍微大一點的嗎？

◆「この 白いのは 何ですか。」「砂糖です。」

「這白白的是什麼？」「砂糖。」

| 比較 | 名詞＋な 「形容詞＋の」這裡的形容詞修飾的「の」表示名詞的代用；「名詞＋な」表示後續部分助詞，例如「明日は休みなの／因為明天休息。」 |

007 形容動詞（現在肯定／現在否定）

| 類義表現 | 動詞（現在肯定／現在否定）表達一個動作；前項的否定形 |

| 意思 |

① 【現在肯定】{形容動詞詞幹}＋だ；{形容動詞詞幹}＋な＋{名詞}。形容動詞是説明事物性質與狀態等的詞。形容動詞的詞尾是「だ」，「だ」前面是語幹。後接名詞時，詞尾會變成「な」，所以形容動詞又稱作「な形容詞」。形容動詞當述語（表示主語狀態等語詞）時，詞尾「だ」改「です」是敬體説法。如例：

◆ 吉田さんは とても 親切です。

吉田先生非常親切。

② 【現在否定】{形容動詞詞幹}＋で＋は＋ない（ありません）。形容動詞的否定形，是把詞尾「だ」變成「で」，然後中間插入「は」，最後加上「ない」或「ありません」。如例：

◆ この 仕事は 簡単では ありません。

這項工作並不容易。

③【疑問】{形容動詞詞幹}＋です＋か。詞尾「です」加上「か」就是疑問詞。
如例：

- 皆さん、お元気ですか。
  大家好嗎？

④【未來】現在形也含有未來的意思。如例：

- 鎌倉は　夏に　なると、にぎやかだ。
  鎌倉一到夏天就很熱鬧。
- 今度の　日曜日は　暇です。
  下週日有空。

比較

　　動詞（現在肯定／現在否定）〔表達一個動作；前項的否定形〕形
　　容動詞現在肯定「形容動詞～です」表示對狀態的説明。形容動
　　詞現在否定是「形容動詞～ではないです／ではありません」；
　　動詞現在肯定「動詞～ます」，表示人或事物現在的存在、動
　　作、行為和作用。動詞現在否定是「動詞～ません」。

Track N5-082

008　形容動詞（過去肯定／過去否定）

類義表現

　　動詞（過去肯定／過去否定）過去進行或發生的動作；前項的否定形

意思

①【過去肯定】{形容動詞詞幹}＋だっ＋た。形容動詞的過去形，表示説明過去
的客觀事物的性質、狀態，以及過去的感覺、感情。形容動詞的過去形是將
現在肯定詞尾「だ」變成「だっ」再加上「た」，敬體是將詞尾「だ」改成「で
し」再加上「た」。如例：

- 子どもの　ころ、電車が　大好きでした。
  我小時候非常喜歡電車。
- 今朝は　電車が　止まって、大変でした。
  今天早上電車停駛，糟糕透了。

② **【過去否定】**｛形容動詞詞幹｝＋ではありません＋でした。形容動詞過去否定形，是將現在否定的「ではありません」後接「でした」。如例：

◆ 妹(いもうと)は　小(ち)さい　ころ、体(からだ)が　丈夫(じょうぶ)では　ありませんでした。

妹妹小時候身體並不好。

[補]**〘詞幹ではなかった〙**｛形容動詞詞幹｝＋では＋なかっ＋た。也可以將現在否定的「ない」改成「なかっ」，再加上「た」。如例：

◆ 村(むら)の　生活(せいかつ)は、便利(べんり)では　なかったです。

當時村子裡的生活並不方便。

比較

動詞（過去肯定／過去否定）〔**過去進行或發生的動作　；前項的否定形**〕形容動詞過去肯定式是「形容動詞だ→形容動詞だった」，用在對過去事物的性質、狀態進行說明。形容動詞過去否定是「形容動詞だ→形容動詞ではなかった（ではありませんでした）」；動詞過去肯定「動詞～ました」，表示人或事物過去進行的動作或發生的動作。動詞過去否定是「動詞～ませんでした」。

009　形容動詞で

Track N5-083

➡｛形容動詞詞幹｝＋で

類義表現

で 因為…

意思

① **【停頓】**形容動詞詞尾「だ」改成「で」，表示句子還沒說完到此暫時停頓。中文意思是：「…然後」。如例：

◆ ここは　静(しず)かで　駅(えき)に　遠(とお)いです。

這裡很安靜，然後離車站很遠。

② **【並列】**表示兩種屬性的並列（連接形容詞或形容動詞時）之意。中文意思是：「又…又…」。如例：

◆ この　カメラは　簡単で　便利です。

這款相機操作起來簡單又方便。

◆ 優実さんは　きれいで　すてきな　人です。

優實小姐是位美麗又迷人的女士。

③【原因】表示理由、原因之意，但其因果關係比「から」、「ので」還弱。中文
意思是：「因為…」。如例：

◆ あなたの　家は　いつも　にぎやかで、いいです
ね。

你家總是熱熱鬧鬧的，好羨慕喔！

◆ この　仕事は　暇で、つまらないです。

這種工作讓人閒得發慌，好無聊。

比較	で〔因為…〕形容動詞詞尾「だ」改成「で」可以表示理由、原因，但因果關係比較弱；「で」前接表示事情的名詞，用那個名詞來表示後項結果的理由、原因。是簡單明白地敘述客觀的原因，因果關係比較單純。

010　形容動詞に＋動詞

➡ {形容動詞詞幹}＋に＋{動詞}

類義表現	形容詞く＋動詞 修飾動詞

意思

①【修飾動詞】形容動詞詞尾「だ」改成「に」，可以修飾句子裡的動詞。中文意
思是：「…得」。如例：

◆ ピアノが　上手に　弾けました。

彈奏了美妙的鋼琴。

◆ 桜が　きれいに　咲きました。

那時櫻花開得美不勝收。

◆ 兄に　もらった　辞書を　大切に　使います。

一直很珍惜哥哥給的辭典。

◆ 生徒たちは 静かに 勉強しています。
學生們正在安靜地讀書。

比較 **形容詞く＋動詞〔修飾動詞〕** 形容動詞詞尾「だ」改成「に」，以「形容動詞に＋動詞」的形式，形容動詞後接動詞，可以修飾動詞，表示狀態；形容詞詞尾「い」改成「く」，以「形容詞く＋動詞」的形式，形容詞後接動詞，可以修飾動詞，也表示狀態。

011　形容動詞な＋名詞

➡ **{形容動詞詞幹}＋な＋{名詞}**

類義表現　**形容詞い＋名詞** …的…

意思

① 【**修飾名詞**】形容動詞要後接名詞，得把詞尾「だ」改成「な」，才可以修飾後面的名詞。中文意思是：「…的…」。如例：

◆ ここは 有名な レストランです。
這裡是知名的餐廳。

◆ 田中さんは とても 親切な 方です。
田中小姐待人十分親切。

◆ いろいろな 国へ 行きたいです。
我的願望是周遊列國。

◆ 息子は 立派な 大人に なりました。
兒子長大後成了一個優秀的人。

比較 **形容詞い＋名詞〔…的…〕** 形容動詞詞尾「だ」改成「な」以「形容動詞な＋名詞」的形式，形容動詞後接名詞，可以修飾後面的名詞，表示限定；「形容詞い＋名詞」形容詞要修飾名詞，就把名詞直接放在形容詞後面，表示限定。

012 形容動詞な＋の

➡ {形容動詞詞幹}＋な＋の

| 類義表現 | 形容詞い＋の 代替前面出現過的某名詞 |

| 意思 |

① 【修飾の】形容動詞後面接代替句子的某個名詞「の」時，要將詞尾「だ」變成「な」。中文意思是：「…的」。如例：

◆ どうぞ、あなたの　好きなのを　取ってください。
歡迎取用您喜愛的品項。

◆ もっと　きれいなのは　ありますか。
請問有更好看的嗎？

◆ この　中で、有名なのは　どれですか。
這裡面有名氣的是哪個？

◆ いちばん　丈夫なのを　ください。
請給我最耐用的那種。

丈夫なの

| 比較 |

形容詞い＋の〔代替前面出現過的某名詞〕以「形容動詞な＋の」的形式，形容動詞後接代替名詞「の」，可以修飾後面的「の」，表示限定。「の」代替句中前面已出現過的名詞；以「形容詞い＋の」的形式，形容詞後接代替名詞「の」，可以修飾後面的「の」，表示限定。「の」代替句中前面已出現過的名詞。

| 文法小祕方 |

數詞

項目	說明	例句
定義	數詞是表示數量、順序等的詞。	一（いち）
種類	基數詞、數量詞、序數詞。	基數詞：一（いち） 數量詞：一個（いっこ） 序數詞：第一（だいいち）、一行目（いちぎょうめ）

練習　文法知多少？

▼ 答案詳見右下角

☞　請完成以下題目，從選項中，選出正確答案，並完成句子。

1　この　りんごは（　　）です。

　　1．すっぱいな　　　　　　　2．すっぱい

2　今日は　宿題が　多くて（　　）。
　　1．大変かったです　　　　　2．大変でした

3　山田さんの　指は、（　　）長いです。
　　1．細くて　　　　　　　　　2．細いで

4　（　　）宿題を　出して　ください。
　　1．早く　　　　　　　　　　2．早いに

5　あの（　　）建物は　美術館です。
　　1．古い　　　　　　　　　　2．古いな

6　花子の　財布は　あの（　　）のです。
　　1．まるいな　　　　　　　　2．まるい

Lesson 09

動詞の表現
動詞的表現

001 動詞（現在肯定／現在否定）

| 類義表現 | 名詞（現在肯定／現在否定）是…；不是… |

| 意思 |

① 【現在肯定】{動詞ます形}＋ます。表示人或事物的存在、動作、行為和作用的詞叫動詞。動詞現在肯定形敬體用「ます」。如例：

◆ 電車に　乗ります。
搭電車。

◆ 窓を　開けます。
開窗。

② 【現在否定】{動詞ます形}＋ません。動詞現在否定形敬體用「ません」。中文意思是：「沒…、不…」。如例：

◆ 今日は　雨なので　散歩しません。
因為今天有下雨，就不出門散步。

◆ 明日は　会社へ　行きません。
明天不去公司。

③ 【未來】現在形也含有未來的意思。如例：

◆ 来週　日本に　行く。
下週去日本。

◆ 毎日　牛乳を　飲む。
每天喝牛奶。

Track N5-088

比較	名詞（現在肯定／現在否定）〔是…；不是…〕動詞現在肯定「動詞～ます」，表示人或事物現在的存在、動作、行為和作用。動詞現在否定是「動詞～ません」；名詞現在肯定禮貌體「名～です」表示事物的名稱。名詞現在否定禮貌體是「名～ではないです／ではありません」。

002　動詞（過去肯定／過去否定）

類義表現	動詞（現在肯定／現在否定）人或事物的存在等；前項的否定形

意思

① 【過去肯定】{動詞ます形}＋ました。動詞過去形表示人或事物過去的存在、動作、行為和作用。動詞過去肯定形敬體用「ました」。中文意思是：「…了」。如例：

◆ 子どもの　写真を　撮りました。
拍了孩子的照片。

◆ 今朝　7時に　起きました。
今天早上7點起床。

② 【過去否定】{動詞ます形}＋ませんでした。動詞過去否定形敬體用「ませんでした」。中文意思是：「(過去)不…」。如例：

◆ 今朝は　シャワーを　浴びませんでした。
今天早上沒沖澡。

◆ 昨日は　宿題を　しませんでした。
昨天沒寫功課。

比較	動詞（現在肯定／現在否定）〔人或事物的存在等；前項的否定形〕動詞過去肯定「動詞～ました」，表示人或事物過去的存在、動作、行為和作用。動詞過去否定是「動詞～ませんでした」；動詞現在肯定「動詞～ます」，表示人或事物現在的存在、動作、行為和作用。動詞現在否定是「動詞～ません」。

003 動詞（基本形）

➡ {動詞詞幹}＋動詞詞尾（如：る、く、む、す）

| 類義表現 | 動詞～ます 表示尊敬 |

| 意思 |

① 【辭書形】相對於「動詞ます形」，動詞基本形説法比較隨便，一般用在關係跟自己比較親近的人之間。因為辭典上的單字用的都是基本形，所以又叫「辭書形」（又稱為「字典形」）。如例：

◆ 手紙を 出す。
寄信。

◆ 電気を 点ける。
開燈。

◆ 公園で 遊ぶ。
在公園玩耍。

◆ 喫茶店に 入る。
進入咖啡廳。

| 比較 | 動詞～ます〔表示尊敬〕「動詞基本形」説法比較隨便，一般用在關係跟自己比較親近的人之間。又叫「辭書形」等；相對地，動詞敬體「動詞～ます」，説法尊敬，一般用在對長輩及陌生人之間，又叫「禮貌體」等。 |

004 動詞＋名詞

➡ {動詞普通形}＋{名詞}

| 類義表現 | 形容詞＋名詞 …的 |

① 【修飾名詞】動詞的普通形，可以直接修飾名詞。中文意思是：「…的…」。如例：

◆ 使った お皿を 洗います。
清洗用過的盤子。

◆ 借りた 本を 返します。
歸還借閱的書。

◆ 先週 習った 漢字を 忘れました。
忘了上週學過的漢字。

◆ 分からない ことは 聞いて ください。
有不懂的地方請發問。

比較 　形容詞＋名詞〔…的〕「動詞＋名詞」動詞的普通形，可以以放在名詞前，用來修飾、限定名詞；「形容詞＋名詞」形容詞的基本形可以放在名詞前，用來修飾、限定名詞。

---

005 動詞＋て

➡ {動詞て形}＋て

類義表現 　動詞＋てから 先做…，然後再做…

意思

① 【原因】「動詞＋て」可表示原因，但其因果關係比「から」、「ので」還弱。中文意思是：「因為」。如例：

◆ たくさん 歩いて、疲れました。
走了很多路，累了。

② 【並列】單純連接前後短句成一個句子，表示並舉了幾個動作或狀態。中文意思是：「又…又…」。如例：

◆ 休日は 音楽を 聞いて、本を 読みます。
假日會聽聽音樂、看看書。

③【動作順序】用於連接行為動作的短句時，表示這些行為動作一個接著一個，按照時間順序進行。中文意思是：「…然後」。如

例：

◆ 薬を　飲んで　寝ます。

吃了藥後睡覺。

比較　**動詞＋てから**〔先做…，然後再做…〕

「動詞＋て」用於連接行為動作的短句時，表示這些行為動作一個接著一個，按照時間順序進行，可以連結兩個動作以上；表示對比。用「動詞＋てから」結合兩個句子，表示動作順序，強調先做前項的動作或成立後，再進行後句的動作。

④【方法】表示行為的方法或手段。中文意思是：「用…」。如例：

◆ 新しい　言葉は、書いて　覚えます。

透過抄寫的方式來背誦生詞。

⑤【對比】表示對比。中文意思是：「…而…」。如例：

◆ 歩ける　人は　歩いて、歩けない　人は　バスに　乗って　行きます。

走得動的人就步行，走不動的人就搭巴士過去。

Track N5-092

006　動詞＋ています

➡ {動詞て形}＋います

類義表現　**動詞たり、動詞たりします** 有時…、有時…

意思

①【動作的持續】表示動作或事情的持續，也就是動作或事情正在進行中。中文意思是：「正在…」。如例：

◆ マリさんは　テレビを　見て　います。

瑪麗小姐正在看電視節目。

◆ 外で 子どもが 泣いて います。

小孩子正在外面哭。

◆ 今朝は 雪が 降って います。

今天早晨下起雪來。

◆ 今、何を して いますか。

你現在在做什麼呢？

比較	動詞たり、動詞たりします〔有時…、 有時…〕「動詞＋ていま す」表示動作的持續。表示眼前或眼下某人、某事的動作正在進 行中；「動詞たり、動詞たりします」表示例示幾個動作，同時 暗示還有其他動作。也表示動作、狀態的反覆（多為相反或相對 的事項），意思是「一會兒…、一會兒…」。

007 動詞＋ています

➡ {動詞て形}＋います

類義表現	動詞＋ています 做…

意思

① 【動作的反覆】跟表示頻率的「毎日、いつも、よく、時々」等單詞使用，就 有習慣做同一動作的意思。中文意思是：「都…」。如例：

◆ 毎朝、公園まで 散歩して います。

每天早上都一路散步到公園。

◆ 村上くんは 授業中、いつも 寝て います。

村上同學總是在課堂上睡覺。

◆ 李さんは よく 図書館で 勉強して います。

李同學常在圖書館裡用功讀書。

◆ 林さんは ときどき 部屋で 泣いて います。

林小姐有時候會躲在房裡哭泣。

比較	動詞＋ています〔做…〕「動詞＋ています」跟表示頻率的副詞 等使用，有習慣做同一動作的意思；「動詞＋ています」接在職 業名詞後面，表示現在在做什麼職業。

008 動詞＋ています

➡ {動詞て形}＋います

| 類義表現 | 動詞＋ています 著… |

| 意思 |

① 【工作】接在職業名詞後面，表示現在在做什麼職業。也表示某一動作持續到
現在，也就是說話的當時。中文意思是：「做…、是…」。如例：

◆ 父は　銀行で　働いています。
爸爸目前在銀行工作。

◆ 兄は　アメリカで　仕事を　して　います。
哥哥現在在美國工作。

◆ 母は　大学で　日本語を　教えて　います。
媽媽在大學教日文。

◆ 私は　レストランで　アルバイトを　して　います。
我在餐廳打工。

| 比較 | 動詞＋ています〔著…〕「動詞＋ています」接在職業名詞後
面，表示現在在做什麼職業；「動詞＋ています」也表示穿戴、
打扮或手拿、肩背等狀態保留的樣子。如「ネクタイをしめてい
ます／繋著領帶」。 |

009 動詞＋ています

➡ {動詞て形}＋います

| 類義表現 | 動詞＋ておきます 事先… |

| 意思 |

① 【狀態的結果】表示某一動作後狀態的結果還持續到現在，也就是說話的當時。
中文意思是：「已…了」。如例：

◆ 窓が 開いて います。

窓戶是開著的。

◆ 電気が 点いて います。

燈是亮著的。

◆ 教室の 壁に カレンダーが 掛かって います。

教室的牆上掛著月曆。

◆ 高橋さんは 赤い コートを 着て います。

高橋先生身上穿著紅色的大衣。

比較

動詞＋ておきます〔事先…〕「動詞＋ています」接在瞬間動詞之後，表示人物動作結束後的狀態結果；「動詞＋ておきます」接在意志動詞之後，表示為了某特定的目的，事先做好準備工作。

010 動詞＋ないで

➡ {動詞否定形}＋ないで

類義表現

動詞たり～動詞たりします 有時…，有時…

意思

① 【附帶】表示附帶的狀況，也就是同一個動作主體的行為「在不做…的狀態下，做…」的意思。中文意思是：「沒…就…」。如例：

◆ 上着を 着ないで 出掛けます。

我不穿外套，就這樣出門。

◆ 晩ご飯を 食べないで 寝ます。

不吃晚餐，就去睡了。

◆ 何も 買わないで お店を 出ました。

什麼都沒買就走出了店門。

② 【對比】用於對比述説兩個事情，表示不是做前項的事，卻是做後項的事，或是發生了後項的事。中文意思是：「沒…反而…、不做…，而做…」。如例：

◆ この　文を　覚えましたか。では　本を　見ないで
言って　みましょう。

這段句子背下來了嗎？那麼試著不看書默誦看看。

Times flies like an arrow.

| 比較 | 動詞＋たり～動詞＋たりします〔有時…，有時…〕「動詞＋ないで」表示對比兩個事情，表示不是做前項，卻是做後項；「動詞＋たり～動詞＋たりします」用於說明兩種對比的情況。 |

Track N5-097

011 動詞＋なくて

➡ {動詞否定形}＋なくて

| 類義表現 | 動詞＋ないで 在不做…的狀態下，做… |

| 意思 |

① 【原因】表示因果關係。由於無法達成、實現前項的動作，導致後項的發生。中文意思是：「因為沒有…、不…所以…」。如例：

◆ 仕事が　終わらなくて　帰れません。

工作還沒做完，沒辦法回家。

◆ 友達が　来なくて、２時間　待ちました。

朋友遲遲沒來，害我足足等了兩個鐘頭。

◆ 山田さんは　仕事を　しなくて　困ります。

山田先生不願意做事，真傷腦筋。

◆ 熱が　下がらなくて、病院に　行きました。

高燒遲遲沒退，所以去了醫院。

| 比較 | 動詞＋ないで〔在不做…的狀態下，做…〕「動詞＋なくて」表示因果關係。由於無法達成、實現前項的動作，導致後項的發生；「動詞＋ないで」表示附帶的狀況，同一個動作主體沒有做前項，就直接做了後項。 |

Track N5-098

012 動詞＋たり～動詞＋たりします

➡{動詞た形}＋り＋{動詞た形}＋り＋する

[類義表現] 動詞＋ながら 一邊…一邊…

[意思]

①【列舉】可表示動作並列，意指從幾個動作之中，例舉出 2 、 3 個有代表性的，並暗示還有其他的。中文意思是：「又是…，又是…」。如例：

◆ 休(やす)みの　日(ひ)は、本(ほん)を　読(よ)んだり　映画(えいが)を　見(み)たり　します。

假日時會翻一翻書、看一看電影。

[補]〖動詞たり〗表並列用法時，「動詞たり」有時只會出現一次。如例：

◆ 京都(きょうと)では　お寺(てら)を　見(み)たり　したいです。

到京都時想去參觀參觀寺院。

②【反覆】表示動作的反覆實行。中文意思是：「一會兒…，一會兒…」。如例：

◆ あの　人(ひと)は　さっきから　学校(がっこう)の　前(まえ)を　行(い)ったり　来(き)たり　して　いる。

那個人從剛才就一直在校門口前走來走去的。

[比較] **動詞＋ながら**〔一邊…一邊…〕「たり～たり」用在反覆做行為，譬如「歌(うた)ったり踊(おど)ったり」（又唱歌又跳舞）表示「唱歌→跳舞→唱歌→跳舞→…」，但如果用「ながら」，表示兩個動作是同時進行的。

③【對比】用於說明兩種對比的情況。中文意思是：「有時…，有時…」。如例：

◆ 佐藤(さとう)さんは　体(からだ)が　弱(よわ)くて、学校(がっこう)に　来(き)たり　来(こ)なかったりです。

佐藤先生身體不好，有時來上個幾天課又請假沒來了。

013 が＋自動詞

➡ {名詞}＋が＋{自動詞}

類義表現 を＋他動詞 表示有目的去做某動作

意思

① 【無意圖的動作】「自動詞」是因為自然等等的力量，沒有人為的意圖而發生的動作。「自動詞」不需要有目的語，就可以表達一個完整的意思。相較於「他動詞」，「自動詞」無動作的涉及對象。相當於英語的「不及物動詞」。如例：

- りんごが 落ちる。
  蘋果掉下來了。

- 家の 前に 車が 止まりました。
  家門前停了一輛車。

- パソコンが 壊れる。
  電腦壞了。

比較 を＋他動詞〔表示有目的去做某動作〕「が＋自動詞」通常是指自然力量所產生的動作，譬如「ドアが閉まりました」（門關了起來）表示門可能因為風吹，而關了起來；「を＋他動詞」是指某人刻意做的動作，譬如「ドアを閉めました」（把門關起來）表示某人基於某個理由，而把門關起來。

014 を＋他動詞

➡ {名詞}＋を＋{他動詞}

類義表現 [通過・移動]＋を＋自動詞 表示經過或移動的場所

意思

① 【有意圖的動作】名詞後面接「を」來表示動作的目的語，這樣的動詞叫「他動詞」，相當於英語的「及物動詞」。「他動詞」主要是人為的，表示影響、作

用直接涉及其他事物的動作。如例：

- それでは、授業(じゅぎょう)を　始(はじ)めます。

  那麼，我們開始上課。

- 鍵(かぎ)を　なくしました。

  鑰匙遺失了。

[補]〘他動詞たい等〙「たい」、「てください」、「てあります」等句型一起使用。如例：

- 今日(きょう)は　学校(がっこう)を　休(やす)みたいです。

  今天想請假不去學校。

- ドアを　開(あ)けて　ください。

  請幫我開門。

比較　［通過・移動］＋を＋自動詞〔表示經過或移動的場所〕「を＋他動詞」當「を」表示動作對象，後面會接作用力影響到前面對象的他動詞；「[通過 移動]＋を＋自動詞」中的「を」，後接移動意義的自動詞，表示移動、通過的場所。

Track N5-101

015　自動詞＋ています

➡ {自動詞て形} ＋います

類義表現　他動詞＋てあります …著

意思

①【動作的結果－無意圖】表示跟目的、意圖無關的某個動作結果或狀態，還持續到現在。相較於「他動詞＋てあります」強調人為有意圖做某動作，其結果或狀態持續著，「自動詞＋ています」強調自然、非人為的動作，所產生的結果或狀態持續著。中文意思是：「…著、已…了」。如例：

- ドアが　閉(し)まって　います。

  門是關著的。

- 椅子(いす)の　下(した)に　財布(さいふ)が　落(お)ちて　います。

  有個錢包掉在椅子底下。

◆ 冷蔵庫に　ビールが　入って　います。

冰箱裡有啤酒。

比較

他動詞＋てあります〔…著〕兩個文法
都表示動作所產生結果或狀態持續著，
但是含意不同。「自動詞＋ています」
主要是用在跟人為意圖無關的動作；「他動詞＋てあります」則
是用在某人帶著某個意圖去做的動作。

Track N5-102

016　他動詞＋てあります

➡ {他動詞て形}＋あります

類義表現

自動詞＋ています 已…了

意思

① 【動作的結果－有意圖】表示抱著某個目的、有意圖地去執行，當動作結束之
後，那一動作的結果還存在的狀態。相較於「ておきます」（事先…）強調為
了某目的，先做某動作，「てあります」強調已完成動作的狀態持續到現在。
中文意思是：「…著、已…了」。如例：

◆ パーティーの　飲み物は　買って　あります。

要在派對上喝的飲料已經買了。

◆ 肉は　冷蔵庫に　入れて　あります。

肉已經放在冰箱裡了。

◆ 「玄関は　きれいですか。」「はい、掃除して　あ
ります。」

「玄關是乾淨的嗎？」「對，已經打掃好了。」

比較

自動詞＋ています〔已…了〕「他動詞＋てあります」表示抱著
某個目的、有意圖地去執行，當動作結束之後，那一動作的結果
還存在的狀態；「自動詞＋ています」表示人物動作結束後的狀
態保留。例如：「もう結婚しています／已經結婚了」。

練習 文法知多少？

▼ 答案詳見右下角

☞ 請完成以下題目，從選項中，選出正確答案，並完成句子。

1 私は 毎朝、新聞を（　　）。
1. 読みます　　　　　　2. 読みました

2 かばんに 教科書を（　　）。（用常體）
1. 入れる　　　　　　　2. 入れます

3 （　　）相手は きれいです。
1. 結婚する　　　　　　2. 結婚するの

4 あそこで 犬が（　　）。
1. 死にます　　　　　　2. 死んで います

5 彼女は 今年から、よく 大阪へ（　　）。
1. 行きます　　　　　　2. 行って います

6 かぎを かけ（　　）出かけました。
1. ないで　　　　　　　2. なくて

要求、授受、助言と勧誘の表現

要求、授受、提議及勸誘的表現

Lesson 10

001 名詞+をください

Track N5-103

➡{名詞}+をください

類義表現 動詞+てください 請…

意思

①【請求－物品】表示想要什麼的時候，跟某人要求某事物。中文意思是：「我要…、給我…」。如例：

◆すみません、塩（しお）を　ください。

不好意思，請給我鹽。

◆じゃ、この　白（しろ）い　花（はな）を　ください。

那麼，請給我這種白色的花。

[補]〔を數量ください〕要加上數量用「名詞+を+數量+ください」的形式，外國人在語順上經常會說成「數量+の+名詞+をください」，雖然不能說是錯的，但日本人一般不這麼說。中文意思是：「給我（數量）…」。如例：

◆コーヒーを　2（ふた）つ　ください。

請給我兩杯咖啡。

◆パンを　もう　少（すこ）し　ください。

請再給我一點麵包。

比較 **動詞+てください**〔請…〕「をください」表示跟對方要求某物品。也表示請求對方為我（們）做某事；「てください」表示請求對方做某事。

002　動詞＋てください

➡ {動詞て形}＋ください

| 類義表現 | てくださいませんか 能不能請您… |

| 意思 |

① 【請求－動作】表示請求、指示或命令某人做某事。一般常用在老師對學生、上司對部屬、醫生對病人等指示、命令的時候。中文意思是：「請…」。如例：

◆ 起きて　ください。
　　請起來！

◆ もう　少し　ゆっくり　話して　ください。
　　請稍微講慢一點。

◆ 窓を　閉めて　ください。
　　請關上窗戶。

◆ ちょっと　こっちへ　来て　ください。
　　請過來這邊一下。

| 比較 | てくださいませんか〔能不能請您…〕「てくださいませんか」表示婉轉地詢問對方是否願意做某事，是比「てください」更禮貌的請求說法。 |

003　動詞＋ないでください

| 類義表現 | てください 請… |

| 意思 |

① 【請求不要】{動詞否定形}＋ないでください。表示否定的請求命令，請求對方不要做某事。中文意思是：「請不要…」。如例：

◆ 電気を 消さないで ください。
請不要關燈。

◆ 写真を 撮らないで ください。
請不要拍照。

| 比較 | てください〔請…〕「ないでください」 |

前面接動詞ない形，是請求對方不要做
某事的意思；「てください」前面接動詞て形，是請求對方做某事的意思。

② 【婉轉請求】{動詞否定形}＋ないでくださいませんか。為更委婉的說法，表示婉轉請求對方不要做某事。中文意思是：「可否請您不要…？」。如例：

◆ ここに 荷物を 置かないで くださいませんか。
可否請勿將個人物品放置此處？

◆ そこに 立たないで くださいませんか。
可以請您不要站在那邊嗎？

Track N5-106

004 動詞＋てくださいませんか

→ {動詞て形}＋くださいませんか

| 類義表現 | 動詞＋ないでくださいませんか 請不要…好嗎 |

| 意思 |

① 【客氣請求】跟「てください」一樣表示請求，但說法更有禮貌。由於請求的內容給對方負擔較大，因此有婉轉地詢問對方是否願意的語氣。也使用於向長輩等上位者請託的時候。中文意思是：「能不能請您…」。如例：

◆ 電話番号を 教えて くださいませんか。
可否請您告訴我您的電話號碼？

◆ その ペンを 貸して くださいませんか。
那支鋼筆可以借我用嗎？

◆ ノートを 見せて くださいませんか。
筆記可以借我看嗎？

005　をもらいます

→ {名詞}＋をもらいます

類義表現 | をくれる 送給…

意思

①【授受】表示從某人那裡得到某物。「を」前面是得到的東西。給的人一般用「から」或「に」表示。中文意思是：「取得、要、得到」。如例：

◆ 父から　時計を　もらいました。
　　爸爸送了錶給我。

◆ 悟くんに　手紙を　もらいました。
　　收到了小悟寄來的信。

◆ 母に　暖かい　セーターを　もらいました。
　　媽媽給了件溫暖的毛衣。

比較 | **をくれる**〔送給…〕「をもらいます」表示領受，表示人物A從人物B處，得到某物品；「をくれる」表示給予，表示人物A送給我（或我方的人）某物品。

006　ほうがいい

→ {名詞の；形容詞辭書形；形容動詞詞幹な；動詞た形}＋ほうがいい

類義表現 | てもいい …也行

意思

① 【提議】用在向對方提出建議、忠告。有時候前接的動詞雖然是「た形」，但指的卻是以後要做的事。中文意思是：「我建議最好…、我建議還是…為好」。如例：

◆ 熱が　高いですね。薬を　飲んだ　ほうが　いいです。

發高燒了耶！還是吃藥比較好喔。

補 〖否定形－ないほうがいい〗否定形為「ないほうがいい」。中文意思是：「最好不要…」。如例：

◆ あまり　お酒を　飲まない　ほうが　いいですよ。

還是盡量不要喝酒比較好喔！

② 【提出】也用在陳述自己的意見、喜好的時候。中文意思是：「…比較好」。如例：

◆ 休みの　日は、家に　いる　ほうが　いいです。

我放假天比較喜歡待在家裡。

比較　　てもいい〔…也行〕因為都有「いい」，乍看兩個文法或許有點像，不過針對對方的行為發表言論時，「ほうがいい」表示建議對方怎麼做，「てもいい」則是允許對方做某行為。

Track N5-109

007　動詞＋ましょうか

➡ {動詞ます形}＋ましょうか

類義表現　　動詞＋ませんか …你看怎麼樣？

意思

① 【提議】這個句型有兩個意思，一個是表示提議，想為對方做某件事情並徵求對方同意。中文意思是：「我來（為你）…吧」。如例：

◆ 寒いですね。窓を　閉めましょうか。

好冷喔，我們關窗吧！

◆ タクシーを　呼びましょうか。

我們攔計程車吧！

② 【邀約】另一個是表示邀請對方一起做某事，相當於「ましょう」，但是站在對方的立場著想才進行邀約。中文意思是：「我們（一起）…吧」。如例：

◆ もう　1時　ですね。何か　食べましょうか。

已經一點了耶，我們來吃點什麼吧！

| 比較 | **動詞＋ませんか**〔…你看怎麼樣？〕「ましょうか」前接動詞ます形，句型有兩個意思，一個是提議，表示想為對方做某件事情並徵求對方同意。一個是表示邀約，有很高成分是替對方考慮的邀約；「ませんか」也是前接動詞ます形，是婉轉地詢問對方的意圖，帶有提議的語氣。 |

008　動詞＋ましょう

➡ {動詞ます形}＋ましょう

| 類義表現 | なさい 去做…吧 |

| 意思 |

① 【勸誘】表示勸誘對方跟自己一起做某事。一般用在做那一行為、動作，事先已經規定好，或已經成為習慣的情況。中文意思是：「做…吧」。如例：

◆ ちょっと　座りましょう。

稍微坐一下吧！

② 【主張】也用在回答時，表示贊同對方的提議。中文意思是：「就那麼辦吧」。如例：

◆ ええ、そう　しましょう。

好呀，再見面吧！

③ 【倡導】請注意例（4），實質上是在下命令，但以勸誘的方式，讓語感較為婉轉。不用在說話人身上。中文意思是：「…吧」。如例：

◆ お<ruby>年寄<rt>としよ</rt></ruby>りには <ruby>親切<rt>しんせつ</rt></ruby>に しましょう。

對待長者要親切喔！

| 比較 |

なさい〔去做…吧〕「ましょう」前接動詞ます形，表示禮貌地勸誘對方跟自己一起做某事，或勸誘、倡導對方做某事；「なさい」前面也接動詞ます形，表示命令或指示。語氣溫和。用在上位者對下位者下達命令時。

009　動詞＋ませんか

Track N5-111

⇒ {動詞ます形}＋ませんか

| 類義表現 |

動詞＋ましょうか 我們（一起）…吧

| 意思 |

① 【勸誘】表示行為、動作是否要做，在尊敬對方抉擇的情況下，有禮貌地勸誘對方，跟自己一起做某事。中文意思是：「要不要…吧」。如例：

◆ バスで <ruby>行<rt>い</rt></ruby>きませんか。

要不要搭巴士去呢？

◆ ちょっと お<ruby>茶<rt>ちゃ</rt></ruby>を <ruby>飲<rt>の</rt></ruby>みませんか。

要不要喝點茶呢？

◆ <ruby>公園<rt>こうえん</rt></ruby>で テニスを しませんか。

要不要到公園打網球呢？

| 比較 |

動詞＋ましょうか〔我們（一起）…吧〕「ませんか」讀降調，表示在尊敬對方選擇的情況下，婉轉地詢問對方的意願，帶有提議的語氣；「ましょうか」讀降調，表示婉轉地勸誘、邀請對方跟自己一起做某事。用在認為對方會同意自己的提議時。

練習　文法知多少？

▼ 答案詳見右下角

☞　**請完成以下題目，從選項中，選出正確答案，並完成句子。**

1　この　問題を　教え（　　）か。

　　1.てください　　　　　　2.てくださいません

2　ここで　たばこを　吸わ（　　）。

　　1.てください　　　　　　2.ないで　ください

3　熱が　あるから、寝て　いた（　　）ですよ。

　　1.ほうがいい　　　　　　2.てもいい

4　日曜日、うちに　来（　　）。

　　1.ください　　　　　　　2.ませんか

5　2時ごろ　駅で　会い（　　）。

　　1.ましょう　　　　　　　2.でしょう

6　笑美ちゃんは　ゆう太くんから　花を（　　）。

　　1.もらいました　　　　2.あげました

答案：(1)1 (2)2 (3)1 (4)2 (5)1 (6)1

希望、意志、原因、比較と程度の表現

希望、意志、原因、比較及程度的表現

001　名詞＋がほしい

➡ {名詞}＋が＋ほしい

| 類義表現 | をください 給我… |

| 意思 |

① 【希望－物品等】表示說話人（第一人稱）想要把什麼有形或無形的東西弄到手，想要把什麼有形或無形的東西變成自己的，希望得到某物的句型。「ほしい」是表示感情的形容詞。希望得到的東西，用「が」來表示。疑問句時表示聽話者的希望。中文意思是：「…想要…」。如例：

◆ 車が　ほしいです。
　　想要一輛車。

◆ もっと　休みが　ほしいです。
　　想要休息久一點。

| 比較 | をください〔給我…〕兩個文法前面都接名詞，「がほしい」表示說話人想要得到某物；「をください」是有禮貌地跟某人要求某樣東西。 |

⑪ 〖否定－は〗否定的時候較常使用「は」。中文意思是：「不想要…」。如例：

◆ 今、お酒は　ほしく　ないです。
　　現在不想喝酒。

◆ お金は　ほしく　ありません。
　　我並不要錢。

Track N5-113

002　動詞＋たい

➔ {動詞ます形}＋たい

類義表現　てほしい 希望你…

意思

①【希望－行為】表示説話人（第一人稱）內心希望某一行為能實現，或是強烈的願望。中文意思是：「想要…」。如例：

◆ 私（わたし）は　日本語（にほんご）の　先生（せんせい）に　なりたいです。

我想成為日文教師。

㊞〔が他動詞たい〕使用他動詞時，常將原本搭配的助詞「を」，改成助詞「が」。如例：

◆ 私（わたし）は　この　映画（えいが）が　見（み）たいです。

我想看這部電影。

㊞〔疑問句〕用於疑問句時，表示聽話者的願望。中文意思是：「想要…呢？」。如例：

◆「何（なに）が　食（た）べたいですか。」「カレーが　食（た）べたいです。」

「想吃什麼嗎？」「想吃咖哩。」

㊞〔否定－たくない〕否定時用「たくない」、「たくありません」。中文意思是：「不想…」。如例：

◆ まだ　帰（かえ）りたく　ないです。

還不想回家。

比較　**てほしい**〔**希望你…**〕「たい」用在説話人內心希望自己能實現某個行為；「てほしい」用在希望別人達成某事，而不是自己。

Track N5-114

003　つもり

[類義表現]　(よ)うと思う 我想…

[意思]

① 【意志】{動詞辭書形}＋つもり。表示打算作某行為的意志。這是事前決定的，不是臨時決定的，而且想做的意志相當堅定。中文意思是：「打算、準備」。如例：

◆ 春休(はるやす)みは　国(くに)に　帰(かえ)る　つもりです。
我打算春假時回國。

◆ 来年(らいねん)、彼女(かのじょ)と　結婚(けっこん)する　つもりです。
我計畫明年和女友結婚。

[補]〖否定〗{動詞否定形}＋つもり。相反地，表示不打算作某行為的意志。中文意思是：「不打算」。如例：

◆ もう　彼(かれ)には　会(あ)わない　つもりです。
我不想再和男友見面了。

[補]〖どうするつもり〗どうする＋つもり。詢問對方有何打算的時候。中文意思是：「有什麼打算呢」。如例：

◆ あなたは、この　後(あと)　どうする　つもりですか。
你等一下打算做什麼呢？

[比較]　**(よ) うと思う**〔**我想…**〕兩個文法都表示打算做某事，大部份的情況可以通用。但「つもり」前面要接動詞連體形，而且是有具體計畫、帶有已經準備好的堅定決心，實現的可能性較高；「（よ）うと思う」前面要接動詞意向形，表示説話人當時的意志，但還沒做實際的準備。

004 から

➡ {形容詞・動詞普通形} ＋から；{名詞；形容動詞詞幹} ＋だから

類義表現 ▷ ので 因為…

意思 ▷

① 【原因】表示原因、理由。一般用於説話人出於個人主觀理由，進行請求、命令、希望、主張及推測，是種較強烈的意志性表達。中文意思是：「因為…」。如例：

◆ あの　店は　高いから、行きません。
那家店太貴了，所以不去。

◆ よく　寝たから、元気に　なりました。
因為睡得很飽，所以恢復了活力。

◆ 平仮名だから、読めるでしょう。
這是用平假名寫的，所以應該讀得懂吧？

◆ 歌が　下手だから、歌いたくないです。
因為歌聲很難聽，所以不想唱。

比較 ▷ ので〔因為…〕兩個文法都表示原因、理由。「から」傾向於用在説話人出於個人主觀理由；「ので」傾向於用在客觀的自然的因果關係。單就文法來說，「から」、「ので」經常能交替使用。

005 ので

➡ {形容詞・動詞普通形} ＋ので；{名詞；形容動詞詞幹} ＋なので

類義表現 ▷ 動詞＋て 原因

意思

① 【原因】表示原因、理由。前句是原因，後句是因此而發生的事。「ので」一般用在客觀的自然的因果關係，所以也容易推測出結果。中文意思是：「因為…」。如例：

◆ 危ないので、下がって　ください。
　危ないので、下がって　ください。
　請往後退，以免發生危險。

◆ 疲れたので、ちょっと　休みます。
　因為累了，所以休息一下。

◆ 明日は　仕事なので、行けません。
　因為明天還要工作，所以沒辦法去。

◆ この　本は　大切なので、返して　ください。
　這本書很重要，所以請還給我。

比較

動詞＋て〔原因〕「ので」表示原因。一般用在客觀敘述前後項的因果關係，後項大多是發生了的事情。所以句尾不使用命令或意志等句子；「動詞＋て」也表示原因，但因果關係沒有「から」、「ので」那麼強。後面常出現不可能，或「困る／困擾」、「大変だ／麻煩」、「疲れた／疲勞」心理、身體等狀態詞句，句尾不使用讓對方做某事或意志等句子。

Track N5-117

006　は〜より

➡ {名詞}＋は＋{名詞}＋より

類義表現　　より〜ほう　比起…

意思

① 【比較】表示對兩件性質相同的事物進行比較後，選擇前者。「より」後接的是性質或狀態。如果兩件事物的差距很大，可以在「より」後面接「ずっと」來表示程度很大。中文意思是：「…比…」。如例：

◆ 妹は　私より　背が　高いです。
　妹妹比我高。

◆ 車は 電車より 便利です。
くるま でんしゃ べんり

開汽車比搭電車來得方便

◆ 北海道は 九州より 大きいです。
ほっかいどう きゅうしゅう おお

北海道的面積比九州大。

◆ 林さんは 洪さんより 日本語が 上手です。
リン ホン にほんご じょうず

林小姐的日文比洪先生更為流利。

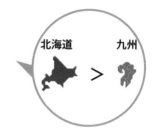

| 比較 |

より〜ほう〔比起…〕「は〜より」表示前者比後者還符合某種性質或狀態;「より〜ほう」則表示比較兩件事物後,選擇了「ほう」前面的事物。

007　より〜ほう

Track N5-118

➡ {名詞;形容詞・動詞普通形} + より(も、は)+ {名詞の;形容詞・動詞普通形;形容動詞詞幹な} + ほう

| 類義表現 |

は〜ほど〜ない …不如…

| 意思 |

① 【比較】表示對兩件事物進行比較後,選擇後者。「ほう」是方面之意,在對兩件事物進行比較後,選擇了「こっちのほう」(這一方)的意思。被選上的用「が」表示。中文意思是:「…比…、比起…,更…」。如例:

◆ 私より 兄の ほうが 足が 速いです。
わたし あに あし はや

哥哥的腳程比我快。

◆ 夏より 冬の ほうが 好きです。
なつ ふゆ す

比起夏天,我更喜歡冬天。

◆ 子どもの 名前は 難しいより 簡単な ほう がいいです。
なまえ むずか かんたん

孩子的名字,與其用生僻字,還是取常見字比較好。

◆ お店で 食べるより 自分で 作る ほうが おいしいです。
みせ た じぶん つく

比起在店裡吃的,還是自己煮的比較好吃。

| 比較 | は～ほど～ない〔…不如…〕「より～ほう」表示比較。比較並凸顯後者，選擇後者。「は～ほど～ない」也表示比較。是後接否定，表示比較的基準。一般是比較兩個程度上相差不大的東西，不能用在程度相差懸殊的比較上。 |

008 あまり～ない

➡あまり（あんまり）＋{[形容詞・形容動詞・動詞] 否定形}＋～ない

| 類義表現 | 疑問詞＋も＋否定 也（不）… |

| 意思 |

① 【程度】「あまり」下接否定的形式，表示程度不特別高，數量不特別多。中文意思是：「不太…」。如例：

◆ この 映画は あまり 面白く ありませんでした。
　這部電影不怎麼好看。

◆ 王さんは 学校に あまり 来ません。
　王同學很少來上課。

補 〖口語－あんまり〗在口語中常說成「あんまり」。如例：

◆ この 店の ラーメンは あんまり おいしくなかったです。
　這家餐館的拉麵不太好吃。

補 〖全面否定－ぜんぜん～ない〗若想表示全面否定可用「全然～ない」。中文意思是：「完全不…」。如例：

◆ 勉強しましたが、全然 分からない。
　雖然讀了書，還是一點也不懂。

| 比較 | 疑問詞＋も＋否定〔也（不）…〕兩個文法都搭配否定形式，但「あまり～ない」是表示狀態、數量的程度不太大，或動作不常出現；而「疑問詞＋も＋否定」則表示全面否定，疑問詞代表範圍內的事物。 |

練習　文法知多少？

▼ 答案詳見右下角

☞　請完成以下題目，從選項中，選出正確答案，並完成句子。

1　いちごを　たくさん　もらった（　）、半分（はんぶん）　ジャムに　します。

　　1. けど　　　　　　　　　　　　　2. ので

2　私（わたし）は　京都（きょうと）へ（　）です。

　　1. 行（い）きたい　　　　　　　　　2. 行（い）って　ほしい

3　可愛（かわい）い　ハンカチ（　）です。

　　1. がほしい　　　　　　　　　　　2. をください

4　来週（らいしゅう）　台湾（タイワン）に（　）です。

　　1. 帰（かえ）ろうと　思（おも）います　　2. 帰（かえ）るつもり

5　李（リー）さん（　）森（もり）さん（　）若（わか）いです。

　　1. は〜より　　　　　　　　　　　2. より〜ほう

6　今年（ことし）の　紅葉（こうよう）は、（　）きれいでは　ないです。

　　1. どれが　　　　　　　　　　　　2. あまり

Lesson 12

時間の表現
時間的表現

Track N5-120

001 動詞＋てから

➡ {動詞て形}＋から

| 類義表現 | 動詞＋ながら 一邊…一邊… |

| 意思 |

① 【動作順序】結合兩個句子，表示動作順序，強調先做前項的動作或前項事態成立，再進行後句的動作。中文意思是：「先做…，然後再做…」。如例：

◆ 手を 洗って から 食べます。
先洗手再吃東西。

◆ 切符を 買って から 乗って ください。
請先買票再搭乘。

② 【起點】表示某動作、持續狀態的起點。中文意思是：「從…」。如例：

◆ この 仕事を 始めて から、今年で 10年です。
從事這項工作到今年已經10年了。

10年

◆ 子どもが 生まれて から、毎日 忙しいです。
自從生了孩子以後，每天忙得不可開交。

| 比較 |
動詞＋ながら〔一邊…一邊…〕兩個文法都表示動作的時間，「てから」前面接的是動詞て形，表示先做前項的動作，再做後句的動作。也表示動作、持續狀態的起點；但「ながら」前面接動詞ます形，前後的動作或事態是同時發生的。

Track N5-121

002　動詞＋たあとで、動詞＋たあと

➡{動詞た形}＋あとで；{動詞た形}＋あと

[類義表現] **動詞＋てから** 先做…，然後再做…

[意思]

① **【前後關係】** 表示前項的動作做完後，做後項的動作。是一種按照時間順序，客觀敘述事情發生經過的表現，而前後兩項動作相隔一定的時間發生。中文意思是：「…以後…」。如例：

◆ 宿題(しゅくだい)を　した　あとで、ゲームを　します。

做完功課之後再打電玩。

◆ ご飯(はん)を　食(た)べた　あとで、シャワーを　浴(あ)びます。

先吃完飯再沖澡。

[比較] **動詞＋てから**〔**先做…，然後再做…**〕兩個文法都可以表示動作的先後，但「たあとで」前面是動詞た形，單純強調時間的先後關係；「てから」前面則是動詞て形，而且前後兩個動作的關連性比較強。另外，要表示某動作的起點時，只能用「てから」。

[補] **〔繼續狀態〕** 後項如果是前項發生後，而繼續的行為或狀態時，就用「あと」。中文意思是：「…以後」。如例：

◆ 弟(おとうと)は　学校(がっこう)から　帰(かえ)った　あと、ずっと　部屋(へや)で　寝(ね)て　います。

弟弟從學校回家以後，就一直在房裡睡覺。

◆ お酒(さけ)を　飲(の)んだ　あと、頭(あたま)が　痛(いた)く　なりました。

喝完酒以後，頭疼了起來。

Track N5-122

003　名詞＋の＋あとで、名詞＋の＋あと

➡{名詞}＋の＋あとで；{名詞}＋の＋あと

| 類義表現 | 名詞＋の＋まえに …前 |

| 意思 | |

① 【前後關係】表示完成前項事情之後，進行後項行為。中文意思是：「…後」。
  如例：

- パーティーの　あとで、写真を　撮りました。
  派對結束後拍了照片。

- お風呂の　あとで、宿題を　します。
  洗完澡後寫功課。

| 比較 | **名詞＋の＋まえに**〔…前〕兩個文法都表示事情的時間，「のあとで」表示先做前項，再做後項；但「のまえに」表示做前項之前，先做後項。 |

② 【順序】只單純表示順序的時候，後面接不接「で」都可以。後接「で」有強調「不是其他時間，而是現在這個時刻」的語感。中文意思是：「…後、…以後」。如例：

- 仕事の　あと、プールへ　行きます。
  下班後要去泳池。

- 食事の　あと、ちょっと　散歩しませんか。
  吃完飯後，要不要散個步呢？

Track N5-123

004　動詞＋まえに

➡ {動詞辭書形}＋まえに

| 類義表現 | 動詞＋てから 先做…，然後再做… |

| 意思 | |

① 【前後關係】表示動作的順序，也就是做前項動作之前，先做後項的動作。中文意思是：「…之前，先…」。如例：

◆ 寝る　前に　歯を　磨きます。

睡覺前刷牙。

◆ 家を　出る　前に　話して　ください。

離開家門前請先說一聲。

[比較] **動詞＋てから**〔先做…，然後再做…〕

「まえに」表示動作、行為的先後順序，也就是做前項動作之前，先做後項的動作；「てから」結合兩個句子，也表示表示動作、行為的先後順序，強調先做前項的動作或前項事態成立，再進行後句的動作。

[補]〔辭書形前に～過去形〕即使句尾動詞是過去形，「まえに」前面還是要接動詞辭書形。如例：

◆ 5時に　なる　前に　帰りました。

還不到5點前回去了。

◆ サンタクロースが　来る　前に　寝て　しまいました。

在耶誕老公公還沒來之前就睡著了。

Track N5-124

005　名詞＋の＋まえに

➡ {名詞}＋の＋まえに

[類義表現] までに 在…之前

[意思]

①【前後關係】表示空間上的前面，或做某事之前先進行後項行為。中文意思是：「…前、…的前面」。如例：

◆ テストの　前に　トイレに　行きます。

考試前先上廁所。

◆ この　薬は　食事の　前に　飲みます。

這種藥請於餐前服用。

◆ 授業の　前に　先生の　部屋へ　来て　ください。

上課前請先到老師的辦公室一趟。

◆ゲームの　前に　宿題を　しなさい。
打電玩前先寫功課！

[比較] **までに〔在…之前〕**「名詞＋の＋まえに」表示前後關係。用在表達兩個行為，哪個先實施；「までに」則表示期限。表示動作必須在提示的時間之前完成。

Track N5-125

006　動詞＋ながら

➡{動詞ます形}＋ながら

[類義表現] **動詞＋て** 動作按時間順序做

[意思]

①【同時】表示同一主體同時進行兩個動作，此時後面的動作是主要的動作，前面的動作為伴隨的次要動作。中文意思是：「一邊…一邊…」。如例：

◆テレビを　見ながら、ご飯を　食べます。
邊看電視邊吃飯。

◆歩きながら　話しましょう。
我們邊走邊聊吧。

[比較] **動詞＋て〔動作按時間順序做〕**「ながら」表示同時進行兩個動作；「動詞＋て」表示行為動作一個接著一個，按照時間順序進行。

[補]〘長期的狀態〙也可使用於長時間狀態下，所同時進行的動作。中文意思是：「一面…一面…」。如例：

◆大学を　出て　から　昼は　銀行で　働きながら、夜は　お店で　ピアノを　弾いて　います。
從大學畢業以後，白天在銀行上班，晚上則在店裡兼差彈奏鋼琴。

◆子どもを　育てながら、大学で　勉強しました。
想當年我一面養育孩子，一面上在大學念書。

007 とき

類義表現 動詞＋てから 先做…，然後再做…

意思

① 【同時】{名詞＋の；形容動詞＋な；形容詞・動詞普通形}＋とき。表示與此同時並行發生其他的事情。中文意思是：「…的時候」。如例：

◆ 子どもの とき、よく 川で 泳ぎました。
小時候常在河裡游泳。

◆ 寂しいとき、友達に 電話します。
寂寞的時候，會打電話給朋友。

② 【時間點－之後】{動詞過去形}＋とき＋{動詞現在形句子}。「とき」前後的動詞時態也可能不同，表示實現前者後，後者才成立。中文意思是：「時候」。如例：

◆ 国に 帰ったとき、いつも 先生の お宅に 行きます。
回國的時候，總是到老師家拜訪。

③ 【時間點－之前】{動詞現在形}＋とき＋{動詞過去形句子}。強調後者比前者早發生。中文意思是：「時、時候」。如例：

◆ 会社を 出るとき、家に 電話しました。
離開公司時，打了電話回家。

比較 動詞＋てから〔先做…，然後再做…〕兩個文法都表示動作的時間，「とき」前接動詞時，要用動詞普通形，表示前、後項是同時發生的事，也可能前項比後項早發生或晚發生；但「動詞＋てから」一定是先做前項的動作，再做後句的動作。

練習　文法知多少？

▼ 答案詳見右下角

☞ 請完成以下題目，從選項中，選出正確答案，並完成句子。

1 私が テレビを 見て いる（　　）、友達が 来ました。

　 1 . とき　　　　　　　　　2 . てから

2 歌を 歌い（　　）、掃除します。

　 1 . 前に　　　　　　　　　2 . ながら

3 大学を（　　）、もう 10年 たちました。

　 1 . 出た あとで　　　　　2 . 出て から

4 郵便局に（　　）、手紙を 出します。

　 1 . 行って　　　　　　　　2 . 行って から

5 （　　）前に、歯を 磨きます。

　 1 . 寝る　　　　　　　　　2 . 寝た

6 会議が（　　）あとで、資料を 片付けます。

　 1 . おわる　　　　　　　　2 . おわった

答案：(1) 1　(2) 2　(3) 2　(4) 1
(5) 1　(6) 2

Lesson 13

変化と時間の変化の表現

變化及時間變化的表現

Track N5-127

001　形容詞く＋なります

➡{形容詞詞幹}＋く＋なります

[類義表現] 形容詞く＋します 使變成…

[意思]

①【變化】形容詞後面接「なります」，要把詞尾的「い」變成「く」。表示事物本身產生的自然變化，這種變化並非人為意圖性的施加作用。中文意思是：「變…」。如例：

◆ 百合(ゆり)ちゃん、大(おお)きく　なりましたね。

小百合，妳長這麼大了呀！

◆ 暗(くら)く　なったので、帰(かえ)りましょう。

天色暗了，我們回去吧。

[比較] **形容詞く＋します〔使變成…〕**兩個文法都表示變化，但「なります」的焦點是，事態本身產生的自然變化；而「します」的焦點在於，事態是有人為意圖性所造成的變化。

[補]〖人為〗即使變化是人為造成的，若重點不在「誰改變的」，也可用此文法。中文意思是：「變得…」。如例：

◆ 塩(しお)を　入(い)れて、おいしく　なりました。

加鹽之後變好吃了。

◆ 来年(らいねん)から　税金(ぜいきん)が　高(たか)く　なります。

明年起將調高稅率。

002　形容動詞に＋なります

➡ {形容動詞詞幹} ＋に＋なります

| 類義表現 | 名詞に＋なります 變成… |

| 意思 |

① 【變化】表示事物的變化。如上一單元説的，「なります」的變化不是人為有意圖性的，是在無意識中物體本身產生的自然變化。而即使變化是人為造成的，如果重點不在「誰改變的」，也可用此文法。形容動詞後面接「なります」，要把語尾的「だ」變成「に」。中文意思是:「變成…」。如例:

- 「掃除は　終わりましたか。」「はい、きれいに　なりました。」
  「打掃完了嗎？」「是，已經打掃乾淨了。」

- 「風邪は　どうですか。」「もう　元気に　な
  りました。」
  「感冒好了嗎？」「已經康復了。」

  元気!　風邪?

- 結婚して、料理が　上手に　なりました。
  結婚後，廚藝變高明了。

- 駅前は　お店が　できて、賑やかに　なりました。
  車站前新店開幕，變得熱鬧了。

| 比較 | 名詞に＋なります〔變成…〕「形容動詞に＋なります」表示變化。表示狀態的自然轉變;「名詞に＋なります」也表示變化。表示事物的自然轉變。 |

003　名詞に＋なります

➡ {名詞} ＋に＋なります

| 類義表現 | 名詞に＋します 讓…變成… |

① 【變化】表示在無意識中，事物本身產生的自然變化，這種變化並非人為有意圖性的。中文意思是：「變成…」。如例：

◆ 春に なりました。

春天到了。

◆ 今日は 午後から 雨に なります。

今天將自午後開始下雨。

◆ 妹は 大学生に なりました。

妹妹已經是大學生了。

㉠ 〔人為〕即使變化是人為造成的，如果重點不在「誰改變的」，而是狀態自然轉變的，也可用此文法。中文意思是：「成為…」。如例：

◆ 前は 小さな 村でしたが、今は 大きな 町に なりました。

以前只是一處小村莊，如今已經成為一座大城鎮了。

比較　　名詞に＋します〔讓…變成…〕兩個文法都表示變化，但「なります」焦點是事態本身產生的自然變化；而「します」的變化是某人有意圖性去造成的。

---

004 形容詞く＋します

➔ {形容詞詞幹}＋く＋します

類義表現　　形容動詞に＋します 使變成…

意思

① 【變化】表示事物的變化。跟「なります」比較，「なります」的變化不是人為有意圖性的，是在無意識中物體本身產生的自然變化；而「します」是表示人為的有意圖性的施加作用，而產生變化。形容詞後面接「します」，要把詞尾的「い」變成「く」。中文意思是：「使變成…」。如例：

◆ 電気を　つけて、部屋を　明るく　します。

打開電燈，讓房間變亮。

◆ スマートフォンの　字を　大きく　します。

把智慧型手機上的字型調大。

◆ 荷物が　重いですね。もう　少し　軽く　しま
しょう。

行李很重吧。把東西拿出來一些。

◆ コーヒーは　まだですか。はやく　して　くださ
い。

咖啡還沒沖好嗎？請快一點！

比較　　形容動詞に＋します〔使變成…〕「形容詞く＋します」表示人
為的、有意圖性的使事物產生變化。形容詞後面接「します」，
要把詞尾的「い」變成「く」；「形容動詞に＋します」也表示
人為的、有意圖性的使事物產生變化。形容動詞後面接「しま
す」，要把詞尾的「だ」變成「に」。

Track N5-131

005　形容動詞に＋します

➡ {形容動詞詞幹}＋に＋します

類義表現　　形容動詞に＋なります 變成…

意思

① 【變化】表示事物的變化。如前一單元所說的，「します」是表示人為有意圖性
的施加作用，而產生變化。形容動詞後面接「します」，要把詞尾的「だ」變
成「に」。中文意思是：「使變成…」。如例：

◆ ゴミを　拾って　公園を　きれいに　します。

撿拾垃圾讓公園恢復乾淨。

◆ テストの　問題を　もう　少し　簡単に　しま
す。

把考卷上的試題出得稍微簡單一點。

② 【命令】如為命令語氣為「にしてください」。中文意思是：「讓它變成…」。如例：

◆ 静かに して ください。
しず
請保持安靜！

◆ 体を 大切に して ください。
からだ たいせつ
請保重身體。

比較 形容動詞に＋なります〔變成…〕「形容動詞に＋します」表示人為地改變某狀態；「形容動詞に＋なります」表示狀態的自然轉變。

006 名詞に＋します

➡ {名詞}＋に＋します

類義表現 まだ＋肯定 還…

意思

① 【變化】表示人為有意圖性的施加作用，而產生變化。中文意思是：「讓…變成…、使其成為…」。如例：

◆ 森の 木を 切って、公園に します。
もり き き こうえん
鋸掉森林的樹木，建成一座公園。

◆ 2階は、子ども部屋に します。
に かい こ べ や
2樓設計成兒童房。

② 【請求】請求時用「にしてください」。中文意思是：「請使其成為…」。如例：

◆ 多いので、ご飯を 半分に して ください。
おお はん
量太多了，請給我半碗飯就好。

◆ この お札を 100円玉に して ください。
さつ ひゃくえんだま
請把這張鈔票兌換成百圓硬幣。

比較 まだ＋肯定〔還…〕「名詞に＋します」表示變化，表示受人為影響而改變某狀態；「まだ＋肯定」表示繼續。表示狀態還存在或動作還是持續著，沒有改變。

007　もう＋肯定

➡もう＋｛動詞た形；形容動詞詞幹だ｝

| 類義表現 | もう＋**數量詞** 再… |

| 意思 |

① 【完了】和動詞句一起使用，表示行為、事情或狀態到某個時間已經完了。用在疑問句的時候，表示詢問完或沒完。中文意思是：「已經…了」。如例：

◆ 丁さんは　もう　帰りました。
丁小姐已經回去了。

◆ もう　5時ですよ。帰りましょう。
已經5點了呢，我們回去吧。

◆ ご飯は　もう　食べましたか。
吃過飯了嗎？

◆ 「風邪は　どうですか。」「もう　大丈夫です。」
「感冒好了嗎？」「已經沒事了。」

| 比較 | **もう＋數量詞**〔**再…**〕「もう＋肯定」讀降調，表示完了。表示某狀態已經出現，某動作已經完成；「もう＋數量詞」表示累加。表示在原來的基礎上，再累加一些數量，或提高一些程度。例如：「もう一杯どう／再來一杯如何」。 |

Track N5-134

008　まだ＋否定

➡まだ＋｛否定表達方式｝

| 類義表現 | **しか＋否定** 只有… |

| 意思 |

① 【未完】表示預定的行為事情或狀態，到現在都還沒進行，或沒有完成。中文意思是：「還（沒有）…」。如例：

◆ この 言葉は まだ 習って いません。

這個生詞還沒學過。

◆ 孫さんが まだ 来ません。

孫先生還沒來。

◆ 熱は まだ 下がりません。

發燒還沒退。

◆ 私は まだ 日本に 行ったことが ありません。

我還沒去過日本。

| 比較 |

しか＋否定〔只有…〕「まだ＋否定」表示未完。表示某動作或狀態，到現在為止，都還沒進行或發生，或沒有完成。暗示著接下來會做或不久就會完成；「しか＋否定」表示限定。表示對人事物的數量或程度的限定。含有強調數量少、程度輕的心情。

Track N5-135

009 もう＋否定

➡もう＋{否定表達方式}

| 類義表現 |

もう＋肯定 已經…了

| 意思 |

① 【否定的狀態】後接否定的表達方式，表示不能繼續某種狀態了。一般多用於感情方面達到相當程度。中文意思是：「已經不…了」。如例：

◆ お腹が いっぱいですから、ケーキは もう いりません。

肚子已經吃得很撐了，再也吃不下了蛋糕。

◆ 銀行に もう お金が ありません。

銀行存款早就花光了。

◆ この 仕事は もう やりたく ないです。

這項工作我已經不想再做下去了。

◆ あなたの ことは もう 好きじゃありません。

我再也不喜歡你了。

比較　もう＋肯定〔已經…了〕「もう＋否定」讀降調，表示否定的狀態，也就是不能繼續某種狀態或動作了；「もう＋肯定」讀降調，表示繼續的狀態，也就是某狀態已經出現、某動作已經完成了。

Track N5-136

010　まだ＋肯定

➡ まだ＋｛肯定表達方式｝

類義表現　もう＋否定 已經不…了

意思

① 【繼續】表示同樣的狀態，從過去到現在一直持續著。中文意思是：「還…」。如例：

◆ もう　４月ですが、まだ　寒いです。
雖然已經是４月了，但還是很冷。

◆ 姉は　まだ　お風呂に　入って　います。
姊姊還在洗澡。

◆ まだ　ゲームを　して　いるの。はやく　寝なさい。
還在打電玩？快點睡！

比較　もう＋否定〔已經不…了〕「まだ＋肯定」表示繼續的狀態。表示同樣的狀態，或動作還持續著；「もう＋否定」表示否定的狀態。後接否定的表達方式，表示某種狀態已經不能繼續了，或某動作已經沒有了。

② 【存在】表示還留有某些時間或還存在某東西。中文意思是：「還有…」。如例：

◆ 時間は　まだ　たくさん　あります。
時間還非常充裕。

練習　文法知多少？

▼ 答案詳見右下角

☞　請完成以下題目，從選項中，選出正確答案，並完成句子。

1　太郎は　大学生（　　）。

　　1．になりました　　　　　2．にしました

2　テレビの　音を　大き（　　）。

　　1．くなります　　　　　　2．くします

3　日本語が　上手（　　）。

　　1．になりました　　　　　2．にしました

4　愛ちゃんは（　　）帰りましたよ。

　　1．まだ　　　　　　　　　2．もう

5　お客さんが　来るので、部屋と　トイレを（　　）します。

　　1．きれいな　　　　　　　2．きれいに

6　毎日　スポーツを　しましょう。体が（　　）なりますよ。

　　1．じょうぶに　　　　　　2．じょうぶで

断定、説明、名称、推測と存在の表現

斷定、說明、名稱、推測及存在的表現

---

001 じゃ

➡ {名詞；形容動詞詞幹} ＋じゃ

| 類義表現 | では 那麼 |

| 意思 |

① 【では→じゃ】「じゃ」是「では」的縮略形式，也就是縮短音節的形式，一般是用在口語上。多用在跟自己比較親密的人，輕鬆交談的時候。中文意思是：「是…」。如例：

◆ 私は もう 子どもじゃ ありません。
我已經不是小孩子了！

◆ 全然 暇じゃ ないよ。
忙到快昏了！

② 【轉換話題】「じゃ」、「じゃあ」、「では」在文章的開頭時（或逗號的後面），表示「それでは」（那麼，那就）的意思。用在轉換新話題或場面，或表示告了一個段落。中文意思是：「那麼、那」。如例：

◆ じゃ、また 来週。
那就下週見囉！

◆ 時間ですね。じゃあ、始めましょう。
時間到囉，那麼，我們開始吧！

| 比較 | では〔那麼〕「じゃ」是「では」的縮略形式，說法輕鬆，一般用在不拘禮節的對話中；在表達恭敬的語感，或講究格式的書面上，大多使用「では」。

Track N5-138

002　のだ

類義表現　のです 禮貌用語

意思

①【**説明**】{形容詞・動詞普通形}＋のだ；{名詞；形容動詞詞幹}＋なのだ。表示客觀地對話題的對象、狀況進行説明，或請求對方針對某些理由説明情況，一般用在發生了不尋常的情況，而説話人對此進行説明，或提出問題。中文意思是：「（因為）是…」。如例：

◆お腹(なか)が　痛(いた)い。今朝(けさ)の　牛乳(ぎゅうにゅう)が　古(ふる)かったのだ。

肚子好痛！是今天早上喝的牛奶過期了。

比較　のです〔**禮貌用語**〕「のだ」表示説明。用在説話人對所見所聞，做更詳盡的解釋説明，或請求對方説明事情的原因。「のだ」用在不拘禮節的對話中。「のです」説法有禮，是屬於禮貌用語。

[補]〖**口語ーんだ**〗{形容詞動詞普通形}＋んだ；{名詞；形容動詞詞幹}＋なんだ。尊敬的説法是「のです」，口語的説法常將「の」換成「ん」。如例：

◆「遅(おそ)かったですね。」「バスが　来(こ)なかったんです。」

「你來得好晚啊。」「巴士遲遲不來啊。」

◆すてきな　鞄(かばん)ですね。どこで　買(か)ったんですか。

好漂亮的手提包呀！在哪裡買的呢？

②【**主張**】用於表示説話者強調個人的主張或決心。中文意思是：「…是…的」。如例：

◆私(わたし)が　悪(わる)かったんです。本当(ほんとう)に　すみませんでした。

都怪我不好，真的非常抱歉！

Track N5-139

003　という＋名詞

➡{名詞}＋という＋{名詞}

類義表現 ▷ 名詞＋という 叫…

意思 ▷

① 【稱呼】表示説明後面這個事物、人或場所的名字。一般是説話人或聽話人一方，或者雙方都不熟悉的事物。詢問「什麼」的時候可以用「何と」。中文意思是：「叫做…」。如例：

◆ あなたの お姉さんは 何と いう 名前ですか。
請問令姐的大名是什麼呢？

◆ これは 何と いう スポーツですか。
這種運動的名稱是什麼呢？

◆ これは 小松菜と いう 野菜です。
這是一種名叫小松菜的蔬菜。

比較 ▷ 名詞＋という〔叫…〕「という＋名詞」表示稱呼。用在説話人或聽話人一方，不熟悉的人事物上；「名詞＋という」表示稱呼。表示人物姓名或物品名稱，例如：「私は王と言います／我姓王」。

---

004 でしょう

Track N5-140

➡ {名詞；形容動詞詞幹；形容詞・動詞普通形} ＋でしょう

類義表現 ▷ です 是…

意思 ▷

① 【推測】伴隨降調，表示説話者的推測，説話者不是很確定，不像「です」那麼肯定。中文意思是：「也許…、可能…」。如例：

◆ 明日は 晴れでしょう。
明天應該是晴天吧。

◆ 夜は 月が きれいでしょう。
晚上的月色應該很美吧。

明日天気

〔たぶん～でしょう〕常跟「たぶん」一起使用。中文意思是：「大概…吧」。如例：

◆ この　時間は、先生は　たぶん　いないでしょう。

じかん　せんせい

這個時間，老師大概不在吧。

② 【確認】表示向對方確認某件事情，或是徵詢對方的同意。中文意思是：「…對吧」。如例：

◆ この　お皿を　割ったのは　あなたでしょう。

さら　わ

打破這個盤子的人是你沒錯吧？

比較

です〔是…〕「でしょう」讀降調，表示推測。也表示跟對方確認，並要求證實的意思；「です」表示斷定。是以禮貌的語氣對事物等進行斷定、肯定，或對狀態進行説明，例如「今日は暑いです／今天很熱」。

きょう　あつ

005　に～があります／います

➡ {名詞} ＋に＋ {名詞} ＋があります／います

類義表現

は～にあります／います …在…

意思

① 【存在】表某處存在某物或人，也就是無生命事物，及有生命的人或動物的存在場所，用「（場所）に（物）があります、（人）がいます」。表示事物存在的動詞有「あります／います」，無生命的事物或自己無法動的植物用「あります」。中文意思是：「…有…」。如例：

◆ 駅前に　銀行が　あります。

えきまえ　ぎんこう

車站前有家銀行。

◆ テーブルの　上に　花瓶が　あります。

うえ　かびん

桌上擺著花瓶。

〔有生命－います〕「います」用在有生命的，自己可以動作的人或動物。如例：

◆ あそこに　猫が　います。

ねこ

那裡有貓。

　は～にあります／います〔…在…〕兩個都是表示存在的句型，
「に～があります／います」重點是某處「有什麼」，通常用在
傳達新資訊給聽話者時，「が」前面的人事物是聽話者原本不知
道的新資訊；「は～にあります／います」則表示某個東西「在
哪裡」，「は」前面的人事物是談話的主題，通常聽話者也知道
的人事物，而「に」前面的場所則是聽話者原本不知道的新資
訊。

Track N5-142

006　は～にあります／います

➡ **{名詞}＋は＋{名詞}＋にあります／います**

類義表現　**場所＋に** 在…

意思

① 【存在】表示某物或人，存在某場所用「(物)は (場所)にあります／(人)は
(場所)にいます」。中文意思是：「…在…」。如例：

◆ エレベーターは　どこに　ありますか。
請問電梯在哪裡呢？

◆ 私の　父は　台北に　います。
我爸爸在台北。

◆ 猫は　椅子の　上に　います。
貓在椅子上。

台北

比較　**場所＋に**〔在…〕「は～にあります／います」表示存在。表示
人或動物的存在；「場所＋に」表示場所。表示人物、動物、物
品存在的場所。

練習　文法知多少？

▼ 答案詳見右下角

☞　**請完成以下題目，從選項中，選出正確答案，並完成句子。**

1　机の 上（　　）辞書（　　）。

　　1．に～があります　　　　2．は～にあります

2　あれは フジ（　　）花です。

　　1．と　　　　　　　　　　2．という

3　スマホは どこに（　　）か。

　　1．います　　　　　　　　2．あります

4　明日は 雨が 降る（　　）。

　　1．でしょう　　　　　　　2．です

5　公園に 犬が 2匹（　　）。

　　1．あります　　　　　　　2．います

6　鈴木さんは たぶん（　　）。

　　1．来ないでしょう　　　　2．来るでしょう

助詞
助詞

---

001 **疑問詞＋でも**
無論、不論、不拘

➡ {疑問詞}＋でも

| 類義表現 | 疑問詞＋も 無論…都… |

| 意思 |

① **【全面肯定或否定】**「でも」前接疑問詞時，表示全面肯定或否定，也就是沒有例外，全部都是。句尾大都是可能或容許等表現。中文意思是：「無論、不論、不拘」。如例：

◆ 何^{なん}でも手伝^{てつだ}います。
不管什麼事我都願意幫忙。

◆ いつでも寝^ねられます。
任何時候都能倒頭就睡。

◆ これは誰^{だれ}でもわかります。
這個道理誰都懂。

◆ どれでも、おいしいですよ。どうぞ。
每一款都很好吃喔，請隨意挑選。

⊕〔× なにでも〕沒有「なにでも」的說法。

| 比較 | **疑問詞＋も**〔無論…都…〕「疑問詞＋でも」與「疑問詞＋も」都表示全面肯定，但「疑問詞＋でも」指「從所有當中，不管選哪一個都…」；「疑問詞＋も」指「把所有當成一體來說，都…」的意思。 |

002 疑問詞＋ても、でも

1. 不管（誰、什麼、哪兒）…；2. 無論…

➡️ {疑問詞}＋{形容詞く形}＋ても；{疑問詞}＋{動詞て形}＋も；
{疑問詞}＋{名詞；形容動詞詞幹}＋でも

類義表現 | 疑問詞＋も＋否定 …也（不）…

意思

① 【不論】前面接疑問詞，表示不論什麼場合、什麼條件，都要進行後項，或是都會產生後項的結果。中文意思是：「不管（誰、什麼、哪兒）…」。如例：

◆ いくら高くても、必要な物は買います。

即使價格高昂，必需品還是得買。

◆ どんなに時間がなくても、彼には電話します。

就算再忙，還是會打電話給男友。

② 【全部都是】表示全面肯定或否定，也就是沒有例外，全部都是。中文意思是：「無論…」。如例：

◆ この仕事は、男性なら何歳でもOKです。

這份工作，只要是男士，無論幾歲都能勝任。

◆ 2時間以内なら何を食べても飲んでもいいです。

只要在兩小時之內，可以盡情吃到飽、喝到飽。

比較 | 疑問詞＋も＋否定〔…也（不）…〕「疑問詞＋ても、でも」表示不管什麼場合，全面肯定或否定；「疑問詞＋も＋否定」表示全面否定。

003 疑問詞＋～か

…呢

➡️ {疑問詞}＋{名詞；形容動詞詞幹；[形容詞・動詞]普通形}＋か

類義表現 | かどうか 是否…

意思

① 【不確定】表示疑問，也就是對某事物的不確定。當一個完整的句子中，包含
另一個帶有疑問詞的疑問句時，則表示事態的不明確性。中文意思是：「…
呢」。如例：

◆ どれがおいしいか教えてください。
   請告訴我哪一道好吃。

◆ 何時に行くか、忘れてしまいました。
   忘記該在幾點出發了。

◆ 先生がどこにいるか知りません。
   我不知道老師在哪裡。

◆ 明日何を持っていくかわかりません。
   我不知道明天該帶什麼東西去。

比較

かどうか〔是否…〕用「疑問詞＋～か」，表示對「誰、什麼、
哪裡」或「什麼時候」等感到不確定；而「かどうか」，用在不
確定情況究竟是「是」還是「否」。

⊕ 〔省略助詞〕此時的疑問句在句中扮演著相當於名詞的角色，但後面的助詞
「は、が、を」經常被省略。

---

004 かい

…嗎

➡ {句子} ＋かい

類義表現

句子＋か …嗎

意思

① 【疑問】放在句尾，表示親暱的疑問。用在句尾讀升調。一般為年長男性用語。
中文意思是：「…嗎」。如例：

◆ テストはできたかい。
   考卷會寫吧？

◆ たくさん買い物をしたかい。
   買了很多東西嗎？

◆ 昨日は楽しかったかい。

昨天玩得開心吧？

| 比較 | 句子＋か〔…嗎〕「かい」與「か」都表示疑問，放在句尾，但「かい」用在親暱關係之間（對象是同輩或晚輩），「か」可以用在所有疑問句子。 |

---

005 の
…嗎、…呢

Track N4-005

➡ {句子}＋の

| 類義表現 | の 斷定 |

| 意思 |

① 【疑問】用在句尾，以升調表示提出問題。一般是用在對兒童，或關係比較親密的人，為口語用法。中文意思是：「…嗎、…呢」。如例：

◆ 今日のテストはできたの。

今天的考卷知道答案嗎？

◆ 薬を飲んだのに、まだ熱が下がらないの。

藥都吃了，高燒還沒退嗎？

◆ どうしてあの子は泣いているの。

那個孩子為什麼在哭呢？

| 比較 | の〔斷定〕「の」用上升語調唸，表示疑問；「の」用下降語調唸，表示斷定。 |

---

006 だい
…呢、…呀

Track N4-006

➡ {句子}＋だい

| 類義表現 | かい …嗎 |

① 【疑問】接在疑問詞或含有疑問詞的句子後面，表示向對方詢問的語氣，有時也含有責備或責問的口氣。成年男性用言，用在口語，說法較為老氣。中文意思是：「…呢、…呀」。如例：

◆ なぜこれがわからないんだい。
　為啥連這點小事也不懂？

◆ 誰がこれを作ったんだい。
　是誰做了這玩意的啊？

◆ 新しい車の調子はどうだい。
　新車開起來還順手嗎？

比較　　　かい〔…嗎〕「だい」表示疑問，前面常接疑問詞，含有責備或責問的口氣；「かい」表示疑問或確認，是一種親暱的疑問。

007　までに

Track N4-007

1. 在…之前、到…時候為止；2. 到…為止

→ {名詞；動詞辭書形} ＋までに

類義表現　　まで 到…為止

意思

① 【期限】接在表示時間的名詞後面，後接一次性行為的瞬間性動詞，表示動作或事情的截止日期或期限。中文意思是：「在…之前、到…時候為止」。如例：

◆ 水曜日までにこの宿題ができますか。
　在星期三之前這份作業做得完嗎？

◆ 7時までに持ってきてください。
　請在7點之前拿過來。

比較　　　まで〔到…為止〕「までに」表示動作在期限之前的某時間點執行；「まで」表示動作會持續進行到某時間點。

⑭〔範圍－まで〕不同於「までに」，用「まで」後面接持續性的動詞和行為，表示某事件或動作，一直到某時間點前都持續著。中文意思是：「到…為止」。

如例：

◆ 電車が来るまで、電話で話しましょう。

電車來之前，在電話裡談吧。

◆ 夜10時まで仕事をしていた。

一直工作到了晚上10點。

008　ばかり

1. 淨…、光…；2. 總是…、老是…；3. 剛…

類義表現　　だけ 只…

意思

① 【強調】{名詞}＋ばかり。表示數量、次數非常多，而且淨是些不想看到、聽到的不理想的事情。中文意思是：「淨…、光…」。

如例：

◆ ゲームばかりで勉強はしません。

成天淨打電玩，完全沒看書。

◆ 彼はお酒ばかり飲んでいます。

他光顧著拼命喝酒。

比較　　だけ〔只…〕「ばかり」用在數量、次數多，或總是處於某狀態的時候；「だけ」用在限定的某範圍。

② 【重複】{動詞て形}＋ばかり。表示說話人對不斷重複一樣的事，或一直都是同樣的狀態，有不滿、譴責等負面的評價。中文意思是：「總是…、老是…」。

如例：

◆ テレビを見てばかりいないで掃除しなさい。

別總是守在電視機前面，快去打掃！

◆ 母は甘い物を食べてばかりいます。

媽媽老是吃甜食。

③ 【完了】{動詞た形}＋ばかり。表示某動作剛結束不久，含有說話人感到時間很短的語感。中文意思是：「剛…」。如例：

◆ 「ライン読んだ。」「ごめん、今起きたばかりなんだ。」

「你看過LINE了嗎？」「抱歉，我剛起床。」

---

009 でも

1. …之類的；2. 就連…也

➡ {名詞} ＋でも

| 類義表現 |
ても／でも 即使…也

| 意思 |

① 【舉例】用於隨意舉例。表示雖然含有其他的選擇，但還是舉出一個具代表性的例子。中文意思是：「…之類的」。如例：

◆ 暇ですね。テレビでも見ますか。
好無聊喔，來看個電視吧。

◆ 買い物でも行きましょうか。
要不要去逛街買東西呢？

② 【極端的例子】先舉出一個極端的例子，再表示其他一般性的情況當然是一樣的。中文意思是：「就連…也」。如例：

◆ 先生でも意味がわからない言葉があります。
就連老師也有不懂其語意的詞彙。

| 比較 |
ても／でも〔即使…也〕「でも」用在舉出一個極端的例子，要用「名詞＋でも」的接續形式；「ても／でも」表示逆接，也就是無論前項如何，也不會改變後項。要用「動詞て形＋も」、「形容詞く＋ても」或「名詞；形容動詞詞幹＋でも」的接續形式。

練習　文法知多少？

▼ 答案詳見右下角

☞ **請完成以下題目，從選項中，選出正確答案，並完成句子。**

1 クリスマス（　　）、彼に告白します。

　　1．までに　　　　　　　　2．まで

2 おなかを壊したので、おかゆ（　　）食べます。

　　1．ばかり　　　　　　　　2．だけ

3 おまわりさん（　　）、悪いことをする人もいる。

　　1．でも　　　　　　　　　2．ても

4 誰（　　）できる簡単な仕事です。

　　1．でも　　　　　　　　　2．も

5 坂本君に（　　）知りたいです。

　　1．誰が好きか　　　　　2．好きな人がいるかどうか

6 その服、すてきね。どこで買った（　　）

　　1．の？（上升調）　　　　2．の。（下降調）

7 そこに誰かいるの（　　）？

　　1．だい　　　　　　　　　2．かい

答案：(1) 1　(2) 2　(3) 1　(4) 1　(5) 2　(6) 1　(7) 2

149

指示語、文の名詞化と縮約形

指示詞、句子的名詞化及縮約形

001 こんな

1. 這樣的、這麼的、如此的；2. 這樣地

Track N4-010

⇒ こんな＋{名詞}

| 類義表現 | こう 這樣 |

意思

① 【狀態】間接地在講人事物的狀態或性質，而這個事物是靠近說話人的，也可能是剛提及的話題或剛發生的事。中文意思是：「這樣的、這麼的、如此的」。如例：

◆ こんな家が欲しいです。
想要一間像這樣的房子。

◆ 毎日こんな大きなケーキが食べたい。
希望每天都能吃到這麼大塊的蛋糕。

比較　　こう〔這樣〕「こんな」（這樣的），
表示程度，後面一定要接名詞；「こう」（這樣）表示方法跟限定，後面要接動詞。

② 【程度】「こんなに」為指示程度，是「這麼，這樣地；如此」的意思，為副詞的用法，用來修飾動詞或形容詞。中文意思是：「這樣地」。如例：

◆ 私はこんなにやさしい人に会ったことがない。
我不曾遇過如此體貼的人。

◆ 社長がこんなに怒ったことはありません。
總經理從沒發過這麼大的脾氣。

002 こう

1. 這樣、這麼；2. 這樣

Track N4-011

➡ **こう＋{動詞}**

| 類義表現 | そう 那樣 |

意思

① 【方法】表示方式或方法。中文意思是：「這樣、這麼」。如例：

◆ こうすれば簡単です。
只要這樣做就很輕鬆了。

◆ 次はこうしてください。
接下來請這樣做。

◆ 日本ではこう挨拶します。
在日本會用這種方式問候。

② 【限定】表示眼前或近處的事物的樣子、現象。中文意思是：「這樣」。如例：

◆ こう毎日寒いと外に出たくない。
天天冷成這樣，連出門都不願意了。

| 比較 | **そう〔那樣〕**「こう」用在眼前的物或近處的事時；「そう」用在較靠近對方或較為遠處的事物。 |

003 そんな

1. 那樣的；2. 那樣地

Track N4-012

➡ **そんな＋{名詞}**

| 類義表現 | あんな 那樣的 |

意思

① 【狀態】間接的在說人或事物的狀態或性質。而這個事物是靠近聽話人的或聽話人之前說過的。有時也含有輕視和否定對方的意味。中文意思是：「那樣的」。如例：

◆ そんな服を着ないでください。
請不要穿那樣的服裝。

◆ そんな時間に何をしていたんですか。
搞到那麼晚到底在做什麼啊？

| 比較 | **あんな**〔那樣的〕「そんな」用在離聽
話人較近，或聽話人之前説過的事物；「あんな」用在離説話
人、聽話人都很遠，或雙方都知道的事物。 |

② 【程度】「そんなに」為指示程度，是「程度特別高或程度低於預期」的意思，為副詞的用法，用來修飾動詞或形容詞。中文意思是：「那樣地」。如例：

◆ そんなに気をつかわないでください。
請不必那麼客套。

◆ この家はそんなに悪くない。
這間房子沒那麼糟糕。

---

004 あんな
1. 那樣的；2. 那樣地

➡ あんな＋{名詞}

| 類義表現 | こんな 這樣的 |

| 意思 |

① 【狀態】間接地説人或事物的狀態或性質。而這是指説話人和聽話人以外的事物，或是雙方都理解的事物。中文意思是：「那樣的」。如例：

◆ もうあんなところに行きたくない。
再也不想去那種地方了！

◆ あんな便利な冷蔵庫が欲しい。
真想擁有那樣方便好用的冰箱！

| 比較 | **こんな**〔這樣的〕事物的狀態或程度
是那樣就用「あんな」；事物的狀態或程度是這樣就用「こん
な」。 |

②【程度】「あんなに」為指示程度，是「那麼，那樣地」的意思，為副詞的用法，用來修飾動詞或形容詞。中文意思是：「那樣地」。如例：

◆ あんなに上手に歌えますか。

　　你能唱得那樣動聽嗎？

◆ あんなに怒ると、子どもはみんな泣きますよ。

　　瞧你發那麼大的脾氣，會把小孩子們嚇哭的喔！

005	**そう**	Track N4-014
	1. 那樣；2. 那樣	

➡ そう＋｛動詞｝

類義表現	ああ 那樣

意思

①【方法】表示方式或方法。中文意思是：「那樣」。如例：

◆ 母にはそう話をします。

　　我要告訴媽媽那件事。

◆ そうしたら、あなたも休めるのに。

　　要是那樣做的話，你也就可以休息了呀！

◆ 「コーヒー飲もうよ。」「うん、そうしよう。」

　　「來喝咖啡吧！」「嗯，來喝來喝！」

比較	**ああ**〔那樣〕「そう」用在離聽話人較近，或聽話人之前說過的事；「ああ」用在離說話人、聽話人都很遠，或雙方都知道的事。

②【限定】表示眼前或近處的事物的樣子、現象。中文意思是：「那樣」。如例：

◆ 私もそういう大人になりたい。

　　我長大以後也想成為那樣的人。

006 ああ
1. 那樣；2. 那樣

→ああ＋{動詞}

| 類義表現 | あんな 那樣的 |

意思

① 【方法】表示方式或方法。中文意思是：「那樣」。如例：

◆ ああしろこうしろとうるさい。

一下叫我那樣，一下叫我這樣煩死人了！

うるさいなぁ～

| 比較 | あんな〔那樣的〕「ああ」與「あんな」都用在離説話人、聽話人都很遠，或雙方都知道的事。接續方法是：「ああ＋動詞」，「あんな＋名詞」。 |

② 【限定】表示眼前或近處的事物的樣子、現象。中文意思是：「那樣」。如例：

◆ ああ毎日忙しいと、疲れるでしょうね。

天天忙成那個樣子，想必很累吧。

◆ 私には、ああはうまくなおせません。

我可沒本事修理得那麼完美。

◆ 社長はお酒を飲むといつもああだ。

總經理只要一喝酒，就會變成那副模樣。

◆ ああ毎日遊んでいると、勉強はできないでしょう。

每天像那樣只顧著玩，應該沒空用功吧。

007 さ
…度、…之大

→{[形容詞・形容動詞] 詞幹}＋さ

| 類義表現 | み 帶有… |

① 【程度】接在形容詞、形容動詞的詞幹後面等構成名詞，表示程度或狀態。也接跟尺度有關的如「長さ（長度）、深さ（深度）、高さ（高度）」等，這時候一般是跟長度、形狀等大小有關的形容詞。中文意思是：「…度、…之大」。如例：

◆ この山の高さは、どのくらいだろう。

　不曉得這座山的高度是多少呢？

◆ 12月になると、寒さがましてきた。

　進入12月，天氣愈發寒冷了。

◆ あの川の深さは10mでした。

　那條河的深度曾經深達10公尺。

◆ スープの温かさが、ちょうどいい。

　湯的溫度剛好適口。

比較　み〔帶有…〕「さ」用在客觀地表示性質或程度；「み」用在主觀地表示性質或程度。

---

008 の（は／が／を）
的是…

➡ {名詞修飾短語} ＋の（は／が／を）

類義表現　こと 形式名詞

意思

① 【強調】以「短句＋のは」的形式表示強調，而想強調句子裡的某一部分，就放在「の」的後面。中文意思是：「的是…」。如例：

◆ 昨日学校を休んだのは、田中さんです。

　昨天向學校請假的是田中同學。

◆ この写真の、帽子をかぶっているのは私の妻です。

　這張照片中，戴著帽子的是我太太。

② 【名詞化】用於前接短句，使其名詞化，成為句子的主語或目的語，如例：

◆ 私はフランス映画を見るのが好きです。
我喜歡看法國電影。

◆ 今朝、家の鍵をかけるのを忘れました。
今天早上從家裡出來時忘記鎖門了。

フランス映画 ♥♥

補〖の＝人時地因〗 這裡的「の」含有人物、時間、地方、原因的意思。

| 比較 | こと〔形式名詞〕「の」基本上用來代替人事物。「見る」（看）、「聞く」（聽）等表示感受外界事物的動詞，或是「止める」（停止）、「手伝う」（幫忙）、「待つ」（等待）等動詞，前面只能接「の」；「こと」代替前面剛提到的或後面提到的事情。「です、だ、である」或「を約束する」（約定…）、「が大切だ」（…很重要）、「が必要だ」（…必須）等詞，前面只能接「こと」。另外，固定表現如「ことになる」、「ことがある」等也只能用「こと」。 |

009　こと

➡ {名詞の；形容動詞詞幹な；[形容詞・動詞]普通形}＋こと

| 類義表現 | もの 東西 |

| 意思 |

① 【名詞化】做各種形式名詞用法。前接名詞修飾短句，使其名詞化，成為後面的句子的主語或目的語。如例：

◆ 留学することを恋人に話していない。
即將出國留學的事並沒有告訴男友／女友。

◆ 会社をやめることを決めました。
決定了要向公司辭職。

◆ 私は歌を歌うことが好きです。
我喜歡唱歌。

◆ 地震があったことを、知らなかった。

我完全沒察覺發生了地震。

| 比較 | もの〔東西〕「こと」形式名詞，代替前面剛提到的或後面提到的事。一般不寫漢字；「もの」也是形式名詞，代替某個實質性的東西。一般也不寫漢字。 |

補〔只用こと〕「こと」跟「の」有時可以互換。但只能用「こと」的有：表達「話す（說）、伝える（傳達）、命ずる（命令）、要求する（要求）」等動詞的內容，後接的是「です、だ、である」、固定的表達方式「ことができる」等。

Track N4-019

010 が

→ {名詞}＋が

| 類義表現 | 目的語＋を 表動作目的 |

| 意思 |

① 【動作或狀態主體】接在名詞的後面，表示後面的動作或狀態的主體。大多用在描寫句。如例：

◆ 雪が降っています。

雪正在下著。

◆ 地震で家が倒れました。

地震把房子震垮了。

◆ 女の人が、泣きながら手をふっています。

女人哭著揮手道別。

◆ 新しい年が始まりました。

嶄新的一年已經展開了。

| 比較 | 目的語＋を〔表動作目的〕「が」接在名詞的後面，表示後面的動作或狀態的主體；「目的語＋を」的「を」用在他動詞的前面，表示動作的目的或對象；「を」前面的名詞，是動作所涉及的對象。 |

011 ちゃ、ちゃう

➡ {動詞て形}＋ちゃ、ちゃう

| 類義表現 | じゃ 那麼 |

| 意思 |

① **【縮略形】**「ちゃ」是「ては」的縮略形式，也就是縮短音節的形式，一般是用在口語上。多用在跟自己比較親密的人，輕鬆交談的時候，如例：

◆ 夏休みに毎日寝すぎちゃ、学校が始まってから困るよ。
如果暑假天天睡到太陽曬屁股，開學以後可就傷腦筋囉。

◆ まだ、帰っちゃいけません。
現在還不可以回家！

◆ あ、もう8時。仕事に行かなくちゃ。
啊，已經8點了！得趕快出門上班了。

| 比較 |

じゃ〔那麼〕「ちゃ」是「ては」的縮略形式；「じゃ」是「では」的縮略形式。

⊕ **〖てしまう→ちゃう〗**「ちゃう」是「てしまう」,「じゃう」是「でしまう」的縮略形式，如例：

◆ 飛行機が、出発しちゃう。
飛機要飛走囉！

⊕ **〖では→じゃ〗** 其他如「じゃ」是「では」的縮略形式,「なくちゃ」是「なくては」的縮略形式。

練習　文法知多少？

▼ 答案詳見右下角

☞　請完成以下題目，從選項中，選出正確答案，並完成句子。

1　（　　）すると顔が小さく見えます。

1．こんな　　　　　　　　2．こう

2　危ないよ。（　　）ことしちゃ、だめだよ。

1．そんな　　　　　　　　2．あんな

3　（テレビを見ながら）私も（　　）いう旅館に泊まってみたい。

1．そう　　　　　　　　　2．ああ

4　月では重（　　）が約6分の1になる。

1．さ　　　　　　　　　　2．み

5　趣味は映画を見る（　　）です。

1．の　　　　　　　　　　2．こと

6　危ないから（　　）いけないよ。

1．触っちゃ　　　　　　　2．触っじゃ

許可、禁止、義務と命令

Lesson
03

許可、禁止、義務及命令

---

001 てもいい

Track N4-021

1. …也行、可以…；2. 可以…嗎

➡ {動詞て形} ＋もいい

| 類義表現 | といい 最好… |

意思

① 【許可】表示許可或允許某一行為。如果説的是聽話人的行為，表示允許聽話人某一行為。中文意思是：「…也行、可以…」。如例：

◆ 先に食べてもいいですよ。
你先開動沒關係喔。

◆ ここに荷物を置いてもいいですよ。
隨身物品可以擺在這裡沒關係喔。

◆ テストのときは、ノートを見てもいいです。
考試的時候可以翻閱筆記。

| 比較 | **といい**〔**最好…**〕「てもいい」用在允許做某事；「といい」用在勸對方怎麼做，或希望某個願望能成真。 |

② 【要求】如果説話人用疑問句詢問某一行為，表示請求聽話人允許某行為。中文意思是：「可以…嗎」。如例：

◆ このパソコンを使ってもいいですか。
請問可以借用一下這部電腦嗎？

002 なくてもいい

不…也行、用不著…也可以

→ {動詞否定形（去い）}＋くてもいい

類義表現　てもいい …也行

意思

① 【許可】表示允許不必做某一行為，也就是沒有必要，或沒有義務做前面的動作。中文意思是：「不…也行、用不著…也可以」。

如例：

◆ 都合が悪かったら来なくてもいいよ。

假如不方便，不來也沒關係喔。

◆ 作文は、明日出さなくてもいいですか。

請問明天不交作文可以嗎？

比較　　てもいい〔…也行〕「なくてもいい」表示允許不必做某一行為；「てもいい」表示許可或允許某一行為。

補 〖× なくてもいかった〗要注意的是「なくてもいかった」或「なくてもいければ」是錯誤用法，正確是「なくてもよかった」或「なくてもよければ」，如例：

◆ 間に合うのなら、急がなくてもよかった。

如果時間還來得及，不必那麼趕也行。

補 〖文言－なくともよい〗較文言的表達方式為「なくともよい」，如例：

◆ あなたは何も心配しなくともよい。

你可以儘管放一百二十個心！

003 てもかまわない

即使…也沒關係、…也行

→ {[動詞・形容詞] て形}＋もかまわない；{形容動詞詞幹；名詞}＋でもかまわない

| 意思 |

① 【讓步】表示讓步關係。雖然不是最好的，或不是最滿意的，但妥協一下，這樣也可以。比「てもいい」更客氣一些。中文意思是：「即使…也沒關係、…也行」。如例：

◆ ここに座ってもかまいませんか。
請問可以坐在這裡嗎？

◆ ホテルの場所は駅から遠くても、安ければかまわない。
即使旅館位置離車站很遠，只要便宜就無所謂。

◆ 給料が高いなら、仕事が忙しくてもかまいません。
只要薪資給得夠多，就算工作繁忙也沒關係。

◆ 返事は明日でもかまいません。
明天再給答覆也可以。

| 比較 | てはいけない〔不准…〕「てもかまわない」表示許可和允許；「てはいけない」表示禁止，也就是告訴對方不能做危險或會帶來傷害的事情。

---

004 なくてもかまわない
不…也行、用不著…也沒關係

Track N4-024

➡ {動詞否定形（去い）}＋くてもかまわない

| 類義表現 | ないこともない 並不是不…

| 意思 |

① 【許可】表示沒有必要做前面的動作，不做也沒關係，是「なくてもいい」的客氣說法。中文意思是：「不…也行、用不著…也沒關係」。如例：

◆ 嫌いなら食べなくてもかまいませんよ。
討厭的話，不吃也沒關係喔！

◆ 話したくなければ話さなくてもかまいません。
如果不願意講出來，不告訴我也沒關係。

| 比較 | **ないこともない**〔並不是不…〕「なくてもかまわない」表示不那樣做也沒關係；「ないこともない」表示也有某種的可能性，是用雙重否定來表現消極肯定的説法。 |

補〔＝大丈夫等〕「かまわない」也可以換成「大丈夫（沒關係）、問題ない（沒問題）」等表示「沒關係」的表現，如例：

◆ 出席するなら返事はしなくても問題ない。

假如會參加，不回覆也沒問題。

◆ 明日はお昼から仕事なので、早く起きなくても大丈夫。

明天的工作是從中午開始的，所以不必那麼早起床也無所謂。

---

005 てはいけない

Track N4-025

1. 不准…、不許…、不要…；2. 不可以…、請勿…

➡ {動詞て形}＋はいけない

| 類義表現 | **てはならない** 不能… |

| 意思 |

① 【禁止】表示禁止，基於某種理由、規則，直接跟聽話人表示不能做前項事情，由於説法直接，所以一般限於用在上司對部下、長輩對晚輩。中文意思是：「不准…、不許…、不要…」。如例：

◆ テスト中は、ノートを見てはいけません。

作答的時候不可以偷看筆記本。

◆ 電車の中で、大きい声で話してはいけません。

搭乘電車時不得高聲談話。

| 比較 | **てはならない**〔不能…〕兩者都表示禁止。「てはならない」表示有義務或責任，不可以去做某件事情；「てはならない」比「てはいけない」的義務或責任的語感都強，有更高的強制力及拘束力。常用在法律文上。 |

② 【申明禁止】是申明禁止、規制等的表現。常用在交通標誌、禁止標誌或衣服上洗滌表示等。中文意思是：「不可以…、請勿…」。如例：

◆ ここで泳いではいけない。
　禁止在此游泳。

◆ このアパートでは、ペットを飼ってはいけません。
　這棟公寓不准居住者飼養寵物。

006　な

不准…、不要…

→ {動詞辭書形} ＋ な

| 類義表現 | なあ（感嘆）…啊 |

| 意思 |

① 【禁止】表示禁止。命令對方不要做某事、禁止對方做某事的説法。由於説法比較粗魯，所以大都是直接面對當事人説。一般用在對孩子、兄弟姊妹或親友時。也用在遇到緊急狀況或吵架的時候。中文意思是：「不准…、不要…」。如例：

◆ ここで煙草を吸うな。
　不准在這裡抽菸！

◆ 電車の中で食べるな。
　不准在電車裡吃！

◆ 大丈夫だよ。心配するな。
　沒問題啦，別窮操心了！

| 比較 |

なあ（感嘆）〔…啊〕「な」前接動詞時，有表示禁止或感嘆（強調情感）這兩個用法，另外，也有「なあ」的形式。因為接續一樣，所以要從句子的情境、文脈及語調來判斷。用在表示感嘆時，也可以接動詞以外的詞。

007 なければならない

必須…、應該…

Track N4-027

→ {動詞否定形} ＋なければならない

類義表現 べきだ 必須…

意思

① 【義務】表示無論是自己或對方，從社會常識或事情的性質來看，不那樣做就不合理，有義務要那樣做。中文意思是：「必須…、應該…」。如例：

◆ 学生は学校のルールを守らなければならない。

學生必須遵守校規。

ルール

比較 べきだ〔必須…〕「なければならない」是指基於規則或當時的情況，而必須那樣做；「べきだ」則是指身為人應該遵守的原則，常用在勸告或命令對方有義務那樣做的時候。

補 〖疑問－なければなりませんか〗表示疑問時，可使用「なければなりませんか」，如例：

◆ 日本はチップを払わなければなりませんか。

請問在日本是否一定要支付小費呢？

補 〖口語－なきゃ〗「なければ」的口語縮約形為「なきゃ」。有時只説「なきゃ」，並將後面省略掉，如例：

◆ 危ない。信号は守らなきゃだめですよ。

危險！要看清楚紅綠燈再過馬路喔！

008 なくてはいけない

必須…、不…不可

Track N4-028

→ {動詞否定形（去い）} ＋くてはいけない

類義表現 ないわけにはいかない 不能不…

① 【義務】表示義務和責任，多用在個別的事情，或對某個人，口氣比較強硬，所以一般用在上對下，或同輩之間，口語常說「なくては」或「なくちゃ」。中文意思是：「必須…、不…不可」。如例：

◆ 宿題は必ずしなくてはいけません。
　一定要寫功課才可以。

◆ 国から両親が来るので、迎えに行かなければいけない。
　因為父母從故鄉來看我，所以不去接他們不行。

比較

ないわけにはいかない〔不能不…〕「なくてはいけない」用在上對下或說話人的決心，表示必須那樣做，說話人不一定有不情願的心情；「ないわけにはいかない」是根據社會情理或過去經驗，表示雖然不情願，但必須那樣做。

補 〔普遍想法〕表示社會上一般人普遍的想法，如例：

◆ ルールは守らなければいけない。
　一定要遵守規則才行。

◆ 暗い道では、気をつけなくてはいけないよ。
　走在暗路時，一定要小心才行喔！

補 〔決心〕表達說話者自己的決心，如例：

◆ 今日中にこの仕事を終わらせなくてはいけない。
　今天以內一定要完成這份工作。

009 なくてはならない
必須…、不得不…

Track N4-029

➜ {動詞否定形（去い）} ＋くてはならない

類義表現

なくてもいい 不…也行

意思

① 【義務】表示根據社會常理來看、受某種規範影響，或是有某種義務，必須去做某件事情。中文意思是：「必須…、不得不…」。如例：

◆ 明日までに作文を出さなくてはなりません。

非得在明天之前繳交作文不可。

◆ 会議の資料をもう一度書き直さなくてはならない。

不得不重寫一遍會議資料。

| 比較 | なくてもいい〔不…也行〕「なくてはならない」是根據社會常理或規範，不得不那樣做；「なくてもいい」表示不那樣做也可以，不是這樣的情況也行，跟「なくても大丈夫だ」意思一樣。 |

⑪〔口語－なくちゃ〕「なくては」的口語縮約形為「なくちゃ」，有時只說「なくちゃ」，並將後面省略掉（此時難以明確指出省略的是「いけない」還是「ならない」，但意思大致相同），如例：

◆ 仕事が終わらない。今日は残業しなくちゃ。

工作做不完，今天只好加班了。

---

010 命令形

給我…、不要…

Track N4-030

➡ （句子）＋｛動詞命令形｝＋（句子）

| 類義表現 | なさい 要… |

| 意思 |

① 【命令】表示語氣強烈的命令。一般用在命令對方的時候，由於給人有粗魯的感覺，所以大都是直接面對當事人說。一般用在對孩子、兄弟姊妹或親友時。中文意思是：「給我…、不要…」。如例：

◆ 汚いな。早く掃除しろ。

髒死了，快點打掃！

◆ 遅刻するよ。走れ。

快遲到囉，跑起來！

◆ もっと大きい声で歌え。

放開你們的嗓門大聲唱歌！

[比較] **なさい**〔要…〕「命令形」是帶有粗魯的語氣命令對方；「なさい」是語氣較緩和的命令，前面要接動詞ます形。

[補]〔**教育宣導等**〕也用在遇到緊急狀況、吵架、運動比賽或交通號誌等的時候，如例：

- 火事だ、早く逃げろ。

  失火啦，快逃啊！

011 なさい

要…、請…

Track N4-031

➔ **{動詞ます形}＋なさい**

[類義表現] てください 請…

[意思]

① 【**命令**】表示命令或指示。一般用在上級對下級，父母對小孩，老師對學生的情況。比起命令形，此句型稍微含有禮貌性，語氣也較緩和。由於這是用在擁有權力或支配能力的人，對下面的人說話的情況，使用的場合是有限的。中文意思是：「要…、請…」。如例：

- 今日忘れた人は、金曜日までに宿題を出しなさい。

  今天忘記帶來的人，記得在星期五之前交作業！

- 毎日部屋を掃除しなさい。

  房間要天天整理！

- 漢字の正しい読み方を書きなさい。

  請寫下漢字的正確發音。

[比較] **動詞＋てください**〔請…〕「なさい」表示命令、指示或勸誘，用在老師對學生、父母對孩子等關係之中；「てください」表示命令、請求、指示他人為說話人做某事。

練習　文法知多少？

▼ 答案詳見右下角

☞　請完成以下題目，從選項中，選出正確答案，並完成句子。

1　私のスカート、貸して（　　）。

1. あげてもいいよ　　　　　　　　2. あげるといいよ

2　安ければ、アパートにおふろが（　　）。

1. なくてもかまいません　　　　　2. なくてはいけません

3　こっちへ来る（　　）。

1. てはいけない　　　　　　　　　2. な（禁止）

4　勉強もスポーツも、君はなんでもよくできる（　　）。

1. な（禁止）　　　　　　　　　　2. なあ（詠嘆）

5　《交通標識》スピード（　　）。

1. 落とせ　　　　　　　　　　　　2. 落としなさい

6　明日は6時に（　　）。

1. 起きなければならない　　　　　2. 起きるべきだ

7　この映画を見るには、18歳以上で（　　）。

1. なくてはいけない　　　　　　　2. ないわけにはいかない

8　赤信号では、止まら（　　）。

1. なくてはならない　　　　　　　2. なくてもいい

答案：(1) 1　(2) 1　(3) 2　(4) 2　(5) 1　(6) 1　(7) 1　(8) 1

Lesson 04

意志と希望

意志及希望

001 てみる

Track N4-032

試著（做）…

➔ {動詞て形} ＋みる

[類義表現] てみせる（做）給…看

[意思]

① 【嘗試】「みる」是由「見る」延伸而來的抽象用法，常用平假名書寫。表示雖然不知道結果如何，但嘗試著做前接的事項，是一種試探性的行為或動作，一般是肯定的說法。中文意思是：「試著（做）…」。如例：

◆ この服を着てみてください。

請試穿看看這件衣服。

◆ 問題の答えを考えてみましょう。

讓我們一起來想一想這道題目的答案。

◆ このドアを、もう少し強く押してみて。

你試著更用力推推看這扇門。

◆ 新しいお店に行ってみたら、よかったよ。

去了新開幕的餐廳嘗鮮，蠻好吃的唷！

[比較] **てみせる**〔（做）給…看〕「てみる」表示嘗試去做某事；「てみせる」表示做某事給某人看。

[補]〘かどうか～てみる〙常跟「～か、～かどうか」一起使用。

002 （よ）うとおもう

Track N4-033

1. 我打算…；2. 我要…；3. 我不打算…

➜ {動詞意向形} ＋（よ）うとおもう

| 類義表現 | （よ）うとする 想… |

| 意思 |

① 【意志】表示説話人告訴聽話人，説話當時自己的想法、未來的打算或意圖，比起不管實現可能性是高或低都可使用的「～たいとおもう」、「（よ）うとおもう」更具有採取某種行動的意志，且動作實現的可能性很高。中文意思是：「我打算…」。如例：

◆ 夏休みは、アメリカへ行こうと思います。
   我打算暑假去美國。

◆ 明日は早く起きようと思う。
   我打算明天早點起床。

| 比較 | （よ）うとする〔想…〕「（よ）うとおもう」表示説話人打算那樣做；「（よ）うとする」表示某人正打算要那樣做。 |

⊕ 〖某一段時間〗用「（よ）うとおもっている」，表示説話人在某一段時間持有的打算。中文意思是：「我要…」。如例：

◆ いつか留学しようと思っています。
   我一直在計畫出國讀書。

⊕ 〖強烈否定〗「（よ）うとはおもわない」表示強烈否定。中文意思是：「我不打算…」。如例：

◆ 今日は台風なので、買い物に行こうとは思いません。
   今天颱風來襲，因此沒打算出門買東西。

003 （よ）う

Track N4-034

1.（一起）…吧；2.…吧

➜ {動詞意向形} ＋（よ）う

意思 ▷

① 【提議】用來提議、邀請別人一起做某件事情。「ましょう」是較有禮貌的説法。中文意思是：「（一起）…吧」。如例：

◆ 金曜日だから、飲みにいこうか。
今天是星期五，去喝個痛快吧。

◆ あと 5 分したら、休憩しよう。
再過 5 分鐘就休息吧。

比較 ▷ つもりだ〔打算…〕「（よ）う」表示説話人要做某事，也可用在邀請別人一起做某事；「つもりだ」表示某人打算做某事的計畫。主語除了説話人以外，也可用在第三人稱。注意，如果是馬上要做的計畫，不能使用「つもりだ」。

② 【意志】表示説話者的個人意志行為，準備做某件事情。中文意思是：「…吧」。如例：

◆ 今日から日記をつけよう。
從今天開始寫日記吧。

---

004 （よ）うとする

Track N4-035

1.想…、打算…；2.オ…；3.不想…、不打算…

➡ {動詞意向形} ＋ （よ）うとする

類義表現 ▷ てみる 試試看

意思 ▷

① 【意志】表示動作主體的意志、意圖。主語不受人稱的限制。表示努力地去實行某動作。中文意思是：「想…、打算…」。如例：

◆ 彼はダイエットをしようとしている。
他正想減重。

◆ その手紙を捨てようとしましたが、捨てられませんでした。

原本想扔了那封信，卻怎麼也捨不得丟。

| 比較 | **てみる**〔試試看〕「ようとする」前接意志動詞，表示現在就要做某動作的狀態，或想做某動作但還沒有實現的狀態；「てみる」前接動詞て形，表示嘗試做某事。 |

② 【將要】表示某動作還在嘗試但還沒達成的狀態，或某動作實現之前，而動作或狀態馬上就要開始。中文意思是：「才…」。如例：

◆ シャワーを浴びようとしたら、電話が鳴った。

正準備沖澡的時候，電話響了。

⊕〔否定形〕否定形「（よ）うとしない」是「不想…、不打算…」的意思，不能用在第一人稱上。如例：

◆ 子どもが私の話を聞こうとしない。

小孩不聽我的話。

---

005 にする

Track N4-036

1. 我要…、我要點…；2. 決定…

➡ {名詞；副助詞} ＋にする

| 類義表現 | **がする** 感到… |

| 意思 | |

① 【決定】常用於購物或點餐時，決定買某樣商品。中文意思是：「我要…、我要點…」。如例：

◆ この赤いシャツにします。

我要這件紅襯衫。

◆ 「何飲む。」「コーヒーにする。」

「要喝什麼？」「我要咖啡。」

② 【選擇】表示抉擇，決定、選定某事物。中文意思是：「決定…」。如例：

◆ 今日は料理をする時間がないので、外食にしよう。

今天沒時間做飯，我們在外面吃吧。

◆ 最近仕事が忙しいので、旅行は今度にします。

最近工作很忙，以後再去旅行。

| 比較 | がする〔感到…〕「にする」表示決定選擇某事物，常用在點餐等時候；「がする」表示感覺器官所受到的感覺。 |

---

006 ことにする

Track N4-037

1. 決定…；2. 已決定…；3. 習慣…

→ {動詞辭書形；動詞否定形} ＋ ことにする

| 類義表現 | ことになる（被）決定… |

| 意思 |

① 【決定】表示説話人以自己的意志，主觀地對將來的行為做出某種決定、決心。中文意思是：「決定…」。如例：

◆ 先生に言うと怒られるので、だまっていることにしよう。

要是報告老師准會挨罵，還是閉上嘴巴別講吧。

| 比較 | ことになる〔（被）決定…〕「ことにする」用在説話人以自己的意志，決定要那樣做；「ことになる」用在説話人以外的人或團體，所做出的決定，或是婉轉表達自己的決定。 |

（補）〔已經決定〕用過去式「ことにした」表示決定已經形成，大都用在跟對方報告自己決定的事。中文意思是：「已決定…」。如例：

◆ 冬休みは北海道に行くことにした。

寒假決定要去北海道了。

② 【習慣】用「ことにしている」的形式，則表示因某決定，而養成了習慣或形成了規矩。中文意思是：「習慣…」。如例：

◆ 毎日、日記を書くことにしています。

現在天天都寫日記。

007 つもりだ

Track N4-038

1. 打算…、準備…；2. 不打算…；3. 不打算…；4. 並非有意要…

➡ {動詞辭書形} ＋つもりだ

類義表現 ｜ ようとおもう 我打算…

意思

① 【意志】表示説話人的意志、預定、計畫等，也可以表示
第三人稱的意志。有説話人的打算是從之前就有，且意
志堅定的語氣。中文意思是：「打算…、準備…」。如例：

◆ 煙草が高くなったからもう吸わないつもりです。

香菸價格變貴了，所以打算戒菸了。

比較 ｜ ようとおもう〔我打算…〕「つもり」表示堅決的意志，也就是已
經有準備實現的意志；「ようとおもう」前接動詞意向形，表示
暫時性的意志，也就是只有打算，也有可能撤銷、改變的意志。

⑪ 〔否定形〕「ないつもりだ」為否定形。中文意思是：「不打算…」。如例：

◆ 結婚したら、両親とは住まないつもりだ。

結婚以後，我並不打算和父母住在一起。

⑪ 〔強烈否定形〕「～つもりはない」表「不打算…」之意，否定意味比「～ない
つもりだ」還要強。如例：

◆ 明日台風がきても、会社を休むつもりはない。

就算明天有颱風，也不打算不上班。

⑪ 〔並非有意〕「～つもりではない」表示「そんな気はなかったが～（並非有意
要…）」之意。中文意思是：「並非有意要…」。如例：

◆ はじめは、代表になるつもりではなかったのに…。

其實起初我壓根沒想過要擔任代表…。

008 てほしい

Track N4-039

1. 希望…、想…；2. 希望不要…

意思

① 【希望】{動詞て形}＋ほしい。表示説話者希望對方能做某件事情，或是提出要求。中文意思是：「希望…、想…」。如例：

◆ 給料を上げてほしい。
　真希望能調高薪資。

◆ もっとお父さんに僕と遊んでほしい。
　希望爸爸能更常陪我玩。

比較 がほしい〔…想要…〕「てほしい」用在
希望對方能夠那樣做；「がほしい」用在説話人希望得到某個東西。

⑪ 〖否定－ないでほしい〗{動詞否定形}＋でほしい。表示否定，為「希望(對方)不要…」，如例：

◆ 私がいなくなっても、悲しまないでほしいです。
　就算我離開了，也希望大家不要傷心。

---

009 **がる、がらない**
覺得…、想要…；不覺得…、不想要…

➡ {[形容詞・形容動詞] 詞幹}＋がる、がらない

類義表現 たがる 想…

意思

① 【感覺】表示某人説了什麼話或做了什麼動作，而給説話人留下這種想法，有這種感覺，想這樣做的印象，「がる」的主體一般是第三人稱。中文意思是：「覺得…、想要…；不覺得…、不想要…」。如例：

◆ 恥ずかしがらなくていいですよ。大きな声で話してください。
　沒關係，不需要害羞，請提高音量講話。

比較 たがる〔想…〕「がる」用於第三人稱的感覺、情緒等；「たがる」用於第三人稱想要達成某個願望。

補〔を＋ほしい〕當動詞為「ほしい」時，搭配的助詞為「を」，而非「が」，如例：

◆ 彼女はあのお店のかばんをいつもほしがっている。

她一直很想擁有那家店製作的包款。

補〔現在狀態〕表示現在的狀態用「～ている」形，也就是「がっている」，如例：

◆ 両親が忙しいので、子どもは寂しがっている。

爸媽都相當忙碌，使得孩子總是孤伶伶的。

---

010 たがる、たがらない

想…；不想…

Track N4-041

➡ {動詞ます形} ＋たがる、たがらない

| 類義表現 | たい 想… |

| 意思 |

① 【希望】是「たい的詞幹」＋「がる」來的。用在表示第三人稱，顯露在外表的願望或希望，也就是從外觀就可看對方的意願。中文意思是：「想…；不想…」。如例：

◆ 子どもがいつも私のパソコンに触りたがる。

小孩總是喜歡摸我的電腦。

◆ 息子は熱があっても、外に出たがるので困ります。

兒子雖然發燒了，卻還是吵著出門，真不知道該怎麼辦才好。

| 比較 | たい〔想…〕「たがる」用在第三人稱想要達成某個願望；「たい」則是第一人稱內心希望某一行為能實現，或是強烈的願望。|

補〔否定－たがらない〕以「たがらない」形式，表示否定，如例：

◆ 最近、若い人たちはあまり結婚したがらない。

近來，許多年輕人沒什麼意願結婚。

（補）〔現在狀態〕表示現在的狀態用「～ている」形，也就是「たがっている」，如例：

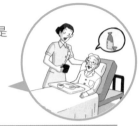

◆ 入院中の父はおいしいお酒を飲みたがっている。
　　正在住院的父親直嚷著想喝酒。

011　といい

Track N4-042

1. 要是…該多好；2. 要是…就好了

➡ {名詞だ；[形容詞・形容動詞・動詞] 辭書形}＋といい

| 類義表現 |
がいい 最好…

| 意思 |

① 【願望】表示説話人希望成為那樣之意。句尾出現「けど、のに、が」時，含有這願望或許難以實現等不安的心情。中文意思是：「要是…該多好」。如例：

◆ 電車、もう少し空いているといいんだけど。
　　要是這時間搭電車的人沒那麼多該有多好。

| 比較 |
がいい〔最好…〕「といい」表示希望成為那樣的願望；「がいい」表示希望壞事發生的心情。

（補）〔近似たらいい等〕意思近似於「～たらいい（要是…就好了）、～ばいい（要是…就好了）」。中文意思是：「要是…就好了」。如例：

◆ 週末は晴れるといいですね。
　　如果週末是個大晴天，那就好囉。

◆ 来月給料が上がるといいなあ。
　　好希望下個月會加薪啊。

練習 文法知多少？

▼ 答案詳見右下角

☞ 請完成以下題目，從選項中，選出正確答案，並完成句子。

1 次のテストでは 100 点を取っ（　　）。
1．てみる　　　　　　　　2．てみせる

2 夏が来る前に、ダイエットしようと（　　）。
1．思う　　　　　　　　　2．する

3 疲れたから、少し（　　）。
1．休もう　　　　　　　　2．休むつもりだ

4 これは豆で作ったものですが、肉の味（　　）。
1．にします　　　　　　　2．がします

5 健康のために、明日から酒はやめることに（　　）。
1．した　　　　　　　　　2．なった

6 明日の朝6時に起こし（　　）。
1．てほしいです　　　　　2．がほしいです

7 妹が、机の角に頭をぶつけて（　　）います。
1．痛がって　　　　　　　2．痛たがって

判断と推量

判斷及推測

001　はずだ

1.（按理說）應該…；2. 怪不得…

➡ {名詞の；形容動詞詞幹な；[形容詞・動詞] 普通形 } ＋はずだ

| 類義表現 | はずがない 不可能… |

| 意思 | |

① 【推斷】表示說話人根據事實、理論或自己擁有的知識來推測出結果，是主觀色彩強，較有把握的推斷。中文意思是：「（按理說）應該…」。如例：

◆ 先週林さんは中国へ行ったから、今日本にいないはずですよ。

　上星期林小姐去了中國，所以目前應該不在日本喔。

◆ 毎日 5 時間も勉強しているから、次は合格できるはずだ。

　既然每天都足足用功 5 個鐘頭，下次應該能夠考上。

| 比較 | **はずがない**〔不可能…〕「はずだ」是說話人根據事實或理論，做出有把握的推斷；「はずがない」是說話人推斷某事不可能發生。 |

② 【理解】表示說話人對原本不可理解的事物，在得知其充分的理由後，而感到信服。中文意思是：「怪不得…」。如例：

◆ 寒いはずだ。雪が降っている。

　難怪這麼冷，原來外面正在下雪。

◆ 高橋さんはアメリカに 10 年住んでいたのか。英語ができるはずだ。

　原來高橋太太在美國住過 10 年喔，難怪會講英語。

002 はずが（は）ない

Track N4-044

不可能…、不會…、沒有…的道理

➡ {名詞の；形容動詞詞幹な；[形容詞・動詞]普通形}＋はずが（は）ない

類義表現 に違いない 一定…

意思

① **【推斷】** 表示説話人根據事實、理論或自己擁有的知識，來推論某一事物不可能實現。是主觀色彩強，較有把握的推斷。中文意思是：「不可能…、不會…、沒有…的道理」。如例：

◆ こんなに大きい家が100万円で買えるはずがない。

這麼寬敞的房子不可能只用100萬就買得到！

◆ 漢字を１日100個も、覚えられるはずがない。

怎麼可能每天背下100個漢字呢！

◆ この事を、彼女が知っているはずがない。

這件事，她絕不可能知道！

[補]〘口語－はずない〙 用「はずない」，是較口語的用法，如例：

◆ ここから学校まで急いでも10分でつくはずない。

從這裡到學校就算拚命衝，也不可能在10分鐘之內趕到。

比較 **に違いない**〔一定…〕「に違いない」表示説話人根據經驗或直覺，做出非常肯定的判斷某事會發生；「はずがない」説話人推斷某事不可能發生。

003 そう

Track N4-045

好像…、似乎…

➡ {[形容詞・形容動詞]詞幹；動詞ます形}＋そう

類義表現 そうだ 聽説…

① 【樣態】表示説話人根據親身的見聞，如周遭的狀況或事物的外觀，而下的一種判斷。中文意思是：「好像…、似乎…」。如例：

◆ このケーキ、おいしそう。

這塊蛋糕看起來好好吃。

◆ 上着のボタンが取れそうですよ。

外套的鈕釦好像快掉了喔！

比較 そうだ〔聽說…〕「そう」前接動詞ます形或形容詞・形容動詞詞幹，意思是「好像」；「そうだ」前接用言終止形或「名詞＋だ」，用在説話人表示自己聽到的或讀到的信息時，意思是「聽説」。

⊕ 〖よい－よさそう〗形容詞「よい」、「ない」接「そう」，會變成「よさそう」、「なさそう」，如例：

◆ 「ここにあるかな。」「なさそうだね。」

「那東西會在這裡嗎？」「好像沒有喔。」

⊕ 〖女性－そうね〗會話中，當説話人為女性時，有時會用「そうね」，如例：

◆ 眠そうね。昨日何時に寝たの。

你看起來快睡著了耶。昨天幾點睡的？

---

004 **ようだ**
1.像…一樣的、如…似的；2.好像…

類義表現 みたいだ 好像…

意思

① 【比喻】{名詞の；動詞辭書形；動詞た形}＋ようだ。把事物的狀態、形狀、性質及動作狀態，比喻成一個不同的其他事物。中文意思是：「像…一樣的、如…似的」。如例：

◆ 彼はまるで子どものように遊んでいる。

瞧瞧他玩得像個孩子似的。

◆ 今日は暖かくて、春のようだ。

今天很暖和，彷彿春天一般。

②【推斷】{名詞の；形容動詞詞幹な；[形容詞・動詞] 普通形}＋ようだ。用在說話人從各種情況，來推測人或事物是後項的情況，通常是說話人主觀、根據不足的推測。中文意思是：「好像…」。如例：

◆ 田舎では、雪が降ると学校へ行くのは大変なようです。

聽說在鄉下，下雪天上學非常辛苦。

◆ 野田さんは、お酒が好きなようだった。

聽說野田先生以前很喜歡喝酒。

[比較] **みたいだ**〔好像…〕「ようだ」跟「みたいだ」意思都是「好像」，但「ようだ」前接名詞時，用「N＋の＋ようだ」；「みたいだ」大多用在口語，前接名詞時，用「N＋みたいだ」。

[補]〖活用同形容動詞〗「ようだ」的活用跟形容動詞一樣。

005 らしい

Track N4-047

1. 好像…、似乎…；2. 說是…、好像…；3. 像…樣子、有…風度

➡ **{名詞；形容動詞詞幹；[形容詞・動詞] 普通形}＋らしい**

[類義表現] ようだ 好像…

[意思]

①【據所見推測】表示從眼前可觀察的事物等狀況，來進行想像性的客觀推測。中文意思是：「好像…、似乎…」。如例：

◆ 人身事故があった。電車が遅れるらしい。

電車行駛時發生了死傷事故，恐怕會延遲抵達。

◆ 子どもたちの部屋が静かになった。みんな寝たらしい。

孩子們待的房間安靜下來了。他們似乎都睡著了。

②【據傳聞推測】表示從外部來的，是說話人自己聽到的內容為根據，來進行客觀推測。含有推測、責任不在自己的語氣。中文意思是：「說是…、好像…」。如例：

◆ 天気予報によると、明日は大雨らしい。

気象預報指出，明日將有大雨發生。

| 比較 |

ようだ〔好像…〕「らしい」通常傾向
根據傳聞或客觀的證據，做出推測；
「ようだ」比較是以自己的想法或經
驗，做出推測。

③【樣子】表示充分反應出該事物的特徵或性質。中文意思是：「像…樣子、有…
風度」。如例：

◆ 日本らしいお土産を買って帰ります。

我會買些具有日本傳統風格的伴手禮帶回去。

006　がする

感到…、覺得…、有…味道

➡ {名詞}＋がする

| 類義表現 |

ようにする 爭取做到…

| 意思 |

①【樣態】前面接「かおり（香味）、におい（氣味）、味（味道）、音（聲音）、感
じ（感覺）、気（感覺）、吐き気（噁心感）」等表示氣味、味道、聲音、感覺等
名詞，表示說話人通過感官感受到的感覺或知覺。中文意思是：「感到…、覺
得…、有…味道」。如例：

◆ このカードは、いい匂いがします。

這張卡片聞起來好香。

◆ 2階から父が私を呼んでいる声がした。

從2樓傳來了爸爸叫我的聲音。

◆ 今は晴れているけど、明日は雨が降るような気がす
る。

今天雖然是晴天，但我覺得明天好像會下雨。

◆ あの人は冷たい感じがします。

那個人有種冷漠的感覺。

比較 ようにする〔爭取做到…〕「ようにする」表示説話人自己將前項的行為、狀況當作目標而努力,或是説話人建議聽話人採取某動作、行為,是擁有自己的意志和意圖的;「がする」則是表示感覺,沒有自己的意志和意圖。

007 かどうか

Track N4-049

是否…、…與否

➡ {名詞;形容動詞詞幹;[形容詞・動詞]普通形} ＋かどうか

類義表現 か〜か …或是…

意思

① 【不確定】表示從相反的兩種情況或事物之中選擇其一。「かどうか」前面的部分是不知是否屬實。中文意思是:「是否…、…與否」。如例:

◆ あの店の料理はおいしいかどうか分かりません。
我不知道那家餐廳的菜到底好不好吃。

◆ 明日のデートに行くかどうかまだ決めていません。
我還沒有決定明天到底要不要去約會。

◆ その話は本当かどうか分からない。
我不確定那件消息的真偽。

◆ テストが終わる前に、間違いがないかどうか確認してください。
在考試結束前,請檢查有沒有寫錯的部分。

比較 か〜か〔…或是…〕「かどうか」前面的部分接不知是否屬實的事情或情報;「か〜か」表示在幾個當中,任選其中一個,「か」的前後分別放入相反的情況。

008 だろう

Track N4-050

…吧

➡ {名詞;形容動詞詞幹;[形容詞・動詞]普通形} ＋だろう

だろうとおもう （我）想…

意思

① 【推斷】使用降調，表示説話人對未來或不確定事物的推測，且説話人對自己的推測有相當大的把握。中文意思是：「…吧」。如例：

◆ 今日は運動会だったから、子どもは早く寝るだろう。

今天剛參加完運動會，孩子們應該會早早睡覺吧。

◆ 彼は来ないだろう。

他大概不會來吧。

比較 だろうとおもう〔（我）想…〕「だろう」可以用在把自己的推測跟對方説，或自言自語時；「だろうとおもう」只能用在跟對方説自己的推測，而且也清楚表達這個推測是説話人個人的見解。

㊛〔常接副詞〕常跟副詞「たぶん（大概）、きっと（一定）」等一起使用，如例：

◆ 明日の試験はたぶん難しいだろう。

明天的考試恐怕很難喔。

㊛〔女性用－でしょう〕口語時女性多用「でしょう」，如例：

◆ 今夜はもっと寒くなるでしょう。

今晩可能會變得更冷吧。

---

009 だろうとおもう
（我）想…、（我）認為…

Track N4-051

➡ {[名詞・形容詞・形容動詞・動詞] 普通形}＋だろうとおもう

類義表現 とおもう 覺得…

意思

① 【推斷】意思幾乎跟「だろう（…吧）」相同，不同的是「とおもう」比「だろう」更清楚地講出推測的內容，只不過是説話人主觀的判斷，或個人的見解。而

「だろうとおもう」由於説法比較婉轉，所以讓人感到比較鄭重。中文意思是：
「（我）想…、（我）認為…」。如例：

◆ 今日は天気が悪いので、夕方は雨が降るだろうと思う。
今天天氣不好，我猜傍晚可能會下雨。

◆ 彼女はもうすぐ来るだろうと思います。
我覺得她應該快到了。

◆ 今日中に仕事が終わらないだろうと思っている。
我認為今天之內恐怕無法完成工作。

◆ 彼は嬉しそうだ。試験に合格しただろうと思う。
他看起來很開心。我猜大概是考試通過了。

比較	とおもう〔覺得…〕「だろうとおもう」表示説話人對未來或不確定事物的推測；「とおもう」表示説話者有這樣的想法、感受及意見。

---

010 とおもう

Track N4-052

覺得…、認為…、我想…、我記得…

➡ {［名詞・形容詞・形容動詞・動詞］普通形}＋とおもう

類義表現	とおもっている 認為…

意思	

① 【推斷】表示説話者有這樣的想法、感受及意見，是自己依照情況而做出的預
測、推想。「とおもう」只能用在第一人稱。前面接名詞或形容動詞時要加上
「だ」。中文意思是：「覺得…、認為…、我想…、我記得…」。如例：

◆ 日本は便利ですが、物価が高いと思います。
日本的生活雖然便利，但我覺得物價太高了。

◆ 日本語の勉強は面白いと思う。
我覺得學習日文很有趣。

◆ 中田さんはもう帰ったと思います。
中田先生應該已經回去了。

◆ 彼は英語が話せないと思っていた。
我一直以為他不會説英語。

面白い

とおもっている〔認為…〕「とおもう」表示説話人當時的想法、意見等;「とおもっている」表示想法從之前就有了,一直持續到現在。另外,「とおもっている」的主語沒有限制一定是説話人。

011 かもしれない

也許…、可能…

➡ {名詞;形容動詞詞幹;[形容詞・動詞] 普通形} ＋かもしれない

類義表現　はずだ（按理說）應該…

意思

① 【推斷】 表示説話人説話當時的一種不確切的推測。推測某事物的正確性雖低,但是有可能的。肯定跟否定都可以用。跟「かもしれない」相比,「とおもいます」、「だろう」的説話者,對自己推測都有較大的把握。其順序是:とおもいます＞だろう＞かもしれない。中文意思是:「也許…、可能…」。如例:

◆ 今日は大雨なので、電車が遅れるかもしれないね。

　今天下大雨,所以電車班次有可能延誤喔。

◆ 彼は、学校をやめるかもしれない。

　他説不定會辭去教職。

◆ 今日は曇っているので、富士山が見えないかもしれない。

　今天天空陰陰的,也許看不到富士山。

◆ パソコンの調子が悪いです。故障かもしれません。

　電腦操作起來不太順,或許故障了。

比較　はずだ〔（按理說）應該…〕「かもしれない」用在正確性較低的推測;「はずだ」是説話人根據事實或理論,做出有把握的推斷。

練習　文法知多少？

▼ 答案詳見右下角

☞ 請完成以下題目，從選項中，選出正確答案，並完成句子。

1 （天気予報）明日は曇り（　　）。

1．でしょう　　　　　　2．だろうと思います

2 理恵ちゃんは、男は全部自分のものだ（　　）。

1．と思う　　　　　　2．と思っている

3 高かったんだから、きっとおいしい（　　）。

1．かもしれない　　　2．はずだ

4 お金が空から降って（　　）。

1．こないはずだ　　　2．くるはずがない

5 水も食べ物もなくて、（　　）になりました。

1．死にそう　　　　　2．死ぬそう

6 足が大根の（　　）太くて、いやです。

1．ように　　　　　　2．みたいに

7 あそこの家、幽霊が出る（　　）よ。

1．らしい　　　　　　2．ようだ

答案：(1) 1　(2) 2　(3) 2　(4) 2
(5) 1　(6) 1　(7) 1

189

可能、難易、程度、引用と対象

可能、難易、程度、引用及對象

Lesson 06

001 ことがある

Track N4-054

1. 有時…、偶爾…；2. 有過…但沒有過…

➔ {動詞辭書形；動詞否定形} ＋ことがある

[類義表現] ことができる 能…

[意思]

① 【不定】表示有時或偶爾發生某事。中文意思是：「有時…、偶爾…」。如例：

◆ 友達とカラオケに行くことがある。

我和朋友去過卡拉OK。

◆ 若いころは、夜中まで遊ぶこともあった。

年輕時，也曾玩到三更半夜。

[比較] ことができる〔能…〕「ことがある」表示有時或偶爾發生某事；「ことができる」表示能力，也就是能做某動作、行為。

② 【經驗】也有用「ことはあるが、ことはない」的形式，通常內容為談話者本身經驗。中文意思是：「有過…但沒有過…」。如例：

◆ 私は遅刻することはあるが、休むことはない。

我雖然曾遲到，但從沒請過假。

[補] 〔常搭配頻度副詞〕常搭配「ときどき（有時）、たまに（偶爾）」等表示頻度的副詞一起使用，如例：

◆ 私たちはときどき、仕事の後に飲みに行くことがあります。

我們經常會在下班後相偕喝兩杯。

002　ことができる
1. 可能、可以；2. 能…、會…

➡ {動詞辭書形}＋ことができる

| 類義表現 | （ら）れる　會… |

| 意思 |

① 【可能性】 表示在外部的狀況、規定等客觀條件允許時可能做某事。中文意思是：「可能、可以」。如例：

◆ この店では煙草を吸うことができません。
這家店禁菸。

◆ 午後3時まで体育館を使うことができます。
在下午3點之前可以使用體育館。

◆ 水曜日なら、1000円で映画を見ることができる。
每逢星期三，看電影可享有1000圓的優惠價。

② 【能力】 表示技術上、身體的能力上，是有能力做的。中文意思是：「能…、會…」。如例：

◆ 中山さんは100ｍ泳ぐことができます。
中山同學能夠游100公尺。

補 〔更書面語〕 這種說法比「可能形」還要書面語一些。

| 比較 | 　（ら）れる〔會…〕「ことができる」跟「（ら）れる」都表示能做某動作、行為，但接續不同，前者用「動詞辭書形＋ことができる」；後者用「一段動詞・力變動詞可能形＋られる」或「五段動詞可能形；サ變動詞可能形さ＋れる」。另外，「ことができる」是比較書面的用法。 |

003　（ら）れる
1. 會…、能…；2. 可能、可以

➡ {[一段動詞・力變動詞] 可能形}＋られる；{五段動詞可能形；サ變動詞可能形さ}＋れる；来る→来られる；する→できる

[類義表現] できる 能…

[意思]

①【能力】表示可能，跟「ことができる」意思幾乎一樣。只是「可能形」比較口語。表示技術上、身體的能力上，是具有某種能力的。中文意思是：「會…、能…」。如例：

◆ 森さんは100ｍを11秒で走れる。
森同學跑100公尺只要11秒。

[比較] **できる**〔能…〕「（ら）れる」與「できる」都表示有可能會做某事。

[補]〔助詞變化〕日語中，他動詞的對象用「を」表示，但是在使用可能形的句子裡「を」常會改成「が」，但「に、へ、で」等保持不變，如例：

◆ 私は英語とフランス語が話せます。
我會說英語和法語。

②【可能性】從周圍的客觀環境條件來看，有可能做某事。中文意思是：「可能、可以」。如例：

◆ いつかあんな高い車が買えるといいですね。
如果有一天買得起那種昂貴的車，該有多好。

[補]〔否定形－（ら）れない〕否定形是「（ら）れない」，為「不會…；不能…」的意思，如例：

◆ 土曜日なら大丈夫ですが、日曜日は出かけられません。
星期六的話沒問題，如果是星期天就不能出門了。

004 やすい

容易…、好…

Track N4-057

➡ {動詞ます形}＋やすい

[類義表現] にくい 不容易…

意思

① 【強調程度】表示該行為、動作很容易做，該事情很容易發生，或容易發生某種變化，亦或是性質上很容易有那樣的傾向，與「にくい」相對。中文意思是：「容易…、好…」。如例：

◆ やぶれやすい袋だから、重い物を入れないでください。
假如是容易破裂的袋子，請不要盛裝重物。

◆ ここは便利で住みやすい。
這地方生活便利，住起來很舒適。

比較

にくい〔不容易…〕「やすい」和「にくい」意思相反，「やすい」表示某事很容易做；「にくい」表示某事做起來有難度。

⊕〔變化跟い形容詞同〕「やすい」的活用變化跟「い形容詞」一樣，如例：

◆ 山口先生の話は分かりやすくて面白いです。
山口教授講起話來簡單易懂又風趣。

◆ 雨の日は、道がすべりやすくて危ないです。
下雨天道路濕滑容易摔跤，很危險。

---

005 **にくい**
不容易…、難…

Track N4-058

➡ {動詞ます形} ＋にくい

類義表現

づらい 不好…

意思

① 【強調程度】表示該行為、動作不容易做，該事情不容易發生，或不容易發生某種變化，亦或是性質上很不容易有那樣的傾向。「にくい」的活用跟「い形容詞」一樣。與「やすい（容易…、好…）」相對。中文意思是：「不容易…、難…」。如例：

◆ この薬は、苦くて飲みにくいです。
這種藥很苦，不容易嚥下去。

193

◆ このかばんは大きすぎて持ちにくいです。

這個提包太大了，拎起來不方便。

◆ 12月は忙しくて、休みが取りにくいです。

12月份格外忙碌，很難請假。

◆ あの肉は硬くて食べにくかった。

這塊肉很硬，吃起來太辛苦了。

比較	**づらい**〔不好…〕「にくい」是敘述客觀的不容易、不易的狀態；「づらい」是説話人由於心理或肉體上的因素，感覺做某事有困難。

---

006 すぎる
太…、過於…

➜ **{[形容詞・形容動詞]詞幹；動詞ます形}＋すぎる**

類義表現	すぎ 過…

意思

① **【強調程度】** 表示程度超過限度，超過一般水平、過份的或因此不太好的狀態。中文意思是：「太…、過於…」。如例：

◆ 昨日は食べすぎてしまった。胃が痛い。

昨天吃太多了，胃好痛。

◆ 友達へのお土産を買いすぎてしまい、お金がない。

買太多要送給朋友的伴手禮，錢都花光了。

比較	**すぎ**〔過…〕「すぎる」表示程度，用在程度超過一般狀態；「すぎ」也表程度，用在時間或年齡的超過。

㊜ 〔否定形〕前接「ない」，常用「なさすぎる」的形式，如例：

◆ 学生なのに勉強しなさすぎるよ。

現在還是學生，未免太不用功了吧！

㊜ 〔よすぎる〕另外，前接「良い（いい／よい）（優良）」，不會用「いすぎる」，必須用「よすぎる」，如例：

◆ 初めて会った人にお金を貸すとは、人が良すぎる。

第一次見面的人就借錢給對方，心腸未免太軟了。

007　數量詞＋も　Track N4-060

1. 多達…；2. 好…

➡ {數量詞}＋も

類義表現　～ばかり …左右

意思

① 【強調】前面接數量詞，用在強調數量很多、程度很高的時候，由於因人物、場合等條件而異，所以前接的數量詞雖不一定很多，但還是表示很多。中文意思是：「多達…」。如例：

◆ 彼はウイスキーを3本も買った。

他足足買了3瓶威士忌。

◆ 私はもう20年も日本に住んでいます。

我已經住在日本整整20年了。

比較　～ばかり〔…左右〕「數量詞＋も」與「ばかり」都表示數量，但「ばかり」的前面接的是名詞或動詞て形。

② 【數量多】用「何＋助數詞＋も」，像是「何回も（好幾回）、何度も（好幾次）」等，表示實際的數量或次數並不明確，但說話者感覺很多。中文意思是：「好…」。如例：

◆ 昨日はコーヒーを何杯も飲んだ。

昨天喝了好幾杯咖啡。

008　そうだ　Track N4-061

聽說…、據說…

➡ {[名詞・形容詞・形容動詞・動詞]普通形}＋そうだ

類義表現　ということだ 聽說…

① 【傳聞】表示傳聞。表示不是自己直接獲得的，而是從別人那裡、報章雜誌或信上等處得到該信息。中文意思是：「聽説…、據説…」。如例：

◆ 先生の話によると、彼女は帰国したそうだ。

我聽醫師説，她已經回國了。

◆ 平野さんの話によると、あの二人は来月結婚するそうです。

我聽平野先生説，那兩人下個月要結婚了。

比較

ということだ〔聽説…〕「そうだ」不能改成「そうだった」，不過「ということだ」可以改成「ということだった」。另外，當知道傳聞與事實不符，或傳聞內容是推測的時候，不用「そうだ」，而是用「ということだ」。

補〖消息來源〗表示信息來源的時候，常用「～によると」（根據）或「～の話では」（説是…）等形式，如例：

◆ ニュースによると、北海道で地震があったそうだ。

根據新聞報導，北海道發生地震了。

補〖女性－そうよ〗説話人為女性時，有時會用「そうよ」，如例：

◆ おばあさんの話では、おじいさんは若いころモテモテだったそうよ。

據奶奶的話説，爺爺年輕時很多女人倒追他呢！

---

009 **という**

1.叫做…；2.説…（是）…

Track N4-062

➡ {名詞；普通形} ＋という

類義表現

と言う 某人説…（是）…

意思

① 【介紹名稱】前面接名詞，表示後項的人名、地名等名稱。中文意思是：「叫做…」。如例：

◆ 森田さんという男の人をご存知ですか。

您認識一位姓森田的先生嗎？

◆ たこ焼きという大阪の食べ物を食べたことがありますか。

您吃過一種叫做章魚燒的大阪美食嗎？

② 【説明】用於針對傳聞、評價、報導、事件等內容加以描述或説明。中文意思是：「説…（是）…」。如例：

◆ 昔、この地方では大きい火事があったという話です。

傳説很久以前，這裡曾經發生過一場大火。

| 比較 | と言う 〔某人説…（是）…〕「という」針對傳聞等內容提出來作説明；「と言う」表示引用某人説過的內容。 |

---

010 ということだ

聽説…、據説…

Track N4-063

➡ {簡體句} ＋ということだ

| 類義表現 | という 據説 |

| 意思 |

① 【傳聞】表示傳聞，直接引用的語感強。直接或間接的形式都可以使用，而且可以跟各種時態的動詞一起使用。一定要加上「という」。中文意思是：「聽説…、據説…」。如例：

◆ 明日は今日よりも寒いということだ。

聽説明天會比今天更冷。

◆ 主人の帰りが遅いということだから、先に寝よう。

既然先生説他會很晚回來，那我就先睡吧。

◆ 王さんはN2に合格したということだ。

聽説王同學通過了N2級測驗。

比較

という〔據說〕「ということだ」表示傳聞;「という」表示傳聞,也表示不確定但已經流傳許久的傳說。

011 について (は)、につき、についても、についての

Track N4-064

1. 有關…、就…、關於…;2. 由於…

➡ {名詞}＋について (は)、につき、についても、についての

類義表現

に対して 向…

意思

① 【對象】表示前項先提出一個話題,後項就針對這個話題進行説明。中文意思是:「有關…、就…、關於…」。如例:

◆ 私はこの町の歴史について調べています。

　　我正在調查這座城鎮的歷史。

◆ この学校について調べました。

　　調查了這所學校的相關資訊。

比較

に対して〔向…〕「について」用來提示話題,再作説明;「に対して」表示動作施予的對象。

② 【原因】要注意的是「～につき」也有「由於…」的意思,可以根據前後文來判斷意思。如例:

◆ 閉店につき、店の商品はすべて90 % 引きです。

　　由於即將結束營業,店內商品一律以一折出售。

練習　文法知多少？

▼ 答案詳見右下角

☞　請完成以下題目，從選項中，選出正確答案，並完成句子。

1　私はバイオリンが（　　）。
1．弾くことができます　　2．弾けます

2　この本は字が大きいので、お年寄りでも読み（　　）です。
1．やすい　　　　　　　　　　2．にくい

3　飲み（　　）よ。もうやめたらどう。
1．すぎた　　　　　　　　　　2．すぎだ

4　週末はいい天気だろう（　　）。
1．そうだ　　　　　　　　　　2．ということだ

5　天気予報では晴れ（　　）のに、雨が降ってきた。
1．という　　　　　　　　　　2．と言った

6　彼女は、男性（　　）は態度が違う。
1．について　　　　　　　　　2．に対して

変化、比較、経験と付帯

變化、比較、經驗及附帶狀況

---

001 **ようになる**

（變得）…了

Track N4-065

➡ **{動詞辭書形；動詞可能形}＋ようになる**

類義表現　ように 以便…

意思

① **【變化】** 表示是能力、狀態、行為的變化。大都含有花費時間，使成為習慣或能力。動詞「なる」表示狀態的改變。中文意思是：「（變得）…了」。如例：

◆ 日本に来て、漢字が少し読めるようになりました。

　來到日本以後，漸漸能看懂漢字了。

◆ 隣の赤ちゃんが、最近よく笑うようになってきた。

　鄰居的小寶寶最近變得很愛笑了。

◆ 親が忙しいので、子どもが家事を手伝うようになった。

　由於父母都忙，孩子也懂得幫忙做家事了。

◆ 学生たちも学校でインターネットが使えるようになりました。

　學生們現在已經能夠在學校上網了。

比較　**ように**〔以便…〕「ように」表示希望成為狀態、或希望發生某事態；「ようになる」表示花費時間，才能養成的習慣或能力。

002 ていく

Track N4-066

1. …下去；2. …起來；3. …去

➡ {動詞て形} ＋いく

| 類義表現 | てくる …來 |

| 意思 |

① 【變化】表示動作或狀態的變化。中文意思是：「…下去」。如例：

◆ 子どもは大きくなると、親から離れていく。

孩子長大之後，就會離開父母的身邊。

| 比較 | てくる〔…來〕「ていく」跟「てくる」意思相反，「ていく」表示某動作由近到遠，或是狀態由現在朝向未來發展；「てくる」表示某動作由遠到近，或是去某處做某事再回來。 |

② 【繼續】表示動作或狀態，越來越遠地移動，或動作的繼續、順序，多指從現在向將來。中文意思是：「…起來」。如例：

◆ 今後は子どもがもっと少なくなっていくでしょう。

看來今後小孩子會變得更少吧。

◆ 自分の夢のために、頑張っていきます。

為了自己的夢想，我會努力奮鬥的。

③ 【方向－由近到遠】保留「行く」的本意，也就是某動作由近而遠，從說話人的位置、時間點離開。中文意思是：「…去」。如例：

◆ 主人はゴルフに行くので、朝早く出て行った。

外子要去打高爾夫球，所以一大早就出門了。

003 てくる

Track N4-067

1. …起來；2. …來；3. …起來、…過來；4. …（然後再）來…

➡ {動詞て形} ＋くる

意思

① 【變化】表示變化的開始。中文意思是：「…起來」。如例：

◆ 風が吹いてきた。

　風(かぜ)吹(ふ)

　颳起風了。

② 【方向－由遠到近】保留「来る」的本意，也就是由遠而近，向説話人的位置、時間點靠近。中文意思是：「…來」。如例：

◆ あちらに富士山が見えてきましたよ。

　富士山(ふじさん)見(み)

　遠遠的那邊可以看到富士山喔。

◆ 雨が降ってきた。

　雨(あめ)降(ふ)

　下起雨來了。

③ 【繼續】表示動作從過去到現在的變化、推移，或從過去一直繼續到現在。中文意思是：「…起來、…過來」。如例：

◆ この歌は人々に愛されてきた。

　歌(うた)人々(ひとびと)愛(あい)

　這首歌曾經廣受大眾的喜愛。

比較 ～ておく〔事先…〕「てくる」表示動作從過去一直繼續到現在，也表示出去再回來；「ておく」表示為了達到某種目的，先採取某行為做好準備，並使其結果的狀態持續下去。

④ 【去了又回】表示在其他場所做了某事之後，又回到原來的場所。中文意思是：「…（然後再）來…」。如例：

◆ 先週ディズニーランドへ行ってきました。

　先週(せんしゅう)行(い)

　上星期去了迪士尼樂園。

---

004 **ことになる**

Track N4-068

1.（被）決定…；2. 規定…；3. 也就是說…

➡ {動詞辭書形；動詞否定形} ＋ことになる

意思

① 【決定】表示決定。指說話人以外的人、團體或組織等，客觀地做出了某些安排或決定。中文意思是：「(被)決定…」。如例：

◆ ここで煙草(たばこ)を吸ってはいけないことになった。

已經規定禁止在這裡吸菸了。

比較

ようになる〔變得…〕「ことになる」表示決定的結果。而某件事的決定跟自己的意志是沒有關係的；「ようになる」表示行為能力或某種狀態變化的結果。

補〔婉轉宣布〕用於婉轉宣布自己決定的事，如例：

◆ 夏(なつ)に帰国(きこく)することになりました。

決定在夏天回國了。

② 【約束】以「〜ことになっている」的形式，表示人們的行為會受法律、約定、紀律及生活慣例等約束。中文意思是：「規定…」。如例：

◆ 夏(なつ)は、授業中(じゅぎょうちゅう)に水(みず)を飲(の)んでもいいことになっている。

目前允許夏季期間上課時得以飲水。

③ 【換句話說】指針對事情，換一種不同的角度或說法，來探討事情的真意或本質。中文意思是：「也就是說…」。如例：

◆ 最近雨(さいきんあめ)の日(ひ)が多(おお)いので、つゆに入(はい)ったことになりますか。

最近常常下雨，已經進入梅雨季了嗎？

005

ほど〜ない

不像…那麼…、沒那麼…

Track N4-069

➡ {名詞；動詞普通形} ＋ほど〜ない

類義表現

くらい（ぐらい）〜ない 沒有…像…那麼…

① 【比較】表示兩者比較之下，前者沒有達到後者那種程度。這個句型是以後者為基準，進行比較的。中文意思是：「不像…那麼…、沒那麼…」。如例：

◆ 東京の冬は北海道の冬ほど寒くないです。
　 東京的冬天不像北海道的冬天那麼冷。

◆ 外は雨だけど、傘をさすほど降っていない。
　 外面雖然下著雨，但沒有大到得撐傘才行。

◆ 兄は父ほど背が高くない。
　 哥哥的身材沒有爸爸那麼高。

◆ 私は彼女ほど速く走れない。
　 我沒辦法跑得像她那麼快。

比較 ┐ くらい（ぐらい）〜ない〔沒有…像…那麼…〕「ほど〜ない」表示比較，表示前者比不上後者，其中的「ほど」不能跟「くらい（ぐらい）」替換；「くらい（ぐらい）〜ない」表示最上級，表示沒有任何人事物能比得上前者。

006　と〜と、どちら
在…與…中，哪個…

Track N4-070

➡ {名詞}＋と＋{名詞}＋と、どちら（のほう）が

類義表現 ┐ の中で …之中

意思 ┐

① 【比較】表示從兩個裡面選一個。也就是詢問兩個人或兩件事，哪一個適合後項。在疑問句中，比較兩個人或兩件事，用「どちら」。東西、人物及場所等都可以用「どちら」。中文意思是：「在…與…中，哪個…」。如例：

◆ ビールとワインと、どちらがよろしいですか。
　 啤酒和紅酒，哪一種比較好呢？

◆ 朝食はパンとご飯と、どちらのほうをよく食べますか。

早餐時麵包和米飯，比較常吃哪一種呢？

◆ 石井先生と高田先生と、どちらがやさしいと思う。

石井教授和高田教授這兩位，你覺得誰比較和藹呢？

◆ お父さんとお母さん、どっちが厳しい。

爸爸和媽媽，哪一位比較嚴厲呢？

| 比較 |

の中で〔…之中〕「と～と、どちら」表示比較，用在從兩個項目之中，選出一項適合後面敘述的；「の中で」表示範圍，用在從廣闊的範圍裡，選出最適合後面敘述的。

---

007 たことがある

Track N4-071

曾經…過

➡ {動詞過去式} ＋ たことがある

| 類義表現 |

ことがある 有時…

| 意思 |

① 【經驗】指過去曾經體驗過的一般經驗，也表示經歷過某個特別的事件，且事件的發生離現在已有一段時間，大多和「小さいころ、むかし、過去に、今までに」等詞前後呼應使用。中文意思是：「曾經…過」。如例：

◆ 富士山に登ったことがある。

我爬過富士山。

◆ 日本の有名な人に会ったことがある。

我曾見過日本的知名人士。

◆ お寿司を食べたことがありますか。

您吃過壽司嗎？

◆ スキーをしたことがありますか。

請問您滑過雪嗎？

| 比較 |

ことがある〔有時…〕「たことがある」用在過去的經驗；「ことがある」表示有時候會做某事。

008 ず（に）

不…地、沒…地

➡ {動詞否定形（去ない）}＋ず（に）

| 類義表現 | まま …著 |

| 意思 |

① 【否定】「ず」雖是文言，但「ず（に）」現在使用得也很普遍。表示以否定的狀態或方式來做後項的動作，或產生後項的結果，語氣較生硬，具有副詞的作用，修飾後面的動詞，相當於「〜ない（で）」。中文意思是：「不…地、沒…地」。如例：

◆ 昨日は遊ばずに勉強しました。

昨天沒有偷閒玩樂，認真用功了。

◆ 今週はお金を使わずに生活ができた。

這一週成功完成了零支出的生活。

| 比較 | **まま**〔…著〕「ず（に）」表示沒做前項動作的狀態下，做某事；「まま」表示維持前項的狀態下，做某事。 |

⑩ 〔せずに〕當動詞為サ行變格動詞時，要用「せずに」，如例：

◆ 勉強せずにテストを受けた。

沒讀書就去考試了。

◆ 学校から帰ってきて、宿題をせずに出て行った。

一放學回來，連功課都沒做就又跑出門了。

練習　文法知多少？

▼ 答案詳見右下角

☞　請完成以下題目，從選項中，選出正確答案，並完成句子。

1 前に屋久島に（　　）ことがある。
1. 行った　　　　　　　　2. 行く

2 20歳になって、お酒が飲める（　　）。
1. ようにした　　　　　　2. ようになった

3 雨が降っ（　　）。
1. ていきました　　　　　2. てきました

4 納豆は臭豆腐ほど（　　）。
1. 臭くない　　　　　　　2. 臭い食べ物はない

5 クラスで（　　）がいちばん足が速いですか。
1. どちら　　　　　　　　2. 誰

6 歯を（　　）寝てしまった。
1. 磨かずに　　　　　　　2. 磨いたまま

Lesson 08

行為の開始と終了等

行為的開始與結束等

001 ておく

Track N4-073

1. 先…、暫且…；2. …著

➡ {動詞て形} ＋おく

[類義表現] ～てある 已…了

[意思]

① 【準備】表示為將來做準備，也就是為了以後的某一目的，事先採取某種行為。中文意思是：「先…、暫且…」。如例：

- 漢字は、授業の前に予習しておきます。
  漢字的部分會在上課前先預習。
- 友達が来るからケーキを買っておこう。
  朋友要來作客，先去買個蛋糕吧。

[比較] **～てある**〔已…了〕「ておく」表示為了某目的，先做某動作；「てある」表示抱著某個目的做了某事，而且已完成動作的狀態持續到現在。

② 【結果持續】表示考慮目前的情況，而採取某臨時措施，將已存在的動作或狀態持續下去。中文意思是：「…著」。如例：

- 「窓を閉めてもいいですか。」「暑いから、そのまま開けておいてください。」
  「可以把窗戶關上嗎？」「太熱了，就讓它開著。」

[補]〘口語縮約形〙「ておく」口語縮略形式為「とく」，「でおく」的縮略形式是「どく」。例如：「言っておく（話先講在前頭）」縮略為「言っとく」。如例：

◆ 田中君に明日10時に来て、って言っとくね。

記得轉告田中，明天10點來喔！

002 はじめる

Track N4-074

開始…

➡{動詞ます形}＋はじめる

[類義表現] だす …起來

[意思]

① **【起點】**表示前接動詞的動作、作用的開始，也就是某動作、作用很清楚地從某時刻就開始了。前面可以接他動詞，也可以接自動詞。中文意思是：「開始…」。如例：

◆ 最近、日本語の歌を聞き始めた。

最近開始聽日文歌了。

◆ 今年もインフルエンザになる人が増えはじめました。

今年染上流行性感冒的病患人數開始增加了。

◆ 先月から猫を飼い始めました。

從上個月開始養貓了。

◆ 勉強し始める前にシャワーを浴びます。

在用功之前先去沖澡。

[比較] **だす**〔…起來〕「はじめる」跟「だす」用法差不多，但表説話人意志的句子不用「だす」。

[補]〖～はじめよう〗可以和表示意志的「（よ）う／ましょう」一起使用。

003 だす

Track N4-075

…起來、開始…

➡{動詞ます形}＋だす

[類義表現] ～かける …到一半

[意思]

①【起點】表示某動作、狀態的開始。有以人的意志很難抑制其發生，也有短時間內突然、匆忙開始的意思。中文意思是：「…起來、開始…」。如例：

◆最近、友達が次々と結婚し出した。

這陣子，朋友一個接一個結婚了。

◆お母さんが離れると、子どもは大きい声で泣き出した。

媽媽一離開，孩子就放聲大哭了起來。

◆おいしいお菓子は、食べ出したら止まらない。

好吃的餅乾一旦咬下第一口，就會吃個不停。

◆会議中に社長が急に怒り出した。

開會時總經理突然震怒了。

[比較] かける〔…到一半〕「だす」繼續的動作中，説話者的著眼點在開始的部分；「かける」表示動作已開始，做到一半。著眼點在進行過程中。

[補]〖× 說話意志〗不能使用在表示説話人意志時。

004 ところだ

Track N4-076

剛要…、正要…

➔{動詞辭書形}＋ところだ

[類義表現] ているところだ 正在…

[意思]

①【將要】表示將要進行某動作，也就是動作、變化處於開始之前的階段。中文意思是：「剛要…、正要…」。如例：

◆もうすぐ2時になるところです。

現在快要兩點了。

◆今から山に登るところだ。

現在正準備爬山。

◆ちょうど出かけるところです。

現在正要出門。

| 比較 | **ているところだ**〔正在…〕「ところだ」是指正開始要做某事；「ているところだ」是指正正在做某事，也就是動作進行中。 |

⊕〔用在意圖行為〕不用在預料階段，而是用在有意圖的行為，或很清楚某變化的情況。

---

005 ているところだ
正在…、…的時候

Track N4-077

➜ {動詞て形} ＋いるところだ

| 類義表現 | ていたところだ（當時）正在… |

| 意思 |

①【時點】表示正在進行某動作，也就是動作、變化處於正在進行的階段。中文意思是：「正在…、…的時候」。如例：

◆ 今、かたづけているところです。
現在正在收拾。

◆ 警察は昨日の事故の原因を調べているところです。
警察正在調查昨天那起事故的原因。

◆ もう少し待っていて。今駅に向かっているところです。
請再等一下，我已經出發前往車站了。

◆ 家に帰ると、母がケーキを焼いているところだった。
那時一回到家，媽媽恰巧在烤蛋糕。

| 比較 | **ていたところだ**〔（當時）正在…〕「ているところだ」表時點，表示動作、變化正在進行中的時間；「ていたところだ」也表時點，表示從過去到句子所說的時點為止，該狀態一直持續著。 |

⊕〔連接句子〕如為連接前後兩句子，則可用「ているところに」，如例：

◆ 彼の話をしているところに、彼がやってきた。
正說他，他人就來了。

006　たところだ

Track N4-078

剛…

➡{動詞た形}＋ところだ

[類義表現] ていることろ 正在…

[意思]

①【時點】表示剛開始做動作沒多久，也就是在「…之後不久」的階段。中文意思是：「剛…」。如例：

- たった今バスが出たところなので、少し遅れます。
  巴士現在才剛發車，所以會稍微誤點。
- 木村さんは今ちょうど帰ったところです。
  木村先生現在剛好回來了。
- 今、出かけられません。お客さんが来たところですから。
  我現在不能出門，因為來了客人。
- さっき、仕事が終わったところです。
  工作就在剛才結束了。

[比較] ていることろ〔正在…〕兩者都表時點，意思是「剛…」之意，但「たところだ」只表示事情剛發生完的階段，「ていることろ」則是事情正在進行中的階段。

[補]〖發生後不久〗跟「たばかりだ」比較，「たところだ」強調開始做某事的階段，但「たばかりだ」則是一種從心理上感覺到事情發生後不久的語感，如例：

- この洋服は先週買ったばかりです。
  這件衣服上週剛買的。

007　てしまう

Track N4-079

1. …完；2. …了

➡{動詞て形}＋しまう

類義表現 〜おわる 結束

意思

① 【完成】表示動作或狀態的完成，常接「すっかり（全部）、全部（全部）」等副詞、數量詞。如果是動作繼續的動詞，就表示積極地實行並完成其動作。中文意思是：「…完」。如例：

◆ おいしかったので、全部食べてしまった。
因為太好吃了，結果統統吃光了。

◆ 会議室の掃除はもうしてしまいました。
會議室已經整理過了。

② 【感慨】表示出現了説話人不願意看到的結果，含有遺憾、惋惜、後悔等語氣，這時候一般接的是無意志的動詞。中文意思是：「…了」。如例：

◆ 電車に忘れ物をしてしまいました。
把東西忘在電車上了。

比較 〜おわる〔結束〕「てしまう」跟「おわる」都表示動作結束、完了，但「てしまう」用「動詞て形＋しまう」，常有説話人積極地實行，或感到遺憾、惋惜、後悔的語感；「おわる」用「動詞ます形＋おわる」，是單純的敘述。

⑪ 〖口語縮約形－ちゃう〗若是口語縮約形的話，「てしまう」是「ちゃう」，「でしまう」是「じゃう」。如例：

◆ ごめん、昨日のワイン飲んじゃった。
對不起，昨天那瓶紅酒被我喝完了。

---

008 **おわる**
結束、完了、…完

Track N4-080

➡ {動詞ます形}＋おわる

類義表現 だす …起來

① 【終點】接在動詞ます形後面，表示事情全部做完了，或動作或作用結束了。
動詞主要使用他動詞。中文意思是：「結束、完了、…完」。如例：

◆ 図書館で借りた本を、今、読み終わりました。
向圖書館借來的書，現在已經看完了。

◆ 勉強し終わったら、すぐに家に帰ってください。
讀完書後，請立刻回家。

◆ 飲み終わったら、瓶をごみ箱に捨ててください。
喝完以後，請把空瓶丟進回收籃裡。

比較　　だす〔…起來〕「おわる」表示事情全部做完了，或動作或作用
結束了；「だす」表示某動作、狀態的開始。

009　つづける　　　　　　　　　　Track N4-081

1. 持續…；2. 連續…、繼續…

➡ {動詞ます形} ＋つづける

類義表現　　つづけている　繼續…

意思

① 【意圖行為的持續】表示持續做某動作、習慣，或某作
用仍然持續的意思。中文意思是：「持續…」。如例：

◆ 先生からもらった辞書を今も使いつづけている。
老師贈送的辭典，我依然愛用至今。

◆ 父は40年間働き続けました。
家父工作了40載歲月。

比較　　つづけている〔繼續…〕「つづける」跟「つづけている」都是
指某動作處在「繼續」的狀態，但「つづけている」表示動作、
習慣到現在仍持續著。

② 【繼續】表示連續做某動作，或還繼續、不斷地處於同樣的狀態。中文意思是：
「連續…、繼續…」。如例：

◆ 明日は一日中雨が降り続けるでしょう。

明日應是全天有雨。

㊟〔注意時態〕 現在的事情用「～つづけている」，過去的事情用「～つづけました」。

---

010 **まま**

…著

➡ {名詞の；形容詞辭書形；形容動詞詞幹な；動詞た形} ＋まま

類義表現

まだ 還…

意思

① 【附帶狀況】 表示附帶狀況，指一個動作或作用的結果，在這個狀態還持續時，進行了後項的動作，或發生後項的事態。「そのまま」表示就這樣，不要做任何改變。中文意思是：「…著」。如例：

◆ クーラーをつけたままで寝てしまった。

冷氣開著沒關就這樣睡著了。

◆ 窓を開けたまま出かけてしまいました。

開著窗子就這樣出門了。

◆ 明日も使いますから、そのままにしておいてください。

明天還要用，請放著就好。

比較

まだ〔還…〕「まま」表示在前項沒有變化的情況下就做了後項；「まだ」表示某狀態從過去一直持續到現在，或表示某動作到目前為止還繼續著。

練習 文法知多少？

▼ 答案詳見右下角

☞ 請完成以下題目，從選項中，選出正確答案，並完成句子。

1 ビールを冷やし（　　）。

　　1．ておきましょうか　　　2．てありましょうか

2 ピアノを習い（　　）つもりだ。

　　1．はじめる　　　　　　　2．だす

3 もうすぐ7時のニュースが（　　）。

　　1．始まるところだ　　　　2．始まっているところだ

4 先月結婚（　　）なのに、夫が死んでしまった。

　　1．したところ　　　　　　2．したばかり

5 失恋し（　　）。

　　1．てしまいました　　　　2．終わりました

6 祭りの夜、人々は朝まで踊り（　　）。

　　1．続けた　　　　　　　　2．続けていた

理由、目的と並列

理由、目的及並列

Track N4-083

001 し

1. 因為…；2. 既…又…、不僅…而且…

⮕ {[形容詞・形容動詞・動詞] 普通形} ＋し

類義表現　から 因為…

意思

① 【理由】表示理由，但暗示還有其他理由。是一種表示因果關係較委婉的説法，但前因後果的關係沒有「から」跟「ので」那麼緊密。中文意思是：「因為…」。如例：

◆ 日本は物価が高いし、忙しいし、生活が大変です。

居住日本不容易，不僅物價高昂，而且人人繁忙。

比較　から〔因為…〕「し」跟「から」都可表示理由，但「し」暗示還有其他理由，「から」則表示説話人的主觀理由，前後句的因果關係較明顯。

② 【並列】用在並列陳述性質相同的複數事物同時存在，或説話人認為兩事物是有相關連的時候。中文意思是：「既…又…、不僅…而且…」。如例：

◆ 田中先生は面白いし、みんなに親切だ。

田中老師不但幽默風趣，對大家也很和氣。

◆ 私の国は、静かだし自然も多い。

我的故鄉不僅是個寧靜的小鎮，還有可以盡情賞覽的自然美景。

◆ 頭も痛いし、熱もある。

不只頭痛，還發燒。

002 ため（に）

1. 以…為目的，做…、為了…；2. 因為…所以…

ので 因為…

意思

① 【目的】{名詞の；動詞辭書形}＋ため（に）。表示為了某一目的，而有後面積極努力的動作、行為，前項是後項的目標，如果「ため（に）」前接人物或團體，就表示為其做有益的事。中文意思是：「以…為目的，做…、為了…」。如例：

◆ 試合に勝つために、一生懸命練習をしています。
  為了贏得比賽，正在拚命練習。

◆ 大学に入るために、日夜遅くまで勉強している。
  為了考上大學，總是用功到深夜。

② 【理由】{名詞の；[動詞・形容詞] 普通形；形容動詞詞幹な}＋ため（に）。表示由於前項的原因，引起後項不尋常的結果。中文意思是：「因為…所以…」。如例：

◆ 事故のために、電車が遅れている。
  由於發生事故，電車將延後抵達。

◆ パソコンが壊れてしまったため、資料が作れない。
  由於電腦壞掉了，所以沒辦法製作資料檔。

比較 ので〔因為…〕「ため（に）」跟「ので」都可以表示原因，但「ため（に）」後面會接一般不太發生，比較不尋常的結果，前接名詞時用「N＋のため（に）」；「ので」後面多半接自然會發生的結果，前接名詞時用「N＋なので」。

003 ように

1. 以便…、為了…；2. 請…、希望…

➡ {動詞辭書形；動詞否定形}＋ように

類義表現 ため（に）為了…

意思

① 【目的】表示為了實現「ように」前的某目的，而採取後面的行動或手段，以便達到目的。中文意思是：「以便…、為了…」。如例：

◆ よく眠れるように、牛乳を飲んだ。

為了能夠睡個好覺而喝了牛奶。

比較 ため（に）〔為了…〕「ように」跟「ため（に）」都表示目的，但「ように」用在為了某個期待的結果發生，所以前面常接不含人為意志的動詞（自動詞或動詞可能形等）；「ため（に）」用在為了達成某目標，所以前面常接有人為意志的動詞。

② 【祈求】表示祈求、願望、希望、勸告或輕微的命令等。有希望成為某狀態，或希望發生某事態，向神明祈求時，常用「動詞ます形＋ますように」。中文意思是：「請…、希望…」。如例：

◆ 明日晴れますように。

祈禱明天是個大晴天。

◆ 今年は結婚できますように。

祈求能在今年結婚。

補 〔提醒〕用在老師提醒學生時或上司提醒部屬時，如例：

◆ 山田さんに、あとで事務所に来るように言ってください。

請轉告山田先生稍後過來事務所一趟。

---

004 **ようにする**

Track N4-086

1. 使其…；2. 爭取做到…；3. 設法使…

➡ {動詞辭書形；動詞否定形} ＋ようにする

類義表現 ようになる（變得）…了

① 【目的】表示對某人或事物，施予某動作，使其起作用。中文意思是：「使其…」。如例：

◆ 子どもが壊さないように、眼鏡を高い所に置いた。

為了避免被小孩弄壞，把眼鏡擺在高處了。

② 【意志】表示説話人自己將前項的行為、狀況當作目標而努力，或是説話人建議聽話人採取某動作、行為時。中文意思是：「爭取做到…」。如例：

◆ 子どもは電車では立つようにしましょう。

小孩在電車上就讓他站著吧。

③ 【習慣】如果要表示下決心要把某行為變成習慣，則用「ようにしている」的形式。中文意思是：「設法使…」。如例：

◆ 毎日、日記を書くようにしています。

現在天天寫日記。

◆ 毎日、自分で料理を作るようにしています。

目前每天都自己做飯。

比較　　ようになる〔（變得）…了〕「ようにする」指設法做到某件事；「ようになる」表示養成了某種習慣、狀態或能力。

---

005 のに

用於…、為了…

➡ {動詞辭書形} ＋のに；{名詞} ＋に

類義表現　　ため（に）以…為目的

意思

① 【目的】是表示將前項詞組名詞化的「の」，加上助詞「に」而來的。表示目的、用途、評價及必要性。中文意思是：「用於…、為了…」。如例：

◆ この本は日本語の勉強をするのに便利です。

這本書用來學習日文很方便。

◆ ハワイに行くのに、いくらかかりますか。

如果去夏威夷，要花多少錢呢？

◆ このお金は、新しい車を買うのに使います。

這筆錢是為了購買新車而準備的。

◆ N4に合格するのに、どれぐらい時間がいりますか。

若要通過N4測驗，需要花多久時間準備呢？

比較 ── ため（に）〔以…為目的〕「のに」跟「ため（に）」都表示目的，但「のに」後面要接「使う」（使用）、「必要だ」（必須）、「便利だ」（方便）、「かかる」（花[時間、金錢]）等詞，用法沒有像「ため（に）」那麼自由。

補〖省略の〗後接助詞「は」時，常會省略掉「の」，如例：

◆ 病気を治すには、時間が必要だ。

治好病，需要時間。

006 とか～とか
Track N4-088

1.…啦…啦、…或…、及…；2. 又…又…

➡ {名詞；[形容詞・形容動詞・動詞] 辭書形} ＋とか＋
{名詞；[形容詞・形容動詞・動詞] 辭書形} ＋とか

類義表現 ── ～たり～たりする …或者…或者

意思 ──

① 【列舉】「とか」上接同類型人事物的名詞之後，表示從各種同類的人事物中選出幾個例子來說，或羅列一些事物，暗示還有其它，是口語的說法。中文意思是：「…啦…啦、…或…、及…」。如例：

◆ パンとか牛乳とか、いろいろな物を買いました。

買了麵包啦牛奶啦等等很多東西。

◆ 昼食は、ラーメンとかうどんとかを、よく食べます。

午餐經常吃拉麵或烏龍麵之類的麵食。

◆ 寝る前は、コーヒーとかお茶とかを、あまり飲まないほうがいいです。

建議睡覺前最好不要喝咖啡或是茶之類的飲料。

比較 **～たり～たりする**〔…或者…或者〕「～とか～とか」與「～たり～たりする」都表示列舉。但「たり」的前面只能接動詞。

㊙〔只用とか〕有時「～とか」僅出現一次，如例：

◆ 日曜日は家事をします。掃除とか。

星期天通常做家事，譬如打掃之類的。

② 【不明確】列舉出相反的詞語時，表示説話人不滿對方態度變來變去，或弄不清楚狀況。中文意思是：「又…又…」，如例：

◆ 息子夫婦は、子どもを産むとか産まないとか言って、もう7年ぐらいになる。

我兒子跟媳婦一會兒説要生小孩啦，一會兒又説不生小孩啦，這樣都過 7 年了。

文法小祕方

數詞

項目	說明	例句
用法	用來表示數量、順序、時間等。	數量：りんごが3個 (さんこ) あります。 順序：彼は第2位 (だいにい) です。 時間：5時 (ごじ) に会いましょう。
轉用	數詞可以用來表示其他抽象概念或強調某事物，或專用於特定名詞、副詞、動詞等。	抽象概念：一つ (ひとつ) の考え 強調：彼は一流 (いちりゅう) の選手だ。 專有名詞：一橋大学 (ひとつばしだいがく) 普通名詞：十人十色 (じゅうにんといろ) 副詞：一度 (いちど) 動詞：四苦八苦 (しくはっく) している
書寫	數詞可以用漢字、阿拉伯數字或平假名書寫。	漢字：三 阿拉伯數字：3 平假名：さん

練習 文法知多少？

▼ 答案詳見右下角

☞ 請完成以下題目，從選項中，選出正確答案，並完成句子。

1 のどが痛い（　　）、鼻水も出る。

1．し　　　　　　　　　2．から

2 地震（　　）、電車が止まった。

1．のために　　　　　　2．なので

3 風邪をひかない（　　）、暖かくしたほうがいいよ。

1．ために　　　　　　　2．ように

4 宿題をする（　　）5時間もかかった。

1．のに　　　　　　　　2．ために

5 宿題、お兄ちゃんに（　　）教えてもらおう。

1．でも　　　　　　　　2．とか

条件、順接と逆接

條件、順接及逆接

Track N4-089

001 と

1.一…就；2.一…竟…

➡ {[名詞・形容詞・形容動詞・動詞] 普通形（只能用在現在形及否定形）} ＋と

類義表現 ｜ たら 要是…

意思

① 【條件】表示陳述人和事物的一般條件關係，常用在機械的使用方法、説明路線、自然的現象及反覆的習慣等情況，此時不能使用表示説話人的意志、請求、命令、許可等語句。中文意思是：「一…就」。如例：

◆ まっすぐ行くと、駅につきます。
只要往前直走，就可以到車站。

◆ 春になると、桜が咲きます。
春天一到，櫻花就會綻放。

比較 ｜ たら〔要是…〕「と」通常用在一般事態的條件關係，後面不接表示意志、希望、命令及勧誘等詞；「たら」多用在單一狀況的條件關係，跟「と」相比，後項限制較少。

② 【契機】表示指引道路。也就是以前項的事情為契機，發生了後項的事情。中文意思是：「一…竟…」，如例：

◆ 箱を開けると、人形が入っていた。
打開盒子一看，裡面裝的是玩具娃娃。

◆ 駅を出ると、大勢の警察官がいました。

一走出車站，赫然看見了大批警力。

002 ば

Track N4-090

1. 如果…的話；2. 假如…、如果…就…；3. 假如…的話

➡ {[形容詞・動詞] 假定形；[名詞・形容動詞] 假定形} ＋ば

[類義表現] なら 如果…的話

[意思]

① **【一般條件】** 敘述一般客觀事物的條件關係。如果前項成立，後項就一定會成立。中文意思是：「如果…的話」。如例：

◆ 大雪が降れば、学校が休みになる。

若是下大雪，學校就會停課。

[比較] **なら〔如果…的話〕**「ば」前接用言假定形，表示前項成立，後項就會成立；「なら」前接動詞・形容詞終止形、形容動詞詞幹或名詞，指說話人接收了對方說的話後，假設前項要發生，提出意見等。另外，「なら」前接名詞時，也可表示針對某人事物進行說明。

② **【條件】** 後接未實現的事物，表示條件。對特定的人或物，表示對未實現的事物，只要前項成立，後項也當然會成立。前項是焦點，敘述需要的是什麼，後項大多是被期待的事。中文意思是：「假如…、如果…就…」。如例：

◆ 急げば次の電車に間に合います。

只要動作快一點，還來得及搭下一班電車。

③ **【限制】** 後接意志或期望等詞，表示後項受到某種條件的限制。中文意思是：「假如…的話」。如例：

◆ 時間があれば、明日映画に行きましょう。

有時間的話，我們明天去看電影吧。

[補] **〘諺語〙** 也用在諺語的表現上，表示一般成立的關係。「よし」為「よい」的古語用法。如例：

◆ 終わりよければ全てよし、という言葉があります。

有句話叫做：一旦得到好成果，過程如何不重要。

---

003 たら

1. 要是…、如果要是…了、…了的話；2. …之後、…的時候

➡ {[名詞・形容詞・形容動詞・動詞] た形}＋ら

| 類義表現 | たら〜た 原來… |

| 意思 |

① 【條件】表示假定條件，當實現前面的情況時，後面的情況就會實現，但前項會不會成立，實際上還不知道。中文意思是：「要是…、如果要是…了、…了的話」。如例：

◆ 大学を卒業したら、すぐ働きます。

等到大學畢業以後，我就要立刻就業。

◆ バスが来なかったら、タクシーで行きます。

假如巴士還不來，就搭計程車去。

| 比較 | <u>たら〜た</u>〔原來…〕「たら」表示假定條件；「たら〜た」表示確定條件。

② 【契機】表示確定的未來，知道前項的 (將來) 一定會成立，以其為契機做後項。中文意思是：「…之後、…的時候」。如例：

◆ 病気がなおったら、学校へ行ってもいいよ。

等到病好了以後，可以去上學無妨喔。

◆ 20歳になったら、お酒が飲める。

等到年滿20歲後，就可以喝酒了。

004 たら〜た

原來…、發現…、才知道…

➡ {[名詞・形容詞・形容動詞・動詞] た形} ＋ら〜た

| 類義表現 | と（繼起） 一…就 |

| 意思 |

① 【確定條件】表示説話者完成前項動作後，有了新發現，或是發生了後項的事情。中文意思是：「原來…、發現…、才知道…」。如例：

◆ お店へ行ったら、休みだった。
去到店家一看，才知道沒有營業。

◆ 家に帰ったら、友達が待っていた。
那時一回到家裡，發現朋友正在等我。

◆ 雪の中バスを待っていたら、風邪をひいてしまった。
冒著雪等巴士，結果感冒了。

◆ 食べすぎたら太った。
暴飲暴食的結果是變胖了。

| 比較 |

と（繼起）〔一…就〕「たら〜た」表示前項成立後，發生了某事，或説話人新發現了某件事，這時前、後項的主詞不會是同一個；「と」表示前項一成立，就緊接著做某事，或發現了某件事，前、後項的主詞有可能一樣。此外，「と」也可以用在表示一般條件，這時後項就不一定接た形。

005 なら

1. 如果…就…；2.…的話；3. 要是…的話

➡ {名詞；形容動詞詞幹；[動詞・形容詞] 辭書形} ＋なら

| 類義表現 | たら 要是… |

① 【條件】表示接受了對方所説的事情、狀態、情況後，説話人提出了意見、勸告、意志、請求等。中文意思是：「如果…就…」。如例：

◆ その本、読まないなら私にください。

那本書如果不看了就給我。

◆ 「この時計は3000円ですよ。」「えっ、そんなに安いなら、買います。」

「這支手錶只要3000圓喔。」「嗄？既然那麼便宜，我要買一支！」

¥3000

買います!!

比較 　　たら〔要是…〕「なら」指説話人接收了對方説的話後，假設前項要發生，提出意見等；「たら」當實現前面的情況時，後面的情況就會實現，但前項會不會成立，實際上還不知道。

補 〔先舉例再説明〕可用於舉出一個事物列為話題，再進行説明。中文意思是：「…的話」。如例：

◆ 中国料理なら、あの店が一番おいしい。

如果要吃中國菜，那家餐廳最好吃。

補 〔假定條件－のなら〕以對方發話內容為前提進行發言時，常會在「なら」的前面加「の」，「の」的口語説法為「ん」。中文意思是：「要是…的話」。如例：

◆ そんなに眠いんなら、早く寝なさい。

既然那麼睏，趕快去睡覺！

---

006 たところ
結果…、果然…

Track N4-094

➡ {動詞た形}＋ところ

類義表現 　　たら～た（確定條件）原來…

意思

① 【結果】順接用法。表示完成前項動作後，偶然得到後面的結果、消息，含有説話者覺得訝異的語感。或是後項出現了預期中的好結果。前項和後項之間

沒有絕對的因果關係。中文意思是：「結果…、果然…」。如例：

◆ 病院に行ったところ、病気が見つかった。

去到醫院後，被診斷出罹病了。

◆ 鈴木さんに電話をしたところ、会社を休んでいた。

打電話給鈴木先生，得知他向公司請假了。

◆ テレビをつけたところ、試合は始まっていた。

一打開電視，沒想到比賽已經開始了。

◆ 少し歩いたところ、道がわからなくなってしまった。

稍微走了一下，不料竟迷路了。

比較　たら〜た（確定條件）〔原來…〕「たところ」後項是以前項為契機而成立，或是因為前項才發現的，後面不一定會接た形；「たら〜た」表示前項成立後，發生了某事，或說話人新發現了某件事，後面一定會接た形。

---

007 ても、でも
即使…也

Track N4-095

➡ {形容詞く形}＋ても；{動詞て形}＋も；{名詞；形容動詞詞幹}＋でも

類義表現　疑問詞＋ても／でも 不管（誰、什麼、哪兒）…

意思

① 【假定逆接】表示後項的成立，不受前項的約束，是一種假定逆接表現，後項常用各種意志表現的說法。中文意思是：「即使…也」。如例：

◆ そんな事は小学生でも知っている。

那種事情連小學都知道！

◆ 漢字が難しくても、私は頑張って勉強します。

即使漢字再困難，我也要努力學習。

補 〔**常接副詞**〕表示假定的事情時，常跟「たとえ（比如）、どんなに（無論如何）、もし（假如）、万が一（萬一）」等副詞一起使用，如例：

◆ たとえ熱があっても、明日の会議には出ます。

　就算發燒，我還是會出席明天的會議。

◆ 両親にどんなに反対されても、日本に留学します。

　即使父母再怎麼反對，我依然堅持去日本留學！

---

008 **けれど（も）、けど** Track N4-096

雖然、可是、但…

➡ {[形容詞・形容動詞・動詞] 普通形・丁寧形} ＋けれど（も）、けど

| 類義表現 | が 可是… |

| 意思 |

① 【逆接】逆接用法。表示前項和後項的意思或內容是相反的、對比的。是「が」的口語説法。「けど」語氣上會比「けれど（も）」還來的隨便。中文意思是：「雖然、可是、但…」。如例：

◆ 空は晴れているけど、雨が降っている。

　儘管天上沒有一絲雲絮，雨仍然下個不停。

◆ たくさん寝たけれども、まだ眠い。

　儘管已經睡了很久，還是覺得睏。

◆ 英語を10年勉強したけれど、話せません。

　英文已經學10年了，還是説不出口。

◆ お店に行ったけど、今日は休みだった。

　去了餐廳，結果今日公休。

| 比較 | が〔可是…〕「けれど（も）、けど」與「が」都表示逆接。「けれど（も）、けど」是「が」的口語説法。 |

009 のに

1. 雖然…、可是…；2. 明明…、卻…、但是…

➡{[名詞・形容動詞] な；[動詞・形容詞] 普通形} ＋のに

| 類義表現 | けれど（も）／けど 雖然 |

| 意思 |

① 【逆接】表示逆接，用於後項結果違反前項的期待，含有說話者驚訝、懷疑、不滿、惋惜等語氣。中文意思是：「雖然…、可是…」。如例：

◆ 働_{はたら}きたいのに、仕事_{しごと}がない。
很想做事，卻找不到工作。

◆ 今日_{きょう}は、晴_はれているのに寒_{さむ}い。
今天雖然晴朗，但是很冷。

| 比較 | けれど（も）／けど〔雖然〕「のに」跟「けれど（も）／けど」都表示前、後項是相反的，但要表達結果不符合期待，說話人的不滿、惋惜等心情時，大都用「のに」。

② 【對比】表示前項和後項呈現對比的關係。中文意思是：「明明…、卻…、但是…」。如例：

◆ 兄_{あに}は静_{しず}かなのに、弟_{おとうと}はにぎやかだ。
哥哥沉默寡言，然而弟弟喋喋不休。

◆ 空_{そら}は晴_はれているのに、雨_{あめ}が降_ふっている。
天空萬里無雲，卻下著雨。

練習 文法知多少？

▼ 答案詳見右下角

☞ 請完成以下題目，從選項中，選出正確答案，並完成句子。

1 夏休みが（　　）、海に行きたい。

　　1. 来ると　　　　　　　2. 来たら

2 20歳に（　　）、お酒が飲める。

　　1. なれば　　　　　　　2. なるなら

3 疲れていたので、布団に（　　）すぐ寝てしまった。

　　1. 入ったら　　　　　　2. 入ると

4 天気予報を（　　）、今日は降らないようだ。

　　1. 見たところ　　　　　2. 見たら

5 （　　）、彼が好きなんです。

　　1. 夫がいても　　　　　2. 誰がいても

6 高い店（　　）、どうしてこんなにまずいんだろう。

　　1. なのに　　　　　　　2. だけど

Lesson

11

授受表現

授受表現

001　あげる

給予…、給…

Track N4-098

➡ {名詞} ＋ {助詞} ＋ あげる

類義表現 ┐　やる 給予…

意思 ┐

① 【物品受益－給同輩】授受物品的表達方式。表示給予人（説話人或説話一方的親友等），給予接受人有利益的事物。句型是「給予人は（が）接受人に～をあげます」。給予人是主語，這時候接受人跟給予人大多是地位、年齡同等的同輩。中文意思是：「給予…、給…」。如例：

◆ サンタクロースは子どもたちにクリスマスプレゼントをあげた。
　耶誕老人送了耶誕禮物給孩子們。

◆ 旅行に行ったので、みんなにお土産をあげました。
　因為去旅行回來，所以送了大家伴手禮。

◆ 私は母の日に花をあげるつもりです。
　我計畫在母親節送花。

◆ 「チョコレートあげる。」「え、本当に、嬉しい。」
　「巧克力送你！」「啊，真的嗎？太開心了！」

比較 ┐　やる〔給予…〕「あげる」跟「やる」都是「給予」的意思，「あげる」基本上用在給同輩東西；「やる」用在給晚輩、小孩或動植物東西。

002 てあげる

（為他人）做…

➡ {動詞て形}＋あげる

| 類義表現 | てやる （為他人）做… |

| 意思 |

① **【行為受益－為同輩】** 表示自己或站在同一方的人，為他人做前項利益的行為。基本句型是「給予人は（が）接受人に～を動詞てあげる」。這時候接受人跟給予人大多是地位、年齡同等的同輩。是「てやる」的客氣説法。中文意思是：「（為他人）做…」。如例：

◆ おじいさんに道を教えてあげました。
為老爺爺指路了。

◆ 友達に国の料理を作ってあげた。
為朋友做了故郷菜。

◆ 友達の買い物に一緒に行ってあげた。
陪朋友一起去買了東西。

◆ その自転車、なおしてあげようか。
那輛自行車，要不要幫你修好？

| 比較 | **てやる**〔（為他人）做…〕「てあげる」跟「てやる」都是「（為他人）做」的意思，「てあげる」基本上用在為同輩做某事；「てやる」用在為晚輩、小孩或動植物做某事。 |

003 さしあげる

給予…、給…

➡ {名詞}＋{助詞}＋さしあげる

| 類義表現 | いただく 承蒙… |

意思

① 【物品受益－下給上】授受物品的表達方式。表示下面的人給上面的人物品。句型是「給予人は（が）接受人に～をさしあげる」。給予人是主語，這時候接受人的地位、年齡、身分比給予人高。是一種謙虛的説法。中文意思是：「給予…、給…」。如例：

◆ 先生に海外旅行のお土産を差し上げました。
致贈了老師國外旅行買的伴手禮。

◆ 彼のご両親に何を差し上げたらいいですか。
該送什麼禮物給男友的父母才好呢？

◆ 卒業式の後で、校長先生にお花を差し上げたいです。
我想在畢業典禮結束後給校長獻花。

◆ 私は毎年先生にクリスマスカードを差し上げます。
我每年都送耶誕卡片給老師。

比較

いただく〔承蒙…〕「さしあげる」用在給地位、年齡、身分較高的對象東西；「いただく」用在説話人從地位、年齡、身分較高的對象那裡得到東西。

004 てさしあげる
（為他人）做…

Track N4-101

➜ {動詞て形}＋さしあげる

類義表現

ていただく　承蒙…

意思

① 【行為受益－下為上】表示自己或站在自己一方的人，為他人做前項有益的行為。基本句型是「給予人は（が）接受人に～を動詞てさしあげる」。給予人是主語。這時候接受人的地位、年齡、身分比給予人高。是「てあげる」更謙虛的説法。由於有將善意行為強加於人的感覺，所以直接對上面的人説話時，最好改用「お～します」，但不是直接當面説就沒關係。中文意思是：「（為他人）做…」。如例：

◆ お客様にお茶をいれて差し上げてください。

請為貴賓奉上茶。

◆ 皆様に、丁寧に説明して差し上げてください。

請為大家詳細説明。

◆ パーティーの後、社長を家まで送って差し上げました。

酒會結束後，載送總經理回到了府宅。

◆ 先生を私の国のいろいろなお寺に、案内して差し上げたいです。

我想為老師導覽故鄉的各處寺院。

比較	**ていただく**〔承蒙…〕「てさしあげる」用在為地位、年齡、身分較高的對象做某事；「ていただく」用在他人替說話人做某事，而這個人的地位、年齡、身分比說話人還高。

005 やる

給予…、給…

➜ {名詞} ＋ {助詞} ＋やる

類義表現	**さしあげる** 給…

意思

① 【物品受益－上給下】授受物品的表達方式。表示給予同輩以下的人，或小孩、動植物有利益的事物。句型是「給予人は（が）接受人に～をやる」。這時候接受人大多為關係親密，且年齡、地位比給予人低。或接受人是動植物。中文意思是：「給予…、給…」。如例：

◆ 赤ちゃんにミルクをやる。

餵小寶寶喝奶。

◆ 毎日犬にえさをやります。

每天餵狗。

◆ 庭の花や木に水をやってください。

請幫院子裡的花草樹木澆水。

◆ 猿にお菓子をやってもいいですか。

請問可以餵猴子吃餅乾嗎？

比較	**さしあげる** 〔給…〕「やる」用在接受者是動植物，也用在家庭內部的授受事件；「さしあげる」用在接受東西的人是尊長的情況下。

---

006 **てやる**

1. 給…（做…）；2. 一定…

Track N4-103

➡ {動詞て形} ＋やる

類義表現	**てもらう** 得到…

意思

① 【行為受益－上為下】 表示以施恩或給予利益的心情，為下級或晚輩（或動、植物）做有益的事。中文意思是：「給…（做…）」。如例：

◆ 子どもが中学校に入学したので、辞書を買ってやりました。

由於孩子已經升上中學了，所以給他買了辭典。

◆ 娘に英語を教えてやりました。

給女兒教了英語。

A.B.C...

比較	**てもらう** 〔得到…〕「てやる」給對方施恩，為對方做某種有益的事；「てもらう」表示人物X從人物Y（親友等）那裡得到某物品。

② 【意志】 由於説話人的憤怒、憎恨或不服氣等心情，而做讓對方有些困擾的事，或説話人展現積極意志時使用。中文意思是：「一定…」，如例：

◆ 今年は大学に合格してやる。

今年一定要考上大學！

◆ 今晩中にレポートを全部書いてやる。

今天晚上一定要把整篇報告寫完！

007 もらう
接受…、取得…、從…那兒得到…

➡ {名詞}＋{助詞}＋もらう

類義表現
> くれる 給…

意思

① 【物品受益－同輩、晚輩】表示接受別人給的東西。這是以說話人是接受人，且接受人是主語的形式，或說話人是站在接受人的角度來表現。句型是「接受人は（が）給予人に～をもらう」。這時候接受人跟給予人大多是地位、年齡相當的同輩。或給予人也可以是晚輩。中文意思是：「接受…、取得…、從…那兒得到…」。如例：

◆ 私は母に黒いかばんをもらいました。
我從媽媽那裡收到了黑色的皮包。

◆ 中田さんは村山さんに服をもらった。
中田小姐收下了村山小姐的衣服。

◆ 妹は友達にお菓子をもらった。
妹妹的朋友給了她糖果。

◆ 誕生日に何をもらいたいですか。
你想要什麼生日禮物呢？

比較
> くれる〔給…〕「もらう」用在從同輩、晚輩那裡得到東西；「くれる」用在同輩、晚輩給我（或我方）東西。

008 てもらう
（我）請（某人為我做）…

➡ {動詞て形}＋もらう

類義表現
> てくれる （為我）做…等

① 【行為受益－同輩、晚輩】表示請求別人做某行為，且對那一行為帶著感謝的心情。也就是接受人由於給予人的行為，而得到恩惠、利益。一般是接受人請求給予人採取某種行為的。這時候接受人跟給予人大多是地位、年齡同等的同輩。句型是「接受人は（が）給予人に（から）～を動詞てもらう」。或給予人也可以是晚輩。中文意思是：「（我）請（某人為我做）…」。如例：

◆ 弟は私の友達にジュースを買ってもらった。
弟弟讓我的朋友給他買了果汁。

◆ 留学生に英語を教えてもらいます。
請留學生教我英文。

◆ 太田さんに仕事を紹介してもらいました。
央託太田女士幫我找到了工作。

◆ 今日学校で小林さんに鉛筆を貸してもらった。
今天在學校向小林同學借用了鉛筆。

てくれる 〔（為我）做…等〕「てもらう」用「接受人は（が）給予人に（から）～を～てもらう」句型，表示他人替接受人做某事，而這個人通常是接受人的同輩、晚輩或親密的人；「てくれる」用「給予人は（が）接受人に～を～てくれる」句型，表示同輩、晚輩或親密的人為我（或我方）做某事。

009 **いただく**
承蒙…、拜領…

Track N4-106

➡ {名詞} ＋ {助詞} ＋ いただく

もらう 接受…

① 【物品受益－上給下】表示從地位、年齡高的人那裡得到東西。這是以說話人是接受人，且接受人是主語的形式，或說話人站在接受人的角度來表現。句型是「接受人は（が）給予人に～をいただく」。用在給予人身分、地位、年齡比接受人高的時候。比「もらう」說法更謙虛，是「もらう」的謙讓語。中文意思是：「承蒙…、拜領…」。如例：

◆ 私は先生にきれいな絵はがきをいただきました。

我從老師那裡收到了漂亮的風景明信片。

◆ 社長にいただいた傘を、電車に忘れてしまった。

總經理送的那把傘，被我忘在電車上了。

◆ 先生の奥様にすてきなセーターをいただきました。

師母送了我一件上等的毛衣。

◆ 小森部長から旅行のかばんをいただきました。

小森經理送了我旅行袋。

比較	もらう〔接受…〕「いただく」與「もらう」都表示接受、取得、從那兒得到。但「いただく」用在説話人從地位、年齡、身分較高的對象那裡得到的東西；「もらう」用在從同輩、晚輩那裡得到東西。

---

010 ていただく

承蒙…

➜ {動詞て形} ＋いただく

類義表現	てさしあげる （為他人）做…

意思

① 【行為受益－上為下】表示接受人請求給予人做某行為，且對那一行為帶著感謝的心情。這是以説話人站在接受人的角度來表現。用在給予人身分、地位、年齡都比接受人高的時候。句型是「接受人は（が）給予人に（から）～を動詞ていただく」。這是「てもらう」的自謙形式。中文意思是：「承蒙…」。如例：

◆ 私は田中さんに京都へつれて行っていただきました。

田中先生帶我一起去了京都。

◆ 王さんのお母様に、日本語を教えていただきました。

我當初是向王先生的母親學習了日語。

◆ 来週先輩に大学を案内していただきます。

下星期大學學長要帶我們認識校園。

◆ 皆さんに喜んでいただきたいと思って、歌の練習をしました。

我練了幾支曲子，希望能為各位帶來歡笑。

比較	てさしあげる〔（為他人）做…〕「ていただく」用在他人替説話人做某事，而這個人的地位、年齡、身分比説話人還高；「てさしあげる」用在為地位、年齡、身分較高的對象做某事。

---

011 くださる

Track N4-108

給…、贈…

➡ {名詞} + {助詞} + くださる

類義表現	さしあげる 給予…

意思

① 【物品受益－上給下】對上級或長輩給自己（或自己一方）東西的恭敬説法。這時候給予人的身分、地位、年齡要比接受人高。句型是「給予人は（が）接受人に～をくださる」。給予人是主語，而接受人是説話人，或説話人一方的人（家人）。中文意思是：「給…、贈…」。如例：

◆ 店長が卒業祝いに本をくださった。

店長送書給我作為畢業賀禮。

◆ 先生がご自分の書かれた本をくださいました。

老師將親自撰寫的大作送給了我。

◆ 退院のとき、隣のベッドの方がプレゼントをくださった。

出院時，隔壁床的患者送了禮物給我。

◆ 隣の酒井さんはいつも娘にお菓子をくださいます。

隔壁鄰居的酒井太太時常送我女兒餅乾糖果。

[比較] **さしあげる**〔給予…〕「くださる」用「給予人は（が）接受人に～をくださる」句型，表示身分、地位、年齡較高的人給予我（或我方）東西；「さしあげる」用「給予人は（が）接受人に～をさしあげる」句型，表示給予身分、地位、年齡較高的對象東西。

012 てくださる

（為我）做…

Track N4-109

➡ **{動詞て形}＋くださる**

[類義表現] てくれる （為我）做…等

[意思]

①【行為受益－上為下】是「～てくれる」的尊敬說法。 表示他人為我，或為我方的人做前項有益的事，用在帶著感謝的心情，接受別人的行為時，此時給予人的身分、地位、年齡要比接受人高。中文意思是：「（為我）做…」。如例：

- 先生が手紙の書き方を教えてくださいました。

  老師教導了我們寫信的方式。

- 先生、私の作文を見てくださいませんか。

  老師，可以請您批改我的作文嗎？

[比較] **てくれる**〔（為我）做…等〕「てくださる」表示身分、地位、年齡較高的對象為我（或我方）做某事；「てくれる」表示同輩、晚輩為我（或我方）做某事。

[補]〘主語＝給予人；接受方＝說話人〙常用「給予人は（が）接受人に（を・の…）～を動詞てくださる」之句型，此時給予人是主語，而接受人是說話人，或說話人一方的人，如例：

- 結婚式で、社長が私たちに歌を歌ってくださいました。

  在結婚典禮上，總經理為我們唱了一首歌。

- 田中さんが私に昔の日本のことを話してくださった。

  田中先生對我講述了日本很久以前的事。

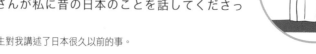

013 くれる

給…

Track N4-110

➡ {名詞} + {助詞} + くれる

| 類義表現 | やる 給予… |

| 意思 |

① 【物品受益－同輩】表示他人給説話人（或説話一方）物品。這時候接受人跟給予人大多是地位、年齡相當的同輩。句型是「給予人は（が）接受人に～をくれる」。給予人是主語，而接受人是説話人，或説話人一方的人（家人）。給予人也可以是晚輩。中文意思是：「給…」。如例：

◆ 姉が私に卒業祝いをくれた。

姊姊送了我畢業禮物。

◆ 父が私の誕生日に時計をくれました。

爸爸在我生日時送了手錶。

◆ マリーさんがくれた国のお土産は、コーヒーでした。

瑪麗小姐送我的故鄉伴手禮是咖啡。

◆ 中村さんが私の妹に本をくれました。

中村先生把書給了我妹妹。

| 比較 | やる〔給予…〕「くれる」用在同輩、晚輩給我（或我方）東西；「やる」用在給晚輩、小孩或動植物東西。 |

014 てくれる

（為我）做…

Track N4-111

➡ {動詞て形} + くれる

| 類義表現 | てくださる （為我）做… |

① 【行為受益－同輩】表示他人為我，或為我方的人做
前項有益的事，用在帶著感謝的心情，接受別人的行
為，此時接受人跟給予人大多是地位、年齡同等的同
輩。中文意思是：「（為我）做…」。如例：

◆ 小林さんが日本料理を作ってくれました。
　こばやし　　　にほんりょうり　　つく
　小林先生為我們做了日本料理。

◆ 山本さんがお金を払ってくれた。
　やまもと　　　かね　はら
　山本小姐幫我付了錢。

比較　てくださる〔（為我）做…〕「てくれる」與「てくださる」都
表示他人為我做某事。「てくれる」用在同輩、晚輩為我（或我
方）做某事；「てくださる」用在身分、地位、年齡較高的人為
我（或我方）做某事。

補 〔行為受益－晚輩〕給予人也可能是晚輩，如例：

◆ 子どもたちも、私の作った料理は「おいしい」
　こ　　　　　　わたし　つく　　りょうり
　と言ってくれました。
　い
　孩子們稱讚了我做的菜「很好吃」。

補 〔主語＝給予人；接受方＝說話人〕常用「給予人は
（が）接受人に～を動詞てくれる」之句型，此時給
予人是主語，而接受人是說話人，或說話人一方的人，如例：

◆ 林さんは私に自転車を貸してくれました。
　はやし　　わたし　じてんしゃ　か
　林小姐把腳踏車借給了我。

文法小祕方

數詞

項目	說明	例句
數量詞的 用法	數量詞用來表示具體的數量，常與單位詞搭 配使用。	人數：5人（ごにん） 時間：2時間（にじかん） 物品：8冊（はっさつ）

練習　文法知多少？

▼ 答案詳見右下角

☞ **請完成以下題目，從選項中，選出正確答案，並完成句子。**

1 私はカレに手編みのマフラーを（　　）。

　　1. あげました　　　　　　　　　　2. やりました

2 私はカレに肉じゃがを作っ（　　）。

　　1. てあげました　　　　　　　　　2. てやりました

3 私は先生から、役に立ちそうな本を（　　）。

　　1. 差し上げました　　　　　　　　2. いただきました

4 先生に分からない問題を教え（　　）。

　　1. て差し上げました　　　　　　　2. ていただきました

5 浦島太郎は乙姫様から玉手箱を（　　）。

　　1. もらいました　　　　　　　　　2. くれました

6 倉田さんが見舞いに（　　）。

　　1. 来てもらった　　　　　　　　　2. 来てくれた

7 あなたにこれを（　　）。

　　1. くださいましょう　　　　　　　2. 差し上げましょう

8 この手袋は姉が買って（　　）。

　　1. くださいました　　　　　　　　2. くれました

答案：(1) 1　(2) 1　(3) 2　(4) 2
(5) 1　(6) 2　(7) 2　(8) 2

受身、使役、使役受身と敬語

被動、使役、使役被動及敬語

---

001 （ら）れる

Track N4-112

1. 被…；2. 在…；3. 被…

➔{[一段動詞・カ變動詞] 被動形}＋られる；
{五段動詞被動形；サ變動詞被動形さ}＋れる

| 類義表現 |
（さ）せる 讓…

| 意思 |

① 【直接被動】表示某人直接承受到別人的動作。中文意思是：「被…」。如例：

◆ 弟が兄にしかられた。

弟弟挨了哥哥的罵。

◆ 警察に住所と名前を聞かれた。

被警察詢問了住址和姓名。

| 比較 |
（さ）せる〔 讓…〕「（ら）れる」

（被…）表示「被動」，指某人承受
他人施加的動作；「（さ）せる」（讓…）是「使役」用法，指
某人強迫他人做某事。

② 【客觀說明】表示社會活動等普遍為大家知道的事，是種客觀的事實描述。中文意思是：「在…」。如例：

◆ 卒業式は3月に行われます。

畢業典禮將於3月舉行。

③ 【間接被動】由於某人的行為或天氣等自然現象的作用，而間接受到麻煩（受害或被打擾）。中文意思是：「被…」。如例：

◆ 電車で誰かに足をふまれました。

在電車上被某個人踩了腳。

002 （さ）せる

1. 讓…、叫…、令…；2. 把…給；3. 讓…、隨…、請允許…

➡ {[一段動詞・カ變動詞] 使役形；サ變動詞詞幹} ＋させる；{五段動詞使役形} ＋せる

| 類義表現 | （さ）せられる 被迫… |

| 意思 |

① 【強制】表示某人強迫他人做某事，由於具有強迫性，只適用於長輩對晚輩或同輩之間。中文意思是：「讓…、叫…、令…」。如例：

◆ 母は子どもに野菜を食べさせました。
媽媽強迫小孩吃了蔬菜。

◆ 先生は、寝ている学生を帰らせた。
老師命令在課堂上睡覺的學生回家了。

| 比較 | （さ）せられる〔被迫…〕「（さ）せる」（讓…）是「使役」用法，指某人強迫他人做某事；「（さ）せられる」（被迫…）是「使役被動」用法，表示被某人強迫做某事。 |

② 【誘發】表示某人用言行促使他人自然地做某種行為，常搭配「泣く（哭）、笑う（笑）、怒る（生氣）」等當事人難以控制的情緒動詞。中文意思是：「把…給」。如例：

◆ 父はいつも家族みんなを笑わせる。
爸爸總是逗得全家人哈哈大笑。

③ 【許可】以「～させておく」形式，表示允許或放任。中文意思是：「讓…、隨…、請允許…」。如例（4）。也表示婉轉地請求承認，如例（5）。

◆ バスに乗る前にトイレはすませておいてください。
搭乘巴士之前請先去洗手間。

◆ お嬢さんと結婚させてください。
請讓我跟令嬡結婚吧。

003 （さ）せられる
被迫…、不得已…

➡ {動詞使役形}＋（さ）せられる

類義表現 ┐ させてもらう 請允許我

意思 ┐

① 【被迫】表示被迫。被某人或某事物強迫做某動作，且不得不做。含有不情願、感到受害的心情。這是從使役句的「ＸがＹにＮをＶ-させる」變成為「Ｙが ＸにＮをｖ-させられる」來的，表示Ｙ被Ｘ強迫做某動作。中文意思是：「被迫…、不得已…」。如例：

◆ 母に、部屋の掃除をさせられた。
　　媽媽要我打掃房間了。

◆ 社長に、ビールを飲ませられた。
　　被總經理強迫喝了啤酒。

◆ 新入社員は年末に会社の大掃除をさせられた。
　　新進員工被公司要求做了年終大掃除。

比較 ┐ **させてもらう〔請允許我〕**「（さ）せられる」表示人物Ｙ被人物Ｘ強迫做不願意做的事；「させてもらう」表示由於對方允許自己的請求，讓自己得到恩惠或從中受益的意思。

---

004 名詞＋でございます
是…

➡ {名詞}＋でございます

類義表現 ┐ です 表對主題的斷定、說明

意思 ┐

① 【斷定】「です」是「だ」的鄭重語，而「でございます」是比「です」更鄭重的表達方式。日語除了尊敬語跟謙讓語之外，還有一種叫鄭重語。鄭重語用

於和長輩或不熟的對象交談時，也可用在車站、百貨公司等公共場合。相較於尊敬語用於對動作的行為者表示尊敬，鄭重語則是對聽話人表示尊敬。中文意思是：「是…」。如例：

◆ はい、山田（やまだ）でございます。
您好，敝姓山田。

◆ それに関（かん）しては、現在確認中（げんざいかくにんちゅう）でございます。
關於那件事，目前正在確認中。

[比較] **です**〔表對主題的斷定、說明〕「でございます」是比「です」還鄭重的語詞，主要用在接待貴賓、公共廣播等狀況。如果只是跟長輩、公司同事有禮貌地對談，一般用「です」就行了。

[補]〔ありますの鄭重表現〕除了是「です」的鄭重表達方式之外，也是「あります」的鄭重表達方式，如例：

◆ お忘（わす）れ物（もの）はございませんか。
請檢查有無遺忘的隨身物品。

◆ 子（こ）ども服（ふく）売（う）り場（ば）は、4階（かい）にございます。
兒童服飾專櫃位於4樓。

005 （ら）れる

Track N4-116

➔ {[一段動詞・カ變動詞]被動形}＋られる；{五段動詞被動形；サ變動詞被動形さ}＋れる

[類義表現] お～になる 表尊敬

[意思]

①【尊敬】表示對對方或話題人物的尊敬，就是在表敬意之對象的動作上用尊敬助動詞。尊敬程度低於「お～になる」。如例：

◆ 今年（ことし）はもう花見（はなみ）に行（い）かれましたか。
您今年已經去賞過櫻花了嗎？

◆ 先生（せんせい）は何時（いつ）ごろ戻（もど）られますか。
請問議員大約什麼時候回來呢？

◆ 明日の会議で何について話される予定ですか。
請問明天的會議預定討論什麼議題呢？

| 比較 | **お～になる**〔表尊敬〕「（ら）れる」跟「お～になる」都是尊敬語，用在抬高對方行為，以表示對他人的尊敬，但「お～になる」的尊敬程度比「（ら）れる」高。 |

---

006 **お／ご＋名詞**
您…、貴…

Track N4-117

➡ **お＋{名詞}；ご＋{名詞}**

| 類義表現 | お／ご～いたす 表尊敬 |

| 意思 |

① 【尊敬】後接名詞（跟對方有關的行為、狀態或所有物），表示尊敬、鄭重、親愛，另外，還有習慣用法等意思。基本上，名詞如果是日本原有的和語就接「お」，如「お仕事（您的工作）、お名前（您的姓名）」。中文意思是：「您…、貴…」。如例：

◆ こちらにお名前をお書きください。
請在這裡留下您的大名。

◆ 明日もお仕事ですか。
請問明天一樣要上班嗎？

| 比較 | **お／ご～いたす**〔表尊敬〕「お／ご＋名詞」與「お／ご～いたす」都表示尊敬。但「お／ご＋名詞」的「お／ご」後面接名詞；「お／ご～いたす」的「お／ご」後面接動詞ます形或サ變動詞詞幹。 |

補〔ご＋中國漢語〕如果是中國漢語則接「ご」如「ご住所（您的住址）、ご兄弟（您的兄弟姊妹）」，如例：

◆ 田中社長はご病気で、お休みです。
田中總經理身體不適，目前正在靜養。

◆ 今度私がご案内します。
下回由我陪同導覽。

[補]〔例外〕但是接中國漢語也有例外情況，如例：

◆ 1日に2リットルのお水を飲みましょう。
建議每天喝個2000cc的水！

Track N4-118

007 お／ご～になる

➡お＋{動詞ます形}＋になる；ご＋{サ變動詞詞幹}＋になる

類義表現 お～する 我為您（們）做…

意思

①【尊敬】動詞尊敬語的形式，比「（ら）れる」的尊敬程度要高。表示對對方或話題中提到的人物的尊敬，這是為了表示敬意而抬高對方行為的表現方式，所以「お～になる」中間接的就是對方的動作，如例：

◆ 社長は、もうお帰りになったそうです。
總經理似乎已經回去了。

◆ 先生は、新しいパソコンをお買いになりました。
老師已購買了一台新電腦。

比較 お～する〔我為您（們）做…〕「お／ご～になる」是表示動詞的尊敬語形式；「お～する」是表示動詞的謙讓語形式。

[補]〔ご＋サ変動詞＋になる〕當動詞為サ行變格動詞時，用「ご～になる」的形式，如例：

◆ 部長、今朝のニュースはごらんになりましたか。
經理，今天早上播報的新聞您看到了嗎？

Track N4-119

008 お／ご～する
我為您（們）做…

➡お＋{動詞ます形}＋する；ご＋{サ變動詞詞幹}＋する

| 意思 |

① 【謙讓】表示動詞的謙讓形式。對要表示尊敬的人，透過降低自己或自己這一邊的人，以提高對方地位，來向對方表示尊敬。中文意思是：「我為您（們）做…」。如例：

◆ 郵便でお送りしてもいいですか。
ゆうびん　　　おく

可以採用郵寄的方式嗎？

◆ 私が荷物をお持ちします。
わたし　にもつ　　も

行李請交給我代為搬運。

| 比較 | **お～いたす**〔我為您（們）做…〕「お～する」跟「お～いたず」都是謙讓語，用在降低我方地位，以對對方表示尊敬，但語氣上「お～いたす」是比「お～する」更謙和的表達方式。

This is ⋯

這是

㊂〔ご＋サ変動詞＋する〕當動詞為サ行變格動詞時，用「ご～する」的形式，如例：

◆ 英語と中国語で、ご説明します。
えいご　ちゅうごくご　　　せつめい

請容我使用英文和中文為您説明。

---

009 お／ご～いたす

Track N4-120

我為您（們）做…

➡️ お＋{動詞ます形}＋いたす；ご＋{サ變動詞詞幹}＋いたす

| 類義表現 | お／ご～いただく 懇請您…

| 意思 |

① 【謙讓】這是比「お～する」語氣上更謙和的謙讓形式。對要表示尊敬的人，透過降低自己或自己這一邊的人的說法，以提高對方地位，來向對方表示尊敬。中文意思是：「我為您（們）做…」。如例：

◆ これからもよろしくお願いいたします。
ねが

往後也請多多指教。

◆ 後(あと)からお電話(でんわ)いたします。
稍後將再次致電。

[比較] **お／ご～いただく**〔懇請您…〕「お～いたす」是自謙的表達方式。通過自謙的方式表示對對方的尊敬，表示自己為對方做某事；「お～いただく」是一種更顯禮貌鄭重的自謙表達方式。是禮貌地請求對方做某事。

[補]〘ご＋サ変動詞＋いたす〙當動詞為サ行變格動詞時，用「ご～いたす」的形式，如例：

◆ 会議(かいぎ)の資料(しりょう)は、こちらでご用意(ようい)いたします。
會議資料將由我方妥善準備。

◆ あらためてご連絡(れんらく)いたします。
日後將再次聯絡。

010 お／ご～ください

Track N4-121

請…

➡ **お＋{動詞ます形}＋ください；ご＋{サ變動詞詞幹}＋ください**

[類義表現] てください 請…

[意思]

① **【尊敬】** 尊敬程度比「～てください」要高。「ください」是「くださる」的命令形「くだされ」演變而來的。用在對客人、屬下對上司的請求，表示敬意而抬高對方行為的表現方式。中文意思是：「請…」。如例：

◆ どうぞ、こちらにおかけください。
這邊請，您請坐。

◆ すみませんが、右側(みぎがわ)にお並(なら)びください。
不好意思，請從右手邊開始排隊。

[比較] **てください**〔請…〕「お～ください」跟「てください」都表示請託或指示，但「お～ください」的說法比「てください」更尊敬，主要用在上司、客人身上；「てください」則是一般有禮貌的說法。

補 〔ご＋サ変動詞＋ください〕當動詞為サ行變格動詞時，用「ご～ください」的形式，如例：

◆ この書類です。ご確認ください。
　就是這份文件，敬請過目。

補 〔無法使用〕「する（上面無接漢字，單獨使用的時候）」跟「来る」無法使用這個文法。

---

011 （さ）せてください
請允許…、請讓…做…

➡ {動詞使役形；サ變動詞詞幹} ＋ （さ）せてください

類義表現 ▷ てください 請…

意思 ▷

① 【謙讓－請求允許】表示「我請對方允許我做前項」之意，是客氣地請求對方允許、承認的説法。用在當説話人想做某事，而那一動作一般跟對方有關的時候。中文意思是：「請允許…、請讓…做…」。如例：

◆ 今度、卒業式の写真を見せてください。
　下回請讓我看畢業照。

◆ 少し私に説明させてください。
　請容許我解釋一下。

◆ 疲れました。ここで少し休ませてください。
　我累了，請讓我在這裡稍微休息一下。

比較 ▷ てください〔請…〕「（さ）せてください」表示客氣地請對方允許自己做某事，所以「做」的人是説話人；「てください」表示請對方做某事，所以「做」的人是聽話人。

254

練習　文法知多少？

▼ 答案詳見右下角

☞　請完成以下題目，從選項中，選出正確答案，並完成句子。

1 財布を泥棒に（　　　）。
1. 盗まれた
2. 盗ませた

2 帽子が風に（　　　）。
1. 飛ばせた
2. 飛ばされた

3 （同僚に）これ、今日の会議で使う資料（　　　）。
1. でございます
2. です

4 この問題、（　　　）。
1. できられますか
2. おできになりますか

5 明日、こちらから（　　　）。
1. ご電話します
2. お電話いたします

6 こちらに（　　　）ください。
1. お来て
2. 来て

7 お父さん。結婚する相手は、自分で決め（　　　）。
1. させてください
2. てください

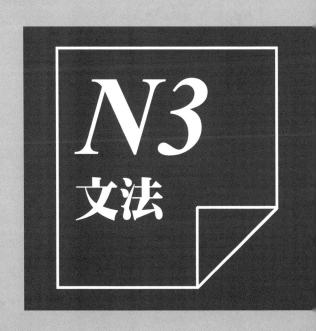

時の表現

時間的表現

Lesson 01

001 ていらい

Track N3-001

自從…以來，就一直…、…之後

[類義表現] **動詞過去形＋ところ** 結果…

[意思]

① **【起點】**｛動詞て形｝＋て以来。表示自從過去發生某事以後，直到現在為止的整個階段，後項一直持續某動作或狀態。不用在後項行為只發生一次的情況，也不用在剛剛發生不久的事。跟「てから」相似，是書面語。中文意思是：「自從…以來，就一直…、…之後」。如例：

- このアパートに引っ越して来て以来、なぜだか夜眠れない。
  不曉得為什麼，自從搬進這棟公寓以後，晚上總是睡不著。

- 結婚して以来、夫は毎日早く帰ってきます。
  我先生自從結婚以後，天天都很早回來。

[比較] **動詞過去形＋ところ**〔結果…〕「ていらい」表示前項的行為或狀態發生至今，後項也一直持續著；「動詞過去形＋ところ」表示做了前項動作後結果，就發生了後項的事情，或變成這種狀況。

[補]〔サ変動詞的 N ＋以来〕｛サ変動詞語幹｝＋以来。如例：

- 岸君とは、卒業以来一度も会っていない。
  我和岸君從畢業以後，連一次面都沒見過。

002 さいちゅうに（だ）
正在…

➡ {名詞の；[形容詞・形容動詞]；動詞て形＋ている} ＋最中に（だ）

類義表現　　さい（は）在…時

意思

① 【進行中】「最中だ」表示某一狀態、動作正在進行中。「最中に」常用在某一時刻，突然發生了什麼事的場合，或正當在最高峰的時候被打擾了。相當於「している途中に、している途中だ」。中文意思是：「正在…」。如例：

◆ 会議の最中に、急にお腹が痛くなった。
開會開到一半，我肚子突然痛了起來。

◆ 大切な試合の最中に怪我をして、みんなに迷惑をかけた。
在最重要的比賽中途受傷，給各位添了麻煩。

◆ この暑い最中に、停電で冷房が効かない。
在最熱的時候卻停電了，冷氣機無法運轉。

比較　　さい（は）〔在…時〕「さいちゅうに（だ）」表示正在做某件事情的時候，突然發生了其他事情；「さい（は）」表示動作、行為進行的時候。也就是面臨某一特殊情況或時刻。

㊤ 〔省略に〕有時會將「最中に」的「に」省略，只用「～最中」。如例：

◆ みんなで部長の悪口を言っている最中、部長が席に戻って来た。
大家講經理的壞話正説得口沫橫飛，不巧經理就在這時候回到座位了。

003 たとたん（に）
剛…就…、剎那就…

➡ {動詞た形} ＋とたん（に）

類義表現　　とともに 和…一起

① 【時間前後】表示前項動作和變化完成的一瞬間，發生了後項的動作和變化。由於是説話人當場看到後項的動作和變化，因此伴有意外的語感，相當於「したら、その瞬間(しゅんかん)に」。中文意思是：「剛…就…、剎那就…」。如例：

◆ 家(いえ)に着(つ)いたとたん、雨(あめ)が降(ふ)り出(だ)した。
剛踏進家門，就下起雨來了。

◆ その子(こ)どもは、座(すわ)ったとたんに寝(ね)てしまった。
那個孩子才剛坐下就睡著了。

◆ 彼(かれ)は有名(ゆうめい)になったとたん、私(わたし)たちへの態度(たいど)が変(か)わった。
他一有了名氣，對我們的態度就大不如前了。

比較 ▷ **とともに**〔和…一起〕「たとたん（に）」表示前項動作完成的瞬間，馬上又發生了後項的事情；「とともに」表示隨著前項的進行，後項也同時進行或發生。

004 さい（は）、さいに（は）

…的時候、在…時、當…之際

➡ {名詞の；動詞普通形} ＋際、際は、際に（は）

類義表現 ▷ **ところ**（に、へ、で、を）…的時候

意思 ▷

① 【時點】表示動作、行為進行的時候。也就是面臨某一特殊情況或時刻。一般用在正式場合，日常生活中較少使用。相當於「ときに」。中文意思是：「…的時候、在…時、當…之際」。如例：

◆ 契約(けいやく)の際(さい)は、住所(じゅうしょ)と名前(なまえ)の確認(かくにん)できる書類(しょるい)をお持(も)ちください。
簽合約的時候，請攜帶能夠核對住址和姓名的文件。

◆ ご用(よう)の際(さい)は、こちらのベルを鳴(な)らしてお知(し)らせください。
需要協助時，請按下這裡的呼叫鈴通知員工。

◆ 明日(あす)、御社(おんしゃ)へ伺(うかが)う際(さい)に、詳(くわ)しい資料(しりょう)をお持(も)ち致(いた)します。
明天拜訪貴公司時，將會帶詳細的資料過去。

◆ ここは、アメリカの<ruby>大統領<rt>だいとうりょう</rt></ruby>が<ruby>来日<rt>らいにち</rt></ruby>した<ruby>際<rt>さい</rt></ruby>に<ruby>宿泊<rt>しゅくはく</rt></ruby>したホテルです。

這裡是美國總統訪日時住宿的旅館。

比較

ところ（に、へ、で、を）〔…的時候〕「さい（は）、さいに（は）」表示在做某個行為的時候；「ところに」表示在做某個動作的當下，同時發生了其他事情。

005　ところに
…的時候、正在…時

Track N3-005

→ {名詞の；形容詞辭書形；動詞て形＋ている；動詞た形}＋ところに

類義表現

さいちゅうに　正在…

意思

① 【時點】表示行為主體正在做某事的時候，發生了其他的事情。大多用在妨礙行為主體的進展的情況，有時也用在情況往好的方向變化的時候。相當於「ちょうど～しているときに」。中文意思是：「…的時候、正在…時」。如例：

◆ <ruby>社長<rt>しゃちょう</rt></ruby>が<ruby>外出中<rt>がいしゅつちゅう</rt></ruby>のところに、<ruby>奥<rt>おく</rt></ruby>さんが<ruby>訪<rt>たず</rt></ruby>ねてきた。

就在總經理外出時，夫人恰巧來到了公司。

◆ <ruby>出掛<rt>でか</rt></ruby>けようとしているところに、<ruby>雨<rt>あめ</rt></ruby>が<ruby>降<rt>ふ</rt></ruby>ってきた。

正準備出門的時候，下起雨來了。

◆ <ruby>君<rt>きみ</rt></ruby>、いいところに<ruby>来<rt>き</rt></ruby>たね。これ、１<ruby>枚<rt>まい</rt></ruby>コピーして。

你來得正好！這個拿去印一張。

比較

さいちゅうに〔正在…〕「ところに」表示在做某個動作的當下，同時發生了其他事情；「さいちゅうに」表示正在做某件事情的時候突然發生了其他事情。

006　ところへ
…的時候、正當…時，突然…、正要…時，（…出現了）

Track N3-006

→ {名詞の；形容詞辭書形；動詞て形＋ている；動詞た形}＋ところへ

類義表現

とたんに　剛一…

意思

① 【時點】表示行為主體正在做某事的時候，偶然發生了另一件事，並對行為主體產生某種影響。下文多是移動動詞。相當於「ちょうど～しているときに」。中文意思是：「…的時候、正當…時，突然…、正要…時，(…出現了)」。如例：

◆ まだ開店準備中のところへ、数人の客が入ってきた。

還在準備開門營業時，幾位客人進來了。

◆ 君はいつも、私がちょうど忙しいところへ来るね。

你老是在我正在忙的時候來耶！

◆ 部屋で勉強しているところへ、友達からメールが来た。

正在房間裡用功的時候，朋友傳簡訊來了。

◆ 先月家を買ったところへ、今日部長から転勤を命じられた。

上個月才剛買下新家，今天就被經理命令調派到外地上班了。

比較

とたんに〔剛一…〕「ところへ」表示前項「正好在…時候（情況下）」，偶然發生了後項的其他事情，而這一事情的發生，改變了當前的情況；「とたんに」表示前項動作完成的瞬間，馬上又發生了後項的動作和變化。由於說話人是當場看到後項的動作和變化，因此伴有意外的語感。

---

007 ところを

正…時、…之時、正當…時…

➜ {名詞の；形容動詞詞幹な；[形容詞・動詞]普通形}＋ところを

類義表現

さい（は）、さいに（は） 當…之際

意思

① 【時點】表示正當Ａ的時候，發生了Ｂ的狀況。後項的Ｂ所發生的事，是對前項Ａ的狀況有直接的影響或作用的行為。含有說話人擔心給對方添麻煩或造成對方負擔的顧慮。相當於「ちょうど～しているときに」。中文意思是：「正…時、…之時、正當…時…」。如例：

◆ お話し中のところを失礼します。高橋様がいらっ
しゃいました。

不好意思，打擾您講電話，高橋先生已經到了。

◆ お休みのところを、大変ご迷惑おかけしました。

打擾您休息時間，非常抱歉！

◆ お急ぎのところを、申し訳ございません。

百忙之中，真是抱歉。

| 比較 | さい（は）、さいに（は）〔當…之際〕「ところを」表示行為主體正在做某事的時候，偶然發生了其他的事情。大多用在妨礙行為主體的進展的情況，有時也用在情況往好的方向變化的時候；「さい（は）、さいに（は）」表示動作、行為進行的時候。 |

---

008 うちに

Track N3-008

1.趁…做…、在…之內…做…；2.在…之內，自然就…

➡ {名詞の；形容動詞詞幹な；[形容詞・動詞]辭書形} ＋うちに

| 類義表現 | まえに …前 |

| 意思 |

① 【期間】表示在前面的環境、狀態持續的期間，做後面的動作。強調的重點是狀態的變化，不是時間的變化。相當於「（している）間に」。中文意思是：「趁…做…、在…之內…做…」。如例：

◆ 夜の山は危険だから、明るいうちに下った方がいいですよ。

因為入夜後山裡面很危險，最好趁天還亮著的時候下山喔。

◆ 子どもが寝ているうちに、買い物に行ってきます。

趁著孩子睡著時出門買些東西。

◆ 忘れないうちにノートに書いておこう。

趁著還沒忘記時趕緊寫在筆記本上吧。

| 比較 | まえに〔…前〕「Ａうちに」表示期間。表示在Ａ狀態還沒有結束前，先做某個動作；「Ａまえに」表示時間的前後。是用來客觀描述做Ａ這個動作前，先做後項的動作。 |

（補）〔變化〕前項接持續性的動作，後項接預料外的結果或變化，而且是不知不覺、自然而然發生的結果或變化。中文意思是：「在…之內，自然就…」。如例：

◆ その子は、お母さんを待っているうちに寝てしまった。
　その孩子等待著母親回來，不知不覺就睡著了。

◆ 李さんとは、何度かたまたま駅で会っているうちに、すっかり友達になりました。
　我和李小姐在車站偶然碰了幾次面之後，現在已經成為好朋友了。

009　までに（は）
…之前、…為止

→ {名詞；動詞辭書形} ＋までに（は）

| 類義表現 | のまえに …前 |

| 意思 |

① 【期限】前面接和時間有關的名詞，或是動詞，表示某個截止日、某個動作完成的期限。中文意思是：「…之前、…為止」。如例：

◆ 来週まではにご報告します。
　會在下星期前向您報告。

◆ 12時までには寝るようにしている。
　我現在都在12點之前睡覺。

◆ 冬休みが終わるまでには、この論文を完成させなければ。
　在寒假結束之前，非得完成這篇論文不可！

◆ 死ぬまでに、一度でいいから豪華客船に乗ってみたい。
　我希望能在死前搭過一次豪華郵輪。

| 比較 | のまえに〔…前〕「までに（は）」表示某個動作完成的期限、截止日；「のまえに」表示動作的順序，也就是做前項動作之前，先做後項的動作。|

練習　文法知多少？

▼ 答案詳見右下角

☞　請完成以下題目，從選項中，選出正確答案，並完成句子。

1　赤ちゃんが寝ている（　　　）、洗濯しましょう。

　　1．前に　　　　　　　　　2．うちに

2　故郷に帰った（　　　）、とても歓迎された。

　　1．際に　　　　　　　　　2．ところに

3　大事な試験の（　　　）、急におなかが痛くなってきた。

　　1．最中に　　　　　　　　2．うちに

4　窓を開けた（　　　）、ハエが飛び込んできた。

　　1．とたん　　　　　　　　2．とともに

5　彼女は嫁に（　　　）、一度も実家に帰っていない。

　　1．来たところ　　　　　　2．来て以来

6　口紅を塗っている（　　　）、子どもが飛びついてきて、はみ出して

しまった。

　　1．ところに　　　　　　　2．とたんに

原因、理由、結果

原因、理由、結果

Lesson 02

Track N3-010

001 せいか

可能是（因為）…、或許是（由於）…的緣故吧

➡ {名詞の；形容動詞詞幹な；[形容詞・動詞]普通形}＋せいか

[類義表現] ゆえ 因為

[意思]

①【原因】表示不確定的原因，説話人雖無法斷言，但認為也許是因為前項的關係，而產生後項負面結果，相當於「ためか」。中文意思是：「可能是（因為）…、或許是（由於）…的緣故吧」。如例：

◆ 年（とし）のせいか、このごろ疲（つか）れ易（やす）い。

可能是年紀大了，這陣子很容易疲倦。

◆ 教室（きょうしつ）が暖（あたた）かいせいか、みんな眠（ねむ）そうだ。

或許由於教室很暖和，大家都快睡著了。

◆ 私（わたし）の結婚（けっこん）が決（き）まったせいか、最近（さいきんちち）父は元気（げんき）がない。

也許是因為我決定結婚了，最近爸爸無精打采的。

[比較] **ゆえ**〔因為〕「せいか」表示發生了不好的事態，但是説話者自己也不太清楚原因出在哪裡，只能做個大概的猜測；「ゆえ」表示句子之間的因果關係，前項是理由，後項是結果。

[補]〔正面結果〕後面也可接正面結果。如例：

◆ しっかり予習（よしゅう）をしたせいか、今日（きょう）は授業（じゅぎょう）がよくわかった。

可能是徹底預習過的緣故，今天的課程我都聽得懂。

002 せいで（だ）

由於…、因為…的緣故、都怪…

➡ {名詞の；形容動詞詞幹な；[形容詞・動詞]普通形} ＋せいで（だ）

類義表現 ⬎ せいか 可能是（因為）…

意思 ⬎

① 【原因】表示發生壞事或會導致某種不利情況的原因，還有責任的所在。「せいで」是「せいだ」的中頓形式。相當於「が原因だ、ため」。中文意思是：「由於…、因為…的緣故，都怪…」。如例：

◆ 台風のせいで、新幹線が止まっている。

由於颱風的緣故，新幹線電車目前停駛。

◆ 子どものころは、体が小さいせいで、いつも一番前の席だった。

小時候因為長得矮，上課總是坐在第一排。

比較 ⬎ せいか〔可能是（因為）…〕「せいで（だ）」表示發生壞事或會導致某種不利情況的原因，還有責任的所在。含有責備對方的語意；「せいか」表示發生了不好的事態，但是說話者自己也不太清楚原因出在哪裡，只能做個大概的猜測。

⊕ 〔否定句〕否定句為「せいではなく、せいではない」。如例：

◆ 病気になったのは君のせいじゃなく、君のお母さんのせいでもない。誰のせいでもないよ。

生了病不是你的錯，也不是你母親的錯，那不是任何人的錯啊！

⊕ 〔疑問句〕疑問句會用「せい＋表推量的だろう＋疑問終助詞か」。如例：

◆ おいしいのにお客が来ない。店の場所が不便なせいだろうか。

明明很好吃卻沒有顧客上門，會不會是因為餐廳的地點太偏僻了呢？

003 おかげで（だ）

多虧…、托您的福、因為…

➡ {名詞の；形容動詞詞幹な；形容詞普通形・動詞た形} ＋おかげで（だ）

| 意思 |

① 【原因】由於受到某種恩惠，導致後面好的結果，與「から、ので」作用相似，但感情色彩更濃，常帶有感謝的語氣。中文意思是：「多虧…、托您的福、因為…」。如例：

◆ 先生のおかげで志望校に合格できました。ありがとうございました。
　承蒙老師的指導，這才得以考上心目中的學校，非常感謝！

◆ 母が90になっても元気なのは、歯が丈夫なおかげだ。
　家母高齡90仍然老當益壯，必須歸功於牙齒健康。

◆ あなたが手伝ってくれたおかげで、あっという間に終わりました。
　多虧您一起幫忙，一下子就做完了。

⑪ 〔消極〕後句如果是消極的結果時，一般帶有諷刺的意味，相當於「のせいで」。如例：

◆ 隣にスーパーができたおかげで、うちの店は潰れそうだよ。
　都怪隔壁開了間新超市，害我們這家店都快關門大吉啦！

| 比較 | せいで（だ）〔因為…的緣故〕「おかげで（だ）」表示因為前項而產生後項好的結果，帶有感謝的語氣；「せいで（だ）」表示發生壞事或會導致某種不利情況的原因，還有責任的所在。 |

004　につき
因…、因為…

Track N3-013

➡ {名詞}＋につき

| 類義表現 | による　因…造成的… |

| 意思 |

① 【原因】接在名詞後面，表示其原因、理由。一般用在書信中比較鄭重的表現方法，或用在通知、公告、海報等文體中。相當於「のため、という理由で」。

中文意思是：「因…、因為…」。如例：

◆ 工事中につき、足元にご注意ください。

由於正在施工，行走時請特別當心。

◆ 台風につき、本日の公演は中止します。

由於颱風來襲，今日演出取消。

◆ この問題は現在調査中につき、お答えできません。

關於這個問題，目前已進入調查程序，不便答覆。

◆ 体調不良につき、欠席させていただきます。

因為身體不舒服，請允許我缺席。

| 比較 | **による**〔因…造成的…〕「につき」是書面用語，用來說明事物或狀態的理由；「による」表示所依據的方法、方式、手段。後項的結果是因為前項的行為、動作而造成的。 |

---

005 によって（は）、により

Track N3-014

1. 因為…；2. 根據…；3. 由…；4. 依照…的不同而不同

➜ {名詞} ＋によって（は）、により

| 類義表現 | にもとづいて 根據… |

意思

① 【理由】表示事態的因果關係，「により」大多用於書面，後面常接動詞被動態，相當於「が原因で」。中文意思是：「因為…」。如例：

◆ 彼は自動車事故により、体の自由を失った。

他由於遭逢車禍而成了殘疾人士。

② 【手段】表示事態所依據的方法、方式、手段。中文意思是：「根據…」。如例：

◆ 実験によって、薬の効果が明らかになった。

藥效經由實驗而得到了證明。

| 比較 | **にもとづいて**〔根據…〕「によって（は）、により」表示做後項事情的方法、手段；「にもとづいて」表示以前項為依據或基礎，進行後項的動作。 |

③【被動句的動作主體】用於某個結果或創作物等，是因為某人的行為或動作而造成、成立的。中文意思是：「由…」。如例：

◆ 電話は、1876年グラハム・ベルによって発明された。

電話是由格拉漢姆・貝爾於1876年發明的。

④【對應】表示後項結果會對應前項事態的不同，而有各種可能性。中文意思是：「依照…的不同而不同」。如例：

◆ 場合によっては、契約内容を変更する必要がある。

有時必須視當時的情況而變更合約內容。

---

006 による

Track N3-015

因…造成的…、由…引起的…

➡ {名詞}＋による

類義表現	

ので 因為…

意思	

①【原因】表示造成某種事態的原因。「による」前接所引起的原因。中文意思是：「因…造成的…、由…引起的…」。如例：

◆ アリさんの採用は店長の推薦によるものだ。

阿里先生之所以獲得錄取是得到店長的推薦。

◆ 運転手の信号無視による事故が続いている。

一連發生多起駕駛人闖紅燈所導致的車禍。

◆ 卵をゆでると固まるのは、熱による化学反応である。

雞蛋經過烹煮之所以會凝固，是由於熱能所產生的化學反應。

比較	

ので〔因為…〕「による」表示造成某種事態的原因。後項的結果是因為前項的行為、動作而造成的；「ので」表示原因、理由。前句是原因，後句是因此而發生的事。一般用在客觀的自然的因果關係，所以也容易推測出結果。

007 ものだから
就是因為…，所以…

Track N3-016

➡ {[名詞・形容動詞詞幹] な；[形容詞・動詞] 普通形} ＋ものだから

| 類義表現 | ことだから 由於… |

| 意思 |

① 【理由】表示原因、理由，相當於「から、ので」常用在因為事態的程度很厲害，因此做了某事。中文意思是：「就是因為…，所以…」。如例：

◆ 娘は勉強が嫌いなものだから、中学を出たら働くと言っている。

女兒因為討厭讀書，說是中學畢業就要去工作了。

◆ 久しぶりに会ったものだから、懐かしくて涙が出た。

畢竟是久違重逢，不禁掉下了思念的淚水。

| 比較 | ことだから〔由於…〕「ものだから」用來解釋理由。表示會導致後項的狀態，是因為前項的緣故。「ことだから」表示原因。表示「（不是別的）正是因為是他，所以才…的吧」說話人自己的判斷依據。說話人通過對所提到的人的性格及行為的瞭解，而做出的判斷。

⑪ 《說明理由》含有對事情感到出意料之外，不是自己願意的理由，而進行辯白，主要為口語用法。口語用「もんだから」。如例：

◆ 道に迷ったものだから、途中でタクシーを拾った。

由於迷路了，因此半路攔了計程車。

◆ 昨日飲み過ぎたものだから、今朝の会議に遅刻してしまった。

昨天實在喝太多了，所以今天早上的會議遲到了。

008 もので
因為…、由於…

Track N3-017

➡ {形容動詞詞幹な；[形容詞・動詞] 普通形} ＋もので

| 類義表現 | ことから 因為… |

① 【理由】意思跟「ので」基本相同，但強調原因跟理由的語氣比較強。前項的原因大多為意料之外或不是自己的意願，後項為此進行解釋、辯白。結果是消極的。意思跟「ものだから」一樣。後項不能用命令、勸誘、禁止等表現方式。中文意思是：「因為…、由於…」。如例：

◆ 資料が古いもので、正確な数字ではありませんが。
資料太舊了，因此數字並不精確。

◆ 携帯電話を忘れたもので、ご連絡できず、すみませんでした。
由於忘了帶手機而無法與您聯絡，非常抱歉。

◆ バスが来なかったもので、遅くなりました。
因為巴士脫班，所以遲到了。

◆ 勉強が苦手なもので、高校を出てすぐ就職した。
因為不喜歡讀書，所以高中畢業後馬上去工作了。

ことから〔因為…〕「もので」用來解釋原因、理由，帶有辯駁的感覺，後項通常是由前項自然導出的客觀結果；「ことから」表示原因或者依據。根據前項的情況，來判斷出後面的結果或結論。是說明事情的經過跟理由的句型。句末常用「がわかる」等形式。

---

009 **もの、もん**
Track N3-018

1. 因為…嘛；2. 就是因為…嘛

➡ {[名詞・形容動詞詞幹]んだ；[形容詞・動詞]普通形んだ} ＋もの、もん

ものだから 就是因為…

① 【說明理由】說明導致某事情的緣故。含有沒辦法，事情的演變自然就是這樣的語氣。助詞「もの、もん」接在句尾，多用在會話中，年輕女性或小孩子較常使用。跟「だって」一起使用時，就有撒嬌的語感。中文意思是：「因為…嘛」。如例：

◆ 「なんで笑うの。」「だって可笑しいんだもん。」

「妳笑什麼？」「因為很好笑嘛！」

比較

ものだから〔就是因為…〕「もの」帶有撒嬌、任性、不滿的語氣，多為女性或小孩使用，用在說話者針對理由進行辯解；「ものだから」用來解釋理由，通常用在情況嚴重時，表示出乎意料或身不由己。

② 【強烈斷定】表示說話人很堅持自己的正當性，而對理由進行辯解。中文意思是：「就是因為…嘛」。如例：

◆ 母親ですもの。子どもを心配するのは当たり前でしょう。

我可是當媽媽的人呀，擔心小孩不是天經地義的嗎？

㊌〔口語〕更隨便的口語說法用「もん」。如例：

◆ 田中君は絶対に来るよ。昨日約束したもん。

田中一定會來的！他昨天答應人家了嘛。

◆ そんなに簡単に休めないよ。仕事だもん。

怎麼可以隨便請假呢？這畢竟是工作嘛！

010	**んだもん**	Track N3-019
	因為…嘛、誰叫…	

➡ {[名詞・形容動詞詞幹] な} ＋んだもん；{[動詞・形容詞] 普通形} ＋んだもん

類義表現

もん 因為…嘛

意思

① 【理由】用來解釋理由，是口語說法。語氣偏向幼稚、任性、撒嬌，在說明時帶有一種辯解的意味。也可以用「んだもの」。中文意思是：「因為…嘛、誰叫…」。如例：

◆ 「まだ起きてるの。」「明日テストなんだもん。」

「怎麼還沒睡？」「明天要考試嘛。」

◆ 「このゲーム、もうしないの。」「これ退屈なんだもん。」

「這款電玩，不玩了哦？」「這個太無聊了啦！」

◆ 「え、全部食べちゃったの。」「うん、おいしいん
だもん。」

「啊，統統吃光了？」「嗯，因為很好吃嘛。」

比較 **もん**〔因為…嘛〕「もん」來自「もの」，
接在句尾，表示說話人因堅持自己的正當
性，而說明個人的理由，為自己進行辯解。「もん」比「もの」
更口語。而「んだもん」有種幼稚、任性、撒嬌的語氣。

---

011 わけ(だ)

Track N3-020

1.當然…、難怪…；2.也就是說…

➜ {形容動詞詞幹な；[形容詞・動詞]普通形}＋わけ(だ)

類義表現 にちがいない 肯定…

意思

① 【結論】表示按事物的發展，事實、狀況合乎邏輯地必然導致這樣的結果。與
側重於說話人想法的「はずだ」相比較，「わけだ」傾向於由道理、邏輯所導
出結論。中文意思是：「當然…、難怪…」。如例：

◆ 美術大学の出身なのか。絵が得意なわけだ。

原來你是美術大學畢業的啊！難怪這麼會畫圖。

◆ 「木村さん、結婚するらしいよ。」「ああ、それ
で最近機嫌がいいわけだ。」

「木村先生好像要結婚了喔！」「是哦，難怪看他最近滿面春
風。」

比較 **にちがいない**〔肯定…〕「わけだ」表示說話者本來覺得很不可
思議，但知道事物背後的原因後便能理解認同。「にちがいな
い」表示說話者的推測，語氣十分確信肯定。

② 【換個說法】表示兩個事態是相同的，只是換個說法而論。中文意思是：「也就
是說…」。如例：

◆ 卒業したら帰国するの。じゃ、来年帰るわけね。

畢業以後就要回國了？那就是明年要回去囉。

012 ところだった

1.（差一點兒）就要…了、險些…了；2.差一點就…可是…

➡ {動詞辭書形}＋ところだった

| 類義表現 | ところだ 剛要… |

| 意思 |

① 【結果】表示差一點就造成某種後果，或達到某種程度，含有慶幸沒有造成那一後果的語氣，是對已發生的事情的回憶或回想。中文意思是：「（差一點兒）就要…了、險些…了」。如例：

◆ あ、会社に電話しなきゃ。忘れるところだった。

啊，我得打電話回公司！差點忘啦！

◆ 電車があと１本遅かったら、飛行機に乗り遅れるところだった。

萬一搭晚了一班電車，就趕不上飛機了。

| 比較 | ところだ〔剛要…〕「ところだった」表示驚險的事態，只差一點就要發生不好的事情；「ところだ」表示主語即將採取某種行動，或是即將發生某個事情。

補 〔懊悔〕「ところだったのに」表示差一點就可以達到某程度，可是沒能達到，而感到懊悔。中文意思是：「差一點就…可是…」。如例：

◆ 今帰るところだったのに、部長に捕まって飲みに行くことになった。

我正要回去，卻被經理抓去喝酒了。

練習　文法知多少？

▼ 答案詳見右下角

☞　**請完成以下題目，從選項中，選出正確答案，並完成句子。**

1　今年の冬は、暖かかった（　　　）過ごしやすかった。

　　1．おかげで　　　　　　　　2．によって

2　年の（　　　）、体の調子が悪い。

　　1．おかげで　　　　　　　　2．せいか

3　この商品はセット販売（　　　）、一つではお売りできません。

　　1．につき　　　　　　　　　2．により

4　その村は、主に漁業（　　　）生活しています。

　　1．に基づいて　　　　　　　2．によって

5　隣のテレビがやかましかった（　　　）、文句をつけに行った。

　　1．ものだから　　　　　　　2．せいか

6　道が混んでいた（　　　）、遅れてしまいました。

　　1．もので　　　　　　　　　2．いっぽうで

推量、判斷、可能性
推測、判斷、可能性

Lesson 03

---

001 にきまっている
肯定是…、一定是…

➡ **{名詞;[形容詞・動詞]普通形} ＋に決まっている**

| 類義表現 | わけがない 不會… |

| 意思 |

① 【自信推測】表示説話人根據事物的規律，覺得一定是這樣，不會例外，沒有模稜兩可，是種充滿自信的推測，語氣比「きっと～だ」還要有自信。中文意思是：「肯定是…、一定是…」。如例：

◆ こんなに頑張ったんだから、合格に決まってるよ。
都已經那麼努力了，肯定考得上的！

◆ 君が家を出たら、お母さんは寂しいに決まってるじゃないか。
要是你離開這個家，媽媽一定會覺得孤單寂寞的，不是嗎？

| 比較 | **わけがない**〔不會…〕「にきまっている」意思是「肯定是…」，表示説話者很有把握的推測，覺得事情一定是如此；「わけがない」表示沒有某種可能性，是很強烈的否定。

⑪ 〔斷定〕表示説話人根據社會常識，認為理所當然的事。如例：

◆ 子どもは外で元気に遊んだほうがいいに決まっている。
不用説，小孩子自然是在外面活潑玩耍才好。

◆ こんな夜遅く、店は閉まっているに決まってるよ。
都這麼晚了，餐廳當然打烊了呀！

002 にちがいない

一定是…、準是…

➡ {名詞；形容動詞詞幹；[形容詞・動詞] 普通形} ＋に違いない

類義表現 よりしかたがない 只有…

意思

① 【肯定推測】表示說話人根據經驗或直覺，做出非常肯定的判斷，相當於「きっと〜だ」。中文意思是：「一定是…、準是…」。如例：

◆ 僕のケーキを食べたのは妹に違いない。
偷吃我那塊蛋糕的人肯定是妹妹！

◆ 丘の上の家なんて、景色はよくても不便に違いない。
建在山丘上的屋子就算坐擁景觀，也想必生活不便。

◆ 大事なところでミスをして、彼も悔しかったに違いない。
在重要的地方出錯，想必他也十分懊悔。

◆ その子は目が真っ赤だった。ずっと泣いていたに違いない。
那女孩的眼睛紅通通的，一定哭了很久。

比較 よりしかたがない〔只有…〕「にちがいない」表示說話人根據經驗或直覺，做出非常肯定的判斷；「よりしかたがない」表示讓步。表示沒有其他的辦法了，只能採取前項行為。含有無奈的情緒。

003 （の）ではないだろうか、（の）ではないかとおもう

1. 是不是…啊、不就…嗎；2. 我想…吧

➡ {名詞；[形容詞・動詞] 普通形} ＋ （の）ではないだろうか、（の）ではないかと思う

類義表現 つけ 是不是…來著

① 【推測】表示推測或委婉地建議。是對某事是否會發生的一種推測,有一定的
肯定意味。中文意思是:「是不是…啊、不就…嗎」。如例:

◆ 信しんじられないな。彼かれの話はなしは全部ぜんぶ嘘うそではないだろう
か。

真不敢相信!他説的是不是統統都是謊言啊?

◆ みんなで話はなし合あったほうがいいのではないだろう
か。

也許大家一起商量比較好吧。

② 【判斷】「(の)ではないかと思う」是「ではないか+思う」的形式。表示説
話人對某事物的判斷,含有徵詢對方同意自己的判斷的語意。中文意思是:
「我想…吧」。如例:

◆ 君きみのしていることは全すべて無駄むだではないかと思おもう。

我懷疑你所做的一切都是白費的。

◆ そんなことを言いわれたら、誰だれでも怒おこるのではないかと思おもう。

如果聽到別人那樣説自己,我想不管是誰都會生氣吧。

っけ〔是不是…來著〕「(の)ではないだろうか、(の)では
ないかとおもう」利用反詰語氣帶出説話者的想法、主張;「っ
け」用在想確認自己記不清,或已經忘掉的事物時。接在句尾。

004 みたい（だ）、みたいな

Track N3-025

1.好像…;2.像…一樣的;3.想要嘗試…

ようだ 好像…

① 【推測】{名詞;形容動詞詞幹;[動詞・形容詞]普通形}+みたい（だ）、みた
いな。表示説話人憑自己的觀察或感覺,做出不是很確定的推測或判斷。中
文意思是:「好像…」。如例:

◆ 君、具合が悪いみたいだけど、大丈夫。

你好像身體不舒服，要不要緊？

◆ 2階の人、引っ越すみたいだな。

住在2樓的人，好像要搬家了耶？

比較 **ようだ**〔好像…〕「みたいだ」表示推測。表示説話人憑自己的觀察或感覺，而做出不是很確切的推斷；「ようだ」表示推測。説話人從各種情況，來推測人事物是後項的情況，但這通常是説話人主觀、根據不足的推測。

② 【比喻】針對後項像什麼樣的東西，進行舉例並加以説明。後接名詞時，要用「みたいな＋名詞」。中文意思是：「像…一樣的」。如例：

◆ 生まれてきたのは、お人形みたいな女の子でした。

生下來的是個像洋娃娃一樣漂亮的女孩。

③ 【嘗試】{動詞て形}＋てみたい。由表示試探行為或動作的「てみる」，再加上表示希望的「たい」而來。跟「みたい（だ）」的最大差別在於，此文法前面必須接「動詞て形」，且後面不能接「だ」，用於表示想嘗試某行為。中文意思是：「想要嘗試…」。如例：

◆ 南の島へ行ってみたい。

我好想去南方的島嶼。

---

005 **おそれが（は）ある**

恐怕會…、有…危險

Track N3-026

➡ {名詞の；形容動詞詞幹な；[形容詞・動詞]辭書形}＋恐れが（は）ある

類義表現 **かもしれない** 也許…

意思

① 【推測】表示擔心有發生某種消極事件的可能性，常用在新聞報導或天氣預報中，後項大多是不希望出現的內容。中文意思是：「恐怕會…、有…危險」。如例：

◆ この地震による津波の恐れはありません。
這場地震並無引發海嘯之虞。

◆ 東北地方は、今夜から大雪になる恐れがあります。
東北地區從今晚起恐將降下大雪。

[比較] **かもしれない**〔也許…〕「おそれがある」
表示說話人擔心有可能會發生不好的事情，常用在新聞或天氣預報等較為正式場合；「かもしれない」表示說話人不確切的推測。推測內容的正確性雖然不高、極低，但是有可能發生。是可能性最低的一種推測。肯定跟否定都可以用。

[補]〔不利〕通常此文法只限於用在不利的事件，相當於「心配がある」。如例：

◆ このおもちゃは小さな子どもが怪我をする恐れがある。
這款玩具有可能造成兒童受傷。

◆ この島には絶滅の恐れがある珍しい動物がいます。
這座島上有瀕臨絕種的稀有動物。

006 ないことも（は）ない

Track N3-027

1. 應該不會不…；2. 並不是不…、不是不…

➡ **{動詞否定形} ＋ないことも（は）ない**

[類義表現] っこない 絕不…

[意思]

①【推測】後接表示確認的語氣時，為「應該不會不…」之意。如例：

◆ 試験までまだ３か月もありますよ。あなたならできないことはないでしょう。
距離考試還有整整３個月呢。憑你的實力，總不至於考不上吧。

②【消極肯定】使用雙重否定，表示雖然不是全面肯定，但也有那樣的可能性，是種有所保留的消極肯定說法，相當於「することはする」。中文意思是：「並不是不…、不是不…」。如例：

◆ この本がそんなに欲しいなら、あげないこともないよ。
假如真的那麼想要這本書，也不是不能給你喔。

◆ 3万円くらい払えないことはないけど、払いたくないなあ。

我不是付不起區區 3 萬圓，而是不願意付啊。

◆ 誰にも言わないって約束するなら、教えてあげないこともないけど。

若能答應我絕不告訴任何人，倒也不是不能說給你聽。

比較

っこない〔絕不…〕「ないことも（は）ない」利用雙重否定來表達有採取某種行為的可能性（是程度極低的可能性）；「っこない」是說話人的判斷。表示強烈否定某事發生的可能性。大多使用可能的表現方式。

007　つけ

是不是…來著、是不是…呢

Track N3-028

➡ {名詞だ（った）；形容動詞詞幹だ（った）；[動詞・形容詞]た形}＋つけ

類義表現　って 聽說…

意思

① 【確認】用在想確認自己記不清，或已經忘掉的事物時。「つけ」是終助詞，接在句尾。也可以用在一個人自言自語，自我確認的時候。當對象為長輩或是身分地位比自己高時，不會使用這個句型。中文意思是：「是不是…來著、是不是…呢」。如例：

◆ あの人、誰だっけ。

讓我想想那個人是誰來著…。

◆ 君、こんなに絵が上手だったっけ。

原來你這麼會畫畫哦！

◆ あれ、これと同じ服、持ってなかったっけ。

咦？我是不是有一件一樣的衣服啊？

◆ この公園って、こんなに広かったっけ。

這座公園，以前就這麼大嗎？

008 わけが（は）ない

Track N3-029

不會…、不可能…

➡ {形容動詞詞幹な；[形容詞・動詞] 普通形} ＋わけが（は）ない

| 類義表現 | もの、もん 因為…嘛 |

| 意思 |

① 【強烈主張】表示從道理上而言，強烈地主張不可能或沒有理由成立，用於全面否定某種可能性。相當於「はずがない」。中文意思是：「不會…、不可能…」。如例：

◆ 私がクリスマスの夜に暇なわけがないでしょう。
  耶誕夜我怎麼可能有空呢？

◆ お兄ちゃんの作る料理がおいしいわけがないよ。
  哥哥做的菜怎會好吃嘛！

◆ こんな高い車、私に買えるわけはない。
  這麼昂貴的車，我不可能買得起。

| 比較 | もの、もん〔因為…嘛〕「わけが（は）ない」是説話人主觀、強烈的否定。説話人根據充分、確定的理由，得出後項沒有某種可能性的結論；「もの、もん」表示強烈的主張。用在説話人，説明個人理由，針對自己的行為進行辯解。 |

⑪ 〔口語〕口語常會説成「わけない」。如例：

◆ これだけ練習したのだから、失敗するわけない。
  畢竟已經練習這麼久了，絕不可能失敗。

009 わけでは（も）ない

Track N3-030

並不是…、並非…

➡ {形容動詞詞幹な；[形容詞・動詞] 普通形} ＋わけでは（も）ない

ないこともない 並不是不…

意思

① 【部分否定】表示不能簡單地對現在的狀況下某種結論，也有其它情況。常表示部分否定或委婉的否定。中文意思是：「並不是…、並非…」。如例：

◆ 虫が全部ダメなわけではないんです。好きな虫もいますよ。

我並不是害怕所有的蟲，有些蟲我還蠻喜歡的喔！

◆ 先生はいつも厳しいわけではない。頑張れば褒めてくれる。

老師並不是一直那麼嚴厲，只要努力，他也會給予嘉獎。

◆ これは誰にでもできる仕事だが、誰でもいいわけでもない。

這雖是任何人都會做的工作，但不是每一個人都能做得好。

◆ あなたの言うこともわからないわけではないけど、今回は我慢してほしい。

我不是不懂你的意思，但是希望你這次先忍下來。

比較

ないこともない 〔並不是不…〕「わけでは（も）ない」表示依照狀況看來不能百分之百地導出前項的結果，有其他可能性或是例外，是一種委婉、部分的否定用法；「ないこともない」利用雙重否定來表達有採取某種行為、發生某種事態的程度低的可能性。

---

010 んじゃない、んじゃないかとおもう `Track N3-031`

不…嗎、莫非是…

➡ {名詞な；形容動詞詞幹な；[形容詞・動詞] 普通形} ＋
んじゃない、んじゃないかと思う

類義表現

にちがいない 肯定…

意思

① 【主張】是「のではないだろうか」的口語形。表示意見跟主張。中文意思是：

「不…嗎、莫非是…」。如例：

◆ 本当にダイヤなの。プラスチックなんじゃない。

是真鑽嗎？我看是壓克力鑽吧？

◆ 大丈夫。顔が真っ青だけど気分悪いんじゃない。

沒事吧？看你臉色發白，是不是身體不舒服？

◆ あの子は自分のことばかり。ちょっとわがままなん
じゃないかと思う。

那女孩只顧自己，我覺得她好像有點任性。

◆ 今からやっても、もう間に合わないんじゃないかと思
う。

就算現在開始動手做，我猜大概也來不及吧。

| 比較 | にちがいない〔肯定…〕「んじゃない、んじゃないかとおもう」表示説話者個人的想法、意見；「にちがいない」表示説話者憑藉著某種依據，十分確信，做出肯定的判斷，語氣強烈。 |

文法小祕方

動詞

項目	說明	例句
定義	動詞是表示動作、存在、狀態或變化等的詞。	食べる
種類	五段動詞、一段動詞、不規則動詞。	五段動詞：書く 一段動詞：食べる 不規則動詞：する、来る
自動詞和他動詞	自動詞表示動作不直接作用於對象，從動作的對象出發；他動詞表示動作直接作用於對象，從動作的主體出發。	自動詞：ドアが開く。 他動詞：ドアを開ける。
授受動詞	表示給予或接受動作的動詞。	給予：くれる、くださる、やる、あげる、さしあげる 接受：もらう、いただく
補助動詞	主要動詞後面補充説明動作狀態的動詞。	〜ている：食べている 〜てある：書いてある 〜てくる：よくなってくる 〜ていく：減っていく 〜てみる：作ってみる 〜てみせる：やってみせる 〜ておく：書いておく 〜てしまう：忘れてしまう

練習　文法知多少？

▼ 答案詳見右下角

☞　請完成以下題目，從選項中，選出正確答案，並完成句子。

1　台風のため、午後から高潮（　　　　）。

　　1．のおそれがあります　　2．ないこともない

2　理由があるなら、外出を許可（　　　　）。

　　1．しないこともない　　　　　2．することはない

3　彼女は、わざと意地悪をしている（　　　　）。

　　1．よりしかたがない　　　　　2．に決まっている

4　このダイヤモンドは高い（　　　　）。

　　1．ほかない　　　　　　　　　2．に違いない

5　もしかして、知らなかったのは私だけ（　　　　）。

　　1．ではないだろうか　　　　　2．ないこともない

6　高橋さんは必ず来ると言っていたから、来る（　　　　）。

　　1．はずだ　　　　　　　　　　2．わけだ

7　（靴を買う前に試しに履いてみて）ちょっと大きすぎる（　　　　）。

　　1．みたいだ　　　　　　　　　2．らしい

8　王さんがせきをしている。風邪を引いた（　　　　）。

　　1．らしい　　　　　　　　　　2．はずだ

Lesson

04

様態、傾向

狀態、傾向

---

001 かけ（の）、かける

Track N3-032

1. 快…了；2. 做一半、剛…、開始…；3. 對…

➡ {動詞ます形} ＋かけ（の）、かける

| 類義表現 | だす …起來 |

| 意思 |

① 【狀態】前接「死ぬ（死亡）、入る（進入）、止まる（停止）、立つ（站起來）」
等瞬間動詞時，表示面臨某事的當前狀態。中文意思是：「快…了」。如例：

◆ 祖父は兵隊に行っていたとき死にかけたそうです。

聽說爺爺去當兵時差點死了。

◆ 会場に入りかけたとき、中から爆発音が聞こえた。

正準備進入會場時，裡面竟傳出了爆炸聲。

② 【中途】表示動作、行為已經開始，正在進行途中，但還沒有結束，相當於「している途中」。中文意思是：「做一半、剛…、開始…」。如例：

◆ 昨夜は論文を読みかけて、そのまま眠ってしまった。

昨晚讀著論文，就這樣睡著了。

◆ テーブルの上には、冷たくなったコーヒーと食べかけ
のパンがあった。

那時桌上擺著變涼了的咖啡和咬了一半的麵包。

| 比較 | だす〔…起來〕「かける」表示做某個動作做
到一半；「だす」表示短時間內某動作、狀
態，突然開始，或出現某事。

③【涉及對方】用「話しかける（攀談）、呼びかける（招呼）、笑いかける（面帶微笑）」等，表示向某人做某行為。中文意思是：「對…」。如例：

◆ 一人でいる私に、彼女が優しく話しかけてくれたんです。

看見孤伶伶的我，她親切地過來攀談。

002 だらけ

全是…、滿是…、到處是…

➡ {名詞} ＋だらけ

| 類義表現 | ばかり 淨… |

| 意思 |

①【狀態】表示數量過多，到處都是的樣子，不同於「まみれ」，「だらけ」前接的名詞種類較多，特別像是「泥だらけ（滿身泥巴）、傷だらけ（渾身傷）、血だらけ（渾身血）」等，相當於「がいっぱい」。中文意思是：「全是…、滿是…、到處是…」。如例：

◆ その猫は傷だらけだった。

那隻貓當時渾身是傷。

◆ 男の子は泥だらけの顔で、にっこりと笑った。

男孩頂著一張沾滿泥巴的臉蛋，咧嘴笑了。

| 比較 | ばかり〔淨…〕「だらけ」表示數量很多、雜亂無章到處都是，多半用在負面的事物上；「ばかり」表示不斷重複同一樣的事，或一直都是同樣的狀態。

補【貶意】常伴有「不好」、「骯髒」等貶意，是說話人給予負面的評價。如例：

◆ この文章は間違いだらけだ。

這篇文章錯誤百出！

補【不滿】前接的名詞也不一定有負面意涵，但通常仍表示對說話人而言有諸多不滿。如例：

◆ 僕の部屋は女の子たちからのプレゼントだらけで、寝る場所もないよ。

我的房間塞滿了女孩送的禮物，連睡覺的地方都沒有哦！

003 み

帶有…、…感

→ {[形容詞・形容動詞] 詞幹}＋み

類義表現 ｜ さ 表示程度或狀態

意思

① 【狀態】「み」是接尾詞，前接形容詞或形容動詞詞幹，表示該形容詞的這種狀態、性質，或在某種程度上感覺到這種狀態、性質。是形容詞跟形容動詞轉為名詞的用法。中文意思是：「帶有…、…感」。如例：

◆ 休みの日は部屋でアニメを見るのが私の楽しみです。
假日窩在房間裡看看動漫是我的歡樂時光。

◆ おじいちゃん、腰の痛みにはこの薬が効くよ。
老爺爺，這種藥對腰痛很有效喔！

◆ 戦争を知っている人の言葉には重みがある。
戰火餘生者的話語乃是寶貴的見證。

◆ 本当にやる気があるのか。君は真剣みが足りないな。
真的有心要做嗎？總覺得你不夠認真啊。

比較 ｜ **さ〔表示程度或狀態〕**「み」和「さ」都可以接在形容詞、形容動詞語幹後面，將形容詞或形容動詞給名詞化。兩者的差別在於「み」表示帶有這種狀態，和感覺、情感有關，偏向主觀。「さ」是偏向客觀的，表示帶有這種性質，或表示程度，和事物本身的屬性有關。「重み」比「重さ」還更有說話者對於「重い」這種感覺而感嘆的語氣。

004 っぽい

看起來好像…、感覺像…

→ {名詞；動詞ます形}＋っぽい

類義表現 ｜ むけ 面向…

① 【傾向】接在名詞跟動詞連用形後面作形容詞，表示有這種感覺或有這種傾向。
與語氣具肯定評價的「らしい」相比，「っぽい」較常帶有否定評價的意味。
中文意思是：「看起來好像…、感覺像…」。如例：

◆ あの白っぽい建物が大使館です。

　那棟淺色的建築是大使館。

◆ まだ中学生なの。ずいぶん大人っぽいね。

　還是中學生哦？看起來挺成熟的嘛。

◆ 息子は昔から飽きっぽくて、何をやっても続かな
　い。

　兒子從以前就沒毅力，不管做什麼都無法持之以恒。

◆ 年のせいか、このごろ母は忘れっぽくて困る。

　也許是上了年紀，這陣子母親忘性很重，真糟糕。

比較　むけ〔面向…〕「むきの（に、だ）」表示後項對前項的人事物
來説是適合的；「むけ」表示某一事物的性質，適合特定的某對
象或族群。

---

005 いっぽう（だ）

一直…、不斷地…、越來越…

Track N3-036

➡ {動詞辭書形}＋一方（だ）

類義表現　ば～ほど 越來越…

意思

① 【傾向】表示某狀況一直朝著一個方向不斷發展，沒有停止，後接表示變化的
動詞。中文意思是：「一直…、不斷地…、越來越…」。如例：

◆ この女優はきれいだし、演技もうまいし、人気は上がる一方だね。

　這位女演員不僅人長得美，演技也精湛，走紅程度堪稱直線
上升呢。

◆ 夫の病状は悪くなる一方だ。

　我先生的病情日趨惡化。

◆ 台風による被害は広がる一方で、心配だ。

颱風造成的災情來愈愈嚴重，真令人憂心。

◆ 不法滞在する外国人労働者はこの10年間増える一方だ。

非法居留的外籍勞工人數這10年來逐漸增加。

比較 〈ば〜ほど〔越來越…〕「いっぽうだ」前接表示變化的動詞，表示某狀態、傾向一直朝著一個方向不斷進展，沒有停止。可以用在不利的事態，也可以用在好的事態；「ば〜ほど」表示隨著前項程度的增強，後項的程度也會跟著增強。有某種傾向逐漸增強之意。

---

006 がちだ（の）

Track N3-037

經常，總是；容易…、往往會…、比較多

→ {名詞；動詞ます形} ＋がちだ（の）

類義表現 ぎみ 有點…

意思

① 【傾向】表示即使是無意的，也不由自主地出現某種傾向，或是常會這樣做，一般多用在消極、負面評價的動作，相當於「の傾向がある」。中文意思是：「（前接名詞）經常，總是；（前接動詞ます形）容易…、往往會…、比較多」。如例：

◆ 娘は小さいころから病気がちでした。

女兒從小就體弱多病。

◆ 今月に入ってから、曇りがちの天気が続いている。

從這個月起，天空一直是陰陰灰灰的。

◆ 外食が多いので、どうしても野菜が不足しがちになる。

由於經常外食，容易導致蔬菜攝取量不足。

比較 ぎみ〔有點…〕「がちだ」表示經常出現某種負面傾向，強調發生多次；「ぎみ」則是用來表示說話人在身心上，感覺稍微有這樣的傾向，強調稍微有這樣的感覺。

補 〔慣用表現〕常用於「遠慮がち (客氣)」等慣用表現，如例：

◆ お婆さんは、若者にお礼を言うと、遠慮がちに席に座った。

老婆婆向年輕人道謝後，不太好意思地坐了下來。

---

007 ぎみ

Track N3-038

有點…、稍微…、…趨勢

➡ {名詞；動詞ます形} ＋気味

類義表現　っぽい 看起來好像…

意思

① 【傾向】表示身心、情況等有這種樣子，有這種傾向，用在主觀的判斷。一般指程度雖輕，但有點…的傾向。只強調現在的狀況。多用在消極或不好的場合相當於「の傾向がある」。中文意思是:「有點…、稍微…、…趨勢」。如例：

◆ 昨夜から風邪ぎみで、頭が痛い。

昨晚開始出現感冒徵兆，頭好痛。

◆ この頃、残業続きで疲れぎみです。

這陣子連續加班好幾天，有點累。

◆ 寝不足ぎみのせいか、今週は失敗ばかりだ。

可能是因為睡眠不夠，這星期失誤連連。

◆ 競技場の建設工事は遅れぎみだそうだ。

建造比賽場館的工程進度似乎有點延宕。

比較　っぽい〔看起來好像…〕「ぎみ」強調稍微有這樣的感覺；「っぽい」表示這種感覺或這種傾向很強烈。

---

008 むきの (に、だ)

Track N3-039

1.合於…、適合…；2.朝…

➡ {名詞} ＋向きの (に、だ)

類義表現　むけの 適合於…

[意思]

① **【適合】** 表示前項所提及的事物，其性質對後項而言，剛好適合。兩者一般是偶然合適，不是人為使其合適的。如果是有意圖使其合適一般用「むけ」。相當於「に適している」。中文意思是：「合於…、適合…」。如例：

◆「初心者向きのパソコンはありますか。」「こちらでしたら操作が簡単ですよ。」
「請問有適合初學者使用的電腦嗎？」「這款機型操作起來很簡單喔！」

◆この店の料理はどれも柔らかいから、お年寄り向きですよ。
這家餐廳的每一道菜口感都十分柔軟，很適合銀髮族喔！

[比較] **むけの**〔適合於…〕「むきの（に、だ）」表示後項對前項的人事物來説是適合的；「むけの」表示限定對象或族群。

② **【方向】** 接在方向及前後、左右等方位名詞之後，表示正面朝著那一方向。中文意思是：「朝…」。如例：

◆この台の上に横向きに寝てください。
請在這座診療台上側躺。

[補]〔**積極／消極**〕「前向き／後ろ向き」原為表示方向的用法，但也常用於表示「積極／消極」、「朝符合理想的方向／朝理想反方向」之意。如例：

◆彼女は、負けても負けても、いつも前向きだ。
她不管失敗了多少次，仍然奮勇向前。

009 むけの（に、だ）

Track N3-040

適合於…

➔ **{名詞}＋向けの（に、だ）**

[類義表現] **のに** 用於…

意思

① 【適合】表示以前項為特定對象目標，而有意圖地做後項的事物，也就是人為使之適合於某一個方面的意思。相當於「を対象にして」。中文意思是：「適合於…」。如例：

◆ 主に子ども向けの本を書いています。
主要撰寫適合兒童閱讀的書籍。

◆ こちらは輸出向けに生産された左ハンドルの車です。
這一款是專為外銷訂單製造的左駕車。

◆ こちらは、会員向けに販売した限定品です。
這是會員獨享的限購品。

◆ このTシャツは男性向けだが、女性客によく売れている。
這件T恤雖是男士款，但也有很多女性顧客購買。

比較

のに〔用於…〕「むけの（に、だ）」表示限定對象或族群；「のに」表示為了達到目的、用途、有效性，所必須的條件。後項常接「使う、役立つ、かかる、利用する、必要だ」等詞。

文法小祕方

動詞

項目	說明	例句
可能動詞	表示動作可能性的動詞。	食べられる
複合動詞	由兩個以上的詞組成的動詞。後項是動詞，前項可以是動詞、名詞、形容詞、擬態詞、接頭詞等。	動詞：書き始める 名詞：恋愛する 形容詞：近寄る 擬態詞：にこにこする 接頭詞：ぶん殴る
動詞的活用形式	動詞的變化形式，包括連用形、終止形、連體形、假定形、命令形等。	連用形：食べて 終止形：食べる 連體形：食べるとき 假定形：食べれば 命令形：食べろ
動詞的活用	根據動詞種類，活用形式有所不同。	書く→書かない、書きます、書けば、書こう

練習　文法知多少？

▼ 答案詳見右下角

☞　**請完成以下題目，從選項中，選出正確答案，並完成句子。**

1　それは（　　　　）マフラーです。

　　1. 編み出す　　　　　　　　2. 編みかけの

2　私の母はいつも病気（　　　　）です。

　　1. がち　　　　　　　　　　2. ぎみ

3　どうも学生の学力が下がり（　　　　）です。

　　1. ぎみ　　　　　　　　　　2. っぽい

4　子どもは泥（　　　　）になるまで遊んでいた。

　　1. だらけ　　　　　　　　　2. ばかり

5　（　　　　）と太りますよ。

　　1. 寝てばかりいる　　　　　2. 寝る一方だ

6　あの人は忘れ（　　　　）困る。

　　1. らしくて　　　　　　　　2. っぽくて

7　この仕事は明るくて社交的な人（　　　　）です。

　　1. 向き　　　　　　　　　　2. 向け

8　初心者（　　　　）パソコンは、たちまち売れてしまった。

　　1. 向けの　　　　　　　　　2. っぽい

答案：(1) 2　(2) 1　(3) 1　(4) 1
(5) 1　(6) 2　(7) 1　(8) 1

程度
程度

Lesson 05

001 くらい(ぐらい)～はない、ほど～はない

Track N3-041

沒什麼是…、沒有…像…一樣、沒有…比…的了

➡ {名詞}＋くらい(ぐらい)＋{名詞}＋はない、{名詞}＋ほど＋{名詞}＋はない

類義表現 より～ほうが …比…

意思

① 【程度－最上級】表示前項程度極高，別的東西都比不上，是「最…」的事物。中文意思是：「沒什麼是…、沒有…像…一樣、沒有…比…的了」。如例：

◆ 冷たくなったラーメンくらいまずいものはない。
再沒有比放涼了的拉麵更難吃的東西了！

◆ 彼女と過ごす休日ほど幸せな時間はない。
再沒有比和女友共度的假日更幸福的時光了。

[補] 〔特定個人→いない〕當前項主語是特定的個人時，後項不會使用「ない」，而是用「いない」。如例：

◆ 陳さんほど真面目に勉強する学生はいません。
再也找不到比陳同學更認真學習的學生了。

比較 <u>より～ほうが</u>〔…比…〕「くらい（ぐらい）～はない、ほど～はない」表示程度比不上「ほど」前面的事物；「より～ほうが」表示兩者經過比較，選擇後項。

002 ばほど

Track N3-042

1. 越…越…；2. 如果…更…

➡{[形容詞・形容動詞・動詞] 假定形}＋ば＋{同形容動詞詞幹な；[同形容詞・動詞] 辭書形}＋ほど

[類義表現] にっれて 隨著…

[意思]

①【程度】同一單詞重複使用，表示隨著前項事物的變化，後項也隨之相應地發生程度上的變化。中文意思是：「越…越…」。如例：

◆「予算はどのくらいですか。」「安ければ安いほどいいよ。」
「請問預算大約多少呢？」「越便宜越好喔。」

◆考えれば考えるほど分からなくなる。
越想越不懂。

[比較] にっれて〔隨著…〕「ば～ほど」表示前項一改變，後項程度也會跟著改變；「につれて」表示後項隨著前項一起發生變化，這個變化是自然的、長期的、持續的。

[補]〔省略ば〕接形容動詞時，用「形容動詞＋なら（ば）～ほど」，其中「ば」可省略。中文意思是：「如果…更…」。如例：

◆パスワードは複雑なら複雑なほどいいです。
密碼越複雜越安全。

003 ほど

Track N3-043

1.…得、…得令人；2. 越…越…

➡{名詞；形容動詞詞幹な；[形容詞・動詞] 辭書形}＋ほど

[類義表現] につれて 越…越…

[意思]

①【程度】用在比喻或舉出具體的例子，來表示動作或狀態處於某種程度，一般用在具體表達程度的時候。中文意思是：「…得、…得令人」。如例：

◆今日は死ぬほど疲れた。
今天累得快死翹翹了。

◆ お腹が痛くなるほど笑った。

笑得我肚子都疼了。

② 【平行】表示後項隨著前項的變化，而產生變化。中文意思是：「越…越…」。
如例：

◆ ワインは時間が経つほどおいしくなるそうだ。

聽說紅酒放得越久越香醇。

◆ この森は奥へ行くほど暗くなって危険だ。

這座森林越往裡面走越昏暗，很危險！

| 比較 | につれて〔越…越…〕「ほど」表示後項隨著前項程度的提高而提高；「につれて」表示平行。前後接表示變化的詞，說明隨著前項程度的變化，以這個為理由，後項的程度也隨之發生相應的變化。後項不用說話人的意志或指使他人做某事的句子。 |

004 くらい（だ）、ぐらい（だ）

1. 幾乎…、簡直…、甚至…；2. 這麼一點點

➡ {名詞；形容動詞詞幹な；[形容詞・動詞] 普通形} ＋
くらい（だ）、ぐらい（だ）

| 類義表現 | ほど 令人越…越… |

| 意思 | |

① 【程度】用在為了進一步說明前句的動作或狀態的極端程度，舉出具體事例來，相當於「ほど」。中文意思是：「幾乎…、簡直…、甚至…」。如例：

◆ 合格と聞いて、涙が出るくらい嬉しかった。

一聽到考上的消息，高興得幾乎淚崩！

◆ 彼の家は、お城かと思うぐらい広かった。

他家大得幾乎讓人以為是城堡。

◆ もう時間に間に合わないと分かったときは、泣きたいくらいでした。

當發現已經趕不及時，差點哭出來了。

比較	ほど〔令人越…越…〕「くらい（だ）、ぐらい（だ）」表示最低的程度。用在了為了進一步說明前句的動作或狀態的程度，舉出具體事例來；「ほど」表示最高程度。表示動作或狀態處於某種程度。

② **【蔑視】** 說話者舉出微不足道的事例，表示要達成此事易如反掌。中文意思是：「這麼一點點」。如例：

◆ 自分の部屋ぐらい、自分で掃除しなさい。

自己的房間好歹自己打掃！

005　さえ、でさえ、とさえ

1. 就連…也…；2. 連…、甚至…

➡{名詞＋（助詞）}＋さえ、でさえ、とさえ；{疑問詞…}＋かさえ；
{動詞意向形}＋とさえ

類義表現	まで 連…都

意思	

① **【程度】** 表示比目前狀況更加嚴重的程度。中文意思是：「就連…也…」。如例：

◆ 料理をしないので、うちには肉も野菜も、米さえもない。

由於不開火，所以家裡別說是肉和蔬菜了，甚至連米都沒有。

◆ 1年前は、彼女は漢字だけでなく、「あいうえお」さえ書けなかった。

她一年前不僅是漢字，就連「あいうえお」都不會寫。

比較	まで〔連…都〕「さえ、でさえ、とさえ」表示比目前狀況更加嚴重的程度；「まで」表示程度。表示程度逐漸升高，而說話人對這種程度感到驚訝、錯愕。

② **【舉例】** 表示舉出一個程度低的、極端的例子都不能了，其他更不必提，含有吃驚的心情，後項多為否定的內容。相當於「すら、でも、も」。中文意思是：「連…、甚至…」。如例：

◆ この本は私には難し過ぎる。何の話かさえ分からない。

這本書對我來說太難了，就連內容在談些什麼都看不懂。

練習　文法知多少？

▼ 答案詳見右下角

☞　請完成以下題目，從選項中，選出正確答案，並完成句子。

1　それ（　　　）、できるよ。

　　1．ぐらい　　　　　　　　2．ほど

2　宝石は、高価であればある（　　　）、買いたくなる。

　　1．ほど　　　　　　　　　2．につれて

3　お腹が死ぬ（　　　）痛い。

　　1．わりに　　　　　　　　2．ほど

4　大きい船は、小さい船（　　　）揺れ（　　　）。

　　1．ほど…ない　　　　　2．より…ほうだ

5　こんな大雪の中、わざわざ遊びに出かける（　　　）。

　　1．ことはない　　　　　2．ほどはない

6　A「また財布をなくしたんですか。」

　　B「はい。今年だけでもう5回目です。私ほどよくなくす人は

　　　（　　　）。」

　　1．いたでしょう　　　　2．いないでしょう

状況の一致と変化

状況的一致及變化

---

001 とおり（に）

Track N3-046

按照…、按照…那樣

➡ {名詞の；動詞辭書形；動詞た形} ＋とおり（に）

| 類義表現 | によって（は）根據… |

| 意思 |

① 【依據】表示按照前項的方式或要求，進行後項的行為、動作。中文意思是：「按照…、按照…那樣」。如例：

◆ この本のとおりに作ったのに、全然おいしくない。

我按照這本書上寫的步驟做出來了，結果一點也不好吃。

◆ じゃ、今教えたとおりにやってみてください。

那麼，請依照我剛才教你的方法試試看。

◆ 奥さんの言うとおりにやっておけば、間違いないよ。

凡事遵照太座的命令去做，絕不會有錯！

◆ どんなことも、自分で考えているとおりにはいかないものだ。

無論什麼事，都沒辦法順心如意。

| 比較 | **によって（は）**〔根據…〕「とおり（に）」表示依照前項學到的、看到的、聽到的或讀到的事物，內容原封不動地用動作或語言、文字表現出來；「によって（は）」表示依據。是依據某個基準的根據。也表示依據的方法、方式、手段。 |

002 どおり（に）

按照、正如…那樣、像…那樣

➡ {名詞} + どおり（に）

| 類義表現 | まま（で）保持原樣 |

| 意思 |

① 【依據】「どおり」是接尾詞。表示按照前項的方式或要求，進行後項的行為、
動作。中文意思是：「按照、正如…那樣、像…那
樣」。如例：

◆ お金は、約束どおりに払います。
按照之前談定的，來支付費用。

◆ みんなの予想どおり、犯人は黒い服の男だっ
た。
如同大家猜測的，兇手就是那個穿黑衣服的男人。

◆ ここで負けたのも私の計画通りですよ。
在這時候輸了，也屬於我計畫中的一部分喔！

◆ これからは自分の思う通りにやってごらん。
以後儘管依照你自己的想法去做做看。

| 比較 | まま（で）〔保持原樣〕「どおり（に）」表示遵循前項的指令
或方法，來進行後項的動作；「まま（で）」表示保持前項的狀
態的原始樣子。也表示前項原封不動的情況下，進行了後項的動
作。

003 きる、きれる、きれない

1.…完、完全、到極限；2.充分…、堅決…；3.中斷…

➡ {動詞ます形} + 切る、切れる、切れない

| 類義表現 | かける 剛… |

意思

① 【完了】表示行為、動作做到完結、徹底執行、堅持到最後，或是程度達到極限，相當於「終わりまで～する」。中文意思是：「…完、完全、到極限」。如例：

◆ レストランを借り切って、パーティーを開いた。
包下整間餐廳，舉行了派對。

◆ 6月のコンサートのチケットはもう売り切れました。
6月份的演唱會門票已經全數售罄了。

◆ こんなにたくさんの料理は、とても食べ切れないよ。
這麼滿滿一大桌好菜，實在吃不完啦！

比較

かける〔剛…〕「きる、きれる、きれない」表示徹底完成一個動作；「かける」表示做某個動作做到一半。

② 【極其】表示擁有充分實現某行為或動作的自信，相當於「十分に～する」。中文意思是：「充分…、堅決…」。如例：

◆ 引退を決めた吉田選手は「やり切りました。」と笑顔を見せた。
決定退休的吉田運動員露出笑容說了句「功成身退」。

③ 【切斷】原本有切斷的意思，後來衍生為使結束，甚至使斷念的意思。中文意思是：「中斷…」。如例：

◆ 彼との関係を完全に断ち切る。
完全斷絕與他的關係。

---

004 にしたがって、にしたがい

Track N3-049

1.伴隨…、隨著…；2.按照…

➡ {動詞辭書形} ＋にしたがって、にしたがい

類義表現

とともに 隨著…

意思

① 【附帶】表示隨著前項的動作或作用的變化，後項也跟著發生相應的變化。「に

したがって」前後都使用表示變化的説法。有強調因果關係的特徵。相當於「につれて、にともなって、に応じて、とともに」等。中文意思是：「伴隨…、隨著…」。如例：

◆ 頂上に近づくにしたがって、気温が下がっていった。
　越接近山頂，氣溫亦逐漸下降了。

◆ 子猫は、成長するにしたがって、いたずらがひどくなった。
　小貓咪隨著日漸長大，也變得非常調皮了。

◆ 時間が経つに従い、被害は広がった。
　隨著時間過去，受害範圍亦趨擴大。

◆ 工場の機械化が進むに従い、労働環境は改善された。
　隨著機械化的進步，工廠的勞動環境也得到了改善。

② 【基準】也表示按照某規則、指示或命令去做的意思。中文意思是：「按照…」。如例：

◆ 例にしたがって、書いてください。
　請按照範例書寫。

| 比較 | とともに〔隨著…〕「にしたがって」表示後項隨著前項，相應地發生變化。也表示動作的基準、規範；「とともに」表示前項跟後項同時發生。也表示隨著前項的變化，後項也隨著發生變化。 |

Track N3-050

005 につれ（て）
伴隨…、隨著…、越…越…

➔ {名詞；動詞辭書形} ＋ につれ（て）

| 類義表現 | にしたがって 伴隨… |

意思

① 【平行】表示隨著前項的進展，同時後項也隨之發生相應的進展，「につれ（て）」前後都使用表示變化的説法。相當於「にしたがって」。中文意思是：「伴隨…、隨著…、越…越…」。如例：

◆ 町の発展につれて、様々な問題が生じてきた。

随著城鎮的發展，衍生出了各式各樣的問題。

◆ 暗くなるにつれて、店にはたくさんの人が集まって来た。

随著天色漸漸變暗，許多人陸續來到了餐館裡。

◆ 日が経つにつれて、彼の意見に賛成する人が増えていった。

随著日子過去，贊同他意見的人也增加了。

◆ 娘は成長するにつれて、妻にそっくりになっていった。

随著女兒一天天長大，越來越像妻子了。

| 比較 |

にしたがって〔伴隨…〕「につれ（て）」
表示後項隨著前項一起發生變化，這個變化是自然的、長期的、持續的；「にしたがって」表示後項隨著前項，相應地發生變化。也表示按照指示、規則、人的命令等去做的意思。

---

006 にともなって、にともない、にともなう

Track N3-51

伴隨著…、隨著…

➡ {名詞；動詞普通形} ＋ に伴って、に伴い、に伴う

| 類義表現 | につれて 伴隨…

| 意思 |

① 【平行】表示隨著前項事物的變化而進展，相當於「とともに、につれて」。中文意思是：「伴隨著…、隨著…」。如例：

◆ 温暖化に伴い、米の産地にも変化が起きている。

随著地球暖化，稻米的產地也開始發生變化。

◆ 経済の回復に伴う株価の動きについてお話しします。

現在來談一談經濟復甦帶來的股價波動。

◆ インターネットの普及に伴って、誰でも簡単に情報を得られるようになった。

隨著網路的普及，任何人都能輕鬆獲得資訊了。

◆ 子どもの数が減るのに伴って、地域の小学校の数も減っている。

隨著兒童人數的減少，地區小學的校數也逐漸減少。

| 比較 |

につれて〔伴隨…〕「にともなって」表示隨著前項的進行，後項也有所進展或產生變化；「につれて」表示後項隨著前項一起發生變化。

| 文法小祕方 |

動詞

項目	說明	例句
動詞各活用形用法	表示不同語法功能，如否定、尊敬、假定等。	否定：食べない 尊敬：食べます 假定：食べれば
動詞的音變	動詞在變化過程中發生的音變。有「い音變」、「撥音變」、「促音變」。	書く→書いて
い音變	動詞的連用形接續て形、た形時，「か行、が行」的音變化為「え段」。	書く→書いて、書いた 泳ぐ→泳いで、泳いだ
撥音變	動詞的連用形接續て形、た形時，「な行、ま行、ば行」的音變化為「ん」。	死ぬ→死んで、死んだ 飲む→飲んで、飲んだ 遊ぶ→遊んで、遊んだ
促音變	動詞的連用形接續て形、た形時，「た行、ら行、わ行」的音變化為促音「っ」。	勝つ→勝って、勝った 取る→取って、取った 待つ→待って、待った

練習　文法知多少？

▼ 答案詳見右下角

☞ 請完成以下題目，從選項中，選出正確答案，並完成句子。

1 言^いわれた（　　　）、規則^{きそく}を守^{まも}ってください。

　　1．とおりに　　　　　　　2．まま

2 荷物^{にもつ}を、指示^{しじ}（　　　）運搬^{うんぱん}した。

　　1．をもとに　　　　　　　2．どおりに

3 父^{ちち}の転勤^{てんきん}（　　　）、転校^{てんこう}することになった。

　　1．に伴^{ともな}って　　　　　2．にしたがって

4 指示^{しじ}（　　　）行動^{こうどう}する。

　　1．につれて　　　　　　　2．にしたがって

5 世^よの中^{なか}の動^{うご}き（　　　）、考^{かんが}え方^{かた}を変^かえなければならない。

　　1．に伴^{ともな}って　　　　　2．につれて

6 夏生^{なつう}まれの母^{はは}は、暑^{あつ}くなるに（　　　）元気^{げんき}になる。

　　1．ついて　　　　　　　　2．したがって

Lesson 07

立場、状況、関連

立場、狀況、關連

001 からいうと、からいえば、からいって

Track N3-052

從…來說、從…來看、就…而言

➡ {名詞} ＋からいうと、からいえば、からいって

[類義表現] からして 單從…來看

[意思]

①【判斷立場】表示判斷的依據及角度，指站在某一立場上來進行判斷。後項含有推量、判斷、提意見的語感。跟「からみると」不同的是「からいうと」不能直接接人物或組織名詞。中文意思是：「從…來說、從…來看、就…而言」。如例：

- 患者の立場からいうと、薬はなるべく飲みたくない。

  基於病患的立場，希望盡量不要吃藥。

- 優勝したベン選手は、年齢からいえばもう引退していてもおかしくないのだ。

  此次獲勝的本恩選手，以年齡而言，即使從體壇退休也不足為奇了。

- 機能からいえば、こちらの洗濯機のほうがずっといいですよ。

  就機能看來，這台洗衣機遠比其他機型來得好喔！

- 私の経験からいって、この裁判で勝つのは難しいだろう。

  從我的經驗來看，要想打贏這場官司恐怕很難了。

[補]〔類義〕相當於「から考えると」。

からして〔單從…來看〕「からいうと」表示判斷的立場。站在
前項的立場、角度來判斷的話，情況會如何。前面不能直接接人
物；「からして」表示從一個因素（具體如實的特徵）去判斷整
體。前面可以直接接人物。

002 として（は）
Track N3-053

以…身分、作為…；如果是…的話、對…來說

➡ {名詞}＋として（は）

 類義表現 とすれば 如果…

意思

① 【立場】「として」接在名詞後面，表示身分、地位、資
格、立場、種類、名目、作用等。有格助詞作用。中文
意思是：「以…身分、作為…；如果是…的話、對…來
説」。如例：

◆ 私は、研究生としてこの大学で勉強しています。
我目前以研究生的身分在這所大學裡讀書。

◆ 担当者として新商品の紹介をさせて頂きます。
請容我這個專案負責人為您介紹新商品。

◆ 彼は、お客としてはいいが、恋人としては考えられな
い。
以顧客來説，他人不錯，但並不是我的男友人選。

◆ この町は観光地としては人気だが、住みたい街ではな
い。
以觀光勝地而言，這座小鎮廣受大眾喜愛，但並不適合居住。

とすれば〔如果…〕「として（は）」表示判斷的立場、角度。
是以某種身分、資格、地位來看，得出某個結果；「とすれば」
表示前項如果成立，説話人就依照前項這個條件來進行判斷。

003 にとって（は、も、の）
對於…來說

➡ {名詞}＋にとって（は、も、の）

| 類義表現 | においては 在… |

| 意思 |

① 【立場】表示站在前面接的那個詞的立場，來進行後面的判斷或評價，表示站在前接詞（人或組織）的立場或觀點上考慮的話，會有什麼樣的感受之意。相當於「の立場から見て」。中文意思是：「對於…來說」。

如例：

◆ 彼女にとって、この写真は大切な思い出なのです。
對她來說，這張照片是重要的回憶。

◆ 子どもにとっては、学校が世界の全てだ。
對兒童來說，學校就等於全世界。

◆ あなたの成功は私にとっても本当に嬉しいことです。
你的成功也讓我同感欣喜。

◆ コンピューターは現代人にとっての宝の箱だ。
電腦相當於現代人的百寶箱。

| 比較 | においては〔在…〕「にとっては」前面通常會接人或是團體、單位，表示站在前項人物等的立場來看某事物；「においては」是書面用語，相當於「で」。表示事物（主要是抽象的事物或特別活動）發生的狀況、場面、地點、時間、領域等。

004 っぱなしで（だ、の）
1.一直…、總是…；2.…著

➡ {動詞ます形}＋っ放しで（だ、の）

| 類義表現 | まま 任憑… |

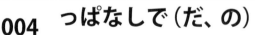

[意思]

①【持續】表示相同的事情或狀態，一直持續著。中文意思是：「一直…、總是…」。如例：

◆ 今の仕事は朝から晩まで立ちっ放しで辛い。

目前的工作得從早到晚站一整天，好難受。

②【放任】「はなし」是「はなす」的名詞形。表示該做的事沒做，放任不管、置之不理。大多含有負面的評價。中文意思是：「…著」。如例：

◆ 昨夜はテレビを点けっ放しで寝てしまった。

昨天晚上開著電視，就這樣睡著了。

◆ また出しっ放しだよ。使ったら、元のところへ戻しておいてね。

又沒有物歸原處了！以後記得用完之後要放回原位喔。

[比較] まま〔任憑…〕「っぱなしで（だ、の）」接意志動詞，表示做了某事之後，就沒有再做應該做的事，而就那樣放任不管。大多含有負面的評價；「まま」表示處在被動的立場，沒有自己的主觀意志，任憑別人擺佈的樣子。後項大多含有消極的意思。或表示某狀態沒有變化，一直持續的樣子。

[補]〘っ放しのN〙使用「っ放しの」時，後面要接名詞。如例：

◆ 今日は社長に呼ばれて、叱られっ放しの１時間だった。

今天被總經理叫過去，整整痛罵了一個鐘頭。

Track N3-056

005 において、においては、においても、における

在…、在…時候、在…方面

➡ {名詞}＋において、においては、においても、における

[類義表現] にかんして 關於…

[意思]

①【關連場合】表示動作或作用的時間、地點、範圍、狀況等。也用在表示跟某

一方面、領域有關的場合（主要為特別的活動或抽象的事物）。是書面語。口語一般用「で」表示。中文意思是：「在…、在…時候、在…方面」。如例：

◆ 2月1日において新商品の発表を行います。
　将於2月1日舉辦新產品的發表會。

◆ 公開授業は、第一講堂において行われる。
　公開授課，將於第一講堂舉行。

◆ 会議における各人の発言は全て記録してあります。
　所有與會人員的發言都加以記錄下來。

◆ 比喩表現においてはこの文書が優れている。
　在比喻表現方面，這篇文章實屬優異。

◆ それはコストにおいても有利になることは間違いありません。
　那在成本上也絕對是很有優勢的。

比較

にかんして〔關於…〕「において、においては、においても、における」表示動作或作用的時間、地點、範圍、狀況等。是書面語；「にかんして」表示針對和前項相關的事物，進行討論、思考、敘述、研究、發問、調查等動作。

006　たび（に）
毎次…、毎當…就…

➡ {名詞の；動詞辭書形}＋たび（に）

類義表現

につき 因…

意思

① 【關連】表示前項的動作、行為都伴隨後項。也用在一做某事，總會喚起以前的記憶。相當於「するときはいつも～」。中文意思是：「毎次…、毎當…就…」。如例：

◆ 部長は出張のたびに、珍しいお土産を買ってきてくれる。
　經理每次出差，總會買回稀奇的伴手禮給我們。

◆ この傷、お風呂に入るたびに痛いんです。
　這個傷口，每次洗澡時都很痛。

◆ この写真を見るたびに、楽しかった子どものころを思い出す。

每次看到這張照片，就會回想起歡樂的孩提時光。

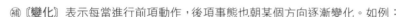

比較 につき〔因…〕「たび（に）」表示在做前項動作時都會發生後項的事情；「につき」説明事情的理由，是書面正式用語。

補〔變化〕表示每當進行前項動作，後項事態也朝某個方向逐漸變化。如例：

◆ この女優は見るたびにきれいになるなあ。

每回看到這位女演員總覺得她又變漂亮了呢。

007 にかんして（は）、にかんしても、にかんする

關於…、關於…的…

Track N3-058

➡ {名詞}＋に関して（は）、に関しても、に関する

類義表現 にたいして 對於…

意思

① 【關連】表示就前項有關的問題，做出「解決問題」性質的後項行為。也就是聽、説、寫、思考、調查等行為所涉及的對象。有關後項多用「言う（説）、考える（思考）、研究する（研究）、討論する（討論）」等動詞。多用於書面。中文意思是：「關於…、關於…的…」。如例：

◆ 10年前の事件に関して、警察から報告があった。

關於10年前的那案件，警方已經做過報告了。

◆ 説明会の日程に関しては、決まり次第連絡します。

關於説明會的日程安排，將於確定之後再行聯繫。

◆ 君は動物だけじゃなく、植物に関しても詳しいんだね。

你不僅熟悉動物知識，對於植物也同樣知之甚詳呢。

◆ この番組に関するご意見、ご感想は番組ホームページまで。

如對本節目有任何建議或感想，來信請寄節目官網。

比較	にたいして〔對於…〕「にかんして」表示跟前項相關的信息。

表示討論、思考、敘述、研究、發問、聽聞、撰寫、調查等動作，所涉及的對象；「にたいして」表示行為、感情所針對的對象，前接人、話題等，表示對某對象的直接發生作用、影響。

---

008 **から〜にかけて**
從…到…

Track N3-059

➡ {名詞}＋から＋{名詞}＋にかけて

類義表現	から〜まで 從…到…

意思

① 【範圍】表示大略地指出兩個地點、時間之間，一直連續發生某事或某狀態的意思。中文意思是：「從…到…」。如例：

◆ 関東地方から東北地方にかけて、大雨の予報が出ています。

對關東地區到東北地區發佈大雨特報。

◆ この村では春から初夏にかけて、林檎の花が見事です。

從春天到夏初，這個村子處處開滿蘋果花。

◆ 東京から横浜にかけて25km（キロメートル）の渋滞です。

從東京到橫濱塞車綿延25公里。

◆ この髪型は、大正時代から昭和初期にかけて流行したスタイルです。

這種髮型是自大正時代至昭和初期流行一時的款式。

比較	から〜まで〔從…到…〕「から〜にかけて」涵蓋的區域較廣，

只是籠統地表示跨越兩個領域的時間或空間。「から〜まで」則是明確地指出範圍、動作的起點和終點。

009 にわたって、にわたる、にわたり、にわたった

經歷…、各個…、一直…、持續…

➡ {名詞} ＋ にわたって、にわたる、にわたり、にわたった

類義表現

をつうじて 透過…

意思

① 【範圍】前接時間、次數及場所的範圍等詞。表示動作、行為所涉及到的時間或空間，沒有停留在小範圍，而是擴展得很大很大。中文意思是：「經歷…、各個…、一直…、持續…」。如例：

◆ 高速道路は現在25km（キロメートル）にわたって渋滞しています。

高速公路目前塞車，回堵的車流長達25公里。

◆ 私たちは８年にわたる交際を経て結婚した。

我們經過８年的交往之後結婚了。

◆ 関東地方から東北地方にわたり、強い雨が降っています。

從關東地區到東北地區持續降下豪雨。

◆ 30年にわたった研究の結果をこの論文にまとめた。

歷經30年的研究結果彙整在這篇論文裡了。

比較

をつうじて〔透過…〕「にわたって、にわたる、にわたり、にわたった」表示大規模的時間、空間範圍；「をつうじて」表示經由前項來達到情報的傳遞。如果前面接的是和時間有關的語詞，則表示在這段期間內一直持續後項的狀態，後面應該接的是動詞句或是形容詞句。

練習　文法知多少？

▼ 答案詳見右下角

☞　請完成以下題目，從選項中，選出正確答案，並完成句子。

1　私の経験（　　　　）、そういうときは早く謝ってしまった方がいいよ。

　　　1．として　　　　　　　　2．からいうと

2　信じると決めた（　　　　）、最後まで味方しよう。

　　　1．とする　　　　　　　　2．からには

3　責任者（　　　　）、状況を説明してください。

　　　1．として　　　　　　　　2．とすれば

4　聴解試験はこの教室（　　　　）行われます。

　　　1．において　　　　　　　2．に関して

5　フランスの絵画（　　　　）、研究しようと思います。

　　　1．に関して　　　　　　　2．に対して

6　兄は由紀（　　　　）、いつも優しかった。

　　　1．について　　　　　　　2．に対して

7　たった千円でも、子ども（　　　　）大金です。

　　　1．にとっては　　　　　　2．においては

素材、判斷材料、手段、媒介、代替

Lesson

08

素材、判斷材料、手段、媒介、代替

---

001 ## をつうじて、をとおして

Track N3-061

1. 透過…、通過…；2. 在整個期間…、在整個範圍…

➡ {名詞}＋を通じて、を通して

類義表現
にわたって 全部…

意思

① 【經由】表示利用某種媒介（如人物、交易、物品等），來達到某目的（如物品、利益、事項等）。相當於「によって」。中文意思是：「透過…、通過…」。如例：

◆ 今はインターネットを通じて、世界中の情報を得ることができる。
現在只要透過網路，就能獲取全世界的資訊。

◆ 彼が亡くなったことは、友達を通して聞きました。
我是從朋友那裡聽到了他的死訊。

② 【範圍】後接表示期間、範圍的詞，表示在整個期間或整個範圍內，相當於「のうち（いつでも／どこでも）」。中文意思是：「在整個期間…、在整個範圍…」。如例：

◆ 私の国は一年を通して暖かいです。
我的故鄉一年到頭都很暖和。

比較
にわたって〔全部…〕「をつうじて」前接名詞，表示整個範圍內。也表示媒介、手段等。前接時間詞，表示整個期間，或整個時間範圍內；「にわたって」前面也接名詞，也表示整個範圍。但強調時間長、範圍廣。前面也可以接時間、地點有關語詞。

002 かわりに

Track N3-062

1. 代替…；2. 雖說…但是…；3. 作為交換

類義表現 はんめん 一方面…

意思

①【代替】{名詞の；動詞普通形}＋かわりに。表示原為前項，但因某種原因由後項另外的人、物或動作等代替。前後兩項通常是具有同等價值、功能或作用的事物。大多用在暫時性更換的情況。相當於「の代理／代替として」。中文意思是：「代替…」。如例：

◆ いたずらをした弟のかわりにその兄が謝りに来た。
那個惡作劇的小孩的哥哥，代替弟弟來道歉了。

[補]〖N がわり〗也可用「名詞＋がわり」的形式，是「かわり」的接尾詞化。如例：

◆ 引っ越しの挨拶がわりに、ご近所にお菓子を配った。
分送了餅乾給左鄰右舍，做為搬家的見面禮。

②【對比】{動詞普通形}＋かわりに。表示一件事同時具有兩個相互對立的側面，一般重點在後項，相當於「一方で」。中文意思是：「雖說…但是…」。如例：

◆ 現代人は便利な生活を得たかわりに、豊かな自然を失った。
現代人獲得便利生活的代價是失去了豐富的大自然。

比較 はんめん〔一方面…〕「かわりに」表示同一事物有好的一面，也有壞的一面，或者相反；「はんめん」表示對比。表示同一事物兩個相反的性質、傾向。

③【交換】表示前項為後項的交換條件，也會用「かわりに～」的形式出現，相當於「とひきかえに」。中文意思是：「作為交換」。如例：

◆ お昼をごちそうするから、かわりにレポートを書いてくれない。
午餐我請客，你可以替我寫報告嗎？

003 にかわって、にかわり

Track N3-063

1. 替…、代替…、代表…；2. 取代…

➡ {名詞}＋にかわって、にかわり

類義表現 いっぽう 而（另一面）

意思

① 【代理】前接名詞為「人」的時候，表示應該由某人做的事，改由其他的人來做。是前後兩項的替代關係。相當於「の代理で」。中文意思是：「替…、代替…、代表…」。如例：

◆ 入院中の父にかわって、母が挨拶をした。
　家母代替正在住院的家父前去問候了。

◆ ここからは課長にかわりまして、担当の私がご説明致します。
　聽完科長的說明後，接下來由專案負責人的我為各位做進一步的報告。

② 【對比】前接名詞為「物」的時候，表示以前的東西，被新的東西所取代。相當於「かつての～ではなく」。中文意思是：「取代…」。如例：

◆ 若者の間では、スキーにかわってスノーボードが人気だ。
　單板滑雪已經取代雙板滑雪的地位，在年輕人之間蔚為流行。

比較 いっぽう〔而（另一面）〕「にかわって」前接名詞「物」時，表示以前的東西，被新的東西所取代；「いっぽう」表示對比。表示某事件有兩個對照的側面。也可以表示兩者對比的情況。

004 にもとづいて、にもとづき、にもとづく、にもとづいた

Track N3-064

根據…、按照…、基於…

➡ {名詞}＋に基づいて、に基づき、に基づく、に基づいた

類義表現 にしたがって 隨著…

319

① 【依據】 表示以某事物為根據或基礎。相當於「をもとにして」。中文意思是：
「根據…、按照…、基於…」。如例：

◆ この映画は実際にあった事件に基づいて作られた。
這部電影是根據真實事件拍攝而成的。

◆ 本校は、キリスト教精神に基づき、教育を行っている。
本校秉持基督教的精神施行教育。

◆ お客様のご希望に基づくメニューを考えています。
目前正依據顧客的建議規劃新菜單。

◆ これは、私の長年の経験に基づいた判断です。
這是根據我多年來的經驗所做出的判斷。

比較　　　にしたがって〔隨著…〕「にもとづいて」表示以前項為依據或
基礎，進行後項的動作；「にしたがって」表示按照前接的指
示、規則、人的命令等去做的意思。

005　によると、によれば

據…、據…說、根據…報導…

Track N3-065

➡ {名詞} ＋によると、によれば

類義表現　　　にもとづいて 因…造成的…

意思

① 【信息來源】 表示消息、信息的來源，或推測的依據。後面經常跟著表示傳聞
的「そうだ、ということだ」之類詞。中文意思是：「據…、據…說、根據…
報導…」。如例：

◆ 天気予報によると、明日は晴れるそうです。
根據氣象預報，明天應該是晴天。

◆ ニュースによると、全国でインフルエンザが流行
し始めたらしい。
根據新聞報導，全國各地似乎開始出現流感大流行。

◆ 会社のホームページによれば、3月に新商品が発売されるそうだ。

根據公司官網上的公告，新商品即將於3月發售。

◆ 警察の発表によれば、行方不明だった子どもが見つかったとのことだ。

根據警方表示，失蹤兒童已經找到了。

比較

にもとづいて〔因…造成的…〕「によると」表示消息的來源，句末大多使用表示傳聞的說法，常和「そうだ、ということだ」呼應使用；「にもとづいて」表示以前項為依據或基礎，進行後項的動作。

---

006 をちゅうしんに（して）、をちゅうしんとして

以…為重點、以…為中心、圍繞著…

Track N3-066

{名詞}＋を中心に（して）、を中心として

類義表現

をもとに（して） 以…為基礎 ➡

意思

① 【基準】表示前項是後項行為、狀態的中心。中文意思是：「以…為重點、以…為中心、圍繞著…」。如例：

◆ 研究室では川村教授を中心に実験が進められた。

研究團隊是在川村教授的領導之下進行了實驗。

◆ 地球は太陽を中心としてまわっている。

地球是繞著太陽旋轉的。

◆ このチームはキャプテンの吉田を中心によくまとまっている。

這支團隊在吉田隊長的帶領下齊心協力。

◆ 台風の被害は大阪を中心として関西地方全域に広がっている。

颱風造成的災情以大阪的受創情況最為嚴重，並且遍及整個關西地區。

007 をもとに（して）
以…為根據、以…為參考、在…基礎上

⮕ {名詞}＋をもとに（して）

| 類義表現 | にもとづいて 根據… |

| 意思 |

① **【根據】** 表示將某事物做為啟示、根據、材料、基礎等。後項的行為、動作是根據或參考前項來進行的。相當於「に基づいて、を根拠にして」。中文意思是：「以…為根據、以…為參考、在…基礎上」。如例：

◆ クラスのみんなの意見をもとに、卒業旅行の行き先を決めた。
彙整全班同學的意見後，決定了畢業旅行的目的地。

◆ 去年の報告書をもとにして、提出書類を作った。
根據去年的報告書，製作了申請文件。

◆「三国志演義」は史書「三国志」をもとに書かれた歴史小説だ。
《三國演義》是根據史書《三國志》所寫成的歷史小說。

◆ この映画は実際にあった事件をもとにして作られた。
這部電影是根據真實事件拍攝而成的。

| 比較 | にもとづいて〔根據…〕「をもとにして」前接名詞。表示以前項為參考、材料、基礎等，來進行後項的改編或變形；「にもとづいて」前面接抽象名詞。表示以前項為依據或基礎，在不偏離前項的基準下，進行後項的動作。 |

練習　文法知多少？

▼ 答案詳見右下角

☞　請完成以下題目，從選項中，選出正確答案，並完成句子。

---

1 写真（　　　）、年齢を推定しました。

　1．にしたがって　　　　　2．に基づいて

2 『金瓶梅』は、『水滸伝』（　　　）書かれた小説である。

　1．をもとにして　　　　　2．に基づいて

3 点A（　　　）、円を描いてください。

　1．を中心に　　　　　　　2．をもとに

4 台湾は1年（　　　）雨が多い。

　1．を通して　　　　　　　2．どおりに

5 社長の（　　　）、奥様がいらっしゃいました。

　1．ついでに　　　　　　　2．かわりに

6 人間（　　　）ロボットがお客様を迎える。

　1．にかわって　　　　　　2．について

希望、願望、意志、決定、感情表現

希望、願望、意志、決定、感情表現

001

たらいい (のに) なあ、といい (のに) なあ

…就好了

Track N3-068

➡ {名詞;形容動詞詞幹}＋だといい (のに) なあ；{名詞;形容動詞詞幹}＋だったらいい (のに) なあ；{[動詞・形容詞] 普通形現在形}＋といい (のに) なあ；{動詞＋たらいい (のに) なあ；{形容詞た形}＋かったらいい (のに) なあ

| 類義表現 | ば〜よかった 如果…的話就好了 |

| 意思 |

① 【願望】表示非常希望能夠成為那樣，前項是難以實現或是與事實相反的情況。含有說話者遺憾、不滿、感嘆的心情。中文意思是：「…就好了」。如例：

◆ 駅前がもっと賑やかだといいのになあ。
　假如車站前面那一帶能比現在更繁華就好了。

◆ この窓がもう少し大きかったらいいのになあ。
　那扇窗如果能再大一點，該有多好呀。

| 比較 | ば〜よかった〔如果…的話就好了〕「たらいい (のに) なあ」表示前項是難以實現或是與事實相反的情況，表現說話者遺憾、不滿、感嘆的心情。常伴隨在句尾的「なあ」表示詠嘆；「ば〜よかった」表示自己沒有做前項的事而感到後悔。說話人覺得要是做了就好了，帶有後悔的心情。 |

⑪〔單純希望〕「たらいいなあ、といいなあ」單純表示說話者所希望的，並沒有在現實中是難以實現的，與現實相反的語意。如例：

◆ 今日の晩ご飯、カレーだといいなあ。

真希望今天的晚飯吃的是咖哩呀。

◆ 明日晴れるといいなあ。

真希望明天是個大晴天啊。

002　て（で）ほしい、てもらいたい

1. 想請你…；2. 希望能…、希望能（幫我）…

Track N3-069

| 類義表現 | てもらう（我）請（某人為我做）… |

| 意思 |

① 【願望】{動詞て形}＋てほしい。表示對他人的某種要求或希望。中文意思是：「想請你…」。如例：

◆ 母には元気で長生きしてほしい。

希望媽媽長命百歲。

◆ 私の結婚式には先輩に来てほしいと思っています。

期盼學姐能來參加我的結婚典禮。

補〔否定說法〕否定的説法有「ないでほしい」跟「てほしくない」兩種。如例：

◆ そんなにスピードを出さないでほしい。

希望車子不要開得那麼快。

② 【請求】{動詞て形}＋てもらいたい。表示想請他人為自己做某事，或從他人那裡得到好處。中文意思是：「希望能…、希望能（幫我）…」。如例：

◆ たくさんの人にこの商品を知ってもらいたいです。

衷心盼望把這項產品介紹給廣大的顧客。

| 比較 | **てもらう**〔（我）請（某人為我做）…〕「て（で）ほしい、てもらいたい」表示説話者的希望或要求；「てもらう」表示要別人替自己做某件事情。 |

003 ように

1. 希望…；2. 為了…而…；3. 請…；4. 如同…

類義表現 ▸ ために 以…為目的

意思 ▸

① 【期盼】{動詞ます形}＋ますように。表示祈求。中文意思是：「希望…」。如例：

◆ おばあちゃんの病気が早くよくなりますように。

希望奶奶早日康復。

比較 ▸ ために〔以…為目的〕「ように」表示目的。期待能夠實現前項這一目標，而做後項。前後句主詞不一定要一致；「ために」表示目的。為了某種目標積極地去採取行動。前後句主詞必須一致。

② 【目的】{動詞辭書形；動詞否定形}＋ように。表示為了實現前項而做後項，是行為主體的目的。中文意思是：「為了…而…」。如例：

◆ 後ろの席まで聞こえるように、大きな声で話した。

提高了音量，讓坐在後方座位的人也能聽得見。

③ 【勸告】用在句末時，表示願望、希望、勸告或輕微的命令等。中文意思是：「請…」。如例：

◆ まだ寒いから、風邪を引かないようにね。

現在天氣還很冷，請留意別感冒了喔！

④ 【例示】{名詞の；動詞辭書形；動詞否定形}＋ように。表示以具體的人事物為例，來陳述某件事物的性質或內容等。中文意思是：「如同…」。如例：

◆ 私が発音するように、後について言ってみてください。

請模仿我的發音，跟著說一遍。

004 てみせる

1. 一定要…；2. 做給…看

➡ {動詞て形}＋てみせる

| 類義表現 | てみる 試著（做）… |

| 意思 |

① 【意志】表示説話人強烈的意志跟決心，含有顯示自己的力量、能力的語氣。中文意思是：「一定要…」。如例：

◆ 今年はだめだったけど、来年は絶対に合格してみせ
る。

雖然今年沒被錄取，但明年一定會考上給大家看。

◆ 君の病気は、必ず僕が治してみせるよ。
等著看，我一定會治好你的病！

| 比較 | てみる〔試著（做）…〕「てみせる」表示説話者做某件事的強烈意志；「てみる」表示不知道、沒試過，所以嘗試著去做某個行為。 |

② 【示範】表示為了讓別人能瞭解，做出實際的動作示範給別人看。中文意思是：「做給…看」。如例：

◆ 一人暮らしを始める息子に、まずゴミの出し方からやってみせた。
為了即將獨立生活的兒子，首先示範了倒垃圾的方式。

◆ ネクタイが結べないの。私が結んでみせるから、よく見てて。
不會打領帶？我打給你看，仔細看清楚喔。

005 ことか

多麼…啊

➡ {疑問詞}＋{形容動詞詞幹な；[形容詞・動詞]普通形}＋ことか

| 類義表現 | ものか 怎麼會…呢 |

① 【感慨】表示該事態的程度如此之大，大到沒辦法特定，含有非常感慨的心情，常用於書面。相當於「非常に～だ」，前面常接疑問詞「どんなに（多麼）、どれだけ（多麼）、どれほど（多少）」等。中文意思是：「多麼…啊」。如例：

◆ 新薬ができた。この日をどれだけ待っていたことか。
新藥研發成功了！這一天不知道已經盼了多久！

◆ 夜中に大きな声で歌うなと、弟に何度注意したことか。
已經算不清警告過弟弟多少次，不准在三更半夜大聲唱歌了。

⑪ 『口語』另外，用「ことだろうか、ことでしょうか」也可表示感歎，常用於口語。如例：

◆ 君の元気な顔を見たら、彼女がどんなに喜ぶことだろうか。
若是讓她看到你神采奕奕的模樣，真不知道她會有多高興呢！

◆ 海外で活躍しているあなたのことを、ご両親はどれほど誇りに思っていることでしょうか。
您在國際舞台上如此活躍的身影，不難想見令尊令堂有多麼引以為傲呢！

比較　ものか〔怎麼會…呢〕「ことか」表示說話人強烈地表達自己的感情；「ものか」表示說話人絕對不做某事的強烈抗拒的意志。「ことか」跟「ものか」接續相同。

006　て（で）たまらない

非常…、…得受不了

Track N3-073

➡ {[形容詞・動詞]て形} ＋てたまらない；{形容動詞詞幹} ＋でたまらない

類義表現　てしょうがない …得不得了

意思

① 【感情】指說話人處於難以抑制，不能忍受的狀態，前接表達感覺、感情的詞，表示說話人強烈的感情、感覺、慾望等，相當於「てしかたがない、非常に」。中文意思是：「非常…、…得受不了」。如例：

◆ 薬のせいか、眠くてたまらない。

大概是藥效發作的緣故，現在睏得要命。

◆ 暑いなあ。今日は喉が渇いてたまらないよ。

好熱啊！今天都快渴死了啦！

◆ 本番で失敗してしまい、残念でたまりません。

正式上場時不慎失敗，非常懊悔。

比較

てしょうがない〔…得不得了〕「てたまらない」表示某種強烈的情緒、感覺、慾望，或身體感到無法抑制，含有已經到無法忍受的地步之意；「てしょうがない」表示某種強烈的感情、感覺，或身體感到無法抑制。含有毫無辦法的意思。兩者常跟心情、感覺相關的詞一起使用。

補〔**重複**〕可重複前項以強調語氣。如例：

◆ 甘いものが食べたくて食べたくてたまらないんです。

真的、真的超想吃甜食！

---

007 て (で) ならない

…得受不了、非常…

Track N3-074

➡ {[形容詞・動詞] て形} ＋てならない；{名詞；形容動詞詞幹} ＋でならない

類義表現

て (で) たまらない …不得了

意思

① 【感情】表示因某種感受十分強烈，達到沒辦法控制的程度，相當於「てしょうがない」等。中文意思是：「…得受不了、非常…」。如例：

◆ 仕事は好きだが、満員電車が辛くてならない。

我喜歡工作，但是擠電車上班實在太辛苦了。

◆ 子どものころは、運動会が嫌でならなかった。

小時候最痛恨運動會了。

て（で）たまらない〔…不得了〕「てならない」表示某種情感非常強烈，或身體無法抑制，使自己情不自禁地去做某事，可以跟自發意義的詞，如「思える」一起使用；「て（で）たまらない」表示某種情緒、感覺、慾望，已經到了難以忍受的地步。常跟心情、感覺相關的詞一起使用。

⊕〔接自發性動詞〕不同於「てたまらない」，「てならない」前面可以接「思える（看來）、泣ける（忍不住哭出來）、になる（在意）」等非意志控制的自發性動詞。如例：

◆ 老後のことを考えると心配でならない。

　　一想到年老以後的生活就擔心得不得了。

◆ 国際社会が悪い方へ向かっているような気がしてならない。

　　不得不認為國際情勢正朝著令人擔憂的方向發展。

---

008 ものだ

過去…經常、以前…常常

➡ {形容動詞詞幹な；形容詞辭書形；動詞普通形}＋ものだ

ことか 多麼…啊

① 【感慨】表示説話者對於過去常做某件事情的感慨、回憶或吃驚。如果是敘述人物的行為或狀態時，有時會搭配表示欽佩的副詞「よく」；有時也會搭配表示受夠了的副詞「よく（も）」一起使用。中文意思是：「過去…經常、以前…常常」。如例：

◆ 子どものころ、よくこの川で泳いだものだ。

　　小時候常常在這條河裡游泳哩！

◆ 昔は弟と喧嘩ばかりして、母に叱られたものだ。

　　以前一天到晚和弟弟吵架，老是挨媽媽罵呢！

◆ 学生のころは、朝になるまでみんなで喋っていたものだ。

　　當學生的時候，大家總是一聊起來就聊到天亮呢！

◆ 若いころは、ご飯を何杯でも食べられたものだが。

年輕時，不管幾碗飯都吃得下，哪像現在呀！

比較 ことか〔多麼…啊〕「ものだ」表示感慨。跟過去時間的説法，前後呼應，表示説話人敘述過去常做某件事情，對此事強烈地感慨、感動或吃驚；「ことか」也表示感慨。表示該事物的程度如此之大，大到沒辦法特定。含有非常感慨的心情。

---

009 句子＋わ

…啊、…呢、…呀

➡ {句子}＋わ

類義表現 だい…呢

意思

① 【主張】表示自己的主張、決心、判斷等語氣。女性用語。在句尾可使語氣柔和。中文意思是：「…啊、…呢、…呀」。如例：

◆ やっとできたわ。

終於做完囉！

◆ 今日は疲れちゃったわ。

今天好累喔！

◆ 私も一緒に帰るわ。

我也一起回去吧。

◆ ゆっくりお風呂に入りたいわ。

好想舒舒服服泡個澡喔。

比較 だい〔…呢〕「句子＋わ」語氣助詞。讀升調，表示自己的主張、決心、判斷。語氣委婉、柔和。主要為女性用語；「だい」也是語氣助詞。讀升調，表示疑問。主要為成年男性用語。

010 をこめて
集中…、傾注…

➡ {名詞} ＋ を込めて

| 類義表現 | をつうじて 透過… |

| 意思 |

① 【附帶感情】表示對某事傾注思念或愛等的感情。中文意思是：「集中…、傾注…」。如例：

◆ 家族の為に心をこめておいしいごはんを作ります。

　為了家人而全心全意烹調美味的飯菜。

◆ 故郷への思いをこめて歌を歌います。

　歌唱時心裡懷著對故鄉的思念。

| 比較 | **をつうじて**〔透過…〕「をこめて」前面通常接「願い、愛、心、思い」等和心情相關的字詞，表示抱持著愛、願望等心情，灌注於後項的事物之中；「をつうじて」表示經由前項，來達到情報的傳遞。 |

⊕ 〔慣用法〕常用「心を込めて（誠心誠意）、力を込めて（使盡全力）、愛を込めて（充滿愛）、感謝を込めて（充滿感謝）」等用法。如例：

◆ 先生、２年間の感謝をこめて、みんなでこのアルバムを作りました。

　老師，全班同學感謝您這兩年來的付出，一起做了這本相簿。

◆ 平和への願いをこめて折り紙を折りましょう。

　我們一邊摺紙一邊祈禱和平吧！

練習　文法知多少？

▼ 答案詳見右下角

☞　請完成以下題目，從選項中，選出正確答案，並完成句子。

1 冷たいビールが飲み（　　　）なあ。

　　１．たい　　　　　　　　２．ほしい

2 国に帰ったら、父の会社を手伝う（　　　）です。

　　１．つもり　　　　　　　２．たい

3 ほこりがたまらない（　　　）、毎日掃除をしましょう。

　　１．ために　　　　　　　２．ように

4 警察なんかに捕まるものか。必ず逃げ（　　　）。

　　１．切ってみせる　　　　２．切ってみる

5 彼の味方になんか、なる（　　　）。

　　１．もの　　　　　　　　２．ものか

6 勉強が辛くて（　　　）。

　　１．たまらない　　　　　２．ほかない

7 昔のことが懐かしく思い出されて（　　　）。

　　１．ならない　　　　　　２．たまらない

8 感謝（　　　）、ブローチを贈りました。

　　１．をこめて　　　　　　２．をつうじて

答案：(1)1　(2)1　(3)2　(4)1
(5)2　(6)1　(7)1　(8)1

333

義務、不必要

義務、不必要

| **001** | ## ないと、なくちゃ | Track N3-078 |

不…不行

→ {動詞否定形} ＋ ないと、なくちゃ

| 類義表現 | なければならない 必須… |

| 意思 |

① 【條件】表示受限於某個條件、規定，必須要做某件事情，如果不做，會有不好的結果發生。中文意思是：「不…不行」。如例：

◆ この本、明日までに返さないと。

這本書得在明天之前歸還才行。

◆ 明日朝早いから、もう寝ないと。

明天一早就得起床，不去睡不行了。

⑪ 〖口語－なくちゃ〗「なくちゃ」是口語説法，語氣較為隨便。如例：

◆ マヨネーズが切れたから買わなくちゃ。

美奶滋用光了，得去買一瓶回來嘍。

◆ 靴下がない。明日は洗濯しなくちゃ。

沒乾淨襪子可穿了。明天非得洗衣服不可。

| 比較 | **なければならない**〔必須…〕「ないと」表示不具備前項的某個條件、規定，後項就會有不好的結果發生或不可能實現。「なくちゃ」是口語説法；「なければならない」表示義務。表示依據社會常識、法規、習慣、道德等規範，必須是那樣的，或有義務要那樣做。是客觀的敘述。在口語中「なければ」常縮略為「なきゃ」。 |

002 ないわけにはいかない

不能不…、必須…

➡ {動詞否定形}＋ないわけにはいかない

類義表現 させる 讓…做

意思

① 【義務】表示根據社會的理念、情理、一般常識或自己過去的經驗，不能不做某事，有做某事的義務。中文意思是：「不能不…、必須…」。如例：

◆ 今日は大事な会議なので、熱があっても参加しないわけにはいかない。

今天有重要的會議，所以即使發燒也非得出席不可。

◆ ゴルフに興味はないが、課長に誘われたら行かないわけにはいかない。

雖然對高爾夫球沒興趣，既然科長邀我一起去球場，總不能不去。

◆ 君の手作りチョコか。甘いものは苦手だけど食べないわけにはいかないな。

這是妳親手做的巧克力喔？雖然不喜歡吃甜食，但這個總不能不吃吧。

比較 **させる**〔讓…做〕「ないわけにはいかない」表示基於常識或受限於某種規範，不這樣做不行；「させる」表示強制。是地位高的人強制或勸誘地位低的人做某行為。

003 から（に）は

1.既然…；2.既然…、既然…，就…

➡ {動詞普通形}＋から（に）は

類義表現 とする 假如…的話

意思

① 【義務】表示以前項為前提，後項事態也就理所當然的責任或義務。中文意思是：「既然…」如例：

◆ お金_{かね}をもらうからには、ミスは許_{ゆる}されない。

既然是收取酬金的工作，就絕不允許出現任何失誤。

◆ 会社_{かいしゃ}に入_{はい}ったからには、会社の利益_{りえき}の為_{ため}に働_{はたら}かなければならない。

既然進了公司，就非得為公司的收益而努力工作才行。

比較

とする〔假如…的話〕「から（に）は」表示既然到了這種情況，就要順應這件事情，去進行後項的責任或義務。含有抱持某種決心或意志；「とする」是假定用法，表示前項如果成立，説話者就依照前項這個條件來進行判斷。

② 【理由】表示既然因為到了這種情況，所以後面就理所當然要「貫徹到底」的説法，因此後句常是説話人的判斷、決心及命令等，含有説話人個人強烈的情感及幹勁。一般用於書面上，相當於「のなら、以上は」。中文意思是：「既然…、既然…，就…」。如例：

◆ 約束_{やくそく}したからには、必_{かなら}ず最後_{さいご}までやります。

既然答應了，就一定會做完。

◆ この競技_{きょうぎ}を続_{つづ}けるからには、オリンピックを目指_{めざ}したい。

既然繼續參加這場比賽，目標當然是放在奧運。

---

004 ほか（は）ない
只有…、只好…、只得…

➡ **｛動詞辭書形｝＋ほか（は）ない**

類義表現　ようがない 無法…

意思

① 【讓步】表示雖然心裡不願意，但又沒有其他方法，只有這唯一的選擇，別無它法。含有無奈的情緒。相當於「以外にない、より仕方がない」等。中文意思是：「只有…、只好…、只得…」。如例：

◆ ビザがもらえなければ、帰国_{きこく}するほかない。

萬一無法取得簽證，就只能回國了。

◆ 持_もち主_{ぬし}が分_わからないなら、捨_すてるほかない。

如果找不到失主，就只好丟掉了。

◆ 予算が足りないのだから、これ以上の研究は諦めるほかはない。

因為預算不足，只能放棄繼續研究了。

◆ 仕事はきついが、この会社で頑張るほかはない。

雖然工作很辛苦，但也只能在這家公司繼續熬下去。

比較

ようがない〔無法…〕「ほかない」表示沒有其他的辦法，只能硬著頭皮去做某件事情；「ようがない」表示束手無策，一點辦法也沒有，即想做但不知道怎麼做，所以不能做。

---

005 より（ほかは）ない、ほか（しかたが）ない

Track N3-082

只有…、除了…之外沒有…

類義表現

ないわけにはいかない 不能不…

意思

① 【讓步】{名詞；動詞辭書形}＋より（ほか）ない；{動詞辭書形}＋ほか（しかたが）ない。後面伴隨著否定，表示這是唯一解決問題的辦法，相當於「ほかない、ほかはない」，另外還有「よりほかにない、よりほかはない」的說法。中文意思是：「只有…、除了…之外沒有…」。如例：

◆ 電車が動いていないのだから、タクシーで行くよりほかない。

因為電車無法運行，只能搭計程車去了。

◆ どうしても大学に行きたいなら、奨学金をもらうよりほかはない。

如果非上大學不可，就只能靠領取獎學金了。

◆ 社長の私が責任を取って辞めるほかしかたがないだろう。

看來唯一的辦法就是由身為總經理的我負起責任辭職了。

比較

ないわけにはいかない〔不能不…〕「より（ほか）ない、ほか（しかたが）ない」表示沒有其他的辦法了，只能採取前項行為；「ないわけにはいかない」表示受限於某種社會上、常識上的規範、義務，必須採取前項行為。

補　〖人物＋いない〗{名詞；動詞辭書形}＋よりほかに～ない。是「それ以外に
ない」的強調説法，前接的名詞為人物時，後面要接「いない」。如例：

- あなたよりほかに頼める人がいないんです。

   除了你以外，沒有其他人可以拜託了。

006　わけには（も）いかない
不能…、不可…

⇒ {動詞辭書形；動詞ている} ＋わけには（も）いかない

類義表現

わけではない 並不一定…

意思

① 【不能】表示由於一般常識、社會道德、過去經驗，或是出於對周圍的顧忌、
出於自尊等約束，那樣做是行不通的，相當於「することはできない」。中文
意思是：「不能…、不可…」。如例：

- 明日は大事な試験があるので、休むわけにはいかない。

   明天有重要的考試，所以實在不能請假。

- これは友人の本なので、あなたに貸すわけにはいかないんです。

   這是朋友的書，總不能擅自借給你。

- いくら聞かれても、彼女の個人情報を教えるわけには
いきません。

   無論詢問多少次，我絕不能告知她的個資。

比較

わけではない〔並不一定…〕「わけにはいか
ない」表示受限於常識或規範，不可以做前
項這個行為；「わけではない」表示依照狀
況看來，不能百分之百地導出前項的結果，也有其他可能性或是
例外。是一種委婉、部分的否定用法。

練習　文法知多少？

▼ 答案詳見右下角

☞　請完成以下題目，從選項中，選出正確答案，並完成句子。

---

1 明日、試験があるので、今夜は勉強（　　　　）。

　　1．しないわけにはいかない　　　　2．に決まっている

2 誰も助けてくれないので、自分で何とかする（　　　　）。

　　1．ほかない　　　　　　　　　　2．ようがない

3 あのおじさん苦手だけれど、正月なのに親戚に挨拶に行かない

　　（　　　　）。

　　1．わけがない　　　　　　　　　2．わけにもいかない

4 終電が出てしまったので、タクシーで（　　　　）。

　　1．帰らないわけにはいかない

　　2．帰るよりほかない

5 卒業するためには単位を取ら（　　　　）。

　　1．ないわけにはいかない　　　　2．ないわけではない

6 霧で飛行機の欠航が出ているため、東京で一泊する（　　　　）。

　　1．ものではなかった　　　　　　2．よりほかなかった

条件、仮定

條件、假定

---

001 さえ〜ば、さえ〜たら（なら）

只要…（就…）

➡ {名詞}＋さえ＋{[形容詞・形容動詞・動詞] 假定形}＋ば、たら、なら

類義表現 こそ 才是…

意思

① 【條件】表示只要某事能夠實現就足夠了，強調只需要某個最低限度或唯一的條件，後項即可成立，相當於「その条件だけあれば」。中文意思是：「只要…（就…）」。如例：

◆ あなたは自分さえよければ、それでいいんですか。

　你只顧自己好，其他的就事不關己嗎？

◆ お金がなくても体さえ丈夫なら、何でもできる。

　就算沒錢，只要身體健康，沒有辦不到的事。

◆ サッカーさえできれば、息子は満足なんです。

　兒子只要能踢足球，就覺得很幸福了。

比較 **こそ**〔才是…〕「さえ〜ば」表示滿足條件的最低限度，前項一成立，就能得到後項的結果；「こそ」用來特別強調前項，表示「不是別的，就是這個」。一般用在強調正面的、好的意義上。

㊤ 〖惋惜〗表達說話人後悔、惋惜等心情的語氣。如例：

◆ あの時の私に少しの勇気さえあれば、彼女に結婚を申し込んでいたのに。

　那個時候假如我能提起一點點勇氣，就會向女友求婚了。

002 たとえ〜ても

即使…也…、無論…也…

➡ たとえ＋{動詞て形・形容詞く形}＋ても；たとえ＋{名詞；形容動詞詞幹}＋でも

| 類義表現 | としても 即使假設…也… |

| 意思 |

① 【逆接條件】是逆接條件。表示讓步關係，即使是在前項極端的條件下，後項結果仍然成立。相當於「もし〜だとしても」。中文意思是：「即使…也…、無論…也…」。如例：

◆ たとえ雪が降っても、明日は休めない。

就算下了雪，明天還是得照常上班上課。

◆ たとえほかの店より安くても、品質が悪ければ意味がない。

即使比其他店家來得便宜，若是品質不好也沒有意義。

◆ たとえ子どもでも、約束は守らなければならない。

即使是小孩子，答應的事仍然必須遵守才行。

◆ たとえ便利でも、環境に悪いものは買わないようにしている。

就算使用方便，只要是會汙染環境的東西我一律拒絕購買。

| 比較 | **としても**〔即使假設…也…〕「たとえ〜ても」是逆接條件。表示即使前項發生屬實，後項還是會成立。是一種讓步條件。表示說話者的肯定語氣或是決心；「としても」也是逆接條件。表示前項成立，說話人的立場、想法及情況也不會改變。後項多為消極否定的內容。 |

003 （た）ところ

…，結果…

➡ {動詞た形}＋ところ

| 類義表現 | たら（既定條件）─…原來… |

① 【順接】這是一種順接的用法，表示因某種目的去做某一動作，但在偶然的契機下得到後項的結果。前後出現的事情，沒有直接的因果關係，後項經常是出乎意料之外的客觀事實。相當於「した結果」。中文意思是：「…，結果…」。如例：

◆ 学校に相談したところ、奨学金がもらえることになった。
經過商討之後，校方同意我領取獎學金了。

◆ タオさんに電話してみたところ、半年前に帰国していた。
打了電話給陶先生，才得知他已於半年前回國了。

◆ Ａ社に注文したところ、すぐに商品が届いた。
向Ａ公司下訂單後，商品立刻送達了。

◆ 調べてみたところ、ほとんどの社員が給料に不満を持っていた。
經過調查，幾乎大部分的員工都對薪資頗有微詞。

比較　たら〔（既定條件）─…原來…〕「（た）ところ」表示做了前項動作後，但在偶然的契機下發生了後項的事情；「たら」表示說話人完成前項動作後，有了後項的新發現，或以此為契機，發生了後項的新事物。

004 てからでないと、てからでなければ
不…就不能…、不…之後，不能…、…之前，不…

➡ {動詞て形}＋てからでないと、てからでなければ

類義表現　からには 既然…

意思

① 【條件】表示如果不先做前項，就不能做後項，表示實現某事必需具備的條件。後項大多為困難、不可能等意思的句子。相當於「した後でなければ」。中文意思是：「不…就不能…、不…之後，不能…、…之前，不…」。如例：

◆ 「一緒に帰りませんか。」「この仕事が終わってからでないと帰れないんです。」

「要不要一起回去？」「我得忙完這件工作才能回去。」

◆ 宿題をやってからじゃないと、ゲームしちゃだめでしょ。

一定要先把功課寫完，否則不准打電玩喔！

◆ この件につきましては、調査をしてからでなければお答えできません。

關於本案，需先經過調查，否則恕難答覆。

◆ 先生の診察を受けてからでなければ、退院はできませんよ。

要先接受醫師的診察，否則不可以出院喔！

比較

からには〔既然…〕「てからでないと」表示必須先做前項動作，才能接著做後項動作；「からには」表示事情演變至此，就要順應這件事情。含有抱持做某事，堅持到最後的決心或意志。

---

005 ようなら、ようだったら
如果…、要是…

Track N3-088

➡ {名詞の；形容動詞な；[動詞・形容詞] 辭書形} ＋
ようなら、ようだったら

類義表現

ようでは 如果…的話

意思

① 【條件】表示在某個假設的情況下，說話者要採取某個行動，或是請對方採取某個行動。中文意思是：「如果…、要是…」。如例：

◆ 明日、雨のようならお祭りは中止です。

明天如果下雨，祭典就取消舉行。

◆ 今、お邪魔なようでしたら、また明日来ます。

如果現在打擾的話，我明天再來。

◆ 遅れるようだったら、連絡してください。

假如有可能遲到，敬請聯絡。

◆ 眩しいようなら、カーテンを閉めましょうか。

　如果覺得刺眼，要不要拉上窗簾呢？

比較 │ ようでは〔如果…的話〕「ようなら」表示在某個假設的情況下，
　　　　　説話者要採取某個行動，或是請對方採取某個行動；「ようで
　　　　　は」表示假設。後項一般是伴隨著跟期望相反的事物，或負面評
　　　　　價的説法。一般用在譴責或批評他人，希望對方能改正。

006　たら、だったら、かったら

Track N3-089

要是…、如果…

➡ {動詞た形} ＋たら；{名詞・形容詞詞幹} ＋だったら；{形容詞た形} ＋かったら

類義表現 │ と 一…就…

意思

① 【假定條件】前項是不可能實現，或是與事實、現況相反的事物，後面接上説
話者的情感表現，有感嘆、惋惜的意思。中文意思是：「要是…、如果…」。
如例：

◆ もし昨日に戻れたら、この株を全部売ってしまうの
　　に。

　假如能趕在昨天回來，就能把這檔股票全部賣掉了啊。

◆ 僕が女だったら、君のことが好きになるだろうな。

　假如我是女人，應該會愛上你吧。

◆ その人が本当に親切だったら、あなたにお金を貸し
　　たりしないでしょう。

　那個人如果真的有同理心，應該就不會借你錢了吧。

◆ もっと若かったら、田舎で農業をやってみたい。

　如果我更年輕一點，真想嘗試在鄉下務農。

比較 │ と〔一…就…〕「たら」表示假如前項有成
　　　　立，就以它為一個契機去做後項的行為；
　　　　「と」表示前項提出一個跟事實相反假設，
後項再敘述對無法實現那一假設感到遺憾。句尾大多是「のに、
けれど」等表現方式。

007　とすれば、としたら、とする

如果…、如果…的話、假如…的話

➜ {名詞だ；形容動詞詞幹だ；[形容詞・動詞] 普通形} **＋とすれば、としたら、とする**

| 類義表現 | たら 要是… |

| 意思 |

① **【假定條件】** 在認清現況或得來的信息的前提條件下，據此條件進行判斷，後項大多為推測、判斷或疑問的內容。一般為主觀性的評價或判斷。相當於「と仮定したら」。中文意思是：「如果…、如果…的話、假如…的話」。如例：

◆ あなたの話が本当だとすれば、彼は私に嘘をついたのです。
　　假如你所言屬實，那就是他對我說謊了。

◆ 今のあなたが幸せだとしたら、それは奥さんのおかげですね。
　　如果你現在過得幸福美滿，那可是尊夫人的功勞喔。

◆ 15歳のときに戻れるとします。あなたはどうしますか。
　　假如可以回到15歲，你想做什麼呢？

◆ 明日うちに来るとしたら、何時ごろになりますか。
　　如果您預定明天來寒舍，請問大約幾點光臨呢？

| 比較 | たら〔要是…〕「としたら」是假定用法，表示前項如果成立，說話者就依照前項這個條件來進行判斷；「たら」表示如果前項成真，後項也會跟著實現。

008　ばよかった

1.…就好了；2.沒（不）…就好了

➜ {動詞假定形} **＋ばよかった；**{動詞否定形 (去い)} **＋なければよかった**

なら 如果…

意思

① 【反事實條件】表示説話者為自己沒有做前項的事而感到後悔，覺得要是做了就好了，含有對於過去事物的惋惜、感慨，並帶有後悔的心情。中文意思是：「…就好了」。如例：

◆ もっと早くやればよかった。
　要是早點做就好了。

◆ 雨か。車で来ればよかった。
　下雨了？早知道就開車來了。

◆ 寝る前にちゃんと準備しておけばよかった。
　要是睡覺前能先準備妥當就好了。

（補）〔否定－後悔〕以「なければよかった」的形式，表示對已做的事感到後悔，覺得不應該。中文意思是：「沒（不）…就好了」。如例：

◆ あんなこと言わなければよかった。
　真後悔，不該説那句話的。

比較　　　　なら〔如果…〕「ばよかった」表示説話人因沒有做前項的事而感到後悔。説話人覺得要是做了就好了，帶有後悔的心情；「なら」表示條件。承接對方的話題或説過的話，在後項把有關的談話，以建議、意見、意志的方式進行下去。

文法小祕方

動詞

項目	說明	例句
「す」為詞尾的動詞	基本為他動詞，且都有其相應的自動詞，普遍具有使役作用。	他動詞：話す→話して、話した 自動詞對應：鳴らす（他動詞）→鳴る（自動詞） 使役作用：驚かす→友達を驚かした。
動詞的敬體與簡體	動詞有敬體（ます形）和簡體（普通形）兩種形式。	敬體：食べます 簡體：食べる
動詞的時	動詞有現在、過去、未來等時態。	現在：食べる 過去：食べた 未來：来週結婚する

練習　文法知多少？

▼ 答案詳見右下角

☞ 請完成以下題目，從選項中，選出正確答案，並完成句子。

1 手続き（　　　）、誰でも入学できます。

　　1. さえすれば　　　　　2. こそ

2 （　　　）、私は平気だ。

　　1. たとえ何を言われても

　　2. 何を言われたら

3 席が（　　　）、座ってください。

　　1. 空いたら　　　　　　2. 空くと

4 準備体操を（　　　）、プールには入れません。

　　1. してからでないと

　　2. したからには

5 資格を（　　　）、看護士の免許がいい。

　　1. 取ったら　　　　　　2. 取るとしたら

6 眼鏡をかけれ（　　　）、見えます。

　　1. と　　　　　　　　　2. ば

7 雨だ、傘を持って（　　　）。

　　1. くればよかった　　　2. くるつもりだ

| 001 | ことに（と）なっている | Track N3-092 |

按規定…、預定…、將…

➡ {動詞辭書形；動詞否定形} ＋ことに（と）なっている

| 類義表現 | ことにしている 我決定… |

| 意思 |

① 【約定】表示結果或定論等的存續。表示客觀做出某種安排，像是約定或約束人們生活行為的各種規定、法律以及一些慣例。也就是「ことになる」所表示的結果、結論的持續存在。中文意思是：「按規定…、預定…、將…」。如例：

◆ 朝ご飯は、夫が作ることになっている。
　早餐都是由我先生做的。

◆ 入社の際には、健康診断を受けて頂くことになっています。
　進入本公司上班時，必須接受健康檢查。

◆ 料金は1か月以内に銀行に振り込むことになっています。
　費用需於一個月內匯入銀行帳戶。

◆ 個人情報ですので、これ以上はお教えできないこととなっております。
　事關個人資訊，按規定無法透露更多細節。

| 比較 | **ことにしている**〔我決定…〕「ことになっている」用來表示是某個團體或組織做出決定，跟自己主觀意志沒有關係；「ことにしている」表示說話者根據自己的意志，刻意地去養成某種習慣、規矩。

002 ことにしている

都…、向來…

→ {動詞普通形} ＋ことにしている

| 類義表現 | ことになる 決定… |

意思

① 【習慣等變化】表示個人根據某種決心，而形成的某種習慣、方針或規矩。也就是從「ことにする」的決心、決定，最後所形成的一種習慣。翻譯上可以比較靈活。中文意思是：「都…、向來…」。如例：

◆ 眼鏡はいつもここに置くことにしている。
我固定把眼鏡擺在這裡。

◆ 朝起きたら、水を一杯飲むことにしています。
我每天早上一起床就會喝一杯水。

◆ 一年に一度は田舎に帰ることにしている。
我每年都會回鄉下一趟。

◆ あの男の言うことは信用しないことにしている。
那個男人講的話，我一概不予取信。

比較

ことになる〔決定…〕「ことにしている」表示說話者刻意地去養成某種習慣、規矩；「ことになる」表示一個安排或決定，而這件事一般來說不是說話者負責、主導的。

003 ようになっている

1. 會…；2. 就會…

| 類義表現 | ようにする 爭取做到… |

意思

① 【習慣等變化】{動詞辭書形；動詞可能形} ＋ようになっている。是表示能力、狀態、行為等變化的「ようになる」，與表示動作持續的「ている」結合而成。中文意思是：「會…」。如例：

◆ 去年の夏に生まれた甥は、いつの間にか歩けるようになっている。

去年夏天出生的外甥，不知道什麼時候已經會走路了。

◆ 彼女は自分でフランス語を勉強して、今ではフランス映画が分かるようになっている。

她自學法語，現在已經能夠看懂法國電影了。

比較	

ようにする〔爭取做到…〕「ようになっている」表示某習慣以前沒有但現在有了，或能力的變化，以前不能，但現在有能力了。也表示未來的某行為是可能的；「ようにする」表示意志。表示努力地把某行為變成習慣，這時用「ようにしている」的形式。

㊂〔變化的結果〕{名詞の；動詞辭書形}＋ようになっている。表示變化的結果。是表示比喻的「ようだ」，再加上表示動作持續的「ている」的應用。如例：

◆ 先生の家はいつも学生が泊っていて、食事付きのホテルのようになっている。

老師家總有學生住在裡面，儼然成為供餐的旅館。

② 【功能】{動詞辭書形}＋ようになっている。表示機器、電腦等，因為程式或設定等而具備的功能。中文意思是：「就會…」。如例：

◆ このトイレは手を出すと水が出るようになっています。

這間廁所的設備是只要伸出手，水龍頭就會自動給水。

004	ようが（も）ない	Track N3-095
	沒辦法、無法…；不可能…	

➡ {動詞ます形}＋ようが（も）ない

類義表現	

よりしかたがない 只有…

意思	

① 【沒辦法】表示不管用什麼方法都不可能，已經沒有辦法了，相當於「ことができない」。「よう」是接尾詞，表示方法。中文意思是：「沒辦法、無法…；不可能…」。如例：

◆ 題名も著者名も分からないのでは、調べようがない。

如果書名和作者都不知道，那就無從搜尋起了。

◆ この時間の渋滞は避けようがない。

這個時段塞車是無法避免的。

◆ 本人にやる気がないんだもん。どうしようもないよ。

他本人根本提不起勁嘛，我還能有什麼辦法呢？

比較　**よりしかたがない**〔只有…〕「ようが（も）ない」表示束手無策，一點辦法也沒有；「よりしかたがない」表示沒有其他的辦法了，只能採取前項行為。

[補]〔漢字＋（の）＋しようがない〕表示說話人確信某事態理應不可能發生，相當於「はずがない」。通常前面接的サ行變格動詞為雙漢字時，中間加不加「の」都可以。如例：

◆ こんな簡単な操作、失敗（の）しようがない。

這麼簡單的操作，總不可能出錯吧。

文法小祕方

動詞

項目	說明	例句
動詞的體	表示某事處於何種狀態，或者某動作、作用處於什麼樣的進程。動詞有預備體、即將體、起始體、持續體、完成體、存續體。	預備體：動作或狀態處於準備階段→食べようとしている。 即將體：動作即將開始→出かけようとしている。 起始體：動作剛剛開始→雨が降り始めた。 持續體：動作或狀態正在進行或持續→本を読んでいる。 完成體：動作已經完成→宿題を終わった。 存續體：動作完成後，其結果狀態仍然存在→窓が開いている。
動詞的態	表達的不同動作或狀態的特徵。動詞有主動態、被動態、使役態、可能態、自發態等。	主動態：書く 被動態：書かれる 使役態：書かせる 可能態：彼が本を読める。 自發態:この歌を聞くと涙が出る。

練習 文法知多少？

▼ 答案詳見右下角

☞ 請完成以下題目，從選項中，選出正確答案，並完成句子。

---

1 仕事が忙しいときも、休日は家でゆったりと過ごす（　　　）。

1. ことにしている　　　　2. ことになる

---

2 書類には、生年月日を書く（　　　）。

1. ことにしていた　　　　2. ことになっていた

---

3 彼も来日十年、今では寿司も食べられる（　　　）。

1. ようになった　　　　2. ようにした

---

4 コンセントがないから、ＣＤを聞き（　　　）。

1. ようがない　　　　2. よりしかたがない

---

5 知人を訪ねて京都に行った（　　　）、観光をしました。

1. ついでに　　　　2. に加えて

---

6 申し込みは５時で締め切られる（　　　）。

1. っけ　　　　2. とか

---

7 行動科学専攻では、社会科学（　　　）、自然科学も学ぶことができる。

1. とともに　　　　2. に伴って

---

8 賞金（　　　）、ハワイ旅行もプレゼントされた。

1. に加えて　　　　2. に比べて

Lesson

13

並列、添加、列挙

並列、添加、列舉

---

001 とともに

Track N3-096

1. 與…同時，也…；2. 隨著…；3. 和…一起

➡ {名詞；動詞辭書形}＋とともに

類義表現 〉 にともなって 隨著…

意思 〉

① 【同時】表示後項的動作或變化，跟著前項同時進行或發生，相當於「と一緒に、と同時に」。中文意思是：「與…同時，也…」。如例：

◆ ベルの音とともに、列車が動き出した。

隨著鈴聲響起，火車出發了。

◆ 食事に気をつけるとともに、軽い運動をすることも大切です。

不僅要注意飲食內容，做些輕度運動也同樣重要。

② 【相關關係】表示後項變化隨著前項一同變化。中文意思是：「隨著…」。如例：

◆ 国の発展と共に、国民の生活も豊かになった。

隨著國家的發展，國民的生活也變得富足了。

比較 〉 **にともなって**〔隨著…〕「とともに」表示後項變化隨著前項一同變化；「にともなって」表示隨著前項的進行，後項也有所進展或產生變化。

③ 【並列】表示與某人等一起進行某行為，相當於「と一緒に」。中文意思是：「和…一起」。如例：

◆ これからの人生をあなたと共に歩いて行きたい。

我想和你共度餘生。

002 ついでに
順便…、順手…、就便…

➡ {名詞の；動詞普通形} ＋ついでに

| 類義表現 | にくわえて 加上… |

| 意思 |

① 【附加】表示做某一主要的事情的同時，再追加順便做其他事情，後者通常是附加行為，輕而易舉的小事，相當於「の機会を利用して～をする」。中文意思是：「順便…、順手…、就便…」。如例：

◆ 買い物のついでに、図書館で本を借りてきた。
出門買東西，順道去圖書館借了書。

◆ 散歩のついでに、郵便局で切手を買った。
散步的途中，順便到郵局買了郵票。

◆ 大阪へ出張したついでに、京都の紅葉を見てきた。
到大阪出差時，順路去了京都賞楓。

◆ ホテルを予約するとき、ついでにレストランも予約
することにしている。
訂房的時候，會順便預約餐廳。

| 比較 | にくわえて〔加上…〕「ついでに」表示在做某件事的同時，因為天時地利人和，剛好做了其他事情；「にくわえて」表示不只是前面的事物，再加上後面的事物。 |

003 にくわえ（て）
而且…、加上…、添加…

➡ {名詞} ＋に加え（て）

| 類義表現 | にくらべて 與…相比… |

| 意思 |

① 【附加】表示在現有前項的事物上，再加上後項類似的別的事物。有時是補充

某種性質、有時是強調某種狀態和性質。後項常接「も」。相當於「だけでなく～も」。中文意思是：「而且…、加上…、添加…」。如例：

◆ 強い風に加えて、雨も降り始めた。

不但颳起大風，也開始下雨了。

◆ 毎日の仕事に加えて、来月の会議の準備もしなければならない。

除了每天的工作項目，還得準備下個月的會議才行。

◆ その少女は可愛らしい笑顔に加え、美しい歌声も持っていた。

那位少女不僅有可愛的笑容，還擁有一副美妙的歌喉。

◆ 試合終了の笛が鳴ると、グラウンドの選手たちに加え、観客たちも泣き出した。

當比賽結束的哨音響起，包括場上的運動員們在內，連場邊的觀眾們也哭了起來。

比較

にくらべて〔與…相比…〕「にくわえて」表示某事態到此並沒有結束，除了前項，要再添加上後項；「にくらべて」表示基準。表示比較兩個事物，前項是比較的基準。

---

004 ばかりか、ばかりでなく

Track N3-099

1. 豈止…、連…也…、不僅…而且…；2. 不要…最好…

➡ {名詞；形容動詞詞幹な；[形容詞・動詞] 普通形}＋ばかりか、ばかりでなく

類義表現　どころか 別說…

意思

① 【附加】表示除了前項的情況之外，還有後項的情況，褒意貶意都可以用。「ばかりか」含有說話人吃驚或感嘆等心情。語意跟「だけでなく～も～」相同，後項也常會出現「も、さえ」等詞。中文意思是：「豈止…、連…也…、不僅…而且…」。如例：

◆ 彼女は英語ばかりかロシア語もできる。

她不僅會英文，還會俄文。

◆ この靴はおしゃれなばかりでなく、軽くて歩き易い。

這雙鞋不但好看，而且又輕，走起來健步如飛。

◆ この店の料理は味が薄いばかりか量も少ない。

這家餐廳的菜不但淡而無味，而且份量又少。

◆ 本田さんは手術に失敗したばかりでなく、別の病気も見つかったらしい。

聽說本田小姐不但手術失敗了，還發現了其他疾病。

| 比較 | **どころか**〔別說…〕「ばかりか」表示不光是前項，連後項也是，而後項的程度比前項來得高；「どころか」表示後項內容跟預期相反。先否定了前項，並提出程度更深的後項。 |

② 【建議】「ばかりでなく」也用在忠告、建議、委託的表現上。中文意思是：「不要…最好…」。如例：

◆ 肉ばかりでなく野菜もたくさん食べるようにしてください。

不要光吃肉，最好也多吃些蔬菜。

---

005 はもちろん、はもとより
不僅…而且…、…不用說，…也…

➡ {名詞} ＋はもちろん、はもとより

| 類義表現 | にくわえて 加上… |

| 意思 | |

① 【附加】表示一般程度的前項自然不用說，就連程度較高的後項也不例外，後項是強調不僅如此的新信息。相當於「は言うまでもなく～（も）」。中文意思是：「不僅…而且…、…不用說，…也…」。如例：

◆ 曹さんは休み時間はもちろん、授業中もよく寝ている。

別說是下課時間了，就連上課中曹同學也經常睡覺。

◆ 子育てはもちろん料理も掃除も、妻と協力してやっています。

不單是帶孩子，還包括煮飯和打掃，我都和太太一起做。

| 比較 | **にくわえて**〔加上…〕「はもちろん、はもとより」表示例舉，前項是一般程度的，後項程度略高，不管是前項還是後 |

項通通包含在內；「にくわえて」表示除了前項，再加上後項，
兩項的地位相等。

⑱〔禮貌體〕「はもとより」是種較生硬的表現。另外，「もとより」也有「本來、
從一開始」的意思。如例：

◆ 私が成功できたのは両親はもとより、これまでお世話になった方々のお
かげです。

我能夠成功不僅必須歸功於父母，也要感謝在各方面照顧過我的各位。

◆ 失業は本人はもとより、一緒に暮らす家族にとっても深刻な問題だ。

失業不單是當事人的問題，對於住在一起的家人也是相當嚴重的問題。

◆ そのことはもとより存じております。

那件事打從一開始我就知道了。

---

006 ような

Track N3-101

1. 像…之類的；2. 宛如…一樣的…；3. 感覺像…

類義表現　らしい　有…的樣子

意思

① 【列舉】{名詞の}＋ような。表示列舉，為了説明後項的名詞，而在前項具體
的舉出例子。中文意思是：「像…之類的」。如例：

◆ このマンションでは鳥や魚のような小さなペットなら飼うことができま
す。

如果是鳥或魚之類的小寵物，可以在這棟大廈裡飼養。

◆ 妹はケーキやチョコレートのような甘い物ばかり食べ
ている。

妹妹一天到晚老是吃蛋糕和巧克力之類的甜食。

② 【比喩】{名詞の；動詞辭書形；動詞ている}＋ような。表
示比喩。中文意思是：「宛如…一樣的…」。如例：

◆ 高熱が何日も下がらず、死ぬような思いをした。

高燒好幾天都退不下來，還以為要死掉了。

③【判斷】{名詞の;形容動詞詞幹な;[形容詞・動詞]辭書形}＋ような気がする。

表示説話人的感覺或主觀的判斷。中文意思是：「感覺像…」。如例：

◆ 何か悪いことが起こるような気がする。

總覺得要發生不祥之事了。

比較

らしい〔有…的樣子〕「ような」表示説話人的感覺或主觀的判斷；「らしい」表示充分具有該事物應有的性質或樣貌，或是説話者根據眼前的事物進行客觀的推測。

---

007 をはじめ（とする、として）

Track N3-102

以…為首、…以及…、…等等

➡ {名詞}＋をはじめ（とする、として）

類義表現

をちゅうしんに 以…為重點

意思

①【例示】表示由核心的人或物擴展到很廣的範圍。「を」前面是最具代表性的、核心的人或物。作用類似「などの、と」等。中文意思是：「以…為首、…以及…、…等等」。如例：

◆ 校長先生をはじめ、学校の先生方には大変お世話になりました。

感謝以校長為首的各位老師諸多關照了。

◆ 札幌をはじめ、北海道には外国人観光客に人気の街がたくさんある。

包括札幌在內，北海道有許許多多多廣受外國觀光客喜愛的城市。

◆ この辺りには、国立劇場をはじめとする公共の施設が多い。

這一帶有國立劇場等等的各種公共設施。

◆ 柔道をはじめとして、日本には礼儀作法を大切にするスポーツが多くある。

日本有很多運動項目都很注重禮法，尤其是柔道。

劇場

比較

をちゅうしんに〔以…為重點〕「をはじめ」先舉出一個最具代表性事物，後項再列舉出範圍更廣的同類事物。後項常出現表示「多數」之意的詞；「をちゅうしんに」表示前項是某事物、狀態、現象、行為範圍的中心位置，而這中心位置，具有重要的作用。

文法小祕方

形容詞

項目	說明	例句
定義	形容詞是描述名詞性質、狀態的詞。	高い
活用	形容詞根據語法功能有不同變化形式。	高い→高くない、高かった、高くて、高ければ
各活用形的用法	表示不同語法功能，如否定、過去、連接等。有連用形、終止形、連體形、假定形、未然形。	連用形：形容詞接續在其他詞前，用來修飾動詞等或表示並列。形容詞的語幹加「く」→高く飛ぶ 終止形：用於句子的結尾，表示斷定。形容詞的基本形態→この本は面白い 連體形：接續在名詞前，作為定語修飾名詞→美しい花 假定形：表示假設或條件。形容詞的語幹加「ければ」→安ければ買います 未然形：表示動作未發生的狀態或否定形。形容詞的語幹加「く」→高くない
形容詞的「ウ」音變	部分形容詞在活用時： 1. う段或お段假名，與「う」連在一起變為長音。 2. あ段假名變為所在行的お段假名，再跟「う」連在一起變為長音。 3. い段假名變成同一行的ゆ拗音，再跟「う」連在一起變為長音。	1. 青い→青うございます 2. 高い→高うございます 3. 美しい→美しゅうございます
複合形容詞	複合形容詞是由各類詞與形容詞或形容詞型活用的接尾詞複合而成。	1. 名詞＋形容詞→力強い 2. 動詞連用形＋形容詞或形容詞型活用的接尾詞→蒸し暑い 3. 形容詞詞幹或形容動詞詞幹＋形容詞→青臭い 4. 接頭詞＋形容詞→不幸せ 5. 名詞＋形容詞性接尾詞→子どもっぽい 6. 詞幹重疊構成複合形容詞→苦甘い

練習　文法知多少？

▼ 答案詳見右下角

☞ **請完成以下題目，從選項中，選出正確答案，並完成句子。**

1 彼は、失恋した（　　　）、会社も首になってしまいました。

　　1. ついでに　　　　　　2. ばかりか

2 私はイタリア人ですが、すきやき、てんぷら（　　　）、納豆も大好きです。

　　1. はもちろん　　　　　2. に加えて

3 日本の近代には、夏目漱石（　　　）、いろいろな作家がいます。

　　1. をはじめ　　　　　　2. を中心に

4 安室奈美恵（　　　）小顔になりたいです。

　　1. のような　　　　　　2. らしい

5 今日は朝から大雨だった。雨（　　　）、昼からは風も出てきた。

　　1. にわたって　　　　　2. に加えて

6 彼の奥さんは、きれいな（　　　）、料理もじょうずだ。

　　1. ばかりでなく　　　　2. はんめん

比較、対比、逆接

比較、對比、逆接

001 くらいなら、ぐらいなら

Track N3-103

與其…不如…、要是…還不如…

→ {動詞普通形} ＋ くらいなら、ぐらいなら

類義表現 からには 既然…

意思

① 【比較】表示與其選前者，不如選後者，是一種對前者表示否定、厭惡的説法。常跟「ましだ」相呼應，「ましだ」表示兩方都不理想，但比較起來，還是某一方好一點。中文意思是：「與其…不如…、要是…還不如…」。如例：

◆ あなたに迷惑をかけるくらいなら、会社を辞めます。

與其造成您的困擾，我寧願向公司辭職。

◆ あいつに謝るくらいなら、死んだほうがましだ。

要我向那傢伙道歉，倒不如叫我死了算了！

◆ そんな大学に行くぐらいなら、就職しろ。

與其讀那樣的大學，倒不如給我去工作。

◆ 後から喧嘩するくらいなら、友達にお金を貸さないほうがいい。

與其日後雙方鬧翻，不如別借錢給朋友比較好。

比較 からには〔既然…〕「くらいなら、ぐらいなら」表示説話者寧可選擇後項也不要前項，表現出厭惡的感覺；「からには」表示事情演變至此，就要順應這件事情，去進行後項的責任或義務。含有抱持某種決心或意志之意。

002 というより

與其說…，還不如說…

➡ {名詞；形容動詞詞幹；[名詞・形容詞・形容動詞・動詞] 普通形}＋というより

| 類義表現 | ほど～はない 沒有…比…的了 |

意思

① 【比較】表示在相比較的情況下，後項的說法比前項更恰當，後項是對前項的修正、補充或否定，比直接、毫不留情加以否定的「ではなく」，說法還要婉轉。中文意思是：「與其說…，還不如說…」。如例：

◆ 母にとって犬のジョンは、ペットというより息子だ。

對媽媽而言，小狗約翰不只是寵物，其實更像是兒子。

◆ この祭りは、賑やかというよりうるさい。

這場慶典哪是熱鬧，根本到了吵鬧的程度。

◆ この音楽は、気持ちが落ち着くというより、眠くなる。

這種音樂與其說使人心情平靜，更接近讓人昏昏欲睡。

◆ あの人が親切なのは、あなたのためというより、あなたに好かれたいためだと思う。

我覺得那個人之所以那麼熱心，與其說是好意幫助你，還不如說是想討你的歡心。

| 比較 | **ほど～はない**〔沒有…比…的了〕「というより」表示在相比較的情況下，與其說是前項，不如說後項更為合適；「ほど～はない」表示程度比不上「ほど」前面的事物。強調說話人主觀地認為「ほど」前面的事物是最如何如何的。 |

003 にくらべ（て）

與…相比、跟…比較起來、比較…

➡ {名詞}＋に比べ（て）

| 類義表現 | にたいして 對於… |

| 意思 | |

① 【比較基準】表示比較、對照兩個事物，以後項為基準，指出前項的程度如何的不同。也可以用「にくらべると」的形式。相當於「に比較して」。中文意思是：「與…相比、跟…比較起來、比較…」。如例：

◆ いつも優しい兄に比べて、姉は怒ると恐い。

    和總是善解人意的哥哥相比，姊姊一生起氣來就叫人毛骨悚然。

◆ 女性は男性に比べて我慢強いと言われている。

    一般而言，女性的忍耐力比男性強。

◆ 都会に比べると、この辺りは家賃が安い。

    比起市中心，這一帶的房租較為便宜。

◆ 今年の春は、去年に比べ桜の開花が遅いそうだ。

    和去年相較，今年春天櫻花似乎開得比較晚。

| 比較 | にたいして〔對於…〕「にくらべ（て）」前項是比較的基準。「にたいして」表示對象，後項多是針對這個對象而有的態度、行為或作用等，帶給這個對象一些影響。 |

004 わりに（は）

Track N3-106

（比較起來）雖然…但是…、但是相對之下還算…、可是…

➡ {名詞の；形容動詞詞幹な；[形容詞・動詞] 普通形} ＋わりに（は）

| 類義表現 | として 作為… |

| 意思 | |

① 【比較】表示結果跟前項條件不成比例、有出入或不相稱，結果劣於或好於應有程度，相當於「のに、にしては」。中文意思是：「（比較起來）雖然…但是…、但是相對之下還算…、可是…」。如例：

◆ ここのケーキは値段のわりに小さ過ぎる。

    這家店的蛋糕以價格來看，未免太小塊了。

◆ この体操は簡単なわりに効果があるから、ぜひやってください。

這種體操看似容易卻很有效果，請務必做看看。

◆ この辺りは、駅から近いわりに静かでいい。

這一帶雖然離車站近但很安靜，住起來很舒適。

◆ ３年も留学していたわりには喋れないね。

都已經留學３年了，卻還是沒辦法開口交談哦？

| 比較 |

として〔作為…〕「わりに（は）」

表示某事物不如前項這個一般基準一般好或壞；「として」表示以某種身分、資格、地位來做後項的動作。

005　にしては

照…來說…、就…而言算是…、從…這一點來說，算是…的、作為…，相對來說…

➡ {名詞；形容動詞詞幹；動詞普通形} ＋にしては

| 類義表現 |

わりに（は）　與…不符

| 意思 |

① 【與預料不同】表示現實的情況，跟前項提的標準相差很大，後項結果跟前項預想的相反或出入很大。含有疑問、諷刺、責難、讚賞的語氣。相當於「割には」。中文意思是：「照…來說…、就…而言算是…、從…這一點來說，算是…的、作為…，相對來說…」。如例：

◆ この辺りは、都会にしては緑が多い。

以都會區而言，這一帶綠意盎然。

◆ このコーヒー、インスタントにしてはおいしいね。

以即溶咖啡來說，這一杯還真好喝耶！

◆ 一生懸命やったにしては、結果がよくない。

相較於竭盡全力的過程，結果並不理想。

◆ 木村さんは、もう50歳を過ぎているにしては、若者の流行に詳しい。

以木村先生已經50多歲的年紀來說，他對年輕人流行的事物可說是瞭若指掌。

Track N3-108

比較 わりに（は）〔與…不符〕「にしては」表示評價的標準。表示後項的現實狀況，與前項敘述不符；「わりに（は）」表示比較的基準。按照常識來比較，後項跟前項不成比例、不協調、有出入。

006 にたいして（は）、にたいし、にたいする

1. 和…相比；2. 向…、對（於）…

➡ {名詞} ＋に対して（は）、に対し、に対する

類義表現 について 針對…

意思

① 【對比】用於表示對立，指出相較於某個事態，有另一種不同的情況，也就是對比某一事物的兩種對立的情況。中文意思是：「和…相比」。如例：

◆ 息子が本が好きなのに対し、娘は運動が得意だ。

不同於兒子喜歡閱讀，女兒擅長的是運動。

② 【對象】表示動作、感情施予的對象，接在人、話題或主題等詞後面，表明對某對象產生直接作用。後接名詞時以「にたいする N」的形式表現。有時候可以置換成「に」。中文意思是：「向…、對（於）…」。如例：

◆ 先生は私の質問に対して、丁寧に答えてくれた。

對於我的詢問，老師給了仔細的解答。

◆ あなたは奥さんに対して、感謝の気持ちを持っていますか。

你是否對太太常懷感謝的心呢？

◆ この事件の陰には、若者の社会に対する不満がある。

這起事件的背後，透露出年輕人對社會的不滿。

比較 について〔針對…〕「にたいして（は）」表示動作針對的對象。也表示前項的內容跟後項的內容是相反的兩個方面；「について」表示以前接名詞為主題，進行書寫、討論、發表、提問、說明等動作。

007 にはんし (て)、にはんする、にはんした
與…相反…

➔ {名詞} ＋に反し (て)、に反する、に反した

類義表現 | にひきかえ 和…比起來

意思

① 【對比】接「期待 (期待)、予想 (預測)」等詞後面，表示後項的結果，跟前項所預料的相反，形成對比的關係。相當於「て〜とは反対に、に背いて」。中文意思是：「與…相反…」。如例：

◆ 予想に反して、ブラジルが負けた。
比賽大爆冷門，巴西竟然輸了。

◆ 親の期待に反し、彼は大学を辞めて働き始めた。
他違背了父母的期望，向大學辦理退學，開始工作了。

◆ 新製品の売り上げは、予測に反する結果となった。
新產品的銷售狀況截然不同於預期。

◆ 君たちの行動は、学校の規則に反したものだ。
你們的行為已經違反了校規！

比較 | にひきかえ〔和…比起來〕「にはんして」常接「予想、期待、予測、意思、命令、願い」等詞，表示和前項所預料是相反的；「にひきかえ」比較兩個相反或差異很大的事物。含有説話人個人主觀的看法。

008 はんめん
另一面…、另一方面…

➔ {[形容詞・動詞] 辭書形} ＋反面；{[名詞・形容動詞詞幹な] である} ＋反面

類義表現 | いっぽうで 另一方面…

① 【對比】表示同一種事物，同時兼具兩種不同性格的兩個方面。除了前項的一個事項外，還有後項的相反的一個事項。前項一般為醒目或表面的事情，後項一般指出其難以注意或內在的事情。相當於「である一方」。中文意思是：「另一面…、另一方面…」。如例：

◆ この植物は寒さに強い反面、病気になり易い。

　　這種植物雖然耐寒，卻也容易生病。

◆ この街は観光客に人気がある反面、あまり治安がよくない。

　　這條街雖然吸引眾多觀光客造訪，但是相對的，治安並不良好。

◆ 父は厳しい親である反面、私の最大の理解者でもあった。

　　爸爸雖然很嚴格，但從另一個角度來說，也是最了解我的人。

◆ 弟は学校では元気な反面、家ではわがままだ。

　　弟弟在學校表現活潑，可是在家裡卻非常任性。

比較　　いっぽうで〔另一方面…〕「はんめん」表示在同一個人事物中，有前項和後項這兩種相反的情況、性格、方面；「いっぽうで」表示對比。可以表示同一主語有兩個對比的情況，也表示同一主語有不同的方面。

009　としても

即使…，也…、就算…，也…

➡ {名詞だ；形容動詞詞幹だ；[形容詞・動詞] 普通形} ＋としても

類義表現　　としたら 假設…

意思

① 【逆接條件】表示假設前項是事實或成立，後項也不會起有效的作用，或者後項的結果，與前項的預期相反。後項大多為否定、消極的內容。一般用在說話人的主張跟意見上。相當於「その場合でも」。中文意思是：「即使…，也…、就算…，也…」。如例：

◆ 君の言ったことは、冗談だとしても、許されないよ。

你説出來的話，就算是開玩笑也不可原諒！

◆ 話が退屈だとしても、講演中にスマホでゲームは失礼だ。

就算內容無趣，在演講中拿起手機玩手遊仍然是沒有禮貌的行為。

◆ どんなに羨ましかったとしても、人の悪口は言わないほうがいい。

就算再怎麼羨慕，還是不要講別人的壞話比較好。

◆ 今からじゃロケットで行ったとしても間に合わないよ。

現在才急著趕過去，就算搭火箭也來不及啦！

| 比較 | としたら〔假設…〕「としても」表示就算前項成立，也不能替後項帶來什麼影響；「としたら」表示順接的假定條件。在認清現況或得來的信息的前提條件下，據此條件進行判斷。後項是說話人判斷的表達方式。 |

---

010 にしても

Track N3-112

就算…，也…、即使…，也…

➡ {名詞；[形容詞・動詞] 普通形} ＋にしても

| 類義表現 | としても 即使… |

| 意思 |

① 【逆接讓步】表示讓步關係，退一步承認前項條件，並在後項中敘述跟前項矛盾的內容。前接人物名詞的時候，表示站在別人的立場推測別人的想法。相當於「も、としても」。中文意思是：「就算…，也…、即使…，也…」。如例：

◆ 旅行中にしても、メールくらいチェックしてください。

就算正在旅行，麻煩至少記得收個信。

◆ おいしくないにしても、体のために食べたほうがいい。

即使難吃，為了健康著想，還是吃下去比較好。

◆ 叱るにしても、もう少し優しい言い方があるでしょう。

就算要責備，也可以用個比較婉轉的講法吧？

◆ 電車が止まったにしても、3時間も遅刻して来るのはおかしい。

即使電車停駛了，足足遲到 3 個鐘頭未免説不過去。

| 比較 |

としても〔**即使…**〕「にしても」表示假設退一步承認前項的事態，其內容也是不能理解、允許的；「としても」表示假設前項是事實或成立，後項也不會起有效的作用，或者後項的結果，與前項的預期相反。

---

011 くせに

Track N3-113

雖然…，可是…、…，卻…

➡ **{名詞の；形容動詞詞幹な；[形容詞・動詞] 普通形}＋くせに**

| 類義表現 | **のに** 明明…

| 意思 |

① 【逆接讓步】表示逆態接續。用來表示根據前項的條件，出現後項讓人覺得可笑的、不相稱的情況。全句帶有譴責、抱怨、反駁、不滿、輕蔑的語氣。批評的語氣比「のに」更重，較為口語。中文意思是：「雖然…，可是…、…，卻…」。如例：

◆ 後輩のくせに、先輩に荷物を持たせるんじゃないよ。

身為學弟，居然膽敢讓學長幫忙提東西！

◆ どうしてあの子に冷たくするの。本当はあの子のこと好きなくせに。

為什麼要對那個女孩那麼冷淡呢？你明明很喜歡她嘛！

◆ あのホテルは高いくせにサービスが悪い。

那家旅館價格高昂，服務卻很差。

◆ 自分では何もしないくせに、文句ばかり言うな。

既然自己什麼都不做，就別滿嘴抱怨！

比較 のに〔明明…〕「くせに」表示後項結果和前項的條件不符，帶有說話人不屑、不滿、責備等負面語氣；「のに」表示後項的結果和預想的相背，帶有說話人不滿、責備、遺憾、意外、疑問的心情。

---

012 といっても

Track N3-114

雖說…，但…、雖說…，也並不是很…

➡ {名詞；形容動詞詞幹；[名詞・形容詞・形容動詞・動詞] 普通形} ＋ といっても

類義表現 にしても 即使…

意思

① 【逆接】表示承認前項的說法，但同時在後項做部分的修正，或限制的內容，說明實際上程度沒有那麼嚴重。後項多是說話者的判斷。中文意思是：「雖說…，但…、雖說…，也並不是很…」。如例：

◆ 留学（りゅうがく）といっても３か月（げつ）だけです。

　説好聽的是留學，其實也只去了３個月。

◆ 駅（えき）から近（ちか）いといっても、歩（ある）いて７、８分（ぶん）かかります。

　雖說離車站不遠，走起來也得花上７、８分鐘。

◆ 住民（じゅうみん）に調査（ちょうさ）したといっても、たった10人（にん）に聞（き）いただけじゃないか。

　説是對居民進行了訪查，根本只問了10個人而已嘛！

⊕ 〔複雜〕表示簡單地歸納了前項，在後項說明實際上程度更複雜。如例：

◆ この機械（きかい）は安全（あんぜん）です。安全（あんぜん）といっても、使（つか）い方（かた）を守（まも）ることが必要（ひつよう）ですが。

　這台機器很安全。不過雖說安全，仍然必須遵守正確的使用方式。

比較 にしても〔即使…〕「といっても」説明實際上後項程度沒有那麼嚴重，或實際上後項比前項歸納的要複雜；「にしても」表示讓步。表示即使假設承認前項的事態，並在後項中敘述的事情與預料的不同。

練習　文法知多少？

▼ 答案詳見右下角

☞ 　請完成以下題目，從選項中，選出正確答案，並完成句子。

1　彼は准教授の（　　　　）、教授になったと嘘をついた。

　　1．くせに　　　　　　　2．のに

2　あんな男と結婚する（　　　）、一生独身の方がましだ。

　　1．ぐらいなら　　　　　2．からには

3　体が丈夫（　　）、インフルエンザには注意しなければならない。

　　1．くらいなら　　　　　2．だとしても

4　今年は去年（　　　）、雨の量が多い。

　　1．に比べ　　　　　　　2．に対して

5　法律（　　　）行為をしたら処罰されます。

　　1．に反する　　　　　　2．に比べて

6　テストで100点をとった（　　）、母はほめてくれなかった。

　　1．のに　　　　　　　　2．としても

7　上司にはへつらう（　　　）、部下にはいばり散らす。

　　1．かわりに　　　　　　2．反面

8　物理の点が悪かった（　　　）、化学はまあまあだった。

　　1．わりには　　　　　　2．として

限定、強調

限定、強調

---

001 （っ）きり

1. 只有…；2. 全心全意地…；3. 自從…就一直…

類義表現　っぱなしで …著

意思

① 【限定】{名詞}＋（っ）きり。接在名詞後面，表示限定，也就是只有這些的範圍，除此之外沒有其它，相當於「だけ、しか～ない」。中文意思是：「只有…」。如例：

◆ ちょっと二人きりで話したいことがあります。

　　有件事想找你單獨談一下。

⑧ 〖一直〗{動詞ます形}＋（っ）きり。表示不做別的事，全心全意做某一件事。中文意思是：「全心全意地…」。如例：

◆ 手術の後は、妻に付きっきりで世話をしました。

　　動完手術後，就全心全意地待在妻子身旁照顧她了。

② 【不變化】{動詞た形；これ、それ、あれ}＋（っ）きり。表示自此以後，便未發生某事態，後面常接否定。中文意思是：「自從…就一直…」。如例：

◆ 息子は高校を卒業した後、家を出たきり一度も帰って来ない。

　　自從兒子高中畢業後離開家門，就再也不曾回來過了。

◆ 彼女とは３年前に別れて、それきり一度も会っていません。

　　自從和她在３年前分手後，連一次面都沒見過。

比較 っぱなしで〔…著〕「（っ）きり」表示從此以後，就沒有發生
某事態，後面常接否定形；「っぱなしで」表示相同的事情或狀
態，一直持續著，後面不接否定形。

002 しかない
只能…、只好…、只有…

Track N3-116

➜ {動詞辭書形}＋しかない

類義表現 ないわけにはいかない 必須…

意思

① 【限定】表示只有這唯一可行的，沒有別的選擇，或沒有其它的可能性，用法
比「ほかない」還要廣，相當於「だけだ」。中文意思是：「只能…、只好…、
只有…」。如例：

◆ 飛行機が飛ばないなら、旅行は諦めるしかない。
既然飛機停飛，只好放棄旅行了。

◆ そんなに隣がうるさいなら、もう引っ越すしかない
よ。
既然隔壁鄰居那麼吵，也只能搬家了呀。

◆ 仕事が終わらない。今日は残業するしかない。
工作做不完。今天只好加班了。

◆ ここまで来たら、最後までやるしかない。
既然已經走到這一步，只能硬著頭皮做到最後了。

比較 ないわけにはいかない〔必須…〕「しかない」表示只剩下這個
方法而已，只能採取這個行動；「ないわけにはいかない」表示
基於常識或受限於某種社會的理念，不這樣做不行。

003 だけしか
只…、…而已、僅僅…

Track N3-117

➜ {名詞}＋だけしか

意思

① 【限定】限定用法。下面接否定表現，表示除此之外就沒別的了。比起單獨用「だけ」或「しか」，兩者合用更多了強調的意味。中文意思是：「只…、…而已、僅僅…」。如例：

◆ うちにお金はこれだけしかありません。
我家裡的錢只有這麼一點點。

◆ 頼れるのはあなただけしかいないんです。
能夠拜託的人就只有你而已。

◆ 映画のチケット、1枚だけしかないんですが、よかったらどうぞ。
電影票只有一張而已，如果不介意的話請拿去看。

◆ テストは時間が足りなくて、半分だけしかできなかった。
考試時間不夠用，只答了一半而已。

比較 だけ〔只…〕「だけしか」下面接否定表現，表示除此之外就沒別的了，強調的意味濃厚；「だけ」表示某個範圍內就只有這樣而已。用在對人、事、物等加以限制或限定。

---

004 だけ（で）

Track N3-118

1. 光…就…；2. 只是…、只不過…；3. 只要…就…

➡ {名詞；形容動詞詞幹な；[形容詞・動詞] 普通形} ＋だけ（で）

類義表現 しか 只

意思

① 【限定】接在「考える（思考）、聞く（聽聞）、想像する（想像）」等詞後面時，表示不管有沒有實際體驗，都可以感受到。中文意思是：「光…就…」。如例：

◆ 雑誌で写真を見ただけで、この町が大好きになった。

單是在雜誌上看到照片，就愛上這座城鎮了。

◆ 小さかった君が父親になるかと思うと、想像しただけで嬉しいよ。

一想到當年那個小不點的你即將成為爸爸了，光是在腦海裡想像那幅畫面就讓人開心極囉！

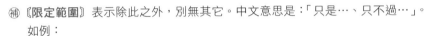

㊁〔限定範圍〕表示除此之外，別無其它。中文意思是：「只是…、只不過…」。如例：

◆ この店の料理は、見た目がきれいなだけでおいしくない。

這家店的料理，只中看而不中吃。

㊁〔程度低〕表示不需要其他辦法，只要最低程度的方法、人物等，就可以達成後項。「で」表示狀態。中文意思是：「只要…就…」。如例：

◆ こんな高価なものは頂けません。お気持ちだけ頂戴します。

如此貴重的禮物我不能收，您的好意我心領了。

比較

しか〔只〕「だけ（で）」表示只需要最低程度的方法、地點、人物等，不需要其他辦法，就可以把事情辦好；「しか」是用來表示在某個範圍只有這樣而已，但通常帶有懊惱、可惜，還有強調數量少、程度輕等語氣，後面一定要接否定形。

005 こそ

Track N3-119

1. 正是…、才（是）…；2. 唯有…才…

類義表現

だけ 只有…

意思

① 【強調】{名詞}＋こそ。表示特別強調某事物。中文意思是：「正是…、才（是）…」。如例：

◆「よろしくお願いします。」「こちらこそ、よろしく。」

「請多指教。」「我才該請您指教。」

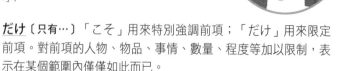

◆今年こそ禁煙するぞ。

今年非戒菸不可！

比較　**だけ**〔只有…〕「こそ」用來特別強調前項；「だけ」用來限定前項。對前項的人物、物品、事情、數量、程度等加以限制，表示在某個範圍內僅僅如此而已。

[補]〖結果得來不易〗{動詞て形}＋てこそ。表示只有當具備前項條件時，後面的事態才會成立。表示這樣做才能得到好的結果，才會有意義。後項一般是接續褒意，是得來不易的好結果。中文意思是：「唯有…才…」。如例：

◆苦しいときに助け合ってこそ、本当の友達ではないか。

在艱難的時刻互助合作，這才稱得上是真正的朋友，不是嗎？

◆作物は自分の手で育ててこそ、収穫の喜びがあるのだ。

唯有自己親手栽種農作物，才能體會到收穫時的喜悅！

006　など

Track N3-120

1. 怎麼會…、才（不）…、並不…；2. 竟是…

➡ **{名詞（＋格助詞）；動詞て形；形容詞く形}＋など**

類義表現　くらい（蔑視）微不足道

意思

① **【輕重的強調】** 表示加強否定的語氣。通過「など」對提示的事物，表示厭惡、輕視、不值得一提、無聊、不屑等輕視的心情。口語式的説法是「なんて」。中文意思是：「怎麼會…、才（不）…、並（不）…」。如例：

◆私は嘘などついていません。

我並沒有説謊！

◆君になど、私の気持ちが分かるわけがない。

就憑你，怎能了解我的感受呢！

◆ 大丈夫、全然太ってなどいませんよ。

別擔心，你連一丁點都沒有變胖喔！

◆ ずっと一人ですが、寂しくなどありません。

雖然獨居多年，但我並不覺得寂寞。

| 比較 |

くらい〔（蔑視）微不足道〕「など」表示加強否定的語氣。通過「など」對提示的事物，表示不值得一提、無聊、不屑等輕視的心情；「くらい」表示最低程度。前接讓人看輕，或沒什麼大不了的事物。

補 〔意外〕也表示意外、懷疑的心情，語含難以想像、荒唐之意。口語用法是「なんて」。中文意思是：「竟是…」。如例：

◆ これが離婚のきっかけになるなんて考えてもみなかった。

這竟是造成離婚的原因，真的連想都沒想到。

007　などと（なんて）いう、などと（なんて）おもう

Track N3-121

1.（說、想）什麼的；2.多麼…呀、居然…

➡ {[名詞・形容詞・形容動詞・動詞] 普通形} ＋ などと（なんて）言う、などと（なんて）思う

| 類義表現 | なんか 真是太…

| 意思 |

① 【輕重的強調】後面接與「言う、思う、考える」等相關動詞，說話人用輕視或意外的語氣，提出發言或思考的內容。中文意思是：「（說、想）什麼的」。如例：

◆ お母さんに向かってババアなんて言ったら許さないよ。

要是膽敢當面喊媽媽是老太婆，絕饒不了你喔！

◆ あなたがこんなにケチだなんて思わなかったわ。

作夢都沒有想到你居然是個鐵公雞！

◆ 今回の失敗を、自分のせいだなどと思わないほうがいい。

這回的失敗，希望你別認為錯在自己。

◆ 息子は、将来社長になるなどと言いながら、遊んでばかりいる。

兒子誇口說什麼以後要當大老闆，可是卻成天玩樂…。

② 【驚訝】表示前面的事，好得讓人感到驚訝，對預料之外的情況表示吃驚。含有讚嘆的語氣。中文意思是：「多麼…呀、居然…」。如例：

◆ 10か国語もできるなんて、語学が得意なんだと思う。

居然通曉10國語言，我想可能在語言方面頗具長才吧。

比較	なんか〔真是太…〕「なんて」前接發言或思考的內容，後接否定的表現，表示輕視、意外的語氣；「なんか」如果後接否定句，就表示對所提到的事物，帶有輕視的態度。「なんて」後面不可以接助詞，而「なんか」後面可以接助詞。「なんて」後面可以接名詞，而「なんか」後面不可以接名詞。

008

なんか、なんて

Track N3-122

1.連…都不…；2.…之類的；3.…什麼的

類義表現	ことか 非常…

意思

① 【強調否定】用「なんか～ない」的形式，表示對所舉的事物進行否定。有輕視、謙虛或意外的語氣。中文意思是：「連…都不…」。如例：

◆ 仕事が忙しくて、旅行なんか行けない。

工作太忙，根本沒空旅行。

② 【舉例】{名詞}＋なんか。表示從各種事物中例舉其一，語氣緩和，是一種避免斷言、委婉的說法。是比「など」還隨便的說法。中文意思是：「…之類的」。如例：

◆ ノートなんかは近所のスーパーでも買えますよ。

笔记本之类的在附近超市也買得到喔。

③【輕視】{[名詞・形容詞・形容動詞・動詞] 普通形}＋なんて。表示對所提到的事物，認為是輕而易舉、無聊愚蠢的事，帶有輕視的態度。中文意思是：「…什麼的」。如例：

◆ こんな簡単な仕事なんて、誰にでも出来るよ。

這麼容易的工作，誰都會做呀！

◆ 朝自分で起きられないなんて、君はいったい何歳だ。

什麼早上沒辦法自己起床？你到底幾歲了啊？

比較 ことか〔非常…〕「なんか」可以含有説話人對評價的對象，進行強調，含有輕視的語氣。也表示舉例；「ことか」表示強調。表示程度深到無法想像的地步，是説話人強烈的感情表現方式。

009 ものか

Track N3-123

哪能…、怎麼會…呢、決不…、才不…呢

➡ {形容動詞詞幹な；[形容詞・動詞] 辭書形}＋ものか

類義表現 もの …嘛

意思

①【強調否定】句尾聲調下降。表示強烈的否定情緒，指説話人強烈否定對方或周圍的意見，或是絕不做某事的決心。中文意思是：「哪能…、怎麼會…呢、決不…、才不…呢」。如例：

◆ 課長が親切なものか。全部自分のためだよ。

科長哪是和藹可親？一切都是為了他自己啦！

◆ あの海が美しいものか。ごみだらけだ。

那片海一點都不美，上面漂著一大堆垃圾呀！

⑭〔禮貌體〕一般而言「ものか」為男性使用，女性通常用禮貌體的「ものですか」。如例：

◆ あんな部長の下で働けるものですか。

我怎可能在那種經理的底下工作呢！

[補]〔口語〕比較隨便的說法是「もんか」。如例：

◆ こんな店、二度と来るもんか。

這種爛店，誰要光顧第 2 次！

比較

もの〔…嘛〕「ものか」表示強烈的否定，帶有輕視或意志堅定的語感；「もの」帶有撒嬌、任性、不滿的語氣，多為女性或小孩使用，用在說話者針對理由進行辯解。

文法小祕方

形容詞

項目	說明	例句
形容詞的構詞能力	形容詞可以與其他詞組合，形成新詞。	1. 詞幹本身可構成名詞：美しい→美しさ 2. 形容詞詞幹後加接尾詞可變成動詞：強い→強がる 3. 形容詞本身可以構成形容動詞：楽しい→楽しげ 4. 形容詞本身可以構成副詞：軽い→軽々 5. 形容詞加上形容詞性接尾詞可形成新的形容詞：子ども→子どもっぽい
補助形容詞	補充說明主要形容詞的狀態或程度。	ない：可愛くない いい：追求してもいい ほしい：買って欲しい
主述述語句	形容詞作為句子的述語，描述主語的性質或狀態。	この本は面白いです。

形容動詞

項目	說明	例句
形容動詞的定義	形容動詞是描述事物的性質或狀態的詞，以「だ／です」結尾。	静かだ
形容動詞的種類	有和語、漢語、外來語系等形容動詞。	1. 源自日本固有語言的形容動詞→きれいだ 2. 源自漢語的形容動詞→簡単だ 3. 使用漢字創造的形容動詞→明確だ 4. 由名詞加上接尾詞「的」構成的形容動詞→文化的だ 5. 由外來語轉變而成的形容動詞→ハンサムだ
形容動詞的活用	形容動詞與形容詞一樣。	有未然形、連用形、終止形、連體形和假定形 5 種活用類型。

練習　文法知多少？

▼ 答案詳見右下角

☞　**請完成以下題目，從選項中，選出正確答案，並完成句子。**

1 転勤が嫌なら、（　　　　）。

1．やめるしかない

2．やめないわけにはいかない

2 お茶は二つ買いますが、お弁当は一つ（　　　）買います。

1．しか　　　　　　　　2．だけ

3 誤りを認めて（　　　）、立派な指導者と言える

1．こそ　　　　　　　　2．だけ

4 あんなやつを、助けて（　　　）やるもんか。

1．など　　　　　　　　2．ほど

5 こんな日が来る（　　　）、夢にも思わなかった。

1．なんか　　　　　　　2．なんて

6 時間がないから、旅行（　　　）めったにできない。

1．なんか　　　　　　　2．ばかり

許可、勧告、使役、敬語、伝聞

許可、勧告、使役、敬語、傳聞

Track N3-124

001

（さ）せてください、
（さ）せてもらえますか、
（さ）せてもらえませんか

請讓…、能否允許…、可以讓…嗎？

➡ {動詞否定形（去ない）；サ變動詞詞幹} ＋（さ）せてください、（さ）せ
てもらえますか、（さ）せてもらえませんか

類義表現	動詞＋てくださいませんか 能不能請你…

意思	

① 【許可】「（さ）せてください」用在想做某件事情前，先請求對方的許可。「（さ）
せてもらえますか、（さ）せてもらえませんか」表示徵詢對方的同意來做某
件事情。以上 3 個句型的語氣都是客氣的。中文意
思是：「請讓…、能否允許…、可以讓…嗎？」。如
例：

◆ 部長、その仕事は私にやらせてください。

經理，那件工作請交給我來做。

◆ 先輩にはいつもごちそうになっていますから、
今日は私に払わせてください。

平常總是前輩請客，今天請讓我付錢。

◆ 大阪に転勤ですか。ちょっと考えさせてもらえますか。

要調職到大阪嗎？可以讓我稍微考慮一下嗎？

◆ すみませんが、明日は休ませてもらえませんか。

不好意思，明天可以讓我請假嗎？

比較 動詞＋てくださいませんか〔能不能請你…〕「（さ）せてください」用在請求對方許可自己做某事；「動詞＋てくださいませんか」比「てください」是更有禮貌的請求、指示的説法。由於請求的內容給對方負擔較大，因此有婉轉地詢問對方是否願意的語氣。也使用在向長輩等上位者請託的時候。

---

002 ことだ

Track N3-125

1.就得…、應當…、最好…；2.非常…、太…

類義表現 べき 必須…

意思

① **【忠告】**{動詞辭書形；動詞否定形}＋ことだ。説話人忠告對方，某行為是正確的或應當的，或某情況下將更加理想，口語中多用在上司、長輩對部屬、晚輩，相當於「したほうがよい」。中文意思是：「就得…、應當…、最好…」。如例：

◆ 風邪を引いたら、温かくして寝ることだ。
要是感冒了，最好就是穿得暖暖的睡一覺。

◆ 失敗したくなければ、きちんと準備することです。
假如不想失敗，最好的辦法就是做足準備。

比較 べき〔必須…〕「ことだ」表示地位高的人向地位低的人提出忠告、提醒，説某行為是正確的或應當的，或這樣做更加理想；「べき」表示忠告。是説話人提出看法、意見，表示那樣做是應該的、正確的。常用在勸告、禁止及命令的場合。

② **【各種感情】**{形容詞辭書形；形容動詞詞幹な}＋ことだ。表示説話人對於某事態有種感動、驚訝等的語氣，可以接的形容詞很有限。中文意思是：「非常…、太…」。如例：

◆ 隣の奥さんが、ときどき手作りの料理をくれる。有難いことです。
鄰居太太有時會親手做些料理送我們吃，真是太感謝了！

◆ 社員を簡単に首にする会社がある。酷いことだ。
有些公司會輕易開除員工。太過份了！

003 ことはない

Track N3-126

1. 用不著…、不用…；2. 不是…、並非…；3. 沒…過、不曾…

[類義表現] ほかはない 只好…

[意思]

① 【勸告】{動詞辭書形}＋ことはない。表示鼓勵或勸告別人，沒有做某行為的必要，相當於「する必要はない」。中文意思是：「用不著…、不用…」。如例：

◆ あなたが謝(あやま)ることはありません。悪(わる)いのは会社(かいしゃ)のほうです。

你不用道歉，做錯的是公司。

[比較] **ほかはない**〔只好…〕「ことはない」表示沒有必要做某件事情；「ほかはない」表示沒有其他的辦法，只能硬著頭皮去做某件事情。

[補]〔口語〕口語中可將「ことはない」的「は」省略。如例：

◆ そんなに心配(しんぱい)することないよ。手術(しゅじゅつ)をすればよくなるんだから。

不用那麼擔心啦，只要動個手術就會康復了。

② 【不必要】是對過度的行動或反應表示否定。從「沒必要」轉變而來，也表示責備的意思。用於否定的強調。中文意思是：「不是…、並非…」。如例：

◆ どんなに部屋(へや)が汚(きたな)くても、それで死(し)ぬことはないさ。

就算房間又髒又亂，也不會因為這樣就死翹翹啦！

③ 【經驗】{[形容詞・形容動詞・動詞] た形}＋ことはない。表示以往沒有過的經驗，或從未有的狀態。中文意思是：「沒…過、不曾…」。如例：

◆ 台湾(タイワン)に行(い)ったことはないが、台湾料理(タイワンりょうり)は大好(だいす)きだ。

雖然沒去過台灣，但我最愛吃台灣菜了！

004 べき（だ）

Track N3-127

必須…、應當…

➡ {動詞辭書形} ＋べき（だ）

[類義表現] はずだ（按理說）應該…

[意思]

①【勸告】表示那樣做是應該的、正確的。常用在勸告、禁止及命令的場合。一般是從道德、常識或社會上一般的理念出發。是一種比較客觀或原則的判斷，書面跟口語雙方都可以用，相當於「するのが当然だ」。中文意思是：「必須…、應當…」。如例：

◆ あんな最低の男とは、さっさと別れるべきだ。

那種差勁的男人，應該早早和他分手！

◆ 学生でも、自分の分くらい払うべきだよ。

即使是學生，至少也該出錢付自己的那一份啊！

[比較] はずだ〔（按理說）應該…〕「べき（だ）」表示那樣做是應該的、正確的。常用在描述身為人類的義務和理想時，勸告、禁止或命令對方怎麼做；「はずだ」表示說話人憑據事實或知識，進行主觀的推斷，有「理應如此」的感覺。

[補]〘するべき、すべき〙「べき」前面接サ行變格動詞時，「する」以外也常會使用「す」。「す」為文言的サ行變格動詞終止形。如例：

◆ もういっぱい。早く予約するべきだったなあ。

已經客滿了？應該提早預約才對。

◆ 政府は国民にきちんと説明すべきだ。

政府應當對國民提供詳盡的報告。

005 たらどうですか、たらどうでしょう（か）

Track N3-128

…如何、…吧

➡ {動詞た形} ＋たらどうですか、たらどうでしょう（か）

ほうがいい 還是…為好

意思

① 【提議】用來委婉地提出建議、邀請，或是對他人進行勸説。儘管兩者皆為表示提案的句型，但「たらどうですか」説法較直接，「たらどうでしょう（か）」較委婉。中文意思是：「…如何、…吧」。如例：

◆ A社がだめなら、B社にしたらどうでしょうか。
如果A公司不行，那麼換成B公司如何？

補 〔接連用形〕常用「動詞連用形＋てみたらどうですか、どうでしょう（か）」的形式。如例：

◆ そんなに心配なら、奥さんに直接聞いてみたらどうですか。
既然那麼擔心，不如直接問問他太太吧？

補 〔省略形〕當對象是親密的人時，常省略成「たらどう、たら」的形式。如例：

◆ 遅刻が多いけど、あと10分早く起きたらどう。
三天兩頭遲到，我看你還是早個10分鐘起床吧？

補 〔禮貌説法〕較恭敬的説法可將「どう」換成「いかが」。如例：

◆ お疲れでしょう。たまにはゆっくりお休みになったらいかがですか。
想必您十分辛苦。不妨考慮偶爾放鬆一下好好休息，您覺得如何呢？

比較 ほうがいい〔還是…為好〕「たらどうですか」用在委婉地提出建議、邀請對方去做某個行動，或是對他人進行勸説的時候；「ほうがいい」用在向對方提出建議、忠告（有時會有強加於人的印象），或陳述自己的意見、喜好的時候。

006 てごらん

…吧、試著…

Track N3-129

➡ {動詞て形}＋てごらん

類義表現 てみる 試試看…

意思

① 【提議嘗試】用來請對方試著做某件事情。說法比「てみなさい」客氣，但還是不適合對長輩使用。中文意思是：「…吧、試著…」。如例：

◆ じゃ、今度は一人でやってごらん。

好，接下來試著自己做做看！

◆ よく考えてごらんよ。たった一晩でできるわけないだろ。

你試著仔細想想嘛，光是一個晚上怎麼可以做得出來呢？

◆ 目を閉じて、子どものころを思い出してごらん。

請閉上眼睛，試著回想兒時的記憶。

㊐〔漢字〕「てごらん」為「てご覧なさい」的簡略形式，有時候也會用不是簡略的原形。這時通常會用漢字「覧」來表記，而簡略形式常用假名來表記。「てご覧なさい」用法，如例：

◆ この本、読んでご覧なさい。すごく勉強になるから。

這本書你拿去讀一讀，可以學到很多東西。

比較

てみる〔試試看…〕「てごらん」表示請對方試著做某件事情，通常會用漢字「覧」；「てみる」表示不知道、沒試過，為了弄清楚，所以嘗試去做某個行為。「てみる」不用漢字。「てごらん」是「てみる」的命令形式。

---

007 **使役形＋もらう、くれる、いただく** Track N3-130

請允許我…、請讓我…

➡ {動詞使役形}＋もらう、くれる、いただく

類義表現

（さ）せる 讓…

意思

① 【許可】使役形跟表示請求的「もらえませんか、いただけませんか、いただけますか、ください」等搭配起來，表示請求允許的意思。中文意思是：「請允許我…、請讓我…」。如例：

◆ きれいなお庭ですね。写真を撮らせてもらえません
か。
好美的庭院喔！請問我可以拍照嗎？

◆ じゃ、お先に帰らせていただきます。
那麼，請允許我先行告退了。

比較
（さ）せる〔讓…〕「使役形＋もらう」表示請求對方的允許；
「（さ）せる」表示使役，使役形的用法有：1、某人強迫他人
做某事，由於具有強迫性，只適用於長輩對晚輩或同輩之間。
2、某人用言行促使他人自然地做某種動作。3、允許或放任不
管。

補 〔恩惠〕如果使役形跟「もらう、いただく、くれる」等搭配，就表示由於對
方的允許，讓自己得到恩惠的意思。如例：

◆ 母は一生懸命働いて、私を大学へ行かせてくれました。
媽媽拚命工作，供我上了大學。

◆ 休んだ日のノートは友達にコピーさせてもらった。
請假那天的課堂筆記向朋友借來影印了。

---

008 って

Track N3-131

1.聽說…、據說…；2.他說…、人家說…

➡ {名詞（んだ）；形容動詞詞幹な（んだ）；[形容詞・動詞] 普通形（んだ）}＋って

類義表現
そうだ 聽說…

意思

① 【傳聞】也可以跟表說明的「んだ」搭配成「んだって」，表示從別人那裡聽說
了某信息。中文意思是：「聽說…、據說…」。如例：

◆ お隣の健ちゃん、この春もう大学卒業なんだっ
て。
住隔壁的小健，聽説今年春天已經從大學畢業嘍。

◆ この実験、ちょっとでも間違えると大変なんだって。

據説，這項實驗萬一稍有差錯，就會釀成嚴重事故哦。

② 【引用】表示引用自己聽到的話，相當於表示引用句的「と」，重點在引用。中文意思是：「他説…、人家説…」。如例：

◆ 反省しなさい。君のお母さん、君にがっかりしたって。

好好反省！你媽媽説對你很失望。

◆ 留学生の林さん、みんなの前で話すのは恥ずかしいって。

留學生的林小姐説她在大家面前講話會很害羞。

比較	そうだ〔聽説…〕「って」和「そうだ」的意思都是「聽説…」，表示消息的引用。兩者不同的地方在於前者是口語説法，語氣較輕鬆隨便，而後者相較之下較為正式。「って」前接自己聽到的話，表示引用自己聽到的話；「そうだ」表示傳聞。前接自己聽到或讀到的信息。表示該信息不是自己直接獲得的，而是間接聽説或讀到的。不用否定或過去形式。

009 とか
好像…、聽説…

Track N3-132

➡ {名詞；形容動詞詞幹；[名詞・形容詞・形容動詞・動詞] 普通形} ＋とか

類義表現　つけ …來著

意思

① 【傳聞】用在句尾，接在名詞或引用句後，表示不確切的傳聞，引用信息。比表示傳聞的「そうだ、ということだ」更加不確定，或是迴避明確説出，一般用在由於對消息沒有太大的把握，因此採用模稜兩可，含混的説法。相當於「と聞いている」。中文意思是：「好像…、聽説…」。如例：

◆ お嬢さん、来年ご結婚とか。おめでとうございます。

聽説令千金明年要結婚了，恭喜恭喜！

◆ 営業部の中田さん、沖縄の出身だとか。

業務部的中田先生好像是沖繩人。

◆ 今年の冬は寒くなるとか。

聽説今年的冬天會很冷。

◆ この道路、完成までにあと３年かかるとか。

據説這條路還要花上３年才能完工。

| 比較 | つけ〔…來著〕「とか」表示傳聞，説話者的語氣不是很肯定；「つけ」用在説話者印象模糊、記憶不清時進行確認，或是自言自語時。 |

---

010 ということだ

1. 聽説…、據説…；2.…也就是說…、就表示…

➡ {簡體句} ＋ということだ

| 類義表現 | わけだ（結論）就是… |

| 意思 |

① 【傳聞】表示傳聞，從某特定的人或外界獲取的傳聞。比起「そうだ」來，有很強的直接引用某特定人物的話之語感。中文意思是：「聽説…、據説…」。如例：

◆ 営業部の吉田さんは、今月いっぱいで仕事を辞めるということだ。

聽説業務部的吉田小姐將於本月底離職。

◆ 雪のため、到着は一時間遅れるということです。

由於下雪，據説抵達時刻將會延後一個小時。

Bye!

| 比較 | わけだ〔（結論）就是…〕「ということだ」用在説話者根據前面事項導出結論；「わけだ」表示依照前面的事項，勢必會導出後項的結果。 |

---

② 【結論】明確地表示自己的意見、想法之意，也就是對前面的內容加以解釋，或根據前項得到的某種結論。中文意思是：「…也就是説…、就表示…」。如例：

◆ 店内が暗いということは、今日店は休みということだ。

店裡面暗暗的，就表示今天沒營業。

◆ 成功した人は、それだけ努力したということだ。

成功的人，也就代表他付出了相對的努力。

Track N3-134

011 んだって

聽說…呢

➡ {[名詞・形容動詞詞幹] な} +んだって；{[動詞・形容詞] 普通形} +んだって

類義表現 とか 聽說…

意思

① 【傳聞】表示説話者聽説了某件事，並轉述給聽話者。語氣比較輕鬆隨便，是表示傳聞的口語用法。是「んだ（のだ）」跟表示傳聞的「って」結合而成的。中文意思是：「聽說…呢」。如例：

◆ 楽しみだな。頂上からの景色、最高なんだって。

好期待喔。據説站在山頂上放眼望去的風景，再壯觀不過了呢。

◆ 優子さん、今日はもう帰っちゃったんだって。

聽説優子小姐今天已經回去了呢。

◆ 剛くんのお母さんって、怒ると恐いんだって。

聽説小剛的媽媽生起氣來很嚇人呢。

比較 とか〔聽說…〕「んだって」表示傳聞的口語用法。是説話者聽説了某信息，並轉述給聽話者的表達方式；「とか」表示傳聞。是説話者的語氣不是很肯定，或避免明確説明的表現方式。

[補]〘女性－んですって〙女性會用「んですって」的説法。如例：

◆ お隣の奥さん、元女優さんなんですって。

聽説鄰居太太以前是女星呢。

012 って（いう）、とは、という（のは）（主題・名字）

Track N3-135

1. 所謂的…、…指的是；2. 叫…的、是…、這個…

[類義表現] って（主題・名字）叫…的

[意思]

①【話題】{名詞}＋って、とは、というのは。表示主題，前項為接下來話題的主題內容，後面常接疑問、評價、解釋等表現，「って」為隨便的口語表現，「とは、というのは」則是較正式的說法。中文意思是：「所謂的…、…指的是」。如例：

◆ 赤(あか)ちゃんって本当(ほんとう)に可愛(かわい)いですね。

小寶寶真的好可愛喔！

◆ アフターサービスとは、どういうことですか。

所謂的售後服務，包含哪些項目呢？

[補]〔短縮〕{名詞}＋って（いう）、という＋{名詞}。表示提示事物的名稱。中文意思是：「叫…的、是…、這個…」。如例：

◆「ワンピース」っていう漫画(まんが)、知(し)ってる。

你聽過一部叫做《海賊王》的漫畫嗎？

◆ こちらの会社(かいしゃ)に、平野(ひらの)さんという方(かた)はいらっしゃいますか。

貴公司有一位名叫平野的同仁嗎？

[比較] **って**〔（主題・名字）叫…的〕「って」是口語的用法。用在介紹名稱，說明不太熟悉的人、物地點的名稱的時候。有時說成「っていう」，書面語是「という」。

013 ように（いう）

Track N3-136

告訴…

➡ **{動詞辭書形；動詞否定形}＋ように（言う）**

| 類義表現 | なさい（命令，指示）給我… |

| 意思 | |

① 【間接引用】表示間接轉述指令、請求、忠告等內容，由於原本是用在傳達命令，所以對長輩或上級最好不要原封不動地使用。中文意思是：「告訴…」。如例：

◆ パクさんは今日も休みですか。パクさんに明日からちゃんと学校に来るように言ってください。

朴同學今天也請假了嗎？請轉告朴同學從明天起務必上學。

◆ 監督は選手たちに、試合前日はしっかり休むように言った。

教練告訴了選手們比賽前一天要有充足的休息。

⑯ 〔後接說話動詞〕後面也常接「お願いする（拜託）、頼む（拜託）、伝える（傳達）」等跟說話相關的動詞。如例：

◆ 子どもが寝ていますから、大きな声を出さないように、お願いします。

小孩在睡覺，所以麻煩不要發出太大的聲音。

◆ 昨日のことはあまり気にしないように、鈴木さんに伝えてください。

請轉告鈴木小姐，昨天發生的事請別放在心上。

| 比較 | なさい〔（命令，指示）給我…〕「ように（いう）」表示間接轉述指示、請求、忠告等內容；「なさい」表示命令或指示。跟直接使用「命令形」相比，語氣更要婉轉、有禮貌。 |

Track N3-137

014 命令形＋と

➡ {動詞命令形} ＋ と

| 類義表現 | 命令形 給我… |

| 意思 | |

① 【直接引用】前面接動詞命令形、「な」、「てくれ」等，表示引用命令的內容，下面通常會接「怒る（生氣）、叱る（罵）、言う（說）」等相關動詞。如例：

◆ 毎晩父は、「子どもは早く寝ろ」と部屋の電気を消しに来る。

爸爸每晚都會來我的房間關燈，並說一句：「小孩子要早點睡！」。

◆ 人々が「自然を壊すな」と叫ぶ様子をニュースで見た。

在新聞節目上看到了人們發出怒吼狀説：「不要破壞大自然！」。

② 【間接引用】除了直接引用説話的內容以外，也表示間接的引用。如例：

◆ 課長に、今日は残業してくれと頼まれた。

科長拜託我今天留下來加班。

◆ 頑張れと言われても、これ以上頑張れないよ。

説什麼要我加油，可是我已經盡全力了啊！

| 比較 | 命令形〔給我…〕「命令形＋と」表示引用命令的內容；「命令形」表示命令對方要怎麼做，也可能用在遇到緊急狀況、吵架或交通號誌等的時候。 |

015　てくれ

做…、給我…

Track N3-138

➡ {動詞て形}＋てくれ

| 類義表現 | てもらえないか　能（為我）做…嗎 |

| 意思 |

① 【引用命令】後面常接「言う（説）、頼む（拜託）」等動詞，表示引用某人下的強烈命令，或是要別人替自己做事的內容。使用時，這個某人的地位必須要比聽話者還高，或是輩分相等，才能用語氣這麼不客氣的命令形。中文意思是：「做…、給我…」。如例：

◆ 友達に10万円貸してくれと頼まれて、困っている。

朋友拜託我借他10萬圓，我不知道怎麼辦才好。

◆ A社の課長さんに、君に用はない、帰ってくれと言われてしまった。

A公司的科長向我大吼説：「再也不想見到你，給我出去！」。

◆ このことは誰^{だれ}にも言^いわないでくれって言^いわれてるんだけどね…。

對方叮嚀過我，這件事不要告訴任何人…。

◆ 君^{きみ}に、今^{いま}すぐ来^きてくれと言^いわれたら、いつでも飛^とんでいくよ。

只要妳說一聲「現在馬上過來」，無論任何時刻，我都會立刻飛奔過去的！

| 比較 |

てもらえないか〔能（為我）做…嗎〕「てくれ」表示地位高的人向地位低的人下達強烈的命令，命令某人為說話人（或說話人一方的人）做某事；「てもらえないか」表示願望。用「もらう」的可能形，表示說話人（或說話人一方的人）請求別人做某行為。也可以用在提醒他人的場合。

| 文法小祕方 |

形容動詞

項目	說明	例句
形容動詞各活用形的用法	表示不同語法功能，如否定、過去、連接等。	1. 未然形，用於否定形式和意志形式：静かだ→静かではない；静かだろう 2. 連用形，用於連接其他動詞或助動詞：静かだ→静かで 3. 終止形，用於句子的結尾：静かだ→静かだ 4. 連體形，用於修飾名詞：静かだ→静かな部屋 5. 假定形，用於假設條件：静かだ→静かなら（ば）
形容動詞詞幹	形容動詞詞幹與其他詞類構成複合名詞、複合動詞和複合形容動詞等。	1. 形容動詞詞幹與接頭詞結合，形成複合形容動詞或複合動詞：嫌い→大嫌いだ；不思議→不思議がる 2. 形容動詞詞幹加上「さ」，形成複合名詞，表示狀態或程度：静か→静かさ 3. 形容動詞詞幹與其他詞類結合，形成複合形容動詞或複合名詞：静か→心静か

練習　文法知多少？

▼ 答案詳見右下角

☞　**請完成以下題目，從選項中，選出正確答案，並完成句子。**

1　思いやりのある子に（　　　）。
　　1. 育ってもらう　　　　　2. 育ってほしい

2　時間は十分あるから急ぐ（　　　）。
　　1. ことはない　　　　　　2. ほかはない

3　姉は父にプレゼントをして（　　　）。
　　1. 喜ばせた　　　　　　　2. 喜ばせられた

4　ここ1週間くらい（　　　）お陰で、体がだいぶ良くなった。
　　1. 休ませた　　　　　　　2. 休ませてもらった

5　田中君、急に用事を思い出したもんだから、少し時間に遅れる
　　（　　　）。
　　1. って　　　　　　　　　2. そうだ

6　ご意見がないということは、皆さん、賛成（　　　）ね。
　　1. ということです　　　　2. わけです

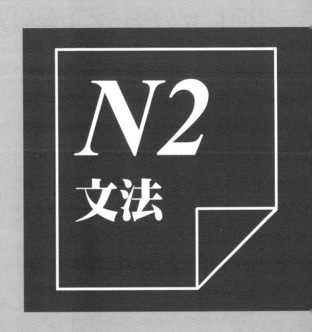

N2
文法

關係

關係

Lesson 01

001　にかかわって、にかかわり、にかかわる

Track N2-001

➡{名詞}＋にかかわって、にかかわり、にかかわる

[類義表現]　にかかる 全憑…

[意思]

① 【關連】表示後面的事物受到前項影響，或是和前項是有關聯的，而且不只有關連，還給予重大的影響。大多為重要或重大的內容。「にかかわって」可以放在句中，也可以放在句尾。中文意思是：「關於…、涉及…」。如例：

◆ 私は将来、貿易に関わる仕事をしたい。

我以後想從事貿易相關行業。

[補]〔前接受影響詞〕前面常接「評判、命、名誉、信用、存続」等表示受影響的名詞。如例：

◆ 飲酒運転は命に関わるので絶対にしてはいけない。

人命關天，萬萬不可酒駕！

◆ 支払いが遅れると、会社の信用に関わる。

倘若延遲付款，將會損及公司信譽。

[補]〔交流〕{名詞}＋とかかわって。「とかかわって」則是表示交流的意思。如例：

◆ もう何年も日本人と関わっていないので、日本語が下手になった気がする。

已經好多年沒與日本人交流了，覺得自己的日文程度似乎退步了。

| 比較 | にかかる〔全憑…〕「にかかわって」表關連，表示後項的事物將嚴重影響到前項；「にかかる」表關連，表示事情能不能實現，由前接部分所表示的內容來決定。|

Track N2-002

002　につけ (て)、につけても

➡ {[形容詞・動詞] 辭書形} ＋につけ (て)、につけても

類義表現　たびに 每逢…就…

意思

① 【關連】每當碰到前項事態，總會引導出後項結論，表示前項事態總會帶出後項結論，後項一般為自然產生的情感或狀態，不接表示意志的詞語。常跟動詞「聞く、見る、考える」等搭配使用。中文意思是：「一…就…、每當…就…」。如例：

◆ この料理を食べるにつけ、国の母を思い出す。

每當吃到這道菜，總會想起故鄉的母親。

◆ 父は何かにつけて、若いころに苦労した時の話をする。

爸爸動不動就重提年輕時吃過的苦頭。

| 比較 | たびに〔每逢…就…〕「につけ」表關連，表示每當處於某種事態下，心理就自然會產生某種狀態。前面接動詞辭書形。還可以重疊用「につけ〜につけ」的形式；「たびに」也是表關連，表示每當前項發生，那後項勢必跟著發生。前面接「名詞の／動詞辭書形」。不能重疊使用。|

② 【無關】也可用「につけ〜につけ」來表達，這時兩個「につけ」的前面要接成對的或對立的詞，表示「不管什麼情況都…」的意思。中文意思是：「不管…或是…」。如例：

◆ 嬉しいにつけ悲しいにつけ、音楽は心の友となる。

不管是高興的時候，或是悲傷的時候，音樂永遠是我們的心靈之友。

◆ いいにつけ悪いにつけ、上司の言うことは聞くしかない。
不管是好是壞，都只能聽從主管的指示去做。

Track N2-003

003　をきっかけに（して）、をきっかけとして

➡{名詞；[動詞辭書形・動詞た形]の}＋をきっかけに（して）、をきっかけとして

[類義表現]　をもとに 依據…

[意思]

①【關連】表示新的進展及新的情況產生的原因、機會、動機等。後項多為跟以前不同的變化，或新的想法、行動等的內容。中文意思是：「以…為契機、自從…之後、以…為開端」。如例：

◆ 留学をきっかけに、色々な国に興味を持ちました。
以留學為契機，開始對許多國家感到了好奇。

◆ その試合をきっかけとして、地元のサッカーチームを応援するようになった。
以那場比賽為開端，我成為當地足球隊的球迷了。

◆ 人気ドラマをみたことをきっかけに、韓国に興味を持つようになった。
自從看過那部超人氣影集之後，我開始對韓國產生了興趣。

◆ 母親の入院をきっかけにして、料理をするようになりました。
自從家母住院之後，我才開始下廚。

[比較]　**をもとに**〔依據…〕「をきっかけに」表關連，表示前項觸發了後項行動的開端；「をもとに」表依據，表示以前項為依據的基礎去做後項，也就是以前項為素材，進行後項的動作。

[補]〔偶然〕使用「をきっかけにして」則含有偶然的意味。

Track N2-004

004 をけいきとして、をけいきに（して）

➜ {名詞；[動詞辭書形・動詞た形] の} ＋を契機として、を契機に（して）

| 類義表現 | にあたって 在…之時 |

| 意思 |

① 【關連】表示某事產生或發生的原因、動機、機會、轉折點。前項大多是成為人生、社會或時代轉折點的重大事情。是「をきっかけに」的書面語。中文意思是：「趁著…、自從…之後、以…為動機」。如例：

◆ 出産子育てを契機に幼児教育に関心を持つようになった。

自從生產育兒之後，開始關注幼兒教育。

◆ 定年退職を契機に、残りの人生を考え始めた。

以這次退休為契機的這個時點上，開始思考該如何安排餘生。

◆ 大学卒業を契機として、親から離れて一人暮らしを始めた。

趁著大學畢業的機會搬出了父母家，展開了一個人的新生活。

◆ 病気を契機に酒や煙草をやめ、定期健診を受けようと思う。

這場病讓我決定戒菸戒酒，日後也要定期接受健康檢查。

| 比較 | にあたって〔在…之時〕「をけいきに」表關連，表示某事物正好是個機會，以此為開端，進行後項一個新動作；「にあたって」表時點，表示在做前項某件特別、重要的事情之前或同時，要進行後項。 |

Track N2-005

005 にかかわらず

➜ {名詞；[形容詞・動詞] 辭書形；[形容詞・動詞] 否定形} ＋にかかわらず

| 類義表現 | にもかかわらず 雖然…，但是… |

① 【無關】表示前項不是後項事態成立的阻礙。接兩個表示對立的事物，表示跟這些無關，都不是問題，前接的詞多為意義相反的２字熟語，或同一用言的肯定與否定形式。中文意思是：「無論…與否…、不管…都…、儘管…也…」。如例：

◆ 忘年会に参加するしないに関わらず、返事はください。

無論參加尾牙與否，都請擲覆回條。

◆ 送料は大きさに関わらず、全国どこでも1000円です。

商品尺寸不分大小，寄至全國各地的運費均為1000圓。

比較　**にもかかわらず**〔雖然…，但是…〕「にかかわらず」表無關，表示與這些差異無關，不因這些差異，而有任何影響的意思；「にもかかわらず」表讓步，表示前項跟後項是兩個與預料相反的事態。用於逆接。

補 〔類語－にかかわりなく〕「にかかわりなく」跟「にかかわらず」意思、用法幾乎相同，表示「不管…都…」之意。如例：

◆ このゲームは年齢に関わりなく、誰でも参加できます。

不分老少，任何人都可以參加這項競賽。

◆ 参加者の人数に関わりなく、スポーツ大会は必ず行います。

無論參加人數多寡，運動大會都將照常舉行。

006　にしろ

➡ {名詞；形容動詞詞幹；[形容詞・動詞]普通形}＋にしろ

類義表現　さえ 連…

意思

① 【無關】表示逆接條件。表示退一步承認前項，並在後項中提出跟前面相反或相矛盾的意見。常和副詞「いくら、仮に」前後呼應使用。是「にしても」的

鄭重的書面語言。也可以說「にせよ」。中文意思是：「無論…都…、就算…，也…、即使…，也…」。如例：

◆ 卒業後に帰国するにしろ進学するにしろ、日本語学校生は勉強をすべきだ。

無論畢業之後是要回到母國抑或留下來繼續深造，日語學校的學生都應該努力用功。

◆ 暑いにしろ寒いにしろ、学校へはあまり行きたくない。

天氣熱也好，天氣冷也罷，我都不太想上學。

◆ 洗濯機にしろ冷蔵庫にしろ、日本製が高いことに変わりない。

不論是洗衣機還是冰箱，凡是日本製造的產品都同樣昂貴。

◆ いくら朝時間がないにしろ、朝食ぬきは体によくないです。

就算早上出門前時間緊湊，不吃早餐對健康不好。

比較　　さえ〔連…〕「にしろ」表無關，表示退一步承認前項，並在後項中提出不會改變的意見或不能允許的心情。是逆接條件的表現方式；「さえ」表強調輕重，前項列出程度低的極端例子，意思是「連這個都這樣」其他更別説了。後項多為否定性的內容。

補　〔後接判斷等〕後接説話人的判斷、評價、主張、無法認同、責備等表達方式。

Track N2-007

007　にせよ、にもせよ

→ {名詞；形容動詞詞幹である；[形容詞・動詞] 普通形} +にせよ、にもせよ

類義表現　　にしては 雖説…卻…

意思

① 【無關】表示退一步承認前項，並在後項中提出跟前面相反或相矛盾的意見。是「にしても」的鄭重的書面語言。也可以説「にしろ」。中文意思是：「無論…都…、就算…，也…、即使…，也…、…也好…也好」。如例：

◆ 遅刻するにせよ、欠席するにせよ、学校には連絡しなさい。

不論是遲到或想請假，都要向學校報告。

◆ いくら遅くまで勉強していたにせよ、試験の結果が悪ければ意味がない。

即使熬夜苦讀，如果考試成績不理想，一切努力都是枉然。

◆ 来るか来ないか、いずれにせよ明日直接本人に確認いたします。

究竟來或不來，明天會直接向他本人確認。

◆ いくら眠かったにせよ、先生の前で寝るのはよくない。

即使睡意襲人，當著老師的面睡著還是很不禮貌。

比較 **にしては**〔雖說…卻…〕「にせよ」表無關，表示即使假設承認前項所說的事態，後面所說的事態都與前項相反，或矛盾的；「にしては」表與預料不同，表示從前項來判斷，後項應該如何，但事實卻與預料相反不是這樣。

⊕〔**後接判斷等**〕後接說話人的判斷、評價、主張、無法認同、責備等表達方式。

008　にもかかわらず

➡ **{名詞；形容動詞詞幹；[形容詞・動詞]普通形}＋にもかかわらず**

類義表現 もかまわず 也不管…

意思

① **【無關】**表示逆接。後項事情常是跟前項相反或相矛盾的事態。也可以做接續詞使用。中文意思是：「雖然…，但是…、儘管…，卻…、雖然…，卻…」。如例：

◆ 彼は社長にも関わらず、毎朝社内の掃除をしている。

他雖然貴為總經理，卻每天早晨都到公司親自掃清潔。

◆ お正月にも関わらず、アルバイトをしていた。

雖是新年假期，我還是得照常出門打工。

◆ 忙しいにも関わらず、わざわざ来てくれてありがとう。
  萬分感謝您在百忙之中撥冗蒞臨！

比較 **もかまわず**〔也不管…〕「にもかかわらず」表無關，表示由前項可推斷出後項，但後項事實卻與之相反；「もかまわず」也表無關，表示毫不在意前項的狀況，去做後項。

㊎〔吃驚等〕含有說話人吃驚、意外、不滿、責備的心情。如例：

◆ 悪天候にも関わらず、野外コンサートが行われた。
  儘管當日天候惡劣，露天音樂會依然照常舉行了。

Track N2-009

009　もかまわず

➡ {名詞；動詞辭書形の}＋もかまわず

類義表現 **はともかく** 姑且不論…

意思

① 【無關】表示對某事不介意，不放在心上。常用在不理睬旁人的感受、眼光等。中文意思是：「（連…都）不顧…、不理睬…、不介意…」。如例：

◆ 雨に濡れるのもかまわず、ペットの犬を探した。
  當時不顧渾身淋得濕透，仍然在雨中不停尋找走失的寵物犬。

◆ 周りの人の目もかまわず電車でいびきをかいて寝てしまった。
  在電車上鼾聲大作地睡著了，毫不顧忌四周投來異樣的眼光。

㊎〔不用顧慮〕「にかまわず」表示不用顧慮前項事物的現況，請以後項為優先的意思。如例：

◆ 今日は調子が悪いので、私にかまわず、食べて、飲んでください。
  我今天身體狀況不太好，請不必在意，儘管多吃點、多喝點！

◆ 友達にかまわず、自分の進路は先に決めなさい。
  不要在意朋友的選擇，你先決定自己未來的出路！

[比較] **はともかく**〔姑且不論…〕「もかまわず」表無關，表示不顧前項情況的存在，去做後項；「はともかく」也表無關、除外，用在比較前後兩個事項，表示先考慮後項，而不考慮前項。

010　をとわず、はとわず

Track N2-010

➡{名詞}＋を問わず、は問わず

[類義表現] **のみならず** 不光是…

[意思]

①【無關】表示沒有把前接的詞當作問題、跟前接的詞沒有關係，多接在「男女」、「昼夜」等對義的單字後面。中文意思是：「無論…都…、不分…、不管…，都…」。如例：

- あの工場では、昼夜を問わず誰かが働いている。
  那家工廠不分日夜，24小時都有員工輪班工作。
- その事件を知って、国内外を問わず多くの人が悲しんだ。
  不分海內外的許多人在獲知那起事件之後都同感哀傷。

[比較] **のみならず**〔不光是…〕「をとわず」表無關，表示前項不管怎樣、不管為何，後項都能因應成立；「のみならず」表附加，表示不只前項事物，連後項都是如此。

[補]〔肯定及否定並列〕前面可接用言肯定形及否定形並列的詞。如例：

- 飲む飲まないを問わず、飲み物は飲み放題です。
  不論喝或不喝，各類飲品皆可盡情享用。

[補]〔Nはとわず〕使用於廣告文宣時，也有使用「Nはとわず」的形式。如例：

- アルバイト募集。性別、国籍は問わず。
  召募兼職員工。歡迎不同性別的各國人士加入我們的行列！

Track N2-011

011 はともかく（として）

➡{名詞}＋はともかく（として）

[類義表現] にかわって 代替…

[意思]

①【無關】表示提出兩個事項，前項暫且不作為議論的對象，先談後項。暗示後項是更重要的。中文意思是：「姑且不管…、…先不管它」。如例：

- 勉強はともかく、友達に会えるから学校は楽しい。
  學習倒是其次，上學的快樂在於能和學友見面。
- 留学中の２年でN1はともかく、N2には合格したい。
  在留學的這兩年期間不求通過N1級測驗，至少希望N2能夠合格。

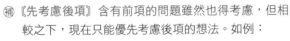

[補]〔先考慮後項〕含有前項的問題雖然也得考慮，但相較之下，現在只能優先考慮後項的想法。如例：

- 大学院はともかく、大学は行ったほうがいいい。
  且不論研究所，至少要取得大學文憑才好。
- その話はともかく、まず本人に確認しましょう。
  不說別的，那件事應該先向當事人求證吧？

[比較] にかわって〔代替…〕「はともかく」表無關，用於比較前項與後項，有「前項雖然也是不得不考慮的，但是後項更重要」的語感；「にかわって」表代理，表示代替前項做某件事，有「本來應該由某人做的事，卻改由其他人來做」的意思。

Track N2-012

012 にさきだち、にさきだつ、にさきだって

➡{名詞；動詞辭書形}＋に先立ち、に先立つ、に先立って

[類義表現] **にさいして** 在…之際

[意思]

① **【前後關係】** 用在述說做某一較重大的工作或動作前應做的事情，後項是做前項之前，所做的準備或預告。大多用於述說在進入正題或重大事情之前，應該做某一附加程序的時候。中文意思是：「在…之前，先…、預先…、事先…」。如例：

◆ 入試(にゅうし)に先立(さきだ)ち、学校説明会(がっこうせつめいかい)と見学会(けんがくかい)が行(おこな)われた。

在入學考試之前，先舉辦了學校説明會與教學參觀活動。

◆ 増税(ぞうぜい)に先立(さきだ)つ政府(せいふ)の会見(かいけん)が、今週末(こんしゅうまつ)に開(ひら)かれる予定(よてい)です。

政府於施行增稅政策前的記者説明會，預定於本週末舉行。

◆ 明日(あす)の帰国(きこく)に先立(さきだ)ち、自分(じぶん)の荷物(にもつ)をもう一度(いちど)確認(かくにん)してください。

在明天返鄉之前，請再一次檢查自己的行李是否帶齊了。

◆ 映画(えいが)の公開(こうかい)に先立(さきだ)って、出演者(しゅつえんしゃ)の挨拶(あいさつ)とサイン会(かい)が開(ひら)かれた。

在電影公開上映之前，舉行了劇中演員的隨片宣傳和簽名會。

[比較] **にさいして**〔**在…之際**〕「にさきだち」表前後關係，表示在做前項之前，先做後項的事前工作；「にさいして」表時點，表示眼前在前項這樣的場合、機會，進行後項的動作。

[補]〔**強調順序**〕「にさきだち」強調順序，而類似句型「にあたって」強調狀態。

練習　文法知多少？

▼ 答案詳見右下角

☞　**請完成以下題目，從選項中，選出正確答案，並完成句子。**

1 百点を取る（　　）、お母さんが必ずごほうびをくれる。

　　1．たびに　　　　　　　　2．につけ

2 病気になったの（　　）、人生を振り返った。

　　1．をきっかけに　　　　　2．をもとにして

3 政権交代（　　）、さまざまな改革が進められている。

　　1．にあたって　　　　　　2．を契機に

4 いかなる理由がある（　　）、ミスはミスです。

　　1．にせよ　　　　　　　　2．にしては

5 他人の迷惑（　　）、高校生たちが車内で騒いでいる。

　　1．もかまわず　　　　　　2．はともかく

6 理由（　　）、暴力はいけない。

　　1．にかわって　　　　　　2．はともかく

時間

時間

Lesson 02

001　おり（に／は／には／から）

Track N2-013

[類義表現] さい 趁…的時候

[意思]

①【時點】{名詞；動詞辭書形；動詞た形}＋折（に／は／には／から）。「折」是流逝的時間中的某一個時間點，表示機會、時機的意思，說法較為鄭重、客氣，比「とき」更有禮貌。句尾不用強硬的命令、禁止、義務等表現。中文意思是：「…的時候」。如例：

- 来日の折には、ぜひご連絡ください。

  若有機會來到日本，請務必與我聯繫！

- 次にお目にかかった折に、食事をご一緒させていただきます。

  下一回見面時，請賞光一同用餐。

- 先日お会いした折はお元気だった先生が、ご入院されたと知って大変驚きました。

  聽說上次見面時還很硬朗的老師住院了，這個消息太令人訝異了。

[比較] さい〔趁…的時候〕「おりに」表時點，表示以一件好事為契機；「さい」也表時點，表示處在某一個特殊狀態，或到了某一特殊時刻。含有機會、契機的意思。

[補]〔書信固定用語〕{名詞の；[形容詞・動詞]辭書形}＋折から。「折から」大多用在書信中，表示季節、時節的意思，先敘述此天候不佳之際，後面再接請對方多保重等關心話，說法較為鄭重、客氣。由於屬於較拘謹的書面語，

有時會用古語形式。中文意思是：「正值…之際」。「厳しい」可改用古語「厳しき」。如例：

◆ 寒さの厳しき折から、お身体にお気をつけください。

時值寒冬，務請保重玉體。

002　にあたって、にあたり

➔ {名詞；動詞辭書形} ＋にあたって、にあたり

類義表現　において 在…

意思

① 【時點】表示某一行動，已經到了事情重要的階段。它有複合格助詞的作用。一般用在致詞或感謝致意的書信中。中文意思是：「在…的時候、當…之時、當…之際、在…之前」。如例：

◆ 進学するにあたって、必要な書類を準備した。

升學前準備了必備文件。

◆ 図書館を利用するにあたって、事前に登録をお願いします。

在使用圖書館的各項服務之前，請預先登記申請。

◆ 結婚するにあたり、彼女の国の両親に挨拶に行った。

結婚前到女友的故鄉拜訪未來的岳父母大人。

◆ 新規店のオープンにあたり、一言お祝いをのべさせていただきます。

此次適逢新店開幕，容小弟敬致恭賀之意。

比較　において〔在…〕「にあたって」表時點，表示在做前項某件特別、重要的事情之前，要進行後項；「において」表場面或場合，表示事態發生的時間、地點、狀況，一般用在新事態將要開始的情況。也表示跟某一領域有關的場合。

⊕ 〔積極態度〕一般用在新事態將要開始的情況。含有説話人對這一行動下定決心、積極的態度。

003 にさいし（て／ては／ての）

➡ {名詞；動詞辭書形}＋に際し（て／ては／ての）

類義表現 ┐
につけ 每當…就

意思 ┐

① 【時點】表示以某事為契機，也就是動作的時間或場合。有複合詞的作用。是書面語。中文意思是：「在…之際、當…的時候」。如例：

◆ 契約に際して、いくつか注意点がございます。
簽約時，有幾項需要留意之處。

◆ 学校を選ぶに際し、まずは自分で色々と調べてください。
在選擇就讀學校的時候，請先自行蒐集各校相關資訊。

◆ 就職に際して、色々な先生にお世話になりました。
當年求職之際，曾蒙受多位教授的幫助。

◆ 新入生を代表して、入学に際しての抱負を入学式で述べた。
我在入學典禮上榮任新生代表，發表了對於進入校園之後的理想抱負。

比較 ┐
につけ〔每當…就〕「にさいして」表時點，用在開始做某件特別的事，或是表示該事情正在進行中；「につけ」表關連，表示每當看到或想到，就聯想起的意思，後常接「思い出、後悔」等跟感情或思考有關的內容。

004 にて、でもって

➡ {名詞}＋にて、でもって

類義表現 ┐
によって 由於…

意思

① 【時點】「にて」相當於「で」，表示事情發生的場所，也表示結束的時間。中文意思是：「在…；於…」。如例：

◆ スピーチ大会は、市民センターの大ホールにて行います。
演講比賽將於市民活動中心的大禮堂舉行。

◆ 現地にて集合および解散となります。お間違えのないように。
當天的集合與解散地點皆為活動現場，切勿弄錯地方了。

② 【手段】也可接手段、方法、原因、限度、資格或指示詞，宣佈、告知的語氣強。中文意思是：「以…、用…」。如例：

◆ 結果はホームページにて発表となります。
最後結果將於官網公布。

③ 【強調手段】「でもって」是由格助詞「で」跟「もって」所構成，用來加強「で」的詞意，表示方法、手段跟原因，主要用在文章上。中文意思是：「用…」。如例：

◆ お金でもって解決できることばかりではない。
金錢不能擺平一切。

比較

によって〔由於…〕「にて」表手段，表示工具、手段、方式、依據等，意思和「で」相同，起強調作用；「によって」也表手段，表示動作主體所依據的方法、方式、手段。

Track N2-017

005 か～ないかのうちに

➡ {動詞辭書形}＋か＋{動詞否定形}＋ないかのうちに

類義表現

とたんに 剛一…就…

意思

① 【時間的前後】表示前一個動作才剛開始，在似完非完之間，第2個動作緊接著又開始了。描寫的是現實中實際已經發生的事情。中文意思是：「剛剛…就…、一…（馬上）就…」。如例：

◆ 子どもは、「おやすみ」と言うか言わないかのうちに、
寝てしまった。

孩子一聲「晚安」的話音剛落，就馬上呼呼大睡了。

◆ 彼はテストが始まって５分たつかたたないかのうちに、
教室を出た。

考試開始才５分鐘，他就走出教室了。

◆ 電車が駅に着くか着かないかのうちに、降りる準備を始めた。

電車剛進站，我就準備要下車了。

◆ 映画が終わったか終わらないかのうちに席を立つ人が多い。

電影剛一放映完畢，馬上有很多觀眾從座位站起來。

比較	**とたんに**〔**剛一…就…**〕「か～ないかのうちに」表時間的前後，表示前項動作才剛開始，後項動作就緊接著開始，或前後項動作幾乎同時發生；「とたんに」也表時間的前後，表示前項動作完全結束後，馬上發生後項的動作。

Track N2-018

006　しだい

➡ **{動詞ます形}＋次第**

類義表現	**とたんに** 剛一…就…

意思

① **【時間的前後】** 表示某動作剛一做完，就立即採取下一步的行動，也就是一旦實現了前項，就立刻進行後項，前項為期待實現的事情。中文意思是：「馬上…、一…立即、後立即…」。如例：

◆ この件は分かり次第、お返事いたします。

這件事一旦得知後續進度，就會立即回覆您。

◆ 会議の準備ができ次第、ご案内いたします。

只要準備工作一完成，將立即帶您前往會議室。

◆ 駅に着き次第、ご連絡します。

一到電車站就馬上與您聯繫。

◆定員になり次第、締め切らせていただきます。

一達到人數限額，就停止招募。

[補]〘× **後項過去式**〙後項不用過去式、而是用委託或願望等表達方式。

[比較] **とたんに**〔**剛一…就…**〕「しだい」表時間的前後，表示「一旦實現了某事，就立刻…」前項是説話跟聽話人都期待的事情。前面要接動詞連用形。由於後項是即將要做的事情，所以句末不用過去式；「とたんに」也表時間的前後，表示前項動作完成瞬間，幾乎同時發生了後項的動作。兩件事之間幾乎沒有時間間隔。後項大多是説話人親身經歷過的，且意料之外的事情，句末只能用過去式。

Track N2-019

007　いっぽう（で）

➡{動詞辭書形}＋一方（で）

[類義表現] **はんめん** 一方面…，另一方

[意思]

①【**同時**】前句説明在做某件事的同時，另一個事情也同時發生。後句多敘述可以互相補充做另一件事。中文意思是：「在…的同時，還…、一方面…，一方面…、另一方面…」。如例：

◆彼は仕事ができる一方、人との付き合いも大切にしている。

他不但工作能力強，也很重視經營人際關係。

◆私は毎日仕事をする一方で、家事や子育てもしている。

我每天工作之餘還要做家事和帶孩子。

②【**對比**】表示同一主語有兩個對比的側面。中文意思是：「一方面…而另一方面卻…」。如例：

◆夫は体重を気にする一方で、よくビールを飲む。

外子一方面在意自己的體重，一方面卻經常喝啤酒。

◆ここは自然が豊かで静かな一方、不便である。

這地方雖然十分寧靜又有豐富的自然環境，但在生活上並不便利。

| 比較 | はんめん〔一方面…，另一方〕「いっぽう」表對比，表示前項及後項兩個動作可以是對比的、相反的，也可以是並列關係的意思；「はんめん」表對比，表示同一種事物，兼具兩種相反的性質。 |

008 かとおもうと、かとおもったら

➡ {動詞た形} ＋かと思うと、かと思ったら

| 類義表現 | とたんに 剛一…就… |

| 意思 |

①【同時】表示前後兩個對比的事情，在短時間內幾乎同時相繼發生，表示瞬間發生了變化或新的事情。後面接的大多是說話人意外和驚訝的表達。中文意思是：「剛一…就…、剛…馬上就…」。如例：

◆弟は、帰ってきたかと思うとすぐ遊びに行った。

弟弟才剛回來就跑去玩了。

◆さっきまで大雨が降っていたかと思ったら、今は太陽が出ている。

剛剛還大雨傾盆，現在已經出太陽了。

◆桜がやっと咲いたかと思ったら、もう散ってしまった。

終於等到櫻花綻放，沒想到一轉眼就滿地落英了。

◆あの子は泣いたかと思ったら、もう笑っている。

那個小孩剛才還哭個不停，不到眨眼功夫就開心地笑了。

| 比較 | とたんに〔剛一…就…〕「(か)とおもうと」表同時，表示前後性質不同或是對比的事物，在短時間內相繼發生。因此，前後動詞常用對比的表達方式；「とたんに」表時間的前後，單純的表示某事情結束了，幾乎同時發生了不同的事情，沒有對比的意思。 |

⑪〔× 後項意志句等〕由於描寫的是現實中發生的事情，因此後項不接意志句、命令句跟否定句等。

Track N2-021

009 ないうちに

➡ {動詞否定形} ＋ないうちに

類義表現　　にさきだち 事先…

意思

① 【期間】這也是表示在前面的環境、狀態還沒有產生變化的情況下，做後面的動作。中文意思是：「在未…之前，…、趁沒…」。如例：

◆ 赤ちゃんが起きないうちに、買い物へ行ってきます。
趁著小寶寶還在睡的時候出去買個菜！

◆ 冷めないうちに、めしあがれ。
請趁熱享用吧！

◆ 桜が散らないうちに、お花見に行きましょう。
在櫻花還沒飄落之前一起去賞花吧！

◆ 外に出て１分もしないうちに、雨が降り出した。
出門還不到一分鐘就下起雨來了。

比較　　にさきだち〔事先…〕「ないうちに」表期間，表示趁著某種情況發生前做某件事；「にさきだち」表前後關係，表示在做某件大事之前應該要先把預備動作做好，如果前接動詞，就要改成動詞辭書形。

Track N2-022

010 かぎり

➡ {名詞の；動詞辭書形} ＋限り

にかぎる …是最好的

意思

① 【期限】表示時間或次數的限度。中文意思是：「以…為限、到…為止」。如例：

◆ 今年限りで、あの番組は終了してしまう。

那個電視節目將於今年收播。

② 【極限】表示可能性的極限，盡其所能，把所有本事都用上。中文意思是：
「盡…、竭盡…」。如例：

◆ 声がでる限り、歌手として生きていきたい。

只要還能唱出聲音，我期許自己永遠是個歌手。

◆ 諦めない限り、きっと成功するだろう。

只要不放棄，總有一天會成功的。

比較

にかぎる〔…是最好的〕「かぎり」表極限，表示在達到某個極限之前，把所有本事都用上，做某事；「にかぎる」表程度，表示說話人主觀地選擇或推薦最好的動作或狀態。

補 〔慣用表現〕慣用表現「の限りを尽くす」為「耗盡、費盡」等意。如例：

◆ 力の限りを尽くして、最後の試合にのぞもう。

讓我們竭盡全力，一起拚到決賽吧！

練習　文法知多少？

▼ 答案詳見右下角

☞　請完成以下題目，從選項中，選出正確答案，並完成句子。

1　結婚を決める（　　）、重要なことが一つあります。

　　1．にあたって　　　　　　　2．において

2　出発（　　）、一言ごあいさつを申し上げます。

　　1．につけ　　　　　　　　　2．に際して

3　「おやすみなさい」と言ったか言わない（　　）、もう眠ってしまった。

　　1．かのうちに　　　　　　　2．とたんに

4　契約を結び（　　）、工事を開始します。

　　1．とたんに　　　　　　　　2．次第

5　子どもが川に落ちたのを見て、警察に連絡する（　　）、救助に向かった。

　　1．反面　　　　　　　　　　2．一方

6　道路が混雑し（　　）、出発したほうがいい。

　　1．に先立ち　　　　　　　　2．ないうちに

原因、結果

原因、結果

001 あまり（に）

→ {名詞の；動詞辭書形}＋あまり（に）

| 類義表現 | だけに 正是因為…所以更加… |

| 意思 |

① 【原因】表示某種程度過甚的原因，導致後項不同尋常的結果，常與含有程度意義的名詞搭配使用。常用「あまりの＋形容詞詞幹＋さ＋に」的形式。中文意思是：「由於太…才…」。如例：

◆ 今日はいよいよ帰国だ。あまりの嬉しさに昨日は眠れなかった。
今天終於要回國了！昨天實在太開心而睡不著覺。

◆ 山から見える湖のあまりの美しさに言葉を失った。
從山上俯瞰的湖景實在太美了，令人一時說不出話來。

⊕ 〔極端的程度〕表示由於前句某種感情、感覺的程度過甚，而導致後句的結果。前句表示原因，後句一般是不平常的或不良的結果。常接在表達感情或狀態的詞彙後面。後項不能用表示願望、意志、推量的表達方式。中文意思是：「由於過度…，因過於…，過度…」。如例：

◆ 子どもを心配するあまり、母は病気になってしまった。
媽媽由於太擔心孩子而生病了。

◆ 緊張のあまり、全身の震えが止まらない。
因為太緊張而渾身直打哆嗦。

比較	だけに〔正是因為…所以更加…〕「あまり」表原因，表示由於前項的某種十分極端程度，而導致後項的不尋常或壞的結果。前接名詞時要加上「の」；「だけに」也表原因，表示正因為前項，後項就顯得更屬害。「だけに」前面要直接接名詞，不需多加「の」。

002 いじょう（は）

➡ {動詞普通形} ＋ 以上（は）

類義表現	うえは 既然…就…

意思	

① 【原因】由於前句某種決心或責任，後句便根據前項表達相對應的決心、義務或奉勸。有接續助詞作用。中文意思是：「既然…、既然…，就…、正因為…」。如例：

◆ 日本に来た以上は、日本語が上手になりたい。

既然來到日本，當然希望能學好日語。

◆ ペットを飼う以上は、最後まで責任をもつべきだ。

既然養了寵物，就有責任照顧牠到臨終的那一刻。

◆ 試験を受ける以上は、合格するつもりだ。

既然要參加考試，就抱定合格的決心！

◆ 約束した以上は、守らなければならない。

既然與人約定了，就必須遵守才行。

比較	うえは〔既然…就…〕「いじょう（は）」表原因，表示強調原因，因為前項，所以理所當然就要有相對應的後項；「うえは」也表原因，表示因為前項，理所當然就要有責任或心理準備做後項。兩者意思非常接近，但「うえは」的「既然…」的語氣比「いじょう」更為強烈。「いじょう（は）」可以省略「は」，但「うえは」不可以省略。

⊕ 〔後接勸導等〕後項多接説話人對聽話人的勸導、建議、決心的「なければな
らない、べきだ、てはいけない、つもりだ」等句型，或説話人的判斷、意
向的「はずだ、にちがいない」等句型。

003　からこそ

➡ {名詞だ；形容動詞書形；[形容詞・動詞]普通形}＋からこそ

| 類義表現 | ゆえ（に）因為… |

| 意思 |

① 【原因】表示説話者主觀地認為事物的原因出在何處，並強調該理由是唯一的、
最正確的、除此之外沒有其他的了。中文意思是：「正因為…、就是因為…」。
如例：

◆ 彼がいたからこそ、この計画は成功したと言われている。
這項計畫之所以能夠成功，一般認為必須歸功於他。

◆ 田舎だからこそできる遊びがある。
某些遊戲要在郷間才能玩。

◆ 友達だからこそ、悪いことをしたら注意してあげ
なければならないと思った。
正因為是朋友，所以看到對方犯錯非得糾正不可。

| 比較 |
ゆえ（に）〔因為…〕「からこそ」表原因，表示不是因為別
的，而就是因為這個原因，是一種強調順理成章的原因。是説話
人主觀認定的原因，一般用在正面的原因；「ゆえ」也表原因，
表示因果關係。後項是結果，前項是理由。

⊕ 〔後接のだ／んだ〕後面常和「のだ／んだ」一起使用。如例：

◆ 親は子どもを愛しているからこそ、厳しいときもあるんだよ。
有時候父母是出自於愛之深責之切，才會對兒女嚴格要求。

Track N2-026

004 からといって

➡{[名詞・形容動詞詞幹] だ；[形容詞・動詞] 普通形} ＋からといって

[類義表現] **といっても** 雖然…，但…

[意思]

① 【原因】表示不能僅僅因為前面這一點理由，就做後面的動作，後面常接否定的説法，大多用在表達説話人的建議、評價上，或對某實際情況的提醒、訂正上。中文意思是：「(不能)僅因…就…、即使…，也不能…」。如例：

◆ ゲームが好きだからといって、1日中するのはよくない。

雖説喜歡打電玩，可是從早打到晚，身體會吃不消的。

◆ 日本に住んでいるからといって、日本語が話せるようにはならない。

即使住在日本，也未必就會説日語。

◆ 眠いからといって、歯を磨かずに寝るのはよくない。

就算很睏，也不能連牙都沒刷倒頭就睡。

[比較] **といっても**〔**雖然…，但…**〕「からといって」表原因，在這裡表示不能僅僅因為前項的理由，就有後面的否定説法；「といっても」也表原因，表示實際上並沒有聽話人所想的那麼多，雖説前項是事實，但程度很低。

[補]〔口語－からって〕口語中常用「からって」。如例：

◆ 大変だからって、諦めちゃだめだよ。

不能因為辛苦就半途而廢喔！

② 【引用理由】表示説話人引用別人陳述的理由。中文意思是：「(某某人)説是…(於是就)」。如例：

◆ 彼が好きだからといって、彼女は親の反対を押し切って結婚した。

她説喜歡他，於是就不顧父母反對結了婚。

005　しだいです

➡ {動詞普通形；動詞た形；動詞ている} ＋次第です

| 類義表現 | ということだ 總之就是… |

| 意思 |

① 【原因】解釋事情之所以會演變成如此的原由。是書面用語，語氣生硬。中文
意思是：「由於…、才…、所以…」。如例：

◆ 今日は、先日お渡しできなかった資料を全部お持ち
した次第です。

日前沒能交給您的資料，今天全部備齊帶過來了。

◆ 英語の日常会話しかできない私に通訳は無理だと思
い、お断りした次第です。

我的英語能力頂多只有日常會話程度，實在無法擔當口譯重任，因此婉拒了那項工作。

◆ 母親が病気ということで、急いで帰国した次第です。

由於家母生病而緊急回國了。

| 比較 | ということだ〔總之就是…〕「しだいです」表原因，解釋事情
之所以會演變成這樣的原因；「ということだ」表結果，表示根
據前項的情報、狀態得到某種結論。 |

006　だけに

➡ {名詞；形容動詞詞幹な；[形容詞・動詞] 普通形} ＋だけに

| 類義表現 | だけあって 不愧是… |

| 意思 |

① 【原因】表示原因。表示正因為前項，理所當然地有相應的結果，或有比一般
程度更深的後項的狀況。中文意思是：「到底是…、正因為…，所以更加…、
由於…，所以特別…」。如例：

◆ 鈴木さんは中国で勉強しただけに、中国語の発音が正確だ。

鈴木小姐畢竟在中國讀過書，中文發音相當道地。

◆ 母は花が好きなだけに、花の名前をよく知っている。

由於媽媽喜歡花，所以對花的名稱知之甚詳。

◆ 彼は海の近くで育っただけに、泳ぎがとても上手です。

他在濱海小鎮長大，所以泳技宛如海底蛟龍。

◆ 100円ショップの品物は安いだけに、壊れやすいものが多い。

百圓商店的商品雖然便宜，但大多數都不耐用。

② 【反預料】表示結果與預料相反、事與願違。大多用在結果不好的情況。中文意思是：「正因為…反倒…」。如例：

◆ 親子3代で通った店だけに、なくなってしまうのは、大変残念です。

正因為是我家祖孫3代都喜歡的店家，就這樣關門，真叫人感到遺憾！

比較	だけあって〔不愧是…〕「だけに」表原因，表示正因為前項，理所當然地才有比一般程度更深的後項的狀況。後項不管是正面或負面的評價都可以。「だけに」也用在跟預料、期待相反的結果；「だけあって」表符合期待，表示後項是根據前項合理推斷出的結果，後項是正面的評價。用在結果是跟自己預料的一樣時。

Track N2-029

007　ばかりに

➡ {名詞である；形容動詞詞幹な；[形容詞・動詞] 普通形} ＋ばかりに

類義表現	だけに 正因為…

意思	

① 【原因】表示就是因為某事的緣故，造成後項不良結果或發生不好的事情，說話人含有後悔或遺憾的心情。中文意思是：「就因為…、都是因為…，結果…」。如例：

◆ 働きすぎたばかりに、体をこわしてしまった。

由於工作過勞而弄壞了身體。

◆ 電車に乗り遅れたばかりに、会議に間に合わな
かった。

都怪沒趕上那班電車，害我來不及出席會議。

比較　　　　だけに〔正因為…〕「ばかりに」表原因，表示就是因為前項的
緣故，導致後項壞的結果或狀態，後項是一般不可能做的行為；
「だけに」也表原因，表示正因為前項，理所當然地導致後來的
狀況，或因為前項，理所當然地才有比一般程度更深的後項。

② 【願望】強調由於説話人的心願，導致極端的行為或事件發生，後項多為不辭
辛勞或不願意做也得做的內容。常用「たいばかりに」的表現方式。中文意
思是：「就是因為想…」。如例：

◆ 海外の彼女に会いたいばかりに、1週間も会社を休んでしまった。

只因為太思念國外的女友而向公司請了整整一星期的假。

◆ テストに合格したいばかりに、カンニングをしてしまった。

就因為一心想通過測驗而不惜涉險作弊了。

008　ことから

➡ {名詞である；形容動詞詞幹な；[形容詞・動詞] 普通形}＋ことから

類義表現　　　ことだから 因為是…

意思

① 【理由】表示後項事件因前項而起。中文意思是：「從…來看、因為…」。如例：

◆ 妻とは同じ町の出身ということから、交際が始まった。

我和太太當初是基於同鄉之緣才開始交往的。

② 【由來】用於説明命名的由來。中文意思是：「…是由於…」。如例：

◆ 富士山が見えるということから、この町は富士町という名前が付いた。

由於可以遠眺富士山，因此這個地方被命名為富士町。

◆ この鳥は目のまわりが白いことから、メジロと呼ばれている。

這種鳥由於眼周有一圈白環，於是日本人稱之為「白眼」。

③【根據】根據前項的情況，來判斷出後面的結果或結論。中文意思是：「根據⋯來看」。如例：

◆ 煙が出ていることから、近所の工場で火事が発生したのが分かった。

從冒出濃煙的方向判斷，可以知道附近的工廠失火了。

| 比較 |

ことだから〔因為是⋯〕「ことから」表根據，表示依據前項來判斷出後項的結果。也表示原因跟名稱的由來；「ことだから」表根據，表示説話人到目前為止的經驗，來推測前項，大致確實會有後項的意思。「ことだから」前面接的名詞一般為人或組織，而接中間要接「の」。

Track N2-031

009 あげく（に／の）

➡ {動詞性名詞の；動詞た形}＋あげく（に／の）

| 類義表現 |

うちに 趁著⋯

| 意思 |

①【結果】表示事物最終的結果，指經過前面一番波折和努力所達到的最後結果或雪上加霜的結果，後句的結果多因前句，而造成精神上的負擔或麻煩，多用在消極的場合，不好的狀態。中文意思是：「⋯到最後、⋯，結果⋯」。如例：

◆ その客は1時間以上迷ったあげく、何も買わず帰っていった。

那位顧客猶豫了不止一個鐘頭，結果什麼都沒買就離開了。

うちに〔趁著…〕「あげくに」表結果，表示經過了前項一番波折並付出了極大的代價，最後卻導致後項不好的結果；「うちに」表時點，表示在某一狀態持續的期間，進行某種行為或動作。有「等到發生變化就晚了，趁現在…」的含意。

⊕ 〖あげくの＋名詞〗後接名詞時，用「あげくの＋名詞」。如例：

◆ 彼女の離婚は、年月をかけて話し合ったあげくの結論だった。

她的離婚是經過多年來雙方商討之後才做出的結論。

⊕ 〖さんざん～あげく〗常搭配「さんざん、いろいろ」等強調「不容易」的詞彙一起使用。

◆ 弟はさんざん悩んだあげく、大学をやめることにした。

弟弟經過一番掙扎，決定從大學輟學了。

⊕ 〖慣用表現〗慣用表現「あげくの果て」為「あげく」的強調説法。如例：

◆ 兄はさんざん家族に心配をかけ、あげくの果てに警察に捕まった。

哥哥的行徑向來讓家人十分憂心，終究還是遭到了警方的逮捕。

010　すえ（に／の）

➡ {名詞の}＋末（に／の）；{動詞た形}＋末（に／の）

類義表現

あげくに …到最後、結果…

意思

① 【結果】表示「經過一段時間，做了各種艱難跟反覆的嘗試，最後成為…結果」之意，是動作、行為等的結果，意味著「某一期間的結束」，為書面語。中文意思是：「經過…最後、結果…、結局最後…」。如例：

◆ これは、数年間話し合った末の結論です。

這是幾年來多次商談之後得出的結論。

◆ 両親と先生とよく話し合った末に、学校を決めた。

經過和父母與師長的詳細討論，決定了就讀的學校。

| 比較 | **あげくに**〔…到最後、 結果…〕「すえに」表結果，表示花了前項很長的時間，有了後項最後的結果，後項可以是積極的，也可以是消極的。較不含感情的説法。「あげくに」也表結果，表示經過前面一番波折達到的最後結果，後項是消極的結果。含有不滿的語氣。 |

㊟〔末の＋名詞〕後接名詞時，用「末の＋名詞」。如例：

◆ N1合格は、努力した末の結果です。

　能夠通過 N1級測驗，必須歸功於努力的成果。

㊟〔末～結局〕語含説話人的印象跟心情，因此後項大多使用「結局、とうとう、ついに、色々、さんざん」等猶豫、思考、反覆等意思的副詞。如例：

◆ さんざん悩んだ末、結局帰国することにした。

　經過一番天人交戰之後，結果還是決定回去故鄉了。

| 文法小祕方 |

副詞

項目	說明	例句
副詞的定義	在句子中用來修飾用言或副詞，且沒有詞形變化的獨立詞，表示動作或性質的狀態、程度、頻率等的詞。	修飾動詞：速く走る 修飾形容詞：非常に美しい 修飾其他副詞：とても速く
副詞的構成	副詞可以由固有副詞組成或由其他詞轉成而來。	1. 由固有詞彙直接構成：いつも 2. 由動詞轉成：走って 3. 由名詞轉成：静か→静かに 4. 由詞語重疊構成的副詞：たまたま 5. 由其他詞類（如形容詞）轉成：速い→速く
副詞的分類	有樣態副詞、程度副詞、陳述副詞等。	1. 樣態副詞, 描述動作或狀態的方式→ゆっくり 2. 程度副詞, 表示動作或狀態的程度→とても 3. 陳述副詞, 表示說話者的態度或陳述方式→たぶん

練習　文法知多少？

▼ 答案詳見右下角

☞ **請完成以下題目，從選項中，選出正確答案，並完成句子。**

1 驚（おどろ）きの（　　）、腰（こし）が抜（ぬ）けてしまった。

　　１．だけに　　　　　　　２．あまり

2 一度（いちど）や二度（にど）失敗（しっぱい）した（　　）、自分（じぶん）の夢（ゆめ）を諦（あきら）めてはいけません。

　　１．からといって　　　　２．といっても

3 信（しん）じていた（　　）、裏切（うらぎ）られたときはショックだった。

　　１．だけに　　　　　　　２．だけあって

4 保険金（ほけんきん）を手（て）に入（い）れたい（　　）、夫（おっと）を殺（ころ）してしまった。

　　１．ばかりに　　　　　　２．だけに

5 些細（ささい）な（　　）、けんかが始（はじ）まった。

　　１．ことだから　　　　　２．ことから

6 諦（あきら）めずに実験（じっけん）を続（つづ）けた（　　）、とうとう開発（かいはつ）に成功（せいこう）した。

　　１．末（すえ）に　　　　　２．あげくに

条件、逆説、例示、並列

條件、逆説、例示、並列

Lesson 04

001　ないことには

➜ {動詞否定形}＋ないことには

類義表現

からといって 即使…也不能…

意思

① 【條件】表示如果不實現前項，也就不能實現後項，後項的成立以前項的成立為第一要件。後項一般是消極的、否定的結果。中文意思是：「要是不…、如果不…的話，就…」。如例：

◆ お金がないことには、何もできない。

沒有金錢，萬事不能。

◆ 社長に確認を取らないことには、新しいパソコンが買えない。

在尚未得到總經理的同意之前，還不能添購新電腦。

◆ 漢字を覚えないことには、日本での生活は大変だ。

住在日本如果不懂漢字，在生活上非常不方便。

◆ 面接をしないことには、給料の話もできない。

沒有參加面試的機會，也就遑論進一步談薪資了。

比較

からといって〔即使…也不能…〕「ないことには」表條件，表示如果不實現前項，也就不能實現後項；「からといって」表原因，表示不能只因為前面這一點理由，就做後面的動作。

002　を〜として、を〜とする、を〜とした

➡ {名詞} ＋を＋ {名詞} ＋として、とする、とした

類義表現　について 有關…

意思

① 【條件】表示把一種事物當做或設定為另一種事物，或表示決定、認定的內容。「として」的前面接表示地位、資格、名分、種類或目的的詞。中文意思是：「把…視為…（的）、把…當做…（的）」。如例：

◆ 学生を中心としたボランティアグループが作られた。
成立了一個以學生為主要成員的志工團體。

◆ N2合格を目的とした勉強会が開かれた。
組成了一個以通過N2級測驗為目標的讀書會。

◆ この教科書は留学生を対象としたものだ。
這本教科書是專為留學生所編寫的。

◆ 今回の国際会議では、環境問題を中心とした議論が続いた。
在本屆國際會議中，進行了一連串以環境議題為主旨的論壇。

比較　について〔有關…〕「を〜として」表條件，表示視前項為某種事物進而採取後項行動；「について」表意圖行為，表示就前項事物來進行說明、思考、調查、詢問、撰寫等動作。

003　も〜なら〜も

➡ {名詞} ＋も＋ {同名詞} ＋なら＋ {名詞} ＋も＋ {同名詞}

類義表現　も〜し〜も 既…又

① 【條件】 表示雙方都有缺點，帶有譴責的語氣。中文意思是：「…不…，…也不…、…有…的不對，…有…的不是」。如例：

◆ 電車で騒いでいる子どもの親をみていると、子も子なら親も親だと思う。

看到放縱小孩在電車裡嬉鬧的家長時，總覺得不光是孩子行為偏差，大人也沒有盡到責任。

◆ 学生も学生なら先生も先生だ。

學生沒有學生的規矩，師長也沒有師長的風範。

◆ 店長も店長なら店員も店員だ。こんなサービスの悪い店、二度と来たくない。

別説店長不行，店員更糟糕。服務這麼差的店，我再也不會上門光顧了！

◆ 隣のご夫婦、毎日喧嘩ばかりしているね。ご主人もご主人なら、奥さんも奥さんだ。

隔壁那對夫婦天天吵架。先生有不對之處，太太也有該檢討的地方。

比較

も〜し〜も〔既…又…〕「も〜なら〜

「も」表條件，表示雙方都有問題存在，都應該遭到譴責；「も〜し〜も」表反覆，表示反覆説明同性質的事物。例如：「ここは家賃も安いし、景色もいいです／這裡房租便宜，景觀也好」。

Track N2-036

004　ものなら

➡ {動詞可能形}＋ものなら

類義表現

ものだから 都是因為…

意思

① 【假定條件】 提示一個實現可能性很小且很難的事物，且期待實現的心情，接續動詞常用可能形，口語有時會用「もんなら」。中文意思是：「如果能…的話」。如例：

◆ できるものなら、今すぐにでも帰国したい。

如果辦得到，真希望立刻飛奔回國。

◆ 戻れるものなら学生時代に戻ってもう一度やりなおしたい。

可以回去的話，真想重新再一次回到學生時代。

◆ 彼女のことを、忘れられるものなら忘れたいよ。

如果能夠，真希望徹底忘了她。

[補]〔重複動詞〕重複使用同一動詞時，有強調實際上不可能做的意味。表示挑釁對方做某行為。帶著向對方挑戰，放任對方去做的意味。由於是種容易惹怒對方的講法，使用上必須格外留意。後項常接「てみろ」、「てみせろ」等。中文意思是：「要是能…就…」。如例：

◆ いつも課長の悪口ばかり言っているな。直接言えるものなら言ってみろよ。

你老是在背後抱怨課長。真有那個膽量，不如當面説給他聽吧！

比較

ものだから〔都是因為…〕「ものなら」表假定條件，常用於挑釁對方，前接包含可能意義的動詞，通常後接表示嘗試、願望或命令的語句；「ものだから」表理由，常用於為自己找藉口辯解，陳述理由，意為「就是因為…才…」。

Track N2-037

005 ながら（も）

➡ {名詞；形容動詞詞幹；形容詞辭書形；動詞ます形} ＋ながら（も）

類義表現

どころか 何止…

意思

①【逆接】連接兩個矛盾的事物，表示後項與前項所預想的不同。中文意思是：「很…的是、雖然…，但是…、儘管…、明明…卻…」。如例：

◆ 残念ながら、結婚式には出席できません。

很可惜的是，我無法參加婚禮。

◆ 貯金しなければと思いながらも、ついつい使ってしまう。

心裡分明知道非存錢不可，還是不由自主花錢如水。

◆すぐ近くまで行きながらも、急用ができてお伺いできませんでした。

雖然已經到了貴府附近,無奈臨時有急事,因而沒能登門拜訪。

◆息子は、今日こそは勉強すると言いながら、結局ゲームをしている。

我兒子明明自己說今天一定會用功,結果還是一直打電玩。

比較

どころか〔何止…〕「ながら」表逆接,表示一般如果是前項的話,不應該有後項,但是確有後項的矛盾關係;「どころか」表對比,表示程度的對比,比起前項後項更為如何。後項內容大多跟前項所說的相反。

006　ものの

Track N2-038

➡ {名詞である；形容動詞詞幹な；[形容詞・動詞] 普通形 } ＋ものの

類義表現

とはいえ　雖說…

意思

① 【逆接】表示姑且承認前項,但後項不能順著前項發展下去。後項是否定性的內容,一般是對於自己所做、所說或某種狀態沒有信心,很難實現等的說法。中文意思是:「雖然…但是…」。如例:

◆友人とランチでもしようかと思ったものの、忙しくて連絡ができていない。

儘管一直想約朋友吃頓飯,卻忙到根本沒時間聯絡。

◆妹は「大丈夫」というものの、なにか悩んでいる様子だ。

妹妹雖然嘴上說「沒問題」,但是看起來似乎有心事。

◆毎日漢字を勉強しているものの、なかなか覚えられない。

儘管每天都在學習漢字,卻怎麼樣都記不住。

◆この会社は給料が高いものの、人間関係はあまりよくない。

這家公司雖然薪資很高,內部的人際關係卻不太融洽。

007 やら〜やら

➡ {名詞}＋やら＋{名詞}＋やら、{形容動詞詞幹；[形容詞・動詞]普通形}＋やら＋{形容動詞詞幹；[形容詞・動詞]普通形}＋やら

類義表現

とか〜とか …啦…啦

意思

① 【例示】表示從一些同類事項中，列舉出兩項。大多用在有這樣，又有那樣，真受不了的情況。多有感覺麻煩、複雜，心情不快的語感。中文意思是：「…啦…啦，又…又…」。如例：

◆ 花粉症で、鼻水がでるやら目が痒いやら、もう我慢できない。
由於花粉熱發作，又是流鼻水又是眼睛癢的，都快崩潰啦！

◆ 去年は台風が５回もくるやら大地震が起きるやら、異常な年だった。
去年是天象異常的一年，不僅受到颱風侵襲多達５次，還發生了大地震。

◆ 昨日は電車で書類を忘れるやら財布をとられるやら、さんざんな日だった。
昨天在電車上又是遺失文件又是錢包被偷，可以說是慘兮兮的一天。

◆ 連休は旅行やら食事やらで、毎日忙しかった。
連休假期不是旅行就是吃美食，每天忙得很充實。

比較

とか〜とか〔…啦…啦〕「やら〜やら」表例示，表示從這些事項當中舉出幾個個例子，含有除此之外，還有其他。說話者大多抱持不滿的心情；「とか〜とか」也表列示，但是只是單純的從幾個例子中，例舉出代表性的事例。不一定抱持不滿的心情。

008 も～ば～も、も～なら～も

➡ {名詞} ＋も＋{[形容詞・動詞] 假定形} ＋ば {名詞} ＋も；{名詞} ＋も＋
{名詞・形容動詞詞幹} ＋なら、{名詞} ＋も

| 類義表現 | やら～やら …啦…啦 |

| 意思 |

① 【並列】把類似的事物並列起來，用意在強調。中文意思是：「既…又…、也…
也…」。如例：

◆ お正月は、病院も休みなら銀行も休みですよ。気をつけて。
　元旦假期不僅醫院休診，銀行也暫停營業，要留意喔！

◆ 彼女はお酒も飲めば甘い物も好きなので健康が心配だ。
　她喜歡喝酒又嗜吃甜食，健康狀況令人擔憂。

◆ 私の祖母の家は、近くにコンビニもなければスーパーもない。
　我奶奶家附近既沒有超商也沒有超市。

| 比較 | **やら～やら**〔…啦…啦〕「も～ば～も」表並列關係，在前項加上同類的後項；「やら～やら」表例示，説話者大多抱持不滿的心情，從這些事項當中舉出幾個當例子，暗含還有其他。

㈇ 〔對照事物〕或並列對照性的事物，表示還有很多情況。中文意思是：「有時…
有時…」。如例：

◆ 試験の結果は、いい時もあれば悪い時もある。
　考試的分數時高時低。

練習　文法知多少？

▼ 答案詳見右下角

☞ **請完成以下題目，從選項中，選出正確答案，並完成句子。**

1 まず付き合ってみ（　　）、どんな人か分かりません。

　　1. からといって　　　　　2. ないことには

2 これを一つの区切り（　　）、これまでの成果を広く知ってもらおうと思います。

　　1. について　　　　　　　2. として

3 面と向かって言える（　　）、言ってみなさい。

　　1. ものなら　　　　　　　2. ものだから

4 最近の財布は、小さい（　　）抜群の収納力があります。

　　1. ながらも　　　　　　　2. どころか

5 祖父は体は丈夫な（　　）、最近目が悪くなってきた。

　　1. とはいえ　　　　　　　2. ものの

6 彼は酒癖が悪くて、酒を飲んだら泣く（　　）わめく（　　）大変だ。

　　1. やら・やら　　　　　　2. とか・とか

答案：（1）2　（2）2　（3）1　（4）1　（5）2　（6）1

付帯、付加、変化

附帯、附加、變化

---

001 こと(も)なく

→{動詞辭書形}＋こと(も)なく

| 類義表現 | ぬきで 省去… |

| 意思 |

① 【附帯】表示「沒做…，而做…」。中文意思是：「不…、不…（就）…、不…地…」。也表示從來沒有發生過某事，或出現某情況。

◆ 年末年始も、休むことなくアルバイトをした。
從年底到元旦假期也一直忙著打工，連一天都沒有休息。

◆ 誰も怪我をすることなく、無事試合は終わった。
在沒有任何一名隊員受傷的情況之下，順利完成了比賽。

◆ 彼は緊張することなく、最後まで落ち着いてスピーチをした。
他一點也不緊張，神色自若地完成了演講。

◆ 週末は体調が悪かったので、外出することもなくずっと家にいました。
由於身體狀況不佳，週末一直待在家裡沒出門。

| 比較 | ぬきで〔省去…〕「ことなく」，表附帯，表示沒有進行前項被期待的動作，就開始了後項的動作的；「ぬきで」表非附帯狀態，表示除去或撇開說話人認為是多餘的前項，而直接做後項的事物。

002 をぬきにして（は／も）、はぬきにして

➡ {名詞}＋を抜きにして（は／も）、は抜きにして

| 類義表現 | はもとより 不僅…其他還有… |

| 意思 |

① 【附帯】「抜き」是「抜く」的ます形，後轉當名詞用。表示沒有前項，後項就很難成立。中文意思是：「沒有…就（不能）…」。如例：

◆ 家族の協力や援助を抜きにして、実験の成功はなかったはずだ。

如果沒有家人的協助與金援，這項實驗恐怕無法順利完成。

◆ 彼の活躍を抜きにして、この試合には勝てなかっただろう。

若是沒有他的活躍表現，想必這場比賽不可能獲勝！

| 比較 | はもとより〔不僅…其他還有…〕「をぬきにして」表附帶，表示沒有前項，後項就很難成立；「はもとより」表附加，表示前後兩項都不例外。 |

② 【不附帯】表示去掉前項一般情況下會有的事態，做後項動作。中文意思是：「去掉…、停止…」。如例：

◆ 冗談を抜きにして、本当のことを言ってください。

請不要開玩笑，告訴我實情！

◆ 仕事の話は抜きにして、今日は楽しく飲みましょう。

今天不談工作的事，大家喝個痛快吧！

003 ぬきで、ぬきに、ぬきの、ぬきには、ぬきでは

| 類義表現 | にかわって 代替… |

[意思]

①【非附帶狀態】{名詞}＋抜きで、抜きに、抜きの。表示除去或省略一般應該有的部分。中文意思是：「省去…、沒有…」。如例：

◆ 明日は試験です。今日は休憩抜きで頑張りましょう。
明天就要考試了，今天別休息，加把勁做最後衝刺吧！

◆ 今日は忙しくて、昼食抜きで働いていた。
今天忙得團團轉，從早工作到晚，連午餐都沒空吃。

[補]〘ぬきの＋N〙後接名詞時，用「抜きの＋名詞」。如例：

◆ ネギ抜きのたまごうどんを一つ、お願いします。
麻煩我要一碗不加蔥的雞蛋烏龍麵。

②【必要條件】{名詞}＋抜きには、抜きでは。為「如果沒有…（，就無法…）」之意。如例：

◆ 今日の送別会は君抜きでは始まりませんよ。
今天的歡送會怎能缺少你這位主角呢？

[比較] にかわって〔代替…〕「ぬきでは」表必要條件，表示若沒有前項，後項本來期待的或預期的事也無法成立；「にかわって」表代理，意為代替前項做某件事。

Track N2-044

004　うえ（に）

➡ {名詞の；形容動詞詞幹な；[形容詞・動詞] 普通形}＋上（に）

[類義表現] うえで …之後

[意思]

①【附加】表示追加、補充同類的內容。在本來就有的某種情況之外，另外還有比前面更甚的情況。正面負面都可以使用。含有「十分、無可挑剔」的語感。中文意思是：「…而且…、不僅…，而且…、在…之上，又…」。如例：

◆ 彼女は中国語ができる上に、事務の仕事も正確だ。

她不僅會中文，處理行政事務也很精確。

◆ 寒い上に、雨も降って来た。

天氣不僅寒冷，還下起雨來了。

◆ この携帯電話は使いやすい上に、電話代が安い。

這支行動電話不僅操作簡便，而且可以搭配實惠的通話方案。

◆ 朝から頭が痛い上に、少し熱があるので、早く帰りたい。

一早就開始頭痛，還有點發燒，所以想快點回家休息。

[比較] **うえで**〔…之後〕「うえ（に）」表附加，表示追加、補充同類的內容；「うえで」表時間的前後，表動作的先後順序。先做前項，在前項的基礎上，再做後項。

[補]〖× 後項使役性〗後項不能用拜託、勸誘、命令、禁止等使役性的表達形式。另外前後項必需是同一性質的，也就是前項為正面因素，後項也必需是正面因素，負面以此類推。

Track N2-045

005　だけでなく

➔ **{名詞；形容動詞詞幹な；[形容詞・動詞] 普通形} ＋だけでなく**

[類義表現] **ばかりか** 不僅…而且…

[意思]

① **【附加】**表示前項和後項兩者皆是，或是兩者都要。中文意思是：「不只是…也…、不光是…也…」。如例：

◆ 肉だけでなく、野菜も食べなさい。

別光吃肉，也要吃青菜！

◆ 日本語の文字は漢字だけでなく、平仮名と片仮名もあります。

日語的文字不是只有漢字，還有平假名和片假名。

◆ 市立図書館では本だけでなく、CDやDVDも借りられます。

在市立圖書館不僅可以借書，還能借CD和DVD。

◆ 新宿は週末だけでなく、平日も人が多い。

新宿不僅週末人山人海，在平日時段同樣人潮絡繹不絕。

Track N2-046

比較　ばかりか〔不僅…而且…〕「だけでなく」表附加，表示前項後項兩者都是，不僅有前項的情況，同時還添加、累加後項的情況；「ばかりか」也表附加，表示除前項的情況之外，還有後項程度更甚的情況。

006　のみならず

➜ {名詞；形容動詞詞幹である；[形容詞・動詞] 普通形} ＋のみならず

類義表現　にとどまらず　不僅…而且…

意思

① 【附加】表示添加，用在不僅限於前接詞的範圍，還有後項更進一層、範圍更為擴大的情況。中文意思是：「不僅…，也…、不僅…，而且…、非但…，尚且…」。如例：

◆ 漫画は子どものみならず、大人にも読まれている。

漫畫不但兒童可看，也很適合成人閱讀。

◆ 都心のみならず、地方でも少子高齢化が問題になっている。

不光是都市精華地段，包括村鎮地區同樣面臨了少子化與高齡化的考驗。

◆ カラオケという言葉は日本のみならず海外でも使われている。

「卡拉OK」這個名詞不僅限於日本，在海外也同樣被廣為使用。

比較　にとどまらず〔不僅…而且…〕「のみならず」表附加，帶有「範圍擴大到…」的語意；「にとどまらず」表非限定，前面常接區域或時間名詞，表示「不僅限於前項的狹窄範圍，已經涉及到後項這一廣大範圍」的意思。但使用的範圍沒有「のみならず」那麼廣大。

㉖〔のみならず～も〕後項常用「も、まで、さえ」等詞語。

　◆ ボーナスのみならず、給料さえもカットされるそうだ。

　　據説不光是獎金縮水，甚至還要減俸。

007　きり

➡ {動詞た形}＋きり

類義表現	しか 只有…

意思	

① 【無變化】後面常接否定的形式，表示前項的動作完成之後，應該進展的事，就再也沒有下文了。含有出乎意料地，那之後再沒有進展的意外的語感。中文意思是：「…之後，再也沒有…、…之後就…」。如例：

　◆ 彼とは去年会ったきり、連絡もない。

　　我和他自從去年見過面之後就沒聯絡了。

　◆ 息子は自分の部屋に入ったきり、出てこない。

　　兒子進了自己的房間之後就沒出來了。

　◆ 寝たきりのお年寄りが多くなってきた。

　　據説臥病在床的銀髮族有增多的趨勢。

　◆ 隣のお宅の息子さんは、10年前に家を出たきりだ。

　　隔壁鄰居的公子自從10年前離家以後，再也不曾回來了。

比較	しか〔只有…〕「きり」表示無變化，後接否定表示發生前項的狀態後，再也沒有發生後項的狀態。另外。還有限定的意思，也可以後接否定；「しか」只有表示限定、限制，後面雖然也接否定的表達方式，但有消極的語感。

008 ないかぎり

➡ {動詞否定形}＋ないかぎり

類義表現	ないうちに 趁沒…

意思	

① 【無變化】表示只要某狀態不發生變化，結果就不會有變化。含有如果狀態發生變化了，結果也會有變化的可能性。中文意思是：「除非…，否則就…、只要不…，就…」。如例：

◆ ビザが下りない限り、日本では生活できない。
在尚未取得簽證之前，無法在日本居住。

◆ 主人が謝ってこない限り、私からは何も話さない。
除非丈夫向我道歉，否則我沒什麼話要對他說的！

◆ 手術をしない限り、その病気は治らない。
除非動手術，否則那種病無法痊癒。

◆ この会社を辞めない限り、私は自分の能力を生かせないと思う。
只要不離開這家公司，恐怕就沒有機會發揮自己的才華。

比較	ないうちに〔趁沒…〕「ないかぎり」表無變化，表示只要某狀態不發生變化，結果就不會有變化；而「ないうちに」表期間，表示在前面的狀態還沒有產生變化，做後面的動作。

009 つつある

➡ {動詞ます形}＋つつある

類義表現	ようとしている 即將要…

[意思]

①【狀態變化】接繼續動詞後面，表示某一動作或作用正向著某一方向持續發展，為書面用語。相較於「ている」表示某動作做到一半，「つつある」則表示正處於某種變化中，因此，前面不可接「食べる、書く、生きる」等動詞。中文意思是：「正在…」。如例：

◆ 太陽(たいよう)が沈(しず)みつつある。

太陽漸漸西沉。

◆ 日本(にほん)の子(こ)どもは減(へ)りつつある。

日本正面臨少子化的問題。

◆ インフルエンザは全国(ぜんこく)で流行(りゅうこう)しつつある。

全國各地正在發生流行性感冒的大規模傳染。

[比較]

ようとしている〔**即將要…**〕「つつある」表狀態變化，強調某件事情或某個狀態正朝著一定的方向，一點一點在變化中，也就是變化在進行中；「ようとしている」表狀態進行，表示某狀態、狀況就要開始或是結束。

[補]〖ようやく～つつある〗常與副詞「ようやく、どんどん、だんだん、しだいに、少しずつ」一起使用。如例：

◆ 日本(にほん)に来(き)て3か月(げつ)。日本(にほん)での生活(せいかつ)にもようやく慣(な)れつつある。

來到日本3個月了，一切逐漸適應當中。

練習　文法知多少？

▼ 答案詳見右下角

☞　請完成以下題目，從選項中，選出正確答案，並完成句子。

1　親_{おや}に報告_{ほうこく}する（　　）、二人_{ふたり}は結婚届_{けっこんとどけ}を出_だしてしまった。

　　1．ことなく　　　　　　　　　2．抜_ぬきで

2　細_{こま}かい問題_{もんだい}（　　）、双方_{そうほう}は概_{おおむ}ね合意_{ごうい}に達_{たっ}しました。

　　1．はもとより　　　　　　　　2．を抜_ぬきにして

3　おすしは、わさび（　　）お願_{ねが}いします。

　　1．抜_ぬきで　　　　　　　　　2．に先立_{さきだ}ち

4　あのバンドはアジア（　　）ヨーロッパでも人気_{にんき}があります。

　　1．のみならず　　　　　　　　2．にかかわらず

5　彼女_{かのじょ}とは一度会_{いちどあ}った（　　）、その後会_{ごあ}っていない。

　　1．きり　　　　　　　　　　　2．まま

6　地球_{ちきゅう}は次第_{しだい}に温暖化_{おんだんか}し（　　）。

　　1．ようとしている　　　　　　2．つつある

447

程度、強調、同様

程度、強調、相同

001 だけましだ

> **{形容動詞詞幹な；[形容詞・動詞] 普通形}＋だけましだ**

| 類義表現 | だけで 光…就… |

| 意思 |

① 【程度】表示情況雖然不是很理想，或是遇上了不好的事情，但也沒有差到什麼地步，或是有「不幸中的大幸」。有安慰人的感覺。中文意思是：「幸好、還好、好在…」。如例：

◆ 仕事は大変だけど、この不景気にボーナスが出るだけましだよ。

工作雖然辛苦，幸好公司在這景氣蕭條的時代還願意提供員工獎金。

◆ 今日は寒いけれど、雪が降らないだけましです。

今天雖然很冷，但幸好沒有下雪。

◆ この会社、時給は安いけれど、交通費が出るだけましだ。

這家公司儘管時薪不高，所幸還願意給付交通費。

◆ 私の家は家賃も高くて狭いけれど、駅から近いだけましだ。

我家房租昂貴、空間又小，唯一的好處是車站近在咫尺。

| 比較 | だけで〔光…就…〕「だけましだ」表程度，表示儘管情況不是很理想，但沒有更差，還好只到此為止；「だけで」表限定，限定只需這種數量、場所、人物或手段就可以把事情辦好。

⊕ 〔まし→還算好〕「まし」有雖然談不上是好的，但比糟糕透頂的那個比起來，算是好的之意。

002 ほど（だ）、ほどの

ぐらいだ 簡直…

意思

① 【程度】{名詞；形容動詞詞幹な；[形容詞・動詞] 辭書形}＋ほど（だ）。表示對事態舉出具體的狀況或事例。為了説明前項達到什麼程度，在後項舉出具體的事例來，也就是具體的表達狀態或動作的程度有多高的意思。中文意思是：「幾乎…、簡直…、達到…程度」。如例：

◆ もう二度と会社に行きたくないと思うほど、大きい失敗をしたことがある。

我曾在工作上闖了大禍，幾乎沒有臉再去公司了。

◆ 朝の電車は息ができないほど混んでいる。

晨間時段的電車擠得讓人幾乎無法呼吸。

比較　ぐらいだ〔簡直…〕「ほどだ」表程度，表示最高程度；「ぐらいだ」也表程度，但表示最低程度。

⑧〔ほどの＋N〕後接名詞，用「ほどの＋名詞」。如例：

◆ 彼は君が尊敬するほどの人ではない。

他不值得你的尊敬。

◆ 持ちきれないほどのお土産を買って帰ってきた。

買了好多伴手禮回來，兩手都快提不動了。

003 ほど〜はない

くらい〜はない 最為…

① **【程度】**{動詞辭書形}＋ほどのことではない。表示程度很輕，沒什麼大不了的「用不著⋯」之意。中文意思是：「用不著⋯」。如例：

◆ 忘年会をいつにするかなんて、会議で話し合うほどのことではない。

尾牙應該在什麼時候舉行，這種小問題用不著開會討論。

◆ こんな風邪、薬を飲むほどのことではないよ。

區區小感冒，不需要吃藥嘛。

比較　**くらい～はない**〔**最為⋯**〕「ほど～はない」表程度，表示程度輕，沒什麼大不了；「くらい～はない」表程度，表示的事物是最高程度的。

② **【比較】**{名詞；形容動詞詞幹な；[形容詞・動詞] 辭書形}＋ほど～はない。表示在同類事物中是最高的，除了這個之外，沒有可以相比的，強調說話人主觀地進行評價的情況。中文意思是：「沒有比⋯更⋯」。如例：

◆ 今月ほど忙しかった月はない。

一年之中沒有比這個月更忙的月份了。

◆ 富士山ほど美しい山はないと思う。

我覺得再沒有比富士山更壯麗的山岳了。

004　どころか

➡ **{名詞；形容動詞詞幹な；[形容詞・動詞] 普通形}＋どころか**

類義表現　ばかりでなく 不僅⋯而且⋯

意思

① **【程度的比較】**表示從根本上推翻前項，並且在後項提出跟前項程度相差很遠，表示程度不止是這樣，而是程度更深的後項。中文意思是：「哪裡還⋯、非但⋯、簡直⋯」。如例：

◆ 学費どころか、毎月の家賃も苦労して払っている。

別說學費了，就連每個月的房租都得費盡辛苦才能付得出來。

◆ 漫画は、子どもどころか大人にも読まれている。

漫畫並不僅僅是兒童讀物，連大人也同樣樂在其中。

| 比較 |

ばかりでなく〔不僅…而且…〕「どころか」表程度的比較，表示「並不是如此，而是…」後項是跟預料相反的、令人驚訝的內容；「ばかりでなく」表非限定，表示「本來光前項就夠了，可是還有後項」，含有前項跟後項都是事實的意思，強調後項的意思。好壞事都可以用。

② 【反預料】表示事實結果與預想內容相反，強調這種反差。中文意思是：「哪裡是…相反…」。如例：

◆ 雪は止むどころか、ますます降り積もる一方だ。

雪非但沒歇，還愈積愈深了。

◆ 進級はしたが、頑張って学校にいくどころか、まだ１日も行っていない。

雖然升上一個年級，但別說努力讀書了，根本連一天都沒去上學！

005　て（で）かなわない

➡ {形容詞く形}＋てかなわない；{形容動詞詞幹}＋でかなわない

| 類義表現 |

てたまらない …可受不了…

| 意思 |

① 【強調】表示情況令人感到困擾或無法忍受。敬體用「てかなわないです」、「てかないません」。中文意思是：「…得受不了、…死了」。如例：

◆ 今年の夏は暑くてかなわないので、外に出たくない。

今年夏天簡直熱死人了，根本不想踏出家門一步。

◆ 田舎の生活は、退屈でかなわない。

住在鄉村的日子實在無聊得要命。

◆ 蚊に刺されて、痒くてかなわない。

被蚊子咬出腫包，快癢死我啦！

◆ あの人はいつもうるさくてかなわない。

那個人總是嘮嘮叨叨的，真讓人受不了！

比較 　　**てたまらない**〔…可受不了…〕「て（で）かなわない」表強調，
表示情況令人感到困擾、負擔過大，而無法忍受；「てたまらない」表感情，前接表示感覺、感情的詞，表示説話人的感情、感覺十分強烈，難以抑制。

補 〖**かなう的否定形**〗「かなわない」是「かなう」的否定形，意思相當於「がまんできない」和「やりきれない」。

006　てこそ

➡ **{動詞て形}＋こそ**

類義表現 　　**ばこそ** 正因為…才…

意思

① 【強調】由接續助詞「て」後接提示強調助詞「こそ」表示由於實現了前項，從而得出後項好的結果。「てこそ」後項一般接表示褒意或可能的內容。是強調正是這個理由的説法。後項是説話人的判斷。中文意思是：「只有…才（能）、正因為…才…」。如例：

◆ 留学できたのは、両親の協力があってこそです。

多虧爸媽出資贊助，我才得以出國讀書。

◆ この問題はみんなで話し合ってこそ意味がある。

這項議題必須眾人一同談出結論才有意義。

◆ 日々努力をしてこそ、将来の成功がある。

唯有日復一日努力，方能於未來獲致成功。

◆ 自分で働いてこそ、お金のありがたみがわかる。

只有親自工作掙錢，才能體會到金錢的得來不易。

比較 　　**ばこそ**〔正因為…才…〕「てこそ」表強調，表示由於實現了前項，才得到後項的好結果；「ばこそ」表原因，強調正因為是前項，而不是別的原因，才有後項的事態。説話人態度積極，一般用在正面評價上。

007 て(で)しかたがない、て(で)しょうがない、て(で)しようがない

Track N2-056

➡ {形容動詞詞幹;形容詞て形;動詞て形}+て(で)しかたがない、て(で)しょうがない、て(で)しようがない

類義表現 てたまらない 非常…

意思

① 【強調心情】表示心情或身體，處於難以抑制，不能忍受的狀態，為口語表現。其中「て(で)しょうがない」使用頻率最高。中文意思是：「…得不得了」。形容詞、動詞用「て」接續，形容動詞用「で」接續。如例：

◆ 一人暮らしは、寂しくてしょうがない。
獨自一人的生活分外空虛寂寞。

◆ 今日は社長から呼ばれている。なんの話か気になってしようがない。
今天被總經理約談，很想快點知道找我過去到底要談什麼事。

比較 てたまらない〔非常…〕「てしょうがない」表強調心情，表示身體的某種感覺非常強烈，或是情緒到了一種無法抑制的地步，為一種持續性的感覺；「てたまらない」表感情，表示某種身體感覺或情緒十分強烈，特別是用在生理方面，強調當下的感覺。

[補]〔發音差異〕請注意「て(で)しようがない」與「て(で)しょうがない」意思相同，發音不同。如例：

◆ 2年ぶりに帰国するので、嬉しくてしようがない。
睽違兩年即將回到家鄉，令我無比雀躍。

◆ 最近忙しくてあまり寝ていないので、眠くてしょうがない。
最近忙得幾乎沒時間闔眼休息，實在睏得要命。

008 てまで、までして

類義表現 ▷ さえ 甚至連…

意思

① **【強調輕重】**{動詞て形}＋まで、までして。前接動詞時，用「てまで」，表示為達到某種目的，而以極大的犧牲為代價。中文意思是：「到…的地步、甚至…、不惜…」。如例：

◆ あのラーメン屋はとても人気があって、客は長い時間並んでまで食べたがる。

　那家拉麵店名氣很大，顧客不惜大排長龍也非吃到不可。

◆ 自然を壊してまで、便利な世の中が必要なのか。

　人類真的有必要為了增進生活的便利而破壞大自然嗎？

◆ 会社のお金を使ってまで、恋人にプレゼントしていたのか。

　你居然為了送情人禮物而大膽盜用公司的錢？

比較　　**さえ**〔甚至連…〕「てまで」表強調輕重，前接一個極端事例，表示為達目的，付出極大的代價，後項對前項陳述，帶有否定的看法跟疑問；「さえ」也表強調輕重，舉出一個程度低的極端事列，表示連這個都這樣了，別的事物就更不用提了。後項多為否定的內容。

㊤ 〔**指責**〕{名詞}＋までして。表示為了達到某種目的，採取令人震驚的極端行為，或是做出相當大的犧牲。中文意思是：「不惜…來」。如例：

◆ 借金までして、自分の欲しい物を買おうとは思わない。

　我不願意為了買想要的東西而去借錢。

009 もどうぜん（だ）

➡ {名詞；動詞普通形} ＋も同然（だ）

| 類義表現 | はもちろん（のこと）…是當然的 |

意思

① 【相同】表示前項和後項是一樣的，有時帶有嘲諷或是不滿的語感。中文意思是：「…沒兩樣、就像是…」。如例：

◆ 生まれた時から一緒に暮らしている姪は私の娘も同然だ。

　姪女從出生後一直和我住在一起，幾乎就和親女兒沒兩樣。

◆ 母からもらった大事な服を、夫はただも同然の値段で売ってしまった。

　丈夫居然把家母給我的珍貴衣服賤價賣掉了！

◆ 今夜、薬を飲めば治ったも同然です。

　今晚只要吃了藥，就會恢復了。

◆ 勝手に人のものを使うなんて、泥棒も同然だ。

　擅自使用他人的物品，這種行為無異於竊盜！

比較

はもちろん（のこと）〔…是當然的〕「もどうぜんだ」表相同，表示前項跟後項是一樣的；「はもちろん」表附加，前項舉出一個比較具代表性的事物，後項再舉出同一類的其他事物。後項是強調不僅如此的新信息。

練習　文法知多少？

▼ 答案詳見右下角

☞ 請完成以下題目，從選項中，選出正確答案，並完成句子。

1 今日は大雨だけれど、台風が来ない（　　）。

　　1. だけましだ　　　　　2. ばかりだ

2 実力がない人（　　）、自慢したがるものだ。

　　1. ほど　　　　　　　　2. に従って

3 給食はうまい（　　）、まるで豚の餌だ。

　　1. ことから　　　　　　2. どころか

4 お互いに助け合っ（　　）、本当の夫婦と言える。

　　1. てこそ　　　　　　　2. てまで

5 お腹が空いて（　　）。

　　1. もかまわず　　　　　2. しょうがない

6 不正をし（　　）、勝ちたいとは思わない。

　　1. ないかぎり　　　　　2. てまで

観点、前提、根拠、基準 Lesson 07

觀點、前提、根據、基準

Track N2-059

001　じょう（は／では／の／も）

➡ {名詞} ＋上（は／では／の／も）

| 類義表現 | うえで 在…基礎上 |

| 意思 |

①【觀點】表示就此觀點而言，就某範圍來説。「じょう」前面直接接名詞，如「立場上、仕事上、ルール上、教育上、歴史上、法律上、健康上」等。中文意思是：「從…來看、出於…、鑑於…上」。如例：

◆ 彼らは法律上では、まだ夫婦だ。

　就法律觀點而言，他們仍屬於夫妻關係。

◆ この機械は、理論上は問題なく動くはずだが、使いにくい。

　理論上這部機器沒有任何問題，應該可以正常運作，然而使用起來卻很不順手。

◆ この文は、文法上は正しいですが、少し不自然です。

　這個句子雖然文法正確，但是敘述方式不太自然。

◆ 信号無視は法律上では２万円の罰金だが、守らない人も多い。

　根據法律規定，闖紅燈將處以２萬圓罰鍰，卻仍有很多人不遵守這項交通規則。

| 比較 | うえで〔在…基礎上〕「じょう」表觀點，前接名詞，表示就某範圍來説；「うえで」表前提，表示「首先，做好某事之後，再…」、「在做好…的基礎上」之意。 |

457

Track N2-060

002 にしたら、にすれば、にしてみたら、にしてみれば

➡{名詞}＋にしたら、にすれば、にしてみたら、にしてみれば

[類義表現] にとって（は／も）對於…來説

[意思]

① 【觀點】前面接人物，表示站在這個人物的立場來對後面的事物提出觀點、評判、感受。中文意思是：「對…來説、對…而言」。如例：

◆ お酒を飲まない人にすれば、忘年会は楽しみではない。

對不喝酒的人來説，參加日本的尾牙是樁苦差事。

◆ 娘の結婚は嬉しいことだが、父親にしてみれば複雑な気持ちだ。

身為一位父親，看著女兒即將步入禮堂，可謂喜憂參半。

[比較] にとって（は／も）〔對於…來說〕「にしたら」表觀點，表示從説話人的角度，或站在別人的立場，對某件事情提出觀點、評判、推測；「にとって」表立場，表示從説話人的角度，或站在別人的立場或觀點上考慮的話，會有什麼樣的感受之意。

[補] 〘人＋にしたら＋推量詞〙前項一般接表示人的名詞，後項常接「可能、大概」等推量詞。如例：

◆ 経理の和田さんにしたら、できるだけ経費をおさえたいだろう。

就會計的和田先生而言，當然希望盡量減少支出。

◆ 若い世代にしたら、高齢者の寂しさは想像もできないだろう。

從年輕世代的角度看來，恐怕很難想像年長者的寂寞吧。

Track N2-061

003　うえで（の）

のすえに 最後…

意思

① 【前提】{名詞の；動詞た形}＋上で（の）。表示兩動作間時間上的先後關係。先進行前一動作，後面再根據前面的結果，採取下一個動作。中文意思是：「在…之後、…以後…、之後（再）…」。如例：

◆ 家族と相談した上で、お返事します。
我和家人商量之後再答覆您。

◆ この薬は説明書をよく読んだ上で、お飲みください。
這種藥請先詳閱藥品仿單之後，再服用。

比較

のすえに〔**最後…**〕「うえで」表前提，表示先確實做好前項，以此為條件，才能再進行後項的動作；「のすえに」表結果，強調「花了很長的時間，有了最後的結果」，暗示在過程中「遇到了各種困難，各種錯誤的嘗試」等。

② 【目的】{名詞の；動詞辭書形}＋上で（の）。表示做某事是為了達到某種目的，用在敘述這一過程中會出現的問題或注意點。中文意思是：「在…時、情況下、方面」。如例：

◆ 日本語能力試験は就職する上で必要な資格だ。
日語能力測驗的成績是求職時的必備條件。

◆ オリンピックを成功させる上で、国民の協力が必要です。
唯有全體國民通力合作的情況下，方能成功舉辦奧運盛會。

Track N2-062

004　のもとで、のもとに

➡ {名詞}＋のもとで、のもとに

[類義表現] **をもとに** 以…為依據

[意思]

①【前提】表示在受到某影響的範圍內，而有後項的情況。中文意思是：「在…之下」。如例：

◆ 青空のもとで、子ども達が元気に走りまわっています。
在藍天之下，一群活潑的孩子正在恣意奔跑。

◆ 東京を離れて、大自然のもとで子どもを育てたい。
我們希望遠離東京的塵囂，讓孩子在大自然的懷抱中成長。

[比較] **をもとに**〔以…為依據〕「のもとで」表前提，表示在受到某影響的範圍內，而有後項的情況；「をもとに」表根據，表示以前項為參考來做後項的動作。

②【基準】表示在某人事物的影響範圍下，或在某條件的制約下做某事。中文意思是：「在…之下」。如例：

◆ 恩師のもとで研究者として仕事をしたい。
我希望繼續在恩師的門下從事研究工作。

[補]〘星の下に(で)生まれる〙「星の下に(で)生まれる」是「命該如此」、「命中註定」的意思。如例：

◆ お金もあってハンサムで頭もいい永瀬君は、きっといい星の下で生まれたんだね。
聰明英俊又多金的永瀬同學，想必是含著金湯匙出生的吧！

Track N2-063

005　からして

➡{名詞}＋からして

[類義表現] **からといって** 雖說是因為…

意思

① 【根據】表示判斷的依據。舉出一個最微小的、最基本的、最不可能的例子，接下來對其進行整體的評判。後面多是消極、不利的評價。中文意思是：「從…來看…、單從…來看」。如例：

◆ 面接の話し方からして、鈴木さんは気が弱そうだ。
單從面試時的談吐表現來看，鈴木小姐似乎有些內向。

◆ このスープは色からして、とても辛そうだ。
這道湯從顏色上看起來好像非常辣。

◆ この店は遅刻をする人が多いね。店長からして毎日遅刻だ。
這家店遅到的店員真多呀！不說別的，連店長本身都天天遅到。

◆ このホテルは玄関からして汚いので、きっとサービスも悪いだろう。
這家旅館單看玄關就很髒，想必服務也很差吧。

比較

からといって〔雖說是因為…〕「からして」表根據，表示從前項來推測出後項；「からといって」表原因，表示「即使有某理由或情況，也無法做出正確判斷」的意思。對於「因為前項所以後項」的簡單推論或行為持否定的意見，用在對對方的批評或意見上。後項多為否定的表現。

Track N2-064

006　からすれば、からすると

➜ {[名詞・形容動詞詞幹]だ；[形容詞・動詞]普通形} ＋
からすれば、からすると

類義表現

によれば 根據…

意思

① 【根據】表示判斷的基礎、根據。中文意思是：「根據…來考慮」。如例：

◆ 症状からすると、手術が必要かもしれません。
從症狀判斷，或許必須開刀治療。

◆ あの車は形からすると、30年前の車だろう。

那輛車從外型看來，應該是30年前的車款吧。

比較 | **によれば**〔根據…〕「からすれば」表根據，表示判斷的依據，後項的判斷是根據前項的材料；「によれば」表信息來源，用在傳聞的句子中，表示消息、信息的來源，或推測的依據。有時可以與「によると」互換。

② 【立場】表示判斷的立場、觀點。中文意思是：「從…立場來看、就…而言」。如例：

◆ 私からすれば、日本語の発音は決して難しくない。

對我而言，日語發音並不算難。

◆ 今の実力からすれば、きっと勝てるでしょう。

就目前的實力而言，一定可以取得勝利！

③ 【基準】表示比較的基準。中文意思是：「按…標準來看」。如例：

◆ 江戸時代の絵からすると、この絵はかなり高価だ。

按江戶時代畫的標準來看，這幅畫是相當昂貴的。

Track N2-065

007　からみると、からみれば、からみて（も）

⮕ {名詞}＋から見ると、から見れば、から見て（も）

類義表現 | によると 根據…

意思

① 【根據】表示判斷的依據、基礎。中文意思是：「根據…來看…的話」。如例：

◆ 今日の夜空から見ると、明日も天気がいいだろうな。

從今晚的天空看來，明日應該是好天氣。

◆ 部屋の状態から見ると、犯人は窓から入ったのだろう。

從房間的狀態判斷，犯人應該是從窗戶入侵的。

② 【立場】表示判斷的立場、角度，也就是「從某一立場來判斷的話」之意。中文意思是：「從…來看、從…來説」。如例：

◆ 外国人から見ると日本の習慣の中にはおかしいものもある。
在外國人的眼裡，日本的某些風俗習慣很奇特。

◆ 子どものころから見ると、世の中便利になったものだ。
和我小時候比較，生活變得相當便利了。

| 比較 |

によると〔根據…〕「からみると」表立場，表示從前項客觀的材料（某一立場、觀點），來進行後項的判斷，而且一般這一判斷的根據是親眼看到，可以確認的。可以接在表示人物的名詞後面；「によると」表信息來源，表示前項是後項的消息、根據的來源。句末大多跟表示傳聞「そうだ／とのことだ」的表達形式相呼應。

Track N2-066

008 ことだから

➡ {名詞の} ＋ ことだから

| 類義表現 |

ものだから 因為…

| 意思 |

① 【根據】表示自己判斷的依據。主要接表示人物的詞後面，前項是根據説話雙方都熟知的人物的性格、行為習慣等，做出後項相應的判斷。中文意思是：「因為是…，所以…」。如例：

◆ あの人のことだから、今もきっと元気に暮らしているでしょう。
憑他的本事，想必現在一定過得很好吧！

◆ 日本語の上手な彼のことだから、どこでもたくさんの友達ができるはずだ。
憑他一口流利的日語，不管到哪裡應該都能交到很多朋友。

② 【理由】表示理由，由於前項狀況、事態，後項也做與其對應的行為。中文意思是：「由於」。如例：

◆ 今年は景気が悪かったことだから、給料は上がらないことになった。

今年因為景氣很差，所以公司決定不加薪了。

◆ 取引が始まったことだから、ミスをしないように全員が注意すること。

由於交易時間已經開始了，提醒全體職員繃緊神經，千萬不得發生任何失誤！

| 比較 |

ものだから〔因為…〕「ことだから」表理由，表示根據前項的情況，從而做出後項相應的動作；「ものだから」表理由，是把前項當理由，說明自己為什麼做了後項，常用在個人的辯解、解釋，把自己的行為正當化上。後句不用命令、意志等表達方式。

009　のうえでは

➡ {名詞} ＋の上では

| 類義表現 |

うえで 在…之後…

| 意思 |

① 【根據】表示「在某方面上是…」。中文意思是：「…上」。如例：

◆ データの上では会社の業績が伸びているけど、実感はない。

雖然從報表上可以看出業績持續成長，但實際狀況卻讓人無感。

◆ 暦の上では春なのに、外は雪が降っている。

從節氣而言已經入春了，然而窗外卻仍在下著雪。

◆ 会社には行っていないが、契約の上では社員のままだ。

雖然沒去公司上班，但在合約上仍然屬在職員之列。

◆ 計算の上では黒字なのに、なぜか現実は毎月赤字だ。

就帳目而言應有結餘，奇怪的是實際上每個月都是入不敷出。

比較 ▭　うえで〔在…之後…〕「のうえでは」表根據，前面接數據，契約等相關詞語，表示「根據這一信息來看」的意思；「うえで」表前提，表示「首先，做好某事之後，再…」，表達在前項成立的基礎上，才會有後項，也就是「前項→後項」兩動作時間上的先後順序。

010　をもとに（して／した）

➡ {名詞}＋をもとに（して／した）

類義表現 ▭　にもとづいて 基於…

意思 ▭

① 【依據】表示將某事物作為後項的依據、材料或基礎等，後項的行為、動作是根據或參考前項來進行的。中文意思是：「以…為根據、以…為參考、在…基礎上」。如例：

◆ 今までの経験をもとに、スピーチをしてください。
　請在這場演說中讓我們借鏡您的人生經驗。

◆ テストの結果をもとに、来月のクラスを決めます。
　將以測驗的結果做為下個月的分班依據。

◆ この映画は小説をもとにして作品化された。
　這部電影是根據小說改編而成的作品。

比較 ▭　にもとづいて〔基於…〕「をもとにして」表依據，表示以前項為依據，離開前項來自行發展後項的動作；「にもとづいて」表基準，表示基於前項，在不離前項的原則下，進行後項的動作。

補 〖をもとにした＋N〗用「をもとにした」來後接名詞，或作述語來使用。如例：

◆ お客様のアンケートをもとにしたメニューを作りましょう。
　我們參考顧客的問卷填答內容來設計菜單吧！

011 をたよりに、をたよりとして、 をたよりにして

➡ {名詞} ＋を頼りに、を頼りとして、を頼りにして

| 類義表現 | によって 由於…

| 意思 |

① 【依據】表示藉由某人事物的幫助，或是以某事物為依據，進行後面的動作。
中文意思是：「靠著…、憑藉…」。如例：

◆ 海外旅行ではガイドブックを頼りに、観光地をまわった。
出國旅行時靠著觀光指南遍覽了各地名勝。

◆ 田中君のこと、社長はとても頼りにしているらしいよ。
總經理似乎非常倚重田中喔！

◆ 昔の人は月の明かりを頼りに勉強していた。
古人憑藉月光展冊苦讀。

◆ 目が見えない彼女は、頭のいい犬を頼りにして生活している。
眼睛看不見的她仰賴一隻聰明的導盲犬過生活。

| 比較 | によって〔由於…〕「をたよりに」表依據，表藉由某人事物的幫助，或是以某事物為依據，進行後面的動作；「によって」表依據，表示所依據的方法、方式、手段。

012 にそって、にそい、にそう、にそった

➡ {名詞} ＋に沿って、に沿い、に沿う、に沿った

| 類義表現 | をめぐって 圍繞著…

| 意思 |

① 【基準】表示按照某程序、方針，也就是前項提出一個基準性的想法或計畫，

表示為了不違背、為了符合的意思。中文意思是：「按照…」。如例：

◆ 園児の発表会はプログラムに沿い、順番に進められた。

幼兒園生的成果發表會按照節目表順序進行了。

◆ 私の希望に沿ったバイト先がなかなか見つからない。

遲遲沒能找到與我的條件吻合的兼職工作。

比較

をめぐって〔圍繞著…〕「にそって」表基準，多接在表期待、希望、方針、使用説明等語詞後面，表示按此行動；「をめぐって」表對象，多接在規定、條件、問題、焦點等詞後面，表示圍繞前項發生了各種討論、爭議、對立等。後項大多用意見對立、各種議論、爭議等動詞。

② 【順著】接在河川或道路等長長延續的東西後，表示沿著河流、街道。中文意思是：「沿著…、順著…」。如例：

◆ 道に沿って、桜並木が続いている。

櫻樹夾道，綿延不絕。

◆ 川岸に沿って、ファミリーマラソン大会が行われた。

舉辦了沿著河岸步道賽跑的家庭馬拉松大賽。

013　にしたがって、にしたがい

➡ {名詞；動詞辞書形} ＋にしたがって、にしたがい

類義表現

ほど 越是…就…

意思

① 【基準】前面接表示人、規則、指示、根據、基準等的名詞，表示按照、依照的意思。後項一般是陳述對方的指示、忠告或自己的意志。中文意思是：「依照…、按照…、隨著…」。如例：

◆ 上司の指示にしたがい、計画書を変更してください。

請遵照主管的指示更改計畫書。

② 【跟隨】表示跟前項的變化相呼應，而發生後項。中文意思是：「隨著…，逐漸…」。如例：

◆ 子どもが成長するにしたがって、食費が増えた。

随著孩子的成長，伙食費也跟著增加了。

◆ 時間がたつにしたがって、別れた恋人を思い出さなくなってきた。

時間一久，也漸漸淡忘了分手的情人。

◆ 日本の生活に慣れるにしたがって、日本の習慣がわかるようになった。

在逐漸適應日本的生活後，也愈來愈了解日本的風俗習慣了。

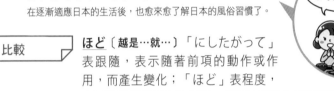

比較	ほど〔越是…就…〕「にしたがって」表跟隨，表示隨著前項的動作或作用，而產生變化；「ほど」表程度，表示隨著前項程度的提高，後項的程度也跟著提高。是「ば～ほど」的省略「ば」的形式。

文法小秘方

副詞

項目	說明	例句
副詞的用法	修飾動詞、形容詞或其他副詞，以增強語意或說明動作狀態。	1. 樣態副詞，描述動作或狀態的方式→彼はゆっくり歩いた。 2. 程度副詞，表示動作或狀態的程度→彼女はとても美しい。 3. 陳述副詞，表示說話者的態度或陳述方式→たぶん雨が降るでしょう。
其他詞類的副詞性用法	名詞、形容詞、動詞、數詞等詞類有時可作副詞使用。	1. 形容詞：形容詞用作副詞→速く走る。 2. 形容動詞：形容動詞用作副詞→静かに過ごす。 3. 動詞：動詞用作副詞→笑って答える。 4. 名詞：名詞用作副詞→長い間待った。 5. 數詞：數詞用作副詞→一個分ける。

練習　文法知多少？

▼ 答案詳見右下角

☞　請完成以下題目，從選項中，選出正確答案，並完成句子。

1　彼女は、厳しい父母（　　　）育った。

　　1. をもとに　　　　　　　2. のもとで

2　彼は、アクセント（　　　）、東北出身だろう。

　　1. からといって　　　　　2. からして

3　あの人の成績（　　　）、大学合格はとても無理だろう。

　　1. によれば　　　　　　　2. からすれば

4　営業の成績（　　　）、彼はとても優秀なセールスマンだ。

　　1. から見ると　　　　　　2. によると

5　数字（　　　）同じ1敗だが、同じ負けでも内容は大きく異なる。

　　1. の上で　　　　　　　　2. の上では

6　説明書の手順（　　　）、操作する。

　　1. に沿って　　　　　　　2. をめぐって

答案：(1) 2　(2) 2　(3) 2　(4) 1　(5) 2　(6) 1

469

意志、義務、禁止、忠告、強制

意志、義務、禁止、忠告、強制

001　か～まいか

➡ {動詞意向形}＋か＋{動詞辭書形；動詞ます形}＋まいか

類義表現

であろうとなかろうと 不管是不是…

意思

① 【意志】表示説話者在迷惘是否要做某件事情，後面可以接「悩む」、「迷う」等動詞。中文意思是：「要不要…、還是…」。如例：

◆ パーティーに行こうか行くまいか、考えています。
　我還在思考到底要不要出席酒會。

◆ ダイエット中なので、このケーキを食べようか食べまいか悩んでいます。
　由於正在減重期間，所以在煩惱該不該吃下這塊蛋糕。

◆ 話そうか話すまいか迷ったが、結局全部話した。
　原本猶豫著該不該告訴他，結果還是和盤托出了。

◆ N1を受けようか受けまいか、どうしよう。
　我到底應不應該參加N1級的測驗呢？

比較

であろうとなかろうと〔**不管是不是…**〕「か～まいか」表意志，表示説話人很困惑，不知道是否該做某事，或正在思考哪個比較好；「であろうとなかろうと」表示不管前項是這樣，還是不是這樣，後項總之都一樣。

002 まい

➡ {動詞辭書形} ＋まい

| 類義表現 | ものか オ不要… |

| 意思 |

① 【意志】表示説話人不做某事的意志或決心，是一種強烈的否定意志。主語一定是第一人稱。書面語。中文意思是：「不打算…」。如例：

◆ 彼とは二度と会うまいと、心に決めた。

　　我已經下定決心，絕不再和他見面了。

◆ 時間がかかっても通勤できるなら、今すぐに引っ越しをすることはあるまい。

　　如果多花一些時間還是可以通勤，我覺得不必趕著馬上搬家。

| 比較 | ものか〔オ不要…〕「まい」表意志，表示説話人強烈的否定意志；「ものか」表強調否定，表示説話者帶著感情色彩，強烈的否定語氣，為反詰的追問、責問的用法。 |

② 【推測】表示説話人推測、想像。中文意思是：「不會…吧」。如例：

◆ もう4月なので、雪は降るまい。

　　現在都4月了，大概不會再下雪了。

③ 【推測疑問】用「まいか」表示説話人的推測疑問。中文意思是：「不是…嗎」。如例：

◆ 彼女は私との結婚を迷っているのではあるまいか。

　　莫非她還在猶豫該不該和我結婚？

結婚？

003 まま（に）

➡ {動詞辭書形；動詞被動形} ＋まま（に）

なり 任憑…

意思

① 【意志】表示沒有自己的主觀判斷，被動的任憑他人擺佈的樣子。後項大多是消極的內容。一般用「られるまま（に）」的形式。中文意思是：「任人擺佈、唯命是從」。如例：

◆ 先生に言われるままに、進学先を決めた。
按照老師的建議決定了升學的學校。

◆ 彼は社長に命令されるままに、土日も出勤している。
他遵循總經理的命令，週六日照樣上班。

比較 なり〔任憑…〕「まま（に）」表意志，表示處在被動的立場，自己沒有主觀的判斷。後項多是消極的表現方式；「なり」也表意志，表示不違背、順從前項的意思。

② 【隨意】表示順其自然、隨心所欲的樣子。中文意思是：「隨意、隨心所欲」。如例：

◆ 思いつくまま、詩を書いてみた。
嘗試將心頭浮現的意象寫成了一首詩。

◆ 仕事を辞めたら、足の向くまま気の向くままに世界中を旅したい。
等辭去工作之後，我想隨心所欲到世界各地旅行。

004 うではないか、ようではないか

➡ {動詞意向形} ＋うではないか、ようではないか

類義表現 ませんか 讓我們…好嗎

意思

① 【意志】表示在眾人面前，強烈的提出自己的論點或主張，或號召對方跟自己共同做某事，或是一種委婉的命令，常用在演講上。是稍微拘泥於形式的說法，一般為男性使用，通常用在邀請一個人或少數人的時候。中文意思是：「讓…吧、我們（一起）…吧」。如例：

◆ 問題を解決するために、話し合おうではありませんか。
為解決這個問題，我們來談一談吧！

◆ 自分の将来のことを、もう一度考えてみようではないか。
讓我們再一次為自己的未來而思考吧！

[比較] **ませんか**〔**讓我們…好嗎**〕「うではないか」表意志，是以堅定的語氣（讓對方沒有拒絕的餘地），帶頭提議對方跟自己一起做某事的意思；「ませんか」表勸誘，是有禮貌地（為對方設想的），邀請對方跟自己一起做某事。一般用在對個人或少數人的勸誘上。不跟疑問詞「か」一起使用。

[補]〖**口語－うじゃないか等**〗口語常説成「うじゃないか、ようじゃないか」。如例：

◆ 誰もやらないのなら、私がやろうじゃないか。
如果沒有人願意做，那就交給我來吧！

◆ みんなで協力して、お祭りを成功させようじゃないか。
讓我們一起同心協力，順利完成這場祭典活動吧！

Track N2-076

005　ぬく

➔ **{動詞ます形}＋抜く**

[類義表現] **きる** 完全，到最後

[意思]

①【**行為的意圖**】表示把必須做的事，最後徹底做到最後，含有經過痛苦而完成的意思。中文意思是：「…做到底」。如例：

◆ 一度やると決めたからには、何があっても最後までやり抜きます。
既然已經下定決心要做了，途中無論遭遇什麼樣的困難都必須貫徹到底！

◆ 外国人が日本のストレス社会で生き抜くのは、簡単なことではない。
外國人要想完全適應日本這種高壓社會，並不是件容易的事。

◆ 遠泳大会で５キロを泳ぎ抜いた。

在長泳大賽中游完了５公里的賽程。

比較 きる〔完全，到最後〕「ぬく」表行為
意圖，表示跨越重重困難，堅持一件事
到底；「きる」表完了，表示沒有殘留
部分，完全徹底執行某事的樣子。過程中沒有含痛苦跟困難。而
「ぬく」表示即使困難，也要努力從困境走出來的意思。

② 【穿越】表示超過、穿越的意思。中文意思是：「穿越、超越」。如例：

◆ 小さい部屋がたくさんあり、使いにくいので、壁をぶち抜いて大広間に
した。

室內隔成好幾個小房間不方便使用，於是把隔間牆打掉，合併成為一個大客廳。

---

006 うえは

➡ {動詞普通形}＋上は

類義表現 うえに 不僅…，而且…

意思

① 【決心】前接表示某種決心、責任等行為的詞，後續表示必須採取跟前面相對
應的動作。後句是說話人的判斷、決定或勸告。有接續助詞作用。中文意思
是：「既然…、既然…就…」。如例：

◆ リーダーに選ばれた上は、頑張ります。

既然被選拔為隊長，必定全力以赴！

◆ 禁煙する上は、家にある煙草は全部捨てよう。

既然戒菸了，擺在家裡的那些香菸就統統扔了吧！

◆ 約束した上は、その通りにやらなくてはならない。

既然答應了，就得遵照約定去做才行。

◆ 契約書にサインをした上は、規則を守っていただきます。

既然簽了合約，就請依照相關條文執行。

Track N2-078

比較

うえに〔不僅…，而且…〕「うえは」表決心，含有「由於遇到某種立場跟狀況，所以當然要有後項被逼迫或不得已等舉動」之意；「うえに」表附加，表示追加、補充同類的內容，先舉一個事例之後，再進一步舉出另一個事例。

007 ねばならない、ねばならぬ

→ {動詞否定形} ＋ ねばならない、ねばならぬ

類義表現

ざるをえない 不得不…

意思

① 【義務】 表示有責任或義務應該要做某件事情，大多用在隨著社會道德或責任感的場合。中文意思是：「必須…、不能不…」。如例：

◆ 午前中には、出発せねばならない。

非得趕在上午出發來得及。

◆ あなたの態度は誤解をされやすいので、改めねばならないよ。

你的態度容易造成別人誤會，要改過來才行喔！

比較

ざるをえない〔不得不…〕「ねばならない」表義務，表示從社會常識和事情的性質來看，有必要做或有義務要做。是「なければならない」的書面語；「ざるをえない」表強制，表示除此之外沒有其他的選擇，含有説話人不願意的感情。

補 《文言》「ねばならぬ」的語感比起「ねばならない」較為生硬、文言。如例：

◆ 人間は働かねばならぬ。

人活著就得工作。

◆ 借りた金は返さねばならぬと思い、必死で働いた。

想當年我一心急著償還借款，不分日夜拚了命工作。

008 てはならない

→ {動詞て形} ＋はならない

| 類義表現 | ことはない 不必… |

| 意思 |

① 【禁止】為禁止用法。表示有義務或責任，不可以去做某件事情。對象一般非特定的個人，而是作為組織或社會的規則，人們不許或不應該做什麼。敬體用「てはならないです」、「てはなりません」。中文意思是：「不能…、不要…、不許、不應該」。如例：

◆ 今聞いたことを誰にも話してはなりません。

剛剛聽到的事絕不許告訴任何人！

◆ 地震の被害を忘れてはならない。

永遠不能遺忘震災帶給我們的教訓。

◆ 請求書に間違いがあってはならない。

請款單上面的數字絕對不可以寫錯！

◆ 病院内で携帯電話を使ってはならない。

在醫院裡禁止使用行動電話。

SHHH...

| 比較 | **ことはない**〔**不必…**〕「てはならない」表禁止，表示某行為是不被允許的，或是被某規定所禁止的，和「てはいけない」意思一樣；「ことはない」表不必要，表示説話人勸告、建議對方沒有必要做某事，或不必擔心等。 |

009 べきではない

→ {動詞辭書形} ＋べきではない

| 類義表現 | ものではない 不應該… |

① 【忠告】如果動詞是「する」，可以用「すべきではない」或是「するべきではない」。表示忠告，從某種規範（如道德、常識、社會公共理念）來看做或不做某事是人的義務。含有忠告、勸說的意味。中文意思是：「不應該…、不能…」。如例：

◆ お金の貸し借りは絶対にするべきではない。
　絕對不應該與他人有金錢上的借貸。

◆ 子どもに高いおもちゃを買い与えるべきではない。
　不應該買昂貴的玩具給小孩子。

◆ 体調が悪いときはお酒を飲むべきではない。早く寝たほうがいい。
　身體狀況不好時不應該喝酒，最好早點上床睡覺。

◆ 寝ながらテレビを見るべきではないですよ。
　不該邊看電視邊打盹喔。

比較 　**ものではない**〔**不應該…**〕「べきではない」表禁止，表示説話人提出意見跟想法，認為不能做某事。強調説話人個人的意見跟價值觀；「ものではない」表勸告，表示説話人出於社會上道德或常識的一般論，而給予忠告。強調不是説話人個人的看法。

010　ざるをえない

➡ {動詞否定形（去ない）}＋ざるを得ない

類義表現 　ずにはいられない 禁不住…

① 【強制】「ざる」是「ず」的連體形。「得ない」是「得る」的否定形。表示除此之外，沒有其他的選擇。有時也表示迫於某壓力或情況，而違背良心地做某事。中文意思是：「不得不…、只好…、被迫…、不…也不行」。如例：

◆ 約束したからには、守らざるを得ない。
　既然答應了，就不得不遵守約定。

◆ 嫌な仕事でも、生活のために続けざるを得ない。

即使是討厭的工作，為了餬口還是只能硬著頭皮繼續上班。

◆ 消費税が上がったら、うちの商品の値段も上げざるを得ない。

假如消費稅提高，本店的商品價格也得被迫調漲。

[比較] **ずにはいられない**〔**禁不住…**〕「ざるをえない」表強制，表示因某種原因，說話人雖然不想這樣，但無可奈何去做某事，是非自願的行為；「ずにはいられない」也表強制，但表示靠自己的意志是控制不住的，帶有一種情不自禁地做某事之意。

[補]〔**サ變動詞－せざるを得ない**〕前接サ行變格動詞要用「せざるを得ない」。（但也有例外，譬如前接「愛する」，要用「愛さざるを得ない」）。如例：

◆ 家族が病気になったら、帰国せざるを得ない。

萬一家人生病的話，也只好回國了。

Track N2-082

011　ずにはいられない

➡{動詞否定形（去ない）}＋ずにはいられない

[類義表現] **よりほかない** 只有…

[意思]

①**【強制】**身體上無法忍受的事。看到某種情況，心裡有一種「很想～」的情緒，意志力無法壓制。無法控制住自己的心情。如果不做某事，心裡會很不舒服。為書面用語。中文意思是：「不得不…、不由得…、禁不住…」。如例：

◆ あの映画を見たら、誰でも泣かずにはいられません。

看了那部電影，沒有一個觀眾能夠忍住淚水的。

[比較] **よりほかない**〔**只有…**〕「ずにはいられない」表強制，表示自己無法克制，情不自禁地做某事之意；「よりほかない」表讓步，表示問題處於某種狀態，只有一種辦法，沒有其他解決的方法，有雖然要積極地面對這樣的狀態，但情緒是無奈的。

⑪〔反詰語氣去は〕用於反詰語氣（以問句形式表示肯定或否定），不能插入「は」。

如例：

◆ また増税するなんて。政府の方針に疑問を抱かずにいられるか。

　　　居然又要加稅了！政府的施政方針實在不得不令人質疑。

⑪〔自然而然〕表示動作行為者無法控制所呈現自然產生的情感或反應等。如例：

◆ おかしくて、笑わずにはいられない。

　　　真的太滑稽了，讓人不禁捧腹大笑。

◆ 仕事で嫌なことがあると、飲まずにはいられないよ。

　　　每當在工作上遇到煩心的事，不去喝一杯怎能熬得下去呢！

---

012 **て（は）いられない、
てられない、てらんない**

Track N2-083

➡ {動詞て形} ＋（は）いられない、られない、らんない

類義表現	てたまらない …得不得了

意思

① 【強制】表示無法維持某個狀態，或急著想做某事，含有緊迫感跟危機感。意思跟「している場合ではない」一樣。中文意思是：「無法、不能再…、哪還能…」。如例：

◆ 外は立っていられないほどの強風が吹いている。

　　　門外，幾乎無法站直身軀的強風不停呼嘯。

◆ もうすぐ合格発表だ。とても平常心ではいられない。

　　　馬上就要放榜了，真讓人坐立難安。

比較	てたまらない〔…得不得了〕「ていられない」表強制，表迫於某種緊急的情況，致使心情上無法控制，而不能保持原來的某狀態，或急著做某事；「てたまらない」表感情，表示某種感情已經到了無法忍受的地步。這種感情或感覺是當下的。

（補）〖口語－てられない〗「てられない」為口語説法，是由「ていられない」中的「い」脱落而來的。如例：

◆ 暑（あつ）いのでコートなんか着（き）てられない。

氣溫高得根本穿不住外套。

（補）〖口語－てらんない〗「てらんない」則是語氣更隨便的口語説法。如例：

◆ さあ今日（きょう）から仕事（しごと）だ。いつまでも寝（ね）てらんない。

快起來，今天開始上班了，別再睡懶覺啦！

---

013 てばかりはいられない、てばかりもいられない

➔ {動詞て形} ＋ばかりはいられない、ばかりもいられない

| 類義表現 |
とばかりはいえない 不能全説…

| 意思 |

① 【強制】表示不可以過度、持續性地、經常性地做某件事情。表示因對現狀感到不安、不滿、不能大意，而想做改變。中文意思是：「不能一直…、不能老是…」。如例：

◆ 体調（たいちょう）が少（すこ）し悪（わる）くても進学（しんがく）を考（かんが）えると、学校（がっこう）を休（やす）んでばかりはいられない。

雖然身體有點不舒服，可是面臨升學問題，總不能一直請假不上課。

◆ 年齢（ねんれい）を考（かんが）えると、夢（ゆめ）を追（お）ってばかりはいられない。

想到自己現在的年紀，不容許繼續追逐不切實際的夢想了。

◆ 料理（りょうり）は苦手（にがて）だけど、毎日外食（まいにちがいしょく）してばかりもいられない。

儘管廚藝不佳，也不能老是在外面吃飯。

| 比較 |
とばかりはいえない〔**不能全說…**〕「てばかりはいられない」表強制，表示説話人對現狀的不安、不滿，而想要做出改變；「とばかりはいえない」表部分肯定，表示一般都認為是前項，但説話人認為不能完全肯定都是某狀況，也有例外或另一側面的時候。

⑪〔接感情、態度〕常與表示感情或態度的「笑う、泣く、喜ぶ、嘆く、安心する」等詞一起使用。如例：

◆ 主人が亡くなって１か月。今後の生活を考えると泣いてばかりはいられない。

先生過世一個月了。我不能老是以淚洗面，得為往後的日子做打算了。

014　ないではいられない

➡ {動詞否定形} ＋ないではいられない

| 類義表現 | ざるをえない 只得… |

意思

① 【強制】表示意志力無法控制，自然而然地內心衝動想做某事。傾向於口語用法。中文意思是：「不能不…、忍不住要…、不禁要…、不…不行、不由自主地…」。如例：

◆ 階段で、子ども連れの母親の荷物を持ってあげないではいられなかった。

在樓梯上看到牽著孩子又帶著大包小包的媽媽，忍不住上前幫忙提東西。

◆ 母が入院したと聞いて、国に帰らないではいられない。

一聽到家母住院的消息，恨不得馬上飛奔回國！

◆ お酒を１週間やめたが、結局飲まないではいられなくなった。

雖然已經戒酒一個星期了，結果還是禁不住破了戒。

比較　**ざるをえない**〔只得…〕「ないではいられない」表強制，帶有一種忍不住想去做某件事的情緒或衝動；「ざるをえない」也表強制，但表示不得不去做某件事，是深思熟慮後的行為。

⑪〔第三人稱－らしい〕此句型用在說話人表達自己的心情或身體感覺時，如果用在第三人稱，句尾就必須加上「らしい、ようだ、のだ」等詞。如例：

◆ 鈴木さんはあの曲を聞くと、昔の恋人を思い出さないではいられないらしい。

鈴木小姐一聽到那首曲子，不禁就想起前男友。

練習 文法知多少？

▼ 答案詳見右下角

☞ **請完成以下題目，從選項中，選出正確答案，並完成句子。**

1 今年の冬は、あまり雪は降る（　　）。

　　1. まい　　　　　　　　　　　2. ものか

2 せっかくここまで頑張ったのだから、最後まで（　　）。

　　1. やるかのようだ　　　　　　2. やろうではないか

3 大損になってしまった。こうなった（　　）首も覚悟している。

　　1. 上は　　　　　　　　　　　2. 上に

4 天気が悪いので、今日の山登りは中止にせ（　　）。

　　1. ずにはいられない　　　　　2. ざるを得ない

5 こんな嫌なことがあった日は、酒でも飲ま（　　）。

　　1. ずにはいられない　　　　　2. よりほかない

6 骨折したので、病院へ行か（　　）。

　　1. ざるを得なかった　　　　　2. ないではいられなかった

推論、予測、可能、困難

Lesson **09**

推論、預料、可能、困難

001 のももっともだ、のはもっともだ

➡ {形容動詞詞幹な；[形容詞・動詞]普通形}＋
のももっともだ、のはもっともだ

| 類義表現 | べきだ 應該… |

| 意思 |

① 【推論】表示依照前述的事情，可以合理地推論出後面的結果，所以這個結果是令人信服的。中文意思是：「也是應該的、也不是沒有道理的」。如例：

◆ 殺人事件の犯人が市長だったなんて、みんなが驚くのはもっともだ。
凶殺案的真兇居然是市長，這讓大家怎能不瞠目結舌呢？

◆ 日本語を勉強したことがないの。じゃあ、漢字を知らないのももっともだね。
你從沒學過日文嗎？這樣的話，看不懂漢字也是理所當然的了。

◆ この料理が子どもに人気がないのはもっともだよ。辛すぎる。
也難怪小朋友對這道菜興趣缺缺，實在太辣了。

◆ 子どもたちが面白くて親切な佐藤先生を好きになるのは、もっともだと思う。
親切又風趣的佐藤老師會受到學童們的喜歡，是再自然不過的事。

| 比較 | べきだ〔應該…〕「のももっともだ」表推論，表示依照前述的事情，可以合理地推論出令人信服的結果；「べきだ」表勸告，表示說話人向他人勸說，做某事是一種必要的義務。

002 にそういない

➡ {名詞；形容動詞詞幹；[形容詞・動詞]普通形} ＋に相違ない

類義表現 にほかならない 全靠…

意思

① 【推測】表示説話人根據經驗或直覺，做出非常肯定的判斷。跟「だろう」相比，確定的程度更強。跟「に違いない」意思相同，只是「に相違ない」比較書面語。中文意思是：「一定是…、肯定是…」。如例：

◆ 明日も雪が降り続けるに相違ない。
明天肯定會繼續下雪！

◆ 彼の表情からみると、嘘をついているに相違ない。
從他的表情判斷，一定是在説謊！

◆ 言っていることに相違はありませんか。
你敢保證現在説的話絕錯不了嗎？

◆ この映画は、原作に相違ない。
這部電影百分之百忠於原著。

比較 **にほかならない**〔**全靠…**〕「にそういない」表推測，表示説話者自己冷靜、理性的推測，且語氣強烈。是確信度很高的判斷、推測；「にほかならない」表斷言主張，帶有「絕對不是別的，而正是這個」的語氣，強調「除此之外，沒有別的」，多用於對事物的原因、結果的斷定。

003 つつ（も）

➡ {動詞ます形} ＋つつ（も）

類義表現 とともに …的同時…

① 【反預料】表示逆接，用於連接兩個相反的事物，大多用在説話人後悔、告白的場合。中文意思是：「明明…、儘管…、雖然…」。如例：

◆ 悪いと知りつつも、カンニングをしてしまった。

明知道這樣做是不對的，還是忍不住作弊了。

◆ 忙しいと言いつつも、ゲームをしている。

儘管嘴裡説忙得要命，卻還是只顧著打電玩。

② 【同時】表示同一主體，在進行某一動作的同時，也進行另一個動作，這時只用「つつ」，不用「つつも」。中文意思是：「一邊…一邊…」。如例：

◆ 卒業後のことは両親と相談しつつ、決めたいと思う。

關於畢業後的人生規劃，我打算和父母商量後再決定。

◆ 昨晩友人と酒を飲みつつ、夢について語り合った。

昨晚和朋友一面舉杯對酌，一面暢談抱負。

比較　とともに〔…的同時…〕「つつ」表同時，表示兩種動作同時進行，也就是前項的主要動作進行的同時，還進行後項動作。只能接動詞連用形，不能接在名詞和形容詞後面；「とともに」也表同時，但是接在表示動作、變化的動詞原形或名詞後面，表示前項跟後項同時發生。

Track N2-089

004 とおもうと、とおもったら

➡️ {動詞た形} ＋と思うと、と思ったら；{名詞の；動詞普通形；引用文句} ＋
と思うと、と思ったら

類義表現　とおもいきや 本以為…卻

意思

① 【反預料】表示本來預料會有某種情況，下文的結果有兩種：一是較常用於出乎意外地出現了相反的結果。中文意思是：「原以為…，誰知是…」。如例：

◆ 息子は帰ってきたと思ったら、すぐ遊びに行った。

原以為兒子回來了，誰知道他又跑出去玩了！

◆ 会社へ行っていると思っていたら、夫はずっと仕事を探していたらしい。

本來以為先生天天出門上班，沒想到他似乎一直在找工作。

◆ 桜が咲いたなと思ったら、この雨ですっかり散ってしまった。

正想著櫻花終於開了，不料竟被這場雨打成了遍地落英。

比較

とおもいきや〔本以為…卻〕「とおもうと」表反預料，表示本來預料會有某情況，卻發生了後項相反的結果；「とおもいきや」表讓步，表示按照一般情況推測應該是前項，但結果卻意外的發生了後項。後項是對前項的否定。

② 【符合預料】二是用在結果與本來預料是一致的，只能使用「とおもったら」。中文意思是：「覺得是…，結果果然…」。如例：

◆ 英語が上手だなと思ったら、王さんはやはりアメリカ生まれだった。

我暗自佩服王小姐的英文真流利，後來得知她果然是在美國出生的！

Track N2-090

005 くせして

⮕ {名詞の；形容動詞詞幹な；[形容詞・動詞]普通形}＋くせして

類義表現

のに 明明…

意思

① 【不符意料】表示逆接。表示後項出現了從前項無法預測到的結果，或是不與前項身分相符的事態。帶有輕蔑、嘲諷的語氣。也用在開玩笑時。相當於「くせに」。中文意思是：「可是…、明明是…、卻…」。如例：

◆ 大学生のくせして、そんな簡単なことも知らないの。

都讀到大學了，連那麼簡單的事都不知道嗎？

◆ 彼は歌が下手なくせして、いつもカラオケに行きたがる。

他歌喉那麼糟，卻三天兩頭就往卡拉OK店跑。

◆ 人の話は聞かないくせして、自分の話ばかりする。

只顧著說自己的事，根本不聽別人講話。

◆ 男のくせして、泣くんじゃない。

身為堂堂男子漢，哭什麼哭！

比較	のに〔明明…〕「くせして」表不符意料，表示前項與後項不符合。句中的前後項必須是同一主體；「のに」也表不符意料，但句中的前後項也可能不是同一主體，例如：「彼女が求めたのに、彼は与えなかった／她要求了，但他沒有給」。

Track N2-091

006 かねない

➡ {動詞ます形} ＋かねない

類義表現	かねる 難以…

意思

① 【可能】「かねない」是接尾詞「かねる」的否定形。表示有這種可能性或危險性。有時用在主體道德意識薄弱，或自我克制能力差等原因，而有可能做出異於常人的某種事情，一般用在負面的評價。中文意思是：「很可能…、也許會…、說不定將會…」。如例：

◆ 飲酒運転は、事故につながりかねない。

酒駕很可能會造成車禍。

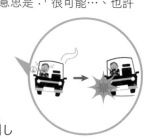

◆ このままだと会社は倒産しかねません。

再這樣下去，也許公司會倒閉。

◆ 彼は毎日授業に遅刻するから、試験の日も遅刻しかねない。

他每天上課都遲到，說不定考試那天也會遲到。

◆ 雨に濡れたままの服を着ていると、風邪を引きかねません。
穿著被雨淋濕的衣服可能會染上風寒。

| 比較 | **かねる**〔難以…〕「かねない」表可能,表示有可能出現不希望發生的某種事態,只能用在説話人對某事物的負面評價;「かねる」表困難,表示由於主觀的心理排斥因素,或客觀道義等因素,所以不能或難以做到某事。 |

⑪〔擔心、不安〕含有説話人擔心、不安跟警戒的心情。

---

007 そうにない、そうもない

➡ **{動詞ます形;動詞可能形詞幹} + そうにない、そうもない**

| 類義表現 | わけにはいかない 不能… |

| 意思 | |

① 【可能性】表示説話者判斷某件事情發生的機率很低,可能性極小,或是沒有發生的跡象。中文意思是:「看起來不會…、不可能…、根本不會…」。如例:

◆ 仕事はまだまだ残っている。今日中に終わりそうもない。
還剩下好多工作,看來今天是做不完了。

◆ 電車が事故で遅れているから、会議の時間までに行けそうもない。
搭乗的電車因事故而延遲,恐怕趕不及出席會議了。

◆ 年末は忙しくて、忘年会には参加できそうにありません。
年底忙得不可開交,大概沒辦法參加尾牙了。

◆ パーティーはあと30分で終わるけど、彼女、来そうにないね。
派對還有30分鐘就要結束了,我看她大概不來了。

| 比較 | **わけにはいかない**〔不能…〕「そうにない」表可能性,前接動詞ます形,表示可能性極低;「わけにはいかない」表不能,表示出於道德、責任、人情等各種原因,不能去做某事。 |

Track N2-093

008　っこない

➡{動詞ます形}＋っこない

[類義表現] **かねない** 很可能…

[意思]

①【可能性】表示強烈否定，某事發生的可能性。表示說話人的判斷。一般用於口語，用在關係比較親近的人之間。中文意思是：「不可能…、決不…」。如例：

- 今(いま)の私(わたし)の実力(じつりょく)では、試験(しけん)に受(う)かりっこない。
  以我目前的實力，根本無法通過測驗！

[補]〘なんて～っこない〙常與「なんか、なんて」、「こんな、そんな、あんな（に）」前後呼應使用。如例：

- １日(にち)でN3の漢字(かんじ)なんて、覚(おぼ)えられっこない。
  僅僅一天時間，絕不可能記住N3程度的漢字！
- 子(こ)どもにそんな難(むずか)しいこと言(い)っても、わかりっこない。
  就算告訴小孩子那麼深奧的事，他也不可能聽得懂。
- 家賃(やちん)20万円(まんえん)なんて、そんなに払(はら)えっこない。
  高達20萬圓的房租，我怎麼付得起呢？

[比較] **かねない**〔很可能…〕「っこない」表可能性，接在動詞連用形後面，表示強烈的否定某事發生的可能性，是說話人主觀的判斷。大多使用可能的表現方式；「かねない」表可能，表示所提到的事物的狀態、性質等，可能導致不好的結果，含有說話人的擔心、不安和警戒的心情。

009 うる、える、えない

→ {動詞ます形} ＋ 得る、得ない

| 類義表現 | かねる 難以… |

| 意思 |

① 【可能性】表示可以採取這一動作，有發生這種事情的可能性，有接尾詞的作用，接在表示無意志的自動詞，如「ある、できる、わかる」表示「有…的可能」。中文意思是：「可能、能、會」。如例：

◆ 30年以内に大地震が起こり得る。

在30年之內恐將發生大地震。

◆ 未来には人が月に住むことも有りうるのではないだろうか。

人類未來不是沒有可能住在月球上喔！

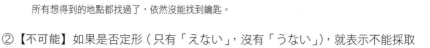

◆ 考え得る場所はすべて探したが、鍵がみつからない。

所有想得到的地點都找過了，依然沒能找到鑰匙。

② 【不可能】如果是否定形（只有「えない」，沒有「うない」），就表示不能採取這一動作，沒有發生這種事情的可能性。中文意思是：「難以…」。如例：

◆ あんなにいい人が人を殺すなんて、あり得ない。

那麼好的人居然犯下凶殺案，實在難以想像！

| 比較 | **かねる**〔難以…〕「うる」表不可能，表示根據情況沒有發生這種事情的可能性；「かねる」表困難，用在說話人難以做到某事。 |

（補）〔✗ 能力有無〕用在可能性，不用在能力上的有無。

010 がたい

➜ {動詞ます形}＋がたい

類義表現 ▭　にくい 難…

意思 ▭

① 【困難】表示做該動作難度非常高，幾乎是不可能，或者即使想這樣做也難以實現，一般用在感情因素上的不可能，而不是能力上的不可能。一般多用在抽象的事物，為書面用語。中文意思是：「難以…、很難…、不能…」。如例：

◆ あの人は美人だから、近寄りがたいね。
她長得太美了，讓人不敢高攀。

◆ 彼はいつも嘘をつくので、この話も信じがたい。
他經常說謊，所以這次的講法也令人存疑。

◆ 新製品のコーヒーは、とてもおいしいとは言いがたい。
新生產的咖啡實在算不上好喝。

◆ あの二人の関係は複雑すぎて理解しがたい。
那兩人的關係太複雜了，讓人霧裡看花。

比較 ▭　にくい〔難…〕「がたい」表困難，主要用在由於心理因素，即使想做，也沒有辦法做該動作；「にくい」也表困難，主要是指由於物理上的或技術上的因素，而沒有辦法把某動作做好，或難以進行某動作。但也含有「如果想做，只要透過努力，還是可以做到」，正負面評價都可以使用。

011 かねる

➜ {動詞ます形}＋かねる

類義表現 ▭　がたい 難以…

① 【困難】表示由於心理上的排斥感等主觀原因，或是道義上的責任等客觀原因，而難以做到某事，所給的條件、要求、狀況等，超出了說話人能承受的範圍。不用在能力不足而無法做的情況。中文意思是：「難以…、不能…、不便…」。如例：

◆ 条件が合わないので、この仕事は引き受けかねます。
由於條件談不攏，請恕無法接下這份工作。

◆ 責任者ではないので、詳しい事情は分かりかねます。
我不是承辦人，不清楚詳細狀況。

比較　　がたい〔難以…〕「かねる」表困難，表示從說話人的狀況而言，主觀如心理上的排斥感，或客觀如某種規定、道義上的責任等，而難以做到某事，常用在服務業上，前接動詞ます形；「がたい」表困難，表示心理上或認知上很難，幾乎不可能實現某事。前面也接動詞ます形。

補 〔衍生－お待ちかね〕「お待ちかね」為「待ちかねる」的衍生用法，表示久候多時，但請注意沒有「お待ちかねる」這種說法。如例：

◆ 今日は皆さんお待ちかねのボーナスが出る日です。
今天是大家望眼欲穿的獎金發放日。

◆ 待ちかねていた商品がやっと販売された。
期待已久的商品終於發售了！

練習　文法知多少？

▼ 答案詳見右下角

☞　請完成以下題目，從選項中，選出正確答案，並完成句子。

1　これだけの人材がそろえば、わが社は大きく飛躍できる（　　）。

　　1．に相違ない　　　　　　2．にほかならない

2　人間は小さな失敗を重ね（　　）、成長していくものだ。

　　1．とともに　　　　　　2．つつ

3　1億円もするマイホームなんて、私に買え（　　）。

　　1．っこない　　　　　　2．かねない

4　この問題は、あなたの周りでも十分起こり（　　）ことなのです。

　　1．うる　　　　　　2．かねる

5　弱い者をいじめるなど、許し（　　）行為だ。

　　1．がたい　　　　　　2．にくい

6　ご使用後の商品の返品はお受け致し（　　）。

　　1．がたいです　　　　　　2．かねます

様子、比喩、限定、回想

様子、比喩、限定、回想

001 げ

➡ {[形容詞・形容動詞] 詞幹；動詞ます形 } ＋げ

| 類義表現 | っぽい …的傾向 |

| 意思 |

① 【樣子】表示帶有某種樣子、傾向、心情及感覺。書寫語氣息較濃。但要注意「かわいげ」（討人喜愛）與「かわいそう」（令人憐憫的）兩者意思完全不同。中文意思是：「…的感覺、好像…的樣子」。如例：

◆ 美加ちゃんはいつも恥ずかしげだ。

美加小妹妹總是十分害羞的模樣。

◆ あやしげな男が、私の家の近くに住んでいる。

有個形跡可疑的男人就住在我家附近。

◆ 公園で、子ども達が楽しげに遊んでいる。

公園裡，一群孩童玩得正開心。

◆ 国のニュースを聞いて、彼は不安げな顔をした。

一聽到故鄉的那樁消息，他隨即露出了擔憂的神色。

| 比較 | っぽい〔…的傾向〕「げ」表樣子，是接尾詞，表示外觀上給人的感覺「好像…的樣子」；「っぽい」表傾向，是針對某個事物的狀態或性質，表示有某種傾向、某種感覺很強烈，含有跟實際情況不同之意。 |

002 ぶり、っぷり

→ {名詞；動詞ます形} ＋ぶり、っぷり

類義表現

げ …的樣子

意思

① 【樣子】前接表示動作的名詞或動詞的ます形，表示前接名詞或動詞的樣子、狀態或情況。中文意思是：「…的樣子、…的狀態、…的情況」。如例：

◆ 社長の口ぶりからすると、いつもより多めにボーナスが出そうだ。

從總經理的語氣聽起來，似乎會比以往發放更多獎金。

◆ 彼の話ぶりからすると、毎日夜中も勉強しているのだろう。

從他說話的樣子看來，大概每天都用功到深夜吧。

比較

げ〔…的樣子〕「ぶり」表樣子，表示事物存在的樣態和動作進行的方式、方法；「げ」表樣子，表示人的心情的某種樣態。

補 〔っぷり〕有時也可以說成「っぷり」。如例：

◆ 彼女の飲みっぷりは、男みたいだ。

她喝酒的豪邁程度不亞於男人。

② 【時間】{時間；期間} ＋ぶり，表示時間相隔多久的意思，含有說話人感到時間相隔很久的語意。中文意思是：「相隔…」。如例：

◆ 2年ぶりに帰国したら、母親が痩せて小さくなった気がした。

闊別兩年回鄉一看，媽媽彷彿比以前更瘦小了。

003 まま

→ {名詞の；この／その／あの；形容詞普通形；形容動詞詞幹な；動詞た形；動詞否定形} ＋まま

| 意思 |

① 【樣子】在原封不動的狀態下進行某件事情。中文意思是：「就這樣…、保持原樣」。如例：

◆ 社長に言われたまま、部下に言った。
　　將總經理的訓示一字不漏地轉述給下屬聽。

◆ 洗わなくても大丈夫ですよ。そのまま食べてください。
　　請直接享用即可，不必清洗沒關係喔。

◆ 留守のはずなのに、電気がついたままになっている。
　　明明沒人在家，屋子裡卻燈火通明。

② 【無變化】表示某種狀態沒有變化，一直持續的樣子。中文意思是：「就那樣…、依舊」。如例：

◆ 久しぶりに村を再び訪れた。村は昔のままだった。
　　再次造訪了久別的村子，村子還是老樣子。

◆ 食べたままにしないで、食器を洗っておいてね。
　　吃完的碗筷不可以就這樣留在桌上，要自己動手洗乾淨喔！

| 比較 | きり～ない〔…之後，再也沒有…〕「まま」表無變化，表示某狀態一直持續不變；「きり～ない」也表無變化，後接否定，表示前項的動作完成之後，預料應該要發生的後項，卻再也沒有發生。有意外的語感。

004　かのようだ

→ {[名詞・形容動詞詞幹]（である）；[形容詞・動詞]普通形} ＋かのようだ

| 類義表現 | ように 像…那樣

| 意思 |

① 【比喻】由終助詞「か」後接「のようだ」而成。將事物的狀態、性質、形狀及動作狀態，比喻成比較誇張的、具體的，或比較容易瞭解的其他事物，經

常以「かのように＋動詞」的形式出現。中文意思是：「像…一樣的、似乎…」。如例：

◆ 彼女は怖いものでも見たかのように、泣いている。

她彷彿看見了可怕的東西，哭個不停。

◆ 母は初めて聞いたかのように、私の話を聞いていた。

媽媽宛如第一次聽到那般聆聽了我的敘述。

㉑〖文學性描寫〗常用於文學性描寫，常與「まるで、いかにも、あたかも、さも」等比喻副詞前後呼應使用。如例：

◆ 父が死んだ日は、まるで空も泣いているかのように雨が降りだした。

父親過世的那一天，天空彷彿陪著我流淚似地下起了雨。

㉑〖かのような＋名詞〗後接名詞時，用「かのような＋名詞」。如例：

◆ 今日は冷蔵庫の中にいるかのような寒さだ。

今天的氣溫凍得像在冰箱裡似的。

| 比較 |

ように〔像…那樣〕「かのようだ」表比喻，表示實際上不是那樣，可是感覺卻像是那樣；「ように」表例示，表示提到某事物的性質、形狀時，舉出最典型的例子。是根據自己的感覺，或所看到的事物，來進行形容的。

005　かぎり（は／では）

➜ {動詞辭書形；動詞て形＋いる；動詞た形} ＋限り（は／では）

| 類義表現 |

かぎりだ …之至

| 意思 |

① 【限定】表示在某狀態持續的期間，就會有後項的事態。含有前項不這樣的話，後項就可能會有相反事態的語感。中文意思是：「只要…就…、除非…否則…」。如例：

◆ 日本にいる限り、日本語が必要だ。

只要待在日本，就必須懂得日文。

◆ 食生活を改めない限り、健康にはなれない。

除非改變飲食方式，否則無法維持健康。

比較

かぎりだ〔…之至〕「かぎり」表限定，表示在前項狀態持續的期間，會發生後項的狀態或情況；「かぎりだ」表強調心情，表示現在說話人自己有種非常強烈的感覺，覺得是那樣的。

② 【範圍】憑自己的知識、經驗等有限範圍做出判斷，或提出看法，常接表示認知行為如「知る(知道)、見る(看見)、聞く(聽說)」等動詞後面。中文意思是：「據…而言」。如例：

◆ 私の知る限りでは、この近くに本屋はありません。

就我所知，這附近沒有書店。

③ 【決心】表示在前提下，說話人陳述決心或督促對方做某事。中文意思是：「既然…就算」。如例：

◆ 行くと言った限りは、たとえ雨でも行くつもりだ。

既然說了要去，就算下雨也會按照原訂計畫成行。

006 にかぎって、にかぎり

➡ {名詞} ＋に限って、に限り

類義表現

につけ 每當…就會…

意思

① 【限定】表示特殊限定的事物或範圍，說明唯獨某事物特別不一樣。中文意思是：「偏偏…、只有…、唯獨…是…的、獨獨…」。如例：

◆ 勉強しようと思っているときに限って、母親に「勉強しなさい」と言われる。

每當我打算念書的時候，好巧不巧媽媽總會催我「快去用功！」。

◆ のどが渇いているときに限って、自動販売機が見つからない。

每回口渴時，總是偏偏找不到自動販賣機。

[比較] **につけ**〔每當…就會…〕「にかぎって」表限定，表示在某種情況下時，偏偏就會發生後項事件，多表示不愉快的內容；「につけ」表關連，表示偶爾處在同一情況下，都會帶著某種心情去做一件事。後句大多是自然產生的事態或感情相關的表現。

[補]〘否定形－にかぎらず〙「に限らず」為否定形。如例：

◆ 今(いま)の日本(にほん)は東京(とうきょう)に限(かぎ)らず、田舎(いなか)でも少子化(しょうしか)が問題(もんだい)となっている。

日本的少子化問題不僅是東京的現狀，鄉村地區亦面臨同樣的考驗。

◆ 秋葉原(あきはばら)は日本人(にほんじん)に限(かぎ)らず、外国人(がいこくじん)にも名前(なまえ)が知(し)られている。

秋葉原遠近馳名，不僅日本人，連外國人都聽過這個地名。

[補]〘中頓、句尾〙「にかぎって」、「にかぎり」用在句中表示中頓；「にかぎる」用在句尾。如例：

◆ 仕事(しごと)の後(あと)は冷(つめ)たいビールに限(かぎ)る。

工作後喝冰涼的啤酒是最享受的。

007　ばかりだ

Track N2-103

➡ {動詞辭書形}＋ばかりだ

[類義表現] いっぽうだ 越來越…

[意思]

① 【限定】表示準備完畢，只差某個動作而已，或是可以進入下一個階段，或是可以迎接最後階段的狀態。大多和「あとは、もう」等詞前後呼應使用。中文意思是：「只等…、只剩下…就好了」。如例：

◆ 誕生日(たんじょうび)パーティーの準備(じゅんび)はできている。あとは主役(しゅやく)を待(ま)つばかりだ。

慶生會已經一切準備就緒，接下來只等壽星出場囉！

◆ 出願(しゅつがん)の準備(じゅんび)はできた。あとは提出(ていしゅつ)するばかりだ。

申請文件已經準備妥當，只剩下遞交就完成手續了。

② 【對比】表示事態越來越惡化，一直持續同樣的行為或狀態，多為對講述對象的負面評價，也就是事態逐漸朝着不好的方向發展之意。中文意思是：「一直…下去、越來越…」。如例：

◆ 税金や物価は上がるばかりだ。

税金和物價呈現直線飆漲的趨勢。

◆ 携帯電話が普及してから、手紙を書く機会が減る
ばかりだ。

自從行動電話普及之後，提筆寫信的機會越來越少了。

| 比較 |
いっぽうだ〔越來越…〕「ばかりだ」表
對比，表示事物一直朝著不好的方向變
化；「いっぽうだ」表傾向，表示事物的情況只朝著一個方向變
化。好事態、壞事態都可以用。

008　ものだ

➡ {形容動詞詞幹な；[形容詞・動詞]辭書形}＋ものだ

| 類義表現 |　べきだ 應當…

| 意思 |

① 【回想、感慨】表示回想過往的事態，並帶有現今狀況與以前不同的感慨含意。
帶著感情表達內心強烈的感受，比如驚訝或感動，就是一種感慨。中文意思
是：「以前…，實在是…啊」。如例：

◆ 若いころは夫婦で色々な場所へ旅行をしたもの
だ。

我們夫妻年輕時去過了形形色色的地方旅遊。

◆ 学生のころは、よく朝までカラオケをしていたも
のだ。

學生時代，我經常在卡拉OK店通宵飆歌。

◆ どんなに寝ても眠いときがあるものだ。

有時候睡得再多也睡不飽。

② 【事物的本質】{形容動詞詞幹な；形容詞・動詞辭書形}＋ものではない。表
示對所謂真理、普遍事物，就其本來的性質，敘述理所當然的結果，或理應
如此的態度。含有感慨的語氣。多用在提醒或忠告時。常轉為間接的命令或
禁止。中文意思是：「就是…、本來就該…、應該…」。如例：

◆ 小さい子をいじめるものではない。

不准欺負小孩子！

| 比較 | べきだ〔應當…〕「ものだ」表事物的本質，表示不是個人的見解，而是出於社會上普遍認可的一般常識、事理，給予對方提醒或説教，帶有這樣做是理所當然的心情；「べきだ」表勸告，表示説話人從道德、常識或社會上一般的理念出發，主張「做…是正確的」。 |

文法小秘方

連體詞

項目	說明	例句
定義	連體詞是用來修飾名詞，表示名詞性質或狀態的詞。它們是獨立詞，沒有詞尾變化，也不受其他詞修飾，且不單獨使用。	大きな
種類	「る型」連體詞；「～の、～が」形連體詞；「～な」形連體詞；「～た、～だ」形式的連體詞；來自部分副詞的連體詞。	1.「る型」連體詞：いわゆる、いかなる等等。 2.「～の、～が」形連體詞：この、例の、わが等等。 3.「～な」形連體詞：こんな、小さな等等。 4.「～た、～だ」形式的連體詞：たいした、とんだ等等。 5. 來自部分副詞的連體詞：かなり、やや等等。
用法	修飾名詞，使名詞的意義更加明確。	1.「る型」連體詞：いわゆる天才。 2.「～の、～が」形連體詞：例の本。 3.「～な」形連體詞：こんな問題。 4.「～た、～だ」形式的連體詞：たいした話。 5. 來自部分副詞的連體詞：かなりの人。

練習　文法知多少？

▼ 答案詳見右下角

☞ 請完成以下題目，從選項中，選出正確答案，並完成句子。

1 こんなことで一々怒るなんて、あなたも大人（　　）ないですね。

　　１．っぽい　　　　　　　　２．げ

2 友人たちは散々騒いだあげく、部屋を散らかした（　　）帰っていった。

　　１．おり　　　　　　　　　２．まま

3 喧嘩した翌日、妻はまるで何事もなかった（　　）振舞っていた。

　　１．かのように　　　　　　２．ように

4 私が読んだ（　　）、書類に誤りはないようですが。

　　１．かぎりでは　　　　　　２．にかぎって

5 忙しいとき（　　）、次から次に問い合わせの電話が来ます。

　　１．につけ　　　　　　　　２．に限って

6 いくらご飯をたくさん食べても、よく運動すればまたお腹が空く（　　）。

　　１．ものだ　　　　　　　　２．ようもない

期待、願望、当然、主張

期待、願望、當然、主張

Track N2-105

001 たところが

➡ {動詞た形} ＋ところが

類義表現 ┐ のに 卻…

意思 ┐

① 【期待】這是一種逆接的用法。表示因某種目的作了某一動作，但結果與期待相反之意。後項經常是出乎意料之外的客觀事實。中文意思是：「可是…、然而…、沒想到…」。如例：

◆ 祭日なので、いると思って彼の家に行ったところが、留守だった。

原以為放假日應該在家，沒想到去到他家才知道他出門了。

◆ 冷たいと思って飲んだところが、熱くて口の中がやけどをしてしまった。

本來以為是冷飲，沒想到灌下一大口才發現竟是熱的，嘴裡都燙傷了。

◆ 彼女と結婚すれば幸せになると思ったところが、そうではなかった。

當初以為和她結婚就是幸福的起點，誰能想到竟是事與願違呢。

◆ レシピどおりに作ったところが、おいしくなくて捨ててしまった。

雖然按照食譜做了出來，可是太難吃了只好扔掉。

比較 ┐ のに〔卻…〕「たところが」表期待，表示帶著目的做前項，但結果卻跟預期相反；「のに」表讓步，前項是陳述事實，後項說明一個和此事相反的結果。

002 だけあって

➡ {名詞；形容動詞詞幹な；[形容詞・動詞] 普通形} ＋だけあって

| 類義表現 | にしては 就…而言… |

意思

① **【符合期待】**表示名實相符，後項結果跟自己所期待或預料的一樣，一般用在積極讚美的時候。含有佩服、理解的心情。副助詞「だけ」在這裡表示與之名實相符。中文意思是：「不愧是…、也難怪…」。如例：

◆ さすがワールドカップだけあって、素晴らしい試合ばかりだ。

不愧是世界盃，每一場比賽都精彩萬分！

◆ このホテルは高いだけあって、サービスも一流だ。

這家旅館的服務一流，果然貴得有價值！

◆ 山口さんはアメリカに留学しただけあって、英語が上手です。

山口先生不愧是留學美國的高材生，英語非常道地！

◆ この寺は世界的な観光地だけあって、人が訪れない日はない。

這座寺院果真是世界聞名的觀光勝地，參觀人潮天天川流不息。

㊙ 〖**重點在後項**〗前項接表示地位、職業、評價、特徵等詞語，著重點在後項，後項不用未來或推測等表達方式。如例：

◆ 恵美さんはモデルだけあって、スタイルがいい。

惠美小姐不愧是當模特兒，身材很好。

| 比較 | **にしては**〔**就…而言…**〕「だけあって」表符合期待，表示後項是根據前項，合理推斷出的結果；「にしては」表與預料不同，表示依照前項來判斷某人事物，卻出現了與一般情況不符合的後項，用在評論人或事情。 |

003　だけのことはある、だけある

➡ {名詞；形容動詞詞幹な；[形容詞・動詞]普通形} ＋ だけのことはある、だけある

| 類義表現 | どころではない 實在不能… |

| 意思 |

① 【符合期待】表示與其做的努力、所處的地位、所經歷的事情等名實相符，對其後項的結果、能力等給予高度的讚美。中文意思是：「到底沒白白…、值得…、不愧是…、也難怪…」。如例：

◆ 料理もサービスも素晴らしい。一流レストランだけのことはある。

餐點和服務都無可挑剔，到底是頂級餐廳！

◆ 彼女はモデルをしていただけのことはあって、とても美人だ。

她畢竟曾當過模特兒，姿色可謂國色天香。

◆ あの医者、顔を見ただけで病気がわかるなんて、名医と言われるだけのことはあるよ。

那位醫師只要看患者的臉就能診斷出病名，難怪被譽為華陀再世！

◆ ランチが6,000円なんて、有名店だけのことはあるね。

午餐價格居然高達6,000圓，果然是名店的標價！

| 比較 | **どころではない** 〔**實在不能…**〕「だけのことはある」表符合期待，表示「的確是名副其實的」。含有「不愧是、的確、原來如此」等佩服、理解的心情；「どころではない」表否定，對於期待或設想的事情，表示「根本不具備做那種事的條件」強調處於困難、緊張的狀態。 |

⊕ 〔**負面**〕可用於對事物的負面評價，表示理解前項事態。如例：

◆ このストッキング、1回履いただけですぐ破れるなんて、安かっただけあるよ。

這雙絲襪才穿一次就破了，果然是便宜貨。

004 （どうにか、なんとか、もうすこし）〜 ないもの（だろう）か

➡ （どうにか、なんとか、もう少し）＋ {動詞否定形；動詞可能形詞幹} ＋ ないもの（だろう）か

| 類義表現 | ないかしら 沒…嗎 |

| 意思 |

① 【願望】表示説話者有某個問題或困擾，希望能得到解決辦法。中文意思是：「不能…嗎、是不是…、能不能…、有沒有…呢」。如例：

◆ 明日までの仕事。誰か手伝ってくれる人はいないものだろうか。

　這件工作要在明天之前完成。是不是有人願意一起幫忙呢？

◆ 暑い日が続いている。もう少し涼しくならないものだろうか。

　連日來都是酷熱的天氣。到底什麼時候才能變得涼爽一些呢？

◆ 毎日仕事もせず、遊んで暮らせる方法はないものだろうか。

　有沒有什麼好方法可以不必工作、天天享樂度日的呢？

◆ 別れた恋人と、なんとかもう一度会えないものだろうか。

　能不能想個辦法讓我和已經分手的情人再見上一面呢？

| 比較 | ないかしら〔沒…嗎〕「どうにか〜ないものか」表願望，表示説話人希望能得到解決的辦法；「ないかしら」表感嘆，表示不確定的原因。 |

005 てとうぜんだ、てあたりまえだ

➡ {形容動詞詞幹} ＋で当然だ、で当たり前だ；{[動詞・形容詞] て形＋ 当然だ、当たり前だ

| 類義表現 | ものだ 實在是…啊 |

意思

① 【理所當然】表示前述事項自然而然地就會導致後面結果的發生，這樣的演變是合乎邏輯的。中文意思是：「難怪…、本來就…、…也是理所當然的」。如例：

◆ 相手は子ども。勝って当たり前だ。

比賽對手是小孩，贏了也是天經地義。

◆ 夏だから、暑くて当たり前だ。

畢竟是夏天，當然天氣炎熱。

◆ 学生なら勉強して当然です。文句言わないで試験の準備をしなさい。

身為學生，用功讀書是本分。別抱怨了，快去準備考試！

◆ 試験前日も夜中まで遊んでいた彼は、不合格になって当然だ。

他在考試前一天都還玩到三更半夜，難怪考不及格。

比較

ものだ〔實在是…啊〕「てとうぜんだ」表理所當然，表示合乎邏輯導致後面的結果；「ものだ」表感慨，表示帶著感情去敘述心裡的強烈感受、驚訝、感動等。

Track N2-110

006　にすぎない

➔ {名詞；形容動詞詞幹である；[形容詞・動詞] 普通形} ＋にすぎない

類義表現

にほかならない 全靠…

意思

① 【主張】表示某微不足道的事態，指程度有限，有著並不重要的沒什麼大不了的輕蔑、消極的評價語氣。中文意思是：「只是…、只不過…、不過是…而已、僅僅是…」。如例：

◆ 今回発覚したカンニングは、氷山の一角にすぎない。

這次遭到揭發的作弊行為不過是冰山一角。

◆ ボーナスが出たと言っても、２万円にすぎない。

雖說給了獎金，也不過區區兩萬圓而已。

◆ タカシ君はまだ小学生に過ぎないのだから、そんなに叱らないほうがいいよ。

隆志還只是小學生而已，用不著那麼嚴厲斥責他嘛。

◆ 黒猫をみると不幸になるというのは、迷信にすぎない。

看到黑貓就表示不祥之兆，那不過是迷信罷了。

比較	**にほかならない**〔**全靠…**〕「にすぎない」表主張，表示帶輕蔑語氣說程度不過如此而已；「にほかならない」也表主張，帶有「只有這個、正因為…」的語氣，多用在表示贊成與肯定的情況時。

007　にほかならない

➲ {名詞} ＋にほかならない

類義表現	**というものではない** 並非…

意思	

① 【主張】表示斷定的說事情發生的理由、原因，是對事物的原因、結果的肯定語氣，強調說話人主張「除此之外，沒有其他」的判斷或解釋。亦即「それ以外のなにものでもない（不是別的，就是這個）」的意思。中文意思是：「完全是…、不外乎是…、其實是…、無非是…」。如例：

◆ 親が子どもに厳しくいうのは、子どものためにほかならない。

父母之所以嚴格要求兒女，無非是為了他們著想。

◆ 成功したのは、皆様のおかげにほかなりません。

今日的成功必須完全歸功於各位的付出。

比較	**というものではない**〔**並非…**〕「にほかならない」表主張，表示「不是別的，正因為是這個」的強烈斷定或解釋的表達方式；「というものではない」表部分否定，用於表示對某想法，心裡覺得不恰當，而給予否定。

㊟ 〔ほかならぬ＋N〕相關用法：「ほかならぬ」修飾名詞，表示其他人事物無法取代的特別存在。中文意思是：「既然是…」。如例：

◆ ほかならぬあなたのお願いなら、聞くほか方法はありません。

既然是您親自請託，小弟只有全力以赴了。

◆ ほかならぬ君が困っているのに、知らない顔ができるわけがない。

既然遇到困難的是你而不是外人，我怎能置之不理。

008 というものだ

➥ {名詞；形容動詞詞幹；動詞辭書形} ＋というものだ

類義表現　　ということだ 所謂的…就是…

意思

① **【主張】** 表示對事物做出看法或批判，表達「真的是這樣、的確是這樣」的意思。是一種斷定説法，不會有過去式或否定形的活用變化。中文意思是：「實在是…、也就是…、就是…」。如例：

◆ 1か月休みなしで働くなんて、無理というものだ。

要我整整一個月不眠不休工作，根本是天方夜譚！

◆ 女性ばかり家事をするのは、不公平というものです。

把家事統統推給女人一手包辦，實在太不公平了！

比較　　**ということだ**〔所謂的…就是…〕「というものだ」表主張，表示説話者針對某個行為，提出自己的感想或評論；「ということだ」表結論，是説話人根據前項的情報或狀態，得到某種結論或總結説話內容。

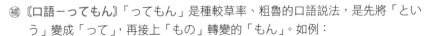

⑭ 〔口語－ってもん〕「ってもん」是種較草率、粗魯的口語説法，是先將「という」變成「って」，再接上「もの」轉變的「もん」。如例：

◆ 夜中に電話してきて、「お金を貸して」と言ってくるなんて非常識ってもんだ。

三更半夜打電話來劈頭就説「借我錢」，簡直毫無常識可言！

◆ 契約したら終わりだと思ってたら大きな間違いってもんだよ。

以為簽完約後事情到此就告一段落了，那你就大錯特錯了！

練習　文法知多少？

▼ 答案詳見右下角

☞　請完成以下題目，從選項中，選出正確答案，並完成句子。

1　家に電話した（　　）、誰も出なかった。

　　1．だけあって　　　　　　　　　2．ところが

2　さすが大学の教授（　　）、なんでもよく知っている。

　　1．だけあって　　　　　　　　　2．に決まって

3　きれい。さすが人気モデル（　　）。

　　1．だけのことはある　　　　　　2．どころではない

4　君の話は、単なる言い訳（　　）。

　　1．にすぎない　　　　　　　　　2．にほかならない

5　実験が成功したのは、あなたのがんばりがあったから（　　）。ありがとう。

　　1．にほかならない　　　　　　　2．というものではない

6　温泉に入って、酒を飲む。これぞ極楽（　　）。

　　1．ということだ　　　　　　　　2．というものだ

Lesson
12

肯定、否定、対象、対応
肯定、否定、對象、對應

001 ものがある

➡ {形容動詞詞幹な；[形容詞・動詞] 辭書形} ＋ものがある

類義表現 ことがある 有時也會…

意思

① 【肯定感嘆】表示肯定某人或事物的優點。由於説話人看到了某些特徵，而發自內心的肯定，是種強烈斷定的感嘆。中文意思是：「有…的價值、確實有…的一面、非常…、很…」。如例：

◆ 高校生が作詞作曲したこの歌は、人を元気づけるものがある。

由高中生作詞作曲的這首歌十分鼓舞人心。

◆ 昨日までできなかったことが今日できる。子どもの成長は目をみはるものがある。

昨天還不會的事今天就辦到了。孩子的成長真是令人嘖嘖稱奇！

◆ 彼女の歌う声は明るいけれど、歌の内容には悲しいものがある。

她的歌聲雖然清亮，但曲子敘述的內容卻有著格外哀傷的一面。

◆ 初代社長がのこした言葉は、何度聞いても心に響くものがある。

公司創始人留給後進的這番話語，不論聽多少次都同樣能夠激勵士氣。

比較 **ことがある**〔有時也會…〕「ものがある」表感嘆，用於表達説話者見物思情，有所感觸而表現出的評價和感受；「ことがある」表不定，用於表示事物發生的頻率不是很高，只是有時會那樣。

002 どころではない

➡ {名詞；動詞辭書形} ＋ どころではない

| 類義表現 | よりほかない 只好…

| 意思 |

① 【否定】表示沒有餘裕做某事，強調目前處於緊張、困難的狀態，沒有金錢、時間或精力去進行某事。中文意思是：「哪裡還能…、不是…的時候」。如例：

◆ 明日はテストなので、ゲームをしているどころではない。

明天就要考試了，哪裡還有時間打電玩啊！

◆ 風邪でのどが痛くて、カラオケ大会どころではなかった。

染上感冒喉嚨痛得要命，這個節骨眼哪能去參加卡拉OK比賽啊！

| 比較 | **よりほかない**〔只好…〕「どころではない」表否定，在此強調沒有餘力或錢財去做某事，或遠遠達不到某程度；「よりほかない」表讓步，意為「只好」，表示除此之外沒有其他辦法。

② 【程度】表示事態大大超出某種程度，事態與其說是前項，實際為後項。中文意思是：「何止…、哪裡是…根本是…」。如例：

◆ 今日の授業は簡単どころではなく、わかる問題が一つもなかった。

今天老師教的部分哪裡簡單，我根本沒有任何一題聽得懂的。

⑪ 〔對比〕{動詞辭書形} ＋ ところか。同樣表示「哪裡」之意的還有「ところか」。如例：

◆ この本はつまらないどころか、寝ないで読んでしまうほど面白かった。

這本書哪裡無聊了？精彩的內容讓人根本是睡意全消，讀得津津有味。

003 というものではない、というものでもない

➡️ {[名詞・形容詞・形容動詞・動詞] 假定形} ／ {[名詞・形容動詞詞幹]（だ）；形容詞辭書形} ＋というものではない、というものでもない

| 類義表現 | （という）しまつだ（結果）竟然… |

| 意思 |

① 【部分否定】委婉地對某想法或主張，表示不能説是非常恰當、十分正確，不完全贊成，或部分否定該主張。中文意思是：「…可不是…、並不是…、並非…」。如例：

◆ 大企業に就職をして、お金があれば幸せというものでもない。
在大企業上班領高薪，未必就是幸福的保證。

◆ 日本人だからといって日本語を教えられるというものではない。
即便是日本人，並不等於就會教日文。

◆ 商品は安ければいいというものでもない。
挑選商品並非以價格便宜做為唯一考量。

◆ 授業に出席さえしていればいいというものではない。
並不是人坐在教室裡就等於認真上課。

| 比較 |

（という）しまつだ〔（結果）竟然…〕「というものでもない」表部分否定，表示説話人委婉地認為某想法等並不全面；「（という）しまつだ」表結果，表示因某人的行為，而使自己很不好做事，並感到麻煩，最終還得到了一個不好的結果或狀態。

004 とはかぎらない

➡️ {[名詞・形容詞・形容動詞・動詞] 普通形} ＋とは限らない

ものではない 不是…的

意思

① 【部分否定】表示事情不是絕對如此，也是有例外或是其他可能性。中文意思是：「也不一定…、未必…」。如例：

◆ 女性は痩せているほうがきれいだとは限らない。
女性並不是越瘦越美。

◆ 書き言葉は日常で使わないとは限らない。
書面用語在日常生活中未必用不到。

◆ 日本人だからといって、みんな寿司が好きとは限らない。
即使是日本人，也未必人人都喜歡吃壽司。

比較

ものではない 〔不是…的〕「とはかぎらない」表部分否定，表示事情絕非如此，也有例外；「ものではない」表勸告，表示並非個人的想法，而是出自道德、常識而給對方訓誡、説教。

㊐ 〖必ず～とはかぎらない〗有時會跟句型「からといって」，或副詞「必ず、必ずしも、どれでも、どこでも、何でも、いつも、常に」前後呼應使用。如例：

◆ 少子化だが大学を受けたところで、必ずしも全員合格できるとは限らない。
雖說目前面臨少子化，但是大學升學考試也不一定全數錄取。

005　にこたえて、にこたえ、にこたえる

➡ {名詞} ＋にこたえて、にこたえ、にこたえる

類義表現 にそって 按照…

意思

① 【對象】接「期待」、「要求」、「意見」、「好意」等名詞後面，表示為了使前項的對象能夠實現，後項是為此而採取的相應行動或措施。也就是響應這些要

求，使其實現。中文意思是：「應…、響應…、回答、回應」。如例：

◆ 社員の要求にこたえて、夏休みは２週間にしました。

公司應員工要求，將夏季休假調整為兩個星期了。

◆ 両親の期待にこたえて、国際関係の仕事についた。

我為了達成父母的期望而從事國際關係方面的工作。

◆ 学生の希望にこたえて、今後は読解を中心とした授業をする。

為回應學生的需求，今後的授課內容將以讀解為主。

◆ お客様の意見にこたえて、日曜日もお店を開ける
ことにした。

為回應顧客的建議，星期日也改為照常營業了。

比較	**にそって**〔按照…〕「にこたえて」表對象，表示因應前項的對象的要求而行事；「にそって」表基準，表示不偏離某基準來行事，多接在表期待、方針、使用說明等語詞後面。

006　をめぐって (は)、をめぐる

Track N2-118

➡ {名詞} ＋をめぐって (は)、をめぐる

類義表現	**について** 關於…

意思	

① 【對象】表示後項的行為動作，是針對前項的某一事情、問題進行的。中文意思是：「圍繞著…、環繞著…」。如例：

◆ 消費税増税の問題をめぐって、国会で議論されている。

國會議員針對增加消費稅的議題展開了辯論。

◆ 騒音問題をめぐって、住民同士で話し合いがもたれた。

當地居民為了噪音問題而聚在一起進行討論。

比較	**について**〔關於…〕「をめぐって」表對象，表示環繞著前項事物做出討論、辯論、爭執等動作；「について」也表對象，表示就某前項事物來提出說明、撰寫、思考、發表、調查等動作。

補 〔をめぐる＋N〕後接名詞時，用「をめぐる＋N」。如例：

◆ 社長と彼女の関係をめぐる噂は社外にまで広がっている。

總經理和她的緋聞已經傳到公司之外了。

◆ 父親の遺産をめぐる兄弟の争いが３年も続いている。

為了父親的遺產，兄弟已經持續爭奪了３年。

007 におうじて

➡ {名詞}＋に応じて

類義表現 | によっては 有的…

意思

① 【對應】表示按照、根據。前項作為依據，後項根據前項的情況而發生變化。中文意思是：「根據…、按照…、隨著…」。如例：

◆ 学生のレベルに応じて、クラスを決める。

依照學生的程度分班。

◆ その日の天気に応じて、服装を決めて出かけます。

根據當日的天氣狀況決定外出的衣著。

◆ 経験に応じて給料を決めます。

按照資歷決定薪水。

比較 | によっては 〔有的…〕「におうじて」表相應，表示隨著前項的情況，後項也會隨之改變；「によっては」表對應，表示後項的情況，會因為前項的人事物等不同而不同。

補 〔に応じたN〕後接名詞時，變成「に応じたN」的形式。如例：

◆ ご予算に応じたパーティーメニューをご用意いたしております。

本公司可以提供符合貴單位預算的派對菜單。

008 しだいだ、しだいで (は)

➡ {名詞} ＋次第だ、次第で (は)

類義表現	にもとづく 根據…

意思

① 【對應】表示行為動作要實現，全憑「次第だ」前面的名詞的情況而定，也就是必須完成「しだい」前的事項，才能夠成立。「しだい」前的事項是左右事情的要素，因此而產生不同的結果。中文意思是：「全憑…、要看…而定、決定於…」。如例：

◆ 試合は天気次第で、中止になる場合もあります。

　就看天候如何，比賽亦可能取消。

◆ 考え方次第で、よい結果になることもある。

　就看思考方向如何，結果也可能是好的。

◆ 会社の中の人間関係次第で、仕事はやりやすくもなるし、難しくもなる。

　在公司裡的人際關係，將會影響工作推展的順利與否。

比較	**にもとづく**〔**根據…**〕「しだいだ」表對應，表示前項的事物是決定事情的要素，由此而發生各種變化；「にもとづく」表依據，前項多接「考え方、計画、資料、経験」之類的詞語，表示以前項為根據或基礎，後項則在不偏離前項的原則下進行。

⊕ 〔諺語〕「地獄の沙汰も金次第／有錢能使鬼推磨。」為相關諺語。如例：

◆ お金があれば難しい病気も治せるし、いい治療も受けられる。地獄の沙汰も金次第ということだ。

　只要有錢，即便是疑難雜症亦能治癒，不僅如此也能接受好的治療，真所謂有錢能使鬼推磨。

練習　文法知多少？

▼ 答案詳見右下角

☞　**請完成以下題目，從選項中，選出正確答案，並完成句子。**

1　彼女の演技には人をひきつける（　　）。

　　1．ことがある　　　　　　　　　2．ものがある

2　センター試験が目前ですから、正月休み（　　）んですよ。

　　1．どころではない　　　　　　　2．よりほかない

3　金さえあれば、幸せ（　　）。

　　1．というものでもない　　　　　2．というしまつだ

4　彼はアンコール（　　）、「故郷の民謡」を歌った。

　　1．にそって　　　　　　　　　　2．にこたえて

5　遺産相続（　　）、兄弟が激しく争った。

　　1．をめぐって　　　　　　　　　2．について

6　客の注文（　　）、カクテルを作る。

　　1．に応じて　　　　　　　　　　2．によって

答案：(1) 2　(2) 1　(3) 1　(4) 2　(5) 1　(6) 1

価値、話題、感想、不満

値得、話題、感想、埋怨

001 がい

→ {動詞ます形} ＋がい

| 類義表現 | べき 應該… |

| 意思 |

① 【值得】表示做這一動作是值得、有意義的。也就是辛苦、費力的付出有所回報，能得到期待的結果。多接意志動詞。意志動詞跟「がい」在一起，就構成一個名詞。後面常接「(の／が／も) ある」，表示做這動作，是值得、有意義的。中文意思是：「有意義的…、值得的…、…有回報的」。如例：

◆ この仕事は大変だけど、やりがいがある。

這件工作雖然辛苦，但是很有成就感。

◆ 年をとっても、何か生きがいを見つけたい。

儘管上了年紀，還是想找到自我的生存價值。

◆ いくら教えてもうまくならないなんて、教えがいがない。

教了老半天還是聽不懂，簡直浪費我的脣舌。

◆ 子どもがよく食べると、母にとっては作りがいがある。

看著孩子吃得那麼香，就是媽媽最感欣慰的回報。

| 比較 | べき〔應該…〕「がい」表值得，表示做這一動作是有意義的，值得的；「べき」表勸告，表示説話人認為做某事是做人應有的義務。 |

002　かいがある、かいがあって

➜ {名詞の；動詞辞書形；動詞た形} ＋かいがある、かいがあって

類義表現	あっての 正因為有…，…才成立

意思

① 【値得】表示辛苦做了某件事情而有了正面的回報，或是得到預期的結果。有「好不容易」的語感。中文意思是：「總算值得、有了代價、不枉…」。如例：

◆ 努力のかいがあって、希望の大学に合格した。

　努力（どりょく）／希望（きぼう）／大学（だいがく）／合格（ごうかく）

　不枉過去的辛苦，總算考上了心目中的大學。

◆ 毎日ジョギングしたかいがあって、５キロも痩せた。

　毎日（まいにち）／痩せた（やせた）

　每天慢跑總算值得了，前後瘦下整整５公斤。

比較	あっての〔正因為有…，…才成立〕「かいがある」表值得，表示辛苦做某事，是值得的；「あっての」表強調輕重，表示有了前項才有後項。

② 【不值得】用否定形時，表示努力了，但沒有得到預期的結果，表示「沒有代價」。中文意思是：「沒有…的效果」。如例：

◆ 手術のかいもなく、会長は亡くなった。

　手術（しゅじゅつ）／会長／亡くなった（なくなった）

　儘管做了手術，依然沒能救回董事長。

◆ 昨晩勉強したかいもなく、今日のテストは全くできなかった。

　昨晩勉強（さくばんべんきょう）／今日（きょう）／全く（まった）

　昨晚的用功全都白費了，今天的考卷連一題都答不出來。

003　といえば、といったら

➜ {名詞} ＋といえば、といったら

類義表現	とすれば 如果…

意思

① **【話題】** 用在承接某個話題，從這個話題引起自己的聯想，或對這個話題進行
說明。口語用「っていえば」。中文意思是：「到…、提到…就…、説起…（或
不翻譯）」。如例：

◆ 日本の山といったら、富士山でしょう。

提到日本的山，首先想到的就是富士山吧。

◆ 春の花といったら、桜です。

要説春天開的花，腦海中第一個浮現的就是櫻花了。

◆ 中国の有名な観光地といえば万里の長城だ。

提到中國的觀光名勝，最知名的要數萬里長城了。

◆ 代表的な日本料理といえば、寿司を上げる人が多い。

談起最具代表性的日本料理，相信很多人都會回答壽司。

比較

とすれば 〔如果…〕「といえば」表話題，用在提出某個之前提
到的話題，承接話題，並進行有關的聯想；「とすれば」表假定
條件，為假設表現，帶有邏輯性，表示如果假定前項為如此，即
可導出後項的結果。

---

004 というと、っていうと

Track N2-124

➡ {名詞} ＋というと、っていうと

類義表現

といえば 説到…

意思

① **【話題】** 表示承接話題的聯想，從某個話題引起自己的聯想，或對這個話題進
行説明。中文意思是：「提到…、要説…、説到…」。如例：

◆ 経理の田中さんというと、来月結婚するらしいよ。

説到會計部的田中先生好像下個月要結婚囉！

② **【確認】** 用於確認對方所説的意思，是否跟自己想的一樣。説話人再提出疑問、
質疑等。中文意思是：「你説…」。如例：

◆ 公園に一番近いコンビニというと、この店ですか。

你説要找離公園最近的便利商店，那就是這一家了吧？

◆ 国に帰るというと、もう日本には戻ってこないの。

你説要回國了，意思是再也不回來日本了嗎？

◆ 身分証明書というと、写真付きの在留カードか運転免許証でいいのかな。

所謂需檢附身分證明文件，請問可以繳交附有照片的居留證或駕照嗎？

<table>
<tr><td>比較</td><td>**といえば**〔說到…〕「というと」表話題或確認，表示以某事物為話題時，就馬上聯想到別的畫面。有時帶有反問的語氣；「といえば」也表話題，也是提到某事，馬上聯想到別的事物，但帶有説話人感動、驚訝的心情。</td></tr>
</table>

005　にかけては

➡ {名詞} ＋にかけては

<table>
<tr><td>類義表現</td><td>にかんして 關於…</td></tr>
</table>

<table>
<tr><td>意思</td></tr>
</table>

① 【話題】表示「其它姑且不論，僅就那一件事情來説」的意思。後項多接對別人的技術或能力好的評價。中文意思是：「在…方面、關於…、在…這一點上」。如例：

◆ 使いやすさと安さにかけては、この携帯電話が一番優れている。

就操作簡便和價格實惠而言，這款行動電話的性價比最高。

◆ 日本の食文化にかけては、彼の右にでるものはいない。

關於日本飲食文化領域的知識，無人能出其右。

◆ 勉強はできないが、泳ぎにかけては田中君がこの学校で一番だ。

田中同學雖然課業表現差強人意，但在游泳方面堪稱全校第一泳將！

[比較] **にかんして**〔關於…〕「にかけては」表話題，表示前項為某人比任何人能力都強的拿手事物，後項對這一事物表示讚賞；「にかんして」表關連，前接問題、議題等，後項則接針對前項做出的行動。

[補]〔**誇耀、讚美**〕用在誇耀自己的能力，也用在讚美他人的能力時。如例：

◆ あなたを想(おも)う気持(きも)ちにかけては、誰(だれ)にも負(ま)けない。
我有自信比世上的任何人更愛妳！

Track N2-126

006 ことに（は）

➡ {形容詞辭書形；形容動詞詞幹な；動詞た形}＋ことに（は）

[類義表現] **ことから** 因為…

[意思]

① **【感想】** 接在表示感情的形容詞或動詞後面，表示說話人在敘述某事之前的感想、心情。先說出以後，後項再敘述其具體內容。書面語的色彩濃厚。中文意思是：「令人感到…的是…」。如例：

◆ 悲(かな)しいことに、子(こ)どもの頃(ころ)から飼(か)っていた犬(いぬ)が死(し)んでしまった。
令人傷心的是，從小養到現在的狗死了。

◆ 嬉(うれ)しいことに、来月(らいげつ)１年(ねん)ぶりに娘(むすめ)が帰国(きこく)します。
讓人高興的是，一年前出國的女兒下個月就要回來了！

◆ 不思議(ふしぎ)なことに、息子(むすこ)は祖母(そぼ)と同(おな)じ日(ひ)の同(おな)じ時間(じかん)に生(う)まれたんです。
讓人感到不可思議的是，兒子與奶奶居然是在同一天的同一個時間出生的！

◆ 悔(くや)しいことに、１点足(てんた)りなかったので不合格(ふごうかく)だった。
令人扼腕的是，只差一分就及格了！

[比較] **ことから**〔因為…〕「ことには」表感想，前接瞬間感情活動的詞，表示說話人先表達出驚訝後，接下來敘述具體的事情；「ことから」表根據，表示根據前項的情況，來判斷出後面的結果。

007 はまだしも、ならまだしも

→ {名詞}＋はまだしも、ならまだしも；{形容動詞詞幹な；[形容詞・動詞]普通形}＋(の)ならまだしも

| 類義表現 | はおろか 別説…了，就連… |

| 意思 |

① 【埋怨】是「まだ（還…、尚且…）」的強調説法。表示反正是不滿意，儘管如此但這個還算是好的。雖然不是很積極地肯定，但也還説得過去。中文意思是：「若是…還説得過去，（可是）…、若是…還算可以…」。如例：

◆ 頭が痛いだけならまだしも、熱も出てきた。

如果只有頭痛還可勉強忍耐，問題是還發燒了。

◆ 漢字はまだしも片仮名ぐらい間違えずに書きなさい。

漢字也就罷了，至少片假名不可以寫錯。

◆ 高校生はまだしも中学生にはこの問題は難しすぎる。

這道題目高中生還有可能解得出來，但對中學生來説太難了。

| 比較 | **はおろか**〔別説…了，就連…〕「はまだしも」表埋怨，表示如果是前項的話，還説的過去，還可原諒，但竟然有後項更甚的情況；「はおろか」表附加，表示別説程度較高的前項了，連程度低的後項都沒有達到。 |

㊛ 〔副助詞＋はまだしも＋とは〕前面可接副助詞「だけ、ぐらい、くらい」，後可跟表示驚訝的「とは、なんて」相呼應。如例：

◆ 一度くらいはまだしも、何度も同じところを間違えるとは。

若是第一次犯錯尚能原諒，但是不可以重蹈覆轍！

練習　文法知多少？

▼ 答案詳見右下角

☞ **請完成以下題目，從選項中，選出正確答案，並完成句子。**

1 日々の食事制限と運動の（　　）、1か月で5キロ落ちた。

　　1．かいがあって　　　　　2．あまりに

2 北海道（　　）、函館の夜景が有名ですね。

　　1．といえば　　　　　　　2．とすれば

3 この辺の名物（　　）、温泉まんじゅうですね。

　　1．はとわず　　　　　　　2．というと

4 幼児の扱い（　　）、彼女はプロ中のプロですよ。

　　1．にかけては　　　　　　2．に関して

5 1回2回（　　）、5回も6回も同じ失敗をするとはどういうことか。

　　1．にさきだち　　　　　　2．ならまだしも

6 悲しい（　　）、財布を落としてしまった。

　　1．すえに　　　　　　　　2．ことに

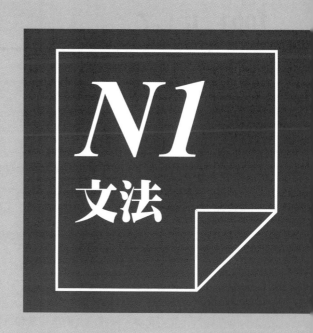

時間、期間、範囲、起点

時間、期間、範圍、起點

001 にして

➡ {名詞}＋にして

| 類義表現 | におうじて 根據… |

| 意思 |

① 【時點】前接時間、次數、年齡等，表示到了某階段才初次發生某事，也就是「直到…才…」之意，常用「名詞＋にしてようやく」、「名詞＋にして初めて」的形式。中文意思是：「在…（階段）時才…」。如例：

◆ 男は50歳にして初めて人の優しさに触れたのだ。

那個男人直到50歲才首度感受到了人間溫情。

| 比較 | におうじて〔根據…〕「にして」表示時點，強調「階段」的概念。表示到了前項這個時間、人生等階段，才初次產生後項，難得可貴、期盼已久的事。常和「初めて」相呼應。「におうじて」表示相應，強調「根據某變化來做處理」的概念。表示依據前項不同的條件、場合或狀況，來進行與其相應的後項。後面常接相應變化的動詞，如「変える、加減する」。 |

② 【列舉】表示兼具兩種性質和屬性，可以用於並列。中文意思是：「是…而且也…」。如例：

◆ 彼女は女優にして、5人の子どもの母親でもある。

她不僅是女演員，也是5個孩子的母親。

③ 【逆接】可以用於逆接。中文意思是：「雖然…但是…」。如例：

◆ 宗教家にして、このような贅沢が人々の共感を得られるはずもない。

雖身為宗教家，但如此鋪張的作風不可能得到眾人的認同。

④ 【短時間】表示極短暫，或比預期還短的時間，表示「僅僅在這短時間的範圍」的意思。前常接「一瞬、一日」等。中文意思是：「僅僅…」。如例：

◆ 大切なデータが一瞬にして消えてしまった。

重要的資料就在那短短一瞬間消失無影了。

---

002 にあって（は／も）

➡ {名詞} ＋にあって（は／も）

類義表現	にして 直到…オ…

意思

① 【時點・場合－順接】「にあっては」前接場合、地點、立場、狀況或階段，強調因為處於前面這一特別的事態、狀況之中，所以有後面的事情，這時候是順接。中文意思是：「在…之下、處於…情況下」。如例：

◆ この国は発展途上にあって、市内は活気に満ちている。

這裡雖然還處於開發中國家，但是城裡洋溢著一片蓬勃的氣息。

◆ このような寒冷地にあっては、自給自足など望むべくもない。

像這樣寒冷的地方，恐怕無法寄望過上自給自足的生活了。

◆ 災害などの非常時にあっては、地域のリーダーの果たす役割は大きい。

萬一遇上受災的非常時期，該地區領導人的角色相形重要。

㊐ 〔逆接〕使用「あっても」基本上表示雖然身處某一狀況之中，卻有後面的跟所預測不同的事情，這時候是逆接。接續關係比較隨意，屬於主觀的說法。說話者處於當下，描述感受的語氣強，為書面用語。中文意思是：「即使身處…的情況下」。如例：

◆ 戦時下にあっても明るく逞しく生きた一人の女性の人生を描く。

這部作品描述的是一名女子即使身處戰火之中，依然開朗而堅毅求生的故事。

[比較] **にして**〔直到…才…〕「にあって（は／も）」表示時點、場合，強調「處於這一特殊狀態等」的概念。表示在前項的立場、身分、場合之下，所以會有後面的事情。「にあっては」用在順接，「にあっても」用在逆接。「にして」表示時點，強調「階段」的概念。表示到了前項那一個階段，才產生後項。前面常接「～才、～回目、～年目」等，後面常接難得可貴的事項。可以是並列，也可以是逆接。

Track N1-003

003 まぎわに（は）、まぎわの

➡{動詞辭書形}＋間際に（は）、間際の＋{名詞}

[類義表現] **にさいして** 在…之際

[意思]

①【時點】表示事物臨近某狀態，或正當要做什麼的時候。中文意思是：「迫近…、…在即」。如例：

◆ 帰る間際に部長に仕事を頼まれた。
臨回去前被經理交辦了事務。

◆ 家を出る間際に、突然大雨が降り出した。
正要走出家門的時候，忽然下起大雨來了。

◆ 寝る間際にはパソコンやスマホの画面を見ないようにしましょう。
我們一起試著在睡前不要看電腦和手機螢幕吧！

[補]〔間際のN〕後接名詞，用「間際の＋名詞」的形式。如例：

◆ 試合終了間際の同点ゴールに会場は沸き返った。
在比賽即將結束的前一刻追平比分，在場觀眾頓時為之沸騰。

[比較] **にさいして**〔在…之際〕「まぎわに」表示時點，強調「臨近前項的狀態，發生後項的事情」的概念，表示事物臨近某狀態。前接事物臨近某狀態，後接在那一狀態下發生的事情，含有緊迫的語意。「にさいして」也表時點，強調「以某事為契機，進行後項的動作」的概念，也就是動作的時間或場合。

004 ぎわに、ぎわの

類義表現　がけ（に）　臨…時…、…時順便…

意思

① 【時點】{動詞ます形}＋際に、際の＋{名詞}。表示事物臨近某狀態，或正當要做什麼的時候。常用「瀬戸際（關鍵時刻）」或慣用語「今わの際（臨終）」的表現方式。中文意思是：「臨到…、在即…、迫近…」。如例：

◆ これは祖父が死に際に残した言葉です。
　　這是先祖父臨終前的遺言。

◆ 勝つか負けるかの瀬戸際だぞ。諦めずに頑張れ。
　　現在正是一決勝負的關鍵時刻！不要放棄，堅持下去！

比較　　がけ（に）〔臨…時…、…時順便…〕「ぎわに」表示時點，強調「臨近前項的狀態，發生後項的事情」的概念。前接事物臨近的狀態，後接在那一狀態下發生的事情，表示事物臨近某狀態，或正當要做什麼的時候。「がけ（に）」表示附帶狀態，がけ（に）是接尾詞，強調「在前一行為開始後，順便又做其他動作」的概念。

② 【界線】{動詞ます形}＋際に；{名詞（の）}＋際に。表示和其他事物間的分界線，特別注意的是「際」原形讀作「きわ」，常用「名詞（の）＋際」的形式。中文意思是：「邊緣」。如例：

◆ 日が昇って、山際が白く光っている。
　　太陽升起，沿著山峰的輪廓線泛著耀眼的白光。

③ 【位置】表示在某物的近處。中文意思是：「旁邊」。如例：

◆ 戸口の際にベッドを置いた。
　　將床鋪安置在房門邊。

Track N1-005

005　を～にひかえて

[類義表現]　を～にあたって 在…的時候

[意思]

①【時點】{名詞}＋を＋{時間；場所}＋に控えて。「に控えて」前接時間詞時，表示「を」前面的事情，時間上已經迫近了；前接場所時，表示空間上很靠近的意思，就好像背後有如山、海、高原那樣宏大的背景。中文意思是：「臨進…、靠近…、面臨…」。如例：

◆ 結婚を来年に控えて、姉はどんどんきれいになっている。

隨著明年的婚期一天天接近，姊姊變得愈來愈漂亮。

◆ 首脳会談を明日に控えて、現地には大勢のマスコミ関係者が押し寄せている。

隨著即將於明天展開的首腦會談，當地湧入大批媒體相關人士。

[補]〔Nがひかえて〕{名詞}＋が控えて。一般也有使用「が」的用法。如例：

◆ この病院は目の前には海が広がり、後ろには山が控えた自然豊かな環境にある。

這家醫院的地理位置前濱海、後靠山，享有豐富的自然環境。

[補]〔をひかえたN〕を控えた＋{名詞}。也可以省略「{時間；場所}＋に」的部分。還有，後接名詞時用「を～に控えた＋名詞」的形式。如例：

◆ 開店を控えたオーナーは、食材探しに忙しい。

即將開店的老闆，因為尋找食材而忙得不可開交。

◆ 大学受験を目前に控えた娘は、緊張のあまり食事も喉を通らない。

眼看著大學入學考試一天天逼近，女兒緊張得食不下嚥。

比較	を～にあたって〔在…的時候〕「を～にひかえて」表示時點，強調「時間上已經迫近了」的概念。「にひかえて」前接時間詞時，表示「を」前面的事情，時間上已經迫近了。「を～にあたって」也表時點，強調「事情已經到了重要階段」的概念。表示某一行動，已經到了事情重要的階段。它有複合格助詞的作用，一般用在致詞或感謝致意的書信中。

006　や、やいなや

➡ {動詞辭書形} ＋や、や否や

類義表現	そばから 才剛…就…

意思	

① 【時間前後】表示前一個動作才剛做完，甚至還沒做完，就馬上引起後項的動作。兩動作時間相隔很短，幾乎同時發生。語含受前項的影響，而發生後項意外之事。多用在描寫現實事物，為書面用語。前後動作主體可不同。中文意思是：「剛…就…、一…馬上就…」。如例：

◆ 遠くに警察官の姿を見るや、男は帽子を被って走り出した。

　那男人遠遠地一瞥見警官的身影，立刻戴上帽子撒腿跑了。

◆ テレビに速報が流れるや、事務所の電話が鳴り始めた。

　電視新聞快報一播出，事務所的電話就開始響個不停了。

◆ 病室のドアを閉めるや否や、彼女はポロポロと涙をこぼした。

　病房的門扉一闔上，她豆大的淚珠立刻撲簌簌地落了下來。

◆ この映画が公開されるや否や、世界中から称賛の声が届いた。

　這部電影甫上映旋即博得了世界各地的讚賞。

比較	そばから〔才剛…就…〕「や、やいなや」表示時間前後，強調「前後動作無間隔地連續進行」的概念。後項是受前項影響而發生的意外，前後句動作主體可以不一樣。「そばから」也表時間前後，強調「前項剛做完，後項馬上抵銷前項的內容」的概念。多用在反覆進行相同動作的場合。且大多用在不喜歡的事情。

Track N1-007

007　がはやいか

➡{動詞辭書形}＋が早いか

類義表現　たとたんに 剛…就…

意思

①【時間前後】表示剛一發生前面的情況，馬上出現後面的動作。前後兩動作連接十分緊密，前一個剛完，幾乎同時馬上出現後一個。由於是客觀描寫現實中發生的事物，所以後句不能用意志句、推量句等表現。中文意思是：「剛一…就…」。如例：

◆ 父は、布団に入るが早いか、もういびきをかいている。
爸爸才躺進被窩裡就鼾聲大作了。

◆ 息子は靴を脱ぐが早いか、ゲーム機に飛びついた。
兒子剛脫了鞋就迫不急待地衝去拿遊戲機了。

◆ 彼は壇上に上がるが早いか、研究の必要性について喋り始めた。
他一站上講台，隨即開始闡述研究的重要性。

◆ この掃除機は、先月発売されるが早いか、全て売り切れてしまった。
這台吸塵器上個月一上市立刻銷售一空。

[補]〖がはやいか～た〗後項是描寫已經結束的事情，因此大多以過去時態「た」來結束。

比較　たとたんに〔剛…就…〕「がはやいか」表示時間前後，強調「一…就馬上…」的概念。後項伴有迫不及待的語感。是一種客觀描述，後項不用意志、推測等表現。「たとたんに」也表時間前後，強調「同時、那一瞬間」的概念。後項伴有意外的語感，前後大多是互有關連的事情。這個句型要接動詞過去式。

008 そばから

➡ {動詞辭書形；動詞た形；動詞ている} ＋そばから

| 類義表現 | たとたんに 剛…就… |

| 意思 |

① 【時間前後】表示前項剛做完，其結果或效果馬上被後項抹殺或抵銷。用在同一情況下，不斷重複同一事物，且説話人含有詫異的語感，大多用在不喜歡的事情。前項多為「動詞ている」的接續形式。中文意思是：「才剛…就（又）…、隨…隨…」。如例：

◆ 毎日新しい単語を習うが、覚えるそばから、忘れてしまう。
雖然每天都學習新的單詞，可是剛背完一眨眼又忘了。

◆ 仕事を片付けるそばから、次の仕事を頼まれる。
才剛解決完一項工作，下一椿任務又交到我手上了。

◆ 夫は禁煙すると言ったそばから、煙草を探している。
我先生才嚷嚷著要戒菸，沒多久又找起他的菸來。

◆ 子どもたちは作っているそばから、みんな食べてしまう。
才剛煮完上桌，下一秒孩子們就吃得盤底朝天了。

| 比較 | たとたんに〔剛…就…〕「そばから」表示時間前後，強調「前項剛做完，後項馬上抵銷前項的內容」的概念。多用在反覆進行相同動作的場合，且大多用在不喜歡的事情。「たとたんに」也表示時間前後，強調「同時，那一瞬間」兩個行為間沒有間隔的概念。後項伴有意外的語感，前後大多是互有關連的事情。這個句型要接動詞過去式，表示突然、立即的意思。

009 なり

➡ {動詞辭書形} ＋なり

しだい（一旦）…立刻…

意思

① 【時間前後】表示前項動作剛一完成，後項動作就緊接著發生。後項的動作一般是預料之外的、特殊的、突發性的。後項不能用命令、意志、推量、否定等動詞。也不用在描述自己的行為，並且前後句的動作主體必須相同。中文意思是：「剛…就立刻…、一…就馬上…」。如例：

◆ 子どもは母親の姿を見るなり泣き出した。

孩子一見到媽媽立刻放聲大哭。

◆ 娘は家に帰るなり、部屋に閉じこもって出てこない。

女兒一回到家就馬上把自己關進房間不肯出來。

◆ 相談に来た学生は、椅子に座るなり喋り始めた。

前來諮商的學生剛落座就開始侃侃而談了。

◆ 鈴木君は転校して来るなり学校中の人気者になった。

鈴木同學才剛轉學立刻成為全校矚目的焦點。

比較

しだい（（一旦）…立刻…）「なり」表示時間前後，強調「前項動作剛完成，緊接著就發生後項的動作」的概念。後項是預料之外的事情，不接命令、否定等動詞，前後句動作主體相同。「しだい」也表時間前後，強調「前項動作一結束，後項動作就馬上開始」的概念，或前項必須先完成，後項才能夠成立。後項多為説話人有意識、積極行動的表達方式。前面動詞連用形，後項不能用過去式。

010　この／ここ～というもの

➡ この／ここ＋｛期間・時間｝＋というもの

類義表現

ということだ 據説…

意思

① 【強調期間】前接期間、時間等表示最近一段時間的詞語，表示時間很長，「這段期間一直…」的意思。説話人對前接的時間，帶有感情地表示很長。後項的狀態一般偏向消極的，是跟以前不同的、不正常的。中文意思是：「整整…、整個…以來」。如例：

◆ この１か月というもの、一度も雨が降っていない。
近一個月以來連一場雨都沒下過。

◆ この半年というもの、娘とろくに話していない。
整整半年了，我和女兒幾乎沒好好説過話。

◆ ここ数日というもの、部長の機嫌がやたらにいい。
這幾天以來，經理堪稱龍心大悦。

◆ ここ10年というもの、景気は悪くなる一方だ。
整整10年以來，景氣一年比一年衰退。

比較

ということだ〔據說…〕「この／ここ～というもの」表示強調期間，前接期間、時間的詞語，強調「在這期間發生了後項的事」的概念，含有説話人感嘆這段時間很長的意思。「ということだ」表示傳聞，強調「直接引用，獲得的資訊」的概念。表示説話人把得到的資訊，直接引用傳達給對方，用在具體表示説話、事情、知識等內容。

Track N1-011

011　ぐるみ

➡ {名詞}＋ぐるみ

類義表現

ずくめ 充滿了…

意思

① 【範圍】表示整體、全部、全員。前接名詞時，通常為慣用表現。中文意思是：「全…、全部的…、整個…」。如例：

◆ 借金に借金を重ね、とうとう身ぐるみ剥がされた。
債臺高築，終究淪落到一窮二白的地步了。

◆ お隣さんとは、家族ぐるみのお付き合いをしています。

我們和隔鄰的一家人往來熱絡。

◆ 高齢者を騙す組織ぐるみの犯罪が後を絶たない。

專門鎖定銀髮族下手的詐騙集團犯罪層出不窮。

◆ 我が町は子育て世代を地域ぐるみで応援しています。

本鎮傾全區之力協助育兒家庭。

[比較] **ずくめ**〔充滿了…〕「ぐるみ」表示範圍，強調「全部都」的概念。前接名詞，表示該名詞整體全部都…的意思。是接尾詞。「ずくめ」表示樣態，強調「全部都是同一狀態」的概念。前接名詞，表示身邊淨是某事物、狀態或清一色都是…。也是接尾詞。

Track N1-012

012　というところだ、といったところだ

➡ **{名詞；動詞辭書形；引用句子或詞句}＋というところだ、といったところだ**

[類義表現] ということだ 據說…

[意思]

① **【範圍】** 接在數量不多或程度較輕的詞後面，表示頂多也只有文中所提的數目而已，最多也不超過文中所提的數目，強調「再好、再多也不過如此而已」的語氣。中文意思是：「頂多…」。如例：

◆ 入院は１週間から10日というところでしょう。

住院期間頂多一星期到10天左右吧。

◆ ３日に渡る会議を経て、交渉成立まではあと一歩といったところだ。

開了整整３天會議，距離達成共識只差最後一步了。

[補]〘大致〙說明在某階段的大致情況或程度。中文意思是：「可說…差不多、可說就是…、可說相當於…」。如例：

◆ 中国語は、ようやく中級に入るというところです。

目前學習中文總算進入相當於中級程度了。

[補]〔口語ーってとこだ〕「ってとこだ」為口語用法。是自己對狀況的判斷跟評價。如例：

◆「試験どうだった。」「うん、ぎりぎり合格ってとこだね。」
「考試結果還好嗎？」「嗯，差不多低空掠過吧。」

比較

ということだ〔據說…〕「というところだ」表示範圍，強調「大致的程度」的概念。接在數量不多或程度較輕的詞後面，表示頂多也只有文中所提的數目而已，最多也不超過文中所提的程度。「ということだ」表示傳聞，強調「從外界聽到的傳聞」的概念。直接引用傳聞的語意很強，所以也可以接命令形。句尾不能變成否定形。

013 をかわきりに、をかわきりにして、をかわきりとして

Track N1-013

➡{名詞}＋を皮切りに、を皮切りにして、を皮切りとして

類義表現

（が）あっての 有了…之後…才能…

意思

①【起點】前接某個時間、地點等，表示以這為起點，開始了一連串同類型的動作。後項一般是繁榮飛躍、事業興隆等內容。中文意思是：「以…為開端開始…、從…開始」。如例：

◆ 来年は２月の東京公演を皮切りに、全国ツアーを予定している。
目前計畫以明年２月的東京公演為第一站，此後展開全國巡迴演出。

◆ モデル業を皮切りに、歌手、女優と彼女の活躍の場は広がる一方だ。
她從伸展台出道，此後陸續跨足唱壇與戲劇界，在各個表演領域都相當活躍。

◆ 営業部長の発言を皮切りに、各部署の責任者が次々に発言を始めた。
業務部長率先發言，緊接著各部門的主管也開始逐一發言。

◆ B市を皮切りに、民主化を求めるデモは全国各地に広がった。

最早的引爆點是B市，此後要求民主化的示威活動陸續遍及全國。

比較

（が）あっての〔有了…之後，才能…〕「をかわきりに」表示起點，強調「起點」的概念。後接同類事物，表示以前接時間點為開端，接二連三地隨之開始，通常是事業興隆等內容。助詞要用「を」，前接名詞。「（が）あっての」表示強調，強調一種「必要條件」的概念。表示因為有前項的條件，後項才能夠存在，含有如果沒有前面的條件，就沒有後面的結果了。助詞要用「が」，前面也接名詞。

文法小祕方

接續詞

項目	說明	例句
定義	接續詞是沒有詞形變化的獨立詞，主要用來連接詞、分句、句子及段落，表示前後關係，起承前啟後的作用。	しかし
構成	日語的接續詞大多由其他詞類轉化而來。	1.由名詞轉化：つまり 2.由代名詞、助動詞、助詞複合而成：ですから 3.由名詞和助詞複合而成：ところで 4.由指示代名詞和助詞複合而成：それに 5.由連體指示代名詞和名詞複合而成：そのうえ 6.由動詞連用形轉化：及び 7.由動詞和助詞、接續助詞複合而成：すると 8.由副詞直接轉化：また 9.由接續助詞直接轉化：それで 10.接續詞的其他複合形式：または（副詞＋助詞）

練習　文法知多少？

▼ 答案詳見右下角

☞ 　請完成以下題目，從選項中，選出正確答案，並完成句子。

1　彼女は1年間休養していたが、3月に行うコンサートを（　　　）芸能界に復帰します。

　　1. あっての　　　　　　　　2. 皮切りに

2　いかなる厳しい状況（　　　）、冷静さを失ってはならない。

　　1. にあっても　　　　　　　2. にして

3　アメリカは44代目に（　　　）はじめて黒人大統領が誕生した。

　　1. して　　　　　　　　　　2. おうじて

4　ここ1年（　　　）、転職や大病などいろいろなことがありました。

　　1. というもの　　　　　　　2. ということ

5　就寝する（　　　）には、あまり食べないほうがいいですよ。

　　1. 間際　　　　　　　　　　2. に際して

6　大学の合格発表を明日に（　　　）、緊張で食事もろくにのどを通りません。

　　1. 当たって　　　　　　　　2. 控えて

7　ホテルに着く（　　　）、さっそく街にくりだした。

　　1. がはやいか　　　　　　　2. 次第

8　注意する（　　　）、転んでけがをした。

　　1. とたんに　　　　　　　　2. そばから

答案：（1）2　（2）1　（3）1　（4）1　（5）1　（6）2　（7）1　（8）2

541

目的、原因、結果

目的、原因、結果

Lesson 02

Track N1-014

001　べく

➡{動詞辭書形}＋べく

[類義表現] ように 為了…而…，以便達到…

[意思]

① 【目的】表示意志、目的，是「べし」的ます形。表示帶著某種目的來做後項，語氣中帶有這樣做是理所當然、天經地義之意。雖然是較生硬的說法，但現代日語有使用。後項不接委託、命令、要求的句子。中文意思是：「為了…而…、想要…、打算…」。如例：

◆ 息子(むすこ)さんはお父(とう)さんの期待(きたい)に応(こた)えるべく頑張(がんば)っていますよ。

令郎為了達到父親的期望而一直努力喔！

◆ 来年開催(らいねんかいさい)のワールドカップに間(ま)に合(あ)わせるべく、競技場(きょうぎじょう)の建設(けんせつ)が進(すす)められている。

競技場正加緊施工當中，以便趕上明年舉行的世界盃大賽。

◆ 借金(しゃっきん)を返(かえ)すべく、共働(ともばたら)きをしている。

夫妻兩人為了還債都出外工作。

[補] 〖サ変動詞すべく〗前面若接サ行變格動詞，可用「すべく」、「するべく」，但較常使用「すべく」(「す」為古日語「する」的辭書形)。如例：

◆ 新薬(しんやく)を開発(かいはつ)すべく、日夜研究(にちやけんきゅう)を続(つづ)けている。

為了研發出新藥而不分晝夜持續研究。

比較 ように〔為了…而…，以便達到…〕「べく」表示目的，強調「帶著某種目的，而做後項」的概念。前接想要達成的目的，後接為了達成目的，所該做的內容。後項不接委託、命令、要求的句子。這個句型要接動詞辭書形。「ように」也表目的，強調「為了實現前項，而做後項」的概念，是行為主體的希望。這個句型也接動詞辭書形，但也可以接動詞否定形。後接表示説話人的意志句。

Track N1-015

002 んがため（に）、んがための

➜ {動詞否定形（去ない）}＋んがため（に）、んがための

類義表現 ➜ べく 為了…而…

意思

① 【目的】表示目的。用在積極地為了實現目標的説法，「んがため（に）」前面是想達到的目標，後面常是雖不喜歡，不得不做的動作。含有無論如何都要實現某事，帶著積極的目的做某事的語意。書面用語，很少出現在對話中。要注意前接サ行變格動詞時為「せんがため」，接「来る」時為「来（こ）んがため」；用「んがための」時後面要接名詞。中文意思是：「為了…而…（的）、因為要…所以…（的）」。如例：

◆ 我が子の命を救わんがため、母親は街頭募金に立ち続けた。

　當時為了拯救自己孩子的性命，母親持續在街頭募款。

◆ 研究の成果を１日も早く発表せんがため、徹夜の作業が続いた。

　那時為了盡早發表研究成果而日復一日熬夜奮戰。

◆ 部長の自らの身を守らんがための発言には、皆がうんざりしていた。

　經理那套形同撇清關係的論調大家已經聽膩了。

◆ 私は今、自分の生き方を見直さんがための貧乏旅行中です。

　我正在窮遊的旅途中，目的是重新檢視自己的生活態度。

べく〔為了…而…〕「んがため（に）」表示目的，強調「無論如何都要實現某目的」的概念。前接想要達成的目的，後接因此迫切採取的行動，語氣中帶有迫切、積極之意。前接動詞否定形。「べく」也表目的，強調「帶著某種目的，而做後項」的概念，語氣中帶有這樣做是理所當然、天經地義之意，是較生硬的說法。前接動詞辭書形。

Track N1-016

003　ともなく、ともなしに

とばかりに 幾乎要說…

① 【無目的行為】{疑問詞（＋助詞）}＋ともなく、ともなしに。前接疑問詞時，則表示意圖不明確。表示在對象或目的不清楚的情況下，採取了那種行為。中文意思是：「雖然不清楚是…，但…」。如例：

◆ どこからともなく列車の走る音が聞こえてくる。

火車的行駛聲不知從何處傳來。

◆ 多田君はいつからともなしに、みんなのリーダー的存在となっていた。

不知道從什麼時候起，多田同學成為班上的領導人物了。

② 【樣態】{動詞辭書形}＋ともなく、ともなしに。表示並不是有心想做，但還是發生了後項這種意外的情況。也就是無意識地做出某種動作或行為，含有動作、狀態不明確的意思。中文意思是：「無意地、下意識的、不知…、無意中…」。如例：

◆ 父は1日中見るともなくテレビを見ている。

爸爸一整天漫不經心地看著電視。

◆ 言うともなしに言った言葉が、友人を傷つけてしまった。

不經大腦說出來的話傷了朋友的心。

| 比較 |

とばかりに〔幾乎要說…〕「ともなく」表示樣態，強調「無意識地做出某種動作」的概念。表示並不是有心想做後項，卻發生了這種意外的情況。「とばかりに」也表樣態，強調「幾乎要表現出來」的概念。表示雖然沒有說出來，但簡直就是那個樣子，來做後項動作猛烈的行為，後續內容多為不良的結果或狀態。常用來描述別人。書面用語。

---

004 （が）ゆえ（に）、（が）ゆえの、（が）ゆえだ

Track N1-017

➡ {[名詞・形容動詞詞幹]（である）；[形容詞・動詞] 普通形} ＋
（が）故（に）、（が）故の、（が）故だ

| 類義表現 |　べく 為了…而…

| 意思 |

① 【原因】是表示原因、理由的文言說法。中文意思是：「因為是…的關係；…才有的…」。如例：

◆ 外国人であるが故に差別されることは少なくない。

由於外籍人士的身分而受到歧視的情形並不罕見。

◆ 子どもに厳しくするのも、子どもの幸せを思うが故なのだ。

之所以如此嚴格要求孩子的言行舉止，也全是為了孩子的幸福著想。

補 〔故の＋N〕使用「故の」時，後面要接名詞。如例：

◆ 勇太くんのわがままは、寂しいが故の行動と言えるでしょう。

勇太小任性的行為表現，應當可以歸因於其寂寞的感受。

補 〔省略に〕「に」可省略。書面用語。如例：

◆ 貧しさ故、非行に走る子どももいる。

部分兒童由於家境貧困而誤入歧途。

比較	べく〔為了…而…〕「がゆえ（に）」表示原因，表示因果關係，強調「前項是因，後項是果」的概念。也就是前項是原因、理由，後項是導致的結果。是較生硬的說法。「べく」表示目的，強調「帶著某種目的，而做後項」的概念。語氣中帶有這樣做是理所當然、天經地義之意，也是較生硬的說法。

005　ことだし

→ {[名詞・形容動詞詞幹] である；形容動詞詞幹な；
[形容詞・動詞] 普通形} ＋ことだし

類義表現	こともあって 也是由於…

意思	

① 【原因】後面接決定、請求、判斷、陳述等表現，表示之所以會這樣做、這樣認為的理由或依據。表達程度較輕的理由，語含除此之外，還有別的理由。是口語用法，語氣較為輕鬆。中文意思是：「由於…、因為…」。如例：

◆ まだ病気も初期であることだし、手術せずに薬で治せますよ。

所幸病症還屬於初期階段，不必開刀，只要服藥即可治癒囉。

◆ こっちの方が安全なことだし、時間はかかるけど広い道を行きましょう。

由於走這條路比較安全，雖然會多花一些時間，我們還是選擇寬敞的道路吧。

◆ 今日は天気も悪いことだし、花見は来週にしませんか。

今天天氣不好，要不要延到下星期再去賞花？

◆ まだ5時前だけど、今日はみんな疲れてることだし、もう帰ろう。

雖然還不到5點，但由於今天大家都累了，我看還是回去好了。

㊟〔ことだし＝し〕意義、用法和單獨的「し」相似，但「ことだし」更得體有禮。

こともあって〔也是由於…〕「ことだし」表示原因，表示之所以會這樣做、這樣認為的其中某一個理由或依據。語含還有其他理由的語感，後項經常是某個決定的表現方式。「こともあって」也表原因，列舉其中某1、2個原因，暗示除了提到的理由之外，還有其他理由的語感。後項大多是解釋説明的表現方式。

---

006 こととて

Track N1-019

➡ {名詞の；形容動詞詞幹な；[形容詞・動詞] 普通形} ＋こととて

類義表現　がゆえ（に）　因為是…的關係

意思

① 【原因】 表示順接的理由、原因。常用於道歉或請求原諒時，後面伴隨著表示道歉、請求原諒的理由，或消極性的結果。中文意思是：「（總之）因為…」。如例：

◆ 初めてのこととて、ご報告が遅れ、申し訳ございません。
由於是首次承辦，報告有所延遲，懇請見諒。

◆ 子どものやったこととて、大目に見て頂けませんか。
既然是小孩犯的錯誤，能否請您海涵呢？

⑭ 〖古老表現〗 是一種正式且較為古老的表現方式，因此前面也常接古語。「こととて」是「ことだから」的書面語。如例：

◆ 慣れぬこととて、大変お待たせしてしまい、大変失礼致しました。
因為還不夠熟悉，非常抱歉讓您久等了。

比較　**がゆえ（に）**〔因為是…的關係〕「こととて」表示原因，表示順接的原因。強調「前項是因，後項是消極的果」的概念。常用在表示道歉的理由，前項是理由，後項是因前項而產生的消極性結果，或是道歉等內容。是正式的表達方式。「がゆえ（に）」也表原因，表示句子之間的因果關係。強調「前項是因，後項是果」的概念。

② 【逆接條件】表示逆接的條件，表示承認前項，但後項還是有不足之處。中文意思是：「雖然是…也…」。如例：

◆ 知らぬこととて、ご迷惑をおかけしたことに変わりはありません。申し訳ありませんでした。

由於我不知道相關規定，以致於造成各位的困擾，在此致上十二萬分的歉意。

007　てまえ

➡ {名詞の；動詞普通形}＋手前

| 類義表現 | からには 既然…，就… |

| 意思 |

① 【原因】強調理由、原因，用來解釋自己的難處、不情願。有「因為要顧自己的面子或立場必須這樣做」的意思。後面通常會接表示義務、被迫的表現，例如：「なければならない」、「しないわけにはいかない」、「ざるを得ない」、「しかない」。中文意思是：「由於…所以…」。如例：

◆ 応援してくれた人たちの手前、ここで諦めるわけにはいかない。

為了幫我加油打氣的人們，我絕不能在這一刻退縮棄權！

◆ ここは伯父に紹介してもらった手前、簡単に退職できないんだ。

由於這個工作是承蒙伯父引薦的，因此我無法輕言辭職。

◆ こちらから誘った手前、今さら断れないよ。

是我開口邀約對方的，事到如今自己怎能打退堂鼓呢？

| 比較 |

からには〔既然…，就…〕「てまえ」表示原因，表示做了前項之後，為了顧全自己的面子或立場，而只能做後項。後項一般是應採取的態度，或強烈決心的句子。「からには」也表原因，表示既然到了前項這種情況，後項就要理所當然堅持做到底。後項一般是被迫覺悟、表現個人感情的句子。

② 【場所】表示場所，不同於表示前面之意的「まえ」，此指與自身距離較近的地方。中文意思是：「…前、…前方」。如例：

◆ 本棚は奥に、テーブルはその手前に置いてください。

請將書櫃擺在最後面，桌子則放在它的前面。

Track N1-021

008 とあって

→ {名詞；[名詞・形容詞・形容動詞・動詞] 普通形；形容動詞詞幹} ＋とあって

| 類義表現 | とすると 假如…的話… |

| 意思 |

① **【原因】** 表示理由、原因。由於前項特殊的原因，當然就會出現後項特殊的情況，或應該採取的行動。後項是説話人敍述自己對某種特殊情況的觀察。書面用語，常用在報紙、新聞報導中。中文意思是：「由於…（的關係）、因為…（的關係）」。如例：

◆ 20年ぶりの記録更新とあって、競技場は興奮に包まれた。

　那一刻打破了20年來的紀錄，競技場因而一片歡聲雷動。

◆ 例年より桜の開花が10日も早いとあって、旅行社やホテルは対応に追われている。

　由於櫻花比往年足足提早了10天開花，旅行社和飯店旅館旅館紛紛忙著安排因應計畫。

◆ 小山議員はハンサムな上に庶民的とあって、国民の人気は高まる一方だ。

　小山議員不僅長相帥氣，行事作風又接地氣，民眾的支持度於是急遽飆漲。

◆ 今日検査の結果が分かるとあって、朝から父は落ち着かない。

　因為今天即將收到檢驗報告，爸爸從一早就坐立難安。

㊟ **〔後－意志或判斷〕** 後項要用表示意志或判斷，不能用推測、命令、勸誘、祈使等表現方式。

| 比較 |

とすると〔假如…的話…〕「とあって」表示原因，強調「有前項才有後項」的概念，表示因為在前項的特殊情況下，所以出現了後項的情況。前接特殊的原因，後接因而引起的效應，説話人敍述自己對前面特殊情況的觀察。「とすると」表示條件，表示順接的假定條件，是對當前不可能實現的事物的假設，強調「如果前項是事實，後項就會實現」的概念。常伴隨「かりに（假如）、もし（如果）」等。

009 にかこつけて

→ {名詞}＋にかこつけて

類義表現

にひきかえ 和…比起來

意思

① 【原因】前接表示原因的名詞，表示為了讓自己的行為正當化，用無關的事做藉口。後項大多是可能會被指責的事情。中文意思是：「以…為藉口、托故…」。如例：

◆ 就職にかこつけて、東京で一人暮らしを始めた。
我用找到工作當藉口，展開了一個人住在東京的新生活。

◆ 学生の頃は試験勉強にかこつけて、友人の家に集まったものだ。
學生時代常拿準備考試當藉口，一群人湊在朋友家玩。

◆ 祖母の介護にかこつけて、度々実家に帰っている。
我經常以照料祖母作為回娘家的藉口。

◆ 彼はよく仕事にかこつけて、喫茶店でサボっている。
他常藉口外出工作，其實是溜到咖啡廳摸摸魚偷閒。

一人暮らし

比較

にひきかえ〔和…比起來〕「にかこつけて」表示原因，強調「以前項為藉口，去做後項」的概念。前接表示原因的名詞，表示為了讓自己的行為正當化，用無關的事、不是事實的事做藉口。「にひきかえ」表示對比，強調「前後兩項，正好相反」的概念，用來比較兩個相反或差異性很大的人事物。含有説話人個人主觀的看法。

010 ばこそ

→ {[名詞・形容動詞詞幹] であれ；[形容詞・動詞] 假定形}＋ばこそ

類義表現

すら 就連…都

① 【原因】強調原因，表示強調最根本的理由。正是這個原因，才有後項的結果。強調説話人以積極的態度説明理由。中文意思是：「就是因為…才…、正因為…才…」。如例：

◆ 体が健康であればこそ、仕事も頑張ることができる。

要靠健康的身體才能夠努力工作。

◆ 辛い経験が多ければこそ、彼女のような思いやりに溢れた人になったのだ。

多虧過去嘗過那許許多多的辛酸，才能夠成為像她那樣充滿關懷之心的人。

◆ 君のためを思えばこそ、厳しいことを言うんだよ。

就是為了你著想，才會那麼嚴厲地訓斥呀！

◆ あなたの支えがあればこそ、私は今までやって来られたんです。

承蒙你的支持，我才得以一路走到了今天。

⑪ 〖ばこそ〜のだ〗句尾用「の（ん）だ」、「の（ん）です」時，有「加強因果關係的説明」的語氣。一般用在正面的評價。書面用語。

比較

すら〔就連…都〕「ばこそ」表示原因，有「強調某種結果的原因」的概念。表示正是這個最根本必備的理由，才有後項的結果。一般用在正面的評價。常和「の（ん）です」相呼應，以加強肯定語氣。「すら」表示強調，有「特別強調主題」的作用。舉出一個極端例子，強調就連前項都這樣了，其他就更不用提了。後面接否定用法，有導致消極結果的傾向，多用於表示負面評價。

---

011 しまつだ

➜ {動詞辭書形；この／その／あの} ＋始末だ

類義表現

しだいだ 因此

① 【結果】表示經過一個壞的情況，最後落得一個不理想的、更壞的結果。前句一般是敘述事情發生的情況，後句帶有譴責意味地，對結果竟然發展到這樣的地步的無計畫性，表示詫異。有時候不必翻譯。中文意思是：「（結果）竟然…、落到…的結果」。如例：

◆ 木村君は日頃から遅刻がちだが、今日はとうとう無断欠勤する始末だ。

木村平時上班就常遲到，今天居然乾脆曠職！

◆ あの監督は女優へのセクハラ発言が問題になっていたが、今度はパワハラで訴えられる始末だ。

那位導演以前就曾發生過以言語騷擾女演員的醜聞，這回終究逃不過被控告職權騷擾的命運了。

◆ 恋愛経験のない彼が恋をしたのはいいが、結局ストーカー扱いされる始末だ。

從沒談過戀愛的他終於墜入情網了，問題是到後來居然被人當成了跟蹤狂。

㊤ 〔この始末だ〕固定的慣用表現「この始末だ／淪落到這般地步」，對結果竟是這樣，表示詫異。後項多和「とうとう、最後は」等詞呼應使用。如例：

◆ そんなに借金を重ねたら会社が危ないとあれほど忠告したのに、やっぱりこの始末だ。

之前就苦口婆心勸你不要一而再、再而三借款，否則會影響公司的營運，現在果然週轉不靈了吧！

しだいだ〔因此〕「しまつだ」表示結果，強調「不好的結果」的概念。表示經過一個壞的情況，最後落得一個更壞的結果。前句一般是敘述事情發生的情況，後句帶有譴責意味地，陳述結果竟然發展到這樣的地步。「しだいだ」也表結果，強調「事情發展至此的理由」的概念。表示說明因某情況、理由，導致了某結果。

012　ずじまいで、ずじまいだ、ずじまいの

➡ {動詞否定形 (去ない)} ＋ずじまいで、ずじまいだ、ずじまいの＋ {名詞}

ずに 不知道…

意思

① 【結果】表示某一意圖，由於某些因素，沒能做成，而時間就這樣過去了，最後沒能實現，無果而終。常含有相當惋惜、失望、後悔的語氣。多跟「結局、とうとう」一起使用。使用「ずじまいの」時，後面要接名詞。中文意思是：「(結果) 沒…（的）、沒能…（的）、沒…成（的）」。如例：

◆ せっかく大阪へ行ったのに、時間がなくて実家へ寄らずじまいで帰って来た。

難得去一趟大阪，可惜沒空順道回老家探望，辦完事就直接回到這邊了。

◆ 旅行中は雨続きで、結局山には登らずじまいだった。

旅遊途中連日陰雨，無奈連山都沒爬成，就這麼失望而歸了。

◆ カメラを修理に出したが、故障の原因は分からずじまいだった。

雖然把相機送修了，結果還是沒能查出故障的原因。

◆ 3年前に書いた百合子さん宛ての渡せずじまいの手紙を、今日とうとう捨てた。

3年前寫給百合子小姐卻終究沒能交給她的那封信，今天終於狠下心來扔掉了。

㊐ 〔せずじまい〕請注意前接サ行變格動詞時，要用「せずじまい」。如例：

◆ デザインはよかったが、妥協せずじまいだった。

設計雖然很好，但雙方最終還是沒能達成共識。

比較

ずに〔不知道…〕「ずじまいで」表示結果，強調「由於某原因，無果而終」的概念。表示某一意圖，由於某些因素沒能做成，而時間就這樣過去了。常含有相當惋惜的語氣。多跟「結局、とうとう」一起使用。「ずに」表示否定，強調「沒有在前項的狀態下，進行後項」的概念。「ずに」是否定助動詞「ぬ」的連用形。後接「に」表示否定的狀態。「に」有時可以省略。

013 にいたる

にいたって（は）到…階段（オ）

意思

① 【結果】{名詞；動詞辭書形}＋に至る。表示事物達到某程度、階段、狀態等。含有在經歷了各種事情之後，終於達到某狀態、階段的意思，常與「ようやく、とうとう、ついに」等詞相呼應。中文意思是：「最後…、到達…、發展到…程度」。如例：

◆ 3時間に及ぶトップ会談の末、両者は合意するに至った。
　經過了長達 3 個小時的高峰會談，雙方終於達成了共識。

◆ 少年が傷害事件を起こすに至ったのには、それなりの背景がある。
　少年之所以會犯下傷害案件有其背後的原因。

◆ 夫婦は10年間の別居生活を経て、ついに離婚に至った。
　夫妻於分居10年之後，最終步上了離婚的結局。

比較　**にいたって（は）**〔到…階段（オ）〕「にいたる」表示結果，表示連續經歷了各種事情之後，事態終於到達某嚴重的地步。「にいたって（は）」也表結果，表示直到極端事態出現時，才察覺到後項，或才發現該做後項。

② 【到達】{場所}＋に至る。表示到達之意，偏向於書面用語。翻譯較靈活。中文意思是：「最後…」。如例：

◆ この川は関東平野を南に流れ、東京湾に至る。
　這條河穿越關東平原向南流入東京灣。

練習　文法知多少？

▼ 答案詳見右下角

☞　請完成以下題目，從選項中，選出正確答案，並完成句子。

1 彼の本心を聞く（　　）、二人きりで話してみようと思う。

　　1．べく　　　　　　　　　2．ように

2 この企画を（　　）、徹夜で頑張りました。

　　1．通さんべく　　　　　　2．通さんがために

3 あまりの寒さ（　　）、声が出ません。

　　1．ゆえに　　　　　　　　2．べく

4 不慣れな（　　）、多々失礼があるかと存じますが、どうぞ温かく見守ってください。

　　1．こととて　　　　　　　2．ゆえに

5 大人気のお菓子（　　）、開店するや、瞬く間に売り切れた。

　　1．とすると　　　　　　　2．とあって

6 何かと忙しいのに（　　）、ついついトレーニングをサボってしまいました。

　　1．かこつけて　　　　　　2．ひきかえ

7 彼女を思えば（　　）、厳しいことを言ったのです。

　　1．すら　　　　　　　　　2．こそ

8 結局、彼女の話は最後まで（　　）じまいだった。

　　1．聞けずに　　　　　　　2．聞けず

可能、予想外、推測、当然、対応

可能、預料外、推測、當然、對應

Track N1-027

001 うにも～ない

➡ {動詞意向形} ＋ うにも ＋ {動詞可能形的否定形}

| 類義表現 | っこない 不可能… |

| 意思 |

① 【可能】表示因為某種客觀原因的妨礙，即使想做某事，也難以做到，不能實現。是一種願望無法實現的說法。前面要接動詞的意向形，表示想達成的目標。後面接否定的表達方式，可接同一動詞的可能形否定形。中文意思是：「即使想…也不能…」。如例：

◆ 体がだるくて、起きようにも起きられない。
　全身倦怠，就算想起床也爬不起來。

◆ 彼女に言われた酷い言葉は忘れようにも忘れられ
　ない。
　她當年深深刺傷了我的那句話，我始終難以忘懷。

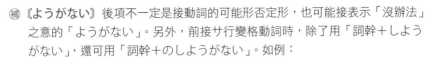

㊟ 〖ようがない〗後項不一定是接動詞的可能形否定形，也可能接表示「沒辦法」之意的「ようがない」。另外，前接サ行變格動詞時，除了用「詞幹＋しようがない」，還可用「詞幹＋のしようがない」。如例：

◆ こうはっきり証拠が残ってるのでは、ごまかそうにもごまかしようがな
　いな。
　既然留下了如此斬釘截鐵的證據，就算想瞞也瞞不了人嘍！

◆ 事情を話してくださらないと、協力しようにも協力のしようがありませ
　んよ。
　如果不先把前因後果說清楚，即使想幫忙也無從幫起呀！

比較	っこない〔不可能…〕「うにも～ない」表示可能，強調「因某客觀原因，無法實現願望」的概念。表示因為某種客觀的原因，即使想做某事，也難以做到，是一種願望無法實現的説法。前面要接動詞的意向形，後面接否定的表達方式。「っこない」也表可能，強調「某事絕不可能發生」的概念。表示説話人強烈否定，絕對不可能發生某事。相當於「絶対に～ない」。

002　にたえる、にたえない

類義表現	にかたくない 不難…

意思

① 【可能】{名詞；動詞辭書形}＋にたえる；{名詞}＋にたえられない。表示可以忍受心中的不快或壓迫感，不屈服忍耐下去的意思。否定的説法用不可能的「たえられない」。中文意思是：「經得起…、可忍受…」。如例：

◆ 受験を通して、不安や焦りにたえる精神力を強くすることができる。

透過考試，可以對不安或焦慮的耐受力進行考驗，強化意志力。

② 【價值】{名詞；動詞辭書形}＋にたえる；{名詞}＋にたえない。表示值得這麼做，有這麼做的價值。這時候的否定説法要用「たえない」，不用「たえられない」。中文意思是：「值得…」。如例：

◆ これは彼の9歳のときの作品だが、それでも十分鑑賞にたえるものだ。

這是他9歲時的作品，但已具備供大眾欣賞的資質了。

③ 【強制】{動詞辭書形}＋にたえない。表示情況嚴重得不忍看下去，聽不下去了。這時候是帶著一種不愉快的心情。前面只能接「読む、聞く、見る」等為數不多的幾個動詞。中文意思是：「不堪…、忍受不住…」。如例：

◆ ネットニュースの記事は見出しばかりで、読むにたえないものが少なくない。

網路新聞充斥著標題黨，不值一讀的文章不在少數。

比較

にかたくない〔不難…〕「にたえない」表示強制，強調「因某心理因素，難以做某事」的概念。表示忍受不了所看到的或所聽到的事。這時候是帶著一種不愉快的心情。「にかたくない」表示難易，強調「從現實因素，不難想像某事」的概念。表示從某一狀況來看，不難想像，誰都能明白的意思。前面多用「想像する、理解する」等詞，書面用語。

④【感情】{名詞}＋にたえない。前接「感慨、感激」等詞，表示強調前面情感的意思，一般用在客套話上。中文意思是：「不勝…」。如例：

◆ いつも私を見守ってくださり、感謝の念にたえません。

真不知道該如何感謝你一直守護在我的身旁。

003　（か）とおもいきや

➡ {[名詞・形容詞・形容動詞・動詞] 普通形；引用的句子或詞句} ＋（か）と思いきや

類義表現　ながらも 雖然…但是…

意思

①【預料外】表示按照一般情況推測，應該是前項的結果，但是卻出乎意料地出現了後項相反的結果，含有說話人感到驚訝的語感。後常跟「意外に（も）、なんと、しまった、だった」相呼應。本來是個古日語的說法，而古日語如果在現代文中使用通常是書面語，但「（か）と思いきや」多用在輕鬆的對話中，不用在正式場合。是逆接用法。中文意思是：「原以為…、誰知道…、本以為…居然…」。如例：

◆ 誰も来ないかと思いきや、子どもたちの作品展には大勢の人が訪れた。

原以為小朋友的作品展不會有人來看，沒想到竟有大批人潮前來參觀。

◆ 手紙を読んだ彼女は、喜ぶかと思いきや、なぜか怒り出した。

本來以為她讀了信應該會很高興，不料居然發起脾氣來了。

◆ 今夜は暴風雨かと思いきや、台風は１時間前に日本付近を通過したそうだ。

原先以為今天恐將有個風雨交加的夜晚，然而根據報導颱風已於一個小時前在日本附近通過逐漸遠離了。

◆ 今年(ことし)は合格間違(ごうかくまちが)いなしと思(おも)いきや、今年(ことし)もダメだった。
原本有十足的把握今年一定可以通過考試，誰曉得今年竟又落榜了。

[補]〔印象〕前項是說話人的印象或瞬間想到的事，而後項是對此進行否定。

比較

ながらも〔雖然…但是…〕「（か）とおもいきや」表示預料外，原以為應該是前項的結果，但是卻出乎意料地出現了後項相反或不同的結果。含有說話人感到驚訝的語氣。「ながらも」也表預料外，表示雖然是能夠預料的前項，但卻與預料不同，實際上出現了後項。是一種逆接的表現方式。

Track N1-030

004 とは

➡ {名詞；[形容詞・形容動詞・動詞]普通形；引用句子}＋とは

類義表現

ときたら 提起…來

意思

①【預料外】由格助詞「と」＋係助詞「は」組成，表示對看到或聽到的事實（意料之外的），感到吃驚或感慨的心情。前項是已知的事實，後項是表示吃驚的句子。中文意思是：「連…也、沒想到…、…這…、竟然會…」。如例：

◆ 江戸時代(えどじだい)の水道設備(すいどうせつび)がこんなに高度(こうど)だったとは、本当(ほんとう)に驚(おどろ)きだ。
江戶時代居然有如此先進的水利設施，實在令人驚訝。

[補]〔省略後半〕有時會省略後半段，單純表現出吃驚的語氣。如例：

◆ たった1年(ねん)でN1に受(う)かるとは。君(きみ)の勉強方法(べんきょうほうほう)をおしえてくれ。
只用一年時間就通過了N1級測驗！請教我你的學習方法。

[補]〔口語－なんて〕口語用「なんて」的形式。如例：

◆ あのときの赤(あか)ちゃんがもう大学生(だいがくせい)だなんて。
想當年的小寶寶居然已經是大學生了！

ときたら〔提起…來〕「とは」表示預料外，強調「感嘆或驚嘆」的概念。前接意料之外看到或遇到的事實，後接説話人對其感到感嘆、吃驚的心情。「ときたら」表示話題，強調「帶著負面的心情提起話題」的概念。前面一般接人名，後項是譴責、不滿和否定的內容。

② 【話題】表示定義，前項是主題，接名詞，後項對這主題的特徵、意義等進行定義。中文意思是：「所謂…、是…」。如例：

◆ 「急がば回れ」とは、急ぐときは遠回りでも安全な道を行けという意味です。

　所謂「欲速則不達」，意思是寧走10步遠，不走一步險（著急時，要按部就班選擇繞行走一條安全可靠的遠路）。

⑭ 〔口語－って〕口語用「って」的形式。如例：

◆ 「はとこってなに。」「親の従兄弟の子のことだよ。」

　「什麼是『從堂（表）兄弟姐妹』？」「就是爸媽的堂（表）兄弟姐妹的孩子。」

005　とみえて、とみえる

➡ {名詞（だ）；形容動詞詞幹（だ）；[形容詞・動詞] 普通形} ＋
とみえて、とみえる

類義表現 ともなると 要是…那就…

意思

① 【推測】表示前項是敘述推測出來的結果，後項是陳述這一推測的根據。前項為後項的根據、原因、理由，表示説話者從現況、外觀、事實來自行推測或做出判斷。中文意思是：「看來…、似乎…」。如例：

◆ お隣は留守とみえて、玄関も窓も真っ暗だ。

　鄰居好像不在家，玄關和窗戶都黑漆漆的。

◆ 母は穏やかな表情で顔色もよい。回復は順調とみえる。

　媽媽不僅露出舒坦的表情，氣色也挺不錯的，看來恢復狀況十分良好。

◆ 窓の光が眩しいとみえて、赤ん坊は目をパチパチさせている。

從窗口射入的光線似乎十分刺眼，只見小寶寶不停眨巴著眼睛。

◆ 春はそこまで来ているとみえて、桜のつぼみが薄く色づいている。

春天的腳步似乎近了，櫻花的花苞已經染上一抹淡淡的緋紅。

比較

ともなると〔要是…那就…〕「とみえて」表示推測，表示前項是推測出來的結果，後項是這一推測的根據。「ともなると」表示評價的觀點，表示如果在前項的條件或到了某一特殊時期，就會出現後項的不同情況。含有強調前項，敘述果真到了前項的情況，就當然會出現後項的語意。

Track N1-032

006 べし

➔{動詞辭書形}＋べし

類義表現

べからざる 禁止…

意思

① **【當然】**是一種義務、當然的表現方式。表示説話人從道理上、公共理念上、常識上考慮，覺得那樣做是應該的、理所當然的。用在説話人對一般的事情發表意見的時候，含有命令、勸誘的語意，只放在句尾。是種文言的表達方式。中文意思是：「應該…、必須…、值得…」。如例：

◆ ゴミは各自持ち帰るべし。

垃圾必須各自攜離。

◆ 学生たるものしっかり勉強に励むべし。

學生的本分就是努力用功讀書。

[補]〘サ変動詞すべし〙前面若接サ行變格動詞，可用「すべし」、「するべし」，但較常使用「すべし」(「す」為古日語「する」的辭書形)。如例：

◆ 問題が発生した場合は速やかに報告すべし。

萬一發生異狀，必須盡快報告。

[補]〘格言〙用於格言。如例：

♦「後生畏るべし」という言葉がある。若者は大切にすべきだ。

有句話叫「後生可畏」。我們萬萬不可輕視年輕人。

比較	べからざる〔禁止…〕「べし」表示當然，強調「那樣做是一種義務」的概念。表示説話人從道理上考慮，覺得那樣做是應該的，理所當然的。用在説話人對一般的事情發表意見的時候。只放在句尾。「べからざる」表示禁止，強調「強硬禁止」的概念。是一種強硬的禁止説法，文言文式的説法，多半出現在告示牌、公佈欄、演講標題上。現在很少見。

Track N1-033

007　いかんで（は）

➡ {名詞（の）} ＋いかんで（は）

類義表現	におうじて 根據…

意思	

① 【對應】表示後面會如何變化，那就要取決於前面的情況、內容來決定了。「いかん」是「如何」之意，「で」是格助詞。中文意思是：「要看…如何、取決於…」。如例：

♦ 出席するかどうかは、当日の父の体調のいかんで決めさせてください。

請恕在下需視家父當天的身體狀況，才能判斷能否出席。

♦ コーチの指導方法いかんで、選手はいくらでも伸びるものだ。

運動員能否最大限度發揮潛能，可以説是取決於教練的指導方法。

♦ 来場者数いかんでは、映画の上映中止もあり得る。

假如票房慘澹（視到場人數的多寡），電影也可能隨時下檔。

♦ あなたの今後の態度のいかんでは、退学も止むを得ませんね。

如果你今後的態度仍然不佳，校方恐怕不得不做出退學處分喔。

比較	におうじて〔根據…〕「いかんで（は）」表示對應，表示後項會如何變化，那就要取決於前項的情況、內容來決定了。「におうじて」也表對應，表示後項會根據前項的情況，而發生變化。

練習　文法知多少？

▼ 答案詳見右下角

☞　請完成以下題目，從選項中，選出正確答案，並完成句子。

1　彼女がこんなに綺麗になる（　　）、想像もしなかった。

　　1．とは　　　　　　　　2．ときたら

2　チョコレートか（　　）、なんとキャラメルでした。

　　1．ときたら　　　　　　2．と思いきや

3　風邪をひいて声が出ないので、話（　　）話せない。

　　1．そうにも　　　　　　2．に

4　イライラしたときこそ努めて冷静に、客観的に自分を見つめる

　　（　　）。

　　1．べし　　　　　　　　2．べからざる

5　彼の身勝手な言い訳は聞くに（　　）。

　　1．たえない　　　　　　2．難くない

6　ぬいぐるみの売れ行き（　　）では、すぐに増産ということもあるで

　　しょう。

　　1．かぎり　　　　　　　2．いかん

様態、傾向、価値

様態、傾向、價值

001 といわんばかりに、とばかりに

➡ {名詞；簡體句} ＋と言わんばかりに、とばかり（に）

類義表現

ばかりに 就因為…

意思

① 【様態】「とばかりに」表示看那樣子簡直像是前項的意思，心中憋著一個念頭或一句話，幾乎要說出來，後項多為態勢強烈或動作猛烈的句子，常用來描述別人。中文意思是：「幾乎要說…；簡直就像…、顯出…的神色，似乎…般地」。如例：

◆ ドアを開けると、「寂しかったよ」とばかりに犬が走ってきた。
一開門，滿臉寫著「我好孤單喔」的愛犬立刻朝我飛奔而來。

◆ 彼らがステージに現れると、待ってましたとばかりにファンの歓声が鳴り響いた。
他們一出現在舞台上，滿場迫不及待的粉絲立刻發出了歡呼。

◆ キャプテンが退場すると、今がチャンスとばかりに敵が攻撃を仕掛けてきた。
我方隊長一離場，敵隊立刻抓住這個機會發動了攻勢。

比較

ばかりに〔就因為…〕「といわんばかりに」表示樣態，強調「幾乎要表現出來」的概念。表示雖然沒有說出來，但簡直就是那個樣子，來做後項動作猛烈的行為。「ばかりに」表示原因，強調「正是因前項，導致後項不良結果」的概念。就是因為某事的緣故，造成後項不良結果或發生不好的事情。說話人含有後悔或遺憾的心情。

② 【樣態】「といわんばかりに」雖然沒有說出來，但是從表情、動作、樣子、態度上已經表現出某種信息，含有幾乎要說出前項的樣子，來做後項的行為。中文意思是：「幾乎要說…；簡直就像…、顯出…的神色、似乎…一般地」。如例：

◆ もう我慢できないといわんばかりに、彼女は洗濯物を投げ捨てて出て行った。

　她彷彿再也無法忍受似地把待洗的髒衣服一扔，衝出了家門。

002　ながら、ながらに、ながらの

➡ {名詞；動詞ます形} ＋ ながら、ながらに、ながらの

類義表現

のままに 仍舊

意思

① 【樣態】前面的詞語通常是慣用的固定表達方式。表示「保持…的狀態下」，表明原來的狀態沒有發生變化，繼續持續。用「ながらの」時後面要接名詞。中文意思是：「保持…的狀態」。如例：

◆ この辺りは昔ながらの街並みが残っている。

　這一帶還留有古時候的街景。

◆ 男性は幼い頃の記憶を涙ながらに語った。

　那名男士一邊流淚一邊敘述了兒時的記憶。

(補) 〖ながらにして〗「ながらに」也可使用「ながらにして」的形式。如例：

◆ インターネットがあれば、家に居ながらにして世界中の人と交流できる。

　只要能夠上網，即使人在家中坐，仍然可以與全世界的人交流。

比較

のままに〔仍舊〕「ながら」表示樣態，強調「做某動作時的狀態」的概念。前接在某狀態之下，後接在前項狀態之下，所做的動作或狀態。「のままに」表示狀態，強調「仍然保持原來的狀態」的概念。表示過去某一狀態，到現在仍然持續不變。

② 【讓步】讓步逆接的表現。表示「實際情形跟自己所預想的不同」之心情，後項是「事實上是…」的事實敘述。中文意思是：「雖然…但是…」。如例：

◆ 彼女が国に帰ったことを知りながら、どうして僕に教えてくれなかったんだ。

你明明知道她已經回國了，為什麼不告訴我這件事呢！

003 まみれ

➡ {名詞} ＋ まみれ

類義表現

ぐるみ 連…

意思

① 【樣態】表示物體表面沾滿了令人不快或骯髒的東西，非常骯髒的樣子，前常接「泥、汗、ほこり」等詞，表示在物體的表面上，沾滿了令人不快、雜亂、負面的事物。中文意思是：「沾滿…、滿是…」。如例：

◆ 息子の泥まみれのズボンをゴシゴシ洗う。

我拚命刷洗兒子那件沾滿泥巴的褲子。

◆ 取り押さえられた男の鞄の中から血まみれのナイフが発見された。

從被制服的男人的皮包裡找到了一把布滿血跡的刀子。

◆ ようやく本棚の後ろから出てきた子猫は体中ほこりまみれだった。

終於從書架後面鑽出來的小貓咪渾身都是灰塵。

㋭ 〔困擾〕表示處在叫人很困擾的狀況，如「借金」等令人困擾、不悦的事情。如例：

◆ 借金まみれの人生。宝くじで一発逆転だ。

這輩子負債累累。我要靠樂透逆轉人生！

◆ 結婚して初めて、夫が借金まみれであることを知った。

婚後才得知丈夫負債累累。

Track N1-037

| 比較 | ぐるみ〔連…〕「まみれ」表示樣態，強調「全身沾滿了不快之物」的概念。表示全身沾滿了令人不快的、骯髒的液體或砂礫、灰塵等細碎物。「ぐるみ」表示範圍，強調「全部都」的概念。前接名詞，表示該名詞整體全部都…的意思。如「家族ぐるみ（全家）」。是接尾詞。 |

004　ずくめ

➡ {名詞}＋ずくめ

| 類義表現 | だらけ 全是… |

意思

① 【樣態】前接名詞，表示全都是這些東西、毫不例外的意思。可以用在顏色、物品等；另外，也表示事情接二連三地發生之意。前面接的名詞通常都是固定的慣用表現，例如會用「黒ずくめ」，但不會用「赤ずくめ」。中文意思是：「清一色、全都是、淨是…、充滿了」。如例：

◆ 黒ずくめの男たちが通りの向こうへ走り去って行った。

全身黑衣的幾名男子衝向馬路對面，就此消失了身影。

◆ 息子の結婚、娘の出産と、今年はめでたいことずくめでした。

今年好事接連臨門，先是兒子結婚，然後女兒也生了寶寶。

◆ 君の持って来る弁当は、いつもごちそうずくめだな。羨ましいよ。

你帶來的飯盒總是裝著滿滿的山珍海味，真讓人羨慕死囉！

◆ 今月に入って残業ずくめで、もう倒れそうだ。

這個月以來幾乎天天加班，都快撐不下去了。

| 比較 | だらけ〔全是…〕「ずくめ」表示樣態，強調「在…範圍中都是…」的概念。在限定的範圍中，淨是某事物。正、負面評價的名詞都可以接。「だらけ」也表樣態，強調「數量過多」的概念。也就是某範圍中，雖然不是全部，但絕大多數都是前項名詞的事物。常伴有「骯髒」、「不好」等貶意，表達說話人給予負面的評價，所以後面不接正面、褒意的名詞。 |

Track N1-038

005 めく

➡{名詞}＋めく

[類義表現] ぶり 假裝…

[意思]

①【傾向】「めく」是接尾詞，接在詞語後面，表示具有該詞語的要素，表現出某種樣子。前接詞很有限，習慣上較常説「春めく（有春意）、秋めく（有秋意）」。但「夏めく（有夏意）、冬めく（有冬意）」就較少使用。中文意思是：「像…的樣子、有…的意味、有…的傾向」。如例：

- 凍るような寒さも去り、街は少しずつ春めいてきた。
  嚴寒的冷冬終於離去，街上漸漸散發出春天的氣息了。
- 今朝の妻の謎めいた微笑はなんだろう。
  今天早上妻子那一抹神祕的微笑究竟是什麼意思呢？
- 冗談めいた言い方だったけど、何か怒ってるみたいだった。
  他當時雖然用半開玩笑的口吻説話，但似乎隱含著某種怒氣。

[補]〖めいた〗五段活用後接名詞時，用「めいた」的形式連接。如例：

- あの先生はすぐに説教めいたことを言うので、生徒から煙たがれている。
  那位老師經常像在訓話似的，學生無不對他望之生畏。

[比較] **ぶり**〔**假裝…**〕「めく」表示傾向，強調「帶有某感覺」的概念。接在某事物後面，表示具有該事物的要素，表現出某種樣子的意思。「めく」是接尾詞。「ぶり」表示樣子，強調「擺出某態度」的概念。表示給予負面的評價，有意擺出某種態度的樣子，「明明…卻要擺出…的樣子」的意思。也是接尾詞。

006 きらいがある

➡ {名詞の；動詞辭書形} ＋きらいがある

類義表現

おそれがある 恐怕會…

意思

① 【傾向】表示某人有某種不好的傾向，容易成為那樣的意思。多用在對這不好的傾向，持批評之態度。而這種傾向從表面是看不出來的，是自然而然容易變成那樣的。它具有某種本質性，漢字是「嫌いがある」。中文意思是：「有一點…、總愛…、有…的傾向」。如例：

◆ あの子はなんでもおおげさに言うきらいがあるんです。
　那個小孩有凡事誇大的傾向。

◆ 彼は有能だが人を下に見るきらいがある。
　他能力很強，但也有點瞧不起人。

◆ 夫は優しい人ですが、人の意見に流されるきらいがあります。
　外子脾氣好，可是耳根子軟，容易被別人影響。

㊙ 〖どうも〜きらいがある〗一般以人物為主語。以事物為主語時，多含有背後為人物的責任。書面用語。常用「どうも〜きらいがある」。如例：

◆ このテレビ局はどうも、時の政権に反対の立場をとるきらいがある。
　這家電視台似乎傾向於站在反對當時政權的立場。

㊙ 〖すぎるきらいがある〗常用「すぎるきらいがある」的形式。如例：

◆ 彼女は物事を深く考えすぎるきらいがある。
　她對事情總是容易顧慮過多。

比較

おそれがある〔恐怕會…〕「きらいがある」表示傾向，強調「有不好的性質、傾向」的概念。表示從表面看不出來，但具有某種本質的傾向。多用在對這不好的傾向，持批評之態度上。「おそれがある」表示推量，強調「可能發生不好的事」的概念，表示有發生某種消極事件的可能性。只限於用在不利的事件。常用在新聞或報導中。

007 にたる、にたりない

➡ {名詞；動詞辞書形} ＋に足る、に足りない

類義表現 ▷ **にたえる** 値得…、禁得起…

意思 ▷

① 【價值】「に足る」表示足夠，前接「信頼する、語る、尊敬する」等詞時，表示很有做前項的價值，那樣做很恰當。中文意思是：「可以…、足以…、值得…」。如例：

◆ 彼は口は悪いが信頼に足る人間だ。
かれ くち わる しんらい た にんげん

他雖然講話不好聽，但是值得信賴。

◆ 精一杯やって、満足するに足る結果を残すことができた。
せいいっぱい まんぞく た けっか のこ

盡了最大的努力，終於達成了可以令人滿意的成果。

比較 ▷ **にたえる**〔值得…、禁得起…〕「にたる」表示價值，強調「有某種價值」的概念。表示客觀地從品質或是條件，來判斷很有做前項的價值，那樣做很恰當。「にたえる」也表價值，強調「那樣做有那樣做的價值」的概念。可表示有充分那麼做的價值，或表示不服輸、不屈服地忍耐下去，這是從主觀的心情、感情來評斷的。前面只能接「読む、聞く、見る」等為數不多的幾個動詞。

② 【無價值】「に足りない」含有又不是什麼了不起的東西，沒有那麼做的價值的意思。中文意思是：「不足以…、不值得…」。如例：

◆ そんな取るに足りない小さな問題を、いちいち気にするな。
と た ちい もんだい き

不要老是在意那種不值一提的小問題。

③ 【不足】「に足りない」也可表示「不夠…」之意。如例：

◆ ひと月の収入は、二人分を合わせても新生活を始めるに
つき しゅうにゅう ふたりぶん あ しんせいかつ はじ
足りなかった。
た

那時兩個人加起來的一個月收入依然不夠他們展開新生活。

練習　文法知多少？

▼ 答案詳見右下角

☞　請完成以下題目，從選項中，選出正確答案，並完成句子。

1　申し訳ないと思い（　　）、彼女にお願いするしかない。

　　1．つつも　　　　　　　　　　2．ながらも

2　彼はどうだ（　　）私たちを見た。

　　1．と言わんばかりに　　　　　2．ばかりに

3　彼には生まれ（　　）、備わっている品格があった。

　　1．のままに　　　　　　　　　2．ながらに

4　彼女はいつも上から下までブランド（　　）です。

　　1．だらけ　　　　　　　　　　2．ずくめ

5　汗（　　）になって畑仕事をするのが好きです。

　　1．ぐるみ　　　　　　　　　　2．まみれ

6　法律の改正には、国民が納得するに（　　）説明が必要だ。

　　1．足る　　　　　　　　　　　2．たえる

7　彼は思いこみが強く、独断専行の（　　）がある。

　　1．嫌い　　　　　　　　　　　2．恐れ

程度、強調、輕重、難易、最上級

程度、強調、輕重、難易、最上級

001　ないまでも

➡ {名詞で（は）；動詞否定形}＋ないまでも

| 類義表現 | まFdでもないFf用不著… |

意思

① 【程度】前接程度比較高的，後接程度比較低的事物。表示雖然不至於到前項的地步，但至少有後項的水準，或只要求做到後項的意思。後項多為表示義務、命令、意志、希望、評價等內容。後面為義務或命令時，帶有「せめて、少なくとも」（至少）等感情色彩。中文意思是：「就算不能…、沒有…至少也…、就是…也該…、即使不…也…」。如例：

◆ ヒット商品とは言えないまでも、毎月そこそこ売れています。

　　即使說不上暢銷商品，每個月還能維持基本的銷量。

◆ 高級でないまでも、少しはおしゃれな服が着たい。

　　不敢奢求多麼講究，只是想穿上漂亮一點的衣服。

◆ ピアニストにはなれないまでも、音楽に関わる仕事をしていきたい。

　　就算無法成為鋼琴家，依然希望從事音樂相關工作。

◆ 毎日とは言わないまでも、週に１、２回は連絡してちょうだい。

　　就算沒辦法天天保持聯絡，至少每星期也要聯繫一兩次。

比較	までもない〔用不著…〕「ないまでも」表示程度，強調「就算不能達到前項，但可以達到程度較低的後項」的概念。是一種從較高的程度，退一步考慮後項實現問題的辦法，後項常接義務、命令、意志、希望等表現。「までもない」表示不必要，強調「沒有必要做到那種程度」的概念。表示事情尚未達到某種程度，沒有必要做某事。

002　に（は）あたらない

類義表現	にたりない 不足以…

意思	

① 【程度】{動詞辭書形}＋に（は）当たらない。接動詞辭書形時，為沒必要做某事，或對對方過度反應到某程度，表示那樣的反應是不恰當的。用在說話人對於某事評價較低的時候，多接「賞賛する（稱讚）、感心する（欽佩）、驚く（吃驚）、非難する（譴責）」等詞之後。中文意思是：「不需要…、不必…、用不著…」。如例：

◆ 彼の実力からすると、今回の受賞は驚くに当たらない。

　以他的實力，此次獲獎乃是實至名歸，無須大驚小怪。

◆ この程度の発言は表現の自由の範囲内だ。非難するには当たらない。

　這種程度的發言屬於言論自由的範圍，不應當受到指責。

◆ 若いうちの失敗は嘆くに当たらないよ。「失敗は成功の母」というじゃないか。

　不必怨嘆年輕時的失敗嘛。俗話說得好：「失敗為成功之母」，不是嗎？

比較	にたりない〔不足以…〕「に（は）あたらない」表示程度，強調「沒有必要做某事」的概念。表示沒有必要做某事，那樣的反應是不恰當的。用在說話人對於某事評價較低的時候。「にたりない」表示無價值，強調「沒有做某事的價值」的概念。前接「信頼する、尊敬する」等詞，表示沒有做前項的價值，那樣做很不恰當。

② 【不相當】{名詞}＋に（は）当たらない。接名詞時，則表示「不相當於…」的意思。如例：

◆ ちょっとトイレに行った<ruby>だ<rt>い</rt></ruby>けです。<ruby>駐車違反<rt>ちゅうしゃ いはん</rt></ruby>には
<ruby>当<rt>あ</rt></ruby>たらないでしょう。

我只是去上個廁所而已，不至於到違規停車吃紅單吧？

003　だに

⟹ {名詞；動詞辭書形} ＋だに

類義表現	すら 就連…都

意思

① **【強調程度】**前接「考える、想像する、思う、聞く、思い出す」等心態動詞時，則表示光只是做一下前面的心理活動，就會出現後面的狀態了。有時表示消極的感情，這時後面多為「ない」或「怖い、つらい」等表示消極的感情詞。中文意思是：「一…就…、只要…就…、光…就…」。如例：

◆ <ruby>致死率<rt>ち しりつ</rt></ruby>90%の<ruby>伝染病<rt>でんせんびょう</rt></ruby>など、<ruby>考<rt>かんが</rt></ruby>えるだに<ruby>恐<rt>おそ</rt></ruby>ろしい。

致死率高達90%的傳染病，光想就令人渾身發毛。

◆ <ruby>新人<rt>しんじん</rt></ruby>の<ruby>彼女<rt>かのじょ</rt></ruby>が<ruby>主演女優賞<rt>しゅえんじょゆうしょう</rt></ruby>を<ruby>取<rt>と</rt></ruby>るとは、<ruby>誰<rt>だれ</rt></ruby>も<ruby>予想<rt>よそう</rt></ruby>だにしなかった。

誰也沒有想到新晉女演員的她竟能奪得最佳女主角的獎項！

② **【強調極限】**前接名詞時，舉一個極端的例子，表示「就連前項也（不）…」的意思。中文意思是：「連…也（不）…」。如例：

◆ <ruby>有罪判決<rt>ゆうざいはんけつ</rt></ruby>が<ruby>言<rt>い</rt></ruby>い<ruby>渡<rt>わた</rt></ruby>された<ruby>際<rt>さい</rt></ruby>も、<ruby>男<rt>おとこ</rt></ruby>は<ruby>微動<rt>び どう</rt></ruby>だにしなかった。

就連宣布有罪判決的時候，那個男人依舊毫無反應。

◆ この<ruby>人<rt>ひと</rt></ruby>の<ruby>論文<rt>ろんぶん</rt></ruby>など<ruby>一顧<rt>いっこ</rt></ruby>だに<ruby>値<rt>あたい</rt></ruby>しない。

這個人的論文不值一看。

比較	**すら**〔就連…都〕「だに」表示強調極限，舉一個極端的例子，表示「就連…都不能…」的意思。後項多和否定詞一起使用。「すら」表示強調，舉出一個極端的例子，表示連前項都這樣了，別的就更不用提了。後接否定。有導致消極結果的傾向，含有輕視的語氣，只能用在負面評價上。

004　にもまして

類義表現　にくわえて 而且…

意思

① 【強調程度】{名詞}＋にもまして。表示兩個事物相比較。比起前項，後項更為嚴重，更勝一籌，前面常接時間、時間副詞或是「それ」等詞，後接比前項程度更高的內容。中文意思是：「更加地…、加倍的…、比…更…、比…勝過…」。如例：

◆ 来年の就職が不安だが、それにもまして不安なのは母の体調だ。
　明年要找工作的事固然讓人憂慮，但更令我擔心的是媽媽的身體。

◆ もともと無口な子だが、転校してからは以前にもまして喋らなくなってしまった。
　這孩子原本就不太說話，自從轉學後，比以前愈發沉默寡言了。

比較　にくわえて〔而且…〕「にもまして」表示強調程度，強調「在此之上，程度更深一層」的概念。表示兩個事物相比較。前接程度很高的前項，後接比前項程度更高的內容，比起程度本來就很高的前項，後項更為嚴重，程度更深一層。「にくわえて」表示附加，強調「在已有的事物上，再追加類似的事物」的概念。表示在現有前項的事物上，再加上後項類似的別的事物。經常和「も」前後呼應使用。

② 【最上級】{疑問詞}＋にもまして。表示「比起其他任何東西，都是程度最高的、最好的、第一的」之意。中文意思是：「最…、第一」。如例：

◆ 今日の森部長はいつにもまして機嫌がいい。
　森經理今天的心情比往常都要來得愉快。

◆ 母は私たち兄弟の幸せを何にもまして望んでいる。
　媽媽最大的期盼是我們兄弟的幸福。

Track N1-045

005　たりとも、たりとも～ない

➡ {名詞} ＋たりとも、たりとも～ない；{數量詞} ＋たりとも～ない

類義表現　なりと（も）不管…、…之類

意思

① **【強調輕重】** 前接「一＋助數詞」的形式，舉出最低限度的事物，表示最低數量的數量詞，強調最低數量也不能允許，或不允許有絲毫的例外，是一種強調性的全盤否定的説法，所以後面多接否定的表現。書面用語。也用在演講、會議等場合。中文意思是：「哪怕…也不（可）…、即使…也不…」。如例：

◆ お客が書類にサインするまで、一瞬たりとも気を抜くな。
在顧客簽署文件之前，哪怕片刻也不許鬆懈！

◆ 親切にして頂いたご恩は、１日たりとも忘れたことはありません。
當年您善心關照的大恩大德，我連一天都不曾忘記。

◆ 子どもたちが寄付してくれたお金です。１円たりとも無駄にできません。
這是小朋友們捐贈的善款，即使是一塊錢也不可以浪費。

[補]〖何人たりとも〗「何人たりとも」為慣用表現，表示「不管是誰都…」。如例：

◆ 何人たりともこの神聖な地に足を踏み入れることはできない。
無論任何人都不得踏入這片神聖之地。

比較　**なりと（も）**〔**不管…、…之類**〕「たりとも」表示強調輕重，強調「不允許有絲毫例外」的概念。前接表示最低數量的數量詞，表示連最低數量也不能允許。是一種強調性的全盤否定的説法。「なりと（も）」表示無關，強調「全面的肯定」的概念。表示無論什麼都可以按照自己喜歡的進行選擇，也就是表示全面的肯定。如果用[N＋なりと（も）]，就表示例示，表示從幾個事物中舉出一個做為例子。

006 といって～ない、といった～ない

➡ {これ；疑問詞}＋といって～ない、といった＋{名詞} ～ない

類義表現 | といえば 説到…

意思 |

① 【強調輕重】前接「これ、なに、どこ」等詞，後接否定，表示沒有特別值得
一提的東西之意。為了表示強調，後面常和助詞「は」、「も」相呼應；使用
「といった」時，後面要接名詞。中文意思是：「沒有特別的…、沒有值得一
提的…」。如例：

◆ 今週はこれといって予定がありません。

這個星期沒有重要的行程。

◆ 私の特技ですか。これといってないですね。

您問我有沒有特殊專長嗎？似乎沒有什麼與眾不同的長處。

◆ 何といった目的もなく、なんとなく大学に通って
いる学生も少なくない。

沒有特定目標，只是隨波逐流地進入大學就讀的學生並不在少
數。

◆ 夫はこれといった長所もないが、短所もない。

外子沒有值得一提的優點，但也沒有缺點。

比較 |

といえば〔說到…〕「といって～ない」表示強調輕重，前接
「これ、なに、どこ」等詞，後接否定，表示沒有特別值得提的
話題或事物之意。「といえば」表示話題，強調「提起話題」的
概念，表示以自己心裡想到的事情為話題，後項是對有關此事的
敘述，或又聯想到另一件事。

007 あっての

➡ {名詞}＋あっての＋{名詞}

意思

① 【強調】表示因為有前面的事情，後面才能夠存在，強調後面能夠存在，是因為有至關重要的前面的條件，如果沒有前面的條件，就沒有後面的結果了。中文意思是：「有了…之後…才能…、沒有…就不能（沒有）…」。如例：

◆ 生徒あっての学校でしょう。生徒を第一に考えるべきです。

沒有學生哪有學校？任何考量都必須將學生放在第一順位。

◆ 消費者あっての商品開発だから、いくらいい物でも値段がこう高くちゃね。

產品研發的一切基礎是消費者。即使是卓越的商品，如此高昂的訂價，恐怕會影響購買意願。

⊕ 〖後項もの、こと〗「あっての」後面除了可接實體的名詞之外，也可接「もの、こと」來代替實體。如例：

◆ この発見は私一人の功績ではない。優秀な研究チームあってのものです。

這項發現並不是我一個人的功勞，應當歸功於這支優秀的研究團隊！

◆ 彼の現在の成功は、20年にわたる厳しい修業時代あってのことだ。

他今日獲致的成功，乃是長達20年嚴格研修歲月所累積而成的心血結晶。

比較 からこそ〔正因為…オ…〕「あっての」表示強調，強調一種「必要條件」的概念。表示因為有前項事情的成立，後項才能夠存在。含有後面能夠存在，是因為有前面的條件，如果沒有前面的條件，就沒有後面的結果了。「からこそ」表示原因，強調「主觀原因」的概念，表示特別強調其原因、理由。「から」是說話人主觀認定的原因，「こそ」有強調作用。

008 こそすれ

➡ {名詞；動詞ます形} ＋こそすれ

意思

① 【強調】後面通常接否定表現，用來強調前項才是正確的，而不是後項。中文意思是：「只會…、只是…」。如例：

◆ あなたのこれまでの努力には感謝こそすれ、不服に思うことなどひとつもありません。

　對於您這段日子的努力只有無盡的感謝，沒有一絲一毫的不服氣。

◆ 昔の君なら、困難に挑戦こそすれ、やる前に諦めたりはしなかった。

　換做是從前的你，只會勇於接受艱難的挑戰，從來不曾臨陣打退堂鼓。

◆ 子どものいたずらじゃないか。誰だって笑いこそすれ、本気で怒ったりしないよ。

　這不過是小孩子的惡作劇嘛。換成是誰都會一笑置之，沒有人會當真動怒的。

◆ 彼女の行いには呆れこそすれ、同情の余地はない。

　她的行為令人難以置信，完全不值得同情。

比較

てこそ〔正因為…才…〕「こそすれ」表示強調，後面通常接否定表現，用來強調前項（名詞）才是正確的，否定後項。「てこそ」也表強調，表示由於實現了前項，從而得出後項好的結果。也就是沒有前項，後項就無法實現的意思。後項是判斷的表現。後項一般接表示褒意或可能的內容。

009 すら、ですら

Track N1-049

→ {名詞（＋助詞）；動詞て形} ＋すら、ですら

類義表現

さえ～ば 只要（就）…

意思

① 【強調】舉出一個極端的例子，強調連他（它）都這樣了，別的就更不用提了。有導致消極結果的傾向。可以省略「すら」前面的助詞「で」，「で」用來提示主語，強調前面的內容。和「さえ」用法相同。中文意思是：「就連…都、甚至連…都」。如例：

◆ 人に迷惑をかけたら謝ることくらい、子どもですら知ってますよ。

就連小孩子都曉得，萬一造成了別人的困擾就該向人道歉啊！

㊤ 〖すら～ない〗用「すら～ない（連…都不…）」是舉出一個極端的例子，來強調「不能…」的意思。中文意思是：「連…都不…」。如例：

◆ フランスに１年いましたが、通訳どころか、日常会話すらできません。

在法國已經住一年了，但別說是翻譯了，就連日常交談都辦不到。

◆ あまりにも悲しいと、人は泣くことすらできないものだ。

當一個人傷心欲絕的時候，是連眼淚都掉不下來的。

◆ 論文を書くというから大切な本を貸したのに、まだ読んですらないのか。

你說要寫論文，我才把那本珍貴的書借給你的，居然到現在連一個字還沒讀？

通訳×
日常会話×

比較

さえ～ば〔只要（就）…〕「すら」表示強調，有「強調主題」的作用。舉出一個極端例子，強調就連前項都這樣了，其他就更不用提了。後面接否定用法，有導致消極結果的傾向，多用於表示負面評價。「さえ～ば」表示條件，強調「只要有前項最基本的條件，就能實現後項」。後面跟假設條件的「ば、たら、なら」相呼應。後面可以接正、負面評價。

Track N1-050

010　にかたくない

→ {名詞；動詞辭書形} ＋に難くない

類義表現　に（は）あたらない　不需要…

意思

① 【難易】表示從某一狀況來看，不難想像，誰都能明白的意思。前面多用「想像する、理解する」等理解、推測的詞，書面用語。中文意思是：「不難…、很容易就能…」。如例：

◆ 店を首になった彼が絶望して犯行に及んだことは、想像に難くない。

不難想像遭到店家開除的他陷入絕望以致於鋌而走險，踏上犯罪。

◆ このままでは近い将来、赤字経営になることは、予想するに難くない。

不難想見若是照這樣下去，公司在不久的未來將會虧損。

◆ 大切なお金を騙し取られた祖母の悔しさは、察するに難くない。

不難感受到祖母寶貴的錢財遭到詐騙之後的萬分懊惱。

◆ 投票するまでもなく、社長のお気に入りの田中部長が選ばれるであろうことは、想像するに難くない。

其實不必投票就能想像得到，將會由備受總經理寵愛的田中經理出線。

比較	

に（は）あたらない〔不需要…〕「にかたくない」表示難易，強調「從現實因素，不難想像某事」的概念。「不難、很容易」之意。表示從前面接的這一狀況來看，不難想像某事態之意。書面用語。「に（は）あたらない」表示程度，強調「沒有必要做某事」的概念。表示沒有必要做某事，那樣的反應是不恰當的。用在說話人對於某事評價較低的時候。

Track N1-051

011 にかぎる

→ {名詞（の）；形容詞辭書形（の）；形容動詞詞幹（なの）；動詞辭書形；動詞否定形} ＋に限る

類義表現	

いたり …之至

意思	

① 【最上級】除了用來表示説話者的個人意見、判斷，意思是「…是最好的」，相當於「が一番だ」，一般是被普遍認可的事情。還可以用來表示限定，相當於「だけだ」。中文意思是：「就是要…、…是最好的」。如例：

◆ 仕事の後は、冷えたビールに限る。

工作結束後來一杯透心涼的啤酒真是人生一大樂事。

◆ 靴はファッションもいいが、とにかく歩き易いのに限る。

鞋子固然要講究時髦，最重要的還是要舒適合腳。

◆ 疲れたときは、ゆっくりお風呂に入るに限る。

疲憊的時候若能泡個舒舒服服的熱水澡簡直快樂似神仙。

◆ 奥さんといい関係を築きたければ、嘘はつかないに限るよ。

想要和太太維持融洽的夫妻關係，最要緊的就是不能有任何欺瞞。

| 比較 | いたり〔…之至〕「にかぎる」表示最上級，表示説話人主觀地主張某事物是最好的。前接名詞、形容詞、形容動詞跟動詞。「いたり」也表最上級，表示一種強烈的情感，達到最高的狀態。前接名詞。 |

文法小祕方

接續詞

項目	説明	例句
接續類型	有連接詞與詞、連接分句與分句、連接句與句、連接段與段等類型。	1. 連接詞與詞：猫と犬 2. 連接句與句:今日は雨だ。でも、出かける。 3. 連接分句與分句：彼は行き、私は残った。 4. 連接段與段：この問題は重要だ。さらに、以下の点も考慮する必要がある。
用法	接續詞根據意義跟用法，大致分為以下６種：順接、逆接、添加或並列、對比或選擇、轉換話題、説明及補充説明。	1. 順接：彼は熱がある。だから、学校を休みました。 2. 逆接：雨が降っています。しかし、試合は続行されます。 3. 添加或並列：彼は親切だ。さらに、頭もいい。 4. 對比或選擇：または、それを選ぶ。 5. 轉換話題：ところで、昨日の話は？ 6. 説明及補充説明：つまり、それが答えだ。

練習　文法知多少？

▼ 答案詳見右下角

☞　請完成以下題目，從選項中，選出正確答案，並完成句子。

1　自分で歩くこと（　　）できないのに、マラソンなんてとんでもない。

　　1．さえ　　　　　　　　2．すら

2　彼の名前を耳にする（　　）、身震いがする。

　　1．だに　　　　　　　　2．すら

3　特にこれ（　　）好きなお酒もありません。

　　1．といって　　　　　　2．といえば

4　予想（　　）好調な出だしで、なによりです。

　　1．に加えて　　　　　　2．にもまして

5　あまり帰省し（　　）、よく電話はしていますよ。

　　1．までもなく　　　　　2．ないまでも

6　一言一句（　　）漏らさず書きとりました。

　　1．たりとも　　　　　　2．なりと

7　私がいくら説得した（　　）、彼は聞く耳を持たない。

　　1．ところで　　　　　　2．が最後

8　甚大な被害が出ていることは想像に（　　）。

　　1．あたらない　　　　　2．難くない

答案：(1) 2　(2) 1　(3) 1　(4) 2
(5) 2　(6) 1　(7) 1　(8) 2

583

話題、評価、判断、比喩、手段

話題、評價、判斷、比喻、手段

Track N1-052

001 ときたら

➡ {名詞}＋ときたら

| 類義表現 | といえば 説到… |

| 意思 |

① 【話題】表示提起話題，説話人帶著譴責和不滿的情緒，對話題中與自己關係很深的人或事物的性質進行批評，後也常接「あきれてしまう、嫌になる」等詞。批評對象一般是説話人身邊，關係較密切的人物或事。用於口語。有時也用在自嘲的時候。中文意思是：「説到…來、提起…來」。如例：

◆ 弟ときたら、また寝坊したようだ。

　説起我那個老弟真是的，又睡過頭了。

◆ 親父ときたら、いつも眼鏡を探している。

　提起我那位老爸，一天到晚都在找眼鏡。

◆ このパソコンときたら、肝心なときにフリーズするんだ。

　説起這台電腦簡直氣死人，老是在緊要關頭當機！

◆ 小山課長の説教ときたら、同じ話を３回は繰り返すからね。

　要説小山課長的訓話總是那套模式，同一件事必定重複講３次。

| 比較 | といえば〔説到…〕「ときたら」表示話題，強調「帶著負面的心情提起話題」的概念。消極地承接某人提出的話題，而對話題中的人或事，帶著譴責和不滿的情緒進行批評。比「といえば」還要負面、被動。「といえば」也表話題，強調「提起話題」的 |

概念，表示在某一場合下，某人積極地提出某話題，或以自己心裡想到的事情為話題，後項是對有關此事的敘述，或又聯想到另一件事。

002 　にいたって (は)、にいたっても

➡ {名詞；動詞辭書形} ＋に至って (は)、に至っても

類義表現

にしては 與…不符…

意思

① 【程度】「に至っても」表示即使到了前項極端的階段的意思，屬於「即使…但也…」的逆接用法。後項常伴隨「なお (尚)、まだ (還)、未だに (仍然)」或表示狀態持續的「ている」等詞。中文意思是：「即使到了…程度」。如例：

◆ 死者が出るに至っても、国はまだ法律の改正に動こうとしない。

即便已經有人因此罹難，政府仍然沒有啟動修法的程序。

② 【話題】「に至っては」用在引出話題。表示從幾個消極、不好的事物中，舉出一個極端的事例來說明。中文意思是：「至於、談到」。如例：

◆ いじめ問題について、教師たちはみな見て見ぬふりをし、校長に至っては「いじめられる子にも問題がある」などと言い出す始末だ。

關於校園霸凌問題，教師們都視而不見，校長甚至還說出「受霸凌的學童本身也有問題」諸如此類的荒唐論調。

◆ 数学も化学も苦手だ。物理に至っては、外国語を聞いているようだ。

我的數學和化學科目都很差，至於提到物理課那簡直像在聽外語一樣。

比較

にしては〔與…不符…〕「にいたっては」表示話題，強調「引出話題」的概念。表示從幾個消極、不好的事物中，舉出一個極端的事例來進行說明。「にしては」表示反預料，強調「前後情況不符」的概念。表示以前項的比較標準來看，後項的現實情況是不符合的。是評價的觀點。

③【結果】「に至って」表示到達某極端狀態的時候，後面常接「初めて、やっと、ようやく」。中文意思是：「到…階段（才）」。如例：

◆ 印刷の段階に至って、初めて著者名の誤りに気がついた。

　　直到了印刷階段，才初次發現作者姓名誤植了。

003　には、におかれましては

➡{名詞}＋には、におかれましては

| 類義表現 | にて 以…、用…；因… |

| 意思 |

①【話題】提出前項的人或事，問候其健康或經營狀況等表現方式。「には」前接地位、身分比自己高的人或事，表示對該人或事的尊敬，語含最高的敬意。「におかれましては」是更鄭重的表現方法。前常接「先生、皆様」等詞。中文意思是：「在…來說」。如例：

◆ 紅葉の季節となりました。皆様におかれましてはいかがお過ごしでしょうか。

　　時序已入楓紅，各位是否別來無恙呢？

◆ 先生にはお変わりなくお過ごしのことと存じます。

　　相信老師您依然硬朗如昔。

◆ 寒さ厳しい折、川崎様におかれましてはくれぐれもお体を大切になさってくださいませ。

　　時值寒冬，川崎先生務請保重玉體。

◆ 貴社におかれましては、皆様ますますご活躍のこととお喜び申し上げます。

　　敬祝貴公司鴻圖大展。

| 比較 | にて〔以…、用…；因…〕「には」表示話題，前接地位、身分比自己高的人，或是對方所屬的組織、團體的尊稱，表示對該人的尊敬，後接為請求或詢問健康、近況、祝賀或經營狀況等的問候語，語含最高的敬意。「にて」表示時點，表示時間、年齡跟地點，相當於「で」；也表示手段、方法、原因或限度，後接所要做的事情或是突發事件。屬於客觀的說法，宣佈、告知的語氣強。 |

004 たる（もの）

→ {名詞}＋たる（者）

類義表現　　なる 變成…

意思

① 【評價的觀點】表示斷定或肯定的判斷。前接高評價的事物、高地位的人、國家或社會組織，表示照社會上的常識、認知來看，應該會有合乎這種身分的影響或做法，所以後常和表示義務的「べきだ、なければならない」等相呼應。「たる」給人有莊嚴、慎重、誇張的印象。演講及書面用語。中文意思是：「作為…的…、位居…、身為…」。如例：

◆ 経営者たる者は、まず危機管理能力がなければならない。

既然位居經營階層，首先非得具備危機管理能力不可。

◆ キャプテンたる者、部員のことを第一に考えて当然だ。

身為隊長，當然必須把隊員擺在第一優先考量。

◆ 教師たる者、どんな理由があろうとも子どもに嘘をつくわけにはいかない。

既是身為教師，不論有任何理由都絕不能欺騙學童。

◆ 国の代表たる組織が、こんなミスをするとは情けない。

堂堂一個代表國家的組織竟然犯下如此失誤，實在有損體面。

比較　　**なる〔變成…〕**「たる（もの）」表示評價的觀點，強調「價值跟資格」的概念。前接某身分、地位，後接符合其身分、地位，應有姿態、影響或做法。「なる」表示變化，強調「變化」的概念，表示事物的變化。是一種無意圖，物體本身的自然變化。

005 ともあろうものが

→ {名詞}＋ともあろう者が

| 類義表現 | たる（もの）作為…的人… |

| 意思 |

① **【評價的觀點】**表示具有聲望、職責、能力的人或機構，其所作所為，就常識而言是與身分不符的。「ともあろう者が」後項常接「とは／なんて、～」，帶有驚訝、憤怒、不信及批評的語氣，但因為只用「ともあろう者が」便可傳達說話人的心情，因此也可能省略後項驚訝等的語氣表現。前接表示社會地位、身分、職責、團體等名詞，後接表示人、團體等名詞，如「者、人、機関」。中文意思是：「身為…卻…、堂堂…竟然…、名為…還…」。如例：

◆ 教育者ともあろう者が、一人の先生を仲間外れにするとは、呆れてものが言えない。

　身為杏壇人士，居然刻意排擠某位教師，這種行徑簡直令人瞠目結舌。

◆ 外務大臣ともあろう者が漢字を読み間違えるとは、情けないことだ。

　堂堂一位外交部部長竟然讀錯漢字，實在可悲。

⑪ 〖ともあろうNが〗若前項並非人物時，「者」可用其它名詞代替。如例：

◆ A新聞ともあろう新聞社が、週刊誌のような記事を載せて、がっかりだな。

　鼎鼎大名的A報報社居然登出無異於週刊之流的低俗報導，太令人失望了。

⑪ 〖ともあろうもの＋に〗「ともあろう者」後面常接「が」，但也可接其他助詞。如例：

◆ 差別発言を繰り返すとは、政治家ともあろうものにあってはならないことだ。

　身為政治家，無論如何都不被容許一再做出歧視性發言。

| 比較 | たる（もの）〔作為…的人…〕「ともあろうものが」表示評價的觀點，前接表示具有社會地位、具有聲望、身分的人。後接所作所為與身分不符，帶有不信、驚訝及批評的語氣。「たる（もの）」也表評價的觀點，強調「立場」的概念。前接高地位的人或某種責任的名詞，後接符合其地位、身分，應有的姿態的內容。書面或演講等正式場合的用語。

006 と（も）なると、と（も）なれば

➡ {名詞；動詞普通形} ＋と（も）なると、と（も）なれば

| 類義表現 | とあれば 如果…那就… |

| 意思 |

① 【評價的觀點】前接時間、職業、年齡、作用、事情等名詞或動詞，表示如果發展到某程度，用常理來推斷，就會理所當然導向某種結論、事態、狀況及判斷。後項多是與前項狀況變化相應的內容。中文意思是：「要是…那就…、如果…那就…、一旦處於…就…、每逢…就…、既然…就…」。如例：

◆ この砂浜は週末ともなると、カップルや家族連れで賑わう。
這片沙灘每逢週末總是擠滿了一雙雙情侶和攜家帶眷的遊客。

◆ 中学生ともなれば、好きな子の一人や二人いるだろう。
一旦上了中學，想必總有一兩個心儀的對象吧？

◆ 学会で発表するとなると、もっと詳細なデータが必要だ。
既然是要在學會發表的論文，必須補列更詳盡的數據。

◆ 現職の知事が破れたとなれば、議会は方向転換を迫られる。
既然現任縣長未能連任成功，議會不得不更動議案主軸。

| 比較 |
とあれば〔如果…那就…〕「と（も）なると」表示評價的觀點，強調「如果發展到某程度，當然就會出現某情況」的概念。含有強調前項，敘述果真到了前項的情況，就當然會出現後項的語意。可以陳述現實性狀況，也能陳述假定的狀況。「とあれば」表示假定條件，強調「如果出現前項情況，就採取後項行動」的概念。表示如果是為了前項所提的事物，是可以接受的，並採取後項的行動。後句不能出現表示請求或勸誘的句子。

Track N1-058

007 なりに、なりの

➡{名詞；形容動詞詞幹；[形容詞・動詞]普通形}＋なりに、なりの

[類義表現] ならではの 正因為…才

[意思]

①【判斷的立場】表示根據話題中人切身的經驗、個人的能力所及的範圍，含有承認前面的人事物有欠缺或不足的地方，在這基礎上，依然盡可能發揮或努力地做後項與之相符的行為。多有「幹得相當好、已經足夠了、能理解」的正面評價意思。用「なりの名詞」時，後面的名詞，是指與前面相符的事物。中文意思是：「與…相適、從某人所處立場出發做…、那般…（的）、那樣…（的）、這套…（的）」。如例：

◆ あの子も子どもなりに親に気を遣って、欲しいものも欲しいと言わないのだ。

那孩子知道自己不能增添父母的煩惱，想要的東西也不敢開口索討。

◆ 100円ショップは便利でいいが、安いなりの品質のものも多い。

百圓商店雖然便利，但多數都是些價錢低廉的便宜貨。

◆ 外国人に道を聞かれて、英語ができないなりに頑張って案内した。

外國人向我問路，雖然我不會講英語，還是努力比手畫腳地為他指了路。

[補]〖私なりに〗要用種謙遜、禮貌的態度敘述某事時，多用「私なりに」等。如例：

◆ 私なりに精一杯やりました。負けても後悔はありません。

我已經竭盡自己的全力了。就算輸了也不後悔。

[比較] **ならではの**〔正因為…才〕「なりに」表示判斷的立場，強調「與立場相符的行為等」的概念。表示根據話題中人，切身的經驗、個人的能力所及的範圍，含有承認話題中人有欠缺或不足的地方，在這基礎上，做後項與之相符的行為。多有正面的評價的意思。「ならではの」表示限定，強調「後項事物能成立的唯一條件」的概念。表示對「ならでは」前面的某人事物的讚嘆，正因為是這人事物才會這麼好。是一種高度評價的表現方式。

Track N1-059

008　ごとし、ごとく、ごとき

らしい 好像…

意思

① 【比喻】{名詞の；動詞辭書形；動詞た形}＋（が）如し、如く、如き。好像、宛如之意，表示事實雖然不是這樣，如果打個比方的話，看上去是這樣的，「ごとし」是「ようだ」的古語。中文意思是：「如…一般（的）、同…一樣（的）」。如例：

◆ 彼は演劇界に彗星のごとく現れた、100年に一人の天才だ。

他猶如戲劇界突然升起的一顆新星，可謂百年難得一見的奇才。

◆ 病室の母の寝顔は、微笑むがごとく穏やかなものだった。

當時躺在病房裡的母親睡顏，彷彿面帶微笑一般，十分平靜。

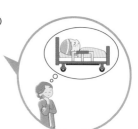

⑪ 〖格言〗出現於中國格言中。如例：

◆ 光陰矢の如し。

光陰似箭。

◆ 過ぎたるは猶及ばざるが如し。

過猶不及。

⑪ 〖Nごとき（に）〗{名詞}＋如き（に）。「ごとき（に）」前接名詞如果是別人時，表示輕視、否定的意思，相當於「なんか（に）」；如果是自己「私」時，則表示謙虛。如例：

◆ この俺様が、お前ごときに負けるものか。

本大爺豈有敗在你手下的道理！

⑪ 〖位置〗「ごとし」只放在句尾；「ごとく」放在句中；「ごとき」可以用「ごとき＋名詞」的形式，形容「宛如…的…」。

比較

らしい〔好像…〕「ごとし」表示比喻，強調「説明某狀態」的概念。表示事實雖然不是這樣，如果打個比方的話，看上去是

這樣的。「らしい」表示據所見推測，強調「觀察某狀況」的概念。表示從眼前可觀察的事物等狀況，來進行判斷；也表示樣子，表示充分反應出該事物的特徵或性質的意思。為「有…風度」之意。

009　んばかり（だ／に／の）

➜ ｛動詞否定形（去ない）｝＋んばかり（に／だ／の）

| 類義表現 | （か）とおもいきや 原以為… |

| 意思 |

① 【比喻】表示事物幾乎要達到某狀態，或已經進入某狀態了。前接形容事物幾乎要到達的狀態、程度，含有程度很高、情況很嚴重的語意。「んばかりに」放句中。中文意思是：「簡直是…、幾乎要…（的）、差點就…（的）」。如例：

◆ この子猫が、「私を助けて」と言わんばかりに僕を見つめたんだ。
這隻小貓直勾勾地望著我，彷彿訴說著「求求你救救我」。

◆ 彼は、あと１週間だけ待ってくれ、と泣き出さんばかりに訴えた。
那時他幾乎快哭出來似地央求我再給他一個星期的時間。

1週間待って

補 〔句尾—んばかりだ〕「んばかりだ」放句尾。如例：

◆ 空港は、彼女を一目見ようと押し寄せたファンで溢れんばかりだった。
機場湧入了只為見她一面的大批粉絲。

補 〔句中—んばかりの〕「んばかりの」放句中，後接名詞。口語少用，屬於書面用語。如例：

◆ 王選手がホームランを打つと、球場は割れんばかりの拍手に包まれた。
王姓運動員揮出一支全壘打，球場立刻響起了熱烈的掌聲。

| 比較 | （か）とおもいきや〔原以為…〕「んばかり」表示比喻，強調「幾乎要達到的程度」的概念。表示事物幾乎要達某狀態，

或已經進入某狀態了。書面用語。「（か）とおもいきや」表示預料外，強調「結果跟預料不同」的概念。表示按照一般情況推測，應該是前項的結果，但是卻出乎意料地出現了後項相反的結果。含有說話人感到驚訝的語感。用在輕快的口語中。

Track N1-061

010　をもって

➔{名詞}＋をもって

[類義表現] とともに 和…一起

[意思]

①【手段】表示行為的手段、方法、材料、中介物、根據、仲介、原因等，用這個做某事之意。中文意思是：「以此…、用以…」。如例：

◆ 事故の被害者には誠意をもって対応したい。

我將秉持最大的誠意，與事故的受害者溝通協調。

◆ 本日の面接の結果は、後日書面をもってお知らせします。

今日面談的結果將於日後以書面通知。

[比較] **とともに〔和…一起〕**「をもって」表示手段，表示在前項的心理狀態下進行後項。前接名詞。「とともに」表示並列，表示前項跟後項一起進行某行為。前面也接名詞。

②【界限】表示限度或界限，接在「これ、以上、本日、今回」之後，用來宣布一直持續的事物，到那一期限結束了，常見於會議、演講等場合或正式的文件上。中文意思是：「至…為止」。如例：

◆ 以上をもって本日の講演を終わります。

以上，今天的演講到此結束。

[補]〘禮貌－をもちまして〙較禮貌的說法用「をもちまして」的形式。如例：

◆ これをもちまして、第40回卒業式を終了致します。

第40屆畢業典禮到此結束。禮成。

011 をもってすれば、をもってしても

➡ {名詞}＋をもってすれば、をもってしても

| 類義表現 | からといって 即使…，也不能… |

| 意思 |

① 【手段】原本「をもって」表示行為的手段、工具或方法、原因和理由，亦或是限度和界限等意思。「をもってすれば」後為順接，從「行為的手段、工具或方法」衍生為「只要用…」的意思。中文意思是：「只要用…」。如例：

◆ 君の人気と実力をもってすれば、当選は間違いない。
　只要憑藉你的人氣和實力，保證可以當選。

◆ 現代の科学技術をもってすれば、生命誕生の神秘に迫ることも夢ではない。
　只要透過現代的科學技術，探究出生命誕生的奧秘將不再是夢。

| 比較 | からといって〔即使…，也不能…〕「をもってすれば」表示手段，強調「只要是（有／用）…的話就…」，屬於順接。前接行為的手段、工具或方法，表示只要用前項，後項就有機會成立，常接正面積極的句子。「からといって」表示原因，強調「不能僅因為…就…」的概念。屬於逆接。表示不能僅僅因為前面這一點理由，就做後面的動作，後面常接否定的説法。

② 【讓步】「をもってしても」後為逆接，從「限度和界限」成為「即使以…也…」的意思，後接否定，強調使用的手段或人選。含有「這都沒辦法順利進行了，還能有什麼別的方法呢」之意。中文意思是：「即使以…也…」。如例：

◆ 最新の医学をもってしても、原因が不明の難病は少なくない。
　即使擁有最先進的醫學技術，找不出病因的難治之症依然不在少數。

◆ 彼女の真心をもってしても、傷ついた少女の心を開くことはできなかった。
　即使她付出了真心，仍舊無法打開那位心靈受創少女的心扉。

練習 文法知多少？

▼ 答案詳見右下角

☞ 請完成以下題目，從選項中，選出正確答案，並完成句子。

1 略儀ながら書中（　　）ごあいさつ申し上げます。

　　1．にあって　　　　　　　　　　2．をもって

2 現代の科学をもって（　　）、証明できないとも限らない。

　　1．しても　　　　　　　　　　　2．すれば

3 彼はリーダー（　　）者に求められる素質を具えている。

　　1．なる　　　　　　　　　　　　2．たる

4 近頃の若者（　　）、わがままといったらない。

　　1．といえば　　　　　　　　　　2．ときたら

5 貴社（　　）、所要の対応を行うようお願い申し上げます。

　　1．におかれましては　　　　　　2．にて

6 東京都内の一軒家（　　）、とても手が出ません。

　　1．とあれば　　　　　　　　　　2．となれば

7 現在に（　　）、10年前の交通事故の後遺症に悩まされている。

　　1．至っても　　　　　　　　　　2．至り

（5）1　（6）2　（7）1
答案：（1）2　（2）2　（3）2　（4）2

595

限定、無限度、極限
限定、無限度、極限

Track N1-063

001　をおいて、をおいて～ない

➡ {名詞} ＋をおいて、をおいて～ない

| 類義表現 | をもって 至…為止 |

| 意思 |

① 【限定】限定除了前項之外，沒有能替代的，這是唯一的，也就是在某範圍內，這是最積極的選項。多用於給予很高評價的場合。中文意思是：「除了…之外（沒有）」。如例：

◆ これほど精巧な仕掛けが作れるのは、あの男をおいてない。

能夠做出如此精巧的機關，除了那個男人別無他人。

◆ スポーツ医科学について学ぶなら、この大学をおいて他にないだろう。

想要學習運動醫療科學相關知識，除了這所大學不作他想。

◆ 佐々木さんをおいて、この仕事を安心して任せられる人はいない。

除了佐佐木小姐以外，這項工作沒有可以安心交託的人了。

| 比較 |

をもって〔至…為止〕「をおいて」表示限定，強調「除了某事物，沒有合適的」之概念。表示從某範圍中，挑選出第一優先的選項，說明這是唯一的，沒有其他能替代的。多用於高度評價的場合。「をもって」表示界限，強調「以某時間點為期限」的概念。接在「以上、本日、今回」之後，用來宣布一直持續的事物，到那一期限結束了。

② 【優先】用「何をおいても」表示比任何事情都要優先。中文意思是：「以…為優先」。如例：

◆ あなたにもしものことがあったら、私は何をおいても駆けつけますよ。
要是你有個萬一，我會放下一切立刻趕過去的！

002 をかぎりに、かぎりで

➡️ {名詞}＋を限りに、限りで

| 類義表現 | をかわきりに 以…為開端 |

| 意思 |

① 【限定】前接某時間點，表示在此之前一直持續的事，從此以後不再繼續下去。多含有從説話的時候開始算起，結束某行為之意。表示結束的詞常有「やめる、別れる、引退する」等。正、負面的評價皆可使用。中文意思是：「從…起…、從…之後就不（沒）…、以…為分界」。如例：

◆ 今日を限りに禁煙します。
我從今天起戒菸。

◆ 角のスーパーは今月限りで閉店するそうだ。
轉角那家超市聽説到這個月就要結束營業了。

◆ 大田選手は今季を限りに引退することとなった。
大田運動員於本賽季結束後就要退休了。

| 比較 | をかわきりに〔以…為開端〕「をかぎりに」表示限定，強調「結尾」的概念。前接以某時間點、某契機，做為結束後項的分界點，後接從今以後不再持續的事物。正負面評價皆可使用。「をかわきりに」表示起點，強調「起點」的概念，以前接的時間點為開端，發展後面一連串興盛發展的事物。後面常接「地點＋を回る」。

② 【限度】表示達到極限，也就是在達到某個限度之前做某事。中文意思是：「盡量」。如例：

◆ 彼らは、波間に見えた船に向かって、声を限りに叫んだ。
他們朝著那艘在海浪間忽隱忽現的船隻聲嘶力竭地大叫。

003 ただ～のみ

➡ **ただ＋{名詞（である）；形容詞辭書形；形容動詞詞幹である；動詞辭書形}＋のみ**

類義表現	ならではだ　正因為…才

意思

① 【限定】表示限定除此之外，沒有其他。「ただ」跟後面的「のみ」相呼應，有加強語氣的作用，強調「沒有其他」集中一點的狀態。「のみ」是嚴格地限定範圍、程度，是規定性的、具體的。「のみ」是書面用語，意思跟「だけ」相同。中文意思是：「只有…才…、只…、唯…、僅僅、是」。如例：

◆ 彼女を動かしているのは、ただ医者としての責任感のみだ。

　是醫師的使命感驅使她，才一直堅守在這個崗位上。

◆ ただ価格が安いのみでは、消費者にとって魅力的な商品とはいえない。

　倘若價格低廉是其唯一的優勢，還稱不上是件足以吸引消費者購買的商品。

◆ 細かいことを言うな。人間はただ寛容であるのみだ。

　別難蛋裡挑骨頭了。做人得心胸寬大才好。

◆ 親は子の幸せをただ祈るのみだ。

　身為父母，唯一的心願就是兒女的幸福。

◆ ただ頂点を極めた者のみが、この孤独を知っている。

　唯有站在高峰絕頂之人，方能了解這一種孤寂。

比較	**ならではだ**〔正因為…才〕「ただ～のみ」表示限定，強調「限定具體範圍」的概念。表示除此範圍之外，都不列入考量。正、負面的內容都可以接。「ならではだ」也表限定，但強調「只有某獨特才能等方能得到」的概念。表示對「ならでは」前面的某人事物的讚嘆，正因為是這人事物才會這麼好。多表示積極的含意。

004　ならでは（の）

➡ **{名詞}＋ならでは（の）**

類義表現 ▷ **ながらの 一樣**

意思 ▷

① 【限定】表示對「ならでは（の）」前面的某人事物的讚嘆，含有如果不是前項，就沒有後項，正因為是這人事物才會這麼好。是一種高度評價的表現方式，所以在商店的廣告詞上，有時可以看到。置於句尾的「ならではだ」，表示肯定之意。中文意思是：「正因為…才有（的）、只有…才有（的）」。如例：

◆ 台南（タイナン）には古都（こと）ならではの趣（おもむき）がある。
　台南有一種古都獨特的風情。

◆ この作品（さくひん）には、子（こ）どもならではの自由（じゆう）な発想（はっそう）が溢（あふ）れている。
　這部作品洋溢著孩童特有的奔放想像。

◆ この店（みせ）のケーキのおいしさは手作（てづく）りならではだ。
　這家店的蛋糕如此美妙的滋味只有手工烘焙才做得出來。

㊜ 〖ならでは～ない〗「ならでは～ない」的形式，強調「如果不是…則是不可能的」的意思。中文意思是：「若不是…是不…（的）」。如例：

◆ 街中（まちなか）を大勢（おおぜい）のマスクをした人（ひと）が行（い）き交（か）うのは、東京（とうきょう）ならでは見（み）られない光景（こうけい）だ。
　街上有非常多戴著口罩的人來來往往，這是在東京才能看見的景象。

比較 ▷ **ながらの〔一樣〕**「ならでは（の）」表示限定，強調「只有…才有的」的概念。表示感慨正因為前項這一唯一條件，才會有後項這高評價的內容。是一種高度的評價。「の」是代替「できない、見られない」等動詞的。「ながらの」表示樣態，強調「保持原有的狀態」的概念。表示原來的樣子，原封不動，沒有發生變化的持續狀態。是一種固定的表達方式。「の」後面要接名詞。

005 にとどまらず（～も）

➡ {名詞（である）；動詞辭書形} ＋にとどまらず（～も）

類義表現

はおろか 別說…了，就連…也

意思

① 【非限定】表示不僅限於前面的範圍，更有後面廣大的範圍。前接一窄狹的範圍，後接一廣大的範圍。有時候「にとどまらず」前面會接格助詞「だけ、のみ」來表示強調，後面也常和「も、まで、さえ」等相呼應。中文意思是：「不僅…還（也）…、不限於…、不僅僅…」。如例：

◆ この漫画は小、中学生にとどまらず、大人にも熱心な読者がたくさんいる。

這部漫畫不僅廣受中、小學生的喜愛，也擁有許多忠實的成年人書迷。

◆ 大気汚染による健康被害は国内にとどまらず、近隣諸国にも広がっているそうだ。

據說空氣汙染導致的健康危害不僅僅是國內受害，還殃及臨近各國。

◆ 私にとって妻は妻であるにとどまらず、人生を共にする戦友でもある。

對我而言，妻子不僅僅是配偶，亦是同甘共苦的人生戰友。

◆ 男は大声を出すにとどまらず、とうとうテーブルを叩いて暴れ始めた。

那個男人不但大聲咆哮，最後甚至拍桌發起飆來。

比較

はおろか〔別說…了，就連…也〕「にとどまらず」表示非限定，不僅限於某個範圍，並強調「後項範圍進一步擴大」的概念。表示某事已超過了前接的某一窄狹範圍，事情已經涉及到後接的這一廣大範圍了。後面和「も、まで、さえ」相呼應。「はおろか」表示附加，強調「後項程度更高」的概念。表示前項的一般情況沒有說明的必要，以此來強調後項較極端的事態也不例外。含有說話人吃驚、不滿的情緒，是一種負面評價。後面多接否定詞。

006　にかぎったことではない

➡ {名詞}＋に限ったことではない

類義表現

にかぎらず 不只…

意思

① 【非限定】表示事物、問題、狀態並不是只有前項這樣，其他場合也有同樣的問題等。經常用於表示負面的情況。中文意思是：「不僅僅…、不光是…、不只有…」。如例：

◆ あの家から怒鳴り声が聞こえてくるのは今日に限ったことじゃないんです。

今天並非第一次聽見那戶人家傳出的怒斥聲。

◆ 彼が本番で緊張のあまり失敗するのは、今回に限ったことではない。

他這已不是第一次在正式上場時由於緊張過度而失敗了。

◆ 上司が威張っているのは何も君の部署に限ったことじゃないよ。

主管擺臭架子並不是只發生在你那個部門的情形呀！

◆ 少子化問題は日本に限ったことではない。

少子化並非僅僅發生於日本的問題。

比較

にかぎらず〔不只…〕「にかぎったことではない」表示非限定，表示不僅限於前項，還有範圍不受限定的後項。「にかぎらず」也表非限定，表示不僅止是前項，還有範圍更廣的後項。

007　ただ～のみならず

➡ ただ＋{名詞（である）；形容詞辞書形；形容動詞詞幹である；動詞辞書形}＋のみならず

類義表現

はいうまでもなく 不用説…（連）也

① 【非限定】表示不僅只前項這樣，後接的涉及範圍還要更大、還要更廣，前項和後項的內容大多是互相對照、類似或並立的。後常和「も」相呼應，比「のみならず」語氣更強。是書面用語。中文意思是：「不僅…而且、不只是…也」。如例：

◆ 彼はただ芸術家であるのみならず、良き教育者でもあった。

　他不僅是一名藝術家，亦是一位出色的教育者。

◆ この図鑑はただ項目が多いのみならず、それぞれの説明が簡潔で分かり易い。

　這本圖鑑不僅收錄條目豐富，每一則解說更是淺顯易懂。

◆ この病気はただ治療が困難であるのみならず、一度回復しても再発に苦しむ人が多いそうだ。

　這種病不但不易治療，即使一度治癒，仍有許多患者會受復發所苦。

◆ 男はただ酔って騒いだのみならず、店員を殴って逃走した。

　那個男人非但酒後鬧事，還在毆打店員之後逃離現場了。

はいうまでもなく〔不用說…（連）也〕

「ただ～のみならず」表示非限定，強調「非限定具體範圍」的概念。表示不僅只是前項，涉及範圍還更大，前項和後項一般是類似或互為對照、並立的內容。後面常和「も」相呼應。是書面用語。「はいうまでもなく」表示不必要，強調「沒有說明前項的必要」的概念。表示前項很明顯沒有說明的必要，後項較極端的事例也不例外。是一種遞進、累加的表現。常和「も、さえも、まで」等相呼應。

---

008 たらきりがない、ときりがない、ばきりがない、てもきりがない

Track N1-070

➡ {動詞た形}＋たらきりがない；{動詞辭書形}＋ときりがない；{動詞假定形}＋ばきりがない；{動詞て形}＋てもきりがない

にあって 處於…狀況之下

意思

① 【無限度】前接動詞，表示是如果做前項的動作，會永無止盡，沒有限度、沒有結束的時候。中文意思是：「沒完沒了」。如例：

◆ 花嫁姿を見せたいのは分かるけど、友達みんなを招待してたらきりがないよ。

我可以體會妳想讓大家見證自己當新娘的幸福模樣，但若想邀請所有的朋友來參加婚宴，這份賓客名單恐怕連寫都寫不完了。

◆ 細かいことを言うときりがないから、全員１万円ずつにしよう。

逐一分項計價實在太麻煩了，乾脆每個人都算一萬圓吧！

◆ この資料は酷いな。間違いを挙げればきりがない。

這份資料簡直糟糕透頂。錯誤百出，就算挑上３天３夜都挑不完。

◆ そうやってくよくよしていてもきりがないよ。済んだことは忘れて、前を向こう。

再繼續沮喪下去可要沒完沒了。過去的事就拋到腦後，繼續前進吧！

比較

にあって〔處於…狀況之下〕「たらきりがない」表示無限度，前接動詞，表示如果觸及了前項的動作，會永無止境、沒有限度、沒有終結。「にあって」表示時點，前接時間、地點及狀況等詞，表示處於前面這一特別的事態、狀況之中，所以有後面的事情。順接、逆接都可以。屬於主觀的說法。

Track N1-071

009 かぎりだ

➡ {名詞；形容詞辭書形；形容動詞詞幹な}＋限りだ

類義表現

のいたりだ …之極

意思

① 【極限】表示喜怒哀樂等感情的極限。這是說話人自己在當時，有一種非常強烈的感覺，這個感覺別人是不能從外表客觀地看到的。由於是表達說話人的心理狀態，一般不用在第三人稱的句子裡。中文意思是：「真是太…、…得不能再…了、極其…」。如例：

◆ 君から結婚式の招待状が届くとは、嬉しい限りです。

真的非常高興收到你的喜帖！

◆ この公園を潰して、マンションを建てるそうだ。残念な限りだ。

據說這座公園將被夷為平地，於原址建起一棟大廈。實在太令人遺憾了。

◆ こんなに広いお庭があるとは、羨ましい限りです。

能擁有如此寬廣的庭院，真讓人羨慕無比。

◆ 君も就職して結婚か、めでたい限りじゃないか。

就業與結婚雙喜臨門，真的要好好恭喜你呀！

比較	のいたりだ〔…之極〕「かぎりだ」表示極限，表示説話人喜怒哀樂等心理感情的極限。用在表達説話人的心情，不用在第三人稱上。前面可以接名詞、形容詞及形容動詞，常接「うれしい、羨ましい、残念な」等詞。「のいたりだ」也表極限，表示説話人要表達一種程度到了極限的強烈感情。前面接名詞，常接「光栄、感激、赤面」等詞。

Track N1-072

010　きわまる

類義表現	ならでは（の）　正因為…才

意思

① 【極限】{形容動詞詞幹}＋極まる。形容某事物達到了極限，再也沒有比這個更為極致了。這是説話人帶有個人感情色彩的説法。是書面用語。中文意思是：「極其…、非常…、…極了」。如例：

◆ 部長の女性社員に対する態度は失礼極まる。

經理對待女性職員的態度極度無禮。

◆ 教科書を読むだけの林先生の授業は、退屈極まるよ。

林老師上課時只把教科書從頭讀到尾，簡直無聊透頂！

⊕〖N（が）きわまって〗{名詞（が）}＋極まって。前接名詞。如例：

◆ 多忙が極まって、体を壊した。

由於忙得不可開交，結果弄壞了身體。

◆ 表彰台の上の金選手は感極まって泣き出した。

站在領獎台上的金姓運動員由於非常感動而哭了出來。

⊕〖前接負面意義〗常接「勝手、大胆、失礼、危険、残念、贅沢、卑劣、不愉快」
等，表示負面意義的形容動詞詞幹之後。

比較	ならでは（の）〔正因為…ォ〕「きわまる」表示極限，形容某事物達到了極限，再也沒有比這個程度還要高了。帶有説話人個人主觀的感情色彩。是古老的表達方式。「ならでは（の）」表示限定，表示對「ならでは」前面的某人事物的讚嘆，正因為是這人事物才會這麼好。是一種高度評價的表現方式，所以在公司或商店的廣告詞上，常可以看到。

011　きわまりない

Track N1-073

➡{形容詞辭書形こと；形容動詞詞幹（なこと）}＋極まりない

類義表現	のきわみ 真是…極了

意思

① 【極限】「きわまりない」是「きわまる」的否定形，雖然是否定形，但沒有否定意味，意思跟「きわまる」一樣。「きわまりない」是形容某事物達到了極限，再也沒有比這個更為極致了。這是説話人帶有個人感情色彩的説法，跟「きわまる」一樣。中文意思是：「極其…、非常…」。如例：

◆ 事業に失敗して借金を抱え、生活が苦しいこと極まりない。

事業失敗後欠下大筆債務，生活陷入了極度困頓。

◆ いきなり電話を切られ、不愉快極まりなかった。

冷不防被掛了電話，令人不悦到了極點。

◆ 裁判所の出した判決は残念極まりないものだった。

法院做出的判決令人倍感遺憾。

◆ 行列に割り込むとは、非常識なこと極まりない。

插隊是一種極度缺乏常識的行徑。

[補]〘前接負面意義〙前面常接「残念、残酷、失礼、不愉快、不親切、不可解、非常識」等負面意義的漢語。另外，「きわまりない」還可以接在「形容詞、形容動詞＋こと」的後面。

[比較] **のきわみ**〔真是…極了〕「きわまりない」表示極限，強調「前項程度達到極限」的概念。形容某事物達到了極限，再也沒有比這個更為極致了。「Aきわまりない」表示非常的A，強調A的表現。這是説話人帶有個人感情色彩的説法。「のきわみ」也表極限，強調「前項程度高到極點」的概念。「Aのきわみ」表示A的程度高到極點，再沒有比A更高的了。

Track N1-074

012 にいたるまで

➡ **{名詞}＋に至るまで**

[類義表現] **から～にかけて** 從…到…

[意思]

①【極限】表示事物的範圍已經達到了極端程度，對象範圍涉及很廣。由於強調的是上限，所以接在表示極端之意的詞後面。前面常和「から」相呼應使用，表示從這裡到那裡，此範圍都是如此的意思。中文意思是：「…至…、直到…」。如例：

◆ 帰国するので、冷蔵庫からコップに至るまで、みんなネットで売り払った。

由於要回國了，因此大至冰箱小至杯子統統上網賣掉了。

◆ うちの会社では毎朝、若手社員から社長に至るまで全員でラジオ体操をします。

我們公司每天早上從新進職員到總經理的全體員工都要做國民健身操（廣播體操）。

◆ 旅行の予定は集合時間から、お土産を買う時間に至るまで、細かく決められている。

旅遊的行程表從集合時刻到買土特產的時間全部詳細規定載明。

◆ 警察は事件現場に残された血の付いた衣服から、髪の毛の1本に至るまで、全てを調べ上げた。

警方從遺留在案發現場的物件，包括沾有血跡的衣服乃至於一根毛髮，全都鉅細靡遺地調查過了。

<table>
<tr><td>比較</td><td>から〜にかけて〔從…到…〕「にいたるまで」表示極限，強調「事物已到某極端程度」的概念。前接從理所當然，到每個細節的事物，後接全部概括毫不例外。除了地點之外，還可以接人事物。常與「から」相呼應。「から〜にかけて」表示範圍，強調「籠統地跨越兩個領域」的概念。籠統地表示，跨越兩個領域的時間或空間。不接時間或是空間以外的詞。</td></tr>
</table>

Track N1-075

013　のきわみ（だ）

➡ {名詞}＋の極み（だ）

| 類義表現 | ことだ 就得… |

| 意思 |

① 【極限】形容事物達到了極高的程度。強調這程度已經超越一般，到達頂點了。大多用來表達說話人激動時的那種心情。前面可接正面或負面、或是感情以外的詞。前接情緒的詞表示感情激動，接名詞則表示程度極致。「感激の極み（感激萬分）、痛恨の極み（極為遺憾）」是常用的形式。中文意思是：「真是…極了、十分地…、極其…」。如例：

◆ このような激励会を開いていただき、感激のきわみです。

承蒙舉行如此盛大的勵進會，小弟銘感五內。

◆ 今月に入ってから1日も休んでいない。疲労のきわみだ。

這個月以來我連一天都沒有休息，已經累到極點了。

◆このレストランのコース料理は贅沢のきわみと言えよう。

這家餐廳的套餐可説是極盡豪華之能事。

◆最後の最後に私のミスで逆転負けしてしまい、痛恨のきわみです。

在最後一刻由於我的失誤使對手得以逆轉勝，堪稱痛心疾首。

比較

ことだ〔就得…〕「のきわみ（だ）」表示極限，強調「事物達到極高程度」的概念。形容事物達到了極高的程度，強調這程度已到達頂點了，大多用來表達説話人激動時的那種心情。前面可接正面或負面的詞。「ことだ」表示忠告，強調「某行為是正確的」之概念，表示一種間接的忠告或命令。説話人忠告對方，某行為是正確的或應當的，或某情況下將更加理想。口語中多用在上司、長輩對部屬、晚輩。

文法小祕方

感歎詞

項目	說明	例句
定義	感歎詞是表達説話者情感、感嘆、呼喚、應答、寒暄等的詞。	ああ、はい
用法	感歎詞獨立使用，用來表達驚訝、喜悅、悲傷等情感，或用來呼喚和應答。	1.置於句首，作句子的獨立成分→ああ、今日はいい天気だ。 2.單獨構成獨立句→Ａ：それを見て！Ｂ：すごい！
種類	有「應答；招呼、建議、確認、提醒；驚訝、感動、喜悅、困惑」等意義的感歎詞。	1.表示應答或回應：はい、分かりました。 2.表示招呼、建議、確認或提醒：ねえ、聞いて！ 3.表達驚訝、感動、喜悅或困惑：ええっ！それは本当？

練習　文法知多少？

▼ 答案詳見右下角

☞　請完成以下題目，從選項中，選出正確答案，並完成句子。

1 彼はテレビからパソコンに（　　）、すべて最新のものをそろえている。

　　1．かけて　　　　　　　　　　　2．いたるまで

2 今年 12 月を（　　）、退職することにしました。

　　1．限りに　　　　　　　　　　　2．皮切りに

3 私の役割は、ただみなの意見を一つにまとめること（　　）です。

　　1．のみ　　　　　　　　　　　　2．ならでは

4 街はクリスマス（　　）のロマンティックな雰囲気にあふれている。

　　1．ならでは　　　　　　　　　　2．ながら

5 同僚で英語ができる人といえば、鈴木さんを（　　）いない。

　　1．もって　　　　　　　　　　　2．おいて

6 キンモクセイはただその香り（　　）、花も美しい。

　　1．は言うまでもなく　　　　　　2．のみならず

7 彼女は雑誌の編集（　　）、表紙のデザインも手掛けています。

　　1．はおろか　　　　　　　　　　2．にとどまらず

列挙、反復、数量

列舉、反覆、數量

001 だの～だの

➡ {[名詞・形容動詞詞幹] (だった)；[形容詞・動詞] 普通形} ＋だの～ {[名詞・形容動詞詞幹] (だった)；[形容詞・動詞] 普通形} ＋だの

| 類義表現 | なり～なり 或是…或是… |

意思

① 【列舉】列舉用法，在眾多事物中選出幾個具有代表性的。多半帶有負面的語氣，常用在抱怨事物總是那麼囉唆嘮叨的叫人討厭。是口語用法。中文意思是：「又是…又是…、一下…一下…、…啦…啦」。如例：

◆ シャネルだのエルメスだの、僕にはそんなものは買えないよ。

什麼香奈兒啦、愛馬仕啦，那些名牌貨我買不起啊！

◆ 狭いだの暗いだの、人の家に遊びに来ておいて、ずいぶん失礼だな。

來到別人家裡作客，居然一下子嫌小，一下子嫌暗的，真沒禮貌啊！

◆ 郊外に家を買いたいが、交通が不便だの、買い物に不自由だの、妻は文句ばかり言う。

雖然想在郊區買了房子，可是太太抱怨連連，說是交通不便啦、買東西也不方便什麼的。

◆ ノルマが厳しいだの、先輩が怖いだの言っていたけど、1年間頑張って、すっかり逞しくなったじゃないか。

你早前抱怨業績標準太高啦、前輩太嚴格啦等等，結果堅持這一年下來，不是就徹底茁壯成長起來了嗎？

| 比較 | **なり～なり**〔或是…或是…〕「だの～だの」表示列舉，表示在眾多事物中選出幾個具有代表性的，一般帶有抱怨、負面的語氣。「なり～なり」也表列舉，表示從列舉的同類或相反的事物中，選其中一個。暗示列舉之外，還有其他更好的選擇。後項大多是命令、建議等句子。一般不用在過去的事物。 |

002 であれ～であれ

→ {名詞}＋であれ＋{名詞}＋であれ

にしても～にしても 無論是…還是…

意思

① 【列舉】表示不管哪一種人事物，後項都可以成立。先舉出幾個例子，再指出這些全部都適用之意。列舉的內容大多是互相對照、並立或類似的。中文意思是：「即使是…也…、無論…都、也…也…、無論是…或是…、不管是…還是…、也好…也好…、也是…也是…」。如例：

◆ 都会であれ田舎であれ、人と人の繋がりが大切だ。

無論是在城市或者鄉村，人與人之間的羈絆都同樣重要。

◆ 男であれ女であれ、働く以上、責任が伴うのは同じだ。

不管是男人也好、女人也好，既然接下工作，就必須同樣肩負起責任。

◆ 禁煙であれ禁酒であれ、軽い気持ちではできない。

不管是戒菸或是戒酒，如果沒有下定決心就將注定失敗。

◆ この法案に賛成であれ反対であれ、国の将来を思う気持ちに変わりはない。

無論贊成抑或反對這項法案，大家對國家未來前途的殷切期盼都是相同的。

比較

にしても～にしても〔無論是…還是…〕「であれ～であれ」表示列舉，舉出對照、並立或類似的例子，表示所有都適用的意思。後項是說話人主觀的判斷。「にしても～にしても」也表列舉，「ＡであれＢであれ」句型中，Ａ跟Ｂ都要用名詞。但如果是動詞，就要用「にしても～にしても」，這一句型舉出相對立或相反的兩項事物，表示無論哪種場合都適用，或兩項事物無一例外之意。

003 といい～といい

→ {名詞}＋といい＋{名詞}＋といい

| 類義表現 | だの～だの …啦…啦 |

| 意思 |

① **【列舉】** 表示列舉。為了做為例子而並列舉出具有代表性，且有強調作用的兩項，後項是對此做出的評價。含有不只是所舉的這兩個例子，還有其他也如此之意。用在批評和評價的場合，帶有吃驚、灰心、欽佩等語氣。與全體為焦點的「といわず～といわず（不論是…還是）」相比，「といい～といい」的焦點聚集在所舉的兩個事物上。中文意思是：「不論…還是、…也好…也好」。如例：

◆ 娘といい息子といい、いい年をして就職する気がてんでない。

　我家的女兒也好、兒子也罷，都長到這個年紀了卻壓根沒打算去找工作。

◆ 風呂といいトイレといい、狭くてこれじゃ刑務所だ。

　不管是浴室還是廁所都太小了，簡直像在監獄裡似的。

◆ この映画は、鮮やかな映像といい、美しい音楽といい、見る人の心に残る作品だ。

　這部電影無論是華麗的影像還是優美的音樂，都是一個令人印象深刻的作品。

◆ このワインは滑らかな舌触りといい、フルーツのような香りといい、女性に人気です。

　這支紅酒從口感順喉乃至於散發果香，都是受到女性喜愛的特色。

女性に人気

| 比較 | **だの～だの**〔…啦…啦〕「といい～といい」表示列舉，舉出同一事物的兩個不同側面，表示都很出色，後項是對此做出總體積極評價。帶有欽佩等語氣。「だの～だの」也表列舉，表示單純的列舉，是對具體事項一個個的列舉。內容多為負面。|

004　というか～というか

→ {名詞；形容詞辭書形；形容動詞詞幹} ＋というか＋ {名詞；
　　　　　　　　形容詞辭書形；形容動詞詞幹} ＋というか

| 類義表現 |

といい～といい …也好…也好

| 意思 |

① 【列舉】用在敘述人事物時，說話者想到什麼就說什麼，並非用一個詞彙去形容或表達，而是列舉一些印象、感想、判斷，變換各種說法來說明。後項大多是總結性的評價。更隨便一點的說法是「っていうか～っていうか」。中文意思是：「該說是…還是…」。如例：

◆ 娘というか孫というか、彼女は私にとって、そんな存在だ。

該說是女兒還是孫女呢，總之在我眼中的她就是如此親近的晚輩。

◆ プロポーズされたときは恥ずかしいというかびっくりしたというか、喜ぶどころではなかった。

被求婚的那一刻不曉得該說是難為情還是驚訝才好，總之來不及反應過來享受那份喜悅。

◆ あいつは素直というか馬鹿正直というか、人を疑うことを知らない。

真不知道該說那傢伙是老實還是憨直，總之他從來不懂得對人懷有戒心。

◆ 船の旅は豪華というか贅沢というか、夢のような時間でした。

那趟輪船之旅該形容是豪華還是奢侈呢，總之是如作夢一般的美好時光。

| 比較 |

といい～といい〔…也好…也好〕「というか～というか」表示列舉，表示舉出來的兩個方面都有，或難以分辨是哪一方面，後項多是總結性的判斷，帶有說話人的感受或印象語氣。前面可以接名詞、形容詞跟動詞。「といい～といい」也表列舉，表示舉出同一對象的兩個不同的側面，後項是對此做出評價，帶有欽佩等語氣。前面只能接名詞。

005 といった

➡ {名詞}＋といった＋{名詞}

| 類義表現 | といって～ない 沒有特別的… |

| 意思 |

① 【列舉】表示列舉。舉出兩項以上具體且相似的事物，表示所列舉的這些不是全部，還有其他。前接列舉的兩個以上的例子，後接總括前面的名詞。中文意思是：「…等的…、…這樣的…」。如例：

◆ 日本で寿司や天ぷらといった日本料理を食べました。

在日本吃了壽司、炸物等等日本料理。

◆ ここでは象やライオンといったアフリカの動物たちを見ることができる。

在這裡可以看到包括大象和獅子之類的非洲動物。

◆ 奈良県には、東大寺や法隆寺といった歴史的建造物がたくさんあります。

奈良縣目前仍保存著東大寺、法隆寺等諸多歷史建築。

◆ この学校はシンガポールやインドネシアといった東南アジア出身の留学生が多い。

這所學校有許多新加坡和印尼等來自東南亞的留學生。

| 比較 | **といって～ない**〔沒有特別的…〕「といった」表示列舉，前接兩個相同類型的事例，表示所列舉的兩個事例都屬於這範圍，暗示還有其他一樣的例子。「といって～ない」表示強調輕重，前接「これ」或疑問詞「なに、どこ」等，後面接否定，表示沒有特別值得一提的東西之意。 |

006 といわず～といわず

➡ {名詞}＋といわず＋{名詞}＋といわず

類義表現
といい〜といい …也好…也好

意思

①【列舉】表示所舉的兩個相關或相對的事例都不例外，都沒有差別。也就是「といわず」前所舉的兩個事例，都不例外會是後項的情況，強調不僅是例舉的事例，而是「全部都…」的概念。後項大多是客觀存在的事實。中文意思是：「無論是…還是…、…也好…也好…」。如例：

◆ この交差点は昼といわず夜といわず、人通りが絶えない。

這處十字路口不分晝夜總是車水馬龍。

◆ 彼は壁といわず天井といわず、部屋中に好きなバンドのポスターを貼っている。

他把喜愛的樂團海報從牆壁到天花板，貼滿了一整個房間。

◆ カメラマンの夫は国内といわず海外といわず、１年中あちこち飛び回っている。

從事攝影工作的外子一年到頭搭飛機穿梭於國內外奔波。

◆ 久しぶりに運動したせいか、腕といわず脚といわず体中痛い。

大概是太久沒有運動了，不管是手臂也好還是腿腳也好，全身上下沒有一處不痠痛的。

比較　といい〜といい〔…也好…也好〕「といわず〜といわず」表示列舉，列舉具代表性的兩個事物，表示「全部都…」的狀態。隱含不僅只所舉的，其他幾乎全部都是。「といい〜といい」也表列舉，舉出的例子是從某事物提出的兩個小面向，並表示兩個事例都不例外，後接對兩者做出的積極評價。

007　なり〜なり

➡ {名詞；動詞辭書形}＋なり＋{名詞；動詞辭書形}＋なり

類義表現　うと〜まいと　不管…還是不…

① 【列舉】表示從列舉的同類、並列或相反的事物中，選擇其中一個。暗示在列舉之外，還可以有其他更好的選擇，含有「你喜歡怎樣就怎樣」的語氣。後項大多是表示命令、建議等句子。一般不用在過去的事物。由於語氣較為隨便，不用在對長輩跟上司。中文意思是：「或是…或是…、…也好…也好」。如例：

◆ ロンドンなりニューヨークなり、英語圏（えいごけん）の専門学校（せんもんがっこう）を探（さが）しています。

　我正在慣用英語的城市裡，尋找適合就讀的專科學校，譬如倫敦或是紐約。

◆ 結果（けっか）が分（わ）かったら、電話（でんわ）なりメールなりで教（おし）えてください。

　一得知結果，請用電話或是簡訊告訴我。

◆ 何（なに）か飲（の）むなり、庭（にわ）を散歩（さんぽ）するなり、ゆっくりしてくださいね。

　請盡情享受悠閒的時光，看是要喝點飲料，或是到庭院散步都好。

◆ ここで心配（しんぱい）してないで、弁護士（べんごし）に相談（そうだん）するなり警察（けいさつ）に行（い）くなりしたほうがいい。

　看是要找律師諮詢或是去警局報案，都比待在這裡乾著急來得好。

補 〖大（だい）なり小（しょう）なり〗「大なり小なり（或大或小）」不可以說成「小なり大なり」。如例：

◆ 人（ひと）は人生（じんせい）の中（なか）で、大（だい）なり小（しょう）なりピンチに立（た）たされることがある。

　人在一生中，或多或少都可能身陷於危急局面中。

うと～まいと〔不管…還是不…〕「なり～なり」表示列舉，強調「舉例中的任何一個都可以」的概念。表示從列舉的互為對照、並列或同類等，可以想得出的事物中，選擇其中一個。後項常接命令、建議或希望的句子。不用在過去的事物上，說法較為隨便。「うと～まいと」表示無關，強調「不管前項如何，後項都會成立」的概念，為逆接假定條件。表示無論前面的情況是不是這樣，後面都是會成立的，是不會受前面約束的。

008 つ～つ

➡ {動詞ます形}＋つ＋{動詞ます形}＋つ

類義表現 ┐

なり～なり 或是…或是

意思 ┐

① 【反覆】表示同一主體，在進行前項動作時，交替進行後項對等的動作。用同一動詞的主動態跟被動態，如「抜く、抜かれる」這種重複的形式，表示兩方相互之間的動作。中文意思是：「（表動作交替進行）一邊…一邊…、時而…時而…」。如例：

◆ ゴール直前、レースは抜きつ抜かれつの激しい展開となった。
在抵達終點之前展開了一段彼此互有領先的激烈競逐。

◆ バーゲン会場は押しつ押されつ、まるで満員電車のようだった。
特賣會場上你推我擠的，簡直像在載滿了乘客的電車車廂裡。

◆ お互い小さな会社ですから、持ちつ持たれつで協力し合っていきましょう。
我們彼此都是小公司，往後就互相幫襯、同心協力吧。

⊕ 〖接兩對立動詞〗可以用「行く（去）、戻る（回來）」兩個意思對立的動詞，表示兩種動作的交替進行。書面用語。多作為慣用句來使用。如例：

◆ 買おうかどうしようか決めかねて、店の前を行きつ戻りつしている。
在店門前走過來又走過去的，遲遲無法決定到底該不該買下來。

比較 ┐

なり～なり〔或是…或是〕「つ～つ」表示反覆，強調「動作交替」的概念。用同一動詞的主動態跟被動態，表示兩個動作在交替進行。書面用語。多作為慣用句來使用。「なり～なり」表示列舉，強調「列舉事物」的概念。表示從列舉的同類或相反的事物中，選其中一個。暗示列舉之外，還有其他更好的選擇。後項大多是命令、建議等句子。一般不用在過去的事物。

Track N1-084

009 からある、からする、からの

➡{名詞（數量詞）}＋からある、からする、からの

類義表現 だけある 不愧是…

意思

①【數量多】前面接表示數量的詞，強調數量之多。含有「目測大概這麼多，説不定還更多」的意思。前接的數量，多半是超乎常理的。前面接的數字必須為大略的整數，一般數量、重量、長度跟大小用「からある」，價錢用「からする」。中文意思是：「足有…之多…、值…、…以上、超過…」。如例：

- 駅(えき)からホテルまで5キロからあるよ。タクシーで行(い)こう。
  從車站到旅館足足有5公里遠耶！我們搭計程車過去吧。
- 私(わたし)は20キロからある荷物(にもつ)を毎日(まいにち)背負(せお)って歩(ある)いています。
  我天天揹著重達20公斤的物品走路。
- 彼(かれ)のしている腕時計(うでどけい)は200万円(まんえん)からするよ。
  他戴的手錶價值高達200萬圓喔！

[補]〔からのN〕後接名詞時，「からの」一般用在表示人數及費用時。如例：

- 野外(やがい)コンサートには1万人(まんにん)からの人々(ひとびと)が押(お)し寄(よ)せた。
  戶外音樂會湧入了多達一萬名聽眾。

比較 **だけある**〔不愧是…〕「からある」表示數量多，前面接表示數量的詞，而且是超於常理的數量，強調數量之多。「だけある」表示符合期待，表示名實相符，前接與其相稱的身分、地位、經歷等，後項接正面評價的句子。強調名不虛傳。

練習　文法知多少？

▼ 答案詳見右下角

☞　請完成以下題目，從選項中，選出正確答案，並完成句子。

1　上野動物園ではパンダやラマと（　　）珍しい動物も見られますよ。

　　1．いって　　　　　　　　　　2．いった

2　父が２メートル（　　）クリスマスツリーを買ってきた。

　　1．からある　　　　　　　　　2．だけある

3　映画を（　　）、ショッピングに（　　）、ちょっとはリラックスしたらどうですか。

　　1．見るなり／行くなり　　2．見ようと／行くまいと

4　コップ（　　）、グラス（　　）、飲めればそれでいいよ。

　　1．として／として　　　　　2．であれ／であれ

5　話し方（　　）雰囲気（　　）、タダ者じゃないね。

　　1．だの／だの　　　　　　　2．といい／といい

6　休日（　　）平日（　　）、お客さんがいっぱいだ。

　　1．といわず／といわず　　2．によらず／によらず

7　灯篭は浮き（　　）沈み（　　）流されていった。

　　1．なり／なり　　　　　　　2．つ／つ

答案：(1) 2　(2) 1　(3) 1　(4) 2　(5) 2　(6) 1　(7) 2

619

付加、付帯

附加、附帯

---

001 と～（と）があいまって、が／は～とあいまって

➡ {名詞} ＋と＋ {名詞} ＋ （と）が相まって ；
{名詞} ＋が／は＋ {名詞} ＋とが相まって

類義表現 とともに 隨著…

意思

① 【附加】 表示某一事物，再加上前項這一特別的事物，產生了更加有力的效果或增強了某種傾向、特徵之意。書面用語，也用「が／は～と相まって」的形式。此句型後項通常是好的結果。中文意思是：「…加上…、與…相結合、與…相融合」。如例：

◆ 彼女は生まれながらの美しさと外国育ちの雰囲気とがあいまって、映画界になくてはならない存在となっている。

天生麗質加上在國外成長的洋氣，塑造她成為影壇不可或缺的耀眼巨星。

◆ 彼の才能が人１倍の努力とあいまって、この結果を生み出したといえよう。

可以說是與生俱來的才華加上比別人加倍的努力，這才造就出他今日的成果。

◆ この白いホテルは周囲の緑とあいまって、絵本の中のお城のように見える。

這棟白色的旅館在周圍的綠意掩映之下，宛如圖畫書中的一座城堡。

◆ 攻撃的な性格が貧しい環境とあいまって、男はますます社会から孤立していった。

具攻擊性的性格，再加上生長環境的貧困，使得那個男人在社會生活中愈發孤僻了。

[比較] **とともに**〔隨著…〕「と～（と）があいまって」表示附加，強調「兩個方面同時起作用」的概念。表示某事物，再加上前項這一特別的事物，產生了後項效果更加顯著的內容。前項是原因，後項是結果。「とともに」表示相關關係，強調「後項隨前項並行變化」的概念。前項發生變化，後項也隨著並行發生變化。

Track N1-086

002 はおろか

➡ {名詞} +はおろか

[類義表現] **をとわず** 無論…

[意思]

① **【附加】** 後面多接否定詞。意思是別説程度較高的前項了，就連程度低的後項都沒有達到。表示前項的一般情況沒有説明的必要，以此來強調後項較極端的事例也不例外。中文意思是：「不用説…、就連…」。如例：

◆ 私は車はおろか、自転車も持っていません。
別説汽車了，我連腳踏車都沒有。

◆ 遊ぶお金はおろか、毎日の食費にも苦労している。
別説娛樂的花費了，我連一天 3 餐圖個溫飽的錢都賺得很辛苦。

◆ 意識が戻ったとき、事故のことはおろか、自分の名前すら憶えていなかった。
等到恢復了意識以後，別説事故當下的經過，他連自己的名字都想不起來了。

◆ この仕事は週末はおろか、盆も正月も休めない。
這份工作別説週休二日了，就連中元節和過年都沒得休息。

[補]〘はおろか～も等〙後項常用「も、さえ、すら、まで」等強調助詞。含有説話人吃驚、不滿的情緒，是一種負面評價。不能用來指使對方做某事，所以不接命令、禁止、要求、勸誘等句子。

比較

をとわず〔無論…〕「はおろか」表示附加，強調「後項程度更高」的概念。後面多接否定詞。表示不用說程度較輕的前項了，連程度較重的後項都這樣，沒有例外。常跟「も、さえ、すら」等相呼應。「をとわず」表示無關，強調「沒有把它當作問題」的概念。表示沒有把前接的詞當作問題、跟前接的詞沒有關係。多接在「男女、昼夜」這種對義的單字後面。

---

003 ひとり～だけで (は) なく

➡ ひとり＋{名詞}＋だけで (は) なく

類義表現 ▸ **にかぎらず** 不只…

意思 ▸

① 【附加】 表示不只是前項，涉及的範圍更擴大到後項。後項內容是說話人所偏重、重視的。一般用在比較嚴肅的話題上。書面用語。口語用「ただ～だけでなく～」。中文意思是：「不只是…、不單是…、不僅僅…」。如例：

◆ ひとり田中さんだけでなく、クラス全員が私を避けているように感じた。

　　我當時覺得不光是田中同學一個人，似乎全班同學都在躲著我。

◆ 朝の清掃活動は、ひとり我が校だけでなく、この地区の全ての小学校に広めていきたい。

　　期盼晨間清掃不僅僅是本校的活動，更能夠推廣至本地區的所有小學共同參與。

◆ 作業の効率化はひとり現場の作業員だけではなく、全社で取り組むべき課題だ。

　　提升作業效率不單是第一線作業員的職責，而應當是全公司上下共同努力面對的課題。

◆ パーティーにはひとり政治家だけではなく、様々な業界の人間が出席していた。

　　那場酒會不僅有政治家出席，還有各種業界人士一同與會。

比較	にかぎらず〔不只…〕「ひとり〜だけで（は）なく」表示附加，表示不只是前項的某事物、某範圍之內，涉及的範圍更擴大到後項。前後項的內容，可以是並立、類似或對照的。「にかぎらず」也表附加，表示不限於前項這某一範圍，後項也都適用。

004　ひとり〜のみならず〜（も）

➡ひとり＋{名詞}＋のみならず（も）

類義表現	だけでなく〜も 不僅…而且…

意思	

① 【附加】比「ひとり〜だけでなく」更文言的説法。表示不只是前項，涉及的範圍更擴大到後項。後項內容是説話人所偏重、重視的。一般用在比較嚴肅的話題上。書面用語。口語用「ただ〜だけでなく〜」。中文意思是：「不單是…、不僅是…、不僅僅…」。如例：

◆ 少子高齢化はひとり日本のみならず、多くの先進国が抱える問題だ。

少子化與高齡化的情況不僅出現在日本，亦是許多已開發國家當今面臨的難題。

◆ 被災地の復興作業はひとり地元住民のみならず、多くのボランティアによって進められた。

不單是當地的居民，還有許多志工同心協力推展災區的重建工程。

◆ この事件はひとり加害者のみならず、貧困を生んだ社会にも責任がある。

這起案件不僅應歸責於加害人，製造出貧窮階層的社會也同樣罪不可逭。

◆ 不正入試についてはひとりＡ大学のみならず、他の多くの大学も追及されるべきだ。

不僅要嚴懲發生招生弊案的Ａ大學，還應當同步追究其他各校此種弊案的相關責任。

比較	だけでなく〜も〔不僅…而且…〕「ひとり〜のみならず〜（も）」表示附加，表示不只是前項的某事物、某範圍之內，涉及的範圍更擴大到後項，後項內容是説話人所重視的。後句常跟「も、さえ、まで」相呼應。「だけでなく〜も」也表附加，表示前項和後項兩者都是，或是兩者都要。後句常跟「も、だって」相呼應。

005 もさることながら～も

➡ {名詞}＋もさることながら＋{名詞、疑問詞}＋も

| 類義表現 | はさておき 暫且不説… |

| 意思 |

① 【附加】前接基本的內容，後接強調的內容。含有雖然不能忽視前項，但是後項比之更進一步、更重要。一般用在積極的、正面的評價。跟直接、斷定的「よりも」相比，「もさることながら」比較間接、婉轉。中文意思是：「不用説…、…（不）更是…」。如例：

◆ この競技には筋肉の強さもさることながら、体のバランス感覚も求められる。

　這項競技不僅講究肌耐力，同時也要具備身體的平衡感。

◆ 仕事における優秀さもさることながら、誰にでも優しい性格も彼女の魅力だ。

　出色的工作成果就不用多説了，對待任何人都同樣親切的性格也是她的魅力之一。

◆ 学んだ知識もさることながら、ここで築いた人間関係も後々役に立つだろう。

　在這裡學習到的知識自不待言，於此處建立的人脈於往後的日子想必能發揮更大的效用。

◆ このお寺は歴史的な建物もさることながら、庭園の計算された美しさも見る人の感動を誘う。

　這座寺院不僅是具有歷史價值的建築，巧奪天工的庭園之美更令觀者為之動容。

| 比較 |

はさておき〔暫且不説…〕「もさることながら～も」表示附加，強調「前項雖不能忽視，但後項更為重要」的概念。含有雖然承認前項是好的，不容忽視的，但是後項比前項更為超出一般地突出。一般用在評價這件事是正面的事物。「はさておき」表示除外，強調「現在先不考慮前項，而先談論後項」的概念。

Track N1-090

006 かたがた

→ {名詞}＋かたがた

| 類義表現 | いっぽう 另一方面… |

意思

① 【附帶】表示在進行前面主要動作時，兼做（順便做、附帶做）後面的動作。也就是做一個行為，有兩個目的。前接動作性名詞，後接移動性動詞，前後的主語要一樣。大多用於書面文章。中文意思是：「順便…、兼…、一面…一面…、邊…邊…」。如例：

◆ 就職の報告かたがた、先生のお宅へおじゃましました。
到老師家，跟老師報告自己已經找到工作了，順便問安。

◆ 先日のお礼かたがた、明日御社へご挨拶に伺います。
明天將拜訪貴公司，同時也順便感謝日前的關照。

◆ 出張かたがた、雪まつりを見て来よう。
來出差的時候順便參觀冬雪慶典吧！

◆ 寝込んでいる友人の家へ、お見舞いかたがた、ご飯を作りに行った。
我去了朋友家探望臥病在床的他，順道給他做了飯。

| 比較 | いっぽう〔另一方面…〕「かたがた」表示附帶，強調「趁著做前項主要動作時，也順便做了後項次要動作」的概念。也就是做一個行為，有兩個目的。前接動作性名詞，後接移動性動詞。前後句的主詞要一樣。「いっぽう」表示同時，強調「做前項的同時，後項也並行發生」的概念。後句多敘述可以互相補充做另一件事。前後句的主詞可不同。 |

Track N1-091

007 かたわら

→ {名詞の；動詞辭書形}＋かたわら

| 類義表現 | かたがた 順便… |

意思

① **【附帶】** 表示集中精力做前項主要活動、本職工作以外，在空餘時間之中還兼做（附帶做）別的活動、工作。前項為主，後項為輔，且前後項事情大多互不影響。跟「ながら」相比，「かたわら」通常用在持續時間較長的，以工作為例的話，就是在「副業」的概念事物上。中文意思是：「一方面…一方面、……一邊…一邊…、同時還…」。如例：

◆ 彼女は演奏活動のかたわら、被災地への支援にも力を注いでいる。

她一方面巡迴演奏，一方面協助災區不遺餘力。

◆ 彼は工場に勤めるかたわら、休日は奥さんの喫茶店を手伝っている。

他平日在工廠上班，假日還到太太開設的咖啡廳幫忙。

◆ 劉教授は大学で講義をするかたわら、ニュース番組で解説者を務めている。

劉教授在大學講授課程之餘，與此同時也在新聞節目裡擔任解說員。

比較

かたがた 〔順便…〕「かたわら」表示附帶，強調「本職跟副業關係」的概念。表示從事本職的同時，還做其他副業。前項為主，後項為輔，且前後項事情大多互不影響。用在持續時間「較長」的事物上。「かたがた」也表附帶，強調「趁著做前項主要動作時，也順便做了後項次要動作」的概念。前項為主，後項為次。用在持續時間「較短」的事物上。

② **【身旁】** 在身邊、身旁的意思。用於書面。中文意思是：「在…旁邊」。如例：

◆ 眠っている妹のかたわらで、彼は本を読み続けた。

他一直陪伴在睡著的妹妹身邊讀書。

Track N1-092

008 がてら

➜ **{名詞；動詞ます形} ＋ がてら**

| 類義表現 | ながら 一邊…一邊… |

意思

① 【附帶】表示在做前面的動作的同時，借機順便 (附帶) 也做了後面的動作。大都用在做後項，結果也可以完成前項的場合，也就是做一個行為，有兩個目的，後面多接「行く、歩く」等移動性相關動詞。中文意思是：「順便、順道、在…同時、借…之便」。如例：

◆ 買い物がてら、上野の美術館で絵を見て来た。

出門買東西時順道來了位於上野的美術館欣賞畫作。

◆ 駅まではバスで 5 分だが、運動がてら歩くことにしている。

搭巴士到電車站的車程只要 5 分鐘，不過我還是步行前往順便運動一下。

◆ 友達を駅まで送りがてら、夕飯の材料を買ってきた。

我送朋友到車站，順便去買了晚餐的食材。

◆ 散歩がてら、駅の向こうのパン屋まで行ってきた。

散步的時候，順道去了車站對面麵包店。

比較

ながら〔一邊…一邊…〕「がてら」表示附帶，強調同一主體「做前項的同時，順便也做了後項」的概念。一般多用在做前面的動作，其結果也可以完成後面動作的場合。前接動作性名詞，後面多接移動性相關動詞。「ながら」表示同時，強調同一主體「同時進行兩個動作」的概念，或者是「後項在前項的狀態下進行」。後項一般是主要的事情。

② 【同時】表示兩個動作同時進行，前項動作為主，後項從屬於前項。意思相當於「ながら」。中文意思是：「一邊…，一邊…」。如例：

◆ 勉強しがてら音楽を聞く。

一邊學習一邊聽音樂。

009 ことなしに、なしに

➡ {動詞辭書形}＋ことなしに；{名詞}＋なしに

類義表現

ないで 不…就…

① 【非附帶】「なしに」接在表示動作的詞語後面，表示沒有做前項應該先做的事，就做後項，含有指責的語氣。意思跟「ないで、ず（に）」相近。書面用語，口語用「ないで」。中文意思是：「不…就…、沒有…」。如例：

◆ あの子はいつも挨拶なしに、いきなり話しかけてくる。

　那個女生總是連聲招呼都沒打，就唐突發問。

◆ 何の相談もなしに、ただ辞めたいと言われても困るなあ。

　事前連個商量都沒有，只說想要辭職，這讓公司如何因應才好呢？

| 困る |

| 比較 | ないで〔不…就…〕「ことなしに」表示非附帶，強調「後項動作無前項動作伴隨」的概念。接在表示動作的詞語後面，表示沒有做前項應該先做的事，就做後項。「ないで」表示附帶，強調「行為主體的伴隨狀態」的概念。表示在沒有做前項的情況下，就做了後項的意思。書面語用「ずに」，不能用「なくて」。這個句型要接動詞否定形。 |

② 【必要條件】「ことなしに」表示沒有做前項的話，後面就沒辦法做到的意思，這時候，後多接有可能意味的否定表現，口語用「しないで～ない」。中文意思是：「不…而…」。如例：

◆ 誰も人の心を傷つけることなしに生きていくことはできない。

　人生在世，誰都不敢說自己從來不曾讓任何人傷過心。

◆ 失敗することなしに、真の成功の喜びは知り得ない。

　沒有嘗過失敗的滋味，就無法得知成功的真正喜悅。

練習　文法知多少？

▼ 答案詳見右下角

☞　請完成以下題目，從選項中，選出正確答案，並完成句子。

1　悔しさと情けなさ（　　）、自然に涙がこぼれてきました。
　　1. が相まって　　　　　　　　　2. とともに

2　ハリケーンのせいで、財産（　　）家族をも失った。
　　1. はおろか　　　　　　　　　　2. を問わず

3　技術の高さ（　　）、その柔軟な発想力には頭が下がります。
　　1. もさることながら　　　　　　2. はさておき

4　近日中に、お祝い（　　）、お伺いに参ります。
　　1. かたがた　　　　　　　　　　2. 一方

5　祖母は農業の（　　）、書道や華道をたしなんでいる。
　　1. かたがた　　　　　　　　　　2. かたわら

6　通勤（　　）、この手紙を出してくれませんか。
　　1. ついでに　　　　　　　　　　2. がてら

7　この椅子は座り心地（　　）、デザインも最高です。
　　1. ならいざ知らず　　　　　　　2. もさることながら

8　これは仕事とは関係（　　）、趣味でやっていることです。
　　1. なしに　　　　　　　　　　　2. ないで

答案：(1) 1　(2) 1　(3) 1　(4) 1　(5) 2　(6) 2　(7) 2　(8) 1

無関係、関連、前後関係
無關、關連、前後關係

001　いかんにかかわらず

➡ {名詞（の）}＋いかんにかかわらず

類義表現	にかかわらず 不管…都

意思

① 【無關】表示不管前面的理由、狀況如何，都跟後面的規定、決心或觀點沒有關係。也就是後面的行為，不受前面條件的限制，強調前項的內容，對後項的成立沒有影響。中文意思是：「無論…都…」。如例：

◆ 経験のいかんにかかわらず、新規採用者には研修を受けて頂きます。

　無論是否擁有相關資歷，新進職員均須參加研習課程。

◆ 人を騙してお金を盗れば、その金額いかんにかかわらず、それは犯罪だ。

　一旦做了詐騙取財的勾當，無論不法所得金額多寡，該行為仍屬犯法。

◆ 試験の結果いかんにかかわらず、君の卒業はかなり厳しい。

　不論你的考試成績是高或低，恐怕還無法達到畢業門檻。

◆ 当日の天候のいかんにかかわらず、見学会は実施致します。

　無論當天天氣狀況如何，觀摩學會仍按既定行程進行。

⑭ 〖いかん＋にかかわらず〗這是「いかん」跟不受前面的某方面限制的「にかかわらず（不管…）」，兩個句型的結合。

比較	にかかわらず〔不管…都〕「いかんにかかわらず」表示無關，表示後項成立與否，都跟前項無關。「にかかわらず」也表無關，前接兩個表示對立的事物，或種類、程度差異的名詞，表示後項的成立，都跟前項這些無關，都不是問題，不受影響。

002　いかんによらず、によらず

➔ {名詞（の）} ＋いかんによらず、{名詞} ＋によらず

| 類義表現 | をよそに 不顧… |

意思

① 【無關】表示不管前面的理由、狀況如何，都跟後面的規定、決心或觀點沒有關係。也就是後面的行為，不受前面條件的限制，強調前項的內容，對後項的成立沒有影響。中文意思是：「不管…如何、無論…為何、不按…」。如例：

◆ 理由のいかんによらず、暴力は許されない。

　無論基於任何理由，暴力行為永遠是零容忍。

◆ 本人の意向のいかんによらず、配属は適性検査の結果によって決められる。

　工作崗位分派完全是根據適性測驗的結果，而並非依據本人的意願。

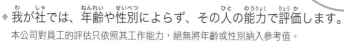

◆ 我が社では、年齢や性別によらず、その人の能力で評価します。

　本公司對員工的評估只依照其工作能力，絕無將年齡或性別納入參考值。

◆ あなたは見かけによらず、強い人ですね。

　從你溫和的外表看不出來其實內心十分剛毅。

㊟ 〖いかん＋によらず〗「如何によらず」是「いかん」跟不受某方面限制的「によらず（不管…）」，兩個句型的結合。

| 比較 | **をよそに〔不顧…〕**「いかんによらず」表示無關，表示不管前項如何，後項都可以成立。「をよそに」也表無關，表示無視前項的擔心、期待、反對等狀況，進行後項的行為。多含說話人責備的語氣。 |

003　うが、うと（も）

➔ {[名詞・形容動詞]だろ／であろ;形容詞詞幹かろ;動詞意向形} ＋うが、うと（も）

| 意思 |

① 【無關】 表示逆接假定。前常接疑問詞相呼應，表示不管前面的情況如何，後面的事情都不會改變，都沒有關係。後面是不受前面約束的，要接想完成的某事，或表示決心、要求、主張、推量、勸誘等的表達方式。中文意思是：「不管是…都…、即使…也…」。如例：

◆ たとえ犯罪者であろうと、人権は守られなければならない。
即使是一名罪犯，亦必須維護他的人權。

◆ いかに優秀だろうが、思いやりのない医者はごめんだ。
無論醫術多麼優秀，我都不願意讓一名不懂得視病猶親的醫師診治。

◆ 今どんなに辛かろうと、若いときの苦労はいつか必ず役に立つよ。
不管現在有多麼艱辛，年輕時吃過的苦頭必將對未來的人生有所裨益。

補 〔評價〕 後項大多接「勝手だ、影響されない、自由だ、平気だ」等表示「隨你便、不干我事」的評價形式。如例：

◆ あの人がどうなろうと、私には関係ありません。
不論那個人是好是壞，都和我沒有絲毫瓜葛。

| 比較 |

ものなら〔如果…，就…〕「うが、うと（も）」表示無關，強調「後項不受前項約束而成立」的概念。表示逆接假定。用言前接疑問詞「なんと」，表示不管前面的情況如何，後面的事情都不會改變。後面是不受前面約束的，接表示決心的表達方式。「ものなら」表示假定條件，強調「可能情況的假定」的概念。表示萬一發生那樣的事情的話，事態將會十分嚴重。後項一般是嚴重、不好的事態。是一種誇張的表現。

---

004 うが〜うが、うと〜うと

➡ {[名詞・形容動詞] だろ／であろ；形容詞詞幹かろ；動詞意向形} ＋
うが、うと＋{[名詞・形容動詞] だろ／であろ；形容詞詞幹かろ；
動詞意向形} ＋うが、うと

| 類義表現 | につけ～につけ 無論…還是 |

| 意思 |

① 【無關】舉出兩個或兩個以上相反的狀態、近似的事物，表示不管前項如何，後項都會成立，都沒有關係，或是後項都是勢在必行的。中文意思是：「不管…、…也好…也好、無論是…還是…」。如例：

◆ ビールだろうがワインだろうが、お酒は一切ダメですよ。

啤酒也好、紅酒也好，所有酒類一律禁止飲用喔！

◆ 好きだろうと嫌いだろうと、これがあなたの仕事ですから。

喜歡也好、討厭也罷，這終歸是你的分內工作。

◆ 暑かろうが寒かろうが、ベッドさえあればどこでも眠れます。

不管是冷還是熱，只要有床可躺，任何地方我都能呼呼大睡。

◆ 家族に反対されようが、友人を失おうが、自分の信じた道を行く。

無論會遭到家人的反對，抑或會因此而失去朋友，我都要堅持踏上自己的道路。

| 比較 | につけ～につけ〔無論…還是〕「うが～うが」表示無關，舉出兩個相對或相反的狀態、近似的事物，表示不管前項是什麼狀況，後項都會不受約束而成立。「につけ～につけ」也表無關，接在兩個具有對立或並列意義的詞語後面，表示無論在其中任何一種情況下，都會造成後面的結果。使用範圍較小。 |

Track N1-098

005 うが～まいが

→ {動詞意向形}＋うが＋{動詞辭書形；動詞否定形（去ない）}＋まいが

| 類義表現 | かどうか 是否… |

| 意思 |

① 【無關】表示逆接假定條件。這句型利用了同一動詞的肯定跟否定的意向形，表示無論前面的情況是不是這樣，後面都是會成立的，是不會受前面約束的。中文意思是：「不管是…不是…、不管…不…」。如例：

◆ 出席しようがしまいが、あなたの自由です。

要不要出席都由你自己決定。

◆ 実際に買おうが買うまいが、まずは自分の目で見てみることだ。

不管是否要掏錢買下，都該先親眼看過以後再決定。

◆ 君が納得しようがしまいが、これはこの学校の規則だからね。

無論你是否能夠認同，因為這就是這所學校的校規。

規則

㊟〔冷言冷語〕表示對他人冷言冷語的説法。如例：

◆ 商品が売れようが売れまいが、アルバイトの私にはどうでもいいことだ。

不管商品是暢銷還是滯銷，我這個領鐘點費的一點都不關心。

| 比較 | かどうか〔是否…〕「うが～まいが」表示無關，強調「不管前項如何，後項都會成立」的概念。表示逆接假定條件。前面接不會影響後面發展的事項，後接不受前句約束的內容。「かどうか」表示不確定，強調「從相反的兩種事物之中，選擇其一」的概念。「かどうか」前面接的是不知是否屬實的內容。 |

Track N1-099

006 うと〜まいと

➡ {動詞意向形}＋うと＋{動詞辭書形；動詞否定形（去ない）}＋まいと

| 類義表現 | にしても～にしても 不管是…還是 |

| 意思 |

① 【無關】跟「うが～まいが」一樣，表示逆接假定條件。這句型利用了同一動詞的肯定跟否定的意向形，表示無論前面的情況是不是這樣，後面都是會成立的，是不會受前面約束的。中文意思是：「做…不做…都…、不管…不」。如例：

◆ パーティーに参加しようとしまいと、年会費の支払いは必要です。

無論是否參加慶祝酒會，都必須繳交年費。

◆ この資格を取ろうと取るまいと、就職が厳しいことに変わりはない。

無論取得這項資格與否，求職之路都一樣艱苦不易。

◆ あなたの病気が治ろうと治るまいと、私は一生あなたのそばにいますよ。

不論你的病能不能痊癒，我都會一輩子陪在你身旁。

補 〔冷言冷語〕表示對他人冷言冷語的説法。如例：

◆ 休日に出かけようと出かけまいと、私の勝手でしょう。

休息日要出門或者不出門，那是我的自由吧？

比較	にしても～にしても〔不管是…還是〕「うと～まいと」表示無關，表示無論前面的情況是否如此，後面都會成立的。是逆接假定條件的表現方式。「にしても～にしても」也表無關，舉出兩個對立的事物，表示是無論哪種場合都一樣，無一例外之意。

Track N1-100

007　かれ～かれ

➡ {形容詞詞幹}＋かれ＋{形容詞詞幹}＋かれ

類義表現	だろうが～だろうが 不管是…還是……

意思

① 【無關】接在意思相反的形容詞詞幹後面，舉出這兩個相反的狀態，表示不管是哪個狀態、哪個場合都如此，都無關的意思。原為古語用法，但「遲かれ早かれ（遲早）、多かれ少なかれ（或多或少）、善かれ悪しかれ（不論好壞）」已成現代日語中的慣用句用法。中文意思是：「或…或…、是…是…」。如例：

◆ このホテルは遅かれ早かれ潰れるね。サービスが最悪だもん。

我看這家旅館遲早要倒閉的。服務實在太差了！

◆ 遅かれ早かれバレるよ。正直に言ったほうがいい。

這件事的真相早晚會被揭穿的！我勸你還是坦白招認了吧。

◆ 誰にでも多かれ少なかれ、人に言えない秘密がある
ものだ。

任誰都多多少少有一些不想讓別人知道的秘密嘛。

㊟ 〔よかれ、あしかれ〕要注意古語用法中「善（い）い」
不是「善（い）かれ」而是「善（よ）かれ」,「悪（わる）い」不是「悪（わる）
かれ」,而是「悪（あ）しかれ」。如例：

◆ 現代人は善かれ悪しかれ、情報化社会を生きている。

無論好壞,現代人生活在一個充斥著各種資訊的社會當中。

比較	だろうが～だろうが〔不管是…還是…〕「かれ～かれ」表示無關,接在意思相反的形容詞詞幹後面,表示不管是哪個狀態、場合都如此、都一樣無關之意。「だろうが～だろうが」也表無關,接在名詞後面,表示不管是前項還是後項,任何人事物都一樣的意思。

008　であれ、であろうと

➡ {名詞}＋であれ、であろうと

類義表現	にして 直到…オ…

意思	

① 【無關】逆接條件表現。表示不管前項是什麼情況,後項的事態都還是一樣。
後項多為說話人主觀的判斷或推測的內容。前面有時接「たとえ、どんな、何
（なに／なん）」。中文意思是：「即使是…也…、無論…都…、不管…都…」。
如例：

◆ たとえ相手が総理大臣であれ、私は言うべきことは言うよ。

即便對方貴為首相,我照樣有話直說喔！

◆ どんな理由であれ、君のしたことは許されない。

不管基於任何理由,你做的那件事都是不可原諒的！

◆ たとえ非常事態であろうと、人の命より優先されるものはない。

即便處於緊急狀態,也沒有任何事物比人命更重要！

◆ 世間の評判がどうであろうと、私にとっては大切な夫です。

即使社會對他加以抨擊撻伐，對我而言，他畢竟是我最珍愛的丈夫。

補 〔極端例子〕也可以在前項舉出一個極端例子，表達即使再極端的例子，後項的原則也不會因此而改變。

比較

にして〔直到…才…〕「であれ」表示無關，強調「即使是極端的前項，後項的評價還是成立」的概念。表示不管前項是什麼情況，後項的事態都還是一樣。後項多為說話人主觀的判斷或推測的內容。前面有時接「たとえ」。「にして」表示時點，強調「階段」的概念。表示到了前項那一個階段，才產生後項。後面常接難得可貴的事項。又表示兼具兩種性質和屬性。可以是並列，也可以是逆接。

Track N1-102

009 によらず

➡ {名詞}＋によらず

類義表現

にかかわらず 不管…都

意思

① 【無關】表示該人事物和前項沒有關聯、不對應，不受前項限制，或是「在任何情況下」之意。中文意思是：「不論…、不分…、不按照…」。如例：

◆ あの子は見かけによらず、よく食べる。

從外表看不出來，那孩子其實很能吃。

◆ 年齢や性別によらず、各人の適性をみて採用します。

年齡、性別不拘，而看每個人的適性，可勝任工作者即獲錄取。

適性をみて

◆ 武力によらず、平和的に解決したい。

希望不要訴諸武力，而是以和平的方式解決這件事。

◆ 私は何事によらず全力で取り組んできました。

不論任何事，我向來全力以赴。

<table>
<tr><td>比較</td><td>

にかかわらず〔不管…都〕「によらず」表示無關，強調「不受前接事物的限制，與其無關」的概念。表示不管前項一般認為的常理或條件如何，都跟後面的規定沒有關係。也就是後面的行為，不受前面條件的限制。後項一般為不受前項規範，且常是較寬裕、較積極的內容。「にかかわらず」也表無關，強調「不受前接事物的影響，與其無關」的概念，表示不拘泥於某事物。也可串接兩個表示對立的事物，表示跟這些無關，都不是問題。前接的詞多為意義相反的二字熟語，或同一用言的肯定與否定形式。
</td></tr>
</table>

010　をものともせず（に）

➡{名詞}＋をものともせず（に）

| 類義表現 | **いかんによらず** 不管…如何 |

| 意思 |

① 【無關】表示面對嚴峻的條件，仍然毫不畏懼，含有不畏懼前項的困難或傷痛，仍勇敢地做後項。後項大多接正面評價的句子。不用在說話者自己。跟含有譴責意味的「をよそに」比較，「をものともせず（に）」含有讚歎的意味。中文意思是：「不當…一回事、把…不放在眼裡、不顧…」。如例：

◆ 隊員たちは険しい山道をものともせず、行方不明者の捜索を続けた。

那時隊員們不顧山徑險惡，持續捜索失蹤人士。

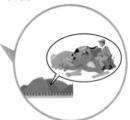

◆ 彼は会社の倒産をものともせず、友人から資金を借りると新しい事業を始めた。

他沒有因為公司倒閉而一蹶不振，又向朋友借來一筆資金展開了新事業。

◆ 佐藤選手は、日本代表というプレッシャーをものともせずに、見事な勝利を収めた。

佐藤運動員非但沒有被日本國手的沉重頭銜給壓垮，甚至打了一場精彩的勝仗。

◆ 彼らは次々と降りかかる困難をものともせず、独立のために戦い続けた。

他們當時並未被重重困難擊倒，仍為獨立建國而持續作戰。

いかんによらず〔不管…如何〕「をものともせず」表示無關，強調「不管前項如何困難，後項都勇敢面對」的概念。後項大多接不畏懼前項的困難，改變現況、解決問題的正面積極評價的句子。「いかんによらず」也表無關，強調「不管前項如何，後項都可以成立」的概念。表示不管前面的理由、狀況如何，都跟後面的規定、決心或觀點沒有關係。也就是後面的行為，不受前面條件的限制。

Track N1-104

011　をよそに

➡ {名詞}＋をよそに

によらず 不管…如何

① 【無關】表示無視前面的狀況，進行後項的行為。意含把原本跟自己有關的事情，當作跟自己無關，多含責備的語氣。前多接負面的內容，後接無視前面的狀況的結果或行為。相當於「を無視にして」、「をひとごとのように」。中文意思是：「不管…、無視…」。如例：

◆ 妹は家族の心配をよそに、毎晩遅くまで遊び歩いている。

妹妹不顧家人的擔憂，每天晚上都在外面遊蕩到深夜。

◆ 金メダルを期待する周囲をよそに、彼女はあっさり引退してしまった。

她辜負了大家認定她必能摘下金牌的期望，毫無留戀地退出了體壇。

◆ 世間の健康志向をよそに、この店では大盛りラーメンが大人気だ。

這家店的特大號拉麵狂銷熱賣，恰恰與社會這股健康養生的風潮背道而馳。

◆ 県民の反対をよそに、港の建設工事は着々と進められた。

政府不顧縣民的反對，積極推動了建設港埠的工程。

によらず〔不管…如何〕「をよそに」表示無關，強調「無視前項，而進行後項」的概念。表示無視前面的狀況或不顧別人的想法，進行後項的行為。多用在責備的意思上。「によらず」也表無關，強調「不受前項限制，而進行後項」的概念。表示不管前面的理由、狀況如何，都跟後面的規定、決心或觀點沒有關係。也就是後面的行為，不受前面條件的限制。後項一般是較積極的內容。

012　いかんだ

➡ {名詞（の）} ＋いかんだ

類義表現　いかんで（は）要看…如何

意思

① 【關連】表示前面能不能實現，那就要根據後面的狀況而定了。前項的事物是關連性的決定因素，決定後項的實現、判斷、意志、評價、看法、感覺。「いかん」是「如何」之意。中文意思是：「…如何，要看…、能否…要看…、取決於…、（關鍵）在於…如何」。如例：

◆ 手術するかどうかは、検査の結果いかんです。
需不需要動手術，要看檢驗報告才能判斷。

◆ 合格できるかどうかは、テストより論文の出来いかんだ。
至於能不能合格，比起考試成績高低，論文的完成度如何更是至關重要。

◆ どれだけ売れるかは、宣伝のいかんだ。
銷售量多寡的關鍵在於行銷是否成功。

比較　いかんで（は）〔要看…如何〕「いかんだ」表示關連，表示能不能實現，那就要根據「いかんだ」前面的名詞的狀況、努力等程度而定了。「いかんで（は）」表示後項是否會有變化，要取決於前項。後項大多是某個決定。

② 【疑問】句尾用「いかん／いかに」表示疑問，「…將會如何」之意。接續用法多以「名詞＋や＋いかん／いかに」的形式。中文意思是：「…將會如何」。如例：

◆ さて、智の運命やいかん。続きはまた来週。

至於小智的命運將會如何？請待下週分曉。

Track N1-106

013　てからというもの（は）

➡ {動詞て形}＋てからというもの（は）

類義表現　てからでないと 如果不先…就不能

意思

① 【前後關係】表示以前項行為或事件為契機，從此以後某事物的狀態、某種行動、思維方式有了很大的變化。説話人敘述時含有感嘆及吃驚之意。用法、意義跟「てから」大致相同。書面用語。中文意思是：「自從…以後一直、自從…以來」。如例：

◆ 木村さん、結婚してからというもの、どんどん太るね。

木村小姐自從結婚以後就像吹氣球似地愈來愈胖呢。

◆ 日本に来てからというもの、母の料理を思い出さない日はない。

打從來到日本以後，我沒有一天不想念媽媽煮的飯菜。

◆ 自分が病気をしてからというもの、弱者に対する見方が変わった。

自從自己生病以後，就改變了對於弱勢族群的看法。

◆ 今年になってからというもの、いいニュースはほとんど聞かない。

今年以來，幾乎沒有聽過哪則新聞是好消息。

比較　　てからでないと〔如果不先…就不能〕「てからというもの（は）」表示前後關係，強調「以某事物為契機，使後項變化很大」的概念。表示以某行為或事件為轉折點，從此以後某行動、想法、狀態發生了很大的變化。含有説話人自己對變化感到驚訝或感慨的語感。「てからでないと」表示條件關係，強調「如果不先做前項，就不能做後項」的概念。後項多是不可能，不容易相關句子。

練習 文法知多少？

▼ 答案詳見右下角

☞ **請完成以下題目，從選項中，選出正確答案，並完成句子。**

1 景気が（　　）、私の仕事にはあまり関係がない。

1. 回復しようとしまいと　　　　2. 回復するかどうか

2 彼女は見かけに（　　）、かなりしっかりしていますよ。

1. かかわらず　　　　　　　　　2. よらず

3 医者の忠告（　　）、お酒を飲んでしまいました。

1. をよそに　　　　　　　　　　2. によらず

4 けがを（　　）、最後まで走りぬいた。

1. ものともせず　　　　　　　　2. いかんによらず

5 息子は働き始め（　　）、ずいぶんしっかりしてきました。

1. てからでないと　　　　　　　2. てからというもの

6 オーブンレンジであれば、どのメーカーのもの（　　）構いません。

1. にして　　　　　　　　　　　2. であろうと

条件、基準、依拠、逆説、比較、対比

條件、基準、依據、逆接、比較、對比

Track N1-107

001 うものなら

→{動詞意向形}＋うものなら

| 類義表現 | ものだから 就是因為…，所以… |

意思

① 【條件】假定條件表現。表示假設萬一發生那樣的事情的話，事態將會十分嚴重。後項一般是淒慘、不好的事態。是一種比較誇張的表現。中文意思是：「如果要…的話，就…、只（要）…就…」。如例：

◆ この企画が失敗しようものなら、我が社は倒産だ。

萬一這項企劃案功敗垂成，本公司就得關門大吉了。

◆ 佐野先生の授業は、1分でも遅れようものなら教室に入ることが許されない。

佐野教授的課只要遲到一分鐘，就會被禁止進入教室。

◆ 母は私が咳でもしようものなら、薬を飲め、早く寝ろとうるさい。

哪怕我只輕咳一聲，媽媽就會嘮嘮叨叨地叮嚀我快去吃藥、早點睡覺。

◆ 一度でも嘘をつこうものなら、彼女の信頼を回復することは不可能だろう。

只要撒過一次謊，想再次取得她的信任，恐怕比登天還難了。

比較

ものだから〔就是因為…，所以…〕「うものなら」表示條件，強調「可能情況的提示性假定」的概念。表示萬一發生前項那樣的事情的話，後項的事態將會十分嚴重。後項一般是淒慘、不好的事態。注意前接動詞意向形。「ものだから」表示理由，強調

「個人對理由的辯解、説明」的概念。常用在因為前項的事態的程度很厲害，因此做了後項的某事。含有對事出意料之外、不是自己願意…等的理由，進行辯白。結果是消極的。

002　がさいご、たらさいご

➡ {動詞た形} ＋が最後、たら最後

| 類義表現 | たところで～ない 即使…也不… |

意思

① 【條件】假定條件表現。表示一旦做了某事，就一定會產生後面的情況，或是無論如何都必須採取後面的行動。後面接説話人的意志或必然發生的狀況，且後面多是消極的結果或行為。中文意思是：「（一旦）…就完了、（一旦…）就必須…、（一…）就非得…」。如例：

◆ 社長に逆らったが最後、この会社での出世は望めない。
　一旦沒有聽從總經理的命令，在這家公司就升遷無望了。

◆ うちの奥さんは、一度怒ったら最後、3日は機嫌が治らない。
　我老婆一旦發飆，就會生氣上整整3天3夜。

◆ 課長はマイクを握ったら最後、10曲は歌うよ。
　科長只要一拿到麥克風，就非得一連唱上10首才肯罷休！

㊞ 〔たら最後～可能否定〕「たら最後」的接續是「動詞た形＋ら＋最後」而來的，是更口語的説法，句尾常用可能形的否定。如例：

◆ この薬は効果はあるが、1度使ったら最後、なかなか止められない。
　這種藥雖然有效，但只要服用過一次，恐怕就得長期服用了。

| 比較 | たところで～ない〔即使…也不…〕「がさいご」表示條件，表示一旦做了前項，就完了，就再也無法回到原狀了。後接説話人的意志或必然發生的狀況。接在動詞過去形之後，後面多是消極的結果或行為。「たところで～ない」表示逆接條件，表示即使前項成立，後項的結果也是與預期相反，沒有作用的，或只能達到程度較低的結果。後項多為説話人主觀的判斷。也接在動詞過去形之後，句尾接否定的「ない」。 |

003　とあれば

➡ {名詞；[名詞・形容詞・形容動詞・動詞] 普通形；形容動詞詞幹} +
とあれば

類義表現 | とあって 由於…

意思

① 【條件】是假定條件的説法。表示如果是為了前項所提的事物，是可以接受的，並將取後項的行動。前面常跟表示目的的「ため」一起使用，表示為了假設情形的前項，會採取後項。後句不能出現表示請求或勸誘的句子。中文意思是：「如果…那就…、假如…那就…、如果是…就一定」。如例：

◆ 君の出世祝いとあれば、みんな喜んで集まるよ。

　如果是為你慶祝升遷，相信大家都會很樂意前來參加的！

◆ 法務大臣の発言が怪しいとあれば、野党の追及は激しさを増すだろう。

　倘若法務部部長的發言出現瑕疵，想必在野黨攻訐將愈發激烈。

◆ 必要とあれば、こちらから御社へご説明に伺います。

　如有需要，我方可前往貴公司説明。

必要とあれば

◆ 子どもへの虐待があったとあれば、警察に通報せざるを得ません。

　假如真有虐待孩童的情事發生，那就非得通報警方處理不可。

比較 | とあって〔由於…〕「とあれば」表示條件，表示假定條件。強調「如果出現前項情況，就採取後項行動」的概念。表示如果是為了前項所提的事物，那就採取後項的行動。後句不能出現表示請求或勸誘的句子。「とあって」表示原因，強調「有前項才有後項」的概念，表示原因和理由承接的因果關係。由於前項特殊的原因，當然就會出現後項特殊的情況，或應該採取的行動。

004 なくして（は）〜ない

➡ {名詞；動詞辭書形} ＋（こと）なくして（は）〜ない

| 類義表現 | ないまでも 沒有…至少也… |

意思

① 【條件】表示假定的條件。表示如果沒有不可或缺的前項，後項的事情會很難實現或不會實現。「なくして」前接一個備受盼望的名詞，後項使用否定意義的句子（消極的結果）。「は」表示強調。書面用語，口語用「なかったら」。中文意思是：「如果沒有…就不…、沒有…就沒有…」。如例：

◆ 本人の努力なくしては、今日の勝利はなかっただろう。

如果缺少當事人自己的努力，想必無法取得今日的勝利吧。

◆ 先生のご指導なくして私の卒業はありませんでした。

假如沒有老師您的指導，我絕對無法畢業的。

◆ 互いに譲歩することなくして、和解は成立しない。

雙方都不肯各退一步，就無法達成和解。

◆ 日頃しっかり訓練することなくしては、緊急時の避難行動はできません。

倘若平時沒有紮實的訓練，遇到緊急時刻就無法順利避難。

避難訓練

| 比較 | **ないまでも**〔沒有…至少也…〕「なくして（は）〜ない」表示條件，表示假定的條件。強調「如果沒有前項，後項將難以實現」的概念。「なくして」前接一個備受盼望的名詞，後項使用否定意義的句子（消極的結果）。「ないまでも」表示程度，強調「不求做到前項，只要求做到後項程度」的概念。前接程度高的，後接程度低的事物。表示雖然達不到前項，但可以達到程度較低的後項。 |

Track N1-111

005　としたところで、としたって

| 類義表現 | としても 即使…也… |

意思

① 【假定條件】{[名詞・形容詞・形容動詞・動詞] 普通形}＋としたところで、としたって。為假定的逆接表現。表示即使假定事態為前項，但結果為後項，後面通常會接否定表現。中文意思是：「即使…是事實，也…」。如例：

◆ 君が彼の邪魔をしようとしたところで、彼が今以上に強くなるだけだと思うよ。

即使你試圖阻撓，我認為只會激發他發揮比現在更強大的潛力。

◆ 彼女が優秀だとしたって、それは彼女が人より努力したからに他ならない。

她如此優秀的表現，唯一的理由是比別人更加努力。

| 比較 | としても〔即使…也…〕「としたところで」表示假定條件，表示即使以前項為前提來進行，但結果還是後項的情況。後項一般為否定的表現方式。「としても」也表假定條件，表示前項是假定或既定的讓步條件，後項是跟前項相反的內容。 |

② 【判斷的立場】{名詞}＋としたところで、としたって、にしたところで、にしたって。一般接在表人的詞語之後，用來表達「即使是從那個人的立場、角度來看，情況也…」。後面通常會用「どうしようもない」等負面的評價或辯解。中文意思是：「即使…也…」。如例：

◆ 最近の物価高騰では、主婦にしたところで節約のしようがありません。

最近的物價高漲，就算是主婦也無法節省。

◆ 少子化問題が深刻になっている今、政府としたところで効果的な対策を講じるのは難しい。

少子化問題日益嚴重，現在就算是政府也難以採取有效對策。

006 にそくして、にそくした

→ {名詞}＋に即して、に即した

をふまえて 根據、在…基礎上

① 【基準】「即す」是「完全符合，不脱離」之意，所以「に即して」接在事實、規範等意思的名詞後面，表示「以那件事為基準」，來進行後項。中文意思是：「依…（的）、根據…（的）、依照…（的）、基於…（的）」。如例：

◆ 式はプログラムに即して進行します。

　儀式將按照預定的時程進行。

㊁ 〖に即した（A）N〗常接「時代、實驗、實態、事實、現實、自然、流れ」等名詞後面，表示按照前項，來進行後項。如果後面出現名詞，一般用「に即した＋（形容詞・形容動詞）名詞」的形式。如例：

◆ 会社の現状に即した経営計画が必要だ。

　必須提出一個符合公司現況的營運計畫。

◆ 実戦に即した訓練でなければ意味がない。

　若非契合實戰的訓練，根本毫無意義。

◆ 入学試験における不正行為は当校の規則に即して処理します。

　參加入學考試時的舞弊行為將依照本校校規處理。

をふまえて〔根據、在…基礎上〕「にそくして」表示基準，強調「以某規定等為基準」的概念。表示以某規定、事實或經驗為基準，來進行後項。也就是根據現狀，把現狀也考量進去，來進行後項的擬訂計畫。助詞用「に」。「をふまえて」表示依據，強調「以某事為判斷的根據」的概念。表示將某事作為判斷的根據、加入考量，或作為前提，來進行後項。後面常跟「～（考え直す）必要がある」相呼應。注意助詞用「を」。

Track N1-113

007　いかんによって（は）

➡ {名詞（の）}＋いかんによって（は）

| 類義表現 | しだいだ 要看…如何 |

| 意思 |

① 【依據】表示依據。根據前面的狀況，來判斷後面發生的可能性。前面是在各種狀況中，選其中的一種，而在這一狀況下，讓後面的內容得以成立。中文意思是：「根據…、要看…如何、取決於…」。如例：

◆ 治療方法のいかんによって、再発率も異なります。
採用不同的治療方法，使得該病的復發率也有所不同。

◆ あなたの言い方いかんによって、息子さんの受け止め方も違ってくるでしょう。
令郎是否願意聽進父母的教誨，取決於您表達時的言語態度。

◆ そちらの条件のいかんによっては、契約の更新は致しかねることもあります。
根據對方提出的條件的情況如何，我方也有可能無法同意續約。

◆ 反省の態度のいかんによっては、刑期の短縮もあり得る。
根據受刑人是否表現出真心悔悟，亦得予以縮短刑期。

再発率?%

| 比較 | しだいだ〔要看…如何〕「いかんによって」表示依據，強調「結果根據的條件」的概念。表示根據前項的條件，決定後項的結果。前接名詞時，要加「の」。「しだいだ」表示關聯，強調「行為實現的根據」的概念。表示事情能否實現，是根據「次第」前面的情況如何而定的，是被它所左右的。前面接名詞時，不需加「の」，後面也不接「によって」。 |

Track N1-114

008　をふまえて

➡ {名詞}＋を踏まえて

類義表現	をもとに 以…為根據、以…為參考

意思	

① 【依據】表示以前項為前提、依據或參考，進行後面的動作。後面的動作通常是「討論する(辯論)、話す(説)、検討する(討論)、抗議する(抗議)、論じる(論述)、議論する(爭辯)」等和表達有關的動詞。多用於正式場合，語氣生硬。中文意思是：「根據…、以…為基礎」。如例：

◆ では<ruby>以上<rt>いじょう</rt></ruby>の<ruby>発表<rt>はっぴょう</rt></ruby>を<ruby>踏<rt>ふ</rt></ruby>まえて、<ruby>各々<rt>おのおの</rt></ruby>グループで<ruby>話<rt>はな</rt></ruby>し<ruby>合<rt>あ</rt></ruby>いを<ruby>始<rt>はじ</rt></ruby>めてください。

那麼請各組以上述報告內容為基礎，開始進行討論。

◆ <ruby>本日<rt>ほんじつ</rt></ruby>の<ruby>検査結果<rt>けんさけっか</rt></ruby>を<ruby>踏<rt>ふ</rt></ruby>まえて、<ruby>治療方針<rt>ちりょうほうしん</rt></ruby>を<ruby>決定<rt>けってい</rt></ruby>します。

我將根據今天的檢查結果決定治療方針。

◆ この<ruby>法案<rt>ほうあん</rt></ruby>は<ruby>我々<rt>われわれ</rt></ruby>の<ruby>置<rt>お</rt></ruby>かれた<ruby>現状<rt>げんじょう</rt></ruby>を<ruby>踏<rt>ふ</rt></ruby>まえているとは<ruby>思<rt>おも</rt></ruby>えない。

我不認為這項法案如實反映出我們所面臨的現狀。

◆ <ruby>窓口<rt>まどぐち</rt></ruby>に<ruby>寄<rt>よ</rt></ruby>せられた<ruby>意見<rt>いけん</rt></ruby>を<ruby>踏<rt>ふ</rt></ruby>まえて、<ruby>今後<rt>こんご</rt></ruby>の<ruby>対応<rt>たいおう</rt></ruby>を<ruby>検討<rt>けんとう</rt></ruby>する。

我們會將投擲至承辦窗口的各方意見彙整之後，檢討今後的應對策略。

比較	<u>をもとに</u>〔以…為根據、以…為參考〕「をふまえて」表示依據，表示以前項為依據或參考等，在此基礎上發展後項的想法或行為等。「をもとに」也表依據，表示以前項為根據或素材等，來進行後項的改編、改寫或變形等。

009 こそあれ、こそあるが

➡ {名詞；形容動詞て形}＋こそあれ、こそあるが

類義表現	とはいえ 雖説…但是…

意思	

① 【逆接】為逆接用法。表示即使認定前項為事實，但説話人認為後項才是重點。「こそあれ」是古語的表現方式，現在較常使用在正式場合或書面用語上。中文意思是：「雖然、但是」。如例：

◆ 彼は本から得た知識こそあれ、現場の経験が不足している。

他儘管擁有書本上的知識，但是缺乏現場的經驗。

◆ 今は無名でこそあるが、彼女は才能溢れる芸術家だ。

雖然目前仍是默默無聞，但她確實是個才華洋溢的藝術家！

| 比較 |

とはいえ〔雖說…但是…〕「こそあれ」
表示逆接，表示雖然認定前項為事實，
但說話人認為後項的不同或相反，才是重點。是古老的表達方式。「とはいえ」表示逆接轉折。表示雖然先肯定前項，但是實際上卻是後項仍然有不足之處的結果。書面用語。

② 【強調】有強調「是前項，不是後項」的作用，比起「こそあるが」，更常使用「こそあれ」。此句型後面常與動詞否定形相呼應使用。中文意思是：「只是（能）、只有」。如例：

◆ 厳しい方でしたが、先生には感謝こそあれ、恨みなど一切ありません。

老師的教導方式雖然嚴厲，但我對他只有衷心的感謝，沒有一丁點的恨意。

◆ 彼女の性格は真っ直ぐでこそあれ、わがままなどでは決してない。

她只是性格率真，絕非嬌縱任性。

Track N1-116

010　くらいなら、ぐらいなら

➡ {動詞辭書形}＋くらいなら、ぐらいなら

| 類義表現 |

というより 與其說…，還不如說…

| 意思 |

① 【比較】表示與其選擇情況最壞的前者，不如選擇後者。說話人對前者感到非常厭惡，認為與其選叫人厭惡的前者，不如後項的狀態好。中文意思是：「與其…不如…（比較好）、與其忍受…還不如…」。如例：

◆ 父にお金を借りるくらいなら、飢え死にしたほうがましだ。

與其向爸爸借錢，我寧願餓死！

◆ 満員電車に乗るくらいなら、1時間歩いて行くよ。

與其擠進像沙丁魚罐頭似的電車車廂，倒不如走一個鐘頭的路過去。

◆ 自分で払うぐらいなら、こんな高い店に来なかったよ。

早知道要自己付錢，打死我都不願意來這種貴得嚇死人的店咧！

◆ 嘘をつくぐらいなら、何も言わずに黙っていたほうがいい。

與其說謊話，還不如閉上嘴巴什麼都不講來得好。

補 〔～方がましだ等〕常用「くらいなら～ほうがましだ、くらいなら～ほうがいい」的形式，為了表示強調，後也常和「むしろ」(寧可)相呼應。「ましだ」表示雖然兩者都不理想，但比較起來還是這一方好一些。

比較

というより〔與其說…，還不如說…〕「くらいなら」表示比較，強調「與其忍受前項，還不如後項的狀態好」的概念。指出最壞情況，表示雖然兩者都不理想，但與其選擇前者，不如選擇後者。表示說話人不喜歡前者的行為。後項多接「ほうがいい、ほうがましだ、なさい」等句型。「というより」也表比較，強調「與其說前項，還不如說後項更適合」的概念。表示在判斷或表現某事物，在比較過後，後項的說法比前項更恰當。後項是對前項的修正、補充或否定。常和「むしろ」相呼應。

---

011 なみ

→ {名詞} ＋並み

類義表現

わりには 雖然…但是…

意思

① 【比較】表示該人事物的程度幾乎和前項一樣。「並み」含有「普通的、平均的、一般的、並列的、相同程度的」之意。像是「男並み(和男人一樣的)、人並み(一般)、月並み(每個月、平庸)」等都是常見的表現。中文意思是：「相當於…、和…同等程度、與…差不多」。如例：

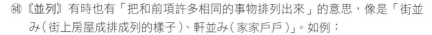

◆ もう3月なのに今日は真冬並みの寒さだ。

都已經3月了，今天卻還冷得跟寒冬一樣。

◆ 贅沢は望まない。人並みの生活ができればいい。

我沒有什麼奢望，只期盼能過上平凡的生活就好。

◆ どれも月並みだな。もっとみんなが驚くような新しい企画はないのか。

每一件提案都平淡無奇。沒有什麼更令人眼睛一亮的嶄新企劃嗎？

[補]〖並列〗有時也有「把和前項許多相同的事物排列出來」的意思，像是「街並み（街上房屋成排成列的樣子）、軒並み（家家戶戶）」。如例：

◆ 来月から食料品は軒並み値上がりするそうだ。

聽說從下個月起，食品價格將會全面上漲。

比較

わりには〔雖然…但是…〕「なみ」表示比較，表示該人事物的程度幾乎和前項一樣。「わりには」也表比較，表示結果跟前項條件不成比例、有出入或不相稱。表示比較的基準。

Track N1-118

012 にひきかえ～は

➡ **{名詞（な）；形容動詞詞幹な；[形容詞・動詞]普通形}＋（の）にひきかえ～は**

類義表現

にもまして 更加地…

意思

① **【對比】** 比較兩個相反或差異性很大的事物。含有說話人個人主觀的看法。書面用語。跟站在客觀的立場，冷靜地將前後兩個對比的事物進行比較的「に対して」比起來，「にひきかえ」是站在主觀的立場。中文意思是：「與…相反、和…比起來、相較起…、反而…、然而…」。如例：

◆ 昨日の爽やかな秋晴れにひきかえ、今日は嵐のような酷い天気だ。

相較於昨天的秋高氣爽，今天的天氣簡直像是狂風暴雨。

◆ 姉は本が好きなのにひきかえ、妹はいつも外を走り回っている。

姊姊喜歡待在家裡看書，然而妹妹卻成天在外趴趴走。

◆ 母が優しいのにひきかえ、父は厳しくて少しの甘えも許さない。

媽媽是慈母，而爸爸則是沒有絲毫妥協空間的嚴父。

◆ 大川選手がいつも早く来て一人で練習しているのにひきかえ、安田選手は寝坊したと言ってはよく遅れて来る。

大川運動員總是提早來獨自練習，相較之下安田運動員總是說自己睡過頭了，遲遲才出現。

比較

にもまして〔更加地…〕「にひきかえ」表示對比，強調「前後事實，正好相反或差別很大」的概念。把兩個對照性的事物做對比，表示反差很大。含有說話人個人主觀的看法。積極或消極的內容都可以接。「にもまして」表示強調程度，強調「在此之上，程度更深一層」的概念。表示兩個事物相比較。比起前項，後項的數量或程度更深一層，更勝一籌。

文法小祕方

助詞

項目	說明	例句
格助詞	格助詞是附屬詞，無形態變化及具體意義，接在體言後面，說明其在句中的地位和文法關係。 主要有：が、を、の、に、へ、で、と、から、まで、より等。	息子が一流の大学に入った。
提示助詞	提示助詞強調句中某部分，表示說話人的陳述態度，可提示主語、受詞、用言修飾、補語等。 主要有：は、しか、でも、こそ、さえ、すら、も、だって等。	私はスポーツが好きです。
並列助詞	連接兩個或兩個以上的對等內容，表示列舉、累加或選擇。 主要有：か、や、と、とか等等。	犬と猫がいます。

練習 文法知多少？

▼ 答案詳見右下角

☞ 請完成以下題目，從選項中，選出正確答案，並完成句子。

1 睡眠の（ ）によって、体調の善し悪しも違います。

　　1. しだい　　　　　　2. いかん

2 子どものレベルに（ ）授業をしなければ、意味がありません。

　　1. 即した　　　　　　2. 踏まえた

3 謝る（ ）、最初からそんなことしなければいいのに。

　　1. ぐらいなら　　　　2. というより

4 姉（ ）、妹は無口で恥ずかしがり屋です。

　　1. にもまして　　　　2. にひきかえ

5 あの犬はちょっとでも近づこう（ ）、すぐ吠えます。

　　1. ものなら　　　　　2. ものだから

6 あのスナックは（ ）、もう止まりません。

　　1. 食べたところで　　2. 食べたら最後

7 大型の台風が来る（ ）、雨戸も閉めた方がいい。

　　1. とあって　　　　　2. とあれば

8 あなた（ ）、生きていけません。

　　1. なくしては　　　　2. ないまでも

感情、心情、期待、允許

感情、心情、期待、允許

---

001 ずにはおかない、ないではおかない

➡ {動詞否定形（去ない）} ＋ずにはおかない、ないではおかない

| 類義表現 |

ずにはいられない 不得不…

| 意思 |

① 【感情】前接心理、感情等動詞，表示由於外部的強力，使得某種行為，沒辦法靠自己的意志控制，自然而然地就發生了，所以前面常接使役形的表現。請注意前接サ行變格動詞時，要用「せずにはおかない」。中文意思是：「不能不…、不由得…」。如例：

◆ この映画は、見る人の心に衝撃を与えずにはおかない問題作だ。

　　這部充滿爭議性的電影，不由得讓每一位觀眾的心靈受到衝擊。

◆ 今回の誘拐事件は、私たちに20年前に起こった悲劇を思い出させずにはおかない。

　　這件綁架案不由得勾起我們大家對發生於20年前那起悲劇的記憶。

| 比較 |

ずにはいられない〔不得不…〕「ずにはおかない」表示感情，強調「一種強烈的情緒、慾望」的概念。主語可以是「人或物」，由於外部的強力，使得某種行為，沒辦法靠自己的意志控制，自然而然地就發生了。有主動、積極的語感。「ずにはいられない」表示強制，強調「自己情不自禁做某事」的概念。主詞是「人」，表示自己的意志無法克制，情不自禁地做某事。

② 【強制】當前面接的是表示動作的動詞時，則有主動、積極的「不做到某事絕不罷休、後項必定成立」的語感，語含個人的決心、意志，具有強制性地，使對方陷入某狀態的語感。中文意思是：「必須…、一定要…、勢必…」。如例：

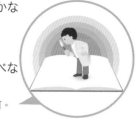

◆ 部長に告げ口したのは誰だ。白状させずにはおかないぞ。

到底是誰向經理告密的？我非讓你招認不可！

◆ 彼は、少しでも不確かなことは納得するまで調べないではおかない性格だ。

他的個性是哪怕有一丁點想不通的地方都非要查個一清二楚不可。

---

002 （さ）せられる

➔ {動詞使役被動形} ＋（さ）せられる

| 類義表現 |
てやまない …不已

| 意思 |

① 【強調感情】表示説話者受到了外在的刺激，自然地有了某種感觸。中文意思是：「不禁…、不由得…」。如例：

◆ あなたの忍耐強さにはいつも感心させられています。

你堅忍的毅力不禁令我佩服得五體投地。

◆ 少年犯罪のニュースには考えさせられることが多い。

關於青少年犯罪案件的報導，其背後的隱憂有許多值得深思之處。

◆ あの男の下手な嘘には本当にがっかりさせられた。

那個男人蹩腳的謊言令人太失望了。

◆ 彼女の細かい心くばりに感心させられた。

她無微不至的照應不由得讓人感到佩服。

| 比較 |
てやまない〔…不已〕「（さ）せられる」表示強調感情，強調「受刺激而發出某感觸」的概念。表示説話者受到了外在的刺激，自然地有了某種感觸。「てやまない」也表強調感情，強調「某強烈感情一直在」的概念。接在感情動詞後面，表示發自內心的某種強烈的感情，且那種感情一直持續著。

003 てやまない

→ {動詞て形} ＋ てやまない

| 類義表現 | てたまらない …得不得了 |

| 意思 |

① 【強調感情】接在感情動詞後面，表示發自內心關懷對方的心情、想法極為強烈，且那種感情一直持續著。由於是表示説話人的心情，因此一般不用在第三人稱上。這個句型由古漢語「…不已」的訓讀發展而來。常見於小説或文章當中，會話中較少用。中文意思是：「…不已、一直…」。如例：

◆ お二人の幸せを願ってやみません。
  由衷祝福2位永遠幸福。

◆ ここが、彼女が愛してやまなかった音楽の都ウィーンです。
  這裡是她鍾愛的音樂之都維也納。

◆ 彼はお金のために友人を裏切ったことを、一生後悔してやまなかった。
  他對於自己曾為金錢背叛了朋友而終生懷悔不已。

⑭ 〔現象或事態持續〕表示現象或事態的持續。如例：

◆ どの時代においても人民は平和を求めてやまないものだ。
  無論在任何時代，人民永遠追求和平。

| 比較 |

てたまらない〔…得不得了〕「てやまない」表示強調感情，強調「發自內心的感情」的概念。接在感情動詞的連用形後面，表示發自內心的感情，且那種感情一直持續著。常見於小説或文章當中，會話中較少用。「てたまらない」表示感情，強調「程度嚴重，無法忍受」的概念。表示程度嚴重到使説話人無法忍受。是説話人強烈的感覺、感情及希求。一般前接感情、感覺、希求之類的詞。

004 のいたり（だ）

➡ {名詞} ＋の至り（だ）

| 類義表現 | のきわみ（だ） 真是…極了 |

| 意思 |

① 【強調感情】前接「光栄、感激」等特定的名詞，表示一種強烈的情感，達到最高的狀態，多用在講客套話的時候，通常用在好的一面。中文意思是：「真是…到了極點、真是…、極其…、無比…」。如例：

◆ 有難いお言葉をいただき、光栄の至りです。

承您貴言，無比光榮。

◆ 本日は大勢の方にご来場いただきまして、感謝の至りです。

今日承蒙各方賢達蒞臨指導，十二萬分感激。

> 感謝の至りです

◆ この度はとんだ失敗をしてしまい、赤面の至りです。

此次遭逢意外挫敗，慚愧之至。

| 比較 |

のきわみ（だ）〔真是…極了〕「のいたり（だ）」表示強調感情，強調「情感達到極高狀態」的概念。前接某一特定的名詞，表示一種強烈的情感，達到最高的狀態。多用在講客套話的時候。通常用在好的一面。「のきわみ（だ）」表示極限，強調「事物達到極高程度」的概念。形容事物達到了極高的程度。強調這程度已經超越一般，到達頂點了。大多用來表達説話人激動時的那種心情。前面可接正面或負面、或是感情以外的詞。

② 【原因】表示由於前項的某種原因，而造成後項的結果。中文意思是：「都怪…、因為…」。如例：

◆ あの頃は若気の至りで、いろいろな悪さをしたものだ。

都怪當時年輕氣盛，做了不少錯事。

005 をきんじえない

→ {名詞}＋を禁じえない

| 類義表現 | をよぎなくされる 不得不… |

| 意思 |

① 【強調感情】前接帶有情感意義的名詞，表示面對某種情景，心中自然而然產生的，難以抑制的心情。這感情是越抑制感情越不可收拾的。屬於書面用語，正、反面的情感都適用。口語中不用。中文意思是：「不禁…、禁不住就…、忍不住…」。如例：

◆ 突然の事故で両親を失ったこの姉妹には、同情を禁じ得ない。

一場突如其來的事故使這對姊妹失去了父母，不禁令人同情。

◆ 子どもの頃は目立たなかった彼が舞台で活躍するのを見て、驚きを禁じ得なかった。

看到小時候並不起眼的他如今在舞台上耀眼的身影，不由得大為吃驚。

◆ 戦争に人生を狂わされた少女の話に、私は涙を禁じ得なかった。

聽到那名少女描述自己在戰火中顛沛流離的人生經歷，我忍不住落淚了。

◆ 金儲けのために犬や猫の命を粗末にする業者には、怒りを禁じ得ない。

那些只顧賺錢而視貓狗性命如敝屣的業者，不禁激起人們的憤慨。

| 比較 |

をよぎなくされる〔不得不…〕「をきんじえない」表示強調感情，強調「產生某感情，無法抑制」的概念。前接帶有情感意義的名詞，表示面對某情景，心中自然而然產生、難以抑制的心情。這感情是越抑制感情越不可收拾的。「をよぎなくされる」表示強制，強調「不得已做出的行為」的概念。因為大自然或環境等，個人能力所不能及的強大力量，迫使其不得不採取某動作。而且此行動，往往不是自己願意的。表示情況已經到了沒有選擇的餘地，必須那麼做的地步。

Track N1-124

006　てはかなわない、てはたまらない

➡ {形容詞て形；動詞て形} ＋ てはかなわない、てはたまらない

類義表現　｜　てたまらない（的話）可受不了…

意思

① 【強調心情】表示負擔過重，無法應付。如果按照這樣的狀況下去不堪忍耐、不能忍受。是一種動作主體主觀上無法忍受的表現方法。用「かなわない」有讓人很苦惱的意思。常跟「こう、こんなに」一起使用。口語用「ちゃかなわない、ちゃたまらない」。中文意思是：「…得受不了、…得要命、…得吃不消」。如例：

◆ 工事の音がこううるさくてはかなわない。
　施工的噪音簡直快吵死人了。

◆ 東京の夏もこう蒸し暑くてはたまらないな。
　東京夏天這麼悶熱，實在讓人受不了。

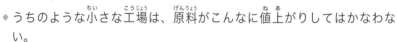

◆ こんな安い給料で働かされちゃたまらないよ。
　這麼低廉的薪水叫人怎麼幹得下去呢！

◆ うちのような小さな工場は、原料がこんなに値上がりしてはかなわない。
　原料價格飆漲，像我們這種小工廠根本吃不消。

比較　｜　<u>てたまらない</u>〔（的話）可受不了…〕「てはかなわない」表示強調心情，強調「負擔過重，無法應付」的概念。是一種動作主體主觀上無法忍受的表現方法。「てたまらない」也表強調心情，強調「程度嚴重，無法忍受」的概念。表示照此狀態下去不堪忍耐，不能忍受。

Track N1-125

007　てはばからない

➡ {動詞て形} ＋ てはばからない

類義表現 てもかまわない 即使…也行

意思

① 【強調心情】前常接跟說話相關的動詞，如「言う、断言する、公言する」的て形。表示毫無顧忌地進行前項的意思。一般用來描述他人的言論。「憚らない」是「憚る」的否定形式，意思是「毫無顧忌、毫不忌憚」。中文意思是：「不怕…、毫無顧忌…」。如例：

◆ 彼は自分は天才だと言ってはばからない。

　他毫不隱晦地直言自己是天才。

◆ 当時の校長は、ときに体罰も必要だ、と公言してはばからなかった。

　當時的校長毫不避諱地公開表示，適時的體罰具有其必要性。

◆ そのコーチは、チームに金メダルを取らせたのは自分だと言ってはばからない。

　那名教練堂而皇之地宣稱自己是讓這支隊伍奪得金牌的最大功臣。

◆ 私は断言してはばからないが、うちの工場の技術力は世界レベルだ。

　我敢拍胸脯保證，我家工廠的製造技術具有世界水準。

比較　てもかまわない〔即使…也行〕「てはばからない」表示強調心情，強調「毫無顧忌進行」的概念。表示毫無顧忌地進行前項的意思。「てもかまわない」表示許可，強調「這樣做也行」的概念。表示即使是這樣的情況也可以的意思。

008　といったらない、といったら

類義表現　という 叫做…的…

意思

① 【強調心情】{名詞；形容詞辭書形；形容動詞詞幹}＋（とい）ったらない。「といったらない」是先提出一個討論的對象，強調某事物的程度是極端到無法形容的，後接對此產生的感嘆、吃驚、失望等感情表現，正負評價都可使用。中文意思是：「…極了、…到不行」。如例：

◆ 一瞬の隙を突かれて逆転負けした。この悔しさといったらない。

只是一個不留神竟被對手乘虛而入逆轉了賽局，而吃敗仗，令人懊悔到了極點。

◆ 近所で強盗殺人が起きた。恐ろしいったらない。

附近發生了搶劫殺人案，實在太恐怖了。

② 【強調主題】{名詞；形容詞辭書形；形容動詞詞幹}＋（とい）ったら。表示把提到的事物做為主題，後項是對這一主題的敘述。是説話人帶有感嘆、感動、驚訝、失望的表現方式。有強調主題的作用。中文意思是：「説起…」。

◆ その時の私の苦しみといったら、とてもあんたなんかにわかってはもらえまいよ。

提起我當時所遭受的苦難，你根本就無法理解。

◆ 今年の暑さといったら半端ではなかった。

提起今年的酷熱勁兒，真夠誇張！

比較	という〔叫做…的…〕「といったらない」表示強調主題，表示把提到的事物做為主題進行敘述。有強調主題的作用。含有説話人驚訝、感動的心情。「という」表示介紹名稱，前後接名詞，介紹某人事物的名字。用在跟不熟悉的一方介紹時。

Track N1-127

009　といったらありはしない

➡ {名詞；形容詞辭書形；形容動詞詞幹}＋（とい）ったらありはしない

類義表現	ということだ 據説…

意思	

① 【強調心情】強調某事物的程度是極端的，極端到無法形容、無法描寫。跟「といったらない」相比，「といったらない」、「ったらない」能用於正面或負面的評價，但「といったらありはしない」、「ったらありはしない」、「といったらありゃしない」、「ったらありゃしない」只能用於負面評價。中文意思是：「…之極、極其…、沒有比…更…的了」。如例：

◆ 人に責任を押し付けるなんて、腹立たしいといった
らありはしない。

硬是把責任推到別人身上，真令人憤怒至極。

◆ 残り2分で逆転負けした悔しさといったらありゃし
なかった。

剩下兩分鐘時候居然被逆轉勝了，要說多懊悔就有多懊悔。

◆ 同姓同名が3人もいて、ややこしいといったらありはしない。

足足有3個人同名同姓，實在麻煩透頂。

㊉ 〔口語－ったらない〕「ったらない」是比較通俗的口語説法。如例：

◆ 夜中の間違い電話は迷惑ったらない。

三更半夜打錯電話根本是擾人清夢！

比較	ということだ〔據說…〕「といったらありはしない」表示強調心情，強調「給予極端評價」的概念。正面時表欽佩，負面時表埋怨的語意。書面用語。「ということだ」表示傳聞，強調「從外界獲取傳聞」的概念。從某特定的人或外界獲取的傳聞。比起「そうだ」來，有很強的直接引用某特定人物的話之語感。又有明確地表示自己的意見、想法之意。

Track N1-128

010　たところが

➡ {動詞た形} ＋たところが

類義表現	ところを　正…時

意思

① 【期待－逆接】表示逆接，後項往往是出乎意料、與期待相反的客觀事實。因為是用來敘述已發生的事實，所以後面要接動詞た形的表現，「然而卻…」的意思。中文意思是：「…可是…、結果…」。如例：

◆ 彼女を誘ったところが、彼女のお姉さんまで付いて来た。

我邀的是她，可是連她姊姊也一起跟來了。

◆ 仕事を終えて急いで行ったところが、飲み会はもう終わっていた。

趕完工作後連忙過去會合，結果酒局已經散了。

◆ 親切のつもりで言ったところが、かえって怒らせてしまった。

好心告知，不料反而激怒了他。

[補]〔順接〕表示順接。如例：

◆ 本社に問い合わせたところ（が）、すぐに代わりの品を送って来た。

洽詢總公司之後，很快就送來了替代品。

比較

ところを〔正…時〕「たところが」表示期待，強調「一做了某事，就變成這樣的結果」的概念。表示順態或逆態接續。前項先舉出一個事物，後項往往是出乎意料的客觀事實。「ところを」表示時點，強調「正當A的時候，發生了B的狀況」的概念。後項的B所發生的事，是對前項A的狀況有直接的影響或作用的行為。後面的動詞，常接跟視覺或是發現有關的「見る、見つける」等，或是跟逮捕、攻擊、救助有關的「捕まる、襲う」等詞。這個句型要接「名詞の；用言普通形」。

Track N1-129

011　たところで～（ない）

➡ **{動詞た形}＋たところで～（ない）**

類義表現

がさいご 一旦…就必須…

意思

① **【期待】** 接在動詞た形之後，表示就算做了前項，後項的結果也是與預期相反，是無益的、沒有作用的，或只能達到程度較低的結果，所以句尾也常跟「無駄、無理」等否定意味的詞相呼應。句首也常與「どんなに、何回、いくら、たとえ」相呼應表示強調。後項多為說話人主觀的判斷，不用表示意志或既成事實的句型。中文意思是：「即使…也（不…）、雖然…但（不）、儘管…也（不…）」。如例：

◆ 東京の雪なんて、降ったところでせいぜい10センチだ。

東京即使下雪，但下雪的地方頂多也就是10公分而已呢！

◆ どんなに後悔したところで、もう遅い。

任憑你再怎麼懊悔，都為時已晚了。

◆ あなたに謝ってもらったところで、亡くなった娘はもう帰って来ない。

就算你再三賠罪，也喚不回我那死去的女兒了。

◆ この店じゃ、たとえ全品注文したところで、大した値段にはならないよ。

在這家店即使闊氣的訂下全部的餐點，也花不了多少錢喔！

比較

がさいご〔一旦…就必須…〕「たところで～ない」表示期待，強調「即使進行前項，結果也是無用」的概念。表示即使前項成立，後項的結果也是與預期相反，無益的、沒有作用的，或只能達到程度較低的結果。後項多為說話人主觀的判斷。也接在動詞過去形之後，句尾接否定的「ない」。「がさいご」表示條件，強調「一旦發生前項，就完了」的概念。表示一旦做了某事，就一定會產生後面的情況，或是無論如何都必須採取後面的行動。後面接說話人的意志或必然發生的狀況。後面多是消極的結果或行為。

012 てもさしつかえない、でもさしつかえない

➡ {形容詞て形；動詞て形} ＋ても差し支えない；
　{名詞；形容動詞詞幹} ＋でも差し支えない

類義表現

てもかまわない …也行

意思

① 【允許】為讓步或允許的表現。表示前項也是可行的，含有「不在意、沒有不滿、沒有異議」的強烈語感。「差しえない」的意思是「沒有影響、不妨礙」。中文意思是：「…也無妨、即使…也沒關係、…也可以、可以…」。如例：

◆ 車^{くるま}で行^いきますので、会場^{かいじょう}は多少遠^{た しょうとお}くてもさしつかえないです。

反正當天會開車前往，即使會場地點稍微遠一點也無妨。

◆ では、こちらにサインを頂^{いただ}いてもさしつかえない
でしょうか。

那麼，可否麻煩您在這裡簽名呢？

サインを

◆ 山道^{やまみち}といっても緩^{ゆる}やかですから、普段履^{ふ だん は}いている
靴^{くつ}でもさしつかえありません。

雖然是山路但坡度十分平緩，平時穿用的鞋子也能暢行無礙。

◆ 先生^{せんせい}は贅沢^{ぜいたく}がお嫌^{きら}いですから、ホテルは清潔^{せいけつ}なら質素^{しっそ}でもさしつかえあ
りません。

議員不喜歡鋪張奢華，為他安排的旅館只要清潔即可，房間的陳設簡單樸素也沒關係。

| 比較 |

てもかまわない〔…也行〕「てもさしつかえない」表示允許，
表示在前項的情況下，也沒有影響。前面接「動詞て形」。「て
もかまわない」表示讓步，表示雖然不是最好的，但這樣也已經
可以了。前面也接「動詞て形」。

| 文法小祕方 |

助詞

項目	說明	例句
接續助詞	連接兩項陳述內容，表示承上啟下的句法關係，如條件、因果、讓步、轉折、並列等各種邏輯關係。 主要有：と、ば、から、ので、ても、とも、が、けれども、のに、し、ながら、つつ	雨が降っているから、行けない。
副助詞	接在名詞及部分副詞、用言、助動詞後後，增添意義、範圍、限制等的助詞。 主要有：ほど、だけ、ばかり、ぐらい、きり、か、なんて、など、ずつ、まで等。	これだけが必要です。
終助詞	用於句末表示感歎、情感、希望、勸誘、疑問、命令各種語氣的助詞叫終助詞，多用於口語。 主要有：ね、よ、か、かしら、な、かしら、さ、の、ぜ、ぞ、こと、や等。	行こうよ！

練習　文法知多少？

▼ 答案詳見右下角

☞　請完成以下題目，從選項中，選出正確答案，並完成句子。

---

1 あきらめない（　　）、何が何でもあきらめません。

　　1．という　　　　　　　　　　2．といったら

2 このような事態になったのは、すべて私どもの不徳の（　　）です。

　　1．極み　　　　　　　　　　　2．至り

3 うちの父は頑固（　　）。

　　1．といったらありはしない　　2．ということだ

4 事件の早期解決を心から祈って（　　）。

　　1．たまない　　　　　　　　　2．やまない

5 あまりに残酷な事件に、憤りを（　　）。

　　1．余儀なくされる　　　　　　2．禁じえない

6 今度こそ、本当のことを言わせ（　　）ぞ。

　　1．ないではおかない　　　　　2．ないにはいられない

7 謝って（　　）なら警察も裁判所もいらない。

　　1．はいけない　　　　　　　　2．済む

8 人様に迷惑をかけて（　　）。

　　1．はばからない　　　　　　　2．かまわない

主張、建議、不必要、排除、除外

Lesson 13

主張、建議、不必要、排除、除外

Track N1-131

001　じゃあるまいし、ではあるまいし

➡ {名詞；[動詞辭書形・動詞た形] わけ} ＋じゃあるまいし、ではあるまいし

[類義表現] のではあるまいか 是不是…啊

[意思]

① 【主張】表示由於並非前項，所以理所當然為後項。前項常是極端的例子，用以說明後項的主張、判斷、忠告。多用在打消對方的不安，跟對方說你想太多了，你的想法太奇怪了等情況。帶有斥責、諷刺的語感。中文意思是：「又不是…」。如例：

◆ 小(ちい)さい子(こ)どもじゃあるまいし、そんなことで泣(な)くなよ。

又不是小孩子了，別為了那點小事就嚎啕大哭嘛！

◆ 小説(しょうせつ)ではあるまいし、そうそううまくいくもんか。

這又不是小說裡的情節，怎麼可能凡事稱心如意呢？

◆ 外国(がいこく)へ行(い)くわけじゃあるまいし、財布(さいふ)と携帯(けいたい)さえあれば大丈夫(だいじょうぶ)だよ。

又不是要出國，身上帶著錢包和手機就夠用啦！

◆ 彼(かれ)だってわざと失敗(しっぱい)したわけじゃあるまいし、もう許(ゆる)してあげたら。

他也不是故意要把事情搞砸的，你就原諒他了吧?

[補]〔口語表現〕說法雖然古老，但卻是口語的表現方式，不用在正式的文章上。

のではあるまいか〔是不是…啊〕「じゃあるまいし」表示主張，表示讓步原因。強調「因為又不是前項的情況，後項當然就…」的概念。後面多接說話人的判斷、意見、命令跟勸告等。「のではあるまいか」也表主張，表示說話人對某事是否會發生的一種的推測、想像。

002 ばそれまでだ、たらそれまでだ

➡ {動詞假定形} ＋ばそれまでだ、たらそれまでだ

類義表現 でしかない 只能…

意思

① 【主張】表示一旦發生前項情況，那麼一切都只好到此結束，以往的努力或結果都是徒勞無功之意。中文意思是：「…就完了、…就到此結束」。如例：

◆ プロの詐欺師だって、相手にお金がなければそれまでだ。
即使是專業的詐欺犯，遇上口袋空空的目標對象也就沒轍了。

◆ このチャンスを逃したらそれまでだ。何としても賞金を勝ち取るぞ。
錯過這次千載難逢的機會再也沒有第2次了。無論如何非得贏得獎金不可！

◆ 生きていればこそいいこともある。死んでしまったらそれまでです。
只有活著才有機會遇到好事，要是死了就什麼都沒了。

㊙ 〔強調〕前面多採用「も、ても」的形式，強調就算是如此，也無法彌補、徒勞無功的語意。如例：

◆ どんな高い車も事故を起こせばそれまでだ。
無論是多麼昂貴的名車，一旦發生車禍照樣淪為一堆廢鐵。

比較 でしかない〔只能…〕「ばそれまでだ」表示主張，強調「事情到此就結束了」的概念。表示一旦發生前項情況，那麼一切都只好到此結束，一切都是徒勞無功之意。前面多採用「も、ても」的形式。「でしかない」也表主張，強調「這是唯一的評價」的概念。表示前接的這個詞，是唯一的評價或評論。

003 までだ、までのことだ

➜ {動詞辭書形；動詞た形；それ；これ} ＋までだ、までのことだ

| 類義表現 | ことだ 就得…

| 意思 |

① 【主張】接動詞辭書形時，表示現在的方法即使不行，也不沮喪，再採取別的方法。有時含有只有這樣做了，這是最後的手段的意思。表示講話人的決心、心理準備等。中文意思是：「大不了…而已、只不過…而已、只是…、只好…、也就是…」。如例：

◆ この結婚にどうしても反対だというなら、親子の縁を切るまでだ。
　如果爸爸無論如何都反對我結婚，那就只好脫離父子關係吧！

◆ 失敗してもいい。また一からやり直すまでのことだ。
　即使失敗也無妨，大不了從頭再做一遍就行而已。

| 比較 | **ことだ〔就得…〕**「までだ」表示主張，強調「大不了就做後項」的概念。表示現在的方法即使不行，也不沮喪，再採取別的方法。有時含有只有這樣做了，這是最後的手段的意思。表示講話人的決心、心理準備等。「ことだ」表示忠告，強調「某行為是正確的」之概念。表示一種間接的忠告或命令。說話人忠告對方，某行為是正確的或應當的，或某情況下將更加理想。口語中多用在上司、長輩對部屬、晚輩。

② 【理由】接動詞た形時，強調理由、原因只有這個。表示理由限定的範圍，及說話者單純的行為。含有「說話人所做的事，只是前項那點理由，沒有特別用意」。中文意思是：「純粹是…」。如例：

◆ 悪口じゃないよ。本当のことを言ったまでだ。
　這不是誹謗喔，而純粹是原原本本照實說出來罷了。

◆ お礼には及びません。やるべきことをやったまでのことですから。
　用不著道謝。我只是做了該做的事而已。

004　でなくてなんだろう

→ {名詞} ＋でなくてなんだろう

類義表現

にすぎない　不過是…而已

意思

① 【強調主張】用一個抽象名詞，帶著感嘆、發怒、感動的感情色彩述説「這個就可以叫做…」的表達方式。這個句型是用反問「這不是…是什麼」的方式，來強調出「這正是所謂的…」的語感。常見於小説、隨筆之類的文章中。含有説話人主觀的感受。中文意思是：「難道不是…嗎、不是…又是什麼呢、這個就可以叫做…」。如例：

◆ 溺れる我が子を追って激流に飛び込んだ父。あれが親の愛でなくてなんだろう。

爸爸一發現兒子溺水趕忙跳入急流之中。這除了是父母對子女的愛，還能是什麼呢？

◆ 70億人の中から彼女と僕は結ばれたのだ。これが奇跡でなくてなんだろう。

在70億茫茫人海之中，她與我結為連理了。這難道不是奇蹟嗎？

奇跡！

◆ 女性という理由で給料が安い。これが差別でなくてなんだろう。

只因為性別是女性的理由而薪資較低。這不叫歧視又是什麼呢？

◆ 彼は研究室にいるときが一番幸せそうだ。これが天職でなくてなんだろう。

他説自己待在研究室裡的時光是最幸福的。這份工作難道不該稱為他的天職嗎？

比較

にすぎない〔不過是…而已〕「でなくてなんだろう」表示強調主張，強調「強烈的主張這才是某事」的概念。前接一個抽象名詞，是帶著強烈感情色彩的表達方式。常見於小説、隨筆之類的文章中。含有主觀的感受。「にすぎない」表示主張，強調「程度有限」的概念。表示有這並不重要的消極評價語氣。

005　てしかるべきだ

➡{[形容詞・動詞]て形}＋てしかるべきだ；{形容動詞詞幹}＋でしかるべきだ

| 類義表現 | てやまない …不已 |

| 意思 |

① 【建議】表示雖然目前的狀態不是這樣，但那樣做是恰當的、應當的。也就是用適當的方法來解決事情。一般用來表示説話人針對現況而提出的建議、主張。中文意思是：「應當…、理應…」。如例：

◆ 労働者の安全を守るための規則であれば、厳しくてしかるべきだ。

既是維護勞工安全的規定，理當嚴格遵循才對。

◆ 小さな子どもといえども、その意見は尊重されてしかるべきだ。

雖説對方只是個小孩子，也應該尊重他的意見。

◆ 我が社に功績のある鈴木部長の退職祝いだ。もっと盛大でしかるべきだろう。

這場慶祝退休活動是為了歡送對本公司建樹頗豐的鈴木經理離職，應該要更加隆重舉辦才好。

◆ 県民の多くは施設建設に反対の立場だ。政策には民意が反映されてしかるべきではないか。

多數縣民對於建造公有設施持反對立場。政策不是應該要忠實反映民意才對嗎？

| 比較 |

てやまない〔…不已〕「てしかるべきだ」表示建議，強調「做某事是理所當然」的概念。表示那樣做是恰當的、應當的，也就是用適當的方法來解決事情。「てやまない」表示強調感情，強調「發自內心的感情」的概念。接在感情動詞後面，表示發自內心的感情，且那種感情一直持續著。

反対！　反対！

006　てすむ、ないですむ、ずにすむ

| 類義表現 | てはいけない 不准… |

| 意思 |

① 【不必要】{動詞否定形}＋ないで済む；{動詞否定形 (去ない)}＋ずに済む。
表示不這樣做，也可以解決問題，或避免了原本預測會發生的不好的事情。中文意思是：「…就行了、…就可以解決」。如例：

◆ すぐに電車が来たので、駅で待たずにすんだ。
　電車馬上就來了，用不著在車站裡痴痴等候了。

◆ ネットで買えば、わざわざお店に行かないですみますよ。
　只要在網路下單，就不必特地跑去實體店面購買囉！

| 比較 | てはいけない〔不准…〕「てすむ」表示不必要，強調「以某程度，就能解決」的概念。表示以某種方式這樣做，就能解決問題。「てはいけない」表示禁止，強調「上對下強硬的禁止」之概念。表示根據規則或一般的道德，不能做前項。常用在交通標誌、禁止標誌或衣服上洗滌標示等。是間接的表現。也表示根據某種理由、規則，直接跟聽話人表示不能做前項事情。|

② 【了結】{名詞で；形容詞て形；動詞て形}＋て済む。表示以某種方式，某種程度就可以，不需要很麻煩，就可以解決問題了。中文意思是：「不…也行、用不著…」。如例：

◆ もっと高いかと思ったけど、5000円ですんでよかった。
　原以為要花更多錢，沒想到區區5000圓就可以解決，真是太好了！

◆ 謝って済む問題じゃない。弁償してください。
　這件事不是道歉就能了事！請賠償我的損失！

007 にはおよばない

➡ {名詞；動詞辭書形} ＋には及ばない

| 類義表現 |

まで（のこと）もない 用不著…

| 意思 |

① **【不必要】** 表示沒有必要做某事，那樣做不恰當、不得要領，經常接表示心理活動或感情之類的動詞之後，如「驚く（驚訝）、責める（責備）」。中文意思是：「不必…、用不著…、不值得…」。如例：

◆ 検査結果は正常です。ご心配には及びませんよ。

檢驗報告一切正常，用不著擔心喔！

◆ 電話で済むことですから、わざわざおいでいただくには及びません。

以電話即可處理完畢，無須勞您大駕撥冗前來。

| 比較 |

まで（のこと）もない〔用不著…〕「にはおよばない」表示不必要，強調「未達採取某行為的程度」的概念。前接表示心理活動的詞，表示沒有必要做某事，那樣做不恰當、不得要領。也表示能力、地位不及水準。「まで（のこと）もない」表示不必要，強調「事情還沒到某種程度」的概念。前接動作，表示事情尚未到某種程度，沒必要做到前項那種程度。含有事情已經很清楚了，再說或做也沒有意義。

② **【不及】** 還有用不著做某動作，或是能力、地位不及水準的意思。常跟「からといって」（雖然…但…）一起使用。中文意思是：「不及…」。如例：

◆ 私は料理が得意だが、やはりプロの味には及ばない。

我雖然擅長下廚，畢竟比不上專家的手藝。

◆ この辺りも随分住み易くなったが、都会の便利さには及ばない。

這一帶的居住環境雖已大幅提昇，畢竟還是不及都市的便利性。

008 はいうにおよばず、はいうまでもなく

⇒ {名詞}＋は言うに及ばず、は言うまでもなく；{[名詞・形容動詞詞幹]
な；[形容詞・動詞]普通形}＋は言うに及ばず、のは言うまでもなく

類義表現 ▷ のみならず 不僅…，也…

意思

① 【不必要】表示前項很明顯沒有説明的必要，後項強調較極端的事例當然就也
不例外。是一種遞進、累加的表現，正、反面評價皆可使用。常和「も、さ
えも、まで」等相呼應。古語是「は言わずもがな」。中文意思是：「不用説…
（連）也、不必説…就連…」。如例：

◆ 彼は医学は言うに及ばず、法律にも経済にも明るい。

　他不但精通醫學，甚至嫻熟法律和經濟。

◆ このお寺は桜の季節は言うまでもなく、初夏の新緑の頃も観光客に人気
だ。

　這所寺院不僅是賞櫻季節，包括初夏的新綠時節同樣湧入大批觀光客。

◆ 過労死は、会社の責任が大きいのは言うに及ばず、日本社会全体の問題
でもある。

　過勞死的絕大部分責任當然要由社會承擔，同時這也是日本整體社會
必須面對的問題。

◆ 4年生に進級できないのは言うまでもなく、このま
までは卒業も危ない。

　別説無法升上4年級了，照這樣下去恐怕連畢業都有問題。

比較 ▷ のみならず〔不僅…，也…〕「はいうにおよばず」表示不必要，
強調「先舉程度輕，再舉較極端」的概念。表示先舉出程度輕
的，再強調後項較極端的事例也不例外。後面常和「も」相呼
應。「のみならず」表示添加，強調「先舉範圍小，再舉範圍更
廣」的概念。用在不僅限於前接詞的範圍，還有後項進一層的情
況。後面常和「も、さえ、まで」等相呼應。

009 まで（のこと）もない

→ {動詞辭書形} ＋まで（のこと）もない

| 類義表現 | ものではない 不要… |

| 意思 |

① 【不必要】前接動作，表示沒必要做到前項那種程度。含有事情已經很清楚了，再說或做也沒有意義，前面常和表示說話的「言う、話す、説明する、教える」等詞共用。中文意思是：「用不著…、不必…、不必説…」。如例：

◆ この程度の熱なら医者に行くまでもない。

　區區這點發燒用不著去看醫生。

◆ 場所は地図を見れば分かることだ。説明するまでのこともないだろう。

　地點只要看地圖就知道了，用不著説明吧？

◆ 息子はがっかりした様子で帰って来た。面接に失敗したことは聞くまでもなかった。

　兒子一臉沮喪地回來了。不必問也知道他沒能通過口試。

◆ ご紹介するまでもないでしょう。こちらが世界的に有名な指揮者の大沢先生です。

　用不著我介紹吧。這一位可是世界聞名的指揮家大澤大師。

| 比較 | **ものではない** 〔不要…〕「まで（のこと）もない」表示不必要，強調「事情還沒到某種程度」的概念。表示沒必要做到前項那種程度。含有事情已經很清楚了，再說或做也沒有意義。語含個人主觀，或是眾所周知的語氣。「ものではない」表示勸告，強調「勸告別人那樣做是違反道德」的概念。表示説話人出於道德或常識，給對方勸阻、禁止的時候。語含説話人個人的看法。 |

010 ならいざしらず、はいざしらず、だったらいざしらず

➡ {名詞}＋ならいざ知らず、はいざ知らず、だったらいざ知らず；{[名詞・形容詞・形容動詞・動詞] 普通形 (の)}＋ならいざ知らず

| 類義表現 | ようが 不管… |

| 意思 |

① 【排除】舉出對比性的事例，表示排除前項的可能性，而著重談後項中的實際問題。後項所提的情況要比前項嚴重或具特殊性。後項的句子多帶有驚訝或情況非常嚴重的內容。「昔はいざしらず」是「今非昔比」的意思。中文意思是：「（關於）我不得而知…、姑且不論…、（關於）…還情有可原」。如例：

◆ 昔（むかし）はいざ知（し）らず、今（いま）どきお見合（みあ）いなんて。

  姑且不論從前那個時代，現在都什麼年代了誰還相親呢？

◆ 具合（ぐあい）が悪（わる）いならいざ知（し）らず、元気（げんき）なら一緒（いっしょ）に行（い）きませんか。

  如果身體不舒服就不勉強，但若精神還不錯，要不要一起去呢？

◆ 実験（じっけん）に成功（せいこう）したならいざ知（し）らず、可能性（かのうせい）の段階（だんかい）で資金（しきん）は出（だ）せない。

  假如實驗成功了或許另當別論，但目前尚僅僅是具有可能性的階段，我方無法出資研發。

◆ 彼（かれ）が法律（ほうりつ）でも犯（おか）したのだったらいざ知（し）らず、仕事（しごと）が遅（おそ）いくらいでクビにはできない。

  要是他觸犯了法律，這麼做或許還情有可原；但他不過是上班遲到罷了，不能以這個理由革職。

| 比較 | ようが〔不管…〕「ならいざしらず」表示排除，表示前項的話還情有可原，姑且不論，但卻有後項的實際問題，著重談後項，後項帶有驚訝的內容。前面接名詞。「ようが」表示逆接條件，表示不管前項如何，後項都是成立的。後項多使用意志、決心或跟評價有關的動詞「自由だ（自由的）、勝手だ（任意的）」。

011 はさておいて、はさておき

➡ {名詞}＋はさておいて、はさておき

類義表現	にもまして 比…更…

意思

① 【除外】 表示現在先不考慮前項，排除前項，而優先談論後項。中文意思是：「暫且不説…、姑且不提…」。如例：

◆ 仕事の話はさておいて、まずは乾杯しましょう。

工作的事暫且放在一旁，首先舉杯互敬吧！

◆ 細かい予定はさておいて、とりあえず場所と時間を決めよう。

行程的細節還不急，我們先決定地點和時間吧。

◆ 私のことはさておき、今あなたは自分のことを第一に考えるべきだ。

先別擔心我，你現在應該把自己放在第一位考量。

◆ 冗談はさておき、次に私たちの研究テーマについてお話しします。

先別開玩笑，接下來要討論我們的研究主題。

比較	**にもまして**〔比…更…〕「はさておいて」表示除外，強調「擱置前項，先討論後項」的概念。表示現在先把前項放在一邊，而第一考慮做後項的動作。含有説話者認為後者比較優先的語意。「にもまして」表示強調程度，強調「比起前項，後項更為嚴重」的概念。表示兩個事物相比較。比起前項，後項程度更深一層、更勝一籌。

練習　文法知多少？

▼ 答案詳見右下角

☞ 請完成以下題目，從選項中，選出正確答案，並完成句子。

1 真偽のほど（　　）、これが報道されている内容です。

　1．にもまして　　　　　　2．はさておき

2 神じゃ（　　）、完ぺきな人なんていませんよ。

　1．あるまいか　　　　　　2．あるまいし

3 子ども（　　）、大の大人までが夢中になるなんてね。

　1．ならいざ知らず　　　2．ならでは

4 有名なレストラン（　　）、地元の人しか知らない穴場もご紹介します。

　1．ならいざしらず　　　2．は言うに及ばず

5 研究成果はもっと評価されて（　　）。

　1．やまない　　　　　　2．しかるべきだ

6 泥酔して会見に臨むなんて、失態（　　）。

　1．に過ぎない　　　　　2．でなくてなんだろう

7 せっかくの提案も、企画書がよくなければ、（　　）です。

　1．それまで　　　　　　2．だけ

8 失敗したとしても、もう一度一からやり直す（　　）のことだ。

　1．まで　　　　　　　　2．こと

禁止、強制、讓步、叱責、否定

禁止、強制、讓步、指責、否定

Lesson

14

Track N1-142

001 べからず、べからざる

➔ {動詞辭書形} ＋ べからず、べからざる ＋ {名詞}

類義表現 べきだ 必須…

意思

① 【禁止】「べし」否定形。表示禁止、命令。是較強硬的禁止說法，文言文式說法，故常有前接古文動詞的情形，多半出現在告示牌、公佈欄、演講標題上。現在很少見。禁止的內容就社會認知來看不被允許。口語說「てはいけない」。「べからず」只放在句尾，或放在括號(「」)內，做為標語或轉述內容。中文意思是：「不得…（的）、禁止…（的）、勿…（的）、莫…（的）」。如例：

◆ 仕事に慣れてきたのはいいけど、この頃遅刻が多いな。「初心忘るべからず」だよ。

工作已經上手了當然是好事，不過最近遲到有點頻繁。「莫忘初心」這句話要時刻謹記喔！

◆ 「録音中につき音をたてるべからず。」

「錄音中，請保持安靜。」

⑭ 〔べからざるN〕「べからざる」後面則接名詞，這個名詞是指不允許做前面行為、事態的對象。如例：

◆ 森鷗外は日本の近代文学史において欠くべからざる作家です。

森鷗外是日本近代文學史上不可或缺的一位作家。

⑭ 〔諺語〕用於諺語。如例：

◆ わが家は「働かざる者食うべからず」で、子どもたちにも家事を分担させています。

我家秉持「不勞動者不得食」的家規，孩子們也必須分攤家務。

[補]〔**前接古語動詞**〕由於「べからず」與「べく」、「べし」一樣為古語表現，因此前面常接古語的動詞。如「忘る」等，便和現代日語中的有些不同。前面若接サ行變格動詞，可用「すべからず／べからざる」、「するべからず／べからざる」，但較常使用「すべからず／べからざる」(「す」為古日語「する」的辭書形）。

[比較]

べきだ〔**必須…**〕「べからず」表示禁止，強調「強硬禁止」的概念。是一種強硬的禁止說法，文言文式的說法，多半出現在告示牌、公佈欄、演講標題上，只放在句尾。現在很少見。口語說「てはいけない」。「べきだ」表示勸告，強調「那樣做是應該的」之概念。表示那樣做是應該的、正確的，常用在勸告、禁止及命令的場合，是一種客觀或原則的判斷。書面跟口語雙方都可以用。

Track N1-143

002　をよぎなくされる、をよぎなくさせる

[類義表現]

させる 讓…，叫…，另…

[意思]

① **【強制】**{名詞}＋を余儀なくされる。「される」表示因為大自然或環境等，個人能力所不能及的強大力量，不得已被迫做後項。帶有沒有選擇的餘地、無可奈何、不滿，含有以「被影響者」為出發點的語感。中文意思是：「被迫…、只得…、只好…、沒辦法就只能…」。如例：

◆ 昨年開店した新宿店は赤字続きで、１年で閉店を余儀なくされた。

去年開幕的新宿店赤字連連，只開了一年就不得不結束營業了。

◆ 大型台風の接近によって、交通機関は運行中止を余儀なくされた。

隨著大型颱風的接近，各交通機關不得不停止載運服務了。

② **【強制】**{名詞}＋を余儀なくさせる、を余儀なくさせられる。「させる」使役形是強制進行的語意，表示後項發生的事，是叫人不滿的事態。表示情況已經到了沒有選擇的餘地，必須那麼做的地步，含有以「影響者」為出發點的語感。書面用語。中文意思是：「迫使…」。如例：

◆ 企業の海外進出が、国内産業の衰退を余儀なくさせたといえる。

企業之所以進軍海外市場，可以說是肇因於國內產業的衰退而不得不然的結果。

◆ 慢性的な人手不足が、更なる労働環境の悪化を余儀なくさせた。

長期存在的人力不足問題，迫使勞動環境愈發惡化了。

| 比較 |

させる〔讓…，叫…，另…〕「をよぎなくさせる」表示強制，主詞是「造成影響的原因」時用。以造成影響力的原因為出發點的語感，所以會有強制對方進行的語意。「させる」也表強制，A是「意志表示者」。表示A給B下達命令或指示，結果B做了某事。由於具有強迫性，只適用於長輩對晚輩或同輩之間。

| 003 | **ないではすまない、ずにはすまない、なしではすまない** | Track N1-144 |

| 類義表現 |

ないじゃおかない 不能不…

| 意思 |

① 【強制】{動詞否定形}＋ないでは済まない；{動詞否定形 (去ない)}＋ずには済まない (前接サ行變格動詞時，用「せずには済まない」)。表示前項動詞否定的事態、說辭，考慮到當時的情況、社會的規則等，是不被原諒的、無法解決問題的或是難以接受的。中文意思是：「不能不…、非…不可、應該…」。如例：

◆ 小さい子をいじめて、お母さんに叱られないでは済まないよ。

在外面欺負幼小孩童，回到家肯定會挨媽媽一頓好罵！

◆ 相手の車に傷をつけたのだから、弁償せずには済まないですよ。

既然造成了對方的車損，當然非得賠償不可呀！

② 【強制】{名詞}＋なしでは済まない；{名詞；形容動詞詞幹；[形容詞・動詞] 普通形}＋では済まない。表示前項事態、說辭，是不被原諒的或無法解決問題的，指對方的發言結論是說話人沒辦法接納的，前接引用句時，引用括號 (「」) 可有

可無。中文意思是：「不能不…、非…不可、應該…」。如例：

◆ こちらのミスだ。責任者(せきにんしゃ)の謝罪(しゃざい)なしでは済(す)まないだろう。

這是我方的過失，當然必須要由承辦人親自謝罪才行。

[補]〖ではすまされない〗和可能助動詞否定形連用時，有強化責備語氣的意味。如例：

◆ 今(いま)さらできないでは済(す)まされないでしょう。

事到如今才說辦不到，該怎麼向人交代呢？

[比較] **ないじゃおかない**〔不能不…〕「ないではすまない」表示強制，強調「某狀態下必須這樣做」的概念。表示考慮到當時的情況、社會的規則等等，強調「不這麼做，是解決不了問題」的語感。另外，也用在自己覺得必須那樣做的時候。跟主動、積極的「ないではおかない」相比，這個句型屬於被動、消極的辦法。「ないじゃおかない」表示感情，強調「不可抑制的意志」的概念。表示一種強烈的情緒、慾望，由於外部的強力，使得某種行為，沒辦法靠自己的意志控制，自然而然地就發生了。有主動、積極「不做到某事絕不罷休」的語感。是書面語。

Track N1-145

004 （ば／ても）～ものを

➡ **{名詞である；形容動詞詞幹な；[形容詞・動詞]普通形}＋ものを**

[類義表現] **ところに** 正當…之時

[意思]

① **【讓步】**逆接表現。表示說話者以悔恨、不滿、責備的心情，來說明前項的事態沒有按照期待的方向發展。跟「のに」的用法相似，但說法比較古老。常用「ば（いい、よかった）ものを、ても（いい、よかった）ものを」的表現。中文意思是：「可是…、卻…、然而卻…」。如例：

◆ 嫌(いや)なら来(こ)なければいいものを、あの客(きゃく)は店(みせ)に来(き)ては文句(もんく)ばかり言(い)う。

不喜歡別上門就算了，那個客人偏偏常來又老是抱怨連連。

◆感謝してもいいものを、更にお金をよこせとは、厚かましいにもほどがある。

按理説感謝都来不及了，竟然還敢要我付錢，這人的臉皮實在太厚了！

②【指責】「ものを」也可放句尾（終助詞用法），表示因為沒有做前項，所以產生了不好的結果，為此心裡感到不服氣、感嘆的意思。中文意思是：「…的話就好了，可是卻…」。如例：

◆あいつは正直なんだか馬鹿なんだか…、黙っていれば分からないものを。

不知道該罵那傢伙是憨厚還是傻瓜…閉上嘴巴就沒人知道的事他偏要説出來！

◆締め切りに追われたくないなら、もっと早く作業をしていればよかったものを。

如果不想被截止日期逼著痛苦趕工，那就提早作業就好了呀！

比較	ところに〔正當…之時〕「ものを」表示指責，強調「因沒做前項，而產生不良結果」的概念。説話人為此心裡感到不服氣、感嘆的意思。作為終助詞使用。「ところに」表示時點，強調「正在做某事時，發生了另一件事」的概念。表示正在做前項時，發生了後項另一件事情，而這一件事改變了當前的情況。

Track N1-146

005　といえども

➡ {名詞；[名詞・形容詞・形容動詞・動詞] 普通形；形容動詞詞幹} ＋といえども

類義表現	としたら 如果…的話

意思	

①【讓步】表示逆接轉折。先承認前項是事實，再敘述後項事態。也就是一般對於前項這人事物的評價應該是這樣，但後項其實並不然的意思。前面常和「たとえ、いくら、いかに」等相呼應。有時候後項與前項內容相反。一般用在正式的場合。另外，也含有「～ても、例外なく全て～」的強烈語感。中文意思是：「即使…也…、雖説…可是…」。如例：

◆観光客といえども、この町のルールは守らなければならない。

即使是觀光客，也必須遵循這個小鎮的規定才行。

◆ 社長といえども会社のお金を自由に使うことは許されない。

即便貴為總經理也不得擅自動用公款。

◆ 罪を犯したといえども、反省して償ったんだ。君は許されてしかるべきだよ。

雖說曾犯過罪，畢竟你已經反省並且付出了代價，按理說應該可以得到寬恕了。

◆ いくら成功が確実だといえども、万一失敗した際の対策は立てておくべきだ。

即使勝券在握，還是應當預備萬一失敗時應對的策略。

比較

としたら〔如果…的話〕「といえども」表示讓步，表示逆接轉折。強調「即使是前項，也有後項相反的事」的概念。先舉出有資格、有能力的人事物，但後項並不因此而成立。「としたら」表示順接的假定條件，在認清現況或得來的信息的前提條件下，據此條件進行判斷。後項是說話人判斷的表達方式。

Track N1-147

006 ところ（を）

類義表現

ものを 可是…

意思

① 【讓步】{名詞の；形容詞辭書形；動詞ます形＋中の}＋ところ（を）。表示逆接表現。雖然在前項的情況下，卻還是做了後項。這是日本人站在對方立場，表達給對方添麻煩的辦法，為寒暄時的慣用表現，多用在開場白，後項多為感謝、請求、道歉等內容。中文意思是：「雖說是…這種情況，卻還做了…」。如例：

◆ お休みのところを恐縮ですが、ちょっとご相談したいことがありまして。

非常抱歉打擾您休息，有點事情希望與您商討。

◆ お忙しいところをご出席くださり、誠にありがとうございます。

非常感謝您在百忙之中撥冗出席。

◆ お話し中のところ、失礼致します。部長、佐々木様からお電話です。

對不起，打斷諸位的談話。經理，佐佐木先生來電找您。

| 比較 |

ものを〔可是…〕「ところ（を）」表示讓步，強調「事態出現了中斷的行為」的概念。表示前項狀態正在進行時，卻出現了後項，使前項中斷的行為。後項多為感謝、請求、道歉等內容。「ものを」也表讓步，表示逆接條件。強調「事態沒向預期方向發展」的概念，說明前項的事態沒有按照期待的方向發展，才會有那樣不如人意的結果。常跟「ば」、「ても」等一起使用。

② 【時點】{動詞普通形}＋ところを。表示進行前項時，卻意外發生後項，影響前項狀況的進展，後面常接表示視覺、停止、救助等動詞。中文意思是：「正…之時、…之時、…之中」。如例：

◆ 寝ているところを起こされて、弟は機嫌が悪い。

弟弟睡得正香卻被喚醒，臭著臉生起床氣。

Track N1-148

007 とはいえ

➡ {名詞（だ）；形容動詞詞幹（だ）；[形容詞・動詞]普通形}＋とはいえ

| 類義表現 |

ともなると 沒有…至少也…

| 意思 |

① 【讓步】表示逆接轉折。前後句是針對同一主詞所做的敘述，表示先肯定那事雖然是那樣，但是實際上卻是後項的結論。也就是後項的說明，是對前項既定事實的否定或是矛盾。後項一般為說話人的意見、判斷的內容。書面用語。中文意思是：「雖然…但是…」。如例：

◆ ペットとはいえ、うちのジョンは家族の誰よりも人の気持ちが分かる。

雖說是寵物，但我家的喬比起家裡任何一個人都要善解人意。

◆ あの子は賢いとはいえ、まだ子どもだ。正しい判断ができるとは思えない。

那個小朋友雖然聰明，畢竟還是孩子，我不認為他能夠做出正確的判斷。

◆ いくら安全だとはいえ、薬と名の付くものは飲まないに越したことはない。

雖説安全無虞，但最好還是不要吃標示為藥品的東西。

◆ 彼にも同情すべき点があるとはいえ、犯罪を犯した以上、罰は受けねばならない。

儘管其情可憫，畢竟他觸犯了法律，仍需接受處罰才行。

| 比較 | **ともなると**〔沒有…至少也…〕「とはいえ」表示讓步的逆接轉折。強調「承認前項，但後項仍有不足」的概念。雖然先肯定前項，但是實際上卻是後項仍然有不足之處的結果。後項常接說話人的意見、判斷的內容。書面用語。「ともなると」表示判斷，強調「一旦到了前項，就會有後項的變化」的概念。前接時間、年齡、職業、作用、事情等，表示如果發展到如此的情況下，理所當然後項就會有相應的變化。 |

008 はどう（で）あれ

➔ {名詞} ＋はどう（で）あれ

| 類義表現 | つつも 儘管… |

| 意思 |

① 【讓步】表示前項不會對後項的狀態、行動造成什麼影響。是逆接的表現。中文意思是：「不管…、不論…」。如例：

◆ 結果はどうあれ、今できることは全部やった。

不管結果如何，我已經盡了當下最大的努力了。

◆ 理由はどうであれ、人を傷つけることは許されない。

不論基於任何理由都不可傷害他人。

◆ 見た目はどうあれ、味がよければ問題ない。

外觀如何並不重要，只要好吃就沒問題了。

◆ 世間の評価はどうであれ、私はあなたを評価しますよ。

無論外界對你是褒是貶，我給予極高的評價喔！

[比較] **つつも〔儘管…〕**「はどう（で）あれ」表示讓步，表示前項不會對後項的狀態、行動造成什麼影響。是逆接表現。前面接名詞。「つつも」也表讓步，表示儘管知道前項的情況，但還是進行後項。用來連接前後兩個相反的或矛盾的事物，也是逆接表現。前面接動詞ます形。

Track N1-150

009 まじ、まじき

[類義表現] **べし** 應該…，必須…

[意思]

① **【指責】**｛動詞辭書形｝＋まじき＋｛名詞｝。前接指責的對象，多為職業或地位的名詞，指責話題中人物的行為，不符其身分、資格或立場，後面常接「行為、発言、態度、こと」等名詞，而「する」也有「すまじ」的形式。多數時，會用［名詞に；名詞として］＋あるまじき。中文意思是：「不該有（的）…、不該出現（的）…」。如例：

◆ スピード違反(いはん)で事故(じこ)を起(お)こすとは、警察官(けいさつかん)としてあるまじき行為(こうい)だ。

由於違規超速而肇事是身為警察不該有的行為。

◆ 女(おんな)はもっと子(こ)どもを産(う)め、とは政治家(せいじか)にあるまじき発言(はつげん)だ。

身為政治家，不該做出「女人應該多生孩子」的不當發言。

[補] **〔動詞辭書形まじ〕**｛動詞辭書形｝＋まじ。為古日語的助動詞，只放在句尾，是一種較為生硬的書面用語，較不常使用。如例：

◆ この悪魔(あくま)のような犯罪者(はんざいしゃ)を許(ゆる)すまじ。

這個像魔鬼般的罪犯堪稱天地不容！

◆ 震災(しんさい)のときに助(たす)けてもらった、あの恩(おん)を忘(わす)るまじ。

地震受災時不吝協助的恩情，沒齒難忘。

[比較] **べし〔應該…，必須…〕**「まじ」表示指責，強調「不該做跟某身分不符的行為」的概念。前接職業或地位等指責的對象，後面接續「行為、態度、こと」等名詞，表示指責話題中人物的行為，不符其立場竟做出某行為。「べし」表示當然，強調「那樣做是

理所當然的」之概念。只放在句尾。表示說話人從道理上考慮，覺得那樣做是應該的，理所當然的。用在說話人對一般的事情發表意見的時候，為文言的表達方式。

010　なしに（は）〜ない、なしでは〜ない

→ {名詞；動詞辭書形}＋なしに（は）〜ない；{名詞}＋なしでは〜ない

| 類義表現 | ぬきで 不算… |

| 意思 |

① 【否定】表示前項是不可或缺的，少了前項就不能進行後項的動作。或是表示不做前項動作就先做後項的動作是不行的。有時後面也可以不接「ない」。中文意思是：「沒有…不、沒有…就不能…」。如例：

◆ 学生は届け出なしに外泊することはできません。
學生未經申請不得擅自外宿。

◆ 本人の同意なしにはこれ以上教えられません。
未經本人同意，請恕無法透露更多訊息。

◆ あなたからの情報提供なしでは、この事件は解決
できなかったでしょう。
如果沒有你提供的資訊，想必就無法偵破這起案件了。

◆ この映画は涙なしではとても見ることができない。
這部電影不可能有任何觀眾能夠忍住淚水的。

② 【非附帶】用「なしに」表示原本必須先做前項，再進行後項，但卻沒有做前項，就做了後項，也可以用「名詞＋もなしに」，「も」表示強調。中文意思是：「沒有…」。如例：

◆ 彼は断りもなしに、3日間仕事を休んだ。
他沒有事先請假，就擅自曠職3天。

| 比較 | **ぬきで**〔不算…〕「なしに（は）〜ない」表示非附帶，表示事態原本進行的順序應該是「前項→後項」，但卻沒有做前項，就做了後項。「ぬきで」也表非附帶，表示除去或省略一般應該有的前項，而進行後項。 |

011 べくもない

→ {動詞辞書形} ＋べくもない

| 類義表現 | べからず 不得… |

| 意思 |

① 【否定】表示希望的事情，由於差距太大了，當然是不可能發生的意思。也因此，一般只接在跟說話人希望有關的動詞後面，如「望む、知る」。是比較生硬的表現方法。中文意思是：「無法…、無從…、不可能…」。如例：

◆ 東京の土地は高い。私のようなサラリーマンでは自分の家を手に入れるべくもない。

　東京的土地價格非常高昂。像我這種上班族根本不可能買得起自己的房子。

◆ 訪ねてきた男が詐欺師だとは、その時は知るべくもなかった。

　那個時候根本無從得知那個來到這裡的男人竟然是個詐欺犯！

◆ うちのような弱小チームには優勝など望むべくもない。

　像我們實力這麼弱的隊伍根本別指望獲勝了。

◆ 昔から何をしても一番の小泉君に、僕などが及ぶべくもない。完敗だ。

　從以前就不管做什麼都是拔得頭籌的小泉同學，哪裡是我能望其項背的呢？果然輸得一敗塗地。

㊟ 〔サ変動詞すべくもない〕前面若接サ行變格動詞，可用「すべくもない」、「するべくもない」，但較常使用「すべくもない」(「す」為古日語「する」的辭書形)。

| 比較 | べからず〔不得…〕「べくもない」表示否定，強調「沒有可能性」的概念。表示希望的事情，由於跟某一現實的差距太大了，當然是不可能發生的意思。「べからず」表示禁止，強調「強硬禁止」的概念。是「べし」的否定形。表示禁止、命令。是一種強硬的禁止說法，多半出現在告示牌、公佈欄、演講標題上。

012　もなんでもない、もなんともない

➡ {名詞；形容動詞詞幹} ＋でもなんでもない；{形容詞く形} ＋もなん
ともない

| 類義表現 | ならまだしも　若是…還說得過去 |

| 意思 |

① 【否定】用來強烈否定前項。含有批判、不滿的語氣。中文意思是：「也不是…
什麼的、也沒有…什麼的、根本不…」。如例：

◆ ここのお菓子、有名だけど、おいしくもなんともないよ。

　這地方的糕餅雖然名氣大，可是一點都不好吃耶！

◆ お前とはもう友達でもなんでもない。二度と来ないでくれ。

　你我從此再也不是朋友了！今後別再上門了！

◆ 志望校合格のためなら１日10時間の勉強も、辛くもなんともないです。

　為了考上第一志願的學校，就算一天用功10鐘頭也不覺得有什麼辛苦的。

◆ それはお子さんが成長したということですよ。心配でもなんでもありま
せん。

　那代表兒女成長的印記，完全用不著擔心喔！

| 比較 |
ならまだしも〔若是…還說得過去〕「もなんでもない」表示否
定，用在強烈否定前項，表示根本不是那樣。含有批評、不滿的
語氣，用在評價某人某事上。「ならまだしも」表示埋怨，表示
如果是前項的話，倒還說得過去，但竟然是後項。含有不滿的語
氣。

013　ないともかぎらない

➡ {名詞で；[形容詞・動詞] 否定形} ＋ないとも限らない

| 類義表現 | **ないかぎり** 只要不…就… |

| 意思 |

① **【部分否定】** 表示某事並非百分之百確實會那樣。一般用在説話人擔心好像會發生什麼事，心裡覺得還是採取某些因應的對策比較好。暗示微小的可能性。看「ないとも限らない」知道「とも限らない」前面多為否定的表達方式。中文意思是：「也並非不…、不是不…、也許會…」。如例：

◆ 単^{たん}なる遅刻^{ちこく}だと思^{おも}うけど、事故^{じこ}じゃないとも限^{かぎ}らないから、一応^{いちおう}電話^{でんわ}してみよう。

我想他應該只是遲到而已，但也許是半路出了什麼意外，還是打通電話問一問吧。

◆ 思^{おも}い切^きって参加^{さんか}してみたら。楽^{たの}しくないとも限^{かぎ}らないと思^{おも}うよ。

我看你乾脆參加好了！説不定會玩得很開心嘛。

◆ 泥棒^{どろぼう}が入^{はい}らないとも限^{かぎ}らないので、引^ひき出^だしには必^{かなら}ず鍵^{かぎ}を掛^かけてください。

抽屜請務必上鎖，以免不幸遭竊。

◆ 証言者^{しょうげんしゃ}が嘘^{うそ}をついていないとも限^{かぎ}らないから、もう1度^ど話^{はなし}を聞^きいてみよう。

證人並非沒有説謊的可能，還是再去求證一次吧。

但也有例外，前面接肯定的表現，如例：

◆ 金持^{かねも}ちが幸^{しあわ}せだとも限^{かぎ}らない。

有錢人不一定很幸福。

| 比較 | **ないかぎり**〔只要不…就…〕「ないともかぎらない」表示部分否定，強調「還有一些可能性」的概念。表示某事並非百分之百確實會那樣。一般用在説話人擔心好像會發生什麼事，心裡覺得還有一些可能性，還是採取某些因應的對策為好。含有懷疑的語氣。「ないかぎり」表示無變化，強調「後項的成立，限定在某條件內」的概念。表示只要某狀態不發生變化，結果就不會有變化。

014 ないものでもない、なくもない

➜ {動詞否定形}＋ないものでもない、なくもない

| 類義表現 | ないともかぎらない 不見得不… |

| 意思 |

① 【部分否定】表示依後續周圍的情勢發展，有可能會變成那樣、可以那樣做的意思。用較委婉的口氣敘述不明確的可能性。是一種用雙重否定，來表示消極肯定的表現方法。多用在表示個人的判斷、推測、好惡等。語氣較為生硬。中文意思是：「也並非不…、不是不…、也許會…」。如例：

◆ 今日から本気で取り組むなら、来年の試験に合格しないものでもないよ。

　如果從今天開始下定決心，明年的考試並不是沒有錄取的機會。

◆ ちょっと面倒な仕事だけど、君が頼めば彼も引き受けないものでもないと思う。

　雖然是有點棘手的工作，只要由你出面拜託，我想他未必會拒絕。

◆ お酒は飲めなくもないんですが、翌日頭が痛くなるので、あんまり飲みたくないんです。

　我並不是連一滴酒都喝不得，只是喝完酒後隔天會頭痛，所以不太想喝。

◆ そういえば最近、体調がいい気がしなくもない。枕を変えたからかな。

　想想，最近身體狀況感覺不算太差，大概是從換了枕頭以後才出現的變化吧。

| 比較 |

ないともかぎらない〔不見得不…〕「ないものでもない」表示部分否定，強調「某條件下，也許能達成」的概念。表示在前項的設定之下，也有可能達成後項。用較委婉的口氣敘述不明確的可能性。是一種消極肯定的表現方法。「ないともかぎらない」表示部分否定，強調「還有一些可能性」的概念。表示某事並非百分之百確實會那樣。一般用在說話人擔心好像會發生什麼事，心裡覺得還有一些可能性，還是採取某些因應的對策為好。含有懷疑的語氣。

015　なくはない、なくもない

→ {名詞が；形容詞く形；形容動詞て形；動詞否定形；動詞被動形} ＋
なくはない、なくもない

| 類義表現 | ことは〜が　雖説…但是… |

| 意思 |

① 【部分否定】表示「並非完全不…、某些情況下也會…」等意思。利用雙重否
定形式，表示消極的、部分的肯定。多用在陳述個人的判斷、好惡、推測。中
文意思是：「也不是沒…、並非完全不…」。如例：

◆ 迷いがなくはなかったが、思い切って出発した。
雖然仍有一絲猶豫，還是下定決心出發了。

◆ うちの親は、口うるさくなくはないが、どちらかと
いえば理解のあるほうだと思う。
我爸媽雖然不能說是從來不嘮叨，不過和別人家的父母相較之下，應
該算是能夠了解我的想法。

◆ もっと美人だったらなあと思わなくもないけど、でも自分の人生に満足
しています。
我也不是從沒想過希望自己能長得更漂亮一點，不過目前對自己的人生已經感到滿意了。

◆ どうしてもというなら、譲ってあげなくもないけど。
如果說什麼都非要不可，我也不是不能轉讓給你。

| 比較 |

ことは〜が〔雖說…但是…〕「なくはない」表示部分否定，用雙
重否定，表示並不是完全不那樣，某些情況下也有可能等，無法
積極肯定語氣。後項多為個人的判斷、好惡、推測説法。「こと
は〜が」也表示部分否定，用同一語句的反覆，表示前項雖然是
事實，但是後項並不能給予積極的肯定。後項多為條件、意見及
感想的説法。

▼ 答案詳見右下角

☞　請完成以下題目，從選項中，選出正確答案，並完成句子。

1 いくら夫婦（　　）、最低のマナーは守るべきでしょう。

　　1．といえども　　　　　　　　2．としたら

2 暖かい（　　）、ジャケットが要らないというほどではないね。

　　1．とはいえ　　　　　　　　　2．ともなると

3 もっと早くから始めればよかった（　　）、だらだらしているから、間に合わなくなる。

　　1．ものを　　　　　　　　　　2．ものの

4 お休みの（　　）お邪魔して申し訳ありません。

　　1．ものを　　　　　　　　　　2．ところを

5 彼と同じポジションに就くなんて望む（　　）。

　　1．べからず　　　　　　　　　2．べくもない

6 この状況なら、彼が当選し（　　）。

　　1．あるともかぎらない　　　2．ないともかぎらない

7 日本語でコミュニケーションがとれない（　　）。

　　1．ものでもない　　　　　　　2．とも限らない

8 君のせいでこんな状態になって、謝ら（　　）だろう。

　　1．ないじゃおかない　　　　　2．ずにはすまない

答案：(1) 1　(2) 1　(3) 1　(4) 2
(5) 2　(6) 2　(7) 2　(8) 2

索引

ああ	154
あげく（に／の）	427
あげる	233
あっての	577
あまり（に）	420
あまり～ない	117
あんな	152

いかんだ	640
いかんで（は）	562
いかんにかかわらず	630
いかんによって（は）	649
いかんによらず、によらず	631
いくつ	062
いくら	063
いじょう（は）	421
いただく	239
いつ	062
いっぽう（だ）	290
いっぽう（で）	415

うえ（に）	441
うえで（の）	459
うえは	474
うが、うと（も）	631
うが～うが、うと～うと	632
うが～まいが	633
うちに	263
うではないか、ようではないか	472
うと～まいと	634
うにも～ない	556
うものなら	643
うる、える、えない	490

お

お／ご＋名詞	250
お／ご～いたす	252
おかげで（だ）	267
お／ご～ください	253
お／ご～する	251
おそれが（は）ある	280
お／ご～になる	251
おり（に／は／には／から）	410
おわる	213

か

か	041
疑問詞＋か	049
句子＋か	050
疑問詞＋～か	143
が	008
が	047
が	048
が	157
疑問詞＋が	048
が＋自動詞	099
かい	144
がい	519
かいがある、かいがあって	520
か～か～	042
句子＋か、句子＋か	051
かぎり	417
かぎり（は／では）	497
かぎりだ	603
かけ（の）、かける	287
がさいご、たらさいご	644
がする	184
かた	058

がたい	491
かたがた	625
かたわら	625
がちだ（の）	291
がてら	626
かどうか	185
かとおもうと、かとおもったら	416
か～ないかのうちに	413
かねない	487
かねる	491
かのようだ	496
がはやいか	534
名詞＋がほしい	111
か～まいか	470
かもしれない	188
（が）ゆえ（に）、（が）ゆえの、（が）ゆえだ	545
から	114
起點（人）＋から	030
からある、からする、からの	618
からいうと、からいえば、からいって	308
からこそ	422
からして	460
からすれば、からすると	461
からといって	423
から～にかけて	314
から（に）は	335
から～まで、まで～から	029
からみると、からみれば、からみて（も）	462
がる、がらない	176
かれ～かれ	635
かわりに	318

き

ぎみ	292
きらいがある	569
きり	444
（っ）きり	372
きる、きれる、きれない	302

ぎわに、ぎわの ――――――――― 531
きわまりない ――――――――― 605
きわまる ―――――――――――― 604

く

くせして ―――――――――――― 486
くせに ――――――――――――― 369
くださる ―――――――――――― 241
くらい（だ）、ぐらい（だ）――― 298
ぐらい、くらい ――――――――― 042
くらいなら、ぐらいなら ―――― 361
くらいなら、ぐらいなら ―――― 651
くらい（ぐらい）〜はない、ほど〜はない ― 296
ぐるみ ――――――――――――― 537
くれる ――――――――――――― 243

け

げ ―――――――――――――――― 494
形容詞（現在肯定／現在否定）―― 077
形容詞（過去肯定／過去否定）―― 078
形容詞く＋て ――――――――― 079
形容詞く＋動詞 ―――――――― 080
形容動詞（現在肯定／現在否定）― 082
形容動詞（過去肯定／過去否定）― 083
形容動詞で ―――――――――― 084
形容動詞な＋の ―――――――― 087
形容動詞な＋名詞 ―――――――― 086
形容動詞に＋動詞 ―――――――― 085
形容詞＋の ――――――――――― 081
形容詞＋名詞 ――――――――――― 080
けれど（も）、けど ―――――――― 230

こ

こう ―――――――――――――――― 151
ここ、そこ、あそこ、どこ ――― 073
こそ ――――――――――――――― 375
こそあれ、こそあるが ―――――― 650
こそすれ ―――――――――――― 578
こちら、そちら、あちら、どちら ― 074
こと ――――――――――――――― 156

ことか ――――――――――――― 327
ことがある ―――――――――― 190
ことができる ――――――――― 191
ことから ―――――――――――― 426
ごとし、ごとく、ごとき ―――― 591
ことだ ――――――――――――― 383
ことだから ―――――――――― 463
ことだし ―――――――――――― 546
こととて ―――――――――――― 547
こと（も）なく ―――――――― 439
ことなしに、なしに ――――――― 627
ことに（は）―――――――――― 523
ことにしている ―――――――― 349
ことにする ―――――――――― 174
ことに（と）なっている ――― 348
ことになる ―――――――――― 202
ことはない ―――――――――― 384
この、その、あの、どの ―――― 072
この／ここ〜というもの ――― 536
これ、それ、あれ、どれ ――― 071
ごろ ――――――――――――――― 055
こんな ――――――――――――― 150

さ

さ ――――――――――――――――― 154
さい（は）、さいに（は）――― 260
さいちゅうに（だ）――――――― 259
さえ、でさえ、とさえ ―――――― 299
さえ〜ば、さえ〜たら（なら）― 340
さしあげる ―――――――――― 234
（さ）せてください ―――――― 254
（さ）せてください、（さ）せてもらえますか、（さ）せてもらえませんか ― 382
（さ）せられる ―――――――― 248
（さ）せられる ―――――――― 657
（さ）せる ――――――――――― 247
ざるをえない ――――――――― 477

し

し ――――――――――――――――― 217
しか＋否定 ―――――――――― 044
しかない ―――――――――――― 373

しだい ――――――――――――― 414
しだいだ、しだいで（は）――― 517
しだいです ―――――――――― 424
形容詞く＋します ――――――― 128
形容動詞に＋します ―――――― 129
名詞に＋します ―――――――― 130
しまつだ ―――――――――――― 551
じゃ ――――――――――――――― 135
じゃあるまいし、ではあるまいし ― 669
じゅう ――――――――――――― 053
じょう（は／では／の／も）――― 457

す

ず（に）――――――――――――― 206
すえ（に／の）――――――――― 428
すぎ、まえ ―――――――――― 056
すぎる ――――――――――――― 194
ずくめ ――――――――――――― 567
ずじまいで、ずじまいだ、ずじまいの ― 552
ずつ ―――――――――――――― 045
ずにはいられない ―――――――― 478
ずにはおかない、ないではおかない ― 656
すら、ですら ――――――――――― 579

せ

せいか ――――――――――――― 266
せいで（だ）――――――――――― 267

そ

そう ―――――――――――――――― 153
そう ―――――――――――――――― 181
そうだ ――――――――――――― 195
そうにない、そうもない ―――― 488
そばから ―――――――――――― 535
そんな ――――――――――――― 151

た

動詞＋たあとで、動詞＋たあと ― 120

動詞＋たい ──────── 112
たい ──────── 145
たがる、たがらない ──────── 177
だけ ──────── 043
だけ（で） ──────── 374
だけあって ──────── 504
だけしか ──────── 373
だけでなく ──────── 442
だけに ──────── 424
だけのことはある、だけある ──────── 505
だけました ──────── 448
たことがある ──────── 205
だす ──────── 209
ただ～のみ ──────── 598
ただ～のみならず ──────── 601
たち、がた、かた ──────── 057
たとえ～ても ──────── 341
たところ ──────── 228
（た）ところ ──────── 341
たところが ──────── 503
たところが ──────── 664
たところだ ──────── 212
たところで～（ない） ──────── 665
たとたん（に） ──────── 259
だに ──────── 574
だの～だの ──────── 610
たび（に） ──────── 312
ため（に） ──────── 218
たら ──────── 226
たら、だったら、かったら ──────── 344
たらいい（のに）なあ、といい（のに）なあ ──────── 324
たらきりがない、ときりがない、ばきりがない、てもきりがない ──────── 602
だらけ ──────── 288
たら～た ──────── 227
たらどうですか、たらどうでしょう（か） ──────── 385
動詞＋たり～動詞＋たりします ──────── 098
たりとも、たりとも～ない ──────── 576
たる（もの） ──────── 587
だれ、どなた ──────── 061
だろう ──────── 185
だろうとおもう ──────── 186

ち

ちゃ、ちゃう ──────── 158
ちゅう ──────── 054

つ

ついでに ──────── 354
っけ ──────── 282
っこない ──────── 489
つ～つ ──────── 617
つつ（も） ──────── 484
つつある ──────── 445
つづける ──────── 214
って ──────── 388
って（いう）、とは、という（のは）（主題・名字） ──────── 392
っぱなしで（だ、の） ──────── 310
っぽい ──────── 289
つもり ──────── 113
つもりだ ──────── 175

て

動詞＋て ──────── 092
場所＋で ──────── 017
[方法・手段]＋で ──────── 018
材料＋で ──────── 018
理由＋で ──────── 019
数量＋で＋数量 ──────── 020
[状態・情況]＋で ──────── 021
てあげる ──────── 234
他動詞＋てあります ──────── 101
であれ、であろうと ──────── 636
であれ～であれ ──────── 611
ていく ──────── 201
ていただく ──────── 240
自動詞＋ています ──────── 100
動詞＋ています ──────── 093
動詞＋ています ──────── 094
動詞＋ています ──────── 095
動詞＋ています ──────── 095
ていらい ──────── 258

て（は）いられない、てられない、てらんない ──────── 479
ているところだ ──────── 211
ておく ──────── 208
て（で）かなわない ──────── 451
動詞＋てから ──────── 119
てからでないと、てからでなければ ──────── 342
てからというもの（は） ──────── 641
動詞＋てください ──────── 104
動詞＋てくださいませんか ──────── 105
てくださる ──────── 242
てくる ──────── 201
てくれ ──────── 394
てくれる ──────── 243
名詞＋でございます ──────── 248
てこそ ──────── 452
てごらん ──────── 386
てさしあげる ──────── 235
て（で）しかたがない、て（で）しょうがない、て（で）しようがない ──────── 453
てしかるべきだ ──────── 673
てしまう ──────── 212
でしょう ──────── 137
てすむ、ないですむ、ずにすむ ──────── 674
て（で）たまらない ──────── 328
てとうぜんだ、てあたりまえだ ──────── 506
でなくてなんだろう ──────── 672
て（で）ならない ──────── 329
てはいけない ──────── 163
てはかなわない、てはたまらない ──────── 661
てばかりはいられない、てばかりもいられない ──────── 480
（の）ではないだろうか、（の）ではないかとおもう ──────── 278
てはならない ──────── 476
てはばからない ──────── 661
てほしい ──────── 175
て（で）ほしい、てもらいたい ──────── 325
てまえ ──────── 548
てまで、までして ──────── 454
てみせる ──────── 327
てみる ──────── 170
でも ──────── 148
疑問詞＋でも ──────── 142
ても、でも ──────── 229
疑問詞＋ても、でも ──────── 143
てもいい ──────── 160

てもかまわない　　　　　　　161
てもさしつかえない、でもさしつかえない
　　　　　　　　　　　　　　666
てもらう　　　　　　　　　　238
てやまない　　　　　　　　　658
てやる　　　　　　　　　　　237

と

と　　　　　　　　　　　　　224
名詞＋と＋名詞　　　　　　　026
對象＋と　　　　　　　　　　027
引用内容＋と　　　　　　　　028
命令形＋と　　　　　　　　　393
とあって　　　　　　　　　　549
とあれば　　　　　　　　　　645
といい　　　　　　　　　　　178
といい〜といい　　　　　　　612
という　　　　　　　　　　　196
という＋名詞　　　　　　　　136
というか〜というか　　　　　613
ということだ　　　　　　　　197
ということだ　　　　　　　　390
というと、っていうと　　　　521
というところだ、といったところだ　538
というものだ　　　　　　　　509
というものではない、というものでもない
　　　　　　　　　　　　　　513
というより　　　　　　　　　362
といえども　　　　　　　　　685
といえば、といったら　　　　520
といった　　　　　　　　　　614
といったらありはしない　　　663
といったらない、といったら　662
といって〜ない、といった〜ない　577
といっても　　　　　　　　　370
といわず〜といわず　　　　　614
といわんばかりに、とばかりに　564
どう、いかが　　　　　　　　064
動詞＋名詞　　　　　　　　　091
動詞（基本形）　　　　　　　091
動詞（現在肯定／現在否定）　089
動詞（過去肯定／過去否定）　090
名詞＋と＋おなじ　　　　　　027
（か）とおもいきや　　　　　558

とおもう　　　　　　　　　　187
とおもうと、とおもったら　　485
とおり（に）　　　　　　　　301
どおり（に）　　　　　　　　302
とか　　　　　　　　　　　　389
とか〜とか　　　　　　　　　221
と〜（と）があいまって、が／は〜とあい
まって　　　　　　　　　　　620
とき　　　　　　　　　　　　124
ときたら　　　　　　　　　　584
ところ（を）　　　　　　　　686
どころか　　　　　　　　　　450
ところだ　　　　　　　　　　210
ところだった　　　　　　　　275
どころではない　　　　　　　512
ところに　　　　　　　　　　261
ところへ　　　　　　　　　　261
ところを　　　　　　　　　　262
としたところで、としたって　647
として（は）　　　　　　　　309
としても　　　　　　　　　　367
とすれば、としたら、とする　345
と〜と、どちら　　　　　　　204
とともに　　　　　　　　　　353
と（も）なると、と（も）なれば　589
どのぐらい、どれぐらい　　　066
とみえて、とみえる　　　　　560
とは　　　　　　　　　　　　559
とはいえ　　　　　　　　　　687
とはかぎらない　　　　　　　513
ともあろうものが　　　　　　587
ともなく、ともなしに　　　　544
どんな　　　　　　　　　　　065

な

な　　　　　　　　　　　　　164
ないうちに　　　　　　　　　417
ないかぎり　　　　　　　　　445
ないことには　　　　　　　　431
ないことも（は）ない　　　　281
動詞＋ないで　　　　　　　　096
動詞＋ないでください　　　　104
ないではいられない　　　　　481
ないではすまない、ずにはすまない、なしでは

すまない　　　　　　　　　　683
ないと、なくちゃ　　　　　　334
ないともかぎらない　　　　　692
ないまでも　　　　　　　　　572
（どうにか、なんとか、もうすこし）〜ないもの
（だろう）か　　　　　　　　506
ないものでもない、なくもない　694
ないわけにはいかない　　　　335
ながら（も）　　　　　　　　434
動詞＋ながら　　　　　　　　123
ながら、ながらに、ながらの　565
なくして（は）〜ない　　　　646
動詞＋なくて　　　　　　　　097
なくてはいけない　　　　　　165
なくてはならない　　　　　　166
なくてもいい　　　　　　　　161
なくてもかまわない　　　　　162
なくはない、なくもない　　　695
なければならない　　　　　　165
なさい　　　　　　　　　　　168
なし（は）〜ない、なしでは〜ない　690
なぜ、どうして　　　　　　　066
など　　　　　　　　　　　　376
などと（なんて）いう、などと（なんて）
おもう　　　　　　　　　　　377
なに、なん　　　　　　　　　06□
なにか、だれか、どこか　　　06□
なにも、だれも、どこへも　　06□
なみ　　　　　　　　　　　　65□
なら　　　　　　　　　　　　22□
ならいざしらず、はいざしらず、だったら
いざしらず　　　　　　　　　67□
ならでは（の）　　　　　　　59□
なり　　　　　　　　　　　　53□
なり〜なり　　　　　　　　　61□
なりに、なりの　　　　　　　59□
形容詞く＋なります　　　　　12□
形容動詞に＋なります　　　　12□
名詞に＋なります　　　　　　12□
なんか、なんて　　　　　　　37□

に

場所＋に　　　　　　　　　　0□□
到達點＋に　　　　　　　　　01□

時間＋に ────────────── 010
時間＋に＋次數 ──────── 011
目的＋に ────────────── 012
對象（人）＋に ───────── 012
對象（物・場所）＋に ─── 013
にあたって、にあたり ── 411
に（は）あたらない ───── 573
にあって（は／も） ───── 529
にいたって（は）、にいたっても 585
にいたる ─────────────── 554
にいたるまで ────────── 606
において、においては、においても、にお
ける ──────────────── 311
におうじて ─────────── 516
に〜があります／います 138
にかかわって、にかかわり、にかかわる 398
にかかわらず ────────── 401
にかぎったことではない 601
にかぎって、にかぎり ── 498
にかぎる ────────────── 581
にかけては ─────────── 522
にかこつけて ────────── 550
にかたくない ────────── 580
にかわって、にかわり ── 319
にかんして（は）、にかんしても、にかん
する ──────────────── 313
にきまっている ────────── 277
にくい ──────────────── 193
にくらべ（て） ───────── 362
にくわえ（て） ───────── 354
にこたえて、にこたえ、にこたえる 514
にさいし（て／ては／ての） 412
にさきだち、にさきだつ、にさきだって 407
にしたがって、にしたがい 303
にしたがって、にしたがい 467
にしたら、にすれば、にしてみたら、にし
みれば ─────────────── 458
にして ──────────────── 528
にしては ────────────── 364
にしても ────────────── 368
にしろ ──────────────── 402
にすぎない ─────────── 507
にする ──────────────── 173
にせよ、にもせよ ──────── 403
にそういない ────────── 484
にそくして、にそくした ── 648

にそって、にそい、にそう、にそった 466
にたいして（は）、にたいし、にたいする 365
にたえる、にたえない ── 557
にたる、にたりない ───── 570
にちがいない ────────── 278
について（は）、につき、いても、について
の ─────────────────── 198
につき ──────────────── 268
につけ（て）、につけても 399
につれ（て） ───────── 304
にて、でもって ───────── 412
にとって（は、も、の） ── 310
にとどまらず（〜も） ──── 600
にともなって、にともない、にともなう 305
には、におかれましては 586
には、へは、とは ──────── 040
にはおよばない ────────── 675
にはんし（て）、にはんする、にはんした 366
にひきかえ〜は ───────── 653
にほかならない ────────── 508
にも、からも、でも ─────── 040
にもかかわらず ────────── 404
にもとづいて、にもとづき、にもとづく、
にもとづいた ─────────── 319
にもまして ─────────── 575
によって（は）、により ── 269
によらず ────────────── 637
による ──────────────── 270
によると、によれば ───── 320
にわたって、にわたる、にわたり、にわた
った ───────────────── 315

ぬ
ぬきで、ぬきに、ぬきの、ぬきには、ぬき
では ───────────────── 440
ぬく ──────────────── 473

ね
句子＋ね ────────────── 051
ねばならない、ねばならぬ 475

の
の ─────────────────── 145
の（は／が／を） ───────── 155
名詞＋の＋名詞 ────────── 031
名詞＋の ────────────── 032
名詞＋の ────────────── 032
名詞＋の＋あとで、名詞＋の＋あと 120
のいたり（だ） ───────── 659
のうえでは ─────────── 464
のきわみ（だ） ───────── 607
のだ ──────────────── 136
ので ──────────────── 114
のに ──────────────── 220
のに ──────────────── 231
名詞＋の＋まえに ──────── 122
のみならず ─────────── 443
のもとで、のもとに ───── 459
のももっともだ、のはもっともだ 483

は
ば ─────────────────── 225
はいうにおよばず、はいうまでもなく 676
はおろか ────────────── 621
は〜が ──────────────── 036
は〜が、〜は〜 ────────── 037
ばかり ──────────────── 147
ばかりか、ばかりでなく ── 355
ばかりだ ────────────── 499
ばかりに ────────────── 425
ばこそ ──────────────── 550
はさておいて、はさておき 678
はじめる ────────────── 209
はずが（は）ない ──────── 181
はずだ ──────────────── 180
ばそれまでだ、たらそれまでだ 670
は〜です ────────────── 035
はどう（で）あれ ──────── 688
はともかく（として） ──── 407
は〜にあります／います ── 139
ば〜ほど ────────────── 296
は〜ません ─────────── 036
はまだしも、ならまだしも 524

はもちろん、はもとより ……… 356
ばよかった ……………………… 345
は～より ………………………… 115
はんめん ………………………… 366

ひ

ひとり～だけで（は）なく …… 622
ひとり～のみならず～（も） … 623

ふ

ぶり、っぷり …………………… 495

へ

［場所・方向］＋へ（に） …… 021
べからず、べからざる ………… 681
べき（だ） ……………………… 385
べきではない …………………… 476
べく ……………………………… 542
べくもない ……………………… 691
べし ……………………………… 561
場所＋へ（に）＋目的＋に …… 022

ほ

ほうがいい ……………………… 106
ほか（は）ない ………………… 336
ほど ……………………………… 297
ほど（だ）、ほどの …………… 449
ほど～ない ……………………… 203
ほど～はない …………………… 449

ま

まい ……………………………… 471
動詞＋まえに …………………… 121
まぎわに（は）、まぎわの …… 530
まじ、まじき …………………… 689
動詞＋ましょう ………………… 108

動詞＋ましょうか ……………… 107
動詞＋ませんか ………………… 109
まだ＋否定 ……………………… 131
まだ＋肯定 ……………………… 133
まで（のこと）もない ………… 677
までだ、までのことだ ………… 671
までに …………………………… 146
までに（は） …………………… 264
まま ……………………………… 215
まま ……………………………… 495
まま（に） ……………………… 471
まみれ …………………………… 566

み

み ………………………………… 289
みたい（だ）、みたいな ……… 279

む

むきの（に、だ） ……………… 292
むけの（に、だ） ……………… 293

め

命令形 …………………………… 167
めく ……………………………… 568

も

も ………………………………… 038
も ………………………………… 039
疑問詞＋も＋否定 ……………… 069
数量詞＋も ……………………… 195
もう＋否定 ……………………… 132
もう＋肯定 ……………………… 131
もかまわず ……………………… 405
もさることながら～も ………… 624
もどうぜん（だ） ……………… 455
も～なら～も …………………… 432
もなんでもない、もなんともない 692
もの、もん ……………………… 272

ものか …………………………… 3
ものがある ……………………… 511
ものだ …………………………… 330
ものだ …………………………… 500
ものだから ……………………… 271
もので …………………………… 271
ものなら ………………………… 433
ものの …………………………… 435
（ば／ても）～ものを ………… 684
も～ば～も、も～なら～も …… 437
もらう …………………………… 238
使役形＋もらう、くれる、いただく 387

や

や ………………………………… 023
やすい …………………………… 192
や～など ………………………… 024
や、やいなや …………………… 533
やら～やら ……………………… 436
やる ……………………………… 236

よ

句子＋よ ………………………… 052
（よ）う ………………………… 171
ようが（も）ない ……………… 350
ようだ …………………………… 182
（よ）うとおもう ……………… 171
（よ）うとする ………………… 172
ような …………………………… 357
より（ほかは）ない、ほか（しかたが）ない
 ………………………………… 337
ようなら、ようだったら ……… 343
ように …………………………… 218
ように …………………………… 326
ように（いう） ………………… 392
ようにする ……………………… 219
ようになっている ……………… 349
ようになる ……………………… 200
より～ほう ……………………… 116

をもってすれば、をもってしても —— 594
をもとに（して／した） —— 465
をもとに（して） —— 322
をものともせず（に） —— 638
をもらいます —— 106
をよぎなくされる、をよぎなくさせる —— 682
をよそに —— 639

らしい —— 183
（ら）れる（能力、可能性） —— 191
（ら）れる（被動） —— 246
（ら）れる（尊敬） —— 249

句子＋わ —— 331
わけ（だ） —— 274
わけが（は）ない —— 283
わけでは（も）ない —— 283
わけには（も）いかない —— 338
わりに（は） —— 363

ん

んがため（に）、んがための —— 543
んじゃない、んじゃないかとおもう —— 284
んだって —— 391
んだもん —— 273
んばかり（だ／に／の） —— 592

を

目的語＋を —— 014
［通過・移動］＋を＋自動詞 —— 014
離開點＋を —— 015
を＋他動詞 —— 099
をおいて、をおいて〜ない —— 596
をかぎりに、かぎりで —— 597
をかわきりに、をかわきりにして、をかわきり
として —— 539
をきっかけに（して）、をきっかけとして —— 400
をきんじえない —— 660
名詞＋をください —— 103
をけいきとして、をけいきに（して） —— 401
をこめて —— 332
をたよりに、をたよりとして、をたよりに
して —— 466
をちゅうしんに（して）、をちゅうしんと
して —— 321
をつうじて、をとおして —— 317
を〜として、を〜とする、を〜とした —— 432
をとわず、はとわず —— 406
を〜にひかえて —— 532
をぬきにして（は／も）、はぬきにして —— 440
をはじめ（とする、として） —— 358
をふまえて —— 649
をめぐって（は）、をめぐる —— 515
をもって —— 593

受用一輩子的經典

日本語 文法百科辭典

N1,N2,N3,N4,N5 文法辭典

【QR山田社日語05】

（25K+QR Code線上音檔）

從零開始到考上N1，翻轉人生！

- 發行人／林德勝

- 著者／吉松由美、田中陽子、西村惠子、千田晴夫、大山和佳子、林勝田、山田社日檢題庫小組

- 出版發行／山田社文化事業有限公司
  地址　臺北市大安區安和路一段112巷17號7樓
  電話　02-2755-7622
  傳真　02-2700-1887

- 郵政劃撥／19867160號　大原文化事業有限公司

- 總經銷／聯合發行股份有限公司
  地址　新北市新店區寶橋路235巷6弄6號2樓
  電話　02-2917-8022
  傳真　02-2915-6275

- 印刷／上鎰數位科技印刷有限公司

- 法律顧問／林長振法律事務所　林長振律師

- 書+QR Code／定價　新台幣774元

- 初版／2024年8月

改版聲明：本書原書名為2021年4月到8月出版的《心智圖 絕對合格 全攻略！新制日檢 必背必出文法》N1到N5系列。本次改版結合5本書為一本，版型重新編排，清晰易讀，加入各詞性說明小專欄，並將MP3更新為QR Code。

© ISBN：978-986-246-849-4
2024, Shan Tian She Culture Co., Ltd.